文学学导论

〔俄〕瓦·叶·哈利泽夫 著

周启超　王加兴
黄　玫　夏忠宪　译

著作权合同登记　图字：01-2003-2386

图书在版编目(CIP)数据

文学学导论/(俄罗斯)哈利泽夫著；周启超等译. —北京：北京大学出版社，2006.12

(当代国外文论教材精品系列)

ISBN 978-7-301-11120-8

Ⅰ.文… Ⅱ.①哈…②周… Ⅲ.文学理论—理论研究 Ⅳ.I0

中国版本图书馆CIP数据核字(2006)第118912号

В. Е. Хализев
Теория литературы
© ФГУП Издательство «Высшая школа», 2004

书　　　　名：	文学学导论
著作责任者：	〔俄〕瓦·叶·哈利泽夫 著
	周启超 王加兴 黄玫 夏忠宪 译
责 任 编 辑：	张　冰
标 准 书 号：	ISBN 978-7-301-11120-8/I·0827
出 版 发 行：	北京大学出版社
地　　　　址：	北京市海淀区成府路205号　100871
网　　　　址：	http://www.pup.cn
电 子 邮 箱：	zbing@pup.pku.edu.cn
电　　　　话：	邮购部 62752015　发行部 62750672　编辑部 62767347
	出版部 62754962
印　刷　者：	三河市新世纪印务有限公司
经　销　者：	新华书店
	650毫米×980毫米　16开本　33.25印张　480千字
	2006年12月第1版　2008年4月第2次印刷
定　　　价：	42.00元

未经许可，不得以任何方式复制或抄袭本书之部分或全部内容。

版权所有，侵权必究　举报电话：010-62752024

电子邮箱：fd@pup.pku.edu.cn

《未名译库》出版前言

百年来,被誉为最高学府的北京大学与中国的科学教育和学术文化的发展紧密地联系在一起。北大深厚的文化积淀、严谨的学术传统、宽松的治学环境、广泛的国际交往,造就了一代又一代蜚声中外的知名学者、教授。他们坚守学术文化阵地,在各自从事的领域里,写下了一批在中国学术文化史上产生深远影响的著作。同样,北大的学者们在翻译外国学术文化方面也做出了不可估量的贡献。

1898年6月,早在京师大学堂筹办时,总理衙门奏拟的《京师大学堂章程》第五节中就明确提出"开设编译局,……局中集中中西通才,专司纂译"。1902年1月,光绪发出上谕,将成立于1862年,原隶属于外务部的同文馆归并入大学堂。同年4月,京师大学堂管学大臣张百熙奏请光绪,"推荐精通西文,中学尤有根底"的直隶候补道严复,充任译书局总办,同时又委任林纾为译书局笔述。也在这一年,京师大学堂成立了编书处,任命李希圣为编书处总纂。译书局、编书处的成立和同文馆的并入,是北京大学全面翻译外国图书和从事出版活动的开始,也是中国大学出版活动的开始。1902年,是北京大学出版社的创设之年。

辛亥革命以前,京师大学堂就翻译和出版过不少外国的教科书和西学方面的图书。这批图书成为当时中国人睁眼看世界的重要参考书。从严复到蔡元培、蒋梦麟、胡适等校长执掌北大期间,北大更是以空前的热忱翻译了大量的外国作品。二三十年代,当年商务印书馆出版的汉译世界名著丛书及万有文库中的许多译者来自北大。百年来,在北大任教过的严复、林纾、蔡元培、鲁迅、周作人、杨昌济、林语堂、梁实秋、梁宗岱、朱光潜、冯至、曹靖华、金克木、马坚、贺麟、洪谦、宗白华、周一良、齐思和、唐钺、刘振瀛、赵萝蕤、杨周翰、郭麟阁、闻家驷、罗大冈、田德望、吴达元、高名凯、王力、袁家骅、岑麒祥等老一辈学者,以及仍在北大任教的季羡林、杨业治、魏荒弩、周辅成、许渊冲、颜保、张世英、蔡鸿滨、厉以宁、朱龙华、张玉书、范大灿、王式仁、陶洁、顾蕴璞、罗芃、赵振江、赵德明、杜小真、申丹等老中青三代学者,在文学、哲学、历史、语言、心理学、经济学、法学、社会学、政治学等社会科学与人文科学领域里,以扎实的外语功力、丰厚的学识、精彩的文笔译介出了一部又一部外国学术文化名著,许多译作已成为传世经典。在他们的译作中体现了中国知识分子对振兴中华民族的责任和对科学文化的关怀,为我们的民族不断地了解和吸收外国的先进文化架起了一座又一座的桥梁。

值此北大出版社建立 100 周年之际,我社决定推出大型丛书"未名译库"(Weiming Translation Library)。"译库"为大型的综合性文库。文库以学科门类系列及译丛两种形式出版。学科门类系列包括:哲学与宗教系列、文学与艺术系列、语言与文字系列、历史与考古系列、社会学与人类学系列、传播与文化系列、政治学与国际关系系列、经济与管理系列等;译丛为主题性质的译作,较为灵活,我社即将推出的有"经济伦理学译丛"、"新叙事理论译丛"、"心理学译丛"等等。"未名译库"为开放性文库。未名湖是北大秀丽风光的一个象征,同时也代表了北大"包容百川"的宽广胸襟。本丛书取名为"未名译库",旨在继承北大五四以来"兼容并包"的学术文化传统。我们将在译库书目的选择(从古典到当下)和译者的遴选上(不分校内校外)体现这样一种传统。我们确信,只有用人类创造的全部知识财富来丰富我们的头脑,才能够建设一个现代化的社会。我们将长期坚持引进外国先进的文化成果,组织翻译出版,为广大人民服务,为我国现代化的建设服务。

由于我们缺乏经验,在图书的选目与翻译上存在不少疏漏,希望海内外读书界、翻译界提出批评建议,把"未名译库"真正建成一座新世纪的"学术文化图书馆"。

《未名译库》编委会
2002 年 3 月

目 录

总　序　多方位地吸纳　有深度地开采………………周启超(1)
与时俱进　推陈出新……………………………………………(1)
导　　言…………………………………………………………(1)

第一章　艺术本质论……………………………………………(9)
第一节　作为一个哲学范畴的审美
　　　　　作为审美价值之创造的艺术……………………(10)
　　1. 审美：术语的涵义…………………………………(10)
　　2. 美……………………………………………………(12)
　　3. 崇高　狄奥尼索斯精神……………………………(14)
　　4. 审美与世界图景……………………………………(18)
　　5. 审美情感……………………………………………(23)
　　6. 审美在人的生活与社会生活中的地位与
　　　 作用…………………………………………………(28)
　　7. 价值论视界中的审美　审美与唯美主义…………(30)
　　8. 审美与艺术…………………………………………(37)
第二节　作为一种认识活动的艺术（问题史概述）………(40)
　　1. 摹仿论………………………………………………(40)
　　2. 象征论………………………………………………(41)
　　3. 典型与性格…………………………………………(43)
　　4. 作为艺术把握之客体的个性因素…………………(47)
第三节　艺术主题………………………………………………(53)
　　1. "主题"这一术语的涵义……………………………(53)
　　2. 永恒主题……………………………………………(55)
　　3. 主题的文化—历史层面……………………………(57)

4．作为作者自我认识的艺术……………………………（62）
　　　5．作为整体的艺术主题………………………………（64）
　第四节　作者与作者在作品中的出场…………………………（68）
　　　1．"作者"这一术语的涵义　作者创作活动的
　　　　历史命运………………………………………………（68）
　　　2．艺术的思想—涵义方面……………………………（71）
　　　3．艺术中的非意图性……………………………………（74）
　　　4．作者创作能量的表现　灵感…………………………（77）
　　　5．艺术与游戏……………………………………………（80）
　　　6．作品中作者的主体性与作为实有之人的
　　　　作者……………………………………………………（81）
　　　7．作者死亡说与对此说的批评…………………………（84）
　第五节　作者情感的类型………………………………………（87）
　　　1．英雄精神………………………………………………（87）
　　　2．对世界满怀感激的接受与刻骨铭心的忧伤…………（90）
　　　3．田园诗，感伤，浪漫蒂克……………………………（91）
　　　4．悲剧性…………………………………………………（94）
　　　5．笑，喜剧性，反讽……………………………………（98）
　第六节　艺术的使命……………………………………………（103）
　　　1．艺术价值　净化………………………………………（103）
　　　2．文化语境中的艺术……………………………………（106）
　　　3．20世纪关于艺术以及艺术使命的争论
　　　　艺术危机说……………………………………………（114）

第二章　作为一门艺术的文学…………………………………（117）
　第一节　艺术门类的划分　造型艺术与表现艺术……………（117）
　第二节　艺术形象　形象与符号………………………………（118）
　第三节　艺术虚构　假定性与逼真性…………………………（121）
　第四节　文学中形象的非物质性　词语的塑像………………（125）
　第五节　作为语言艺术的文学
　　　　作为描写对象的言语…………………………………（127）

第六节　文学与综合性艺术……………………………………（128）
第七节　语言艺术在艺术家族中的地位　文学与
　　　　大众信息传播手段………………………………（131）
第八节　文学与神话…………………………………………（134）
　　1. 神话：这一词语的涵义……………………………（134）
　　2. 历史上的早期神话与文学…………………………（136）
　　3. 近代的神话与文学…………………………………（140）
　　4. 价值论视界中的神话………………………………（143）

第三章　文学的功能……………………………………………（147）
第一节　阐释学………………………………………………（147）
　　1. 理解　诠释　意义…………………………………（148）
　　2. 作为阐释学概念的对话性…………………………（151）
　　3. 非传统的阐释学……………………………………（152）
第二节　文学的接受　读者…………………………………（154）
　　1. 读者与作者…………………………………………（154）
　　2. 读者在作品中的在场　接受美学…………………（157）
　　3. 现实的读者　文学的历史—功能研究……………（158）
　　4. 文学批评……………………………………………（160）
　　5. 大众读者……………………………………………（162）
第三节　文学品级和文学声誉………………………………（164）
　　1."高雅文学"　文学经典……………………………（165）
　　2. 大众文学……………………………………………（170）
　　3. 消遣文学……………………………………………（175）
　　4. 文学声誉的漂移　无名的与被遗忘的作者与
　　　 作品…………………………………………………（180）
第四节　文学—精英—人民…………………………………（185）
　　1. 精英的与反精英的艺术观与文学观………………（185）
　　2. 文学中的人民性……………………………………（189）

第四章 文学作品 (196)
第一节 理论诗学的基本概念和术语 (196)
  1. 诗学:这一术语的涵义 (196)
  2. 作品 系列 断片 (198)
  3. 文学作品的构成 作品的形式与内容 (202)
第二节 作品世界 (212)
  1. 术语涵义 (212)
  2. 人物及其价值取向 (214)
  3. 人物与作家(主人公与作者) (224)
  4. 人物的意识和自我意识 心理描写 (227)
  5. 肖像 (238)
  6. 行为方式 (242)
  7. 言说之人 对话与独白 (252)
  8. 物 (259)
  9. 大自然 风景描写 (264)
  10. 时间与空间 (272)
  11. 情节 (274)
第三节 艺术言语(修辞) (284)
  1. 艺术言语与言语活动的其他类型 (285)
  2. 艺术言语的构成 (288)
  3. 文学与言语的听觉接受 (290)
  4. 诗歌和散文 (293)
  5. 艺术言语的特点 (297)
第四节 文本 (299)
  1. 作为语文学概念的文本 (299)
  2. 作为符号学和文化学概念的文本 (300)
  3. 后现代主义诸种观念中的文本 (304)
第五节 非作者话语 文学中的文学 (306)
  1. 杂语和他人的话语 (306)
  2. 仿格体 讽拟体和讲述体 (309)
  3. 借用 (313)

4．互文性 …………………………………… (320)
　　5．非作者话语和作者话语 ………………… (323)
　第六节　作品结构…………………………………… (325)
　　1．该术语的涵义 …………………………… (325)
　　2．反复和变异 ……………………………… (326)
　　3．母题 ……………………………………… (329)
　　4．细节描写和概括　跳脱 ………………… (333)
　　5．主体组织："视角" ……………………… (337)
　　6．对比和对立 ……………………………… (338)
　　7．剪辑 ……………………………………… (341)
　　8．文本的时间组织 ………………………… (344)
　　9．作品结构的内容性 ……………………… (348)
　第七节　考察文学作品的几个原则……………… (350)
　　1．描述和分析 ……………………………… (351)
　　2．文学学阐释 ……………………………… (353)
　　3．语境研究 ………………………………… (357)

第五章　文学类别与文学体裁………………………… (360)
　第一节　文学类别………………………………… (360)
　　1．文学类别的划分 ………………………… (360)
　　2．文学类别的起源 ………………………… (364)
　　3．叙事类：叙述与叙述主体 ……………… (365)
　　4．戏剧类 …………………………………… (371)
　　5．抒情类 …………………………………… (377)
　　6．类别之间与类别之外的样式 …………… (387)
　第二节　体裁……………………………………… (391)
　　1．关于"体裁"概念 ……………………… (391)
　　2．适用于体裁的"有内容的形式"概念 … (393)
　　3．长篇小说：体裁本质 …………………… (397)
　　4．体裁结构与体裁典范 …………………… (407)
　　5．体裁系统　体裁的典范化 ……………… (411)

  6．体裁对抗与体裁传统 ………………………………（414）
  7．与艺术之外的现实相关联着的文学体裁 ………（416）

第六章　文学发展的规律性 ……………………………………（419）
 第一节　文学创作的发生与生成 ……………………………（419）
  1．术语涵义 ……………………………………………（419）
  2．文学创作之发生与生成的研究史概述 …………（420）
  3．对文学有重要意义的文化传统 …………………（426）
 第二节　文学进程 ……………………………………………（432）
  1．世界文学构成中的变动性与稳定性 ……………（432）
  2．文学发展的阶段性 …………………………………（433）
  3．19世纪—20世纪文学的共通性（艺术体系）……（436）
  4．文学的地区性特色与民族特色 …………………（442）
  5．国际性文学交流 ……………………………………（444）
  6．文学进程理论的基本概念与术语 ………………（447）

术语译名对照表 …………………………………………………（451）
人名译名对照表 …………………………………………………（471）
译后记 ……………………………………………………………（483）

总序

多方位地吸纳　有深度地开采
——写在"当代国外文论教材精品系列"出版之际

周启超

这些年来,随着文论界学者向文化批评、文化研究或文化学的大举拓展,文学理论在日益扩张中大有走向无边无涯之势。相对于以意识形态批评为己任而"替天行道"的"大文论"的风行,以作家作品读者为基本对象的"文学本位"研究似乎走到了尽头。于是,"理论终结"或"文论死亡"之"新说"应运而生。甚至于有急先锋向"文学理论"这一学科本身发难:质疑它作为一门人文学科存在的合法性,怀疑它的身份。于是,"文学理论的边界"、"文论研究的空间"成为文论界同行十分关心、热烈争鸣的一个话题。文学理论是否真的已经死亡?文论研究是否真的已然终结?在对这个问题加以讨论之际,不妨也来对我们的国外同行当下的所思所为作一番检阅——对当下国外文论的态势与现状作一次勘察。这并不是要与洋人"接轨"——经济的"全球化"并不能也不应该导致文化上的"一体化"。这也不是为了什么走向世界——我们本来就在这个世界上。但是,在这个世界上,不同民族不同国别不同文化圈里的文学的发育运行还是有相通之处的,在不同民族不同国别不同文化圈里发育运行的文学理论也是有相通之处的。今天的文学理论已然在跨文化。今天的文学理论研究也应当具有"跨文化"的视界。

以"跨文化"的视界来检阅当下国外文论的态势与现状,就应当看到其差异性与多形态性、其互动性与共通性。所谓国外文论,就不仅仅是"西方文论";所谓"西方文论",也不等于"欧美文论";所谓"欧美文论",也并不是铁板一块,而应有"欧陆文论"、"英美文论"、"斯拉夫文论"或"西欧文论"、"东欧文论"、"北美文论"之分别。跨文化的文学理论研究要求我们努力面对理论的"复数"形态,尽力倾听理论的"多声部"奏鸣,极力取得"多方位"参照。多方位地借鉴,多元素地吸纳,才有可能避免偏食与偏执。这对我们的文学理论学科建设与深化尤为需要。

那么,国外同行当下的所思所为中有哪些新的情况?他们都在以"理论终结"、"文论死亡"的言说而在为"文学理论"送葬?或者,都还在"文化研究"、"文化批评"的实践中"替天行道"而流连忘返?今日国外文论有没有出现别样的气象?有没有出现什么值得关注的"转向"?这个问题自然可从不同角度来切入。不同的视界可能会形成不同的视像。"在反思中整合,在梳理中建构"——则是我们从对今日国外同行的所思所为的一番检阅之中获得的一个最为强烈的印象。

反思的激情

在现代文学理论的发祥地德国,今日的文学理论在"执著于自身的历史"。文学理论作为一门学问其源头在哪里?它恐怕还并不像有些学者认定的那样是前苏联人的"发明"。现代意义上的文学理论其实乃创始于德国,源生于并比较完善地表述于德国浪漫主义的文学批评,肇始于施莱格尔兄弟、诺瓦利斯、施莱尔马赫以及18世纪末19世纪初浪漫主义传统中的其他批评家的实践。早在1842年,德国学者卡尔·罗森克莱茨就著有《1836—1832的德国文学学》,这要比俄罗斯学者鲍里斯·托马舍夫斯基的《文学理论·诗学》(1925年初版)早83年,比勒内·韦勒克与奥斯丁·沃伦合著的《文学理论》(1942年初版)则早了整整一百年。那么,文学理论在今日德国的现状如何?汉斯·古姆布莱希特在其题为《文学学的源头与其终结》(1998)一文中指出,"在其作为一门学科几近两百年的存在中,文学学还从没有像近十年这样执著于自身的历史。"[①]

---

① H. U. Gumbreht, *The Origins of Literary Studies—and the End*;转引自《新文学评论》(俄文版)2003年第1期。

在现代文学理论的重镇俄罗斯,"文学学"本身的历程正在成为一个备受关注的课题。俄罗斯文论界的学者普遍认为,文学理论的当务之急是反思自身的历史。俄罗斯科学院世界文学研究所理论部主任、亚历山大·米哈伊洛夫在其生前撰写的最后一篇文章《当代文学理论的若干课题》(1993)中提出,文学学作为一门人文学科所面临的首要任务是"应当研究自身的历史,而且应当是以迄今为止所不可能比拟的规模来做这件事"①。俄罗斯国立人文大学高级人文研究院的谢尔盖·森金教授在其2002年的一篇《理论札记》中写道:"今天,最有价值的,倒不是革命性的学说,而宁可是在理论史方面有学识很在行的工作——进行总结,应对那些具有观念性的关联与根基加以梳理,将大师们的未尽之言说透,将大师们未曾点破的东西说穿。"②

在当代文学理论思想的策源地法国,"文学理论"的运行轨迹得到审视。反思中的法国文论家看到,当代文论的运行类似于钟摆式的摆动。今日文论专注于意识的分析、主体的分析、思想的分析——此乃昔日社会学批评之复活;此乃对巴特式的阅读解析——将阅读看成是主体与客体之相遇过程——的一种反拨。当代文论运行于悖论之中。安东·孔帕尼翁在分析今日文论现状时指出,恰恰是当代法国文论剥夺了文学本身的合法性,恰恰是当代法国理论抛弃了仅仅在法国才保留下来的人文主义的文学典律。今日文论的困境产生于文论尚未稳定、尚处于确立的阶段。如此看来,文学理论远未终结。1999年,法国学者与加拿大学者建立了专门研究文学理论的网站,发布文学理论研究的信息。1999年5月在巴黎七大召开过"文学理论究竟是什么?"专题学术研讨会,会议表明,当下治文论的学者分为两组,路向可分为三条。所谓两组学者:一组执著地寻找对理论的准确界说,致力于建构理论文本的大厦,确定基本的理论原则;另一组则视文学理论为一种元批评文本,对文学理论形成的历史阶段加以分析。所谓三条路经:其一是继续研制文本理论;其二是相应于对方

---

① А. В. Михайлов:《当代文学理论的若干课题》,《语境1993》,莫斯科,1996年,第12页。
② С. Зенкин:《理论札记》,《新文学评论》(俄文版)2002年第1期。

法的新的界说而重构理论场;其三是对于文学理论加以历史的考察。

在一向抵制理论而以其实证主义传统著称的英国,针对过度的解构的反击正在出现。有学者(拉曼·塞尔登、彼得·威德森《当代文学理论导读》,1997)对当代理论的不断分裂与重组加以梳理:既看到"后现代理论裂变"——单数的、大写的"理论"迅速地发展为小写的、众多的"理论",而孵化出了大量的、多样的实践部落,或者说理论化的实践;又看到"大质疑大解构之后的大反思大建构"——一种向表面上更传统的立场的转向:那些经过理论历练而希望站在文学本身的立场上向文学研究中理论话语的统治发起挑战的年轻一代学人,希望为讨论文学文本、阅读经验和评论文本找到一条道路。① 有学者(安德鲁·鲍伊《对德国哲学与英国批评理论之调解》,1997)指出:过度的后结构主义现在正在导致盎格鲁-撒克逊世界的一种反击,以致过去 20 年中(1977—1997)某些最有影响的理论正在受到近乎于轻蔑的对待,这种对待不只来自无论如何总是反对这些理论的那些人,而且越来越多来自原先对这些理论有某种同情的人。伦敦大学的这位教授认为,现在是停止仅仅专注于解构文学文本的时候了。那种解构假定了这些文本对社会具有比它们实际所具有的更大的影响。艺术不仅仅是意识形态。② 彼得·威德森在《现代西方文学观念简史》(literature,1999)一书中着手对文学这一概念的演变轨迹加以清理,对"文学"、"文学价值"、"典范"这三个相互关联的核心概念内涵的增生与变异加以反思:在 20 世纪后期,"文学"作为一个概念、一个术语,已然大成问题了。要么是由于意识形态的污染把它视为高档文化之典范(canon);要么相反,通过激进批评理论的去神秘化(demystification)和解构,使之成为不适用的,至少是没有拐弯抹角的辩护。彼得·威德森提出,需要将"文学"拯救出来,使之再度获得资格,这总比不尴不尬地混迹在近来盛行的诸如"写作"、"修辞"、"话

---

① R. Selden, P. Widdowson, P. Brooker, *A Reader's Guide to Contemporary Literary Theory*, Fourth Edition, pp. 7—8, London and New York: Prentice Hall/Harverster Wheatsheaf.

② A. Bowie, J. Enkemann, *Mediating German Philosophy and Critical Theory in Britain*;转引自《差异》第 2 辑,周晓亮译,河南大学出版社,2004 年,第 275—276 页。

语"或"文化产品"泛泛的称谓之中好一点。① 正因为这样,他才同意特里·伊格尔顿的如下说法:"文学的确应当重新置于一般文化生产的领域;但是,这种文化生产的每一种样式都需要它自己的符号学,因此也就不会混同于那些普泛的'文化'话语。"

彼得·威德森注意到,理论的位能导致出现了"多种多样的作家、批评家以及文学史家"通过界定以及他们对构成文学的"文学性"(literariness)进行"客观性"研究这两种有效处理的景观。现代文论提出,文学文本事实上都在每一个读者的每一次阅读行为中进行"重写",而这并非依靠专业分析的过程,所谓文学其实就是在作者、文本、读者这三者没有穷尽的、不稳定的辩证关系之历史中不断重构的。这正如文本写完和印刷之后作者对文本的控制和权威也就因此放弃了一样,所以读者所处的阅读地位无论是在整个历史中还是在其所处文化位置的任何既定时刻,都是十分不同的;所谓"文本"也就成为了上述种种差异的产物。那么,这"重写"、这"重构"一直以来究竟是怎样的,尤其是过去30年前后的情况如何,怎么给予比较充分的理论批评说明?

这就有必要去考察文学观念的行程,即"文学"的基本意义在过去是怎么建构的,而现在又是怎么解构的。在彼得·威德森看来,答案就在于什么是这种建构与这番解构的真正的目的和动力——"文学"包括"有文学性的"(the literary)是过于深入人心,而被过度消费了。这就有必要从历史语源学的角度来谈论"文学"的行程与优势,以及晚近是如何对其解构和置换的。有必要对"有文学性的"进行再界定并重建其信誉,设法表明所谓"自由空间"在如今的文化主流话语、文化生产形式与交流方式中有什么用处,而且不复有原初的"有文学性的"。有必要去证明文学的用途,去表明来自于以往的文学可以继续给我们提供某种"特殊知识"形式;特别是什么样的关于我们自身文化的"新闻"可以依靠当代文学—新闻得到传播,否则的话就会毫无意义,除非是在其文学性表述的具体文本中得以释放。②

---

① P. Widdowson, *Literature*, p.2, London and New York: Routledge, 1999.

② P. Widdowson, *Literature*, p.14.

也就是说,要反思、要梳理现代"文学"观念的建构过程。要针对"消解历史"而来展开"再历史化",要针对"解构"来展开"重建"。文学理论正是在不断的反思中推进的。

即便是在文化批评仍大有市场、文化研究势头似乎不见衰减的美国,也还有另一些声音,出现了新的迹象——传来要回到文学文本、回到文学作品的"文学性"的呼唤与主张。有学者看到:"不论是后现代后结构,或是文化研究理论,都会带来一个问题:到底文学作品中的'文学性'怎么办,难道就不谈文学了吗?美国学界不少名人(包括著有《在新批评之后》的弗兰克·兰特里夏)又开始转向了——转回到作品的'文学性',而反对所有这些'政治化'或'政治正确化'的新潮流。"① 美国比较文学学会2003年的年度报告也提倡"文学性",将之作为比较文学的主要特征:比较文学不仅要"比较地"研究国族文学,更要"文学地"阅读自己的研究对象。这样的文学性阅读要求对研究的对象做仔细的文本考察,并具有"元理论"(meta-theoretical)的意识。② 即便是被尊为"文化批评大师"的爱德华·赛义德后来也认为回到文学文本、回到艺术,才是理论发展的征途。③ 自然,有心人也不会忘却,在所谓文学理论的"文化学转向"大潮中捍卫文学本体研究的"保守派",即便在大尚"解构"的美国文论界,其实也一直是不乏其人,甚至还有颇有权威的学者。在20世纪80年代,至少有勒内·韦勒克(《对文学的非难及其他论文》,1982);在20世纪90年代,也至少有哈罗德·布罗姆(《西方典范》,1994)。

梳理的路径

正是这种反思的激情在推动着"文学学"历程的审视与检阅,在推动着对"文学"行程的梳理、对"文学理论"行程的梳理、对"文学学"历

---

① 李欧梵为勒内·韦勒克与奥斯丁·沃伦合著的《文学理论》(中文修订版,刘象愚等译)所写的总序(一),江苏教育出版社,2005年,第7页。
② 张英进:《文学理论与文化研究:美国比较文学研究趋势》,《比较文学报》2004.9.25。
③ 盛宁:《对"理论热"消退后美国文学研究的思考》,《文艺研究》)2002年第6期。

史运行轨迹与当下发育态势的梳理。梳理文学是如何被解构为大写的文学与小写的文学;梳理文论是如何被解构为"文学理论"与"文学的理论"。目前,这种梳理主要是在以下几个路径上进行。

路径1　梳理现代"文学"观念的建构轨迹。

英国学者拉曼·塞尔登、彼得·威德森看到,事到如今,即使是最彻底的文学批评家也不会轻易接受那种单一的"文学"观念了,或是认为关于文学这个概念只能有一种基本定义,即只存在某种天生的、自我确证的文学"要素"的定义。事实上,的确存在许许多多的文学而不是只有一个单一的文学。对不同的人来说,文学乃意味着不同的事物。尽管这是默认的、下意识的,或是不会公开承认的,我们也必须接受这一点。

如今,有大写的、不带引号的"文学",也有小写的、带引号的"文学"。前者在这里表明的是一种具有全球性文学写作实体的概念;而后者的意思不过是表明那些不太注意鉴别的文集大全尚有些文学性可言,其实属于相对于"创造性"或"想象性"写作这种人工技巧而言的不同领域,不过是写作性交流的一种远为平凡普通的形式。

如今,在大写的"文学"中实际上存在着许许多多的文学,批评的注意力正是集中在这种以复数形态存在的文学上;小写的"文学"是在批评之外而独立存在的,大写的"文学"则完全是由批评"创造"出来的。正是文学批评选取、评估和提升了那些作品,而那些作品又同样地再被分配安置。也正是由文学批评或多或少明确地去测定作品的特质,那些构成了具有很高"文学价值"的作品的特色。换句话说,所谓"文学",其实是按照文学批评所设想的形象来"建构"而"制作"出来的。

路径2　梳理当代文学理论的不同范式。

法国学者安东·孔帕尼翁——罗兰·巴特的弟子,曾在索邦大学和哥伦比亚大学执教文学理论,主张将"文学理论"与"文学的理论"区分开来,而批评"文学的理论"之自杀性的极端主义;孔帕尼翁所说的"文学理论",指的是普通文学学与比较文学学的一个分支,是在文学研究这门学问的整个历史中一直与之相伴随的一种学术话语;而他所谓的"文学的理论",则首先指的是法国的"新批评"学说,一部分也指美国的"新批评"学说。这种"文学的理论",更多的是一种意识形态批评,包括"文学理论的意识形态"①。安东·孔帕尼翁的基本立场是不必对理论失望,而要对理论加以质疑,保持批评的警觉。

路径3　梳理文学学的当下境况与运行机制。

俄罗斯科学院世界文学研究所理论部不久前组织了一次关于"文学学现状"的问卷调查。其中的问题就有:文学学的界限(文学学对相邻学科的扩张与文学学家的自我限定)、"文化对话"与文化学的强暴、文学学的教学与研究、文学学是一门"纯科学"还是文学?针对文学学在20世纪风风雨雨的曲折历程与当下面对的种种挑战,他们在研究当代文学学这门学问的学理依据,在探讨当代文学学家的学术定位,在追问当代文学学的结构与类型,在考察文学学系统中的"文学理论",在进入"元文学学"的思索。世界文学研究所理论部这几年的一个大项目就是多卷本的《20世纪文学理论总结与21世纪的前景》。其中有《文学作品与艺术进程》、《艺术文本与文化语境》、《20世纪的文论学派:思想·方法论·学说》、《体裁理论的现代课题》、《20世纪的文学与现实》、《20世纪的文学神秘化与作者身份问题》等等。

路径4　梳理文学理论最为核心的范畴或"关键词"。

在法国,朱丽娅·克里斯蒂娃在研究"想象的(世界)"——这一堪称现代文论重要源头的范畴——的历史流变,在梳理这一范畴在兰波、马拉美、超现实主义者与"如是"社团的创作中的具体演变轨迹。文学理论网站主持亚历山大·热芬则在致力于对文学理论中一个极为重要的关键词"模仿"加以梳理。他于2002年推出长达246页的注解式文选著作《"模仿"》,在"模仿的积极性"、"各种模仿体裁"、"古典主义的模仿说"、"对模仿的追求"、"对模仿范式的批评"等5个章节里,对自柏拉图、亚里士多德、贺拉斯至布列东、巴特、德·曼等著名文论家在"模仿说"这一文学再现理论上的不同见解作了十分详尽的论述。

---

① A. Compagnon, *Le Demon de la Theorie* (1998);转引自俄译本《理论之魔》,莫斯科,2001年,第27页。

安东·孔帕尼翁于1999—2000年在巴黎四大开设"作为概念的文类"讲座。一共有13讲的这个讲座,对文类理论从古希腊罗马至当代的形成与发展作了系统的梳理,尤其对文类学的现状作了清晰的描述。此前,安东·孔帕尼翁的著作《理论之魔——文学与流俗之见》(1998),可谓在文论史的反思与核心范畴的梳理上的一部力作;作者在这本书里致力于对当代种种文学理论企图加以颠覆的核心范畴——"文学"、"作者"、"现实"、"读者"、"文体"、"历史"、"价值"的多种内涵加以梳理与反思,将不同的文学理论学说置于其历史语境之中与不断冲突的张力场之中加以审察;此书属于"现代文论关键词研究",也可称之为"文学理论之追问:七个问题"。

俄罗斯学者亚·米哈伊洛夫在其《当代文学理论的若干课题》中提出,文学理论这门人文学科到了"该对文学学的关键词加以历史的梳理"的时候了。文章的第2节就是"论文学学关键词研究对这一学科的意义"。这位多年研究德国文论的著名学者认为,文学学的关键词应包括四个层面:其一是作为整体的文化的关键词;其二是诗学的关键词;其三是由大文化语言渗入文学学的关键词,譬如"对话",尤其是那些多半由哲学、美学渗入文学学的关键词,从语言学、艺术学渗入文学学的关键词;其四是文学学本身专有的一些领域,如作诗法中的某些关键词。① 亚·米哈伊洛夫倡导对"文体"与"性格"之观念的流变、对"内在形式"与"崇高"这样一些范畴,加以历史的梳理;他本人就对"性格史"作过专门梳理;他的这一倡导,得到了他的同事们的积极响应。

莫斯科高校出版社于1999年推出又于2004年再版了一本《文学学引论》。这里不再有"艺术的特征及其研究原则","作为一门艺术的文学及其类别","艺术内容、激情及其不同类型","艺术形式、风格、艺术言语、文学体裁"这样一些在不久前修订的《文学学引论》中也还保留的论题,而已然是一部紧扣"文学作品理论"而深究其关键词的专论。该书系多年耕耘于文论教学园地的知名教授联手合作的成果。26位学者对文学作品理论中的45个关键词作了较为系统而又简明的

---

① А. В. Михайлов:《当代文学理论的若干课题》,第14—15页。

梳理、界说、阐释。进入这45个选项之中的,既有传统文论必不可少的"艺术形象"、"人物"、"情节"、"布局"、"肖像"、"风景"、"叙述"、"描写"、"诗"、"小说"等等,又有现代文论词汇库中才有的"原型"、"接受者"、"符号"、"文本"、"视点"、"对话"、"时间与空间"、"作为艺术整体的文学作品"、"作品功能"等等。

反思与梳理的成果

1. 几本颇受好评一版再版的文学理论教材。

在德语世界——《新文学理论:西欧文学学导论》(2次新版,西德出版社,1997)。

近25—30年来的德国文论是个什么样的状况?对于我国文论界,这可以说是一个旷日持久亟待填补的空白。德国学者克劳斯-米歇尔·波哥达所编的《新文学理论:西欧文学学导论》,对20世纪70年代以降西欧(欧陆)文学学主要流派的重要学说——加以品说,对德国的新阐释学、文学作用与文学接受理论(狄尔泰、伽达默尔、尧斯、伊塞尔)与法国的后结构主义理论(福柯、拉康、巴特、阿尔都塞)——作了概述,对20世纪德国文学学基本路程加以回顾(世纪初方法学上的多元论、50年代学院派文学学的危机、60年代去神秘化……),对"话语间分析"这一方法作了阐释。全书分为十章,简明而清晰地介绍和评价了十个主要流派。那些在具有德国传统优势的文学理论学说近几十年的发展中,那些在当代法国文学理论的发展中举足轻重的大家都有专章论述。各章均有德国学界本领域的著名学者撰文,既切中要害,又要言不烦。

德国学者注意到,20世纪文学研究的一个重要特征就是文学学积极地与它的一些相邻学科——符号学、政治学、哲学等——在互相作用,这丰富了术语武库与研究方法,但也不可避免地导致一些通用概念的变形,导致过度的工具主义。正是阐释学的代表们一直在捍卫着对作品的"纯洁的精神观照",恪守精神性优于工具性。狄尔泰、伽达默尔、尧斯、伊塞尔这几位是为数不多的成功者——成功地在自己的学术活动中将古典阐释学的精神传统与心理学、社会学、符号学的实用性视角加以融合,而并不忽视艺术作品意蕴之不可穷尽性,创建了令人耳目一新的"读者理论"。尧斯、伊塞尔的著作,推动了文学接受机制的多方位研究——比如,重构文学作品在具体的社会历史环境中的接受过程(皮埃尔·布迪厄研究接受更替史的文化社会学)。特别值得关注的是,《新文学理论:西欧文学学导论》对当代德法文论的互动作了具体的考察。

可与这本《导论》相配套,或者说,比较系统而深入地反映当代德国文论景观的,还有《今日德国哲学文学学》(文选)(2001)。这部文选,是由接受美学的发祥地——著名的康斯坦茨大学的两位青年学者专为俄罗斯读者编选的文选,收入当代德语人文学界最为著名的学者的16篇文章,对当代德国文学学的发展倾向作了相当全面的展示:对如今在德国流行的考量艺术文本的种种不同视角——精神分析、互文性、互媒体性、女性主义文学学、解构主义、文学社会学、哲学美学等等——做了一一介绍,对德国文学学的社会历史、体裁理论、功能理论、虚构理论、系统理论以及"记忆"、"神秘"、"圣像"等等——作了概述。这部文选定位于高校语文系、哲学系以及所有对当代文学学感兴趣的学生和教师,是高校文科教材。

在英语世界——《当代文学理论导读》(*Harvester Wheatsheaf*,2005)。

该书由拉曼·塞尔登、彼得·威德森、彼得·布鲁克联手合著。此书以简洁清新、深入浅出的文字把艰深晦涩的当代文学理论表述得明白晓畅,为学生勾勒出一幅斑斓而醒目的当代文论气象新版图,一问世就受到学术界的高度评价,吸引了大量读者,成为不断再版的好教材(1985,1991,1993,1997,2005)。该书第4版修订并扩充了对近20年来最新文论的概述,后四章[后结构主义理论、后现代主义理论、后殖民主义理论、同性恋理论与酷儿理论(queer theory)]几乎占用全书的一半篇幅,当代文论的最新流变得到了简明而清晰的梳理与展示。

这本《导读》认为,20世纪60年代末是一个开始变革的年代,1965—1985年这20年间,许多来自欧洲(特别是法国和俄国)的理论资源对大家认可的普通观点提出好像无休止的挑战;1985—1997

年这12年来发生的惊天动地的变化已经极大地改变了"当代文学理论"的面貌(当代理论的不断分裂与重组);"文学理论"已经不再能够被看做一个有用的、不断进步地产生的、包容了一系列可以界定的时期或"运动"的,也即包含了发送、批评、演进、重构的著作体。单数的、大写的"理论"迅速地发展成了小写的、众多的"理论"——这些理论常常相互搭接,相互生发,但也大量地相互竞争。① 文学研究的领域充满复杂性与多样性。作者的立意是为这片困难疆域绘制一份轮廓分明的入门向导。

这本《导读》并不伪称自己提供这一领域的广阔画面,它的论述只能是有选择的、部分的(在这两种意义上),它所提供的只是对过去30年(1967—1997)理论论战中最显著的、最具挑战性的潮流的一个简明扼要的概述。这些潮流共有10个:英美新批评、俄罗斯形式论学派、读者导向理论、结构主义理论、马克思主义理论、女性主义理论、后结构主义理论、后现代主义理论、后殖民主义理论、同性恋理论与酷儿理论。其中,前六种是"当代文学理论"史的一部分,确切地说,它们自身却不是"当代文学理论"。这并不是说,它们现在多余了、衰老了、没用了;相反,它们的前提、方法论和观念今天依旧具有启发性,仍然可能是文学理论中某些创造的出发点,它们曾经为理论领域新的领袖们领跑,从这个角度看,它们中除了几个明显的例外(如种种马克思主义理论),都有点落伍,因而留在目前主流的竞赛之外。后四种特别是关于后现代主义、后殖民主义、同性恋理论与酷儿理论都**大大**超越了"文学的"范畴,看到这一点是很重要的。这些理论在全球范围内促进了对一切话语形式的重新阐释和调配,成了激进的文化政治的一个部分,而"文学的"研究和理论只不过是其中一个多少有点意义的再现形式。把文学研究推向各种形式的"文化研究",对大量非经典的文化产品进行分析这一潮流代表了某种形式的反馈,因为,文化研究主体的初衷就是要颠覆业已形成的"文学"和文学批评观念,早期的文化研究者们所做的正是这些。在"当代文学理

---

① R. Selden, P. Widdowson, P. Brooker, *A Reader's Guide to Contemporary Literary Theory*, Fourth Edition, p.7.

论"的语境中,"文化理论"成了整个学术研究领域中一个笼罩一切的术语。这本《导读》充分认识到这些转变,尽管对这些新的理论作了简要的论述,但却始终注意在**广阔多变的文化史进程中保持一个文学的焦点。**

这本《导读》认为不同的理论乃是在从不同的兴趣点出发对文学的不同拷问。不同的文学理论倾向于强调文学之不同的功能。① 或者说,不同的文学理论定位于不同文学活动的不同维度:

    马克思主义
  浪漫主义的＞形式主义＞读者
  人文主义 结构主义 取向的

浪漫主义的人文主义理论强调的是表现在作品中的**作者**的生平和精神;"**读者**"理论(现象学批评)则把强调的重点放在**读者**或者"感受的"体验上;形式主义理论集中讨论**写作**本身的性质;马克思主义批评则把社会的与历史的**语境**看做是根本的;而结构主义诗学注意的却是我们通常用以建构意义的**符码**。在最佳情况下,这些方法/视界中没有一种会无视文学交流中其他方面的维度。譬如,西方马克思主义批评并不坚持严格的语言参照的视点,作家、听众和文本全都被包含在它那个总体性的社会学的观点内。不过,《导读》的编写者指出,有一点应该提起注意,在上面的图示中,并没有提到女性主义、后结构主义、后现代主义、后殖民主义以及同性恋理论和酷儿理论的领域。这是因为,这些理论都以各自不同的方式扰乱并打断了上述最初图示中各方面的关系,但是,正是这些理论说明了 1985—1997 年这 12 年间隙中不平衡的发展历程。1985 年以来,批评理论与实践的发展在几何形态上是多样的、不平衡的。《导读》这一版(1999 年版)的形态与构成试图阐明这种发展,同时也是这种发展的一个见证。

---

① R. Selden, P. Widdowson, P. Brooker, *A Reader's Guide to Contemporary Literary Theory*, Fourth Edition, p. 5.

在俄语世界——《文学学导论》(2004)。

本书系莫斯科大学文学理论教研室资深教授、近15年来在俄罗斯文学学界十分活跃的一位学者瓦列京·哈利泽夫继《文学理论教程》、《文学学导论》之后推出的一部力作,1999年问世,初版一万册;2000年再版,2002年、2004年又出了修订版。这本《文学学导论》由导言与六章组成,分别论述"艺术本质"、"作为一门艺术的文学"、"文学的功能"、"文学作品"、"文学类别与文学体裁"、"文学发展的规律性"。从结构框架上看似乎并无什么破格之举。但细细读来,确有特色,确有创新。其主要特色在于,将文学理论的阐述置于与其密切相关的人文学科的关系之中——与美学、社会史、文化学、价值哲学、符号学、语言学、交往理论、宗教学、神话学的学说之中;19—20世纪这二百年来文学学的各种思潮与流派的方法论立场,在这里都得到了讨论;艺术本质与文学特征、文学起源与文学功能以及世界文学进程的普遍性问题,都设有专门的章节;理论诗学的基本概念得到了"简约而不简单"的界说。与现有各种文学理论教材相比较,这部教科书的主要创新有以下三点:

其一,在写作立场上终于走出流派斗争学派较量的思维定势,其学术视界是开放的。它定位于"流派之外"而力图对各家各派"兼容并蓄"。这显示出当代文学理论建设者应有的包容精神。

其二,这本面向大学生、研究生与高校教师的教科书,敢于针对高校文学理论教学实践与当代文学学已然达到的成就之间严重脱节的现状,对已有教科书中所缺失的但却是现代文论重要成果的一系列论题、概念与术语加以探讨,以其丰富的信息来提升文学理论教材的现代性水平。诸如"艺术创作中的非意图性"、"读者在文学作品中的在场"、"高雅文学与大众文学"、"文学经典与文学声誉的漂移"、"精英与反精英的艺术观与文学观"、"传统与非传统的阐释"、"人物的价值取向与行为方式"、"文学类别之间与类别之外的文学样式",等等,均进入这本教科书之中。

其三,加大了文学本体研究三大链环——作者理论、作品理论、读者理论的论述分量,尤其是充实了文学作品理论,显示出深化"理论诗学"的学术取向,对"理论诗学"的一些关键词的主要涵义——加以辨析与界说,这无疑有助于提高文学理论的科学性程度。比如,在"文本"这一节,列出"作为语文学概念的文本"、"作为符号学与文化学概念的文本"、"后现代主义诸种学说中的文本"这三小节,这就为文本理论的系统研究开启了不同的界面。在"文学接受·读者"这一节,则有"读者与作者"、"读者在作品中的在场·接受美学"、"现实的读者·文学的历史—功能研究"、"文学批评"、"大众读者"这五个层次。

尽管许多论题或论题的不同界面还只是点到即止,但这本《文学理论》不囿于一家一派而有海纳百川的开放眼界,无意立一家之言而倾心于在资源整合之中来深化学科建设的学术选择,尤其是致力于文学理论的现代性水平与科学性程度之双向提升的学术取向,分明是今日俄罗斯文论界在"开放"中有所"恪守"这种学术氛围的一个缩影,在"解构"中有所"建构"这种学术理念的一个结晶。

开放的学术视界、兼容的理论立场,定位于"流派之外",而使"种种不同的、有时彼此互不相容的学术思想与观念学说与在这本书中得到对比与分析。"将系统性与逻辑上的井然有序同反教条性、与对话式的开放性结合起来,①确实是这部《文学理论》的作者所竭力企及的目标。

关注"文学学"一些核心命题或关键词(诸如作者、作者创作能量;读者、读者在作品中的在场;作品、文本、互文性;结构、结构的内容性、富有内容性的形式;视角、主体机制;对话与独白等等)对其主要涵义加以界说,确实是这本教科书有别于同类著作的一大特色。

2. 近些年来,国外文学理论教材建设的多样化与个性化愈来愈突出。一些注重实用、注重个案、注重解读的文学理论教材或教材参考,引人注目。

在美国——《文学作品的多重解读》(2001)。

本书系美国东北大学英文系教授迈克尔·莱恩(Michael Ryan)所著,Blackwell Publishers 1999年初版,1999年、2001年重印。该书是专门为高等院校"文学理论与批评导读"课程编写的一本教材。

---

① В. Е. Хализев:《文学理论》(第4版),莫斯科,2004年,第11页。

其特色是关注文学理论的应用,提供运用诸多理论视角具体解读同一文学文本的例证。作者选择莎士比亚的剧作《李尔王》、亨利·詹姆斯的《艾斯彭遗稿》、伊丽莎白·毕肖普的诗作与托妮·莫里森的《蓝眼睛》等四种作品为经典文本,分9章对现代文论中的形式主义、结构主义、后结构主义、解构主义、后现代主义、马克思主义、历史主义、女性主义、精神分析、性别研究、同性恋研究、酷儿理论、族裔批评、后殖民主义、国际研究等批评视角,作了深入浅出的解说,易于为大学生理解并把握;通过对比式"多维度"细读,该书生动而具体地展示同一种经典文本何以能作多面观,同一种经典文本在不同的理论视界中何以得到各不相同的解读。运用莱恩的模式以及他的"阅读建议",学生们可以去探索他们自己对这些经典文本的解读,去培育他们自己应用现代文学理论的技巧。针对不少文学理论教材从理论到理论难以为学生接受的局限,这部教材着眼于当代文论在批评实践中的可操作性,显示出经典文学文本解读的开放性,可以说是同时对文学作品的魅力与文学理论的生命力加以双重展示的一个较好的范本。①

在俄罗斯——《艺术话语·文学理论导论》(2001)、《艺术分析·文学学分析导论》(2002)。

这两本文学理论教材篇幅不大(每本不超过100页)。其作者瓦列里·秋帕教授、俄罗斯国立人文大学"理论诗学与历史诗学"教研室主任,是近十多年来在俄罗斯高校文学理论界颇多创见的领衔学者;《艺术话语·文学理论导论》是他近年来给高校文科教师和研究生授课的讲稿,集中阐述"文学三性",即符号性、审美性、交际性,其具体展开路径是:作为派生符号系统的语言艺术,艺术文本的结构;作为情感折射活动的语言艺术,艺术性的样态;作为艺术书写策略的语言艺术,艺术性的范式,这在理论视界上可谓别具一格。《艺术分析·文学学分析导论》则是为高校文学理论专业教师开设的讲座,它在文学作品分析上提出一种颇具独创性的方法学。秋帕在这里将文学看成

---

① M. Ryan, *Literary Theory: A Practical Introduction*, Blackwell Publishers, 2002.

一种艺术现实,来探讨其在文本与意蕴之间的本体状态,而致力于对文学作品加以多视角的言之有据的分析、多层次的具体入微的阐释。作者以俄罗斯文学经典作品为例,来演绎自己的理论,在具体操作上深入浅出,努力克服文学理论教学常常高头讲章的毛病,深得学生和教师的欢迎。

在法国——《文学世界共和国》(1999)。

此书作者帕斯卡尔·卡珊诺娃提出了一个新颖的"世界文学"观。她将世界文学看成是一个整一的、在时间中流变发展着的空间,拥有自己的"中心"与"边缘"、"首都"与"边疆",世界文学并不总是与世界政治版图相吻合。作者分析具体作家与流派进入世界文学精华的模式,考察文学"资本"的积累过程,并以乔伊斯、卡夫卡、福克纳、贝克特、易卜生、米肖、陀思妥耶夫斯基、纳博科夫等大作家的创作为个案,探讨民族文学在全球结构中的身份化问题。卡珊诺娃着力于世界文学发育机制的理论思考,对过去习见的"民族性"与"世界性"与当下时尚的"本土化"与"全球化"的二元对立的思维范式均有所突破。这是属于以个案研究进入"当代文学理论前沿"思索的一部力作。

在英国——《文学》(1999)。

该书系英国著名文学教授彼得·威德森教授所作,Routledge 1999 年版。威德森多年致力于高校文学理论教材建设,曾与 E. M. Forster 合著《当代文学理论》,并与 Raman Selden 教授合著已 5 次再版、影响甚大的《当代文学理论导读》。《现代西方文学观念简史》全书包括六章,分述什么是"文学"?某些定义与非定义;"文学"曾经是什么?一部概念史,第一部分:悖论的起源;"文学"有何变化?一部概念史,第二部分:20 世纪 60 年代;"文学性"是什么;"文学性"的用途新的故事。

在《现代西方文学观念简史》中,威德森以深入浅出的文字阐述"文学"曾经是什么、"文学/有文学性的"其现今所指是什么,对于作为一种文化概念的"文学"的历史即文学观念的演变轨迹,作了相当清晰的检视与梳理,对于"文学/有文学性的"在当今时代可能具有的内涵、地位与功能作了相当理性的思考,并举例阐明由"文学/有文学性的"这一术语所引发的种种理论争鸣,提出在新世纪的文化空间里

"文学/有文学性的"之可能的功用或潜在的所指。不难看出,威德森的这本"文学"实际上可以作为一部"现代西方文学观念简史",而用于文学理论的教学与研究之参考。

新世纪伊始,中国社会科学院文学理论研究中心就积极面对当代国外文论发育的多声部性与多形态性,积极面对当下国内文论发育的生态失衡——我们在国外文论的研究上往往驻足于思潮的"跟踪"、时尚的"接轨",在国外文论的借鉴上时不时地就失之于"偏食"甚至"偏执"的现状,而以其对国外文学理论展开多语种检阅与跨文化研究的视界,以其多方位参照深度开采吸纳精华的宗旨,启动"集中引进一批国外新近面世且备受欢迎的文学理论教材力作"的译介项目,推出一套《当代国外文论教材精品系列》,对国外同行在"文学"、"文学理论"、"文学理论关键词"与"文学理论名家名说大学派"这几个基本环节上的反思与梳理、检阅与审视的最新成果,加以比较系统的介绍,以期拓展文论研究的视野,丰富文论探索的资源,而服务于我国高校文学理论的教学与研究的深化,来推动我国的文学理论学科建设。经过好几个春夏秋冬的准备,中国社会科学院文学理论研究中心与北京师范大学外文学院、湖南师范大学文学院、北京大学出版社联手,推出本系列第一辑。在这迎春瑞雪滋润大地的时节呈现在读者面前的,分别由刘象愚、钱竞、赵炎秋、周启超主译的这四种著作,就是这一系列的开篇。这一系列是开放的,但愿这开篇会引发我们对国外文论精品成果更为深入的开采,更愿我们的开采能对那些仍坚守在文学理论园地耕耘不辍的高校同行的教学与研究有所裨益。我们深信,文学理论没有也不可能终结或消亡,只要文学不终结不消亡。我们坚信,只要我们坚持多方位地吸纳,有深度地开采,在开放中有所恪守,在反思中有所建构,就会迎来文学理论新的春天。

2006 年春

与时俱进　推陈出新
——今日俄罗斯文学理论气象手记(代译序)

周启超

在"文论何为?"的追问已然不绝于耳的今天,在"文学理论的边界"已经成为文论界当下时尚的一个话题的今天,现代文论的重镇之一——俄罗斯文论界有没有什么值得关注的作为?

务实地思量:俄罗斯的"文学学"、"文学理论"的教学与研究有没有出现什么新的气象?在文学学探索取向上、在文学理论课程结构上有没有发生什么新的变化?务虚地考量:苏联解体以降,俄罗斯对国外文论的开放程度究竟有多大?对其本土的理论资源又是持什么样的姿态?是不是在实现与过去与旧体系的"彻底决裂",是不是在实现与苏联时期占据主流地位掌握话语权力的那一流脉的"决然告别",是不是在实现与西方文论新潮的"全面接轨"?

这些年来,我们一直在关注这些问题。不论是在赴俄赴美访学期间作实地调研,还是通过学界朋友的信息交流,都时时留意俄罗斯文学理论园地的讯息。诸如"文学学引论"、"文学学原理"、"文学理论"、"理论诗学"这些文学学课程的教学大纲有什么变动,在文学理论岗位上的那些专家学者有什么新著新说?今日俄罗斯文学理论在怎样面对"文化研究"或"文化学"的新潮?通过这几年持续的追踪与检阅,我们看到,重文化意识形态的"解译"、重语言艺术形态的"解析"以及在语言艺术形态与文化意识形态之间穿行的"解说",作为当代文论的三大流脉,依然并行不悖,在互动互补之中共同参与文学理论建设。多声部、多形态、多取向这一文学理论的基本格局,并没有由于苏联国家解体而顿然消失,也没有由于苏联文化解构而被彻底颠覆。俄罗斯学术界、出版界对其国内本有的、却长期被冷落的理论资源的开采发掘,在这15年里并未由于经济休克或政局动荡而中断;对国外文论中各种流派各种思潮之名家名著名说的开放接纳,在这15里依然以多方位的大视野在展开。

我们看到,俄罗斯文论依然执著地从"本土资源的开采"与"域外成果的拿来"这种双重吸纳中获取养分。在今日俄罗斯,文学理论课程结构在调整在革新,文论辞书文选在修订在刷新,文论教材在编写在更新,新的学术理念与学术取向在酝酿在孕生。

种种迹象在表明,这是一种"解构"中的"建构",一种"开放"中的"恪守"。在清理中建设,在对话中创新——可谓解体以来俄罗斯文论的基本表征。

种种信息在佐证:这15年来,在对于域外成果的开放吸纳与对于本土资源的清理开采这两个平台上,俄罗斯文论都颇有收获,颇有推进。远非是我们有些学者所想象的那样,几十年如一日的老一套,而只有那份等待清算或讨伐的命运。

(一)

在俄罗斯,不论是科学院的文学研究所,还是高校的文学理论教研室,对于当代国外文学学的新思潮、新流派、新趋势,自"解冻"以来一直是在予以积极的吸纳。20世纪80年代里,他们就出版过当代国外文学学的综述概观或是文献汇集的著作。解体以来,这类研究仍在继续。《当代国外文学学·西欧诸国与美国:学说·学派·术语》于1996年初版,1999年再版。2004年,系统整合俄罗斯学人对西方文论多年研究成果的《20世纪西方文学学大百科》在莫斯科面世。不知是不是巧合,就在媒体报道雅克·德里达去世的那一天(此公也曾于1993年在莫斯科讲学,有《德里达在莫斯科》一书为证),在俄罗斯科学院社会科学信息中心举行了这部辞书的首发式。这部百科,收入177个现代文论术语辞条,613位当代文论家辞条,囊括来自欧洲与美洲的18个国家,力图展示20世纪西方文学学全景。55位俄罗斯学者联袂合作,对当代西方最有影响的文学学学人、学派与学说之要旨,作了一次比较系统的梳理与检视,对其主要取向、基本范式、核心理念作了简明扼要的评述,这些学派学说的"关键词"也被置于其生成语境之中加以精微辨析。

这种研究,自然不是一般的即时译述就能完成的,而是持之以恒经年累月悉心探察的结晶。目前,世界文学研究所理论部的同仁正在将20世纪70年代就开始推出的8卷本西方文论述评系列《理论·学派·学说》重新整理出版。

看来,苏联国家的解体与苏联文化的解构,并没有中止俄罗斯学界这种一贯重视域外理论资源多方吸纳的学术志业。社会政治经济生活的凄风苦雨并没有使学术文化的薪火悄然熄灭。

(二)

学术薪火的传承与学术命脉的维系,仅仅依靠对域外成果的吸纳借鉴,显然是远远不够的。本土资源的开采整理更是不可或缺。

其实,解体以降的这些年月里,俄罗斯学人并没有在向西方的"全面开放"之中"数典忘祖",并没有在"走向世界"的追求之中忘却了自身的根系。在文学理论这一人文学科中最为前沿因而也最易受外力左右的敏感地带,俄罗斯学术界出版界也表现出不固步自封也不妄自菲薄的明智,一直坚持两个平台——域外成果之多方吸纳与本土资源之深度开采——同时作业。

俄罗斯文论之树在这一百年来也确实结出了相当丰硕的成果,且不说有些小树未曾成材就遭遇雷闪电击而不幸夭折。还在解体之前,俄罗斯学人就开始沉郁地反思:苏联文学学何以长期处于既漠视当代世界人文科学知识发育总体水平又疏远本国文学学优秀理论遗产的"自闭"状态?《文学学引论》何以被简化为一些经典作家与启蒙主义、理性主义、革命民主主义取向的思想家们的言论汇编?《文学理论》何以被封闭于某一流脉某一学派一家之说的框架体系之中,而对异己的声音听而不闻、对他者的建树视而不见?解体之后,俄罗斯学界进一步深化其早就开始的"理论考古",对他们曾经拥有、后来由于不合时宜被冷落甚至遭禁封的理论宝藏加以积极的发掘,对那些富有探索勇气与理论创见,但因其学术个性刚烈而在教条主义横行年月遭到贴标签式的封喉,甚或遭到"武器的批判"的大学者的理论遗产加以系统的整理。

于是,"历史诗学"奠基人,但在20世纪40年代反"世界主义"运动中挨批的亚历山大·维谢洛夫斯基的代表作《历史诗学》,得以再版;"理论诗学"创始人,但其理论取向与自称为"历史—具体的"主流话语不甚合拍,因而备受冷落的亚历山大·波捷布尼亚的文论著作,终于以《理论诗学》之名而被整理出版。

于是,自20世纪30年代就被扣上"形式主义分子"的恶名、被迫转入普希金研究的鲍里斯·托马舍夫斯基的力作《文学理论·诗学》,得以重印。这部苏联最早的文学理论教科书在20世纪20年代里曾连续六版,它以通俗的形态表述了现代文论中"解析"流脉的思想取向与最早成果:即以语言艺术形态为切入点,进入那种追求客观性与科学化的文学理论研究。

出于同样的背景,虽位居科学院院士但却背负"准形式主义分子"之前科的维克多·日尔蒙斯基的《文学学引论·讲稿》,终于由他的女儿整理出版。弗拉基米尔·普洛普与米哈伊尔·巴赫金的著作,作为苏联学者为俄罗斯文学学赢得世界声誉的现代文论经典,不仅以单行本在不断再版,也以多卷本文集甚至全集形式在陆续问世。1993年,尤里·洛特曼逝世,"塔尔图学派"成为历史。这些年里,彼得堡、莫斯科有好几家出版社竞相推出洛特曼文集,系统整理这位杰出的语文学家、历史学家、文学理论家、文化理论家的遗产。另一些当代著名文学学家,如科学院院士德米特里·利哈乔夫、米哈伊尔·加斯帕罗夫等人的多卷本文集,如今在作者还健在时也已经一本接一本地面世。

这样,苏联时期高等院校"文学学引论"、"文学理论"课程参考书目的结构如今已得到相当大的调整。不再是格纳季·波斯彼洛夫"一花独放"了;不少教授呼吁:要让今天的大学生全面了解过去与现今最有影响的文学学学说、最具个性的文学学学者。解体以来俄罗斯学界在"文学理论"课程结构上的调整,令人想起解冻岁月里苏联文论界对"季莫菲耶夫一统天下"的突破。20世纪五六十年代之交,米哈伊尔·巴赫金、尤里·洛特曼、莉季娅·金兹堡等人著作的出版,就标志着苏联文学学界开始从社会学反映论镜子说之单一的框架中走出来,进入多声部自由争鸣多取向并存共生的新格局。解体承继并深化了自解冻而始有的开放氛围。

诚然,学术视野上的开放也不是"一刀切"式的那么整齐划一。对比莫斯科大学、国立师范大学、国立人文大学的文学理论课程教学大纲,还是能看出其开放程度上的差别。尽管有激进与保守之分别,但都进入了开放与调整的革新状态。在今日俄罗斯学界,文学理论的研究与教学都在实现积极的自我调整与有力度的自我更新,都在自强不息地吐故纳新,与时俱进。

(三)

可以说,这种既重视对域外资源的多方位开放接纳,又重视对本土资源的系统性开采发掘的基本立场,使当代文论建设获得了"双维度"的大视界。这样一种视界,为"解构"之中的"建构"创造出必不可少的前提,为当代学者与前辈大师或域外同行的"对话"与"潜对话"建立了不可或缺的平台。在已有的理论资源的清理中着手文论建设,在不仅"跟着说"、"对着说"而且也能"接着说"也能"有新说"这一有批判也有继承的过程中着手文论创新——可谓近十多年来俄罗斯文论界不同背景不同倾向的学者们普遍共通的基本姿态。

也正是得力于"双维度"的大视界,得力于在"解构"之中有所"建构"的激情,当代俄罗斯学者们才有可能在对域外与本土文论资源的系统梳理中有所"整合",在对不同流脉不同取向的文论学说的全面开放中有所"恪守"。只有梳理没有整合,就谈不上理论的建构;只有开放没有恪守,就谈不上理论的深化。

解体以降这15年来,来自文论教学与研究前沿的著名学者领衔教授的反思,高等院校文学学课程的改革,文学学教科书的更新,都一再表明:文学理论在今日俄罗斯正承受结构性调整。"兼容并蓄"而并不偏执于某一流脉某一学派之取向的学术"开放"姿态,正在作为一种基本立场而被学界认可。

这种"兼容并蓄",体现于今日俄罗斯学界对其本土这样一些富于理论原创性但探索取向大相径庭的大学者集群的全面接纳:亚·维谢洛夫斯基与亚·波捷布尼亚,维·什克洛夫斯基与尤·蒂尼亚诺夫,维·日尔蒙斯基与鲍·艾亨鲍姆,维·维诺格拉多夫与格·维诺库尔,维·佩列韦尔泽夫与格·波斯彼洛夫,亚·斯卡弗迪莫夫、亚·别列茨基、米·巴赫金、德·利哈乔夫、尤·洛特曼与谢·阿韦林采夫。

这种"兼容并蓄",体现于今日俄罗斯学界对文学本质的"面面观"。例如,国立人文大学"理论诗学"课程教学大纲就将三种相异其趣的"文学本质说"并列相提。既讲"作为一门认识艺术的文学",而要学生明白"形象理论";又讲"作为一门语言艺术的文学",而要学生学习"文学符号学";还讲"作为一门创作艺术的文学",而要学生了解"艺术形式问题"。这样一些对文学本质的多面界说,显然超越了先前只讲"文学是现实生活的反映",或只讲"文学是语言的艺术"的偏执与片面。而当大学教授既向学生阐述每一种"文学本质说"的"真理性",又向学生指出它们各自的"局限性"之际,学生们所获得的就不仅仅是种种不同的"文学如是观",而更有观照文学时应有的开阔视界了。

自然,这种"兼容并蓄"并不是相对主义。强调文学首先是一门艺术,首先是一种审美活动,这已是如今各种《文学学引论》、《文学学原理》的一个共识。在肯定文学是一门艺术,是一种审美活动这一界面上,也就是说,从文学的"艺术本质论"而不是从文学的"意识形态本性论"出发,再去讲"模仿论",讲"象征论",讲"典型论",再去讲"逼真性"、"假定性"、"虚拟性",再去讲"形象"、"性格"、"符号"……诚然,文学只是诸艺术门类之中的一种,因而,还要从文学与其他艺术,诸如戏剧、电影、电视、绘画、音乐、雕塑等艺术的对比中,去探讨文学作为语言艺术的特质。其实,"文学学"的结构,正生成于语文学与语言学与艺术学的交融之中,正生成于描述诗学与结构诗学、历史诗学与理论诗学的交融之中。"文学学原理"意味着向文学本体研究的回归。

确认"文学是一门艺术",说得更准确些,确认"文学首先是一门艺术",在俄罗斯—苏联—俄罗斯的文学学历程中其意义是深远的。

既然文学是一门艺术,是一门以语言为媒介的艺术,那么"文学学"就应当优先关注语言艺术——语言创作艺术与语言解读艺术;而凝结这两者的载体——文学作品,便是"文学学"要考察的核心客体。由此可以理解,最近15年里,文学作品的结构机制功能何以成为高校的文学学教学十分推重的一个中心环节;由此可以理解,作品理论研究在今日俄罗斯文论界何以受到了空前的青睐。

在对作品理论的青睐上,莫斯科"高校出版社"于1999年推出、2004年修订再版的《文学学引论》简直令人刮目。这里甚至不再有"艺术的特征及其研究原则"、"作为一门艺术的文学及其类别"、"艺术内容、激情及其不同类型"、"艺术形式、风格、艺术言语、文学体裁"这样一些在不久前修订的《文学学引论》中也还一直保留的论题,而已然是一部"文学作品理论专论"。该书编者也毫不讳言该书的"定位"。这部《文学学引论》的初版书名下有一个副标题——文学作品:基本概念与术语。新版撤去这一副标题,可是仍然声称其"主要的关切在理论诗学——关于文学作品的学问"。该书系多年耕耘于文学理论教学园地的知名教授联手合作的成果。26位学者对文学作品理论中的45个基本概念与术语,作了较为系统而又简明的梳理、界说、阐释。进入这45个选项之中的,既有传统文论必不可少的"艺术形象"、"人物"、"情节"、"布局"、"肖像"、"风景"、"叙述"、"描写"、"诗"、"小说",等等,又有现代文论词汇库中才有的"原型"、"接受者"、"符号"、"文本"、"视点"、"对话"、"时间与空间"、"作为艺术整体的文学作品"、"作品功能",等等。

这样一种将论题聚焦于作品理论的《文学学引论》,是不是对当代文论研究远离文学作品而迷醉于"泛文化"之时尚的一种抗衡,是不是对文学理论总要从文学与生活与社会与历史与意识形态的关系谈起这一"宏大叙事"之模式的一种厌腻?具体说来,是不是表明如今的文学学教授们对一版再版流行经年的格·波斯彼洛夫的《文学学引论》的一种更新?

耐人寻味的是,这部新编《文学学引论》的编写者——26位在各个大学执教文学理论的教授,有一半都是苏联艺术社会学学派宿将、力主文学的"意识形态本性论"的代表人物格·波斯彼洛夫的门生。

更值得一提的是,瓦连京·哈利泽夫教授曾坦率指出,波斯彼洛夫主编的《文学学引论》(1976年初版,后来稍作增补,于1983、1988

年两次再版,该书有中译本,邱榆若译,湖南文艺出版社,1987)像其"前辈"一样,对原本意义上的诗学,对文学作品的构成及其解读原则聚焦不够。那里缺少对"文本"这一概念的讨论,也没有谈到文学作品整体上是什么,未涉及文学的审美方面,论及阐释时也是匆匆掠过,没有论述读者与文学作品功能之实现的关系,对以形式论学派与结构主义视界解读作品的经验也一字不提。也许,新编《文学学引论》之聚焦于作品理论,正是出于对波氏这种虽居主流虽属权威其实缺失多多很不到位的教科书的一种补正。编写者在该书序言中旗帜鲜明地指出,这部教学参考书着力揭示《文学学引论》这门课程的中心部分——文学作品理论的内涵,而这又是与大学课程新的教学大纲的要求相适应的。可见,这部在体裁上接近于辞书形式的《文学学引论》,还不是几位杏坛同仁的别出心裁之举。事实上,45个条目中有三分之一预先在杂志上刊出,以征求学界同行的评点。后来辑成一书之前,可以说,也是经过一番推敲而定稿的。

聚焦于作品理论的新编《文学学引论》的面世,绝非偶然。最近15年里,俄罗斯文论界对作品理论的研究,确实是投入不小,成果多多。

如果说,对各种流脉文论思想"兼容并蓄"的姿态,体现出"开放"的视界,那么,对文学作品理论的"重点投入",便表现出一种在"开放"中的"恪守",一种对"文学学"本体的"恪守",一种对"文学本位"立场的"恪守"。

何以言"恪守"?这是就话语的文化语境而言的。在苏联国家解体苏联文化解构之后,在摆脱了力主文学的"意识形态本性论"的主流话语的控制之后,在从偏执于"独断论"的教条主义的桎梏下解放出来之后,在对域外文化全面开放之后,俄罗斯文论界立即面临着从西方泊来的"解构主义"浪潮的冲击,面临着那种从确认文本意义有多种解读而走向否认文本有任何确定意义的"虚无主义"的冲击,面临着那种从不独尊某一种价值标准为绝对真理而走向放弃任何价值标准的真理性的"相对主义"的冲击,面临着那种从跨文化的视角拓展文学理论而走向借助文学材料而径自发挥、沉醉于社会批判文化批评、"替天行道"无所不及的"泛文化"时尚的冲击。这些冲击,关系到文学理论的学术命运。正是在这种文化语境中,苏联解体之后不久,俄罗斯文论界就有一些学者开始在反思中倡导重建文学理论作为一门人文学科的知识框架,倡导深化"理论诗学",对"理论诗学"的一些基本概念加以梳理、界说、整合,倡导对现代文论词汇库中的"关键词"加以深入的检视、讨论、确立。质言之,倡导以聚焦的方式来深化文学理论建设,既勇于敏锐地吸纳域外新知而不固步自封,也勇于坚守学科阵地而不盲目追潮跟风,以追求在"开放"中有所"恪守",在"解构"中有所"建构"。

(四)

这种在"解构"中有所"建构"的学术追求,经过俄罗斯学人这15年来的努力,已经初见成果。尤其是在辞书、文选、教材这些文论教学与研究的基本建设上,已经进入新一轮收获季节。

俄罗斯科学院新编的长达1578页的《文学学百科辞典·概念与术语》于2001年在莫斯科问世。术语辞典乃学术行进的路标。苏联时期,至少自解冻以降,文学学术语辞书编写与更新尤为活跃,几乎每十年都要刷新一次。距今最近的是于1987年出版的共有752页的《文学百科辞典》。新版《文学学百科辞典》无疑是对这几十年来,尤其是苏联解体以来当代文学学概念与术语的一次全新的清理与吸纳。

像文论术语辞典一样,文学理论文选也是文论教学与研究必不可少的工具书与参考书。苏联自20世纪70年代中期开始,试图以文学理论文选来克服过去对文学学学术史的片面认识与"因时制宜"的机会主义。那时,塔尔图大学就是通过文选而率先将俄罗斯形式论学派的文论列入教材的。如何面对文学学学术史的原生态,而不要因意识形态风云变幻对之作任意切割,这个问题在苏联解体之后更为迫切。莫斯科大学于1997年推出由彼得·尼古拉耶夫主编的《文学学引论·文选》的修订版(前两版分别问世于1979、1988)。新版文选表现出对于非社会学派的其他文论学派的思想有较大的宽容,对于在文学学学术史上有建树的名家名说有更多的尊重。

总体看来,在今日俄罗斯学界,超越"理论上的独白主义",放弃门户之见,远离任何一种"流派性"的偏执,确认任何一种"一贯正确"的"绝对权威"不过是神话,确信任何一种"唯一救星式"方法论已然不可逆转地成为过去——这已愈来愈成为投身于文学理论建设的学者们的共识。至少,不再以"开天辟地者"或"真理终结者"自居,而是以开放的"对话式"的立场,全面地、有深度地吸纳各家各派文论学说的理论精华,平和地、有机地耦合不同流脉文论的思想成果——这已成为有志于文论教材革新的文学学家们孜孜以求的目标。

(五)

瓦连京·哈利泽夫所著的《文学学导论》在这方面最有代表性。这部教材由莫斯科的高校出版社于1999年初版,而于2000、2002、2004连续三次再版。该书由导言与六章组成,分别论述"艺术本质"、"作为一门艺术的文学"、"文学的功能"、"文学作品"、"文学类别与文学体裁"、"文学发展的规律性"。从结构框架上看似乎并无什么破格之举。可是它在5年间已连续4版,甫一出版时就好评如潮。有人认为这是一本"焕然一新的"、"很有分量的、核心的"教科书;有人称赞这是"唯一的一本持之以故的真正像样的教科书","完全符合当代高等院校理论文学学这门课程之基础性的教学大纲、目标与任务"。有人甚至誉之为"每一个高校教师、研究生、每一个多少'有进取心'的大学生都想要将其置于案头必备书架上的那种好书"。如此备受欢迎,可以说是空前的;而在已然是多元化又市场化的今天,这种成功,更是耐人寻味。

那么,这个中因由究竟是什么呢?在这里,我们不妨从以下几个方面略作探析:

其一,得力于客观的"天时":近15年来文学学教科书的编写与使用处于一种严重"脱节"状态。一方面,从教材的"生产"来看,不少作者都在尝试满足学生们对文学理论知识非意识形态化的需求:意识形态化的文学理论——把文学视为一种认识、意识形态,把文学的根本功能首先界定为认识作用、教育作用、阶级斗争工具、为政治服务的工具。而文学自身最具有本质性的审美特性,则被视为是从属性的东西。这种意识形态化的文学理论的关键词主要有:认识、形象、典型、意识形态、经济基础与上层建筑、阶级斗争与阶级性、党性、人民性、社会主义现实主义创作方法——依然遭遇大解构。大解构同时必须要有大建构。建构所必需的那种原则上系统的支点、框架、视界在哪里?不少人苦于缺少一种原则上系统的支点、框架、视界。在它们缺位的情形下,学界提供的只能是那种微观的研究:或是对一批最重要的文学学概念之具体的研究,如《词典式的教科书·文学学引论·文学作品——基本概念与术语》(莫斯科,1999),或是很少定位于基础性的教学大纲,而在许多方面以作者个人的文学观为取向而建构的专著式的教科书,如瓦·秋帕《艺术分析学·文学学分析导论》(莫斯科,2001)。

  另一方面,从教材的消费来看,这些年在大学生手头广泛流传的是格·波斯彼洛夫《文学理论》(1978,中译本为《文学原理》,王忠琪等译,三联书店,1985),与鲍·托马舍夫斯基的《文学理论》(初版于1925年,1996、1999、2001年多次重印)。波斯彼洛夫的那本教科书,以文学的认识功能为中心,以"思潮"与"流派"的更替为经纬,"具有极端概念化"的特点。其理论核心是文学的"意识形态本性论";从理论范式上来看,属于对文学作文化意识形态界面上的"解译"的"准文论",该书由于未能对文学学学术史作多少客观而广泛的考察,对现代文论中许多重要论题、概念与术语不曾关注,在方法论上也有许多东西太陈旧,而确实难以适应教学与研究的需求;托马舍夫斯基的《文学理论》成书于20世纪20年代,它自称是亚里士多德的"诗学"意义上的文学理论,而着力阐述文体修辞、诗歌节律与"主题",倾心研究文学作品的建构方式,它视文学为"以自身为目标而被固形的言语",而执著于艺术言语——那种定位于表达本身的言语之形态的"解析"。它"沉于内而疏于外"、"精于微观结构而疏于宏观语境"、推重文学性而漠视文学场,具有"倾心于科学化"的特点,从理论范式上看,则属于对文学作语言艺术形态界面上的"解析"的"小文论"。从理论视界上来看,作为一本面向大学生的《文学理论》教程,波氏的教科书因其放眼于文学的发生与生成、演变与发展的"社会历史机制",

而失之于"过泛",托氏的教科书则因其专注于文学作品中艺术言语的特质、功能、形态、建构的"诗学艺术机制"失之于"过专"。

哈利泽夫的这本教科书的问世,完全改变了"文学理论"这门教程的"生产"与"消费"之间的严重脱节的状况。甚至兼具比较到位的《文学学引论》的功能,有助于大学生步入文学研究之门。至少是其该书第2、4、5章对于文学是一门艺术、文学作品、文学类别与文学体裁的论述,也是对此前被广泛使用的波斯彼洛夫主编的《文学学引论》的刷新。

其二,得力于作者主体的"首创性"。哈利泽夫之所以取得这一成功,自然,更是得力于他这些年在文学理论教材建设上不懈而执著的探索。在某种意义上真可以说,这是"十年磨一剑"。哈利泽夫从上个世纪90年代初就进入当代高校文论教材问题的思索:如何系统地阐述文学理论的基本层面而同时又去避免那种偏爱甚或偏执——对这一种或那一种生硬的、流派性的调性之自觉或不自觉的偏爱甚或偏执?哈利泽夫在阐述其《文学学导论》这部教科书编写的指导思想时就明确声言,它定位于一种"兼容并蓄"的立场:种种不同的、有时甚至是互不相容的学术理念与学说观念,在本书中都将得到对比与分析。将系统性、条理性、反教条主义与对话式的开放性相结合——这就是作者努力追求的目标。这一定位,在俄罗斯的文学学历史进程上,在文学理论教材编写史上,可以说,是一种突破。文学理论教科书终于被定位于"流派之外的文学学传统",这一传统能避免"那些生硬的声明与被激进地宣扬的纲领"。

哈利泽夫的《文学学导论》在立意上具有革故鼎新的追求。而从这本教材的使用效果来看,这一评价,实不为过。在俄罗斯的一些大学里,使用这《文学学导论》的教师与学生称这本教科书"既简约而又不简单"。认为此书写得简约的是一些大学生们;而认为此书不简单的则是一些文学学家。之所以说简约,是由于该书主要的旨趣在于对于文学学的一些关键词基本的涵义加以简明扼要的界说,而哈氏言说文学的话语在风格上是简约的,词汇丰富,文体明快,并不像当代同类的理论著作那么艰涩。之所以说不简单,是由于该书在教人一种很有责任感的、极有分寸的、严谨的文学理论言说,在这种言说中,独白性的、示威式的激情乃是不被允许的、也是不可能的。文学学的关键词(不是术语与概念)的那些基本的、往往是彼此对立或者互不相容的涵义,乃是由作者在心平气和的、叙述性的讨论过程中来解释的,而且通常也只是在这番叙述之后,它们才得到那种合乎逻辑的、不得不出场的、确切而简练的定义式的表述。一些最重要的概念,则是由易于理解而又易于记住的句子来表述的,它们不再需要从"学术性语言"转译成通用语言(这一点,最为成功地见之于该书在对"主题"、"神话"、"母题"、"作品世界"、"文本"这些概念的文学学涵义的界说上)。

这种"简约而又不简单"的特点,构成这本教科书的"消费张力";既适用于那种只以了解"在述说什么"为目标的一般的本科生,也适用于那些要一步思索"如何在述说"的研究生。换句话说,这本教科书既面向那类"但求得鱼"的懒惰者,也面向那类"更求得渔"勤奋者。对后者来说,本书堪称为一本出色的指南——继续研究文学学的种种概念、学说,甚至是研究另一些文学学著作与文化学著作的指南。这种功能,一方面体现于本书每一节都有对于所涉论题之理论争鸣要点之有容量而又简练的概述,最大限度地展示出所述论题的探讨上的多元视角;另一方面则体现于该书附有丰富的书目索引信息,既指向经典也指向当代,既有专业的,也有大人文的。

大人文的视野,将文学理论置于美学、社会史、文化学、价值哲学、符号学、语言学、交往理论、宗教学、神话学诸多学科的知识背景中来阐述,充分吸纳当代人文学科的一些思想成果,是这本教科书的一大特色。该书在不断的再版中不断地有所补充。第3版就增加了一些章节,用于阐述一些关键词——那些与其说是文学学专业意义上的,不如说是大人文意义上的关键词——诸如"个性"、"世界图景"、"价值"、"文化"、"神话"。没有对这些关键词或多或少的概念,就无法想象一个诚实的职业文学学家的活动;这些关键词进入文学理论家的视野,乃是不可避免的。这种大人文的视野,在"文学"的内涵与外延都发生了很大变化、文学理论的疆界已然大大拓展的今天,尤为必要。作者能具备这一视野,分明是一种"与时俱进"的表现。

这种"与时俱进",也体现在作者本人对这本教科书文本结构的不断推敲、文本内容的不断修订上。比较该书的不同版本,就能深刻地体会到这一点。譬如,第3版就对"崇高"、"悲剧性"、"作者话语与非作者话语"、"科学描述与分析"、"作品的语境考量"这些小节加以扩充。第4版又对"神话与文学"、"艺术言语"这些小节加以调整,在"文学的功能"这一章增加了"文学—精英—人民"这一节。而在第4版与第3版之仔细的对比中,我们会发现不少局部性的、段落上的增删,包括观点上的变化,譬如在巴赫金的一些文论思想的评价上,更加有余地有分寸,而及时地折射出学术界在巴赫金研究上的最新气象。

也正是兼容并蓄的立场与"与时俱进"的态度,充分吸收当代文学学的思想成果,成就了哈利泽夫这本教科书的一个最为重要的特色:不再是以作者个人的学说为印记、以作者个人的名字为标记的,也不再以某一学派、理念相同的学者集群的思想为印记、以某一学派的旗帜为标记。有人认为这是一个缺点——学术个性失落了。这自然不无因由:先前的《文学理论》,要么是"社会学派的",要么是"形式论学派的",要么是"科学院学派的",锋芒毕露,旗帜鲜明。但我认为在教科书的界面上,这恰恰是一个惠及读者的优点。作者个人一己的理念、学说、观点在教科书中的"淡出",是有助于如今已然是复数的文学理论之多声部的展示与检阅的。再说,作者的这一"淡出",也不一定就意味着作者个性的"模糊"甚或"价值取向"的"含混"。

的确,哈利泽夫是有意识地定位于一种开放而包容的立场——对各种彼此对立的观点均予以极具分寸的、兼收并蓄的一一陈述,在很多情形下是"述而不作",宁愿让读者自己去作判断;或者是对一些美学学说、艺术现象——譬如说,对于产生出"非古典型的"世界图景的后尼采美学、后现代文学、非传统的阐释学——相当温和而谨慎地给出他自己的评价。这种姿态,并不是相对主义,而是作者在践行他对那种非此即彼的独白主义之自觉的超越,在体现作者对那种自居为真理占有者与终结者的"学霸作派"之清醒的警觉。

总体看来,哈利泽夫并没有急于乐观地接受相对主义之狂欢般的喧闹,而这股喧闹是席卷了20世纪末的人文学学科整个世界的。细细品味,对于"古典型的"世界图景的缅怀,对于人格主义者以价值取向的推重,对于以伦理上的普适共通性之牺牲为代价的唯美主义的拒弃,——这样的一些洋溢于这本教科书的字里行间的精神气息,一再表明作者在许多方面乃是同20世纪初的俄罗斯哲学—美学的传统血脉相连的。"如果说,传统阐释学所致力的目标在于以将他者融化于自身,在于获得互相理解和契合,那么,'新'阐释学则更偏爱对它所考量的表述傲慢不屑、满心怀疑,也正因为如此,它有时会转变成对潜藏在意识深处的、深藏在内心的隐秘之物的偷窥,这在道德上并非是无可指责的。"我们尽管可以不同意作者的这番评点,甚至由此断定作者更像是大开放的时代里的一个保守主义者。但是,这种远非一味地追风弄潮,而是在开放中也有所恪守的立场,应当说是一个文学理论家、一个人文学者应当具备的品格,更是一位《文学理论》教科书的作者必须具备的素养。

质言之,哈利泽夫的《文学学导论》得力于新旧更替文化转型的"天时"之利,得力于立足超越潜心突破的"首创"之行,而独领风骚,独具一格。看上去平实无奇,仔细读起来,确有创新。其主要创新在于:

其一,在写作立场上终于走出流派斗争学派较量的思维定势,其学术视界是开放的,它定位于"流派之外"而对各家各派"兼容并蓄",显示出当代文论建设者应有的包容精神。

其二,这本面向大学生、研究生与高校教师的教科书,敢于针对高校文学理论教学实践与当代文学学已然达到的成就严重脱节的现状,对已有教科书中所缺失的但却是现代文论重要成果的一系列论题、概念与术语加以探讨,以其丰富的信息来提升文论教材的现代性水平。诸如"艺术创作中的非意图性"、"读者在文学作品中的在场"、"高雅文学与大众文学"、"文学经典与文学声誉的漂移"、"精英与反精英的艺术观与文学观"、"传统与非传统的阐释"、"人物的价值取向与行为方式"、"文学类别之间与之外的文学样式",等等,均进入教科书之中。

其三,加大了文学本体研究三大链环——作者理论、作品理论、读者理论的论述分量,尤其是充实了文学作品理论,显示出深化"理论诗学"的学术取向,对"理论诗学"的一些关键词的主要涵义加以辨析与界说，这无疑有助于提高文学理论的科学性程度。譬如，在"文本"这一节，列出"作为语文学概念的文本"、"作为符号学与文化学概念的文本"、"后现代主义诸种学说中的文本"这三小节，这就为文本理论的系统研究开启了不同的界面。在"文学接受·读者"这一节，则有"读者与作者"、"读者在作品中的在场·接受美学"、"现实的读者·文学的历史-功能研究"、"文学批评"、"大众读者"这五个层次。

尽管许多论题或论题的不同界面还只是点到即止，但瓦连京·哈利泽夫的这本新编《文学学导论》不囿于一家一派而海纳百川的开放眼界，无意立一家之言而倾心于学科建设的学术选择，尤其是致力于文论的现代性水平与科学性程度之双向提升的学术取向，分明是今日俄罗斯文论界在"开放"中有所"恪守"这一学术氛围的一个缩影，在"解构"中有所"建构"这一学术理念的一个结晶。

导 言

　　文学研究这门学术(文学学)是多层次的。在其组成中可以区分出两类学科。第一类在传统上被称为辅助性的,可是,用 B. B. 普罗佐罗夫的话来讲,它们"属于文学研究这门学术之奠基性的、其生命力得以维系的、支柱性的领域"①。这些学科既是服务性的,又是"基地性的"、基础性的,因为它们赋予文学学以梳理事实、陈述经验的属性。图书目录学、史料学(包括档案学)、版本学(在许多情形下它立足于古文字学)在其文学学界面上就是这样的。不可能设想,任何一个还算是称职的文学学家不具备一些相应的知识与操作技能,因为任何一种有职业责任感的活动之基础——就是对其技术的掌握,对其手艺——在这个词之最高意义上——的掌握。

　　第二类学科被称为"文学学之主要的领域"(Ю. B. 曼语)且(有别于第一类"基地性的")而被界说为"上层建筑性的"(B. B. 普罗佐罗夫)。这一类学科首先指的是对文学史实及其相互之间的关联加以具体研究那一无限广阔的领域,也就是文学史,它是文学研究这门学术的中心,也可以说,它是这门学术之冠(终极目标之所在)。这一类学科也指本书所探讨的对象:文学理论,或理论文学学。文学理论这一学科所追问所探究的,是文学生活的那些普遍规律——首先是作家创作的那些普遍规律。

　　文学理论被赋予对文学史领域中的所见所得加以概括,而同时又对具体的文学学研究加以推动与引导,向那些研究提供认知前景的使命。相对于文学史而言,文学理论可谓是一门辅助性学科。与此同时,文学理论也拥有独立而不可替代的人文蕴涵。将文学理论

---

① B. B. 普罗佐罗夫:《论现代文学学的构成》,见《语文学》,萨拉托夫,1996年,第28页。

列入基础性学科乃是合情合理的。文学理论的幅射范围——乃是最大限度的宏阔的概括,那些概括在照亮文学的本质,而在某种程度上也在照亮文学所折射的作为整体的人类的现实。在这一层面,理论文学学同艺术理论和历史进程理论,同作为哲学学科的美学、文化学、人类学、阐释学、符号学,乃是相类似而有共通性的(且常常是相交织而互相渗透的)。

文学理论自身也是复杂而拥有诸种不同层面与不同分支的。文学理论的中心环节——普通诗学,也被称之为理论诗学。理论诗学——这是关于文学作品的学说,它探究作品的构成、作品的结构与作品的功能,这也是关于文学类别和文学体裁的学说。理论文学学还包括与普通诗学相并列的关于文学本质的学说——作为一门艺术的文学之本质的学说,以及关于文学在历史上的驻留在场规律与运动变化规律的学说(文学进程理论)。

文学理论含有很多争鸣性的和论争性的因素。许多见解与学说彼此之间乃是截然分歧的,有时竟是互不相容的。学者们的看法、立场、视角上的不一致乃是合理而必然的,而且还应当认定,这在原则上是不可消除的,因为对文学创作本质的理解,在许多层面上乃取决于这一文学创作于其中产生并获得论证的那个文化历史情境,诚然,也有赖于文学学家们的世界观取向,而这取向常常是各种各样的。用当代波兰一位学者的话来讲,对任何一种理论"都应当视之为一种文献,视之为对该时代艺术意识状态的一种见证"。由此便得出一种相当严苛的结论,不可能存在一种统一的、对所有的时代都有普适性的文学理论:"先前的诸种理论的那些见解不能进入更为新近的那些理论的构成——先前的那些理论见解通常要遭遇抛弃或者被全然忽视,要是其中有什么被保留承传下来,那也总是要获得重新阐释。"①

况且,许多偏爱同先前的见解进行争论的理论,定位于局部性的艺术经验,而成为特定的文学流派(思潮)之实践的纲领性论证,捍卫着和宣扬着某种创作上的革新。形式论学派在其早期阶段同未来主义的关系、20世纪30年代—50年代的一批著作同社会主义现实主义的

---

① E.法雷诺:《文学学导论》三卷本卷一,卡托维采,1978年,第29页。

关系、法国结构主义(也包括后结构主义的一部分)与"新小说"的关系、后现代主义同如今颇有影响的随笔创作的关系,均是这样的。这一类文学学学说带有流派性特征。这些学说通常是一元论的:主要聚焦于文学创作的某一个层面。这既成为它们那些不容置疑的优点(对文学的特定层面之有深度的考察,概括与表述上的明晰)得以形成的原因,也导致其时有发生的偏执——对那些过分生硬的模式的偏执,这一偏执则导致教条主义的狭隘,导致对语言艺术的多样性与"多彩性"的忽视。在那些一元论的理论当中(与前文已指称的相并列的还有)——以 З. 弗洛伊德的学说为支点的精神分析方法、马克思主义社会学、结构主义、立足于 К. Г. 荣格学说的艺术的神话诗学本质说。这里所列举的这些学派之中的每一个都是以自己的、独有的、专门的方法为根基的,而每一种方法又时常被其热烈的捍卫者在心目中认定为唯一富有成效的与唯一正确的。

文学理论也还拥有另一种"外在于流派"的传统,这一传统——它同一元论的生硬是格格不入的——在我们看来,则是如今十分迫切需要的。在俄罗斯的学术中,这一传统由 А. Н. 维谢洛夫斯基的著述作出了鲜明的呈现。这位学者坚执地拒绝将某一种学术方法宣布为唯一可接受的与唯一正确的。他曾论及那些方法中的每一种的使用界限。当年在评价与他同时代的一位学者的著作之时——在那部著作里,民歌民谣的情节与日常生活方式之间的渊源关系得到了强调——,维谢洛夫斯基曾经指出:"方法并不是新的,但应当善于使用它,同时记住:它并不是唯一而排他的,一旦日常的标准不够用,就必须去采用另外的。"①维谢洛夫斯基这种方法论理论上的不带成见,这种思维上的非教条性,直至今天也是颇有价值而绝对必需的——可以作为对于那些形形色色的"唯一救世主式的"学说的一种抗衡,可以作为对于那些一心谋求对真理完全占有的学者们的奢望的一种抗衡。

维谢洛夫斯基的著述所具有的并不强加于人的、严谨审慎的格

---

① А. Н. 维谢洛夫斯基:《关于壮士歌的零星札记·16 世纪》,《国民教育部学刊》1890年3月号,第29页。

调,远非偶然,在我们看来,这种格调对于理论文学学乃是最为适宜的。这位学者不喜欢那些以武断的口吻宣布的纲领。他那概括性思想的基本形式几乎都是推测性议论——时常都是以问题形式来表述的推测性议论。例如,"在种族不同而历史上的联系又缺席的情形下,民族信仰上的相似,是不是可以由发生于人身上的心理过程的本质而得到解释呢?"①或者:"外在特征与内涵——作品注定要加以描述的那种内涵——这两者之间有没有合乎规律性的关系呢?"②

А. Н. 维谢洛夫斯基那些"外在于流派"的著述所素有的格调,在许多方面是20世纪里这样一些大学者的理论著述——诸如 В. М. 日尔蒙斯基、А. П. 斯卡弗迪莫夫、М. М. 巴赫金、Д. С. 利哈乔夫的理论著述——与之相亲近而相类似的。这些文学学家既对过去时代的也对当代的各种异质的文学理论经验积极地加以综合。对于这一类理论定位,可以带着几分近似地称之为传承性的,或者,文化学的。它们在更大的程度上是相互依撑,而不是彼此敌视。呈现在读者面前的这本书,承传理论文学学的这一传统,但与此同时对那些"流派性"学说的经验也加以关注,并予以讨论。

俄罗斯的文学研究这门学术,如今已经从马克思主义社会学与被尊为文学最高阶段的社会主义现实主义学说那种强制性的压迫下解放出来,已经从那种由上面以法令形式颁布的方法论上的生硬中解放出来。可是现在也不应去充当另一种一元论的理论建构的俘虏:不论是对纯形式的崇拜,还是对无个性的结构的崇拜,是对后弗洛伊德主义的"泛性欲论"的崇拜,还是对神话诗学和荣格式原型的绝对化,抑或是(以后结构主义的)将文学与文学成就归结为能消解一切的反讽式戏拟,均是贯穿着一元论的理论建构。我们认为,今日文学理论应当成为最大限度开放的,"敞开胸怀"去迎纳那些最为不同的学说,而在这种接纳中对任何一种流派性教条主义又要保持批

---

① А. Н. 维谢洛夫斯基:《比较神话学及其方法》,见《А. Н. 维谢洛夫斯基文集》第16卷,莫斯科—列宁格勒,1938年,第86页。

② 《А. Н. 维谢洛夫斯基的〈历史诗学〉中未发表的一章》,《俄罗斯文学》1959年第3期,第118页。

判性的理论。重要的是,要让理论文学学尽可能更多地从各种不同的学派中吸纳有活力的有价值的养分。具体说来,高等院校里这门课程的讲授,应当坚决地摒弃"循规蹈矩式的"的教育模式与那种预先就规定好了的"唯一救世主式"的定位,但同时也应当避免见解上的无定形性(人云亦云)和折中主义。

在关于文学学的概念—术语装备的认识上,存在着两种不良的极端。一方面,这是力主术语统一的规划,而有时则是对术语作法令式的颁布,根据数学、自然科学与技术科学——在那些学科里,关键性的词语都是保持严格的单一涵义的——范例去建构术语体系的尝试。那种去炮制史无前例的新的术语合成的取向——那种摆弄"超级术语的迷魂阵(kabbalistika)①的取向,这一迷魂阵"在那些被认定的知音者身上重新唤发出其特有的超群出众的精英感"②——则未必合乎期望。另一方面,则是那种对于文学学远不是最为适宜(遗憾的是,却十分流行)的涵意所指上的含混与模糊——专事理论表述的文章中的含混与模糊,那种对"已经变得模模糊糊的"与"已经变得暗淡失色的",因而不能拥有一种界定(定义)之概念的辩护。

文学研究这门学术之基本的词语,(用 A. B. 米哈伊洛夫的话来讲)关键词,并不是与那些非人文学科相类似的术语,但与此同时它们(在这一或那一文化传统、艺术思潮、学术流派的框架下)还是拥有或多或少的涵义上的确定性。在这本教材中,已作出对文学研究这门学术的一些关键词的主要涵义(其数量通常并不是很多:不超过二三种)加以界说的尝试。

文学研究这门学术业已达到的,同高等院校里这门学术的理论讲授之中所通行的,这两者之间的落差如今已经很大。本书作者的基本任务之一就在于往这一落差的克服上迈出一步。具体说来,现有的诸种教材中所缺席的一系列概念与术语,将纳入到讨论之中:艺

---

① 这个词原指对《圣经》作神秘解释的希伯来神秘哲学,以及有关的施魔法的仪式;现在可指:似乎具有魔力的某种方法、符号、一组数目字等;或像令人费解的谜一样的事物或词句;在这里似可译为"迷魂阵"。——译者注

② M. A. 萨帕罗夫:《艺术作品的理解与文学学术语》,见《文学研究中诸学科的互相作用》,列宁格勒,1981年,第235页。

术创作中的意图性与非意图性、读者在文学生活中的作用、经典与大众文学、精英说与反精英说、传统的阐释学与非传统的阐释学、作品与文本、叙事学、人物的价值取向与行为方式、类别之外的文学样式，以及许多其他的东西。

作为这本教材之基础的研究方法上的定位，可以被称之为协调性的。种种不同的、有时彼此互不相容的学术思想与观念学说，在本书中得到对比与分析。将系统性与逻辑上的井然有序同反教条性与对话式的开放性结合起来——这是作者所竭力企及的目标。衷心期望，这样一种方略能促成正在成材的文学学家们之自由的自我确立。

在将高等院校的教程构成中至今一直缺席的那些概念与术语、学说与见解（既有当代学者的，也有过去时代的人文大师的）引入讲坛纳入课堂讲授之中时，我们认为有必要大量地征引一些具有文学理论价值的著作，对它们加以简明扼要的叙述与引用。否则，读者可能会产生一种错误的印象：所表述的思想一无例外地属于这本教科书的作者。书目文献索引是相当适用的，因为它们能给刚刚起步的文学学学者们指出阅读范围。

作者借用了现有的诸种文学理论教材的经验，其中既有国外的①，也有俄罗斯的（始自20世纪20年代）。我们首先要提及 B. B. 托马舍夫斯基的《文学理论·诗学》(1925)，这是该学科的那些教科书中最具分量的一本，在经历了长期中断之后，该书不久前获得再版（它的一些原理，尤其是涉及修辞学文体学的原理，至今也未失去其意义）。文学学中的一个功德无量的、对高等院校的文学学讲授也发挥过作用的事件，当推三卷本《文学理论·基本课题的历史阐述》（莫斯科，1962—1965），这是由世界文学研究所的学者同仁集体撰写的。在当年曾经起过正面作用（但对今天来说在许多方面则已然是陈旧了）的，有 Л. И. 季莫菲耶夫的教科书(1945)、Н. А. 古里亚夫的教科书(1978)、Г. Н. 彼斯彼洛夫的教科书(1940、1978，以及由他主编的

---

① W. 凯塞尔：《语言的艺术作品·文学学引论》，伯尔尼，1948年；P. 韦勒克、O. 沃伦：《文学理论》，译自英文，莫斯科，1978年；Г. 马尔凯维奇：《文学学的基本课题》，译自波兰文，莫斯科，1980年；E. 法雷诺：《文学学引论》第二版，修订与扩充版，华沙，1991年。

《文学学引论》，1976、1983、1988）。同在这一系列中的，还有其面世本应不当如此之晚的、И. Ф. 沃尔科夫的教科书《文学理论》(1995)。从为数甚多的新近问世的理论性教材中，我们要提及 B. A. 格列赫尼奥夫那本颇有内容、写得平易而清晰的《词语形象与文学作品》(尼日尼·诺夫戈罗德，1997)。

呈现在读者面前的这本书包含着这样一些内容：其一，对文学学的一般性问题加以探讨，对文学的本质及文学同艺术的其他门类的关系加以界说。在前三章里，文学研究这门学术同美学、价值哲学、文化学、有关神话的学说、阐释学的关系得到了一一揭示。第四章与第五章——本书的中心章节，它们用于探究理论诗学。最后，第六章，结尾的这一章，则以文学创作的发生与生成、文学同历史进程的相关相应、文学演化的规律性为论述对象。

这本教科书的内容与结构，形成于在莫斯科大学语文系主讲与此相应的课程的教学过程之中。作者在许许多多的方面要感谢同 Г. Н. 波斯彼洛夫——自己的老师——的交流，这种交流随着时间的推移曾经愈来愈频繁地伴随着争论。作者感谢文学理论教研室的诸位同事一同参与他的这一工作，也感谢那些以宝贵的建议与批评性见解对他的这门课程作出了积极回应的学生们。此外，还真诚地感谢多年来曾对我的理论钻研寄予希望加以指点的诸位同仁：

A. A. 阿尼克斯特、A. Ф. 别洛乌索夫、E. B. 沃尔科娃、М. Л. 加斯帕罗夫、C. И. 金津、A. M. 古列维奇、Б. Ф. 叶戈罗夫、Г. К. 柯西科夫、B. B. 库斯科夫、Т. Г. 玛里丘科娃、B. M. 马尔科维奇、A. B. 米哈伊洛夫、Н. Г. 波尔塔夫采娃、A. H. 波里亚科夫、Н. П. 罗津、O. A. 谢达科娃、Н. Д. 塔马尔琴科、B. И. 秋帕、Л. B. 切尔涅茨、Ю. Н. 丘马科夫、Л. П. 沙金娜；真诚地感谢对这本教科书初版手稿作出首肯的鉴评者 Н. Г. 盖伊和特维尔国立大学文学理论教研室(其主任是 И. B. 福缅科)，以及在《莫斯科大学学报》、《顿河大学学报》、《语文科学》、《俄罗斯高等教育》、《新文学评论》等刊物上对本教材的第一版与第三版发表书评的 A. Ю. 博尔沙科娃、B. П. 戈卢布科娃、Л. A. 科洛巴耶娃、C. И. 柯尔米洛夫、B. B. 普罗佐罗夫、C. H. 金津、O. C. 米罗什尼钦科和 B. H. 丘巴罗娃。

("作品世界"一节中的)"行为方式"这一小节系 С. А. 玛尔季扬诺娃撰写,"人物的自我意识·心理描写"则是与她合写的;已经谢世的 Е. М. 普里赫尼图多娃曾参与"大众文学"与"消遣文学"这两小节的撰写;本书第四版的"人名索引"与"主题索引"系 Ек. В. 沃尔科娃编制。

　　正文下面的脚注大多是给大学生们开列的推荐书目,以便他们在自学中去了解一些相关的学术著作。作者建议在本课程的研习过程中也去参考一些文选①与百科辞书。②

---

① 《理论文学学文选Ⅰ》,И. 契尔诺夫编选,塔尔图,1976 年;《文学理论文选》,Л. Н. 奥西马科夫编选,莫斯科,1982 年;《诗学·俄罗斯与苏联诗学诸学派著作》,Д. 基拉依、А. 科瓦奇编选,布达佩斯,1982 年;《文学学引论:文选》,П. А. 尼古拉耶夫主编,第三版,修订扩充版,莫斯科,1997 年;《理论诗学:概念与定义:文选》,Н. Д. 塔马尔琴科编选,莫斯科,2001 年。

② В. М. 柯热夫尼科夫、П. А. 尼古拉耶夫主编:《文学百科辞典》,莫斯科,1987 年;И. П. 伊里因、Е. А. 祖尔甘诺娃编选:《当代国外文学学·西欧诸国与美国·学说·学派·术语》,莫斯科,1996 年;А. Н. 尼科留金主编:《文学百科辞典:术语与概念》,莫斯科,2001 年;Г. В. 克拉斯诺夫编选:《文学学术语(词典素材)》,科洛姆纳,第一分册,1997 年,第二分册,1999 年。

第一章 艺术本质论

文学(与音乐、绘画等)一样——乃是艺术的一个门类。"艺术"这个词是具有多重意义的,在这里,它被用来指称艺术性的活动本身与那种成为其结果的东西(带有其文本的那些作品的总汇)。作为艺术创作的艺术,已经被18—19世纪的思想家们将之同更为宽泛的意义上的艺术(作为技艺、匠艺、手艺)区分开来。黑格尔就曾指出"人工制作出来的物品"与"艺术作品"两者之间有着根本的不同。①

令人头痛的繁难是与对艺术创作的科学界定相联系的。有关艺术创作的那些总结性的见解并不是详尽无遗的圆满终结之言。人们一再谈论道,艺术理论中更多的是有争议的东西,而不是内涵单一、一目了然的东西,人类还不会"谈妥商定"应当怎样去理解艺术活动。艺术时常承受那种根据某一种特征的界定(审美现象;认识活动;作者的立场与世界观之体现;个性之间的交际沟通形式;游戏的一个变种;形象之创造;符号之运作,即一种符号学现象)。在另一些情形下,艺术被界说为一种多层面、多功能、拥有综合性特质与特征的现象。还有一种对艺术的"非此即彼式的"界定(艺术被作为一种对事物的再现;或是被视为对形式的建构,或是被看成是对感受的表现)。最后,还流行这样一种观念:对艺术加以科学的界定和在这一界定上达成一致而归于统一的那种理论,在根本上就是不可能的,因为艺术创作乃是历史地孕生的而具有不同品质的,而对艺术的理解,则取决于那些作为特定国度与特定时代之代表的学者们的审美趣味与审美嗜好②。

然而,艺术理论中也还存在着一些无可争议的元素——也像是

---

① Г.В.Ф.黑格尔:《美学》四卷本,第1卷,莫斯科,1968年,第51页。
② E.法雷诺:《文学学导论》,华沙,1991年,第56页。

一种公理。首先,艺术具有一种创作的(创造性的)品质。创作,这是人们及其组合所进行的具有首倡精神富于灵感的活动,——旨在对那些有价值(文化上的价值与自然中的价值)的东西加以保存承传与固形积淀,——主要的,则是为了对它们加以丰富而进行的活动。创作的世界是丰富而多层面的。创作性的因子(或多或少地)几乎存在于人们活动的所有样式之中,包括那些最不为人注目的样式——直至日常生活中的交际与独居一隅时的沉思、体验、观照(用 M. M. 普里什文的话来说,"创作行为")。但是,人们的创作冲动与创作才干,还是在那些具有社会意义的活动领域里——科学的、生产—技术的、国务—政治的、哲学的,当然,还有艺术的领域里,得到最为完满的实现。人们通常将艺术称之为艺术创作,这绝非偶然。

我们依据古典美学与现代艺术理论家们的著作,划分出艺术创作之最为重要而彼此又是有机地相互联系着的三个层面:审美的层面、认识论的层面和世界观的层面(确切地说,即作者的主观性方面)。

第一节　作为一个哲学范畴的审美　作为审美价值之创造的艺术

艺术——这首先是一种审美现象。艺术的场域——乃是那些由人凭借其创作性努力所创造的作品,这些作品的使命就在于获得审美的接受。

1. 审美:术语的涵义

"审美"这个词之最初的(古希腊的)涵义——感官上(凭视觉与听觉)所接受的。近几百年以来,这个词被用来指称人对现实的一种独特的情感评价上的掌握。审美活动——这首先是指对单一物象的观照,那些物象是被视为某种完成的与完整的东西而被理解的。正是所感受之物的完整性构成对其加以审美理解之主要的源头。人们将物象的那种难以界定的品质称之为完整性,那种品质在感受者心中唤发出对该物象的完整的反应,产生出总体的印象。"某种东西的完整性乃是一种状态,自给自足、业已完成、个体的丰满而并不多余的状态(……)——我们在一位当代学者的著作中读到这样的一段话。——完整性乃是(……)客体的那种能引发对它加以观照式接纳的状态。"①拥有完整性的物象的各个部分,都存有其整一的烙印。这样的物象能激起那种其中的每一元素、每一"链环"均系必要而不可或缺的感觉。它已被最大限度的有序化与最大限度地完成(抑或就是以这个样子而被接受的),而且不得增添,不得删减,不得改动,否则,只会将它弄坏。

定位于单一物象之完整性的审美观照,本质上有别于道德的与功利的评价,也有别于宗教体验,——那种体验的客体,乃是直接观照所不可企及的存在之最高力量,还有别于科学认知,——那种认知总是伴随着对事物和现象加以智力上(分析式)的肢解。

审美观照之中那些最有意味的、最为鲜明与最具规模的东西,均具有世界观的特征,同时也具有认识论的特征。审美地接受一个物象之时,我们以直接的情感力量(并不诉诸于逻辑的程序)领悟到它对于我们的价值与它的本质。审美,用 A. Ф. 洛谢夫的话来讲,——此乃表现(这一或那一物象的表现力),也就是"物象的那种在外表上也必定得到展示的内在生命",向"无私无欲的欣赏"敞开,而拥有"观照性的价值"。②

审美有两个方面,它们是不可分割的:客观的(物象的)与主观的(情感的)。审美是以所接受的物象的特征与接受者意识的特质之相互作用来实现自身的。换句话来说,在审美场域,既存在着一种独特的体验,也存在着那类体验的客观前提,物象之特定的特征。

我们且来回溯一下概念史与术语史。在 18 世纪中叶,审美成为一个专门的哲学科学学科——美学的对象。美学的奠基者,德国哲学家 A. 鲍姆嘉登,用拉丁文撰写的二卷本专著《美学》(1750,1758)的作者,曾将美学描述为一门探究情感认知——同逻辑认知相对立

---

① В. И. 秋帕:《文学作品的艺术性》,克拉斯诺雅尔斯克,1987 年,第 20 页。
② А. Ф. 洛谢夫:《古希腊罗马美学史:一千年发展之总结》第 1 册,莫斯科,1992 年,第 311 页。还可参阅该书第 437—438 页(普罗提诺所理解的审美)。

的情感认知——之完美的学说,而且将美学界定为一门探究美的学术。但美学思想在更早就存在,在欧洲——始自古希腊罗马时代——许许多多关于美(美丽)的学说已经被创造出来,那些学说都是力图探明审美情感的物象前提的尝试。

2. 美

作为一个哲学—美学范畴的美,早在古希腊就已确立了。它总是——从柏拉图与亚里士多德到黑格尔与弗拉基米尔·索洛维约夫——被纠结于体现这一观念——某种包罗万象的(本体论意义上的)本质,无条件的与绝对正面的本质,总要在物象之中及其面貌上有所体现。美丽不止一次地被描述为美好在其结构上的表现,被描述为理念之感性的显现。我们且诉诸于诗的语言,且来回忆 H. 扎鲍洛茨基的那首诗:

《不美丽的小姑娘》

什么是美丽?
人们为什么将她奉若神明?
她是一个内容空空的器皿,
抑或是那在器皿中熠褶闪烁的火焰?

这之后我们不妨说,美——这似乎就是在器皿的四壁里那火焰的熠褶闪烁。

美的存在(本体论意义上)基础,受到了种种不同的理解。在亚里士多德看来,美——这首先是一种确定性,一种相称,一种秩序。后来,美这一概念便在一连好几个时代里一直同和谐与对称、均衡与平和的概念纠结在一起。这一观念也存在于基督教美学之中。比如说,成为圣奥古斯丁对美的理解的基础的便是秩序(ordo)这一范畴,也就是各有其位的东西得到各居其位的安置:没有任何井然有序的东西会不美,世界之美丽正应归功于普遍的秩序。

与此同时,定位于基督教的美学还以另一些有关美的概念之生成而为标志:其一,将美视为那种上帝所珍爱的"平凡朴实而缄默无言的性灵之不朽的美丽"(《使徒彼得传》,第三章,第四节);其二,将美视为那种自上苍而降的圣光之显灵,对这一点作过论述的,有柏拉图,有拜占庭的一位神学家谢苗·诺维(11世纪),有宁静主义信徒,有尼古拉·库赞斯基,更有弗拉基米尔·索洛维约夫,他断言,"只有那被照亮的才是美的",而圣光——此乃"世界万象同一之表达者"。①

　　18世纪末19世纪初,在德国,美的理论得到相当充分的探究,在许多方面得到了革新。美同物象的内容和形式之间的相互关系如何确定这一问题,特别尖锐地呈现出来。在这个问题的解决上出现了两种倾向。黑格尔遵从古希腊罗马美学与中世纪美学的传统而断言,"美与真"——此乃"同一个东西",美——乃是那也可谓之为某种精神实质的"理念之感性的显现":"存在之感性的在场"在这里"已然渗透着精神性"。②

　　比黑格尔要早好几十年的康德则是以另一种路径思考。根据康德的观念,美乃是绝对地由物象的形式而"赋予"物象的。美乃是"多样性在统一性之中的契合"。为了成为那种被人们作为美而接受的东西,物象并不需要有吸引力诱惑力,并不需要有感动性动情性,并不需要完善无缺,但必须要有严整的形式上的有序性,外在的合比例,对称。这位哲学家曾将花、鸟、软体动物作为纯粹的、自由的美之典范来谈论。至于人之美,则只是作为一种"伴随而来的美"③而被描述。后来,人们便将黑格尔与康德关于美的学说分别简约地称之为内容美学与形式美学。

　　在千百年漫长的岁月里,美一直都是被人们作为一个核心的甚至唯一纯粹的美学范畴来思索来探究的。但在18世纪中叶,哲学家与艺术领域的专家们纷纷形成这样一种见解:审美场域比原本意义上的美的领域要宽广得多。

---

　　① Вл. 索洛维约夫:《自然界中的美》,见《Вл. 索洛维约夫文集》二卷本(第二版),第2卷,莫斯科,1990年,第364—365页。

　　② Г. В. Ф. 黑格尔:《美学》四卷本,第1卷,第119页;第4卷,第221页,莫斯科,1973年。

　　③ И. 康德:《判断力批判》,莫斯科,1994年,第91、93、96、98—99页。

3. 崇高 狄奥尼索斯精神

在古希腊罗马时代与中世纪,崇高只是作为一种文体风格特征而被意识被思考的。这一传统的源头——伪朗吉弩斯的那篇专论《论崇高》(公元1世纪)。在18世纪下半叶,崇高获得了美学范畴的地位,并且被人们看作是可与美同等而相提并论。崇高被Э.柏克以及其后的И.康德阐述为雄伟强盛与伟大庄严的显现:力量强劲,规模宏大,气势无涯。与美这一范畴不同,崇高乃是与原生自发性和混沌无序性纠结在一起的,原生自发性和混沌无序性所激起的,并不是平和宁静的观照,而是心灵的震撼,原生自发性和混沌无序性所激活的,是想象——并不与理性所匹配而是同它相矛盾的想象——的能量。康德断言,崇高的东西能够令人畏惧,而主要的则在于——它"能唤起我们的力量",它能诉诸于力量。这位哲学家将之视为崇高而加以考察的,并不是人类的现实性,而是大自然的原生力。令人望而生畏的悬崖峭壁,孕育着雷雨闪电的乌云、火山、飓风,波涛汹涌浊浪滔滔的海洋,巨大而壮观的瀑布,——他写道:"我们情愿称之为崇高的东西,因为它们能将我们心灵的力量提升而超越平常的中等水平,而使我们得以在自己身上去发现全然一新的抵抗能力,那种能力能在我们心中产生出同大自然那仿佛是无所不在的威力较量一番的勇气。"[①]崇高,一如康德所理解的那样,在不同国家不同时代的艺术与文学中已得到广泛的描绘与表现。我们且来回忆一下莎士比亚笔下的暴风雨(在同名剧《暴风雨》或《李尔王》里的描写),莱蒙托夫的长诗《童僧》或托尔斯泰的《哥萨克》中的景色描写(高加索群山的宏伟气势使奥列宁深深震惊,一望无边的森林中那"充满野性的、形形色色、多姿多彩、种类丰繁至极的树木花草"使奥列宁兴奋不已。)

Ф.席勒对康德的学说作了补充。席勒曾在一篇专题论文中对人类自身世界中的崇高加以论述,并将崇高与英勇无畏与痛苦磨难联系起来:"能战胜恐惧者,乃伟大之人;即使被打败也不知恐惧为何

---

① И.康德:《判断力批判》,第131页。

物者,乃具有崇高品格之人……崇高只有在不幸之中才表现自己。"在这一视界中,席勒将崇高与感情激动与动人情弦相联系。他论述"动人情弦的崇高",并举索福克勒斯的美狄亚作为例证。① 这里,举席勒笔下的卡尔·莫尔(《强盗》)为例也是合适的,从更晚近的文学中——则可举出那个以内心独白倾吐着满腔气愤的米佳·卡拉马佐夫,易卜生笔下那个性格刚强可同时又是痛苦不安叛逆不羁的布兰德。崇高在这里体现于一些具有戏剧性效果的话语与手势,那些话语与手势其立意都在于感知与接受——它们为广大观众与读者所感知所接受,而主要的——则在于表征自我揭示之全面与彻底。(我们可回想起 M.M.巴赫金的一个见解:"在动人情弦的话语中说话人会毫无保留地置身于其中。"②)

在 20 世纪,崇高剧烈地削弱了它千百年来与动人情弦的言语和手势之间的联系。崇高开始体现于那些为人们的私生活所典型的形式之中,而获得了诸种比较素朴的、推心置腹而亲密倾吐式的、常常又是有所节制的、日常交谈的形态——用话语对思想与情感加以表达的"散文化"形态,它们有时几近于沉默,有时已变成沉默。M.梅特林克那些剧作(比如,《阿格拉凡和赛莉塞特》)和后期的易卜生的一些剧作(比如,《建筑师》以及其他剧作),便是这种转变的见证。

与此同时,动人情弦的崇高并未从语言艺术中逝去,玛琳娜·茨维塔耶娃的诗足以使人确信这一点,在她的诗里,抒情女主人公的内心感受得到了坦然与明快的呈现:一束束的言语流刻画出那个由崇高的冲动与热烈的激情织成的、凸显出悲观主义的世界,——那个由种种极度紧张的、并不理会任何框框与界线的情感所构成的世界。茨维塔耶娃谈论她自己一如谈论"一个不论在什么事情上从不知尺度的人":

  我这个诗人和头生子该怎么办——
  带着如此的无限性

---

① Ф.席勒:《论崇高(对康德某些思想的发挥)·论动人情弦》,载《Ф.席勒文集》七卷本,第 6 卷,莫斯科,1957 年,第 186、193、221 页。
② M.M.巴赫金:《文学与美学问题》,莫斯科,1975 年,第 206 页。

生活在有尺度的世界里，
这里，最黑的东西也是灰色的！
这里，灵感像装在暖瓶里保存？！
　　　　　(《我这个瞎子和无娘儿该怎么办……》)①

　　动人情弦的崇高，在弗·马雅可夫斯基的创作中也有执著的表现(从剧作《弗拉基米尔·马雅可夫斯基·悲剧》到长诗《放声歌唱》)。

　　如果说，崇高(依席勒之见)具有个体的-个性的品质，那么，狄奥尼索斯精神——它在许多方面同崇高乃是一脉相通的(不论是前者，还是后者，都可见出——人在受那些原生力所役使)——则主要是同无个性的群众的那些感受与行为相关涉。狄奥尼索斯精神在20世纪成为一个相当重要的审美范畴，归功于Ф.尼采，专论《源于音乐精神的悲剧之诞生》(1872)的作者。这位哲学家将美——在其传统意义上理解上的美——界说为阿波罗精神，那种在古希腊罗马的雕塑与史诗中得到了最为鲜明的展现的阿波罗精神。在那里，主宰一切的是尺度感，是明智的平和，是摆脱了无节制的冲动与热烈的激情之自由。但是，人的本性也还有另一方面，——在尼采看来，则是更为重要的方面。这就是作为存在之内核的狄奥尼索斯精神(而阿波罗精神呢，——根据这位哲学家的思想，则只是那些原生力的罩单，只是那毫无意志的观照之域，那种观照的对象——幻象与骗局)。狄奥尼索斯精神则是节庆之日醉酒狂欢之域(狄奥尼索斯—巴克科斯，本是酒神)，是那些让人着迷令人沉醉的梦幻之域，毫无节制的激情之域，心灵—肉体的冲动甚至疯狂之域。作为"苦闷而怅惘的心灵之翼的腾飞"，狄奥尼索斯精神最充分最鲜明地体现于音乐之中——那种被哲学家理解为令人神魂颠倒迷狂不已的音响之集成的音乐之中，那种以瓦格纳的方式，而不是以古典主义的莫扎特的方式所呈现出来的音乐之中②。在尼采晚期的著作中，狄奥尼索斯美学乃是作为"超人"的财富，那种全身心被权力意志所控制的"超人"的财富而展

---

①　该诗的中译采用了顾蕴璞先生专门为本书提供的译文。
②　Ф.尼采:《源于音乐精神的悲剧之诞生》，见《Ф.尼采文集》二卷本，第1卷，莫斯科，1990年，第16、25页。

示出来。"但凡我以全部意志应当想往之处,便有美",——《查拉图斯如是说》这部长诗的主人公就是这样声称的,并将"观照"(这是先前的那些美学理论的一个轴心的概念)称为"冷酷寡情的斜视",认定自己的那些论敌都有这种毛病①。哲学家用观照这个词指的是对一切凸显出尺度与秩序的东西之平和宁静的感知与接纳。

尼采称之为狄奥尼索斯式的率性坚执与出格越轨的东西,还在尼采之前就已为人所知。其一,尼采对酒神节的解释与康德的崇高说是相呼应的:继席勒之后,尼采像是将那汹涌澎湃的、充满审美魅力的原生力的观念,由大自然移植到了人类现实之中。其二,在 18 世纪中叶,著名的古希腊罗马艺术研究者 Й.温克尔曼就指出,能获得审美的体现的,不仅仅可以是平和宁静与均衡稳健,而且也可以是冲动,是激情。温克尔曼曾对第二类"审美表现"作了消极的评价。激情——在他看来,这是"某种转瞬即逝的东西","它在人类所有行为的开端都有所表现;最后则都归于均衡稳健,严肃认真"。这位学者断言,对一切异乎寻常的、词藻过分华丽、刻意追求效果的东西的赞扬,其中包括对"那些姿式上的和行为上的赤裸裸的激情"的赞扬,只不过是迁就"庸俗的趣味"。②

可见,尼采学说的创新,首先就在于对狄奥尼索斯式的狂放不羁加以辩护与赞扬。而这一辩护与赞扬十分契合于象征主义美学(其中包括 A. A. 勃洛克关于"音乐精神"的见解)以及后来的一系列理论建构。比如,在其问世还不算太久远的一部波兰学者的著作中,就可以读到:美这一范畴已然穷竭自身,如今,审美价值的基础就是力量的体现、能量的体现、冲动的体现,也就是表现力(表达力)。书中甚至还有这样的断言:"美……在现代美学中不可能有地位,它已经不适宜了。"③

从另一方面看,尼采对狄奥尼索斯的崇拜不止一次地受到了严

---

① Ф. 尼采:《查拉图斯如是说》,见《Ф. 尼采文集》二卷本,第 2 卷,莫斯科,1990 年,第 88 页。
② 《Й. 温克尔曼作品与书信选》,莫斯科—列宁格勒,1935 年,第 109—110 页。
③ A. 库钦斯卡娅:《美・神话与现实》,莫斯科,1977 年,第 79、121—122、155—156 页。

第一章 艺术本质论

厉的批评,其中包括俄罗斯宗教哲学家们的批评。比如,E. H. 特鲁别兹柯依就认为狄奥尼索斯美学乃是那种为"世界的混乱失谐"而高兴的一种表现①。"狄奥尼索斯之浪潮",——这位哲学家在其一封私人书信中指出,——"理应"在我们"脚底下"翻腾:"在生活中它之所以被需要,并不是要让人们的身心燃起狄奥尼索斯之火,而是为了在同它的对照之中在与它斗争之中去燃起另一种火、有真正的神性之火。"②

尼采的狄奥尼索斯精神,同那种继 M. M. 巴赫金之后人们称之为狂欢性的现象是相近相通的。在狂欢性现象这里,成为审美客体的是肉体元素——作为民众群体之原生自发的强大力量、能量、不可消灭的生命活力之体现的肉体元素。狂欢节的美学,——巴赫金断言,——乃是同"美的美学"相对立的;狂欢节的美学要面对的,是人的怪诞的肉体,是再现物质—肉体的底层,再现那眼睛鼓突嘴巴张开的面容,以及诸如此类的畸形怪状③。在狂欢性现象这里,审美对象不仅中断了同美的关联,而且也中断了同崇高的关联。

4. 审美与世界图景

我们所界说的传统的美(阿波罗精神)同崇高、狄奥尼索斯精神和狂欢性之间的区别,乃是对应于同样如此不同的那些关于宇宙的观念,即世界图景(类似于德文词 Weltbild)。这一范畴,也可用"世界视象"、"世界模型"、"世界形象"这类词组来表示,它本是在 20 世纪初的理论物理学之中得到确立的("世界的物理图景"),而渐渐地成为哲学与诸人文学科——也包括语文学在内——的轴心范畴之一。世界图景(这在相当大的程度上是由于 Ф. 尼采的创新)在 20 世纪成了紧张反思的对象。"凡是涉及世界图景,——M. 海德格尔断

---

① E. H. 特鲁别兹茨柯伊:《尼采的哲学》,莫斯科,1904 年,第 49 页。
② 《新世界》1993 年第 9 期,第 195—196 页。
③ M. M. 巴赫金:《拉伯雷的创作与中世纪及文艺复兴时期的民间文化》,莫斯科,1990 年,第 36—37、351—361 页。

言,——有关存在整体之根本性解答的思索就会酝酿成熟应运而生。"①

"世界图景"这一范畴立足于相当复杂的而在逻辑上又被分解开来的概念系统。在这里,区分存在之超验的(本体)因素与先验的(现象)因素:形而上的现实与物理的现实,乃具有十分重要的意义。其次,在世界图景的构成中重要的,便是时空概念的集合:空间的有限性与无限性;守恒性和稳定性(稳定的结构与其状态)这一方面,同过程性(宇宙在时间中的运动)这另一个方面之间的相互关系;存在变化的性质(周期性同直线性之间的相互关系)。构成世界图景的一个重要方面的,还有关于存在之实体和现象的原因与目的(意义)的概念。世界图景的人格主义方面也有一席地位:构成存在之基础的,是无个性的—普适性要素,还是有个性的要素?最后,对于我们尤其重要的一点是,世界图景在许多方面决定于那些关于和谐元素与失谐元素的观念,决定于那些关于宇宙构成中秩序与混乱的观念。由此可以区分出古典主义的世界图景与非古典主义的世界图景,而用另一个、分解得更细的、有三段论形式的术语来讲——则可以区分出古典主义的世界图景、新古典主义(或者说,革新了的古典主义)的世界图景、与原本就有的那种非古典主义(或者说,反古典主义)的世界图景。

古典主义的世界图景(或者说,古典主义的视界)——它是对存在的这样一种理解:它将存在理解为统一的、井然有序的、和谐的、具有牢固的恒量与意义的世界,而将人则理解为在本质上有机地参与这一存在、被卷入这一存在之中的一分子。对宇宙的这样一种认识,与生俱来地植根于人类的经验。用 A. A. 波捷布尼亚的话来说,存在着那种"人天生地就拥有的在一切物象中见出完整与完美的需求"②。历史上早期的神话学正符合这一需求,在那里,"世界被理解

---

① M. 海德格尔:《世界图景的时间》,见 M. 海德格尔:《存在与时间》,莫斯科,1993年,第 49 页;有关认识宇宙之诸种可能性的局限性,有关现有的诸种世界图景的"异类科学性",参阅 H. 哈特曼:《旧的与新的本体论》(1949),见《哲学史年鉴 1988》,莫斯科,1988年。

② A. A. 波捷布尼亚:《词语与神话》,莫斯科,1989 年,第 180 页。

为安排好了的、合乎理性的与蕴涵意义的宇宙"。对宇宙的这样一种如是观,对应于逻各斯理念(既对应其古希腊罗马形态,柏拉图式的形态,也对应其基督教的形态)。确信"面对宇宙之严整而和谐的形象,杂乱无章的混沌是无力活动起来的"①——这一信念,成了自古希腊罗马时代至19世纪的大多数思想家的一种公理。

  对古典主义的世界图景进行了实质性修正的(并未抛弃那个认定宇宙拥有深刻内在的秩序性的公设),乃是浪漫主义时代的那些思想家,他们认为失谐的因素与混乱的因素也一成不变地植根于一切存在物之中。谢林谈论存在之始元一如谈论不可考量的深渊,像他一样,Ф.施莱格尔嘲笑那些"和谐的傻瓜们"。A.施莱格尔在《戏剧艺术与文学讲座》中则断言,作为对古希腊罗马艺术之"和谐的袒露"的一种对抗,现代及现代艺术暴露出一种"对混沌的隐秘的神往,那混沌……潜存于每一个有机的创作之中,潜存于这种创作的内核"②。

  在距我们较近的时代,——在这个以尼采的影响、物理学领域的一些发现(相对论、量子力学)为标志的时代,而最主要的——则是这个以世界大战与极权制度产生的恐惧,还有全球生态危机的严重症状为标志的时代,以其传统面目呈现出来的古典主义的世界图景遭受了空前激烈的批判。社会的注意力比早先的任何时候都更多地聚焦于存在的动态性和它的那些失谐方面。尼采的宇宙观在这个层面迎合了20世纪的哲学思想与文化的倾向。成了有影响力的和有权威性的,乃是对存在的这样一种如是观:它将存在看成是碎裂的、混乱的、没有恒量的、永远变动不止的、对人是敌视的、而人身上的一切也是不可靠的、脆弱的。这样一种非古典主义的(应恰如其分地称之为反古典主义的)世界图景,实质上是同对宇宙的折中主义视界和反思相关联的。它极其鲜明地显现于尼采笔下,尼采断言,稳定不变的存在根本上就没有,它只是一种杜撰,这杜撰乃是由人随时随地"构

---

  ① Вл. С. 索洛维约夫:《艺术的普遍意义》,见《Вл. С. 索洛维约夫文集》二卷本,第2卷,第392页。

  ② 《西欧浪漫派文学宣言》,莫斯科,1980年,第132—133页。

想出来的,硬行拼凑起来的",尼采认为,最坏的趣味——此乃对绝对性的趣味,绝对性则构成了病态①。

在与之类似的理路上进行思索的——还有无神论的、反抗一切的存在主义(萨特、加缪)的那些哲学经验,以及当代后现代主义者的哲学经验——以德里达为首的、那些对一切固定性、稳定性、绝对性加以抛弃("解构")并向逻各斯中心主义无休止地宣战的当代后现代主义者的哲学经验。

在这种视界上,将世界视为总体性的、"无边的"混沌这一世界图景,被其辩护者们评价为同现代性唯一完全等同全然相符的一种图景,评价为对"文化保守主义"与"秩序模型"加以有益的超越,以追求与之对立的"自由模型"与"深渊文化"为目标而获得的一种结果。甚至有这样的断言:这种世界图景,乃是同"价值上的垂直尺度"之取消而相关联的,乃是同任何限制与规范之撤消而相关联的:新文化,已然摈弃那种古典主义的宇宙观的新文化,对"混乱,死亡的本能、谵妄、精力的浪费、犯罪、疯狂"乃是需要的。而这种摆脱了"规范—命令"的世界秩序,这种"无规无矩的文化",充满越轨出格与破坏毁灭的文化,则受到高度评价②。

然而,这类承继着尼采的思想而形成的观点,在20世纪(以及在两个千年之交的情境中),并没有一统天下。世界图景在我们这个时代已成为空前激烈的争论对象,在这争论中,更新了的古典主义(新古典主义)的世界图景的那些热烈捍卫者的声音,仍在鸣响(即便不再占据主导地位了),新古典主义的世界图景,既涵纳着有关宇宙之永恒的变动和宇宙之构成中有不可消除的不和谐因子的观念,又涵纳着那种有关存在具有稳定性、有序性与存在具有和谐因素的观念。用 H.O.洛斯基的话来讲,"在世界内部甚至那种敌对本身和有机生命的衰变之所以可能,也只能是以对即便是最低限度的和谐、整一、

---

① 《Ф.尼采文集》二卷本,第2卷,第570、266、302页。
② A.K.雅基莫维奇:《论近代与现代文化中的两种学说》,见《艺术理论》,莫斯科,2001年第1期,第55、50页。

有机的构成之保存为条件的,而不可能有别的方式"。①

量子力学奠基人 M. 普朗克的那些见解,(在以更新了的古典主义的视界来观照世界的理路上)也是意味深长的,它们对于那种在物理学领域的伟大发现上,——尤其是在 A. 爱因斯坦的相对论上——所作的相对主义(反古典主义)的阐释,乃是持争鸣态度的。普朗克在 1933 年的文章中断言,"那些力图要将相对论原理运用于物理学之外,运用于美学甚或伦理学之中的尝试"乃是站不住脚的。他认为广为流行的"一切都是相对的"这一表述乃是不正确的,而且"甚至在物理学内部也是不可思议的":相对性的量度,总要被归结为另一些更为深层地潜在着的绝对性的量度。"没有绝对性的量度之存在这一前提,——他写道,——从根本上讲,哪一种概念也不可能被界定,哪一种理论也不可能被建构。"②

20 世纪上半叶的一位诗人与同时代的这位伟大的物理学家当年好像作了一回唱和。对于人的存在之残缺性、反自然性与磨难痛苦性——在这个具有全方位的相对性而充满任意选择的参照点的世界上,人的存在之残缺性、反自然性与磨难痛苦性,在 A. 勃洛克的《种种世界在飞旋》(1912)这首诗中就已得到思索与抒发了,这首诗的抒情主人公注定要去听闻的只是单调的号叫,注定要去感觉的只是陀螺的旋转:"我们是不是在发疯/在虚构的因果、空间、时间之五光十色的交替更迭中?"

看来,关于宇宙之深层的有序性的观念、关于那潜在于其内核的稳定性的观念,即便在多灾多难的 20 世纪也还葆有其影响力与权威性。(除了上文列举的洛斯基与普朗克的见解之外),H. 哈特曼、A. 什维采、Г. 马塞尔、Ж. 马利坦的著作,以及俄罗斯哲学家:П. А. 索罗金、М、М. 巴赫金的早期著作、А. А. 乌赫托姆斯基、М. М. 普里什文的著作,都证实了这一点。甚至那个随时随地都见出荒诞的咄咄逼人的反传统主义者 A. 加缪,也承认作为人类的愿望之对象的确定

---

① H. O. 洛斯基:《作为有机整体的世界》(1915),见《H. O. 洛斯基文集》,莫斯科,1991 年,第 390 页。

② M. 普朗克:《物理世界图景的统一》,莫斯科,1966 年,第 196 页。

性、鲜明性与有序性。"叛逆性的冲动,——他写道,——乃是……作为对鲜明性与统一性的一种要求而出现的。最不寻常的反抗以悖论的方式表现着对秩序的追求。"①

近几十年来得到确立的"协同学"(源于古希腊的词语,"相联合、相配合地行动着的"),也是行进在这个承继着传统的宇宙观念而形成对世界的理解的路向上,"协同学"——这是一门学问,它所研究的对象乃是那由无序与混沌中生成新的结构性构成——复杂而有序化了的新的结构性构成——的过程。存在具有的动力机制,在这里是作为存在自身的无休止的自组织而被认识的②。最后,语言本身也在见证存在具备有序性这一观念是不可能从人类的意识中消除的:宇宙是由"世界结构"、"世界布局"、"世界秩序"这类词来表示的。

综上所述,在20世纪的人文意识中,反古典主义(相对主义)的世界图景同已然更新的古典主义(新古典主义)的世界图景,是在冲突中并存的。而这一情境在很大程度上则决定着对这样一些审美范畴的反思:已然深深植根于千百年的岁月中的美、"半传统的"崇高与"创新的"狄奥尼索斯精神与狂欢性(后面这两者,乃是同这一点相关联:从那种以古典主义的视界去观照世界的框框中坚决而执著地走出来)。

"世界图景"这一概念,不仅对于理解审美是不可或缺的,而且对于理解这样一些艺术现象与文学现象也是不可或缺的:诸如作者、人物与抒情主人公、情节与结构布局——关于它们,在后面的章节里再谈。

5. 审美情感

行文至此,所讨论的都是在其对象的层面、客观的层面、存在的(本体的)层面上的审美,审美的这一层面在千百年的岁月里一直吸

---

① А. 加缪:《叛逆的人》(俄译本),莫斯科,1990年,第135页。
② И. 普里戈津、И. 斯登格尔斯:《来自混沌的秩序》译自英文,莫斯科,1986年。С. П. 卡皮察、С. П. 库尔久莫夫、Г. Г. 马利涅茨基:《协同学与对未来的预测》,莫斯科,1997年。

引着哲学家与学者们的兴趣而使之专注于其上。但是,自18世纪末19世纪初以来,进入科学—哲学思想领域的还有审美的另一个层面:主观的层面,同认识论(关于认识的学问)和接受心理学相关联的层面。审美评价、审美判断、审美情感、审美体验——开始一一成为严肃思考的对象。

И.康德在其专著《判断力批判》(1790)的第一部分里首次(而且相当详细地)考察了审美情感,将它们称之为对趣味的品评(Urteil)。Urteil这个词在这一语境中似可译为"见解"、"评价"、"情感"。而趣味品评的基础,——这位哲学家断言,——则是对美的赏识(Wohlgefallen)。

趣味的品评(即审美情感)乃是具有评价性的,——康德强调道。他还区分出审美评价的下列特征:1.审美评价是非功利的,因而它们与所感知所接受的对象并没有什么行为上的关联:它们是观照性的、无私欲的、不涉及利害关系的;2.审美评价是在理性之外的,而并不与逻辑上的推理程序相关联(爱美乃是"无需凭借概念"的),并以此而同道德公理、科学图式、宗教教条相区别;3.审美评价是具有普遍意义的,而并不是随心所欲的、全然主观的、偶然的:美乃是人人都喜爱的;4.作为仅仅指向对象的形式、而并不指向对象的本质的一种活动,审美评价是具有游戏性的:它们在实现着"人的心灵力量的游戏"[①]。

可见,转向美学之后的康德,不同于他的那些前辈,不仅仅专注于美的客观特征,而更倾心于美的主观把握上的特性。他将审美接受主体的积极性提到首位,这完全应合了19—20世纪文化生活与历史生活的趋向。康德学说的出现,乃是近代美学史上的一个转折点。

与此同时,康德的"趣味的品评"之见解在许多方面是片面的、脆弱的。第一,审美情感并不是单单指向所观照物的形式。那个可上溯到古希腊罗马时代与中世纪的观念,即审美乃是同那种对某些本质的"顿悟"相关联的,在"后康德"时代也根本没有失去其现实性。第二,作为一种摆脱了对所感知所接受之物的功利主义的、纯理性主

---

① И.康德:《判断力批判》,第179、87、97页。

义的兴趣的情感活动(在这一点上,康德乃是绝对正确的),审美情感同时也具有那种对对象之本质在精神上的关切(宇宙观层面上与个体性层面上的关切)。因而,毫不奇怪,康德有关趣味的品评是"不涉及利害关系的"思想后来不仅被继承,而且也受到批判性校正。比如,黑格尔的"内容美学",就标志着对审美情感的一种反思——将审美情感作为一种在认识论上(尽管它们具有种种"外在于理性"的特征)与宇宙观上均是有价值的东西,而加以反思。关于人类存在之深层的基础,进而,人们的根本性的精神利益,在审美体验中总要得到体现这一点,唯物主义者 Н. Г. 车尔尼雪夫斯基谈论过("那种我们在其中能看见生活应当如此——照我们看来它就应当如此——的东西,就是美"①),一些宗教哲学家,其中包括 Вл. 索洛维约夫也谈论过。

最近一个世纪的美学更多的是在追随康德,而不是黑格尔。况且,20 世纪的许多理论家比"趣味品评说"的创建者还要更加坚定更加执著地专注于审美之主观的层面。如果说,在先前的学说中占支配地位的术语有:美与崇高、阿波罗精神与狄奥尼索斯精神,——那么,现今已成为支点性的,则是这样一些词语与词组:审美关系与审美视界、审美经验、态度、观点、功能。在将审美"主观化"这一路向上,——波兰哲学家罗曼·英伽登(20 世纪 30 至 40 年代)的一些著作是相当有权威性的,那里就有这样的论断:审美对象乃是由意识所建构的,由意识所自由地创造出来的,也只是在这种情境下才获得某些品质。②

以类似的方式而作出了更为激进的表述的,则有扬·穆卡若夫斯基。这位捷克学者得出一个结论(可以说,是极端的):审美同事物的某种特征并无直接的关系③。对审美的主观化在这里达到了极致。重要的只是,——穆卡若夫斯基认为,——只是物象对意识作用的强度,只是接受者对投入到物象上的那种全身心的专注,这种专注又是

---

① 《Н. Г. 车尔尼雪夫斯基美学论文选》,莫斯科,1978 年,第 68 页。
② Р. 英伽登:《美学研究》,莫斯科,1962 年,第 133—135 页。
③ Я. 穆卡若夫斯基:《美学与艺术理论研究》,莫斯科,1994 年,第 38—39、53 页。

同新颖别致而出人意料的效果相关联的。审美由此而与偏离——对一切惯习与陈规的偏离——相联系,由此而与某种突破相联系。"标准化的审美",——这位学者断言,——已经成为过去:传统的美已然得到公认,而习以为常了,因而也就没有个性了。在等级上比它更高且更为现代的,则是"非标准化的审美"①。

后来,M. 比尔兹利(1915—1985)(以比较温和的方式)表达过类似的思想。美国美学的这位领袖人物断言,任何一种物象都可以从审美的视角来加以考察。他拥护对现实实施普遍的审美化:将审美的视角扩展到环绕在人周围的一切物象上②。诸如此类的学说,同艺术与哲学之千百年来的经验是大相径庭的,但与现代主义尤其是先锋派的观点与实践却是完全吻合的。

将审美对象看成是无边无界无限广阔的而加以体验与理解,这会使审美情感本身发生变形:在使之丰富的同时也使之贫乏。一方面,审美反应变得更为多样与更为精致:人们对环绕在其周围的种种形式表现得易于领会,而感觉敏锐了。事物,——用 B. B. 什克洛夫斯基的话来讲,——得以从那种对其感知对其接受的自动化状态中被坚执地解脱出来。另一方面,不论是由什么东西所引起的审美反应都在失去其传统的规模气度、心灵的紧张力度、世界观上的深度:"趣味的品评"很容易获得享乐主义的、娱乐感官的性质,而时不时地转变为对周围对身边的东西之唯美主义的玩味,——只是对其中那些奇异的与有趣的、扣人心弦的与令人可笑的东西之唯美主义的玩味。

然而,在 20 世纪的美学中还存在另一分支。将它称之为新传统主义是合乎情理的。在这里得到强调的是,审美情感乃是指向对象的有内涵的形式,而且是对所感知所接受之物在精神上的一种关切:主体与客体之间存在着内在的亲缘与有机的联系,被观照被认知的东西审美上并不是与人格格不入的且同人在本质上相距甚远的。

---

① Я. 穆卡若夫斯基:《结构诗学》,莫斯科,1996 年,第 44—49 页。
② M. 比尔兹利:《审美视角》,见《美国艺术哲学》,叶卡捷琳堡,1997 年,第 178、175 页。

М. М. 巴赫金在界说审美活动的特征时，就不再谈论康德的"不涉及利害关系"，甚至与之对立而提出并论证了"外位性"与"参与性"这一对术语。这位学者曾谈论人对于审美体验之源头在心灵上的赏识与洋溢着爱意的亲近。他认为，"善良与亲切"是审美所固有的，"洋溢着爱意所肯定的具体的现实"是审美视界的中心，而且他还征引了一首（与他的见解相契合的）俄罗斯谚语："不是因为漂亮而可爱，而是因为可爱而漂亮。""没有爱意，冷漠无情，——巴赫金断言，——任何时候也不能拧结成那么一股力量，以便对对象加以紧张而缓慢的观照（……）唯有爱才能成为在审美上有生产能力的"。他将"审美意识"界定为"饱含钟爱之情与倾心投入的价值"①。在上面所引征的观点中，这位学者将审美同对现实的把握，——首先是对人的现实、对个性的现实的把握——联系在一起，将审美同人与人之间活生生的交流沟通领域联系在一起。

这些观点完全正确。刚刚过去的那个世纪的理论家们曾不止一次地指出，审美上有价值的东西，乃是同个性之间的交流深深相关的，而且是这种交流的推动力之一。用 А. А. 梅耶尔的话来讲，审美的态度——这是爱的实现，是人与人之间像亲戚那样亲切的关系的实现，是他们之团结一致的实现。在审美领域，单个的我之封闭性得以被超越。审美的态度"将一个人引入另一个人的生活，使他成为这俩人所共同的生活的参与者"②。

М. 比尔兹利（在强调审美体验之令人心境澄明的、净化的性质之同时）表达过类似的思想：审美经验能化解心理冲突与紧张状态，能帮助一个人使其自身的生活和谐化，"能使领悟能力得到提升，使理解能力得到充实，使其亲近周围的环境"。用这位学者的话来讲，对审美对象的凝神观照会唤醒对自由的感觉，况且审美经验"能发展那种设身处地——将自己置身于他人之位——的能力"，"能培育相

---

① М. М. 巴赫金：《20世纪20年代的著作》，基辅，1994年，第281、59—60、158页。
② А. А. 梅耶尔：《审美态度》(1927)，见 А. А. 梅耶尔：《哲学著作》，巴黎，1982年，第103页。

互关切",以及对那些异质文化的理解①。

可见,审美情感在诸种后康德理论中受到了各种不同的反思。

6. 审美在人的生活与社会生活中的地位与作用

现代人类拥有的审美经验可谓遍及方方面面而丰富多彩。这种经验,乃是一个世纪又一个世纪一个千年又一个千年日积月累地形成的。审美体验,看来,乃是历史地产生于那种对物象的功利性—实践性评价,——那种将物象看成是有益的与有用的评价。起初这两者是有某种交融的,历史上早期的文学——可以为之佐证,比如荷马笔下对事物的描写,那些事物符合其实际的功用,同时又以其完美而令人愉悦。"人,——Г. В. 普列汉诺夫写道,——起初是以功利的观点去看取事物与现象的,只是到了后来才站在审美的视角来看待它们"②。在审美经验的积淀中曾经起过巨大作用的,还有早期社会生活的仪式礼节方面。那些(巫术的与宗教的)仪式典礼,乃是被审美地感知与接受的场景。

审美是渐渐地(这个过程在近代得到了加速)在单个人的生活和整个社会的生活中获得自具价值性的。与此同时,审美并未失去它同人类意识的另一些领域——美学之外的那些领域之密切的联系。审美情感还同一些生理感觉(其中包括——与性领域)相关联,同人在社会上的自我肯定相关联(因为美丽的拥有者——不论是面部特征,还是衣着服饰、物品,——都是在周围人的心目中获得某种魅力、某种"分量"与权威的),同个性之间的交流沟通相关联(人有那种将一己的审美体验变成为其他人的财富之需求)。换言之,审美总是要"加入"那十分广阔的、丰富多样(有时则是相当奇妙的)关联之中——同另一类经验的关联之中。

审美在单个人的生活中、社会生活中、人类生活中的意义都是巨大的。文学一直在执著地使人确信,审美情感能获得宏阔的气度,能

---

① M. 比尔兹利:《审美视角》,见《美国艺术哲学》,第 143、178、142 页。
② Г. В. 普列汉诺夫:《没有地址的信》,见 Г. В. 普列汉诺夫:《艺术与文学》,莫斯科,1948 年,第 108 页。

标志精神的某种腾飞、人的生命的"星光灿烂的辉煌瞬间"。我们且来回忆一下托尔斯泰笔下那个第一次看见高加索群山的奥列宁(《哥萨克》), А. П. 契诃夫的短篇小说《美人儿》, Вл. 霍达谢维奇的诗篇《相遇》。审美体验能够显现为那种深刻而有益的心灵震撼,甚至能够显现为那种不仅是单个人的命运而且是整个民族之命运的转折点(编年史上那则叙述——弗拉基米尔大公在拜占庭的祈祷仪式之美打动下,而接纳基督教——乃是意味深长的)。那些强有力的与深刻的审美体验,标志着人的精神推动因素之强烈而紧张的成长,具有激发与唤醒的意义。美之使命,用 H. C. 阿尔谢尼耶夫的话来讲,首先在于唤醒:美会剥夺一个人的平静,会产生"创造性的怅惘",而主要的则是——它会"召唤心灵走向活跃",它"要求应答"①。正是由于审美体验,人们同存在本有的那些美好的、普适共通的因素之紧密结合才得以巩固。况且,审美情感能促使人获得精神生活的自由与丰富。Φ. 席勒曾断言,美能为人打开走向完善与和谐之路,走向肉体力量与精神力量相契合之路。他将"审美状态"同人的内心自由,——那种既超越了对道德强制的依赖,也超越了对所有感官—生理性东西之依赖的人的内心自由——相关联。美,——用席勒的话来讲,——"能在一个紧张的人身上重建和谐,而在一个软弱者身上——则恢复能量"②。后来,作过类似论述的,有黑格尔("美之品鉴带有〈……〉自由的性质"③),有马克思(在享受对象的感性形式之际,人在肯定自己的"本质力量"④)。

在结束关于审美体验之意义的讨论之际,我们要指出,审美体验并不是仅仅以少数人与罕见的出众者所拥有的"星光灿烂的辉煌瞬间"的形式,而且它也作为生命感之固有的元素,进入人们的生活之中的。对于一个受过文化传统熏陶的人,重要的是,要让周围的一切不玷污其趣味,而是日复一日地提供正面情感所需的养分。因而,日

---

① H. C. 阿尔谢尼耶夫:《论世界上的美》,马德里,1974 年,第 44、9、139 页;《世界与生活面貌之改观》,纽约,1959 年,第 44 页。
② Φ. 席勒:《审美教育书简》,见《Φ. 席勒文集》七卷本,第 6 卷,第 307 页。
③ Г. В. Φ. 黑格尔:《美学》四卷本,第 1 卷,第 123 页。
④ 《K. 马克思,Φ. 恩格斯早期作品选》,1956 年,第 593 页。

常生活之审美化装饰——其源头植根于民族传统，——乃是人类现实的一个重要层面。"事实上，环绕着古斯拉夫人日常生活之所有的物象，或多或少地都是业已受到艺术加工的。"① 日常生活之审美化的"建筑完成"——也是距我们甚近的这些时代的文化，——包括当代文化，——之不可分割的一个链环。

7. 价值论视界中的审美　审美与唯美主义

价值论——这是关于价值（源于古希腊文 αχιοs——有价值的）的学说。"价值"这一术语在哲学及诸人文学科中得以确立，当归功于德国思想家 P. Γ. 洛采（19 世纪 60 年代）的一篇哲学专论和（20 世纪初）新康德主义的那些著作。在俄罗斯哲学中，价值论由 H. O. 洛斯基的著作《价值与存在》（1931）作了鲜明的阐述。但价值这一概念，早在价值论得以确立之前就已经出现，自古希腊罗马时代，还在 agatos 这个词语（译成俄文，则是"благо"，即"幸福、福利、利益、财富、享受、美好事物"）出现时，就有了价值这一概念。

价值可以被界定为那些单一物象的、社会—文化现象的、存在的——原本意义上的、作为可思索的与可想象的宇宙在呈现的那个存在的——正面的意义。用洛斯基的话来讲，"但凡涉及人的一切，都可以去说出，它是好的抑或是坏的"，因而，价值——这是"能渗透一切的，既对整个世界的意义，也对每一个个性的意义、每一个行为的意义加以确定的某种东西"②。

被称之为价值圈的价值世界，是丰富的、具有不同种类的。构成价值圈中心的，是那些本体性的、抑或最高的价值，以那些价值为目标的定位构成人们的精神生活。这样的价值首先有：作为认识之绝对目标的真，作为道德之轴心的善，作为第一性的（亘古以来就有的）审美范畴的美。同在这一意义序列之中的还有——爱与仁慈、信仰、自由、公正（正义—公正）、个性。对于单个的人及其社团（最终——也是对于人类），这些本体性价值乃是方向标，乃是某种灯塔。这，用

---

① В. В. 贝奇科夫：《11—17 世纪俄罗斯中世纪美学》，莫斯科，1992 年，第 127 页。
② Н. О. 洛斯基：《上帝与世界性的恶》，莫斯科，1994 年，第 250 页。

Б. П. 维舍斯拉夫采夫那十分贴切的表述来讲,不是舵,而是指南针。① 以本体性价值为目标的定位,激励着人们在精神—实践上的自我确定,并时常使人面对一些最为严肃的、很难加以解决的问题,这些问题在 Н. А. 别尔嘉耶夫晚年的一部著作中曾被论述:"一个人为了自由可能去牺牲爱情,为了社会公正〈……〉可能去牺牲自由,为了怜悯——可能去牺牲科学使命以及其他的东西。"②

（与那些同精神生活相关联的本体性价值相并列）而时常被置于最高价值圈之中的,还有那类为活生生的生命机体所富有的活性价值,诸如力量、健康、心灵—肉体的冲动、幸福等等,就是这样的价值（说到这里,我们不妨回溯前文有关狄奥尼索斯精神的论述）。在价值圈的构成中不可或缺甚为重要的,也还有一些超历史的文化形式：神话学、宗教学、哲学、科学；劳动技能与休闲方式；技术发明之集成；个性之间的交流沟通经验,等等。

我们所勾勒的几类价值都是普适性的。与它们一同进入价值圈的,还有局部性的价值,也就是那些单一的客观现实,那些对于具体的个体或者社群（小型的与大型的）是珍贵的、不可或缺的、神圣至尊的客观现实。进入这一序列中的——是那些被特定的群体高度评价的历史事件与历史人物；是那些哲学文本、宗教文本与艺术文本；是那些于其中栖居的人们所拥有的自然环境或城市环境的特色；是那种已然习惯的日常生活及其用品；是那些同这个人有亲缘关系、对于他乃是唯一的那些人和关于那些人的记忆,——而这几乎就是局部性价值之最高形式。所列举的这些"价值论界面上的单元"——此乃那类普适性的、首先是本体性价值之活生生的折射,是其具体的、"尘世的"体现,没有它们,人们的生存则是不可设想的。价值圈的构成,——（以非常近似的列举与相当初步的系统化而呈现出来的）价值圈的构成,就是这样的。

审美位于本体性价值序列,我们正是要驻足于本体性价值而加

---

① Б. П. 维舍斯拉夫采夫:《面貌焕然一新的爱洛斯的伦理》,莫斯科,1995年,第99页。

② Н. А. 别尔嘉耶夫:《精神王国与恺撒王国》,第322页。

以较为详细的讨论。有关这类价值的观念是历史地变化着的。它们在不同时代、不同民族、不同地区的人们的意识中具有各自的特征。比如,在欧洲的古希腊罗马时代,美、匀称适度、真理被尊为主要的美好事物(参阅柏拉图的对话《斐莱布篇》);在基督教的中世纪,由使徒保罗提出的"信仰、希望、爱"三位一体成了颇有影响力的价值观念;在文艺复兴时期,获得崇高地位的则是这样一些活性价值:享受财产(富裕的家产、荣耀的地位)的幸福,享受肉体(力量、健康、美丽)的幸福,享受心灵(敏捷的智力、明快的记性、意志力)的幸福。为了毫无拘束地享受尘世的幸福,有时候,那些传统的道德条规被坚决地抛弃;美德被界说成是对享受的妨碍,被看成是某种空洞的与荒唐的东西,某种危险而致命的东西①。与此同时,那种将道德操行上和静观内省上所表现出来的美德视为最高价值的观念,也还葆有其重要意义与权威性②。

在理性主义时代(17—18世纪),理性被人们视为至高无上的财富。在尼采式的反理性主义颇有影响之时,最受推重的,则是人的那种自发性原生力的冲动,是人的力量和控制能力。在同尼采的争论中,Вл. 索洛维约夫曾提出其价值论的三位一体:爱、美、自由,它对中世纪基督教的三位一体进行了革新③。在以基督教人格主义的形成与巩固为标志性特征的20世纪,个性获得了崇高的价值论地位。这,——用 H. A. 别尔嘉耶夫的话来说,——就是"高层价值"④。最近一个世纪的哲学家们诉诸于这个范畴,而使责任、个性之间的交流(广义的对话)、和睦、团结这样一些概念具有迫切的现实意义。

尼采那个"重估一切价值"的纲领,对20世纪的价值论境况发生了积极的作用(而且现如今还在发生作用)。他将那已然植根于千百年来的岁月中的观念——视真善美为普适共通的精神生活方向标的

---

① Л. 瓦拉:《论真正的幸福与虚假的幸福》,见《文艺复兴时期的美学》二卷本,第1卷,1981年,第81—83,97页。

② M. 费契诺:《幸福在哪里……》,见《文艺复兴时代意大利人文主义者著作(14世纪)》,莫斯科,1985年,第222—223页。

③ Вл. C. 索洛维约夫:《艺术哲学与文学批评》,莫斯科,1991年,第494页。

④ H. A. 别尔嘉耶夫:《精神王国与恺撒王国》,第16页。

观念——坚决抛弃,将它们同那些活性价值——作为至高无上的且唯一真正的价值、他在贵族化的少数人身上看出其呈现的活性价值——相对立。一如文艺复兴时期的那些思想家,尼采极力宣扬勇敢、无忧无虑、肉体—心灵健康、对英雄般冒险精神的嗜好。最优秀的人类品质——在这位哲学家心目中,此乃"高傲、冒险、无畏、自信"①。

尽管带有其种种争鸣中的过激与片面,尼采的价值论在很多方面是回应了20世纪人文思想的发展逻辑。许多思想家立足于"重估一切价值"的经验,同时也对之加以校正,而诉诸于"生命哲学",建构出这样一些范畴:诸如直觉、本能、欲望。在这里,首开先河者属于 A. 柏格森。这位法国哲学家置于其智力建构中心的,是"生命冲动"(elan vital)这一概念,他将"生命冲动"作为一切事物——自然界、社会、人——生存与发展的动因(论文《创造性演化》,1907)。在同一路向上的——还有 M. 舍勒的学说,舍勒在对尼采之说加以校正之同时,曾将精神与欲望"以同等权利"一起纳入普适性价值范围,而在此基础上构建出富有独创性的价值论诸概念的等级次序②。

活性价值(与欲望一起),在多灾多难的20世纪历程中经受了愈来愈积极而紧张的反思与体验,在这些价值之中,有自我保存也有蜕化衰变——在广阔的、全球性的前景中加以理解的自我保存与蜕化衰变。今日人类的生存本身,进而——所有其他价值之命运,乃取决于自我保存与蜕化衰变的实现——取决于使它们变为现实。

尽管尼采所倡导的对活性因素的推崇有着极为严肃的文化—历史因由,但他以挑衅般的政论形式而实现的对传统价值的颠覆,对于刚刚逝去的那个世纪也还是有一些负面的、充满痛苦的悲剧性后果。尼采式对善与同情的摒弃,对强者之残酷的赞许,在世界大战时期与极权体制年代,乃是"正中统治者的下怀",而根本不是以最好的方式效力于人类。这位哲学家对人们在千百年来的经验中所积淀的一切

---

① Ф. 尼采:《论道德谱系学》,见《Ф. 尼采选集》二卷本,第 2 卷,第 428、426、488、425、467 页。

② 《M. 舍勒著作选》,莫斯科,1994 年,第 229—328 页。

加以激进的重估,这刺激了"价值论上的战争",现如今还看不到这场战争的尽头。在 20 世纪里扮演了那种预示着灾难的"不祥之兆"之角色的,就是这种激烈的价值对立——(不仅在理论上,而且在社会实践领域)将自由这一价值同同样不可或缺的公正这一价值加以对立,而后者乃是同人的尊严的护卫——对每一个活生生的人都具有的那份人的尊严加以护卫——相关联的。

  刚刚逝去的一百年所如此突出的价值论上的那些对抗,不应当被推向一种绝对,不应当将之看成是人类全部历史生活的一种本质属性。那些普遍存在意义上的价值,就其实质而言乃是互补的,彼此之间同源同脉,和睦共存的。它们的集成并不是对抗的聚集,而是一种交响乐式的统一。这种统一(即便有时也被打破)的一个相当重要的界面,就是"审美与伦理"这一对价值论双子——古希腊人曾称之为身心和谐美(古希腊健美与心灵美的理想典型),它在中世纪也曾获得迫切的现实意义。

  审美在价值序列中的地位,尤其是它与伦理(道德)的关系,过去有过现在仍有各种各样的理解。19 世纪初,德国的一些思想家常常将审美价值置于所有其他价值之上。譬如,Ф. 席勒就主张,唯有在审美状态中,人的本质才得以以纯洁与直接的形态表现出来。而 Ф. 谢林则断言,"称不上是美的那种善,也还就称不上是绝对的善"[①]。后来,俄罗斯的一些大作家表达过类似的见解。Ф. M. 陀思妥耶夫斯基的长篇小说《白痴》中的梅什金公爵,就谈论那能拯救世界的美。将审美价值置于所有其他价值之上——这种对审美价值的推崇,通常被称为唯美主义。

  除了平和而温情的、"席勒式"的对审美的崇拜,在 19 世纪末(在 20 世纪里则尤甚尤烈)还形成了一种阴郁的恶魔式唯美主义,这种唯美主义将它自身同责任感与义务感的思想、自我牺牲与善的思想这样一些伦理价值对立起来。Ш. 波德莱尔的诗集《恶之花》(书名本身就很有典型性)中,贯穿了这一类主题。且听诗人对美的诉求:

[①] Ф. B. 谢林:《艺术哲学》,莫斯科,1996 年,第 84 页。

> 这有何妨,你来自天上或地狱?
> 啊美!你这怪物,巨大、淳朴、骇人!
> 只要你的眼、你的笑、你的双足
> 打开我爱而不识的无限之门!
>
> 这有何妨,你来自上帝或魔王?
> 天使或海妖?——目光温柔的仙女,
> 你是节奏、香气、光明,至尊女皇!——
> 只要减少世界丑恶、光阴重负!
>
> (献给美的颂歌)①

唯美主义在 Ф.尼采笔下得到了鲜明表现,Ф.尼采断言,"世界的存在只有作为审美现象才可能被证明是合理的"②,而高扬那种陶醉于自身的力量而无拘无束的人之理想。此类唯美主义,在王尔德的小说《道连·格雷的肖像》中获得了鲜明的艺术的(况且也是带有相当强烈的批判性的)诠释。尼采式的唯美主义影响了20世纪的艺术文化,可是同时也成为批判对象——那种严肃的有论据的批判对象。用托马斯·曼的话来讲,"在唯美主义与野蛮之间乃存在着某种亲近〈……〉某种毋庸置疑的关联"。③

挑战性的、摈弃其他价值的唯美主义,常常不是与那种对未来之狂热的倾心相关联,就是与那种精英般的脱离大多数人的生活方式和利益相关联,或者是与那种欲嘲弄一切的高傲相关联。这种对现实世界的态度,会以悖论的方式导致那鲜活生动的、直接的审美情感变得衰弱甚至滞钝:对美之过度的消费会滑向厌腻。已然转化为对审美体验进行无休无止的追逐的那种生活,就有变成空虚而毫无果实的危险。毫不奇怪,唯美主义常常逆转为艺术家精神生活上的凄惨经历甚至悲剧,T.曼的长篇小说《浮士德博士》便是反映此类情形

---

① 波德莱尔:《恶之花》中译本,郭宏安译,广西师大出版社,2002年,第229页。
② Ф.尼采:《源自音乐精神的悲剧之诞生》,第25页。
③ T.曼:《我们的经验视界中的尼采哲学》,见《T.曼文集》十卷本。第10卷,莫斯科,1991年,第385页。

的一面镜子。

在最近这几十年里,还出现了另一种形式的唯美主义,摆脱了尼采式力的崇拜的唯美主义。这种唯美主义,同被称之为后现代主义者的感受性的那种东西相关联。在这种唯美主义的视野中,对世界的感觉——对在其中没有任何有意义的定位可言、犹如一团混沌之世界的感觉,是在充满反讽的"隐喻性的随笔体作品"中得到体现的,这种随笔体作品钟情于幻想与讽拟,其使命是以它的松散性、不确定性、神秘性去获取快感。显然,唯美主义乃是有多种面孔的①。

与之对立的另一个不良的极端,则是反唯美主义。在强固基督教意识的那个年代,对审美价值的摈弃,乃是由基督教同多神教之论争的激烈与残酷——针对多神教对种种奢华的倾心而展开的论争中所表现出来的那种激烈与残酷——所引起的。在与我们相距甚近的年代,对审美价值的摈弃,则是受制于那种对科学知识之毫无节制的辩护(说到这里,我们不妨回忆一下 Д. И. 皮萨辽夫的《美学的毁灭》,以及屠格涅夫笔下的巴扎罗夫对艺术的鄙视),或是受制于那种对伦理价值之直线型—教条般的捍卫,一如晚年的托尔斯泰,托尔斯泰在《什么是艺术?》那篇专论中写道:"美这一概念不仅不与善相吻合,宁可说是与之相对立〈……〉我们愈是更多地委身于美,我们同善就离开得更远。"②对审美的这种怀疑—不信任态度,曾经受到 А. П. 契诃夫的讽刺性模拟(蓄胡子也是不道德的,既然尽可用胡须去为穷人做枕头)。尽管有种种片面性,反唯美主义在许多情形下也还是拥有一些正经的合乎人性的理由的。用 И. И. 维诺格拉多夫的话来说,"道德反对美学的十字军东征"乃是"美与恶在同一个天空下同存共生"之必然后果,道德情感对此种情形是不应当妥协的。③

如果说,19 世纪的反唯美主义具有某种自我牺牲般的高尚,那么,在刚刚过去的那个世纪里(尤其是在 20 至 40 年代),曾在我国愈

---

① П. П. 加依坚柯:《追求超验性的冲动 20 世纪的新本体学》,莫斯科,1997 年,第 79—203 页(这里有对唯美主义及其历史链环的详细评述)。
② Л. Н. 托尔斯泰:《什么是艺术?》,莫斯科,1985 年,第 180 页。
③ И. И. 维诺格拉多夫:《沿着鲜活的印迹·俄罗斯经典作家的精神探索:评论集》,莫斯科,1987 年,第 66 页。

来愈广泛地扩散开来的那种对审美的不信任,则获得了冷酷的、官方的、强制推行的特性;在文化之全方位的意识形态化的氛围中,审美这一概念曾经处于半禁杀状态,只是在"解冻"年代——在20世纪50年代中期,它才得以在社会意识中被恢复起来。

在20世纪初,曾有过一些对唯美主义的极端与反唯美主义的极端都加以克服的尝试。譬如,C. H. 布尔加科夫一方面赋予审美情感以巨大意义("由于美,人身上能生出翅膀,他能感觉自己不是一团物质或是两条腿的猴子,而是一种以绝对性与神性为滋养的、无可限量的精神性灵"),与此同时他又说道,以抹煞其他种类的价值为前提而对审美加以辩护并非良策,甚至不无危险:"审美的感知与接受乃是消极的:它们并不要求建立功勋,并不要求意志的紧张,它们是天赋的白给的,而举凡白给的东西则能致使道德败坏。"① 后来,M. M. 巴赫金也表达过类似的思想。他指出,"审美视界"的存在是合理的与不可或缺的,因为它并不奢望成为"哲学视界——面对整一的与唯一的存在的那种哲学视界"②。由此可见,在文化(包括现代文化)领域,审美同人们的意识与活动的所有其他方面(认知的、伦理的、生活—实践的方面)之间的那种平和融洽的相互作用,那份和谐,(作为文化的一种标准)乃是不可或缺的。

8. 审美与艺术

艺术创作同原本意义上的审美之间的关系,曾经有过而且现在仍有各种各样的理解。在许多情形下,艺术,一旦在它被人们作为一种认识活动、一种世界观的活动、一种交际活动而加以思索考量之际,就同审美领域脱离开来。比如,Н. Г. 车尔尼雪夫斯基就曾专注于艺术的再现性因素与信息性因素,将它们看成支配性因素。Л. Н. 托尔斯泰甚至断言,要正确地反思艺术创作,就应当"将能把整个

---

① C. H. 布尔加科夫:《俄罗斯革命中人神的宗教》(1908),《新世界》1989年第10期,第223页。

② M. M. 巴赫金:《20世纪20年代的著作》,第23页。

事情都给搅乱的美这一概念抛开"①。

Г. Н. 波斯彼洛夫则是比较温和同时也是更富建设性地谈论艺术之外在于审美的本质,依波斯彼洛夫之见,具有审美特征的物象究其本质而言还称不上是审美的,因为审美——此乃某种"存在于物象之全部整体性之中的本质"之"外在的表现"。这位学者得出一个结论:艺术的本质——是精神性的,而其中的审美——则是第二性的领域,形式的领域,故而,要立足于审美这个概念去构建艺术创作理论,乃是不可能的。"生活中并不存在任何究其本质而言称得上是审美的现象,——他写道。——艺术呢,自然在这方面也不是什么例外。它的本质本身就完全不是审美的。"②这些论断,在许多方面是不无理由的论断,理应受到合理的校正——以那种确认艺术作品之主要的使命乃是将其作为审美价值而予以感知与接受的见解,对之加以合理的校正。毫不奇怪,不同国家不同时代的艺术理论家们都是——完全有理据地——将艺术之审美的方面作为主要的、轴心的、支配性的方面加以考察的。用 Я. 穆卡若夫斯基的话来讲,艺术理应忠诚于"自己天然的使命,即审美作用"③。

艺术与审美领域的关联是多层面的。首先,成为艺术作品中认识对象与再现对象的,乃是带有其种审美特征(品质)的生活:现实中那"被发送"给人的视觉与听觉的一切,都应当受到直接而完整的感知与接受。其二,艺术形象的材料本身(音乐作品中的音响;三维的用肉眼可感知的雕塑的形式;带有其语音外壳的词语,等等)具有可感觉的特性,而诉诸于对它的审美感知与接受。最后,第三点,审美不仅在艺术作品中得到折射,而且(这几乎是主要的)归根到底还是由创作行为而创造出来。艺术作品,不是作为审美价值而被感知被接受,就不能完成其最主要的使命。

艺术中的审美同艺术外的现实中的审美之间的关系,也受到学者们各种各样的理解。从一方面看,有观点认为,艺术在补充现实,

---

① Л. Н. 托尔斯泰:《什么是艺术?》,第 166 页。
② Г. Н. 波斯彼洛夫:《审美的与艺术的》,莫斯科,1965 年,第 159 页。
③ Я. 穆卡若夫斯基:《美学与艺术理论研究》,第 131 页。

将井然有序带进现实,而重新创造出审美上有价值的东西。从另一方面看,又有观点认为,"艺术在创造美"这一论题——乃是站不住脚的,是伪古典主义的,是狭隘的唯美主义的,有观点认为,是世界之美在产生艺术价值,"艺术并不创造美,而是在显现美"①。看来,上述两方面的因素在艺术活动中都存在:艺术既能将存在中本有的那种审美上有价值的东西积淀下来,又能将它重新创造出来。

显而易见,审美的范围比艺术领域要广阔得多,它是无比广阔的。但艺术创作正是审美上有价值的东西获得显现的某种最大极限。只有在艺术活动中,审美才是支配性的而被提升到第一位。在人类活动的另一些领域——那些理论的与实践的、也具有创作因素的领域,审美(如果它也在场)则是一种伴生性的成分,而远不是必不可少的因子。

"审美"与"艺术"这两个词在人文领域(它更多地是准科学的,而不是纯科学的)被当作同义词来使用,这绝非偶然。正是在艺术中,审美会获得丰满与深度,而鲜明地展示自身的那些根基性的品质。不论是艺术的认知潜能,还是艺术所具备的世界观上的因素——作者意识在艺术作品中的表现——也正是从艺术的审美使命中有机地生发出来的。

艺术之创造,用一位权威学者的话来讲,"同时是两个客体——现实现象与作者个性——的模拟"②。在结束关于艺术之审美的支配性这一讨论之后,现在我们转入艺术的这样一些(主要的也是美学之外的)层面,这些层面(我们不妨提前说出来)构成艺术作品的内容,而艺术的那些审美因素本身则首先是与艺术作品的形式相关相应的。

---

① C. H. 布尔加科夫:《艺术与法巫术》,《俄罗斯思想》1916 年第 12 期,第 18 页。
② Ю. M. 洛特曼:《结构诗学讲稿》,见《Ю. M. 洛特曼与塔尔图-莫斯科学派》,莫斯科,1994 年,第 51 页。

第二节 作为一种认识活动的艺术
（问题史概述）

艺术中对现实的把握乃是相当独特的。它根本不同于科学认识。在艺术中，没有那种对概念与论证性分析的运用（至少——它们远非主导）。艺术认识——这首先是对某些现象与本质的情感性—评价性的渗透。况且，认识因素在艺术的一些门类（音乐、舞蹈、建筑）中是间接地、蕴涵式地、联想式地呈现的，在另一些具有描写性的艺术门类中——则是公开地、明显地、目的明确地呈现的。其中，文学正是这样的。

艺术作品中对艺术之外的现实的折射，对这一现实的认识（在最广泛的涵义上）——这在不同的时代有种种不同的理解。

1. 摹仿论

最先将艺术创作当作一种认识来加以考察之经验，乃是摹仿论（mimesis），产生于且定形于古希腊的摹仿论（mimesis）。起初，人们将舞蹈中对人体的运动的再现称为摹仿，后来——则将对物象的任何一种再现均称为摹仿。用亚里士多德的话来讲，人之"区别于其他的生物，就在于比所有其他的生物都更偏爱摹仿"；最初的认知是通过摹仿而获得的，摹仿的结果"是给所有的人提供快乐"①。摹仿，——依亚里士多德之见——乃是诗的本质与诗的目的，诗对物象加以再现，乃是根据所再现的同现实存在的之相似这一原理（即对之加以摹仿）来进行的。这位古代伟大思想家同时也指出，诗人描绘可能性，描绘有可能发生的事物，且有别于历史学家而实现某种概括："诗更多地是在述说普遍共通的东西，历史——则是在述说单一个别的东西。"②

---

① 亚里士多德：《诗学》，见《亚里士多德与古希腊罗马文学》，莫斯科，1978年，第116页。

② 同上书，第126页。

摹仿论,一直到18世纪之前都保持权威性的摹仿论,确定了艺术作品与艺术之外的现实相互间的关系,摹仿论的优点也正是在这里,可是它对自己这一使命的履行还是不完全的。所描写出来的同其"原型"之间的关系,常常被归结为它们之外在的相似:摹仿不止一次地被等同于自然主义的描写,而迎合了"将艺术评价为对现实的照相这一最为粗俗的观念"①的要求。摹仿论的脆弱之处还在于,它要求作品创作者对所认识的对象完全依赖:作者被思量为中性的—消极的;艺术认识的概括性特质与评价性特质时常被同一化,有时则完全被漠视。及至18世纪末,这一理论便开始被视为陈旧过时的了。"天才(即艺术作品的创造者——本书作者注)就应当同摹仿习性完全对立,在这一点上,大家全都达成一致的共识了",——И.康德曾经这样指出②。

2. 象征论

在希腊化时代已初显轮廓(立足于摹仿论,同时也立足于对它的超越),而在中世纪则确立下来的,是有关艺术之认识因素的另一种学说:艺术创作不仅被当成一种再现——对那些单一物象(主要是可见的)的再现——来思索,而且也作为一种"攀升"——旨在企及某些具有普适性的本质,存在层面的与思维层面上的本质之"攀升"——来思索。这个学说是由柏拉图最先提出的,柏拉图曾谈论音乐中对宇宙和谐的摹仿。这一学说的核心,乃是关于象征——那种首先是作为一个宗教—哲学范畴而发挥作用的象征——的学说。伪狄奥尼修,这位公元4世纪与5世纪之交的基督教思想家,曾经断言,最为正确的宣示真理的途径乃是秘密的、神秘的、象征的(寓言式的、暗示的、言犹未尽的)③。中世纪的哲学家们在对摹仿论加以改造之同时,曾将象征作为"不似中的相似"来谈论,而其中就包括:在象征上

---

① А.Ф.洛谢夫:《古希腊罗马美学史:亚里士多德与晚期古典作品》,莫斯科,1975年,第417页。
② И.康德:《判断力批判》,第182页。
③ В.В.贝奇科夫:《拜占庭美学的形成》,见《拜占庭文化:4至7世纪上半叶》,莫斯科,1984年,第526—528页。

第一章 艺术本质论

见出艺术作品的根基与轴心。含有象征—讽寓的寓言、故事、警句、箴言,在那些典律化的基督教文本中是那么富有意味的寓言、故事、警句、箴言,被赋予至为关键的意义。

在近现代(浪漫主义美学和象征主义美学便是其见证),艺术创作也常常被当成"永恒的象征化"(A.施莱格尔的表述)来考察。象征的那些特征——涵义蕴藉的意味深长(普适性共通性)、这涵义在呈现上的不充分性(含蓄隐晦)以及与此相关联的"语义流动性"(A. Ф.洛谢夫语)、(使象征同讽寓区别开来的)不确定性和多义性。"产生了这样一种疑惑,——黑格尔当年在对象征加以界说时写道,——我们是否应当在其本义上去理解这种形象呢,还是同时也在其转义上去理解这种形象,抑或仅仅是在其转义上去理解这种形象。"①

在好几个世纪的岁月里,艺术中的象征都曾经是某些"超尘世的"共相之间接的积淀,因而具有宗教—神话学的和神秘主义的性质。在距我们不远的这些时代里,艺术象征也是作为尘世存在的一些宏大现象的标记——各民族所共通的、超越时代的、属于全人类的那些现象的标记,而表现自己。具有象征意义的,尤其是这样一些人物,诸如哈姆雷特与堂·吉诃德,堂·璜与浮士德,在俄罗斯文化构成中——则有奥涅金与塔吉雅娜,奥勃洛摩夫与赫列斯塔科夫,伊万·卡拉马佐夫与阿辽沙·卡拉马佐夫。Л. В.蓬皮扬斯基在20世纪第二个十年下半期里所写的那些文章里,曾谈论那种能履行自己崇高使命的"有责任感的象征主义诗人",并将那种真正具有艺术性的文学界定为"象征的王国",而将之同某种负面性的"世界之象征化的消解"相对立,将之同那种向"已然相对主义化了的现实"——笼罩着那种现实的风气,是无责任感、狂妄、自封为王、毫无根由地摆出一副正经的样子,装腔作势——的沉沦相对立②。

将艺术看成象征化这一学说,比摹仿论在更大的程度上推重形

---

① Г. В. Ф. 黑格尔:《美学》四卷本,第2卷,第16页;还可参阅:А. Ф. 洛谢夫:《象征问题与现实主义艺术》,莫斯科,1976年,第130—132页;此处所谈论的是"象征"这个词语的哲学—美学意义,它有别于符号学构成中这一术语的内涵。

② Л. В. 蓬皮扬斯基:《古典传统·俄罗斯文学史著作集》,莫斯科,2000年,第586—588页。

象性所具有的概括性因素(艺术同思想和涵义的关涉性),但这一学说在其自身隐藏着一种危险性——将艺术创作同具有其多样性与情感具体性的现实相脱离的危险性,而承受着那种将艺术创作带进思辨的与抽象的世界的威胁(在这方面,О. Э. 曼德尔施塔姆在《阿克梅派的早晨》一文中对象征派的批评,乃是意味深长的)。

3. 典型与性格

在 19 世纪得以确立且占了上风的,是那种将艺术看成一种认识的新的艺术观,这一学说立足于现实主义的创作经验。那些更为早期的理论(模仿论与象征论)在这个时代被超越了,同时也得到综合。这一学说将艺术中人的形象置于中心,它的核心概念,——乃是典型与性格。

"典型"(典型性)这个词语用于艺术时至少是在两层意义上使用的。在一种场合,学者们立足的是该词原初的涵义(古希腊文中,typos——样品、样板、样式、型式、印迹、痕迹、特征),此一涵义首先是用于分类的任务(科学心理学中个性的诸种类型;建筑物之诸种类型的设计,等等)。典型性在这种情形下乃是同那些标准化的、失落了个性之多层面性的、体现为某种可重复的模式的物象这一概念相联系的。在该词的此一意义上的"典型",乃是一种方式——对人加以艺术再现的方式之一。此乃——体现为具有某一种特征的人物,体现具有某一种可重复的人性特征的人物。普希金将莎士比亚笔下的那些"活人"同莫里哀笔下那些"一种激情的典型"加以对比,是颇有意味的[①]。被这样理解的艺术与文学中的典型,是与 17—18 世纪的理性主义传统相关联的。但这样的典型也还存在于近两个世纪的文学里,而刻画出——一如 B. A. 格列赫尼奥夫所指出的,——人们面貌上的"随众流俗的"元素,这种元素是由文明所播下的,而"在那种愈来愈烈地从文化上脱落下来的生活中日益增长。成为现代文学中的那些典型之生活基础的,与其说是那些席卷一切的激情或罪孽之气势磅礴的表现,不如说是激情与罪孽之一般化平均化的形态,是

---

① 《А. С. 普希金论文学》,莫斯科,1988 年,第 339—340 页。

'芸芸众生'的那种在微暗地阴燃着的内心生活,是各种类型的精神上的随众盲从"①。Н. В. 果戈理的《死瑰灵》、А. П. 契诃夫的一系列作品、М. М. 左琴科的那些短篇小说,正是这种状态的见证。

典型(典型性)这个词语常常也被置于更为宽泛得多的义域而加以理解:作为任何一种在个性中对共性的体现(如果这体现获得鲜明性与丰满性)。在该术语的这一"普泛化"理路上的——有 Ф. М. 陀思妥耶夫斯基的长篇小说《白痴》第四部开头对典型的议论,有 В. Г. 别林斯基的一系列表述(比如:"典型化乃是创作规律之一,没有典型化就没有创作"②),恩格斯(有关典型性格的论述),М. 高尔基(关于有虚构参与而塑造出来的典型的论述),Г. Н. 波斯彼洛夫的论述。

"性格"这一术语还在古希腊就有了。它的最初涵义接近于"典型"一词的意义(对某一种人性特征之模式化的再现)。在塞俄弗拉斯忒——亚里士多德的一个学生——所著的《性格》一书中,这个词是指作为某一种品性,主要是反面的品性之体现者与化身的那些人。"吝啬——此乃极度害怕开销之低劣的品性,而吝啬鬼则是吝啬成性之人",——作者在其 30 篇"特写"中的每一篇里都是用诸如此类的语句来开始的,然后再去谈论所描写的这类人是如何表现自己的,会作出怎样的举止,会有怎样的谈吐。

在近代,人们开始用性格这一词语来指人的内在本质,这本质是复杂的、多层面的,且并不总是在人的外在面貌上得到多少全面的呈现③。在这一获得了更新的意义上来使用该术语的,有莱辛、黑格尔、马克思与恩格斯,文学学中则有以 И. 泰纳为首的文化—历史学派的代表们,以及 19 世纪的许多作家与艺术家。比如,雕塑家 О. 罗丹就曾写过:"艺术家那富有穿透性的眼光能在每一个生灵上、每一件物品上发现性格,即那种透过外在形式而发光的内在真实"④。

---

① В. А. 格列赫尼奥夫:《词语形象与文学作品》,尼日尼·诺夫戈罗德,1997 年,第 33—34 页。

② 《В. Г. 别林斯基全集》十三卷本,第 3 卷,莫斯科,1953 年,第 53 页。

③ А. В. 米哈伊洛夫:《艺术(绘画、雕塑、音乐)中的性格问题》,见 А. В. 米哈伊洛夫:《文化的语言:文化学教学参考书》。莫斯科,1997 年。

④ О. 罗丹:《论创作》,莫斯科,1960 年,第 13 页。

性格概念——将性格看成人类存在之社会—历史的具体形态这一概念,已成为马克思主义文学学的核心概念之一。

但在我们这个时代,"性格"这个词的另一种意义涵纳得到了更广泛的流传,"性格"所指的并不是所描写的事物的生活基础,而是人物——那种于其多层面性之中、在其诸多特征的相互联系中得到再现的,因而是作为活生生的人而被接受的人物(这是为19世纪的现实主义艺术最为擅长而最多拥有的)。

从单线条单色调的类型—模式走向能刻画出个性特征的多姿多彩与整一的性格——近代欧洲艺术史上一个重要的趋向就是这样。"性格学美学"(Л.Е.平斯基语),还在莎士比亚笔下就有所展现(哈姆雷特这个形象——对这一点最为鲜明的佐证)的"性格学美学",确立于18世纪下半叶和浪漫主义时代与现实主义时代,这时,那种"于平凡中见出不平凡的高级效果"已为作家们所企及,那些"充满着矛盾色彩的、既圣洁又不乏污点的复杂性格,具有其民族的与社会的、职业的与地方风俗的、历史的、文化的、年龄的〈……〉之心理的全部丰富性的复杂性格",那些"不合逻辑地——具体的〈……〉不可通译为人的天性之'习见表达法'的性格",开始被塑造出来"[①]。

致力于创造与塑造性格(即那种仿佛就是带有其多姿多彩的特征的活生生的人)这一定位,为艺术(首先是为文学)开辟了一条对于作为单一性与个体性之聚集的人类世界加以把握的道路。在性格中,——B.A.格列赫尼奥夫写道,——"蕴含着人的个体性之坚固的内核,那种得到鲜明而气势宏伟的表现的人的个体性之坚固的内核。面对心灵现实的那种极为宽广的视界,在文化世界中对于心理洞察力的那份积累,成为文学中性格生成的心理学前提"[②]。

典型化理论与性格塑造理论——这在将艺术看成一种认识活动而对之加以体认上无疑是个推进。但这些学说,这些植根于19世纪的学说,同时也是有片面性的。至少,它们不能涵盖艺术地把握现实

---

① Л.Е.平斯基:《莎士比亚·戏剧文学的基本因素》,莫斯科,1971年,第280—281页。

② B.A.格列赫尼奥夫:《词语形象与文学作品》,第33页。

的所有形式。文学身为语言艺术,即便在它并不与性格不与典型打交道的情形下也能体认现实。比如,在神话、童话、民族史诗中,主人公作出了一定的行为,可是在这种情形下主人公并未获得某种性格特征上的描述。惜墨如金且十分刻板地描叙出来的感受,完全受制于事件的展开:童话中的主人公遭遇灾难——于是,"悲伤的泪水滚滚而下",抑或他那双"飞毛腿也顿然发软"。"处于作家的注意力之中心的"——,在对14世纪末15世纪初俄罗斯文学中的圣徒传记体裁特征加以界说时,Д. С. 利哈乔夫曾写道:"乃是一个人之具体的心理状态,他的情感,他对外部世界的事件在情绪上的反应。但是,这些情感,人的心灵的这些具体状态,尚未凝聚成性格。"①

20世纪的许多作品则具有完全不同的另一种"外在于性格的特征"。人的世界(尤其是在"意识流"文学中)常常是作为那种流变不居的、无定形的、同任何确定性都是无缘的世界,而被体认的。Г. 黑塞在其长篇小说《草原狼》里就对传统的现实主义文学发出驳难,他指责在传统的现实主义文学那里,每个人物——都是那种"被刻画得轮廓分明而面貌独特的完整体",他将与之相应的美学称为肤浅而廉价的美学。"在现实中",——他写道,——"任何一个'我',即便是最天真幼稚的,——那也不是那种整一,而是一个复杂的世界,那是小小的星空,那是由种种形式、等级与状态、遗传与潜能所交织而成的一团混沌〈……〉每一个人的身体是完整的,心灵——则不然。诗〈……〉传统上一向就是〈……〉诉诸于那些虚假地完整的、虚假地整一的人物。"②

这里所征引的这些见解,乃是颇有征兆性的。20世纪的哲学与文学的一个显著特征,就是对于人的怀疑——对于那种被看成是充满崇高精神而且完整的生灵之人的怀疑。这种怀疑,在近几十年里,在那类后现代主义取向(Ю. 克丽斯蒂娃、М. 福柯、Ж. 德里达,以及另外的许多人)的著作中,被推向极致。人被看成命中注定要被弄得

---

① Д. С. 利哈乔夫:《安德列·鲁勃廖夫与智者叶皮凡尼时代(14世纪末15世纪初)的罗斯文化》,莫斯科—列宁格勒,1962年,第64页。

② 《Г. 黑塞作品选》,莫斯科,1977年,第260页。

内心分裂而意志被折毁,其整个身心命中注定要受制于理性之外的欲望的主宰——这种人观,自然,是对艺术性格这一概念的颠覆与消解,是对个性因素在艺术中总要呈现出来这一认识的远离与抛弃。

然而,个性这一范畴在哲学中,在诸人文学科中,其中包括——在艺术学和文学学之中,仍葆有其现实意义。下面,我们转向这一范畴的讨论。

4. 作为艺术把握之客体的个性因素

本小节的话题,直到今天也尚未为文学学以及研究艺术创作的另一些学科弄清楚,这在许多方面是由个性理论的状态所决定的:这里有许许多多异常复杂的课题。

"个性"这个词(在西欧诸种语言中,与它对应的词均源自拉丁文:persona)具有宽广的语义域,在这个语义域中几乎占据支配地位的,是人的个体性——本义上的人的个体性这一观念:个性——这是作为个体的人(参见《俄语词典》四卷本,第 2 版,第 2 卷,莫斯科,1982)。与此同时,在我们这个时代获得了现实意义与哲学分量的,乃是这个词的另一种、更为基本的意义涵纳:远非任何一种人的个体性都可被称之为个性。在 В. И. 达利的《详解词典》里,我们就已遇到将个性看成是独立的人这一界定,而在我们看来,也正是在这里,最主要的东西被指出来了。在最新版(二卷本)《俄罗斯百科辞典》(莫斯科,2000)里,将"个性"诠释为"能进行有意识的活动"的主体:它必须含有"自我确立的伦理因素",它必须被评价为在"行动与行为"中表现出来的"由种种观点、价值定位、偏爱喜好所组成的体系"。

人的存在之个性的方面,在其深层乃是同价值圈相关联的。在那些表现出独立性的人们的意识中,对自身的评价、对直接环绕在其身边周围的人与事的评价、对社会—文化现象的评价、对作为整体的存在的评价,均是——被赋予了现实意义的。用 М. М. 巴赫金的话来讲,"只有评价有可能"使一个人"成为主体,成为自己那自有规律的生活的体现者,成为能体验自己命运的那种体现者"[①]。Н. А. 别

---

① М. М. 巴赫金:《话语创作美学》,莫斯科,1979 年,第 79 页。

尔嘉耶夫曾将人界定为"能评价的人"(指的是其个性的轴心)①。一个人对其自身的评价和对于那个不是他之"我"的评价,决定于他对于那些普适共通的价值的取向,决定于对这些价值的掌握。换句话说,个性——这首先是价值取向的主体②。我们同意 H. 哈特曼与 H. O. 洛斯基的见解:个性乃确定于有目的的活动,这种活动具备"自由和对价值的意识"③,这是"意识到了绝对价值,并且也意识到了要在自己的操行中去将它们付诸实现之道义上的当然性的那种活动家"④。

作为个性的人的一个最为重要的本质属性,乃是那种在其与责任感相关联之中存在着的自由。这种自由的对映体有两个,其一,对外在的力量抑或周围环境的陈规俗套的那种盲目屈从,其二,对本能和欲望的世界的沉迷,利己主义的为所欲为。

其次,构成个性存在的一个不可或缺的层面的,便是一个人对于周围事物的参与,对于外在于他的那个存在、那个"非我"世界的介入。一个自由而有责任感地行动着的人,用法国人格主义的领袖 Э. 穆尼叶(1905—1950)的话来讲,生活在远非完美的世界上,注定要与许多东西格格不入,注定要对许多东西说"不",然而,全方位总体性的、无边无界的异化却在构成个性生成的障碍:它将个性引向那种孤立而向区域性社会群体投降让步的绝路:要成为个性——"就意味着要同意什么,要加盟什么",也就是说,要对于在自身的个体性之外的某种东西予以推重。人命里注定的事,——这位哲学家断言,——此乃"介入性存在";"个性——这是存在向存在的运动"。穆尼叶将个性界定为"能自我创造、能与其他的个性交际沟通而融为一体的生机

---

① H. A. 别尔嘉耶夫:《精神王国与恺撒王国》,第317页。
② 关于价值取向在人的生活中的地位与作用,参见:Э. 弗罗姆:《人性的毁坏之剖析》,莫斯科,1994年,第200—202页。
③ H. 哈特曼:《旧本体论与新本体论》(1949),见《历史—哲学年鉴1988》,莫斯科,1988年,第323页。
④ H. O. 洛斯基:《价值与存在》,见 H. O. 洛斯基:《上帝与尘世之恶》,莫斯科,1994年,第284页。

勃勃的积极性①。类似的思想,也见之于 M. M. 巴赫金早期的著作《论行为哲学》,这篇著作的核心概念——"在行动的意识"、"参与性的思维"、"应分性的参与"。

除了个体的这种对于"非我"世界之有责任感的—自由的介入,自我意识的积极性,并且首先是——一个人对其自身的义务领域,在个性存在的构成中也具有深刻的意义。个体的自我意识世界包含着良心的直觉(A. A. 乌赫托姆斯基)与对自我实现的追求(美国著名心理学家 A. 马斯洛的一个核心概念),这一追求首先是同对"着力点"的选择,——对于该个体与该种生活情境最为适宜的那个"着力点"的选择,联系在一起的②。

一个人作为个性而展现自己时,一方面是生活于某些公理的世界中,而保持(或致力于保持)对那些公理的忠诚,另一方面则是处于无休止的生成状态之中,而始终是未完成的,对于新的印象和新的感受、新的见解和新的行为一直开放不拒的。个性,用 H. A. 别尔嘉耶夫的话来讲,"乃是变易中的不变"。它具备对于"基本的价值定向"的忠诚。如果这样的忠诚缺席,变易就会"转化为背叛",而这背叛则能毁悼个性。个体作为个性,——个性并非给定的现实,而是派定的任务——"要在整整一生的旅程中"去获取"整一与完整"③。

在行为中得到鲜明而丰满的体现的个性因素,使个体的生活成为一种绝对严肃的、紧张而艰辛的生活,那种生活,比起"无个性的"、消极而顺从地苟活于现实中的得过且过,是要承受更多的危险的。用 T. 曼的话来讲,做一个完全意义上的人,乃是"艰难而高尚的"④。与此同时,有个性的存在,不仅不排斥游戏因素以及与之伴随的优雅的轻松、快乐、欢笑,而且必须以它们的在场为前提。它(在其最佳形态中)已然摆脱了那种继巴赫金之后被称之为"片面的严肃性"的东西,而标志着那种综合——将真正有责任感的严肃同游戏般的轻松

---

① Э. 穆尼叶:《人格主义的宣言》,莫斯科,1999 年,第 462、494 页。
② A. A. 乌赫托姆斯基:《有功绩的对谈者·伦理学·宗教·科学》,雷宾斯克,1997 年,第 103 页。
③ H. A. 别尔嘉耶夫:《精神王国与恺撒王国》,第 5、13 页。
④ 《T. 曼文集》十卷本,第 10 卷,第 494 页。

融为一体的综合——之生机勃勃的体现,对这一点最为鲜明的佐证——А.С.普希金的创作与诗人本人的面貌。

有个性的存在——这并不仅仅是那些杰出人物与已博得广泛知名度的人们(后一种人倒有可能生来就缺乏个性固有的属性)的"命中注定的福份"。个性因素并不仅仅呈现于那些偏爱动脑筋反省且拥有宽广的视野的人身上,而且还呈现于(有时还是相当鲜明地呈现于)那些只具备"朴素意识"的人身上("朴素意识"之人这一提法,曾经由Д.Е.马克西姆夫用于莱蒙托夫笔下的马克西姆·马克西梅奇以及俄罗斯文学经典作品中与之类似的人物)。我们且来回忆一下托尔斯泰笔下的卡拉塔耶夫,这个人物的生活是以那种始终不渝坚定不移的独立自主为显著特征的:普拉东决定替代多子女的哥哥去当兵;在法军俘虏营里他也能调整好日常生活,在这种境况中对周围的一切也表现出敏锐的关注(安慰皮埃尔——那个被其所见到的枪杀场面震惊得不知所以的皮埃尔——的那番话,尤其体现了这关注)。根据М.М.普里什文正确的见解,个性也可能并不具备非凡宏阔的品位——那种显现于这一或那一活动领域中的非凡宏阔的品位,而是并不引人注目的、平凡普通的、"微小而不起眼的","但它总是完整的并且是具有代表性的"①。

我们要指出,在"后尼采"时代(尤其是在存在主义哲学中和这一哲学取向的文学学中)得到广泛流行的,乃是对个性的另一种理解,它与我们上文所勾勒的个性观是不相同的。个性——这是指那种同其周围的现实、同区域性社会群体、同自然与世界秩序完全格格不入的人,这种人在不停顿地寻觅存在之意义或者完全否定其意义,而驻留于不断地选择人生战略的状态之中,这种人不仅不受其所处环境的陈规俗套的制约,而且也摆脱了"拘泥于传统的墨守成规者所承受的束缚",不把宗教信仰放在眼里(对于这类人,一如对于尼采,"天堂是空空的")。如此理解的个性,源起于那预示着近代的文艺复兴时代。在这一理路上的,——有著名文化学家Л.М.巴特金的学说,巴特金在这样一些文学形象上看出个性之艺术呈现的丰满:拜伦笔下

---

① 《М.М.普里什文日记,1920—1922》,莫斯科,1995年,第190页。

的该隐、莱蒙托夫笔下的恶魔、A.加缪笔下的西西弗斯,T.曼的《浮士德博士》中的阿德里安·莱弗金。那些同陀思妥耶夫斯基笔下的梅什金公爵、阿辽沙·卡拉马佐夫相类似的人物,在这种尺度下则被看成是一些十分可怜的人,他们只能在另一些人、比他们重要的大人物的"脚下俯首听命"①。个性在这里被思索为那种一定是罕见的、不凡而杰出的个体,那种反叛一切、因而远非是毫无争议的个体。

20世纪,这个并非无根由地被称之为"怀疑的时代",也还以这样一些学说的问世为标志:这些学说将个性因素截然抛弃了。可以将这些学说称之为反人格主义的。此类观点,不仅在哲学中出现过,而且在艺术领域也出现过(现在也还有)。用 И. П. 斯米尔诺夫的话来讲,当代文学以其后现代主义的支脉而倾心的,乃是将人类现实作为丑陋可怕荒谬绝伦的梦魇而予以再现:作者们是在"将主体观念化,化作为并不承受任何东西制控的'欲望的机器'〈……〉化作为机械地组装起来的畸形怪物"②。

在近两个世纪里剧烈地活跃起来的个性因素,其源头和其根基乃潜在于十分遥远的过去。个性生成所必需的基石,早在远古时期的氏族部落社会里就已然被奠定下来了,佐证这一点的首推成年仪式:少年男子达到成年时就要熟悉自己部落的生活规范,而置身于为本部落尽义务的世界。在这种境况中,——诚如一位英国研究者所指出的那样,——身为氏族部落社会成员的人们,并不仅仅是社会角色的扮演者,而且也是"一个个都有自己的风格与自己的性灵"③、独一无二的个体。不过,在那种由生硬的仪式典礼而规范得井然有序的生活框架中,人的自由区间还不是很大。

人作为本来意义上的个性——具备其本质属性,上文所勾勒的那些本质属性的个性,而来表现自己,则已是相当晚近的事情。在欧洲文化的构成中,个性因素的生成与巩固走过了好几百年的历程。

---

① Л. М. 巴特金:《寻觅个性的意大利文艺复兴》,莫斯科,1989年,第232—233页。
② И. П. 斯米尔诺夫:《荒谬的梦魇之演变(马姆列耶夫及其他)》,《新文学评论》1991年第3期,第305页。
③ B. 泰勒:《象征与仪式》,莫斯科,1983年,第12页。

古希腊罗马时期(尽管此时既有苏格拉底,又有索福克勒斯的安堤戈涅)并未将人首先设想为自由而有责任感的主体,而是设想成完全承受命运主宰的"活物"①。基督教为个性的生成提供了新的可能与前景,这在中世纪已得到明显的呈现。"基督教——20世纪初的一位俄罗斯哲学家曾指出,——从未突出个性这一理念,从未夸张渲染这个概念,——但是对个性之真正的肯定,乃涵纳于基督教之全部的夙愿与活动之中。"②文艺复兴时代和浪漫主义时代乃是个性因素之巩固上重要的分水岭。现代历史进程中的艺术与文学,是愈来愈积极地在人的个性维度中来把握人类生活的。

在19世纪,俄罗斯文学以史无前例的执著目标坚定地融入这一进程。一个人之"独立自主"的经验,在这里被展现为充满了极为深刻的戏剧性,而与迷惘、失望、痛苦相关联的经验。几乎构成俄罗斯文学经典人物圈之中心的,是那些追求个性地位并且也确实具备丰富的个性潜能、但却对之予以不充分的实现之人(所谓"多余人"——从奥涅金到维尔西洛夫),或是那些走上绝路陷入绝境的人(陀思妥耶夫斯基笔下的拉斯柯尔尼科夫、伊万·卡拉马佐夫)。俄罗斯作家将这一类人物同那些已然实现的个性加以对比。那些个性之"经典的原型",乃是普希金的诗和诗体长篇小说中的抒情主人公,同属此列的还有——诗人的一个小悲剧中的莫扎特,以及(完全是以有个性的存在之另一种形态呈现的)《上尉的女儿》中的格里尼约夫与玛莎·米罗诺娃。我们也可举出这样一些人物,诸如 H. C. 列斯科夫的短篇小说《老想同一件事情的人》中的雷若夫和短篇小说《大教堂的神职人员》中的萨维利·图别罗佐夫、Л. H. 托尔斯泰笔下的皮埃尔·别祖霍夫和列文、Ф. M. 陀思妥耶夫斯基笔下的阿辽沙·卡拉马佐夫、M. A. 布尔加科夫笔下的阿列克谢·图尔宾和大师、Б. Л. 帕斯捷尔纳克笔下的日瓦戈医生。我们还可回忆起 A. A. 阿赫玛托娃的诗和长诗中的女性抒情主人公。

---

① A. Ф. 洛谢夫:《古希腊罗马美学史:一千年发展之总结》第1册,第277、503—508页。

② C. A. 梅耶尔(A. 维特罗夫):《今日德国相信什么》,彼得格勒,1916年,第29页。

可见,自浪漫主义时代开始,个性因素便成为近两个世纪里一直受到广泛的艺术把握的对象。在这一背景中谈论俄罗斯文学经典时,哲学家们与文学学家们(H. A. 别尔嘉耶夫,更为执著的则是 C. A. 阿斯柯利多夫①,还有 M. M. 巴赫金)首先都是诉诸陀思妥耶夫斯基的那些长篇小说。"陀思妥耶夫斯基来自于果戈理,个性来自于性格。"②在对巴赫金的这一提法加以校正时,我们要指出两点,其一,是普希金的创作创下了俄罗斯文学经典中个性因素的呈现之几近于极限的记录。其二,在人的个性维度中对人类的现实加以艺术把握,这不仅不排斥而且还是以人物的性格、抒情主人公的性格、讲故事人——叙事者的性格之塑造为前提的。

* * * * * *

如此看来,"摹仿"与"象征"、"典型"、"性格"与"个性"这些术语,是在对艺术同艺术外的现实之关联的诸种不同方面加以确认。但这些术语还不足以使学术思想面向那种普适性的、本来意义上的理论性界说——对艺术作品的认知层面加以普适性的、理论性的界说——这一任务。术语"主题"(主题学)则承担起 20 世纪艺术学中这一责任重大的使命,下面,我们就来对之作一番探讨。

第三节 艺术主题

1. "主题"这一术语的涵义

"主题"(主题学)这一词语,在现代欧洲诸种语言中广泛流通的"主题"(主题学)这一词语,乃源生于古希腊语中的 thema——该词的涵义:那种被置于基础之地的东西。在艺术学与文学学中,这一词

---

① C. A. 阿斯柯利多夫:《陀思妥耶夫斯基的宗教——伦理意义》,见《陀思妥耶夫斯基·论文与材料》第 1 辑,彼得格勒,1922 年,第 2—3 页。
② M. M. 巴赫金:《话语创作美学》,第 324 页。

语被用来表示各种不同的意义,这些意义可以被(大体上)合理地归结为两个基本的层面:

其一,人们将艺术结构之最为重要的那些成分、形式的诸种层面、那些关键性的手法称之为主题。在文学中,主题——这就是那些关键性词语的涵义,就是由那些关键性词语所积淀所确定下来的东西。比如,В.М.日尔蒙斯基就是将主题学作为艺术言语的语义领域来思考的:"每一个具有实体意义(即词汇意义)的词,对艺术家均是一个富有诗性的主题,艺术作用的一个独特的手段〈……〉。在抒情诗中,常常整整一个诗歌流派主要是由其词语主题来界定的;譬如,对感伤主义诗人富有表征意义的乃是这样一些词语,诸如'忧郁怅惘的','娇慵乏力的','暮色黄昏','忧愁悲伤','骨灰盒',等等。"① "主题"这一术语也是以这样的方式而早就用于音乐学之中的。此乃——"最为鲜明的〈……〉音乐片断",那种"在代表着该作品"的结构要素——那种"让你一下子就记住且能辨认出来的"东西②。在此一术语传统中,主题乃接近于(如果不是等同于)母题。这是艺术肌体之积极的、被突出的、被强调的成分。

"主题"这一术语的另一层意义,对于理解艺术的认知方面是不可或缺的:它源自上个世纪的理论经验,它所界说的并不是那些结构因素,而直接是作为整体的作品的本质。作为艺术创作之基础的主题——这是指所有成为作者的兴趣、反思与评价之对象的一切东西。Б.В.托马舍夫斯基将此现象称为作品之主要的题材。他在主题的这一界面(已然不是结构的、而是实体的界面)上谈论主题学时,曾列举出爱情主题、死亡主题、革命主题。主题,——这位学者断言,——这是"作品的各种具体要素之意义的统一。它将艺术结构的各种成

---

① В.М.日尔蒙斯基:《诗学的任务》(1919,1923),见 В.М.日尔蒙斯基:《文学理论·诗学·文体学》,莫斯科,1977年,第30页。

② Е.В.鲁奇耶夫斯卡娅:《音乐主题的功能》,列宁格勒,1977年,第5、8页。

分凝聚起来,它具有现实意义而引发读者的兴趣"①。

下面,我们要聚焦于其中的,正是在它的这一界面上——可以说,——在其实体的界面上的主题学,也就是说,聚焦于艺术把握(认识)的对象,这对象是无限广阔的,因而也是难以界定的:艺术乃是几乎无所不及无所不涉的。在艺术作品中或直接或间接地得到折射的,既有作为整体的存在(即世界景观——作为有序化的世界或失谐的世界——之世界景观的在场),也有存在之特定的层面:有自然界的各种现象,更有——这是主要的——人类的生活。

艺术主题学是复杂而多层次的。在理论层面上,将艺术主题学作为三种要素的集合来考察乃是合理的。其一,这是那些本体论的和人类学的共相,其二,这是那些局部的(然而有时却又是有相当规模的)文化历史现象,其三,这是那些个体的生活现象——具有其自身价值的个体的(首先是——作者的)生活现象。

2. 永恒主题

存在本有的那些恒常不变的元素,它的那些根基性特征,总是要(听命于作者的意志,抑或并不取决于它)积淀于艺术作品之中的。这首先是指这样一些全宇宙的和大自然的元素(共相),诸如混沌与宇宙、运动与静止、生与死、光明与黑暗、火与水,等等。所有这一切构成艺术的本体论主题簇。

艺术主题的人类学方面也总是颇具价值与异常丰富的。它包含着:其一,人类存在本有的那些精神性元素,这些元素带有其悖论(疏远与参与、傲慢与温顺、想建设抑或想破坏的心愿、罪孽感与虔诚心,等等);其二,那些与人的心灵—肉体冲动相关联的本能的领域,诸如力比多(性欲领域)、对权力的渴望、迷恋于物质财富、迷恋于那些标志着威望的东西、迷恋于舒适,等等,均属于这个领域;其三,人们身

---

① Б. В. 托马舍夫斯基:《文学理论·诗学》(1925),莫斯科,1996年,第176—178页;还可参阅:А. Г. 若尔科夫斯基、Ю. К. 谢格洛夫《论"主题"与"诗性世界"之概念》,《塔尔图大学学报》第365期,第150页;还可参阅:А. В. 米哈伊洛夫《文化史上的音乐》,莫斯科,1998年,第228—236页。

上那些由其性别所决定的品质(男子汉的英勇、女性的温柔)、那些由其年龄所决定的特征(童年、青春、成熟、老年);最后,第四点,这是人类生活中的那些超时代的情境,那些历史地固定了人类生存形态(劳作与休闲,平常与节日;和平的生活与战争或革命;在自己的家中过日子与滞留于异域他乡抑或漂泊流浪;公民的义务性活动与个人的私生活,等等)。这一类的情境,构成行动与努力的领域,常常——则是寻觅与冒险的领域,一个人为实现其确定的目标而作出的追求的领域。

已列举出的(与未列举出的)存在本有的这些元素,融入艺术,而构成丰富的与多层次的永恒主题之簇,其中有许多主题"具有原型性质",也就是说,是源自宗教仪式—神话盛行的古代(古风古习);艺术创作的这一棱面,乃是所有国度与所有时代的财富。它或者展现为作品之显而易见的中心,或者以潜在的方式出席于作品之中,而构成那种具有神话诗性的潜文本。

在其对永恒主题的诉求上,艺术同本体论取向的哲学,同那些探讨人的本性的学说(人类学)乃是类似的、相近的。存在本有的那些恒常不变的元素在艺术中的折射,曾成为浪漫主义时代的哲学家们仔细考察的对象,也曾成为神话学派(在德国,有格林兄弟,在俄罗斯,有Ф. И. 布斯拉耶夫)与新神话学派(H. 弗莱)①的学者们,以 З. 弗洛依德和 К. Г. 荣格的著作为取向的精神分析艺术学的那些学者们,仔细考察的对象。

近些年来,涌现出一批写得很有分量的著作,在这些著作里,与我们相距甚近的那些时代的文学创作同神话的古风古俗之关联,得到了研究(Г. Д. 加切夫、Е. М. 梅列津斯基、И. П. 斯米尔诺夫、В. И. 秋帕、В. Н. 托波罗夫的著作)。Д. Е. 马克西姆夫的那些理论概括,值得特别关注。在确认那些共相之巨大价值——源自古代而为

---

① H. 弗莱的著作拥有世界性反响,在他的著作中有这样一种论断,宗教仪式—神话原型构成作家创作的基础,决定着几乎所有的文学体裁的面貌(N. 弗莱:《批评解剖学》,普林斯顿,1957);在俄罗斯学者论文学的永恒主题的著作中,我们可举出:Е. М. 梅列津斯基:《论文学原型》,莫斯科,1994 年。

所有时代的文学所普遍适用的共相之巨大价值之际,这位学者同时还论及19—20世纪文学中的"神话诗性传统"——作为一种远非涵盖一切的、局部性现象的"神话诗性传统"。这一传统——马克西姆夫断言,——从但丁的《神曲》和弥尔顿的长诗延伸到歌德的《浮士德》和拜伦的宗教神秘剧;这一传统,在瓦格纳之后活跃起来,特别是在——象征主义之中。这位学者并不同意那种广为流行的关于艺术与文学全面神话化的观点:"不能赞成当代艺术作品的神话学阐释中所表现出来的那种毫无节制的文学学臆想〈……〉,一些严肃而博学的学者常常迷恋于这类臆想。"① 这一见解,在我们看来,完全公正。神话元素与神话诗性的元素,以及(更宽的)领域——存在本有的那些共相的领域本身(尽管具有其种种重要性),都远不能穷竭那个可以被艺术地认识与艺术地把握的世界。这只是艺术主题学的诸种棱面之一。

3. 主题的文化—历史层面

除了积淀宇宙的、大自然的和人类存在本有的那些共相之外(且在与它们不可分割的关联之中),艺术与文学还总是在积淀那具有其多层次性与丰富性的文化—历史现实。人类具有整体性,但这并不是单一质料的铁板一块,并不是一根整料的大石条。人们的存在具备时间—空间上的异质性,而这异质性(一如那些共相)总是要在艺术作品中得到折射的。

受到文学企及与体认的,有部落的特征、民族的特征、国家的特征、宗教信仰的特征,有国家建构上的特征,有在地理上幅员辽阔、拥有文化—历史特色的地区(西欧与东欧、近东与远东、拉丁美洲世界,等等)的特征。这一类社群所具有的意识类型(精神气质)、植根于其中的(既植根于作为整体的民族生活之中,又植根于"有教养的阶层"的生活之中)文化传统、交流沟通的形式、带有其种种习性的日常生活方式,总是要在艺术活动的成果中得到回应的。不可避免地进入

---

① Д. Е. 马克西姆夫:《论勃洛克抒情诗中的神话诗性元素. 初探》,见 Д. Е. 马克西姆夫:《世纪初俄罗斯诗人》,列宁格勒,1986年,第201页。

艺术作品的,还有这一或那一民族的生活和这一或那一时代的生活中的这样一些现实,诸如农耕与狩猎、当官与经商、宫廷里的那一套规矩与教堂里的那一套规程、斗牛与决斗、科学活动与技术发明。在艺术作品里得到折射的,也还有生活中那具有民族特色的宗教的或习俗的仪典方面,它的那一套礼节礼仪与排场仪式,——不论是在远古和在中世纪①,还是在与我们相距甚近的那些时代,都有的那一套礼节礼仪与排场仪式,作为这情形之鲜明的见证的——有 П. И. 梅利尼科夫-佩乔尔斯基的长篇小说两部曲,有 И. С. 什梅廖夫的《禧年》。

艺术具备那些文化上富有独特性的元素,这已为浪漫主义美学清楚而"纲领性"地意识到了,浪漫主义拥有对民族文化传统的兴趣,具有"民族性与地方性"的原则(О. 索莫夫),对古典主义的立场——那种究其实质主要是普遍主义的、捍卫古希腊罗马的艺术价值而将之看成绝对而有普遍性的价值立场——浪漫主义是不愿接受的。Ап. 格里戈里耶夫曾认为,这一地域这一时代所特具的那种氛围在作品中的存在,乃是真正的艺术、孕生于生活的艺术、有机的艺术之不可或缺的一个特征。Э. О. 戴金克,19 世纪中叶美国文坛上一位主要的批评家,曾经谈道,作家们诉诸于"民族主题",诉诸于"故土家乡"的思想,对民族文化的强固与丰富,乃是重要的②。类似的见解,在我们这个世纪也不止一次地被表达出来。西班牙作家 М. 德·乌纳穆诺就曾断言,我们应当在"本土性与局域性的深层中"去发现人;"那种有活力的、富有成果的普适性⟨……⟩之所以为每一个具体的人所具备,只是由于它被赋予民族的、宗教的、语言的与文化的血肉";"我们只有在自己的位置上,在自己的时辰,在自己的国家,在自己的时代,才能获得无限性与永恒性"。乌纳穆诺从这些见解——将人看成是一种植根于文化—历史中的存在的见解——出发,得出关

---

① Д. С. 利哈乔夫:《古代俄罗斯文学的诗学》第 3 版,莫斯科,1979 年,第 80—102 页。

② Э. О. 戴金克:《文学中的民族性》(1947),见《美国浪漫主义美学》,莫斯科,1977 年,第 373、375 页。

于艺术认识对象的一个结论："那些活在所有时代的诗人"一个个都曾经是潜心于"民族问题、宗教问题、语言问题与故土问题的"。还有："莎士比亚、但丁、塞万提斯、易卜生之所以属于全人类,恰恰是由于他们当中的一个是英国人,另一个是佛罗伦萨人,第三个——是卡斯蒂利亚人,第四个——则是挪威人。"①

对这一见解应当合理地加以补充的是,艺术作品能刻画出来的,不仅仅是作者所属的那个国家与那个民族的生活特征。在艺术作品里,世界文化的气息总是要以这样或那样的方式(且从一个时代到另一个时代是愈发强烈地)表现出来而让人感觉得到,艺术家,包括作家,对不同民族、不同国家、不同地区的那种存在的兴趣,总是要有所显现的。譬如,异域游记这一体裁,在文学中就是源远流长的,荷马的《奥德赛》在某种程度上就已经拥有这一体裁的特征了。且让我们来回忆一下阿方纳西·尼基金的《三大海上巡游记》、H. M. 卡拉姆津的《一位俄国旅行家的书简》、拜伦的《恰尔德·哈罗尔德游记》。民族的异域风情,曾经成为浪漫主义诗歌中一个相当重要的塑造对象。И. В. 歌德晚年的诗集《西东合集》,作为文学从自己的民族主题的框架中的走出——一种目标明确的与纲领性的走出,这在历史上乃是富有表征意义的,在那部诗集里——诚如作家的一位同时代人所指出的那样,——作者那种对自身个性加以扩展而对片面性加以克服之尝试,得以实现了。那些在完全特定的民族土壤之中成长起来的形象——堂·璜、浮士德、堂·吉诃德,后来都成了全欧洲文化的财富。

可见,对于人类现实的艺术认识,常常标志着近与远、自己本有的东西同自古以来就是他人的东西之间的交互关联,有时则标志着它们的相通类似。在20世纪,堪称为这一情形的一个极其鲜明的佐证的,就是 H. K. 列里赫的创作,这位艺术家的作品饱含着千百年来所积淀的世界文化的气息。

艺术(从一个时代到另一个时代愈发强烈地)加以把握的,是那些在其历史的流变状态中的诸多民族、诸多地区与整个人类的生活。艺术会对往昔,时常是对相当遥远的往昔,表现出仔细审视的兴趣。

---

① 《M. 德·乌纳穆诺论文选》二卷本,第 2 卷,列宁格勒,1981 年,第 318—319 页。

那些讲述英雄功勋的古代传说、壮士歌、史诗性的歌谣、历史的或传奇的短篇抒情叙事诗、历史剧与历史小说，就是这样的。未来也会成为艺术认识的对象（乌托邦体裁与反乌托邦体裁）。但对于艺术最为重要的，还是作者的当代性。"在活着的只是那种诗人——Вл. 霍达谢维奇曾经断言道，——那种诗人呼吸的是自己时代的空气，谛听的是自己时代的音乐。"①作家的当代性——这也可以说是一种艺术的"超级主题"，它在阿里斯托芬与莫里哀的那些剧作中，在 A. 但丁的《神曲》里，都曾经有所显现，但它只是在 19 世纪的文学中才占据了上风，19 世纪的文学塑造出了广阔的艺术全景图，在这一塑造中它还诉诸于自己时代的那些最为迫切的问题，诉诸于该时代的那些具有标志性的特征、那些亟待解决的课题。能佐证这一点的，有斯丹达尔、O. де. 巴尔扎克、Ч. 狄更斯、Г. 福楼拜和 Э. 左拉的长篇小说；有 А. С. 普希金与 М. Ю. 莱蒙托夫、И. С. 屠格涅夫与 И. А. 冈察罗夫、Л. Н. 托尔斯泰与 Ф. М. 陀思妥耶夫斯基的长篇小说，也还有俄罗斯经典作家的许多突破了长篇小说体裁框架的作品（Н. В. 果戈理的《死魂灵》和 Н. А. 涅克拉索夫的《谁在罗斯能过好日子》、М. Е. 萨尔蒂科夫-谢德林的讽刺小说）。

这一传统在 20 世纪也并未枯竭，尽管这一世纪的艺术中有许多东西曾经是而且现在还是同这一传统大相径庭的。譬如，象征派取向上的与阿克梅派取向上的文学，在相当大的程度上就是封闭于沙龙—小团体的圈子里、艺术界内部的圈子里，而与重大的当代性相脱离，如果可以这么表述的话。后来，在国家的存在遭到全方位的毁坏和对"该诅咒的过去"展开残酷斗争的那个时代，文学创作与当代性的关系，曾经得到了坚定执著而郑重其事的宣扬的这一关系，受到了狭隘的与歪曲的理解。已然降临的那个时代的现实，并不是被思索为某种多层次的整体，而只是被思索为残酷的、毫不妥协的斗争舞台：文学内部的斗争（形式学派的那样一种观念，尤其是 Ю. Н. 蒂尼亚诺夫的那样一种思想：在文学斗争中并没有正确者与错误者，有的

---

① 《Вл. Ф. 霍达谢维奇文集》四卷本，第 3 卷，莫斯科，1997 年，第 371 页。

则是胜利者与战败者①)和社会—政治的、社会—阶级的、党派的斗争(曾经被称之为"具体的—历史的"而由官方宣布为唯一正确的马克思主义文学学方法论)。

在革命后几十年里的文学实践中扎下根来的,是被称之为长篇小说—史诗,完全符合主流意识形态,而总是获得官方赞赏的那些作品(А. Н. 托尔斯泰的三部曲《苦难的历程》、М. А. 肖洛霍夫的《被开垦的处女地》、И. Г. 爱伦堡的《暴风雨》与《九级浪》、М. С. 布宾诺夫的《白桦》)。那些作品在粉饰苏联现实(有时到了难以辨认的地步)之际,对当代生活中的任何一点严重的矛盾都是避而不言。

与此同时,尽管艺术创作的条件极为不利,苏联时代的作家们还是创造出这样的一批作品,在那些作品里,他们的时代得到了真实而深刻的、同那个源于19世纪的传统相对应的透视。这样的作品有:А. П. 普拉东诺夫的中短篇小说,М. А. 布尔加科夫的那些长篇小说,М. А. 肖洛霍夫的《静静的顿河》、А. А. 阿赫玛托娃的《安魂曲》,后来则有 А. И. 索尔仁尼琴、Г. Н. 弗拉基姆夫、Б. И. 别洛夫、В. Г. 拉斯普京、В. М. 舒克申、В. П. 阿斯塔菲耶夫、Е. И. 诺索夫的散文。索尔仁尼琴、拉斯普京以及 Б. П. 叶基莫夫以自己的艺术散文,还对20世纪90年代里所发生的那些剧变,积极地作出了回应。

不同国度与不同时代的艺术作品,以极为令人信服的力量在证明文化—历史现实的丰富、多样与"多彩"。艺术,作为这丰富多彩的现实之镜子的艺术,同科学知识的这样一些领域,诸如民族学与历史,乃是相类似的。"文学作品与艺术作品——既是为理解它们的创作时代之精神质素所需的重要文献〈……〉,又是为了解具体的'历史环境',尤其是为了解日常生活所需的重要文献〈……〉,进而,文学与艺术就获得那种对于历史史料勘察检阅而言可谓重要的文献意义。"②对这位权威历史学家的这一段话,完全公正的这一段话,我们要作出以下补充:艺术作品主题的文化—历史层面,在许多方面乃决

---

① Ю. Н. 蒂尼亚诺夫:《诗学·文学史·电影》,莫斯科,1979年,第182页。
② С. О. 施米特:《一个历史学家的道路:史料学与史料研究著作选》,莫斯科,1997年,第115页。

定着作品的整体面貌、作品的形式安排、作品的结构,也正因为如此,这一层面理应受到最为仔细的文学学的考察。

4. 作为作者自我认识的艺术

除了那些永恒的(普适性的)主题与民族的—历史的(局域性的、但同时又是超个体的)主题,作者本身的精神性的—生平经历中的体验,也会在艺术中得到刻画的。在这种情形下,艺术创作呈现为自我认识,而在不少场合下则展现为艺术家塑造自身个性的一种创造行为,展现为一种生命创造活动。艺术主题的这一层面,可以被称为存在性的(源于拉丁文 existentio——存在)。它早已鲜明地显现于中世纪文学的这样一些作品里,诸如圣奥古斯丁的《忏悔录》、A. 但丁的《神曲》、《阿瓦库姆·彼得罗夫传》,这些作品开启了近二三百年来自传性散文的先河(从 Ж.-Ж. 卢梭的《忏悔录》与 Л. Н. 托尔斯泰早年的三部曲,到 Б. К. 扎依采夫与 И. С. 什梅廖夫流亡期间所写的那些中篇小说)。在那种多半带有"自我心理分析"色彩的抒情诗中,艺术性自我认识和对作者之存在的刻画也是绝对占据支配地位的。

作者之自我揭示,那种在许多情形下具有忏悔性质的作者之自我揭示,构成了好几个时代文学的相当重要的层面;这在 19 世纪与 20 世纪尤为明显①。作家们不知疲倦地讲述自己,讲述自己精神上的收获与成就,讲述自身存在之戏剧性与悲剧性的冲突,讲述内心的慌乱与惶惑,有时则是讲述自己的一些迷误与堕落。说到这里,我们不妨来回忆一下这样一些带有悲剧性忏悔性质的作品,诸如 М. Ю. 莱蒙托夫的《恶魔》,А. А. 阿赫玛托娃的《安魂曲》,勃洛克的那些抒情诗的氛围。请看勃洛克的这首诗(1910),它的开头几句引自 А. А. 费特的《那里,人耗尽了精力》

> 多苦恼呀,往来于人们中间,
> 还要装扮成未死者的模样,
> 并对还没有活过的人们

---

① 关于19世纪与20世纪俄罗斯文学中的自传性与忏悔性因素,参阅:Д. Е. 马克西姆夫:《А. 勃洛克的诗歌与散文》,列宁格勒,1981年,第 17—22 页。

叙讲情欲的悲剧性伎俩。

　　回顾着自己夜间做的噩梦，
　　在情感的不和谐旋风里寻找谐和，
　　以便凭着艺术的苍白反光
　　体认生命的这场毁灭性大火。①

　　"我想"——勃洛克写道，——"历史只是从那些'带有忏悔性质的'作品中去挑选出伟大的艺术作品"。"一个抒情诗人愈是有力"——他在谈论 An.格里戈里耶夫的时候曾经指出，——"他的命运在诗中就能得到更丰满的反映"②。

　　艺术性的自我认识可能涵纳的，不仅仅有精神性的一生平经历的领域，而且也有"心理生理的"领域。且让我们来回忆一下曼德尔施塔姆笔下的《彼得堡》，"……熟悉如擒泪，如摸静脉，如得孩子的腮腺炎"③。

　　在诉诸于"个人的"主题时，作者们常常创造出一种个人的神话，这是 20 世纪，尤其是象征主义艺术所相当突出的。这个世纪初的诗人们，对自身在世界上的存在都具有一种分量感，那种既是有益的同时又是危险的分量感。"很有可能，我们这个时代——是一个伟大的时代，而正是我们站在生活的中心，也就是说，站在所有的精神脉络都要汇聚于其中、所有的声音都要传送到的那个地方"，——A. A. 勃洛克写道。这位诗人还提出，他的每一个同时代人都应当"写日记"④。生活证实了这些见解。日记性因素在 B. B. 罗赞诺夫的随笔杂文中得到了展现。M. M. 普里什文和 K. И. 丘科夫斯基在好几十年的岁月里写下了极为丰富的日记，那些日记只是在现如今才成为读者大众的财富。

　　作为作者之自我认识和作者对自身个性与命运之塑造的艺术，

---

① 该诗的中译采用了顾蕴璞先生特地为本书新译的译文。
② 《A. A. 勃洛克作品集》八卷本，第 5 卷，第 278、514 页。
③ 该诗的中译采用了顾蕴璞先生特地为本书新译的译文。
④ 《A. A. 勃洛克作品集》八卷本，第 7 卷，第 69 页。

不仅仅类似于日记,而且类似于艺术之外的这样一些体裁,诸如回忆录、私人书简,以及那些存在论取向的哲学,这种哲学所聚焦于其中的,并不是世界的本质,而是人在这世界上的驻留,个性在世界上的展开,是人的存在。

艺术主题的个性的与自传性的层面,曾吸引文学学中传记学方法的追随者们的密切关注。诉诸于传记学方法的,有法国批评家圣-伯夫,有19世纪末20世纪初印象主义批评的代表们:在法国,是 P. 德·古尔蒙,在俄罗斯,是 И. Ф. 安年斯基和 Ю. И. 艾亨瓦尔德。作者之个性与其作品之间的关联,也总是在吸引那些为作家们立传的传记作者的密切关注。例如,A. 莫洛亚的《拜伦》,В. Ф. 霍达谢维奇的《杰尔查文》,Б. К. 扎依采夫的《屠格涅夫的一生》、《茹科夫斯基》、《契诃夫》,A. H. 瓦尔拉莫夫的《普里什文》,就是这样的传记作品。

可见,作者之自我认识,作者对自身的精神性—生平经历中的体验与自身个性的特征之艺术的把握与体现,构成文学(一如另一些艺术门类)的一个不可或缺的环节。艺术主题的这一层面的现实化——近两个世纪的历史进程中所发生的艺术主题的这一层面的现实化,在证实着个性因素——作为本义上的文化之构成成分的个性因素——的活跃性与成熟性。

5. 作为整体的艺术主题

上面所界说的诸种主题,同作者对艺术之外的现实的诉求是相关联的,要是没有这种诉求,艺术便不可思议。"诗之基础……乃是凭灵感从现实中汲取的材料。你若从诗人那儿夺走现实——创作便会中止"[①]。В. Ф. 霍达谢维奇的这一席话不仅仅用在诗上是公正的,而且用在艺术的另一些形式上也是公正的。

艺术家,尤其是作家,对现实的构成感兴趣的,与其说是它那经验的表面(纯粹个别的、偶然的),宁可说是深层。艺术家天生地具备对本质的感悟力、洞察力。要是合理地谈论艺术主题的评价标准,那

[①] Вл. 霍达谢维奇:《谈谈阅读普希金》,见《现代人札记》第20辑,巴黎,1924年,第231—232页。

么感悟力、洞察力这两个词似乎就可以对之加以界说。P. M. 里尔克曾号召一位年轻的诗人"去寻找事物的深层"①。艺术之外的现实之深层,几乎构成艺术认识的主要客体。在那些大作家的创作中,这样一种定向乃起着决定性的作用。

然而,艺术主题的构成中还有另一面。艺术有时聚焦于自身。能对此加以佐证的有以下几点:其一,写艺术家及其创作的文学作品。浪漫主义时代的作家——И. В. 歌德与Э. Т. А. 霍夫曼;А. С. 普希金(《埃及之夜》),Н. В. 果戈理(《肖像》)以及另一些俄罗斯文学家,曾执著地倾心于艺术这一主题,以致产生了一些独特的体裁(Künstlernovelle, Künstlerroman,德文,艺术小说)。这一传统也延续到了20世纪(我们可以回忆起M. A. 布尔加科夫的长篇小说《大师与玛格丽特》、Т. 曼的《浮士德博士》、P. M. 里尔克的诗集《献给奥菲娅的十四行诗》)。同属此列的——还有从贺拉斯到Г. Р. 杰尔查文和А. С. 普希金的那些以诗写诗人的"纪念碑"式的作品(在这里提一提В. В. 马雅可夫斯基的《放开嗓门歌唱》,也是适时的)。

其二,在那些风格上带有摹仿模拟性、文体上带有讽拟戏仿性的作品中——而这类作品在20世纪最初的一二十年里乃是颇有影响的,——作家们的注意力是凝聚于先前已有的那些语言艺术形式上的。用А. К. 若尔科夫斯基和Ю. К. 谢格洛夫的话来讲,这里有"文学内部的"主题,作为"布局谋篇的模式与语言表达的套式……之戏拟"而得以实现的主题。在这种情形下,成为把握与塑造之对象的,乃是"艺术创作的那些工具手法,诸如诗性语言、情节结构、传统的语言表达的套式,便是这样的"②。

在文学进程的构成中,艺术内部的主题是颇有价值的③,但这毕竟还是次要的元素。它们通常并未被提升为文学生活的中心。艺术主题之最重要的成分,乃是由艺术之外的现实所构成。艺术在它的

---

① P. M. 里尔克:《新诗》,莫斯科,1977年,第330页。
② А. К. 若尔科夫斯基、Ю. К. 谢格洛夫:《论"主题"与"诗性世界"这两个概念》,第150—151页。
③ Н. С. 博奇卡廖娃:《描写艺术家的小说·起源与诗学》,彼尔姆,2000年。

那些高级的型式中通常是并不封闭于自身的。

我们在这里所指出的艺术主题的诸方面,彼此之间并不是相互隔离的。它们在积极地相互作用着,并且能构成某种牢不可破的"合金",这是与我们相距不远的那些时代的文学所尤为突出的。普希金的《叶甫盖尼·奥涅金》就是这样的,它既是他那个时代生活的一幅多层次的图画(用别林斯基的话来讲,"俄罗斯生活的百科全书"),又是为他那个时代一些有分量的著作加以考察的民间文学与神话诗性元素之集成,它既是诗人诚恳的自我揭示,一种作者的自白,又是对先前的文学和他那个时代的文学的一连串的回应。

这里不妨来回忆一下 M.A.布尔加科夫那部在主题上十分多样的长篇小说《大师与玛格丽塔》,在那里,彼此相隔甚远的时代互相关联着,所叙述的是那种常驻的、永恒的、而同时又是明显地可以被感觉到的那种自传性的、个人的元素,富有深刻的悲剧性的元素。"天哪,我的天哪!黄昏时分的大地是多么令人忧郁!池塘上的雾霭是多么诡秘!谁在这雾中徘徊过,谁在死亡之前经历过许多痛苦,谁背负着难以承受的负荷而在这大地之上飞翔过,谁才知晓这个。疲惫者才知晓这个。"(小说第 32 章开头)。想必没有人会怀疑,这充满悲伤的几行——不仅仅是在写大师,作家笔下的主人公,而且(主要的!)还是在写作家自己,米哈伊尔·阿方纳西耶维奇·布尔加科夫自己。

具有其种种不同棱面的主题,或者是直率地、直接地、命题鲜明地、显现式地体现于作品之中(譬如,19 世纪俄罗斯农民生活的具体情状在 H.A.涅克拉索夫的诗中的体现),或者是得到间接地、迂回曲折地、"潜台词般"(隐含式)的体现,这种体现有时则是并不取决于作者的创作意志。19 世纪俄罗斯古典文学的许多作品中的神话诗性元素就是这样的,例如 Ф.M.陀思妥耶夫斯基笔下的那种混沌与宇宙相对立的主题。或者另一个例子:在 A.A.费特的那些诗作中,俄罗斯庄园生活的具体情状只能为读者朦朦胧胧地猜想出来,在其诗作中被置于第一位而得到抒写的,乃是——存在的共相,乃是对那个被视为美的世界之参悟与理解。

诗人们往往更钟情于各种各样的含蓄、暗示、半吞半吐,而不是那些被直率地、直接地体现出来的主题。Э. 坡曾指出,艺术要求"一定分量的暗示",这暗示"赋予作品〈……〉以丰富性":"对暗示作过度的阐释,将主题凸显到表面"会把诗变成"平淡无味的散文"①。

在对以上所述加以总结时,我们要指出,构成艺术与文学之最为重要的、那种总是占据支配地位的"超级主题"的,乃是人——以其种种不同身份出现的人。这里所说的,既有人的那些共通的(人类学的)特征,也有那些由文化传统与周围环境所形成的特点,还有那些不可重复的个人元素。艺术在参悟与理解"人的现实"之时,总是在执著而顽强地避免那种抽象——构成科学语言与哲学语言的抽象,而始终不渝地在刻画着存在之审美的显现。

* * * * * *

在 20 世纪,艺术的认知方式曾成为引起严重的分歧与论争的话题。在那些定位于先锋派之经验的学说中,广泛地流行着那样一种不仅与反映论相争鸣相对立,而且还同后来问世的那些将艺术看成对存在的一种把握的见解相争鸣相对立的观点。那种观点坚信,一切都是由艺术家(包括作家)创造的,艺术家并不从现实中汲取什么。在这一视界中,文学被看成为一种整个儿沉潜于语言之自发性的原生力的作用之中的活动(下文要说的 P. 巴特,以及 T. 帕维尔、M. 里法泰、Ф. 索勒斯就是这种观点的代表),显而易见的是,"主题"这一概念在这里是不受欢迎不受推重的。这一类将语言艺术同现实、物象、"指涉性"、"代表性"分离开来的文学理论学说,受到了当代法国学者 A. 孔帕尼翁令人信服的驳斥。②

我们要指出,对诗歌作品之主题"基础"的怀疑,是形式学派的那些成员们的许多著作所具有的特点。"爱情,友情,对逝去的青春的悲叹"——Ю. Н. 蒂尼亚诺夫在界说感伤主义文学的特征时曾指出,——"所有这些主题,都是作为那些独特的结构原则之衔接,作为

---

① Э. 坡:《创作的哲学》,见《美国浪漫主义美学》,第 121 页。
② A. 孔帕尼翁:《理论之魔》(1998),译自法文,莫斯科,2001 年,第 113—162 页。

第一章 艺术本质论

卡拉姆津式室内风格之辩护,作为对前辈那些宏大的主题之'室内式'的摒弃,而产生于工作过程之中的"。接下来便谈到那种伺机偷袭语言艺术家的一种危险:沦为自己钟爱的主题的俘虏:"在诗中对自己的主题的忠贞不渝并不能得到回报"。蒂尼亚诺夫认为,A. A. 阿赫玛托娃就曾"沦为自己的主题的俘虏"。"但令人好奇的是"——他写道,——"每当阿赫玛托娃开始作诗,她就成了一个新人且不以自己的主题获得价值,而并不顾及自己的主题〈……〉主题并不以其自身而有趣,它活在自己的某个语调角里,活在诗句的某个新的角落里,它是在那个角落里得到呈现的"①。这些见解,有胆识而又有独创性的见解,值得极为仔细的关注。它们听起来像是一种警告——既要提防诗歌创作上的"主题的单调",又要提防对文学之形式的、结构—文体风格方面的忽视。然而,将主题降格为艺术结构的"衔接物",甚或降格为对"文体风格上的任务"加以实现的方式,却是可争议的,在我们看来,则是片面的。主题(如果这一术语能摆脱那种模式化的狭隘,能摆脱那种固执的社会学化,也能摆脱那种对神话诗性潜文本作用的绝对化),乃是艺术作品的构成中不可或缺的元素,况且还是一个根基性的元素。

第四节 作者与作者在作品中的出场

1. "作者"这一术语的涵义 作者创作活动的历史命运

"作者"这个词(源于拉丁文 autor——指行为的主体、创立者、组织者、教师,其中包括作品的创作者)在艺术学界面有好几种涵义。首先,这是指艺术作品的创作者,作为实有之人——具有特定的命运、生平、诸多个性特征之集合的实有之人——而被看待的艺术作品的创作者。其次,这是指作者形象,涵纳于艺术文本之中的作者形象,即作家、画家、雕塑家、导演对其自身的写照与塑造。第三(这一点现在对我们尤其重要),这是指那种于其整个创作中在场的、内在于作品之中的艺术家—创作者。作者(在这个词的此一涵义上)以一

---

① Ю. Н. 蒂尼亚诺夫:《诗学·文学史·电影》,第 173—174 页。

定的方式描写并阐释现实(存在与其现象),对它们加以反思与评价,而且也展现自己的创作能量。通过这一切,他将自己表现为艺术活动的主体。

作者的主体性组织作品而产生其艺术整体性。它(与艺术本有的审美方式和认知方式一道)构成艺术之不可或缺的、包罗万象的、极为重要的层面。"作者创作活动的灵性",不仅在艺术活动的任何形式中都在场,而且在艺术活动的任何形式中都是占据支配地位的:它既存在于单一个体的作者所创作的那些作品之中,也存在于以小组形式而展开的、集体创作的情形之中;它既存在于作者的真名实姓被标明这一现如今已成为主导的情形之中,又存在于作者的名字被隐匿起来(不署名、用笔名、假托他人)的那种情形之中。

在文化的不同阶段,艺术家的主体性以各种不同的面貌展现出来。在民间文学和历史上早期的书面文学中(一如在艺术的另一些形式中),作者的身份多半还是集体的,而其"个人的成分"通常都是被隐匿起来的。如果作品与其创作者的名字有关联(圣经中所罗门的寓言和大卫王的圣诗、伊索寓言、荷马史诗),那么,名字在这里"表达的并不是作者身份这一思想,而是权威这一思想"。名字同任何一种主动地选择的手法(文体风格)那样一种概念无涉,更不与个体地获得的创作者的立场这样的概念相关。

然而,在古希腊罗马艺术中就已经有个体的一作者因素,能佐证这一点的有埃斯库罗斯、索福克勒斯、欧里庇得斯的那些悲剧作品,更为显著的则有蒂布拉、贺拉斯、奥维德的抒情诗。个体性的与公开表明的作者身份,自古希腊罗马以降愈来愈积极地表现出来,在现代,则胜过集体性作者身份和匿名性作者身份而占据优势。

与此同时,在好几百年的岁月里(直到17—18世纪,那时古典主义的规范型美学极有影响),作家们(一如另一些门类的艺术活动家)的创作主动性受到限制,在相当大的程度上被那些已定型的体裁上与风格上的要求(规范、典律)所束缚。文学意识乃是(拘泥传统墨守成规的)守成型的。它定位于修辞学与规范型诗学,定位于"现成的",定位于已为作家预备好了的词语和已有的那些艺术典范。

近二百年来,作者身份的性质则有明显的变化。在这一突变中,起决定作用的是感伤主义美学,尤其是浪漫主义美学,浪漫主义美学将那些拘泥传统墨守成规的原则有力地排挤到——甚至可以说——推入过去:"成为文学进程之中心'人物'的,并不是受制于典律的作品,而是其创作者,诗学的中心范畴——并不是风格或体裁,而是作者。"①

如果说,早先(19世纪之前)作者更多的是在代表着传统(体裁上的与风格上的传统),那么,现在它则是在执著而大胆地展现自己的创作自由。作者的主体性,在这种情形下活跃起来而获得新的品质。它成为个体的——拥有首创精神的,具有个性的,而且是前所未有的丰富与多层次的。艺术创作从此首先被看成是"作家创作活动的灵性"(这是为浪漫主义美学所相当典型的一个词组)的体现。

对于19—20世纪的一些艺术理论家,那些对个体性的作者创作活动曾经加以仔细关注的艺术理论家而言,标志艺术性—创作性能力(才气)的那些概念,乃是绝对必要不可或缺的。它们是由"天才"与"才华"这两个词语传达出来的。这两个词语的意义,在一些情形下是绝对有差别的,在另一些情形下反而是相接近的,甚至是相等同的。天才,根据康德的断言,"这是那种为艺术提供规则的才华(天赋)";真正的艺术——这是"天才的艺术","造化的宠儿",他们为数稀少。身为独创性思想的拥有者,天才总是会避开对其前辈们所达到的东西的追随,而抵抗模仿气息②。

20世纪30年代,俄罗斯著名哲学家 И.А.伊里因,曾对艺术家才气天资的另一些层面作过论述。用他的话来讲,作为创造某种非模式化的而有独创性的东西之能力的才华,可谓艺术活动的一个必要条件,然而它却并不构成作品——崇高意义上的艺术作品问世的唯一前提,并不标志着"艺术天赋的丰满":它不可或缺,但它并不自具价值,因为它能与"心灵中的轻浮"相结合,我们要补充的是,还能

---

① С.С.阿韦林采夫、М.Л.安德烈耶夫、П.А.格林采尔、А.В.米哈伊洛夫:《文学时代更替中的诗学范畴》,见《历史诗学·文学时代与艺术意识类型》,莫斯科,1994年,第33页。

② И.康德:《纯粹理性批判》,第180—181、182页。

与无感觉、无意义以及另一些负面特征相结合。才华之使命,——伊里因认为,——乃是去实现去表现"创作性的观照,即在作品中去体现那拥有重要意义与深度的精神体验"。在谈论这一问题时,这位哲学家诉诸于这样的表述,诸如"精神上的顿悟"、"对艺术对象的洞察力"、"被强化了的敏感性"。他作出了这样的一个结论:"脱离了创作性的观照的才华,乃是空洞而无根基的"①。我们不妨也提一提 E. A 巴拉廷斯基的那句名言:"才气天资乃是一种托付。"

换句话来说,作品的艺术品质,不仅仅取决于作者才气的大小高下,而且也受制于作者的旨在解决创作任务的活动取向——那些旨在解决对于该民族文化与全人类文化都有正面价值之创作任务的活动取向。

在那些将作者—创作者置于中心的 20 世纪的艺术学说中,"表现"这一范畴也被激活而被赋予现实意义。在这里,始作俑者当推意大利哲学家贝涅德托·克罗齐。他将艺术理解为"审美的表现"(expressione——意大利文);作者的印象与感受,经受审美化,而在其表现的过程与结果中得到创作性的变形与体现②。

总之,作者的主体性,不可变更地在场于艺术创作的果实之中,虽然并不总是得到现实化而引人注目。作品中作者的在场形式是十分多样的。下面我们就来对之加以探讨。

2. 艺术的思想—涵义方面

作者首先是作为这种或那种观念的体现者——对于存在及其现象之观念的体现者,而显现其在场的。这就决定着其思想—涵义方面——那种在 19—20 世纪常常被称为"思想"(源于古希腊文 idea——概念、观念)的东西——在艺术的构成中所具有的根本性的意义。

---

① И. А. 伊里因:《才华与创作性的观照》,见 И. А. 伊里因:《孤独的艺术家》,莫斯科,1993 年,第 262—272 页。

② Б. 克罗齐:《作为一门探讨表现的科学和一门普通语言学的美学》,莫斯科,2000 年,第 29 页。

"思想"这个词早就植根于哲学之中,自古希腊罗马时代就有了。它有两种意义。其一,人们将物象之可思辨的本质——这本质是处于现实界面之外的、事物的原型(柏拉图和对他加以承传的中世纪思想),对概念与客体的综合(黑格尔),称之为理念。其二,在近三百年里,思想家们开始将思想同主体的体验领域相联系、同对于存在的认知相联系。比如,17世纪末—18世纪初的英国哲学家詹·洛克在《论人类的理性》中,就将思想区分成清晰的与模糊的、现实的与幻想的、同其原型相吻合的与不相吻合的、同现实相符合的和不相符合的。在这里,思想乃是作为主体的一种财富而被理解的。

用于艺术与文学的"思想"一词是在其两种意义上均被使用的。在黑格尔的美学以及那些对之加以承传的理论中,艺术思想乃是与那种在传统上被称之为主题的东西相吻合的。这是指由作品的创作者所领悟所刻画的存在的本质。但是,(不论在19世纪,还是在20世纪)更加经常更为执著地显现出来的一种情形是,将艺术中的思想作为作者的主体性领域来谈论,作为那种于作品中表现出来的、属于其创作者的思想与情感的总合来谈论。

艺术作品的主观倾向性在18世纪就受到关注:"艺术作品中理念、思想之第一性作用这一论题〈……〉能说明理性主义的启蒙时代美学的特质"①。艺术作品的创作者,在这个时期,——在18世纪与19世纪之交则更为明显,并不是单纯地被看成是技艺精湛的匠人(大自然抑或先前的艺术范例的"摹仿者"),也不是作为某种可思辨的本质之消极的观照者,而是作为特定的情感链与思想链的表达者。用Ф.席勒的话来说,在艺术中"是空洞,还是有内涵,这更多地取决于主体,而不是客体";诗的力量就在于,"物象在这里被置于同思想的关联之中"②。在18世纪与19世纪之交的那些理论学说中,作者(艺术家)呈现为一定的立场的表达者、一定的观点的表达者。继康

---

① В.Ф.阿斯穆思:《18世纪的德国美学》,莫斯科,1962年,第70页;关于18—19世纪艺术家的主观性的理论思索(自莱辛至黑格尔与别林斯基),请参阅:Е.Г.鲁德廖娃:《艺术作品的情致》,莫斯科,1977年。

② 《Ф.席勒文集》七卷本,第7卷,第473页;第6卷,第413页。

德——他引入了"审美思想"这一术语——之后,人们便开始用思想这一术语来指称艺术主观性领域。"诗歌精神"与"观念"也正是在这个意义上被使用的。用歌德的话来说,"在任何艺术作品中〈……〉一切均归结为观念"①。

艺术思想(作者的观念)——存在于作品中的艺术思想(作者的观念),既包含着那种由作者所引导着的对一定的生活现象的阐释与评价(这是自狄德罗和莱辛至别林斯基和车尔尼雪夫斯基的启蒙思想家所强调的),又包含着对世界——对存在于其整体性之中的世界——的哲学观的体现,这种体现是与作者精神上的自我揭示相关联的(关于这一点,浪漫主义的那些理论家曾经执著地论述过)。

在作品中表现出来的思想,总带有情感色彩。艺术思想——这是概括和情感相熔合而成的某种合金,继黑格尔之后,B. Г. 别林斯基在其论普希金的第五篇文章里曾将之称为情致("情致总是一种激情,在人的心灵里燃起思想的激情"②)。正是这一点,使艺术同冷漠无情的科学区分开来,而与政论、随笔、回忆录相接近,也同日常发生的对生活的领悟——这领悟也是充满评价性的——相接近。艺术思想本有的特征,并不在于其情感性本身,而在于那种导引性——向那个存在于其审美显现中的世界的导引,向那些在情感上被感知被接受的生活样式的导引。

艺术思想(观念)以其在人类精神生活中的地位与作用,而区别于科学的、哲学的、政论性的概括。艺术思想常常会预示后来才成型的世界观,谢林和 Ап. 格里戈里耶夫对此都有过论述。这一见解,源于浪漫主义美学,后来为 M. M. 巴赫金所论证。"文学〈……〉常常预见到一些哲学的和伦理的思想观念形态〈……〉艺术家拥有一双能听出那些在孕生的和在生长的〈……〉问题的敏感的耳朵。"在降生那一时刻,"他常常要比那些比较谨慎的'学人',哲学家或实践家,能更好地听出那些问题来。思想、伦理意志与情感的生长,它们的徘徊迷惘,它们那尚未成形的对现实的摸索,它们在所谓的'社会心理'内核

---

① 《И. В. 歌德论艺术》,莫斯科,1975年,第585页。
② 《В. Г. 别林斯基全集》十三卷本,第7卷,莫斯科,1956年,第312页。

之中暗暗的酝酿——整个这一尚未被分解而正在生成的思想流,在文学作品的内容中都会得到反映与折射。"① 艺术家——作为预言家与先知的艺术家——的这一类作用,举例说吧,在 А. С. 普希金的《鲍里斯·戈都诺夫》和 Л. Н. 托尔斯泰的《战争与和平》的社会历史观念中,在 Ф. 卡夫卡——他在极权主义尚未得到巩固之前就谈到了它的恐怖——的那些中短篇小说中,在许多其他的作品中,都得到了具体实现。

与此同时,那些已经(并且有时还是相当早的)在社会经验中得到确立的思想、学说、真理,也会在艺术中(首先是在语言艺术中)得到广泛的刻画与表现。在这种情形下,艺术家是作为传统的喉舌在发言,他的艺术是在使众所周知的东西更鲜明更生动,赋予它以尖锐性、当下即时性和新的说服力,而对之加以再度肯定。这一类内涵丰富的作品,满怀热忱而激动人心地提醒人们铭记:一些成为习以为常的和自然而然的东西,在意识中却已经几近于被遗忘,被磨灭。艺术在其这一界面上则去复活那些旧真理,赋予他们以新的生命。А. 勃洛克的一首诗《滑稽草台戏》(1906)中的民间戏剧的形象就是这样的:"跟上吧,死气沉沉的驽马,/练出手艺来吧,演员们,/要让活生生的真理,/刺痛而照亮所有的人。"

可见,(借用 В. М. 日尔蒙斯基的一个见解来说)不论是对于"新时代所携带的"东西,还是对于所有的早就根深蒂固的东西,对于那些"落后的"思想观念,艺术都会表现出那种聚精会神地加以观照加以审视的兴趣②。

3. 艺术中的非意图性

艺术家的主体性,远不能归结为对于现实之理性的把握,对于现实的思索理解之本身。"在每一部真正的诗性作品中,一切应当是有意图的,一切又是本能的",——Ф. 施莱格尔当年曾经发表过这样的

---

① П. Н. 梅德维捷夫:《文学学中的形式论方法(带面具的巴赫金·面具2)》,莫斯科,1993年,第22—23页。

② В. М. 日尔蒙斯基:《西欧文学史略》,列宁格勒,1981年,第62页。

见解①。后来,类似的观点一而再地得到了表达。作者——用 A. 加缪的话来说,"不可避免地会说得比他想说的要多"②。П. 瓦雷里曾针对这一点而以极为激烈的口吻说道:"要是鸟儿知道,它唱的是什么,它为什么要唱,又是什么东西在它身上在唱,那么它也就不会唱了。"③

在艺术作品中,总是存在着某种要超出其创作者的观点与创作意图的东西。在 Д. С. 利哈乔夫看来,在作者主体性的构成中,它的两个最为重要的成分应当被区分开来:"对读者(听众、观众)之积极作用"的层面,也就是那种对(思想以及与思想相关联的情感)加以有意识的和有导向性的肯定的层面,和"消极"层面(它被这位学者界定为"世界观背景"),它由那些植根于社会的观念而"来到"作品中乃是不由自主的,似乎是绕过了作者的意识。④ 作者主体性的这两种形式,恰好对应于20世纪前半叶西班牙著名哲学家 X. 奥尔特加-伊-加塞特所指的思想(那些由怀疑所产生的,同问题、讨论、争鸣相关联的"智力活动的成果")和信仰(那种精神上的稳定性层面,世界观上的那些公理般的理念层面:"我们生活的骨架",我们生息与劳作于其中的那种"坚实的土壤","那种构成我们本质的理念")⑤。这里所说的艺术家主体性的类型,可以用反省性的与非反省性的来指称。对作者意识的两个层面的这种区分,早就由 Н. А. 杜勃罗留波夫在其文章《黑暗王国》中提出来了,在那里已谈论到,对作家的创作最有意义的不是他的理论观点,那些理性的与系统化的观点,而是那种对生活的直接评价态度,它被称之为世界观。继杜勃罗留波夫之后,Г. Н. 波斯彼洛夫将对生活的直接的思想认识看作为艺术创作的源泉。

非反省性的、非意图性的、常常是无人称的主体性,是多层面的。

---

① 《西欧浪漫派文学宣言》,第52页。
② A. 加缪:《反抗的人·哲学·政治·艺术》,莫斯科,1990年,第93页。
③ 《П. 瓦雷里论艺术》,译自法文,莫斯科,1976年,第140页。
④ Д. С. 利哈乔夫:《评点与观察:摘自不同年代的笔记》,莫斯科,1989年,第130—131页。
⑤ X. 奥尔特加-伊-加塞特:《思想与信仰》,见 X. 奥尔特加-伊-加塞特:《美学·文化哲学》,译自西班牙文,莫斯科,1991年,第463、472页。

首先，这是指那些"公理般的"观念（包括信仰），作品的创作者，总植根于特定的文化传统之中的创作者，就生活在这些观念世界之中。其次，这也是指作家所属的社会集团的"心理意识"，在20世纪一二十年代里，以 В. Ф. 佩列韦尔泽夫为首的社会学—文学学家们曾给这种"心理意识"以决定性的意义。再次，这还指从艺术家的意识中被挤压出去的那些病态情结，其中包括 З. 弗洛伊德曾经加以研究的那种性欲情结。最后，这指的是超时代的、源起于历史上远古岁月的"集体无意识"，它可以构成艺术作品的"神话诗性的潜文本"，К. Г. 荣格曾经论述过这个问题。用这位学者的话来讲，创作过程就形成于"对原型之无意识的而使其充满灵性富有精神生命的激活"；作品拥有"那种隐在于不可分辨的深层而现代意识不可企及的象征品性"①。

在刚刚过去的那个世纪的艺术学与文学学中，作者主体性之中的那些未被意识到的和无人称的方面，常常被突显出来，而且被绝对化。艺术家的创作意志，自觉而为的意图，精神上的积极性，则被漠视，得不到应有的评价，甚或实际上被忽视。在仅仅局限于考察作者主体性的那些非理性层面时，学者们常常陷入一种伦理上并非无可指责的状态——成为一种窥视者：那种对艺术家本人或者并没有意识到的东西，或者他有心想对不请自来的见证人加以隐瞒的东西，加以窥视的人。Н. 萨洛特曾将我们这个大讲人道的当代界定为一个猜疑肆虐的时代，这并不是没有根据的。

Н. А. 别尔嘉耶夫是对的：他曾经指出，在20世纪初（指的是主张以精神分析视角研究艺术的那些人：З. 弗洛伊德及其追随者）"对于人做出了很多很多的揭露，人身上的潜意识被打开了"。一些学者——这位哲学家断言道，——"极度夸大了"自己的发现，而"将这一点几乎认同为一种规律：人在自己的思想与创作中总是隐藏着自己，因而就需要从那个同他本人关于他自己所说的一切相逆反的方

---

① К. Г. 荣格：《论分析心理学对诗—艺术创作的关系》，见《19—20世纪外国美学与文学理论：专论·文章·随笔》，莫斯科，1987年，第225、228、230页。

向来考量他"①。Я. 穆卡若夫斯基,著名的捷克语文学家—结构主义者,则同主张以精神分析视角研究艺术的那些人相反,他断言,由艺术作品所激发的印象之基本的动因——乃是作者的意图性,正是它将作品的各个部分连成一体,而赋予那个被共同创作出来的东西以涵意②。不能不考虑这一类见解。意图性与非意图性——在我们看来,这是在同等程度上为艺术家主体性所必需的两个方面。这两个方面,在更大的程度上是互相补充与和睦相处的,而不是彼此对立与相互敌视的。

4. 作者创作能量的表现 灵感

艺术家的主体性(除了对生活的思索理解和那些精神症状之自发的"入侵"之外),还包含作者对自身创作能量的体验,这种体验早就被称之为灵感。问题在于,作者要给自己提出并解决一些本义上的创作性的任务。它们既与想象活动(创作出虚构的形象)相关联,又与那些被称之为结构的与文体的任务(B. M. 日尔蒙斯基语)相关联。

对本义上的创作任务的解决,总是以这样或那样的方式伴随着作者凝神专注于其中的那份紧张,伴随着作者全身心沉浸于其中的那份投入。那份紧张、那份投入,是与"创作的痛苦"相联系的,而主要的,是与那种愉快的感觉——对自身的潜能、能力、才气的感觉相联系的,是与一种心灵的升华相联系的,在柏拉图的对话《伊恩篇》里,苏格拉底曾谈论过这种升华:诗人"只是在灵感与着魔状态中才能谱写其美妙动人的长诗〈……〉";"由和谐与节律所掌控着的"创作者的"迷狂",——这是"天神之力",没有它,艺术家的目标是不可能达到的③仿佛是在与苏格拉底相唱和,普希金曾在《秋》这首诗中对创作时光作了一番描写:

---

① H. A. 别尔嘉耶夫:《自我意识:哲学自传》,莫斯科,1991 年,第 318 页。
② Я. 穆卡若夫斯基:《艺术中的意图性与非意图性》,见 Я. 穆卡若夫斯基:《美学与艺术理论研究》,第 240 页。
③ 《柏拉图文集》三卷本,第 1 卷,莫斯科,1968 年,第 138 页。

> 我便忘却世界，在甜蜜的静谧中
> 我便甜蜜地沉浸在我的想象里，
> 诗情渐渐地在我心中苏醒了：
> 心灵便受到抒情波涛的冲击，
> 它颤栗，它呼求，它像在梦中似的，
> 寻求最终能自由地倾吐胸臆……①

对自身的创作自由之充满灵感的体验，在艺术家那里常常获得凝神谛视、悉心感悟、细心倾听的形式，而与它们相伴随的，则是那种对于自己委身于某种外在的、无法阻止的、真正美好之物的感觉。这一思想，在 A. K. 托尔斯泰的诗《艺术家，可要看清／你已置身，似是而非的虚幻之境／当你认定，是你创造出你的作品……》得到了表达。

大诗人常常具有那种把自己看成是一个听写者、一个记录者的观念：他在听写在记录那些唯一必需不可替代的话语，那些话语来自外面的什么地方，来自某种隐在深层的存在因素，不论那是爱、是良心、是职责义务，或是别的什么同样强大而有威力的东西。《神曲》（《炼狱篇》，第 24 章，第 52—58 行）中写道，但丁和那些与他亲近的诗人们的羽毛笔"将启示的涵义顺从地携带到纸页上〈……〉"：

> 当我呼吸爱情的时候，
> 我便会聚精会神啊；她只需要
> 提示我一些话，我便把他写下。

而 A. A. 阿赫玛托娃则以这样的诗句描写了诗句孕生之苦恼的完结：

> 于是我开始懂得
> 那质朴地口授的诗行
> 写下来就成了雪白的一册。
>
> （摘自组诗《神秘莫测的手艺活》中的《创作》）

正是在对某个声音的细心倾听和完全听从之中，诗人在实现自

---

① 该诗的中译采用了顾蕴璞先生特地为本书新译的译文。

己的创作自由。对于这一点——A. A. 勃洛克的组诗《抑扬格》中有一首诗,可以佐证。

> 是的,灵感这样指使我:
> 我那自由不羁的幻想
> 总是在对存在着凌辱和蝘蜓
> 黑暗和贫困的地方神往。

可见,诗人们之自由的创作志向,竟以悖论的方式获得了那种自发的、神秘的绝对命令的形式。用 P. M. 里尔克那句毋庸置疑的、令人信服的话来讲,"艺术作品只有在它是出于内在的必要性而被创作出来时,才是好的"①。

创作紧张的印迹,总是要印烙在被创作出来的作品上。关于艺术家主体性的这一尚不清晰的、但相当重要的层面,在 20 世纪,人们多次论述过。②

艺术家主体性的这一(外在于理性思索的、具有创造建构品性的、精神能量本身的)方面,有时也被绝对化,而有损于所有其他的方面。譬如,在 1919 年的那篇文章《阿克梅主义的早晨》里,О. Э. 曼德尔施塔姆就声称,艺术家——这是那种"为建设精神所支配"的人,对于这种人来说,这种或那种处世态度——只不过是"武器与工具,犹如石匠手中的锤子"③。

艺术家的建构性—创作性冲动,是以各种各样的方式显现于其作品之中的。作者常常会展示自己的那份创作努力的紧张性(我们来回忆一下晚期贝多芬的那些奏鸣曲的氛围,或是 Л. Н. 托尔斯泰的长篇小说中那些故意沉重的句子)。正是针对艺术创作的这一类型,T. 曼写道:"一切敢于被称为艺术的东西,都在见证着那种诉诸于极度努力的意志,都在见证着那种走到种种可能性之极限的坚毅

---

① P. M. 里尔克:《新诗》,第 328 页。
② T. C. 艾略特(T. S. 艾略特):《诗的使命》,基辅,1997 年,第 226 页;Г. Г. 什佩特:《文学》,《塔尔图大学学报》第 576 期,塔尔图,1982 年,第 150 页;Б. Л. 帕斯捷尔纳克:《空中之路:不同年代的散文》,莫斯科,1982 年,第 230 页;《П. 瓦雷里论艺术》,第 337 页。
③ О. Э. 曼德尔施塔姆:《词语与文化》,莫斯科,1987 年,第 168—169 页。

果敢。"①

与此同时,许多高品位的艺术作品都具有行云流水般的轻松、优美而轻巧、明朗而欢快的色调,具有那种"莫扎特格调",——就像人们有时所表述的那样——,具有那种普希金的诗所典型的色彩。在这里,艺术便显示出它与游戏的关联。

5. 艺术与游戏

游戏——这是一种将目的包含于其自身的活动。精力过剩和精神欢快,在游戏中会得到表达。轻松自如的、无所用心的、无忧无虑的氛围,是为游戏所典型的。荷兰哲学家 Й. 赫伊津哈,在其享有声誉的论著《游戏的人·文化中的游戏因素研究》里写道:"游戏情绪乃是一种脱离与兴奋——祭神的或者是平常节日的⟨……⟩。行为本身伴随着升华感与紧张感,而携带着高兴与舒缓。"②游戏性因素在人的生活构成中具有深刻的重要性。它,——一如我们已经指出的那样——,乃是个性存在的特征之一。在赫伊津哈看来,整个人类文化乃是从游戏中产生的。

19—20 世纪的思想家们曾一再指出游戏性因素在生活和艺术中的巨大意义。我们已经谈论过康德美学中对游戏方面的论述。在《审美教育书简》(第 15 封信)中,Ф. 席勒曾断言,人只有在游戏时才能成为完全意义上的人。"艺术之所有神圣的游戏,——Ф. 施莱格尔写道,——其实质不是别的,而正是宇宙的游戏之被推延的再现。"③

一些作家与学者(Л. Н. 托尔斯泰,Т. 曼,В. Ф. 佩列韦尔泽夫)在陷入片面性之时甚至说过,艺术就其实质而言就是游戏活动,艺术——这是一门特别的游戏。Ф. 尼采及其追随者们,则为拥护将游戏般的轻松最大限度地带进艺术而斗争,他们拒斥艺术活动之紧张的严肃性和精神上的"沉重感"。当代后结构主义的那些代表们,也

---

① 《Т. 曼文集》十卷本,第 9 卷,莫斯科,1960 年,第 310 页。
② Й. 赫伊津哈:《游戏的人·在明天的影子里》(译自荷兰文),莫斯科,1992 年,第 152 页。
③ 《西欧浪漫派文学宣言》,第 64 页。

是以这种精神来表达自己的观点的,对他们来说,语言艺术——这就是一些修辞格的游戏,就是"笔之舞"。P.巴特,这位举世闻名的法国语文学家,结构主义和后结构主义的代表,把写作活动和读者的接受都看成为语言游戏,在这种游戏中,主要的东西——就是由文本所获得的快感,因为在艺术中,"芳香的汁液"是要比知识与智慧还更为重要的①。

对艺术活动的游戏性因素的这样一种绝对化是脆弱而不堪一击的,因为这种绝对化教条式地缩小了艺术的范围。A.A.乌赫托姆斯基——此人不仅是一位享有盛誉的语文学家,也是一个杰出的人文科学家——当年是有充分的根据,来同这种理解——将艺术看成是娱乐性的、讨人欢心的游戏——展开激烈的争论的:"那种仅仅成了'快乐和休息'之活动的艺术,已然是有害的,——只是当它是在进行拷问、针砭,迫使人忧伤之时,它才是神圣的与永恒的〈……〉贝多芬并不是为了人的'快乐'而创作的,而是因为他在为人类而痛苦,他是在用永恒的乐声唤醒人。"②

游戏(就像所有其他的文化样式一样)是有一定的界限与范围的。游戏性因素以这样或那样的方式装饰着人的创作性(其中就包括艺术的)活动,对它加以刺激并伴随着它。但是,原本意义上的游戏从根本上讲是有别于艺术的:如果说,游戏活动总是以自身为目的,而封闭于自身,那么,艺术创作则总是要导向结果——导向作为一种价值的作品之创造。况且,艺术创作过程与艺术作品本身的游戏色彩,可能是并不那么明显地被表现出来,甚或完全不出现。在真正的艺术作品中,游戏性因素主要地还是作为作者的严肃性之"外壳"而存在的。普希金的诗,尤其是诗体长篇小说《叶甫盖尼·奥涅金》,就是对这一点的一个最鲜明的佐证。

6. 作品中作者的主体性与作为实有之人的作者

上文所界说的艺术家主体性的诸层面——这种主体性是十分多

---

① 《P.巴特文论选·符号学·诗学》(译自法文),莫斯科,1989年,第569页。
② A.A.乌赫托姆斯基:《良心的直觉》,圣彼得堡,1996年,第273—274页。

样的,在19—20世纪的艺术中尤其如此——构成作为完整的人的作者形象①。M. M.巴赫金的这句话是公正的:"身为一个创作者的作者"在帮助我们"认清身为一个人的作者。"②对作家的创作同其个性和命运之关联赋予决定性意义的,乃是传记学方法,率先使用这一方法的,则是法国批评家 Ш. O.圣-伯夫,宏篇巨著《文学批评肖像》(1836—1839)③的作者。

作家——一个以这样或那样的方式将自己的意识"具象化"于作品中的作家——的活动,自然,要承受其生平经历和生活行为的刺激与支配。用 Г. O.维诺库尔的话来讲,"诗歌的风格形式实质上同时也是诗人本身个人生活的风格形式"④。一些作家与诗人曾不止一次地表达过类似的见解。"生活和诗歌——这是一回事",——В. А.茹科夫斯基曾有过如此断言。不过,这一提法需要加以校正。在作品中在场的作者并不等同于现实的作者的面貌。譬如,А. А.费特在自己的诗中就根本没有体现他这人个性的另一些层面,那些他作为一个地主而在其日常生活中所表现出来的方面。艺术家的主体性和作家的生活操行与日常行为之间,往往有相当严重的不一致和令人惊诧的不相称。例如,"现实的"К. Н.巴秋什科夫,是多病而没有自信心的,丝毫也不像那个享乐至上主义者和欲火强旺的情人,可他却常在自己的诗中将自己描写成那样。

然而,作品中作者的形象和现实的作者的面貌,乃是不可避免地相关联着的。在《论认识普希金的任务》(1937)一文中,著名的俄罗斯哲学家 С. Л.弗兰克写道:"尽管在诗人的经验性生活同他的诗歌创作之间有种种不同,他的精神个性终究还是整一的,他的作品,一如他的个人生活和他作为一个人的种种见解,也还是孕生于这一个性的深层,作为艺术创作之基础的,的确,不是个人的经验性的经历,

---

① "作者形象"这是 В. В.维诺格拉多夫的文学学著作中的一个核心概念(参阅:А. П.丘达科夫:《В. В.维诺格拉多夫与其诗学理论》,见 А. П.丘达科夫:《词—物—世界》,莫斯科,1992年,第227—247页)。
② М. М巴赫金:《话语创作美学》,第317、10页。
③ Ш. О.圣-伯夫:《文学肖像:评论性特写》,莫斯科,1970年。
④ Г. О.维诺库尔:《传记与文化》,莫斯科,1927年,第82—83页。

而毕竟还是他的精神体验。"①Б. Л. 帕斯捷尔纳克也是这样反思艺术创作,他认为,天才的实质"蕴藏于对现实的生平经历的体验之中〈……〉,它的根基植扎于道德鉴别力之未经雕琢的直接性之上"②。看来,现实的作者同其艺术活动的关系之最为适当的、最为适宜的形式,就是这样的。

作家的面貌与其人生,时常成为其同时代人和后辈人以浓厚的兴趣和敬意加以关注的对象,成为一笔自具价值的文化财富。在论及 Г.Л. 乌斯宾斯基、Л. 托尔斯泰、契诃夫、勃洛克的生平经历与艺术经验,以及柯罗连科关于别林斯基的评价时,一位当代文学学家公正地指出:"……看取作家的那样一种视角,即作家的'活生生的形象'成为同那些'优秀的作品'等量齐观的现象而被相提并论……,乃是俄罗斯文化传统所典型的。"③

这里恰好可以提提那个已然植根于现代人文科学界的术语:责任。艺术家的责任是双重的:其一——面对艺术的责任,其二——面对生活的责任。这一责任——并不是理性的—道德上的应分性义务,而是那种清晰的、毫不动摇的感觉——对于正需要在第一现实里有这些行动之迫切性的感觉,对于正需要有这样的一些创作观念(艺术主题与涵义、结构、词语、声音)之迫切性的感觉。参与艺术外的存在——既以自己的行为、思想情绪、感受去参与,也以自己所创作的作品去参与,这可是一个作家所必需的。

作者,首先作为一个独一无二的创作个性,像任何一个人一样,同时(并不取决于他在何种程度上意识到这一点)也是社会集团文化之特定部分的代表,这总是要在他的观点上、他的心理上、他的行为上打上其烙印,自然,也要在他的艺术活动上打上其烙印的。因而,(不论是对于"普通读者",还是对于职业文学学家)具有深刻意义的,既有一个作家对他那一代人的归属,也有他所继承的传统,还有他对

---

① 《俄罗斯哲学批评视界中的普希金》,莫斯科,1990 年,第 433 页。
② Б. Л. 帕斯捷尔纳克:《空中之路》,第 252 页;还可参阅:《М. М. 普里什文文集》八卷本,第 8 卷,莫斯科,1986 年,第 379、484、552 页。
③ М. Г. 彼得罗娃:《柯罗连科》,见《世纪之交的俄罗斯文学(1890—1920)》二卷本,第 1 卷,莫斯科,2000 年,第 461 页。

民族生活的参与,他对一定的社会阶层或团体(小圈子、沙龙、党派)的参与,他对这一或那一社会思想流派的参与,他对"微环境"(教育条件、家庭、日常生活中身边左右的师长友朋的交往)的参与,等等。

7. 作者死亡说与对此说的批评

在 20 世纪,还流行着另一种看待作者创作活动的观点,同上文所陈述所论证的正相反的另一种观点。根据这种观点,艺术活动同作品的创作者之精神的—生平的经历体验,乃是相脱离的。

马赛尔·普鲁斯特曾经同圣-伯夫展开争论,而以那份极度的生硬,来谈论作为实有之人的作者同他在自己的作品中所呈现的那个形象之间的差别。根据普鲁斯特的见解,只有在作家所写的那些书里,他那真正的与深层的"我"才会显露出来,而在我们的习性与毛病总会表现出来的日常生活中,出场的只是他那"外在的我"。更为激烈的一句话是:存在着"一种将一个作家同他这人分离开来的深渊"[①]。X.奥尔特加-伊-加塞特的一个论断也是这个调子:"诗人上场之时,就是他这人下场之时。一个的命运——去走他自己那'人的'道路;另一个的使命——则是去创作那并不存在的东西。〈……〉生活——这是一回事,诗——则是另一回事"[②]。这些话所从中摘出的那篇著作,就叫做《艺术的非人道化》(1925)。

在最近这几十年里,艺术的非人道化思想孕生了作者死亡说。用 P.巴特的话来讲,那种将作家看成是"最高价值之神圣的代言人体现者"的神话,如今已在消失。这位学者曾诉诸比喻而将作者称为文本之父,将其特征界说为独断专横的、独裁专制的。巴特断言,在文本中"没有有关父亲身份的记录",作家的个性已失去对文本的制控权,因而就不应当去考虑作者的意志,而应将它忘掉。在宣布这个父亲"根据裁决已然死亡"之后,巴特将作者同活的文本截然对立起来。如今,——他认为,——取代作者的已是缮写者(即书写者),这种人"在其自身并不怀有激情、情绪、情感或印象,而只是拥有那样一

[①] M.普鲁斯特:《驳圣-伯夫》,莫斯科,1999 年,第 36—40 页。
[②] X.奥尔特加-伊-加塞特:《美学·文化哲学》,第 242、241 页。

部容量极大的辞典,他从其中没完没了地汲取自己所需的文字而进行书写"①。巴特认为,作者——这是某种近乎臆想的东西:在文本写成之前,作者并不存在,在文本完成之后,作者也不存在;对已写就的东西拥有充分而完全的制控权的,只有读者。

巴特这一学说的基础乃是读者具有无限的积极性,读者并不受制于作品之创作者的思想。这一思想,源起于德国浪漫派美学(B. 洪堡)和 A. A. 波捷布尼亚的著作。然而,正是 P. 巴特将这一思想推至极端,而将读者和作者彼此对立起来,将两者看成是不能交流无法沟通的,使两者直接发生冲突,将它们两极化,而来谈论它们彼此之间无法消除的格格不入。

作者死亡说,毫无疑问,在我们这个时代的艺术和准艺术实践中,是有其产生的前提和孕生的动因的,在我们这个时代被推到文学生活前沿的,是获得成功的策略——在其"社会的与物质的表现"中获得成功的策略,而风格问题,更不用说艺术涵义问题,则被推到一边②。O. Э. 曼德尔施塔姆当年对其同时代的大多数诗人的评点,如今已被人们看作针对这类取向而预先作出的一个严厉的批评:那些人"并不正视直面生活,丧失了生活的趣味和生活的意志,却徒劳地企图成为有趣的人,与此同时他们自己对什么也不感兴趣"③。

巴特的这种作者死亡的思想,在近些年里不止一次地受到了严肃的批评性的分析。譬如,M. 弗莱泽(德国)就指出,当代文学学中"反作者的"倾向,源生于形式论学派的观念,该学派仅仅把作者看成是文本生产者、"手法运用者"、有一定技能的工匠。这位学者得出下面的结论:应当借助于"责任性"这一术语,来恢复作为核心的作者之

---

① P. 巴特:《作者之死亡》(1968)、《文本的快感》(1973)、《讲演录》(1977),见《P. 巴尔特文论选·符号学·诗学》,第 419、565、567、399 页;还可参阅:M. 福柯:《什么是作者?》(1969),见 M. 福柯:《寻找真理的意志》,莫斯科,1996 年。
② M. 别尔格:《汉堡账单》,《新文学评论》1997 年第 25 期,第 117 页。
③ O. Э. 曼德尔施塔姆:《诗人大军》(1923),见 O. Э. 曼德尔施塔姆:《词语与文化》,第 217 页。

地位,艺术涵义是围绕着这一核心而结晶的①。根据 B. H. 托波罗夫的见解,没有"作者形象"(不论这一形象被多么深深地隐藏),文本就会成为"彻头彻尾机械性的",或是被降格为"偶然性的游戏",而那种游戏在本质上同艺术乃是格格不入的②。

昔日曾是 P. 巴特的学生的一位法国学者,在其 1998 年的那本书里,对作者死亡说作了同样严厉且更具论证力的评点。A. 孔帕尼翁将巴特式的对读者同作者之对话的抛弃,评说为对"教条主义的相对主义"的一种顺应,并且认为对于作者意图(意向)之价值的不认可乃是造成"一系列荒谬"的源头。这位学者的结论是这样的:"应当去超越'要么是文本要么是作者'这种错误的二者必择其一。"③

可见,只是凭借那些并不十分可靠的智力诡计,作者才有可能从艺术作品中,从其文本中被消除。

让我们以两段引文,来结束有关艺术家主体性的探讨,这两段引文作为本章的卷首题词倒是合适的。

> 创作者总是要在作品里得到表现的且常常是违背自己的意志的④。
>
> ——H. M. 卡拉姆津
>
> 没有要讲述要道说和要表现要显示的渴望,〈……〉便不会有艺术创作⑤。
>
> ——B. B. 维伊德勒

---

① M. 弗莱泽:《在驱逐作者之后·文学学进入死胡同了吗?》,见《作者与文本》第 2 辑,圣彼得堡,1996 年,第 25、28、32 页。
② 《从神话走向文学》,莫斯科,1993 年,第 28 页。
③ A. 孔帕尼翁:《理论之魔》,第 80、99、112 页。
④ H. M. 卡拉姆津:《作者需要什么?》,见《H. M. 卡拉姆津文集》二卷本,第 2 卷,莫斯科,1984 年,第 60 页。
⑤ 《20 世纪文化和艺术的自我意识·西欧和美国》,莫斯科—圣彼得堡,2000 年,第 362 页。

第五节 作者情感的类型

在近几百年的艺术（尤其是 19 世纪—20 世纪）中，作者的情感已具有不可重复的个性化特征。但即便在这里，也总是存在着某些有规律地重复着的因素。换言之，那些拥有稳定性的、由概括与情感溶成的"合金"，对生活加以透视的一定的类型，在艺术作品里还是存在的。这就是英雄精神、悲剧精神、反讽、感伤，以及一系列与它们相接近的现象。这一系列概念和术语，广泛地用于艺术学和文学学之中，但它们的理论地位却引起种种不同的解说。与之相对应的现象，在古印度美学中是用"种"这一术语来表示的。对于英雄精神、悲剧精神、浪漫精神，等等，当代学者（取决于其各自的方法论立场）或者将它们称之为美学范畴（大多数俄罗斯人文科学学者均持此见），或者将它们称之为形而上的范畴（P. 英伽登），或者——情致的类别（Г. Н. 波斯彼洛夫），或者——"艺术性的样态"，这些样态体现着作者的个性观，并对作为整体的作品之特征加以界说（В. И. 秋帕），或者——"情感上的一价值取向"（Т. А. 卡萨特金娜）。借用科学心理学的术语，人类意识与存在的这些现象，是可以被称之为世界观意义上的（或者是在世界观上有价值的）情感，这些情感，在艺术中是作为一种"财富"——要么是作者的"财富"，要么是人物（被描写的人物）的"财富"——而存在于作品之中的。这一类情感，是同特定类别的生活现象与人们及其集团的价值取向相关联的。这一类情感由那些价值取向所孕生，并对它们加以体现。

1. 英雄精神

英雄精神构成历史上早期的那些高级体裁，首先是史诗（传统的民间史诗）之主导的情感—意蕴要素。在这里，得到高度赞扬与诗意化的是那样一些人的行为，那些人能证明他们无所畏惧、有能力完成伟大的壮举、他们时刻准备去克服自我保存的本能，而敢于冒险，敢于牺牲，敢于直面各种危险，敢于无悔无愧地迎接死神。英勇无畏的心境，乃是同意志力的凝聚、毫不妥协与毫不屈服相联系的。英雄的行为在其传统的理解上（并不取决于其行为的实施者是胜利了或是毁灭了）——此乃一个人赢得身后的光荣之正道。英雄般的个性（人物这个词之原初的意义）能激发出羡慕和崇拜，它在公众的意识中就像是矗立在某种台座上的、带有光环的高大而卓越非凡的罕见人物。用С.С.阿韦林采夫的话来讲，人们并不怜惜英雄：他们总是要受到赞美，人们总是要讴歌英雄的。

英雄的行为常常是能量与力量之自在自为的展示。神话传说中的赫拉克力士的那些功勋就是这样的，与其说那是为了怯弱的埃弗里斯菲亚，不如说是为了它们自身而建立的。"在英雄主义的伦理世界里——阿韦林采夫指出，——并不是目的在阐明手段，而仅仅是手段——功勋——就可以去阐明任何目的。"①那个爱闹恶作剧的瓦希卡·布斯拉耶夫的乖张举动，就属于这一类情形，那个在军人的狂饮中不知节制的塔拉斯·布尔巴的行为，在某种程度上也是这样的。从古代的那种自在自为的英雄精神，延伸出现代的这种对人的个人主义的自我肯定，这一思潮的"顶峰"——尼采的那种"超人"的英雄之路的思想，这一思想体现于《查拉图斯如是说》，而在后来则受到了完全有道理的反驳。

在人类生活的构成中，另一种类型的英雄精神，是具有永恒价值而在伦理上也是无可挑剔的：全身心都被那种超越个人的目标所激励着、利他主义的、富于牺牲精神的、标志着在其崇高意义上的那种服务的英雄精神。对于欧洲人来讲，这种英雄精神的根基也是植根于古希腊罗马时代（那个故土特洛伊城的保卫者赫克托耳的形象，或是在"后埃斯库罗斯"的阐释中的那个盗火者普罗米修斯的形象）。这条脉络由此可延伸到 Л. Н. 托尔斯泰的《战争与和平》的英雄精神，А. Т. 特瓦尔多夫斯基笔下的瓦西里·焦尔金，以及近几百年里艺术中的许多其他的形象。英雄精神在这种情形下也是具有无可争议的真实性的：它标志着一个人在其独立与自由的权利受到粗暴的践踏时而对自身的人格尊严加以捍卫。在对于那种违法行径，已被推升为普遍性的而要无条件遵守的标准的违法行径的抵抗上，也能表

---

① С.С.阿韦林采夫：《早期拜占庭文学的诗学》，莫斯科，1977年，第67页。

现出英雄精神,关于这一点,Г. 伯尔说得好:应当给那些"犯下了不去执行命令之光荣的罪行,就因为不想去杀人去毁坏而断了性命的人立下纪念碑才是"①。

英雄般的冲动,常常会将一个人任性恣肆的自我肯定和其欲为社会为人类服务的愿望(悖论地,却也是合乎规律地)兼容在一起。在拜伦的命运中就有这样的"糅合"。它也出现在文学作品中(19世纪二三十年代的浪漫主义长诗,М. 高尔基早期的作品)。这一种英雄精神,常常获得严厉的—批判性的阐明(譬如,Ф. М. 陀思妥耶夫斯基的《罪与罚》中的拉斯柯尔尼科夫的形象)。

俄罗斯的19世纪与这一世纪的文学,是以对生活的激进式的变革之英雄精神的出场为标志的,在20世纪初,这一英雄精神,不是被接受而作为对布尔什维克主义的预告而获得了过度赞扬(В. И. 列宁的文章《纪念赫尔岑》),就是恰恰相反,受到了严厉的谴责(С. Н. 布尔加科夫的文章《英雄主义与苦修苦行》)。

在20世纪三四十年代里,英雄性被当作是对作为艺术和文学的一种中心的社会主义现实主义的辩护。"当国家指令你要去做个英雄,我们这儿谁都会成为英雄",——斯大林时代借大众歌曲的语言表明了自身。在这句话里,对英雄行为的庸俗化是显而易见的,而英雄行为就其实质而言乃是富有首创精神与自由精神的。强制性地宣扬英雄精神——这是将人的不自由蛊惑性地提升为一种原则。

在本真意义上的英雄性——这是历史上那些早期阶段的文化和艺术的显性特征。黑格尔认定前国家的、"前法律"的时代是"英雄世纪"。他认为,后来的那些时代里,人的福分——只是对"英雄时代"加以回忆②。历史学家Л. Н. 古米廖夫表述过类似的思想。他断言,"任何一个民族谱系起源",即一个民族(国家)的形成过程"都是以规模不大的一群人的那些英雄的、时常就是献身的行为而开端的"。这位学者将那些人称为受难殉道者,并且指出"受难殉道同伦理标准没有关系,一样地易于产生功勋与罪行、创作与毁灭、福祉与恶迹"。在

---

① 《20世纪文化和艺术的自我意识·西欧和美国》,第310页。
② 《Г. В. Ф. 黑格尔全集》十四卷本,第7卷,莫斯科—列宁格勒,1934年,第112页。

每一个民族生活的源头,——古米廖夫认为,——均有"英雄世纪"①。

难以对所有这些观点提出争议。但另一见解也是公正的:一些紧张的—危机的、极端的情境——这些情境威严地呼唤人们去做出英雄般地富于献身精神的壮举——乃是在诸民族和人类的整个千万年的历史进程中都会出现的。因而,英雄性在艺术创作中也还是具有永恒价值的。

2. 对世界满怀感激的接受与刻骨铭心的忧伤

这一组思绪情致,在许多方面决定了艺术的一些高级体裁的情感调性,那些体裁是在基督教传统的轨道上而获得确立与巩固的。对在其深层的有序中存在着的这个世界加以虔敬的观照,将生活视为来自上苍的无价的恩赐而予以接纳——这种氛围,存在于这样的一些作品中,诸如鲁勃廖夫的《圣父圣子圣灵》、拉菲尔的《西斯廷教堂的圣母》、Г.P.杰尔查文的颂诗《上帝》、普希金的《译自宾德蒙蒂》("由着性子浪迹天涯,/对自然胜景不胜惊讶,/在艺术和灵感的作品面前/感动的狂喜使心儿颤跳不已,/这就是幸福!这就是权利……")、M.Ю.莱蒙托夫的《一根巴勒斯坦的树枝》(我们来回忆一下这首诗的最后一句:"在你四周和在你上边,一切都充满着欢悦和宁静")。这样的一类情感,常常是用"感恩涕汲"这个意味深长的词来表示的,在Ф.M.陀思妥耶夫斯基笔下尤其有这一用法。(长篇小说《少年》中)那个以叙述者角色出场的人物在谈到马卡尔·伊万诺维奇时有这样一段话:"他这人最爱感恩涕汲,因而所有的东西都会使他动情,他自己也喜欢讲述那些令人感恩涕汲的东西"。用 H.C. 阿尔谢尼耶夫——20世纪前半叶的一位哲学家—文化学家——的话来讲,"感恩涕汲的天赋,感恩戴德而幸福之极的泪水,在精神生活的高地上闪烁着光辉"②。

对世界充满着感恩之情的接纳,在基督教文化传统中是同那种

---

① Л. H. 古米廖夫:《民族谱系起源与地球生物圈》,第三版,第279、285、306页。
② H.C. 阿尔谢尼耶夫:《变革世界和生活》,纽约,1959年,第192页。

刻骨铭心的忧伤,同那种令人心境清明的忏悔,更主要的——则是与那种普施于万象的同情紧紧相连,密不可分的。用 С. С. 阿韦林采夫的话来讲,"用噙着泪水的怜悯去拥抱世界"在这里"并不应理解为一时的感情激动",而应理解为心灵的一种永恒状态,而且还要理解为那种被赋予崇高的灵性的一条路径,"模仿上帝"①的一条路径。

这里所说的情感氛围,在圣徒传和与其相近的那些体裁中几乎占据着支配性地位。这一情感氛围,与文学和绘画中虔诚守诫的题材乃是有机地关联着的,在 19 世纪俄罗斯经典作家的一系列作品中,这一氛围尤为明显:(И. С. 屠格涅夫的《活力》、Н. А. 涅克拉索夫的《寂静》、Л. Н. 托尔斯泰的《战争与和平》、Н. С. 列斯科夫的《神甫们》、Ф. М. 陀思妥耶夫斯基的《卡拉马佐夫兄弟》、А. П. 契诃夫的《神圣之夜》和《大学生》)。这一氛围(很遗憾,我们还想不出一个相对应的术语来指称此一氛围)在 20 世纪的俄罗斯文学中也是存在的,它在这样的一些作品中最能被感觉到:И. С. 什梅廖夫的小说(《禧年》,尤其是《朝圣》),Б. Л. 帕斯捷尔纳克晚期的作品——这既是指长篇小说《日瓦戈医生》,也是指诗作《在医院里》、《圣诞节的星星》、《在自由地逍遥时》。在最后一首诗中,我们可以读到这样的诗句:"大自然,世界,深邃的宇宙,/我流着幸福的泪珠,/内心深处隐隐地战栗,/守卫你久久为人造福。"

3. 田园诗,感伤,浪漫蒂克

同那种其源头远在古代的史诗之中的英雄精神一样,也同可溯源到基督教的中世纪的那种感恩戴德一样,在艺术中也还存在着这样一些对生活加以肯定的形式,如田园诗,而在近代则还有感伤与浪漫蒂克。

人们称之为艺术与文学中的田园诗的乃是一种状态,是那种由平静安宁的、安稳与和谐的生活建构所产生的令人愉快而深受感动的状态,在那里有宁静的家庭生活与幸福的爱情(歌德的《赫尔曼与

---

① C. C. 阿韦林采夫:《早期拜占庭文学的诗学》,第 66 页;还可参阅:В. В. 贝奇科夫:《俄罗斯中世纪美学(11—17 世纪)》,第 110—114、220—221、490、567、573 页。

多洛黛》，Л. Н. 托尔斯泰的《战争与和平》中的一系列场景），是那种人与自然、人与其活生生的创作性劳动融为一体的状态（普希金的诗《乡村》的第一部分，И. А. 布宁的《Косцы》）。田园诗的世界，是远离那些沸腾的激情，远离种种纷争，远离任何变革生活的行动的。可是田园诗的存在常常是没有保护的、脆弱的、承受着那些与之相敌对的力量之侵犯的。在文学中，田园诗般的家园之被毁坏的主题一直在执著地显现自己。我们可以来回忆一下 И. В. 歌德的《浮士德》中菲勒蒙和巴甫基德的命运，普希金的《青铜骑士》中叶甫盖尼的命运，Н. В. 果戈理笔下的"旧式地主"的命运，М. А. 布尔加科夫的长篇小说中的大师与玛格丽特的爱情经历。

文学中的田园诗，不仅仅构成比较狭窄的描写领域——对于平静安宁的、清心观照的与幸福祥和的生活的描写，而且也构成无限广阔的描写范围——对于人们那种旨在使自身的生活有序化与和谐化的积极而有效的追求的描写，没有这种追求现实就会不可避免地滑向混乱。我们可以来回忆一下 Н. А. 涅克拉索夫关于劳动会给农民家庭带来"酬报"的话（《严寒，冻红的鼻子》）。

可见，田园诗是以双重面貌呈现于艺术和文学之中的：第一，以已然实现了的田园诗的面貌出现，其二，——作为一种对田园诗价值的追求。我们可以来回忆一下普希金的诗：

> 我这个倦于效劳的奴仆早就想好逃逸，
> 驰往遥远的居处去从事创作净享安逸。
>
> 《是时候了，我的朋友……》，1834

还有——作者本人对这首诗所作的散文注释："啊，我能否很快把我的家搬到乡下去——田野、花园、农民、书籍；诗作——家庭、爱情等等；——宗教，死亡。"

田园诗的价值以及使它们得到体现的意志，由 19 世纪的俄罗斯文学进行了广阔的和多层面的刻画与描写。它们在 20 世纪的一些大作家——Б. К. 扎伊采夫、И. С. 什梅廖夫、М. М. 普里什文、Б. Л. 帕斯捷尔纳克——的创作中也具有很深刻的价值。

感伤——这是由对于"被侮辱与被损害的人们"的同情与好

感——首先是对于社会底层的同情与好感——所产生的那种情感状态。直率坦诚的、毫无心计——信赖他人的、热情待人的、富有人性的情感，在这种状态中得到诗意化。这一类情感，在孕生了相应的文学思潮——感伤主义之后，在18世纪下半叶，在一系列欧洲国家（包括俄罗斯）的文化与艺术生活中得到了广泛流行，甚至占据了主导地位。19世纪俄罗斯文学的一系列作品，譬如，Ф. M. 陀思妥耶夫斯基的《穷人》，也是以感伤性为其突出特征的。这样的情感，是在有选择地与不完整地承传着基督教的"感恩涕汲"，似乎是将它从一般存在意义上的（本体性的）基础中解放出来。

通常称之为浪漫蒂克的乃是那样一种思绪情致，它是同个性情感的高涨、同心灵存在的饱满、同一个人对于自身拥有无限的潜能这一信念相联系的，是同那些最崇高的、最珍贵的愿望与意图终能得以实现之兴奋愉快的预感相联系的。在将浪漫蒂克作为青春的一种福分造化来谈论时，Л. H. 托尔斯泰在《哥萨克》中指出，奥列宁的身心受制于"那种不可重复的冲动，那种一次性地授予一个人的想把自己变成什么就变成什么的权力，而且他要，一如他感觉的那样，从整个世界获得他想要的一切"。

在社会意识里，浪漫主义的思潮在那些初露端倪的文化—历史转折关头，在那些充满期待与希望的时期，总是要得到激活，并被推到前台。可为此作佐证的有——18世纪与19世纪之交德国的前浪漫派与早期浪漫派的创作（Ф. 席勒、诺瓦利斯），一百年之后——早期勃洛克和早期高尔基的作品。在19世纪40年代，В. Г. 别林斯基曾以浪漫主义思潮的倡导者与热烈的捍卫者的身份而著文立说（将那些浪漫的思绪情致称之为"浪漫主义"并且将它理解得相当宽泛）。在评论普希金的第二篇文章中，他说道："哪儿有人，哪儿就有浪漫主义……它的领域……——乃是人的全部内在的、内心深处的生活，乃是灵魂与心田的那种隐秘的根基，所有那些朦胧模糊的追求更好的与崇高的渴望，就是从那里升起的，而竭力在那些由幻想所创造的理想中为自己找到满足。"①

---

① 《В. Г. 别林斯基全集》十三卷本，第7卷，第144—145页。

浪漫蒂克是多种多样的。它可能具有宗教色彩,而与我们称之为感恩涕汲的思绪情致相接近(В. А. 茹科夫斯基的诗),可能获得神秘主义的性质(А. 勃洛克早期的那些组诗),或是社会—公民性,而在这种情形下则与英雄精神相接近(普希金1918年的诗《致恰达耶夫》,Н. А. 涅克拉索夫的诗中相信俄罗斯人民有光明未来的母题)。

浪漫蒂克的思绪情致常常同自省相关联,与一个人沉入自身而同世界的多样性、复杂性、矛盾性相隔离的那种状态相关联。黑格尔曾不无根据地断言:"浪漫主义艺术……乃是处于这样一种矛盾的控制下:它那内在于自身的无限的主观性本身同外在的材料就是不能连成一体的……遁入自身的内心生活构成浪漫主义的内容。"①毫不奇怪,一个人对浪漫蒂克的思绪情致之世界的沉潜,常常要受到作家们与诗人们那种疏远而有批判性的阐释。连斯基在普希金笔下,阿杜耶夫在冈察洛夫的长篇小说《平凡的故事》的开头,别嘉·特罗菲莫夫在契诃夫的《樱桃园》中,所激起的都是一种讥讽(即便也有同情)……

况且,浪漫蒂克的思绪情致通常并不拥有稳定性。跟在它后面的是一连串的失望、戏剧性的忧伤、悲剧性的反讽。在这方面特别有意义的是莱蒙托夫的创作,尤其是充满了崇高的浪漫精神而同时又具有深刻的悲剧性的长诗《童僧》。用一位当代研究者的话来讲,"后期浪漫主义——这是一种被剥夺了目标被消灭了幻想的文化,一种未能得以实现的未来的文化"②。

4. 悲剧性

对生活矛盾加以情感领悟与艺术把握的一种形式(几乎也是最重要的形式)就是悲剧性。作为一种思绪情致——这是悲哀与同情。悲剧性的基础——一个人(或一群人)生活中的那些不可能获得解决但又无法与之妥协的冲突(矛盾抵触)。对悲剧性之传统的(古典的)

---

① Г. В. Ф. 黑格尔:《美学》四卷本,第2卷,第286页。
② Ф. П. 费奥德罗夫:《浪漫主义的艺术世界:空间与时间》,里加,1988年,第400页。

理解,是由亚里士多德(将悲剧视为一种体裁的见解)所勾勒,而后由浪漫主义美学(席勒、谢林)和黑格尔加以论证的。悲剧性主人公在这里被看成是那种强有力的、严整的个性,他陷入于同生活(有时则是与自己)相冲突而失谐的情境之中,他不能屈从也不能后退,因而就注定要去承受苦难与毁灭。如此理解的悲剧性,乃是同人的价值遭受不可弥补的损失这一概念相关联的,同时,也是与那种对人的信念——对具有英勇无畏的品格而始终不渝地忠诚于自己,甚至面对不可避免的失败也一往无前的人的信念——相关联的。

悲剧性情境常常是由于主人公的错误、迷误与犯罪而产生的,主人公本身则是那些错误、迷误与犯罪的牺牲品。索福克勒斯笔下的俄狄浦斯和莎士比亚笔下的麦克白与其妻,普希金笔下的阿列克、鲍里斯·戈都诺夫、萨利耶里、赫尔曼,就是这样的人物。而莱蒙托夫笔下的毕巧林和恶魔,陀思妥耶夫斯基笔下的拉斯柯尔尼科夫与伊万·卡拉马佐夫,其面容与命运都带有这样的一种悲剧性。黑格尔曾以其独特的方式阐释悲剧性的罪过,而赋予它一种普适性的意义。根据他的见解,悲剧性的主人公,对自己的道德准则是忠诚的,同时也是有罪过的,因为他破坏了存在的完整性①。

悲剧性不仅仅同那些正承受着痛苦磨难的人们的谬误与恶魔般的激情相关联,而且同他们那种宿命的无助——对于那些来自于外部、对他们不怀善意的自发力量之无法设防——相关联。对自己身上最好的品质忠贞不渝的朱丽叶与罗密欧,莱蒙托夫笔下的童僧,陀思妥耶夫斯基笔下的梅什金公爵,В. Г. 拉斯普金的中篇小说《活着就要记住》中的娜思焦娜,就是这样的人物,他们意志坚定,而注定要无辜地去承受生活的考验与灾难。也是处于这种情境之中的——还有战争小说的一系列主人公的命运:譬如,К. Д. 沃罗比耶夫的《战死于莫斯科城下》、В. П. 阿斯塔菲耶夫的《被诅咒的与被杀死的》、Е. И. 诺索夫的《胜利的红葡萄酒》这样一些作品中的那些主人公。这样的一类情境,同那些关于悲剧的传统观念——将悲剧看成是那些精神上坚强有力的人、殉道者和英雄般的个性的命运——是相吻

---

① Г. В. Ф. 黑格尔:《美学》四卷本,第3卷,第574—576、593—594页。

合的。

近两百年来的文学还记录了另一种悲剧性：人们之毫无意义的受苦受难，那苦难不仅伴随着他们命运的突变，而且伴随着他们心灵的突变——那些惶恐不安的、惊慌失措的人们，那些不会面对严酷的考验而保持并表现出精神气节上的坚定性的人们之命运与心灵的突变。在这里，诚如一位当代学者所指出的那样，已然没有那种可让"一心捍卫最高价值"的主人公"自由行动并建立功勋"的位置：受难者的悲剧就在于，他们"被（严酷的现实——作者注）所席卷，一如垃圾"①。历史激变所导致的这一类牺牲品，是值得予以同情与关注的，是值得予以怜悯与怜爱的，但是，与古典美学所拥戴的那种崇高的悲剧性主人公不同，这一类牺牲品并不能激发人之为人的那种自豪感。这一类人物和情境，早在感伤主义文学中就有了——再晚些，则见之于普希金的创作。且让我们来回忆一下那个"十四等真正的苦命人"，驿站长萨姆松·维林，由于命运之力的支配，驿站长被迫与女儿——他唯一的亲人——分离，或是《青铜骑士》中的叶甫盖尼。说到这里，不妨也提一提陀思妥耶夫斯基笔下的这样一些人物，诸如卡捷琳娜·伊万诺夫娜·马尔梅拉多娃和大尉斯涅吉涅夫。

饱含苦难的悲剧，比早先任何时候都更为深刻地植根于刚刚过去的那个世纪的现实之中，那时，千千万万的人们不得不在那种的确是非人的条件下生存，在那种境况下，人们既丧失了体力，又丧失了精神能量。对这情形加以描写的——有 И. С. 什梅廖夫的《死人的太阳》（20 世纪 20 年代初克里米亚的大饥荒：人们被活活饿死，他们的心灵由于担惊害怕恐怖不安而疲惫不堪，变得如石头那样冷硬），有 В. И. 别洛夫的《前夜》（20 世纪 20 年代与 30 年代之交在俄罗斯农村发生的那场大镇压），有以劳改集中营为题材的"后解冻"作品（А. И. 索尔仁尼琴的《伊万·杰尼索维奇的一天》与《古拉格群岛》）。在这里，悲剧（一如恐惧，如果套用 Н. Г. 车尔尼雪夫斯基的表达法）

---

① Е. В. 沃尔科娃：《瓦尔拉姆·沙拉莫夫的悲剧性悖论》，莫斯科，1998 年，第 49、42 页。

已丧失其千百年来素有的那种与崇高性和英雄性的联系,但却获得空前的紧张与深度,因为它使所塑造所再现的世界接近于千千万万的人们的生活经历。

悲剧境况和悲剧人物之艺术刻画的形式是多种多样的。在19世纪之前,悲剧——这主要是一种高级诗歌体裁。在与我们相距不远的时代(尤其是20世纪),原本意义上的悲剧受到了明显的排挤,而让位于以叙事性—散文的形式来对悲剧性加以把握。悲剧性主人公在这种情形下通常失去了那种独特非凡的光环,而展现为一个平平凡凡的人——常常是在这个词的那种崇高的意义上,一如Г. Н.弗拉基姆夫的长篇小说《将军与他的部队》中的主人公。

以上所考察的悲剧性的种种形态是互相关联的,常常是相互交错并相互转换的。它们的共同特征——对那种处于极端的境况中的人身上的人性加以艺术的领悟体认。那些充满了悲剧性的人生境况,通常是被作家们作为人类存在本有的不可穷尽的状态,作为人类存在的诸棱面之一而加以反思加以审视的。悲剧性的命运会降落到单个人的头上,会降落到他们的群体身上,有时——则降临于整个民族和整个时代。悲剧性的命运并不对每一个活着的人做出那种宿命的预先确定。Н. С. 古米廖夫的那句话是耐人寻味的:"……生活,拉皮条的妖婆,丑陋可怕而又狡诈刁钻,她给我抛来一支不祥之签。"(引自诗集《浪漫主义的花朵》中那首《美洲豹》)我们不妨还来回忆一下帕斯捷尔纳克的《哈姆雷特》:"阿爸天父啊,倘若能够,/请将这盅酒浆从我身边挪走!"①在这里——对福音书的联想出现了。

可是,近一个半世纪以来(自叔本华和尼采至无神论的存在主义与后现代主义),流行着另一种对悲剧性的理解:将它看成是存在本

---

① 这首名诗的中译参照了马海甸的译文,载《俄罗斯白银时代精品文库卷二·诗歌卷》,余一中、周启超主编,中国文联出版公司,1998年,第501—502页。

有的一种永恒本质,人类存在本有的某种不可消除的支配因素①这样一种"膨胀"——将悲剧性的范围"膨胀"到泛悲剧主义,以悖论的方式但同时也是不可避免地导致这一范畴本身被颠覆。根据"无边的悲剧性"学说,正是人类存在的灾难性构成这一存在之主要的、本质的特征,而生活原本就是没有出路没有意义的。说到这里,我们可以提一提 Л. H. 安德烈耶夫的剧作《人的一生》,或 Ф. 卡夫卡的小说,或"荒诞派戏剧",在那些作品里,取代原本意义上的那种悲剧性的,已是一种悲—喜剧性与悲—闹剧性。

5. 笑,喜剧性,反讽

笑以及一切与笑相关联的东西,对于艺术和文学的意义是难以估量的。笑作为人的意识和行为的一个棱面,首先乃是生活乐观、精神愉快、生命活力和精力能量的一种表现,况且还是充满善意的交际中一个不可分割的环节(我们可以来回忆一下托尔斯泰笔下的尼古拉和娜塔莎·罗斯托娃狩猎之后在其叔叔家中的情形)。其二,笑——这是人们对环绕在其周围的东西的一种拒斥和谴责,对某种事体的一种嘲讽,对某种矛盾的一种直接的情感的体认,这种体认常常是同一个人对于他所接受的东西的疏远相关联的。笑的这一方面,是同喜剧性(源自古希腊文 комос——乡村节日)相关联的。关于作为笑(首先是作为嘲笑)之源的喜剧性,许多学者(亚里士多德、康德、车尔尼雪夫斯基、柏格森)有过论述,它指的是对规范的某种偏离、荒唐、不恰当不得体;它指的是那种并不导致痛苦的疏漏与畸形;那种用对内涵和意义的追求而加以掩饰的内在的空虚与贫乏;它指

---

① И. И. 普列汉诺娃:《悲剧性的变形》,伊尔库茨克,2001 年。此书中有这样一种观点:继叔本华、尼采、舍斯托夫之后,悲剧性已从单个人的行为与命运"转入"无限广阔的意识与精神的领域,而摆脱了伦理因素;在 20 世纪里,占优势的已是"自我确定与自我意识"的悲剧。这样一种形态的悲剧性被作者评价为一种"本体现象",而对于一个承受着没完没了的怀疑宰制着的人而言,获取这种悲剧性,一如获得"一种血肉丰满的、用感情体会的、用心智反思的生活之必要条件"。此书也论及这种"具有独特的创造潜能"的悲剧意识的价值:在普列汉诺娃看来,正是由于它,人们获得"形而上的自由"。(第 50、79、146、150 页)。

的是这样一种情形：在恰恰需要灵活性和机动性的地方，出现的竟是因循守旧与机械呆板①。

在人类历史的早期阶段，笑是作为节庆仪式的构成元素而最为鲜明地表现出来的。在 M. M. 巴赫金论拉伯雷的那部专著中，狂欢节的笑，乃是作为不同国家不同时代文化的一个十分重要的棱面而被描述的。这位学者将这一种笑界说为全民性的（能营造一种立足于乐观的生活感觉的普天大同彼此无间的氛围）、普适性的（能指向在其死亡与新生之永恒的更替中存在着的世界，首先是指向其物质的—肉体的方面）与双重性的（能构成一种肯定和否定的统一，即对人民身上不可穷竭的力量加以肯定，而对一切官方的东西，既包括国家的也包括教会的东西，加以否定；对形形色色的禁忌和等级规则加以否定），而主要的是——乃是作为一种对自由的表达与实现，作为一种无所畏惧的标志。狂欢化的世界观，以巴赫金之见，具有一种欢乐豁达的相对性，一种替换与革新的激情，一种对世界的相对化。正是在这一点上，可见出在巴赫金的狂欢性与尼采的狄奥尼索斯精神之间乃是有相通之处的。

狂欢节的笑这一学说（关于拉伯雷的那本书，发表于1965年）对近30年来的文化学、艺术学和文学学发生了很大的、无疑也是有益的影响，有时也引起了批评。譬如，有人就注意到了未被巴赫金考虑到的狂欢节式的"放纵"与残酷的关联，以及百姓民众的笑与暴力的关联②。与巴赫金的那本书截然相反，有人谈到，狂欢节的笑和拉伯雷的故事——乃是撒旦式的③。巴赫金于20世纪三四十年代间撰写的那部论拉伯雷的著作，其苦涩的、悲剧性的潜台词，在前不久发表出来的这位学者的手稿中得到了清晰的展示，在那里谈论道，生活在其实质上（在所有的时段）乃是被罪孽所贯穿的，"爱之音调"在生

---

① 关于哲学美学界面上的笑，请参阅：M. T. 留明娜：《笑的美学·作为一种虚拟现实的笑》，莫斯科，2003年。

② C. C. 阿韦林采夫：《巴赫金，笑，基督教文化》，见《作为哲学家的巴赫金》，莫斯科，1992年，第13—14页。

③ A. Ф. 洛谢夫：《文艺复兴时代的美学》，莫斯科，1978年，第592页；H. K. 鲍涅茨卡娅：《玄学家眼中的巴赫金》，《对话，狂欢，时空体》1998年第1期。

活中被淹没了,"萨托尔诺斯节①与狂欢节才有的解放之音调"也只是"偶尔地鸣响着"②。

随着历史的推移,时代的变迁,笑的文化—艺术意义日益增长,笑越出百姓民众的与仪式化的节庆欢乐之框架,笑成为日常生活——私生活与人们之间个体性的交际——之不可分割的一个环节。有研究已经确定,早在原始社会的初民那里,笑在"和蔼地迎接每一个人"之时,就象征着"友好的与善良的成伙结伴"③。这一类的笑(将它称之为个体的—主动性的,是合适的),是与那种少数人之间的无拘无束的、彼此信赖的交流紧密相连的,是与那种洋溢着活力的交谈,尤其是与普希金的好友 П. А. 维亚泽姆斯基所指称的那种"能感染别人的愉快情绪"紧密相连的。这一类的笑,存在于不同国家不同民族的文学之中。在这方面十分著名的例子,有柏拉图的对话录(尤其是《斐多篇》,那里讲的是,苏格拉底在其被处以绞刑的前夕还带着"微笑"而与其弟子们交谈、开玩笑),有这样一些现代的(非常不同的)作品的叙事结构:譬如 Л. 斯泰恩的《特里斯坦·项狄,一位绅士的生平与见解》,普希金的《叶甫盖尼·奥涅金》,特瓦尔多夫斯基的《瓦西里·焦尔金》,有俄罗斯文学经典作品中一系列主人公的行为(譬如,我们可以来回忆一下被普希金加以诗意化的莫扎特对轻松玩笑的嗜好,或者是陀思妥耶夫斯基笔下的梅什金公爵那永不消逝的微笑)。

笑作为个体的一种财富,可以具有非常不同的性质。这里可以有那种与严肃和睦相处的玩笑,也可以有那种出彩闪光的俏皮,可以有那种反讽式的嘲笑,也可以有那种富于哲理(具有普适性)的幽默,那幽默能表达"对整个人类的亲和感"和对人们的"温存的宽容态度"(还在 19 世纪初,让-波尔就对此作过论述)。这类幽默"要求一种诗性的气质",它只"为少数人而存在"。这类幽默会折射出"居高临下

---

① 萨托尔诺斯节,即古罗马的农神节,从 12 月 17 日起,可纵情狂欢。——译者注
② М. М. 巴赫金:《对〈拉伯雷〉一书的增补与修订》,《哲学问题》1992 年第 1 期,第 156、140 页
③ В. 泰勒:《象征与仪式》,第 177—178 页。

俯视世界的眼界",它善意地使人软化,使人变得温和,使人同存在的不完美相妥协,而得以从后来人们开始称之为片面的严肃的那种状态中摆脱出来——从那种"带有其紧张的激动与激昂"①的状态之中摆脱出来。

个体的—主动性的笑,也可能具有那种予以疏远—嘲弄的性质。传统上是用反讽这一术语来对这个特征加以界说。古希腊的犬儒主义者们(公元前5世纪—4世纪)——那些人嗜好乖张的越轨行为、恶劣的厚颜无耻、街头广场上的当中出丑②,——就具有一种对周围的一切、对人们的生活方式及其习惯的反讽倾向与情绪。犬儒主义者们咄咄逼人的虚无主义之笑,遥远地但却相当清晰地预示了Ф.尼采作品的反讽情绪。在长诗《查拉图斯如是说》中我们读到:"我曾嘱咐人们去嘲笑他们的那些伟大的有美德的导师,去嘲笑他们的那些圣人与诗人,去嘲笑他们的那些世界拯救者"。这位哲学家关于他自己曾写过这样的一段话:"我不想成为圣人,而宁愿做个小丑……也许,我就是个小丑。"③从犬儒主义者之笑,直至20世纪初的未来主义者的行为样式,是一脉相承的,在进一步来看——这一脉络乃贯穿到如今广为流行的"黑色幽默"之中。

现代文化与艺术的一个相当重要的现象——浪漫主义的反讽。依Ф.施莱格尔之见,反讽这一才能会使人提升而去俯视存在的矛盾,其中包括去俯视日常生活之"低俗的散文"。施莱格尔在将他自己看取世界的观点说成是苏格拉底的观点之时曾指出,"反讽能嘲笑整个世界"。在谈论反讽时,施莱格尔还断言,"在反讽中,一切都应当是玩笑一切也是当真,一切都应当是真诚直率地袒露出来,一切也当是被深深地隐藏起来","反讽——此乃对永恒的流变不居,对无边无涯的全然混沌的一种清晰的意识"④。关于反讽的双重性,——它既能帮助人去发现去领悟"神的理念",同时又能将"它本身所赋予生

---

① 让·保尔:《美学入门》,莫斯科,1981年,第167、152、153页。
② 《犬儒主义文选》,莫斯科,1984年。
③ 《Ф.尼采文集》二卷本,第2卷,第141、762页。
④ Ф.施莱格尔:《美学·哲学·批评》二卷本,第1卷,莫斯科,1983年,第286—287、360页。

活外表的那种东西加以毁灭"——,在施莱格尔之后不久,K.-B.-Ф.佐尔格曾有过论述①。

这一类具有多面性的反讽,被赋予悲剧色调的反讽,存在于象征派圈子里的那些作家(A.勃洛克、A.别雷)的创作之中。对于总体性的哲学式超然的笑的辩护,是当代持结构主义与后结构主义取向的那些人文学者所具有的特征。比如,M.福柯在1966年那本书中就断言,如今"只能在那种不再有人的一片空虚的空间中才能思考",那种要对人加以思索与谈论的愿望,乃是"荒谬的与荒唐的"的反射内省,"可以对之加以抗衡的唯有哲学式超然的笑"②。

看待世界的反讽观,能使人摆脱思维上的教条主义的狭隘,摆脱片面性、不容异见的偏执性、狂热性,摆脱那种为了抽象的原则而对活生生的生命加以践踏的做法。关于这一点,T.曼有过令人信服的论述③。然而,"无边的反讽"可能走向虚无主义、毫无人性、个性丧失的死胡同,Ф.尼采对之有切肤之痛:"反讽的习性……能损坏性格,它会渐渐地赋予性格那种幸灾乐祸的优越感……,你会开始变得像一条凶狗,那种狗一边咬人一边又学会了嘲笑。"④关于总体性的反讽之负面的潜在能量,A.A.勃洛克在其文章《反讽》(1908)里作过论述,他将反讽界说为一种病态、一种蛮横狂暴、一种亵渎行径、一种由迷醉所带来的后果,将反讽界说为人身上的人性失落的一种征候;在1918年,C.H.布尔加科夫也有过论述(《如今是反讽与幸灾乐祸占上风的时代》)⑤。不知边界的反讽,在最近的几十年里也时常"逆

---

① K.-B.-Ф.佐尔格:《欧文·关于美和艺术的四次对话》,莫斯科,1978年,第382页。
② M.福柯:《词与物·人文学科的考古学》,莫斯科,1977年,第438页。
③ T.曼:《长篇小说的艺术》,见《T.曼文集》十卷本,第10卷,第277—278页。
④ 《Ф.尼采文集》二卷本,第2卷,第411页;参阅:C.基尔凯戈尔:《论反讽这一概念》,《逻各斯》1993年第4期。该文论述两种彼此对立的反讽:一种是带有野性的、毁灭性的、无所不在的反讽;一种是"有节制的、受束缚的"反讽。只有后一种反讽才会获得"其真正的意义"与合法性,它"对于使私生活成为健康的与本真的,乃是极为重要"(第195、197页)。
⑤ C.H.布尔加科夫:《诸神的盛宴》,见《来自深层:俄国革命评论集》,莫斯科,1991年,第96页。

转为"对人身上的人性之总体性的否定。

除了指向世界和整个人类生活的多面性的反讽之外,还存在着(而且对于艺术和文学是相当富有成效的)一种反讽,它产生于那种对于历史的存在之具体的、局部性的、同时也是有深刻意义的矛盾的感知接受与反思审视。讽刺性作品里存在的,正是这一类反讽倾向与情绪①。

第六节 艺术的使命

1. 艺术价值 净化

"艺术性"("艺术的")这个词所表示的意思,首先是作品(文本)被纳入艺术领域,或者,至少也是跟艺术领域有关涉;其次——则是指作品(文本)的品质,即这里正要讨论的价值层面。诚如前文所述,艺术作品首先拥有的是审美价值,要是没有这种价值,艺术作品就是不可设想的。与此同时,艺术作品同另一类价值领域——既有普适性的,也有局部性的——也有最为直接的关系。关于这一点,19世纪与20世纪的思想家们曾诉诸于各种不同的概念与词语,而作过相当精彩的和相当执著的论说。用 H. B. 斯坦凯维奇的那个断言来说,"艺术与精神同存,源于精神且与精神共命运"②。有一位当代学者仿佛是在重申这位浪漫派—哲学家的话:"自由——这是艺术存在的第一个条件",而艺术的"灵魂"——这就是"渴求人性"③。

使艺术创作同美学外的现实隔离开来的取向,对于艺术创作乃是有害的。将艺术看成是一种同存在高傲地脱离开来的东西的那一观念,曾受到 H. A. 别尔嘉耶夫令人信服的批评。他断言,不能把身为创造者的人变成自主自律的艺术的奴隶,艺术家的自由不可能是空洞无物的:"人类的创作之所有的领域〈……〉都拥有那种共同的给

---

① Г. Н. 波斯彼洛夫:《文学的历史发展问题》,莫斯科,1972年,第136—138页。
② H. B. 斯坦凯维奇:《论哲学与艺术的关系》,第104页。
③ A. B. 卡列里斯基:《从英雄到人:西欧文学两百年》,莫斯科,1990年,第387、354页。

人以精神滋养的蕴藉与怀抱",艺术也并不单纯的就是"甜美之音",而是一种服务与效力,艺术"承荷着一种使命,这使命就是〈……〉召唤人们走向超个体性"①。

审美领域本有的"非封闭性"——艺术的一个最重要的特征。用20世纪上半叶德国著名哲学家 H. 哈特曼那句公正的名言来讲,"任何一种伟大艺术的奥秘都是'超审美性'"②。M. M. 巴赫金也有过类似的表述:"内容之审美外的分量",即"认知的—伦理的因素"——被审美地体现出来的那一切,在艺术创作中"乃是需要的"。用这位学者的话来讲,在艺术中"认知与伦理行为的现实"要承受"艺术地固形"③。换言之,艺术作品乃是某些有机地产生的与不可分割的元素——审美元素与另一些价值元素——的"合金"。艺术作品是作为一种见证而具有价值的——既是作为那折射于其中的现实的一种见证,也是作为作者的一种见证——作者总身为一个自具见解与直觉、自有道德上的优点、迷误与局限、前后不一与犹豫不决等特征的个体。Г. П. 费奥多托夫那句话是很著名的,它说的是这样一种看待艺术的视角是合理的:"并不看成纯审美的领域,而是看成对人的整一性与贫乏性的一种见证,对人的生活与毁灭的一种见证。"④陀思妥耶夫斯基的那个著名的见解也是在这一理路上:《堂·吉诃德》中披露出"人类最深刻的秘密",在那部作品中重塑了"最伟大的与最高尚的力量〈……〉之徒然的毁灭。《卡拉马佐夫兄弟》的作者认为,塞万提斯的这部长篇小说是"人类所创作的所有的书籍中最令人忧伤的一本书"。这是——用他的表达法来说——"人类思想之最具终结性的与最为伟大的言说",这是对"尘世生活之最为深刻的见证和关于这一生活之终结性的表述"⑤。艺术——作为对上文所征引的陀思妥

---

① H. A. 别尔嘉耶夫:《文学流派与"社会订货"》,见 H. A. 别尔嘉耶夫:《论俄罗斯经典作家》,莫斯科,1993 年,第 328—330 页。
② H. 哈特曼:《美学》,莫斯科,1958 年,第 331 页。
③ П. H. 梅德维捷夫:《文学学中的形式论方法》,第 34、36、32 页。
④ Г. П. 费奥多托夫:《为艺术而斗争》,《文学问题》1990 年第 2 期,第 215 页。
⑤ 《Ф. М. 陀思妥耶夫斯基全集》三十卷本,第 26 卷,第 25 页;第 22 卷,第 92 页;列宁格勒,1981 年。

耶夫斯基的这一表述的一种补充,我们要指出,——诉说(而这正是其毋庸置疑的价值之所在)的,乃是人类的社会—文化经验的丰富性、复杂性和矛盾性,乃是这一经验在不同时代与不同民族—不同区域的异质性。

对审美外的现实之无限多样的艺术见证,根本不是冷漠的—确认性的:艺术见证具有评价的性质,它们会激发活生生的、积极的心灵的呼应(我们可回想一下前文有关作者情感类型的论述),并凭借这一呼应而强有力地作用于听众、读者与观众。

在艺术的那些"审美外"功能的构成成分中,作品对接受者的道德情感的作用是十分重要的。作为一种最终服务于生命保护与生活丰富的文化现象,忠于自身使命的艺术,在其内核中珍藏着令人欢快开朗与和谐舒畅的元素,而不断地将这元素释放并显露出来。这情形之所以得以发生,是因为在艺术作品中带有其失谐与负面现象的现实,乃是透过那些高级价值的照耀而被感悟被体认的。

亚里士多德在其《诗学》中,将艺术所带来的洁净(心灵)与调和(心态)称之为净化(katharsis)。(我们要指出,这个词获得术语的地位是后来的事,是在亚里士多德这部论著的阐释者们笔下获得的)。净化这一概念在我们这个世纪也还葆有其意义。Л.С.维戈茨基就曾断言,净化也是一种"舒压缓和"——一种解脱,从所描写的事物所能引发的那种负面的情感中解脱出来[1]。在讨论歌德的创作时,Д.卢卡契曾指出,净化不仅仅标志着调和与平静,而且也标志着对道德冲动的激活。卢卡契论说了艺术的那种"在伦理上的净化"作用[2]。

净化既存在于悲剧中(关于这一点,在亚里士多德的著作中有论述),也存在于另一些体裁中,其中包括表现笑的那一类体裁(依巴赫金之见,狂欢节的笑具有净化性)。但是,在那些笼罩着毫无出路的怀疑与总体性的反讽的作品中,在那些表达着对世界之激进的不接受的作品中(譬如,Ф.卡夫卡的中短篇小说,Ж.-П.萨特的《恶心》,"荒诞派戏剧"作品),净化则会被减弱,或者完全缺席。20世纪的一

---

[1] Л.С.维戈茨基:《艺术心理学》,莫斯科,1986年,第268—271页。
[2] Д.卢卡契:《审美的特性》四卷本,第2卷,莫斯科,1986年,第431页。

些艺术活动家对净化的摒弃（譬如,Б.布莱希特就曾认为净化乃是一种"真正的野蛮"）,乃是由尼采开先河的,尼采曾断言,对悲剧的享受应当"在纯粹的审美领域中"去寻找,而并不用去侵占"同情、恐惧、道德升华"等领域,他还将净化称为一种病态的减压,认为它是某种臆想①。

可见,在20世纪的艺术作品中,与净化性元素相并列,还存在着另一种、被导向另一方向上的、令人恐惧的元素。用 Д.С.利哈乔夫的话来讲,每每在危机情境中从事艺术的人们心中就会出现那种"释放混乱,任其放纵"的需求。在这种情形下,"艺术本身令人害怕,一如现实令人害怕。在哪里驻足栖身呢？在哪里能得以喘一口气呢？"②我们的领衔学者中的这一位,在这里是提出了〔并未对之加以解答〕现代艺术文化之根本性的、令人异常紧张的课题中的一个问题。说到这里,我们要指出,在那些已然成为人类的永恒伴侣的艺术作品中,净化性元素乃是始终不渝地存在着的。

净化性元素在我们这个世纪文学的那一支脉中也有一席地位,文学的那一支脉以毫不留情的残酷,对降临到无以计数的人们头上的贫穷、恐惧、灾难加以清晰的映照。③ В.Т.沙拉莫夫的创作就是这样的。

将净化界定为艺术家的信仰——对价值,尤其是道德价值,是应当予以永恒保存的,也是不可消灭的信仰——的一种体现,乃是合情合理的。

2．文化语境中的艺术

"文化"这一概念——现代人文知识的构成中最为重要的概念之一。文化是多层面的,这决定了种种不同的、彼此之间往往并不吻合的文化学说的形成。

---

① 《Ф.尼采文集》二卷本,第1卷,第154、146页。
② Д.С.利哈乔夫:《关于艺术源头的札记》,见《语境1985》,莫斯科,1986年,第19页。
③ 有关净化这一概念在当代艺术中的运用,可参阅：Е.В.沃尔科娃:《瓦尔拉姆·沙拉莫夫的悲剧性悖论》,第9—28页(第2章,悲剧与净化：古典的与非古典的)。

其一,广泛流行一种将文化看成符号现象、符号性现象的观念。这一观念源起于 Э. 卡西尔的人类学,卡西尔断言,人——乃是会创建象征并能运用那些象征的一种生灵。由 Ю. M. 洛特曼所论证的那种对文化的理解——将文化看成是一种"在运作着的符号性结构"①,看成是一种在文本中得到体现的信息机制——也是在这一理路上。

其二,文化被解说成一种首先具有调节功能的东西,并被理解为诸种规范、局限、禁忌的集合。这样的观点有意对文化持批判态度,在 Ф. 尼采笔下就有这种情形(《源于音乐精神的悲剧之诞生》),后来——则见之于 З. 弗洛伊德笔下(《对文化的不满》、《一种幻想的未来》),见之于 Вяч. 伊万诺夫与 M. O. 格尔申宗的《来自两个角落的书简》,也见之于 С. Л. 弗兰克笔下(《偶像的崩塌》)。

最后,还有第三种,那种定位于价值概念的文化学,它相当有权威性,在我们看来也最富有成效性。它将那些符号的(符号性的)与调节的(规范性的)现象仅仅作为文化的诸层面来加以考察。这一学说的源头——19 世纪末 20 世纪初那些被称为新康德主义者的德国哲学家的著作。"文化——这是那些同具有普遍意义的价值相关联的客体之集合"——Г. 李凯尔特曾经这样写道②。

文化学的价值论取向,由著名社会学家比吉利姆·索罗金的著述作了清晰的展示,索罗金将文化界定为"意义(指的是在符号中所显示的意义——作者注)、价值与规范的集合",并且强调,"正是价值成为任何一种文化的骨架与基石"③。

根据这些见解,文化可以被界说为地域性社会群体之有正面价值的方面,可以被界说为那些超个体的价值之集合,这些价值,是由人类在其千百年来的历史进程中所获得(所创建)与所承传,并且由一代又一代所丰富的。文化是同社会生活中消极的、病态的、"绝境

---

① Ю. M. 洛特曼:《在思维的世界内部·人—文本—符号圈》,莫斯科,1999 年,第 3 页(英文版,1990);在本书的导论中,这位学者对自己多年的符号学研究作了极为清晰的总结。

② Г. 李凯尔特:《关于自然的科学与关于文化的科学》,圣彼得堡,1911 年,第 62 页。

③ П. A. 索罗金:《人·文明·社会》,莫斯科,1992 年,第 218、429 页。

般"的因素相对抗的。用Ю.М.洛特曼的话来讲,"另一种、与文化相对立的那个世界的存在,乃是文化这一理念之根本的基础"。"文化外空间"——这位学者认为,——"这首先是潜意识领域、理性外领域、神话领域,它们构成非理性的反文化世界"①。我们要对洛特曼所说的这一段话加以补充的是,人类生活与活动的理性因素,也会时常逗留于"文化外空间"。没有任何理由将我们这个世纪的这样一些新发明——诸如大规模杀伤性武器的生产、对社会生活加以全方位的、强暴性的改造之种种学说的炮制以及那些力图使之得以实现的种种试验、对非凡的个性恣意犯罪与肆意残酷的权力加以捍卫的思想——"纳入"文化领域。社会生活的这一类现象,是有理由被称之为"反文化的"。何况,人的生活之理性外因素在其相当重要的部分(用乌赫托姆斯基的话来讲,"机警的本能"、"良心的直觉"),毫无疑问,都会进入文化领域,而构成其骨架。

在价值论取向的种种文化理论中,文化的构成受到各种各样的思索。在一种情形下(在这里,开先河者是那些新康德主义者),文化被归结为科学、哲学、艺术、神学、宗教预言,以及在其正面表现中的国家—政治意识形态与技术发明,也就是说,被归结为少数人的活动:非凡卓越的、出类拔萃的一群人的活动。

与此同时,还流行着(虽然并未引起足够的关注)另一种、更为宽泛的、摆脱了精英的局限性的对文化构成的理解,这一理解,同文化这个词之最初的那些涵义以及对之加以承传的意义是有渊源关系的:cultura在拉丁文中是指——耕种、栽培、耕作、加工、照料、料理;农作,耕耘,种庄稼;敬拜神祉。西塞罗曾谈论过心灵文化——作为人的秉赋志趣之修炼与提升的心灵文化(cultrura animae)。这一词汇涵义上的传统被承传下来了,并且在现代的一些文化学取向的著作中得到了丰富,在这些著作中得到关注的不仅是精神文化——存在于其宽广的范围之中、存在于其有普遍意义的种种表现之中的精神文化,而且也还有物质的—日常生活的文化,主要的是——行为文化,也就是那个无限广阔的人的行为领域——那些具有正面价值的

---

① 《Ю.М.洛特曼文选》三卷本,第1卷,塔林,1992年,第9、10、32页。

人的行为领域。在文化的构成中,用那位世界著名的英国民族学家的话来讲,"理智的行为方式"尤其重要,那些行为方式总是被纳入传统,并且总是立足于祖先的经验①。

  在对文化的这样一种宽泛的理解中,文化被看作为人之建设性的、以创造性因素为标志的活动及其成果的总集成,不论那些成果是被耕作过的土地,被驯养熟的动物,还是由人所营建成的景观,人工手艺的产品,主要的一点则在于——它们是生活营构之固定的形式(物质的—精神的形式)。Г. П. 费奥多托夫曾把这一切当作"生活的总组织"②来谈论,这种总组织要求对它持有仔细的、爱惜的态度,要求对它加以巧妙的、谨慎的构筑(丰富)。"生活的组织"作为文化之最为重要的枢纽核心之一,是由思维形式与行为(人际交往)方式构成的,是由劳作安排与劳作习惯和对休闲时光的充实构成的。"生活的组织"由一代又一代人所创建,而推动着艺术、科学、哲学领域里的种种文化建树,那些建树,用一位著名的俄罗斯历史学家的话来讲,"仅仅将那些已经全然适应的与习惯了的地方选为自己的栖身之所"③。这一生活组织,首先是在那些小社群(家庭与氏族、村社、友人社团、小团体、沙龙等等)里得到显示,因而就"很少为人关注",与此同时却"充满着创作性的作用"④。在注意到上述这些见解之后,我们还是要同意 А. А. 梅耶尔——俄罗斯白银时代的一位哲学家,在 20 世纪二三十年代的俄罗斯,他还默默无闻地继续著述——的一个观点:文化既包含对生活的外部条件——那些自然条件与社会条件——的加工与完善(对土地的耕耘与对大地的装饰),也包括对人本身的修炼与陶冶,那种旨在对"人的心灵〈……〉与身体面貌加以更为高尚的修饰塑形"的修炼与陶冶⑤。

---

  ① Бр. 马林诺夫斯基:《科学的文化理论》(1941 年版)第 19 页,莫斯科,1999 年。
  ② Г. П. 费奥多托夫:《论几种被驱逐的"主义"》,见《20 世纪人的形象》,莫斯科,1998 年,第 49、58 页。
  ③ И. М. 格列乌斯:《佛罗伦萨文化简史》,《学术之言》1905 年第 1 期,第 89 页。
  ④ Н. С. 阿尔谢尼耶夫:《俄罗斯文化传统与创作传统略论》,莫斯科,1959 年,第 9 页。
  ⑤ А. А. 梅耶尔:《哲学著作》,第 155 页。

在对文化的这样一种理解中,文化的范围无比广阔,它贯穿人类存在所有的一切,不仅包含科学、艺术、哲学的高级典范,不仅包含宗教的、国家的与技术的创作成果,而且也包含几乎是各行各业的人们的日常劳作。"人民的文化——20世纪前半叶俄罗斯人文学界中的一位学者曾这样断言,——是由〈……〉千百万件并不引人注目的事情构成的,那些事情的集成构成伟大而和谐的整体。〈……〉污水池的建筑也是一件文化事业,一如对恒星光谱的研究。"(А. А. 佐罗塔廖夫,1903年的信。)[①]

将文化作为所有活着的人的共同事业与共同财富来考量——这可以见之于20世纪许多思想家的著作。我们可举出Э. 穆尼叶,法国人格主义的首领,А. 什维采尔,伦理哲学的斗士,这一哲学论证了面对生活要有感激之心的思想,"年鉴学派"的历史学家,他们考察文化的命运,并不是将其看成意识形态的交替或是科学、艺术、哲学领域里的一连串发现,而是将其看成"精神性"与"日常性之结构"的历史,那些结构具有稳定性,而相当缓慢地演化着。在这里得到研究的是"弥漫于一定环境中的思绪情致,尚不明晰的思想定位与价值取向,意识的自动反应与习性技能"[②]。在俄罗斯思想家中,曾经在类似的理路上建构文化学的(除了前文已提及的),还有以其行为哲学引人注目的巴赫金,作为"他人优先理论"之创建者的 А. А. 乌赫托姆斯基,以及与我们相距不远的一些哲学家(Г. С. 帕季谢夫、Ю. Н. 达维多夫和另一些学者)。

在丰富多彩的文化世界中,艺术占据着一种独特的、难以估价的重要位置:它不可能被别的什么东西所取代。文学同文化的另一些样式的"交通渠道"是无以计数的、各种各样的,关于它们的探讨将贯穿本书。现在,我们仅仅驻足于艺术同文化的另一些现象之间在谱系等级上的关联这一课题。

艺术的作用与意义,在不同的社会—历史情境中受到了很不相同的理解。有一种观点不止一次获得了流行,根据这种观点,艺

---

① 《文学评论》1992年第2期,第100页。
② А. Я. 古列维奇:《历史的综合与"年鉴学派"》,莫斯科,1993年,第10—11页。

术——这是一种依赖性的、服从性的、服务性的现象:这体现在对国家的关系上(柏拉图的美学①),对宗教与道德的关系上(作为教会统治时代的中世纪),对理性实在的关系上(古典主义时代与启蒙时代的理性主义),对科学知识的关系上(皮萨列夫式的实证主义),对官方的政治意识形态的关系上(在我们国家,在20世纪30年代至50年代,就有这种情形)。这一类观念之片面之过时显而易见,未必还需要加以论证。如今,它们已被视为教条般狭隘的、同艺术文化相敌对的东西。随着时间的推移而变得越来越清楚的是,艺术拥有并不依赖于社会生活另一些现象的独立性(尽管这是相对的),艺术有自己的、独特的使命,艺术的自由需要护卫——需要防范来自外部的侵犯。

艺术之独一无二、自具价值与自由的品格,曾由18世纪与19世纪之交的德国美学(康德、耶拿浪漫派)所宣扬,这一美学对后来的艺术文化,包括俄罗斯艺术文化,产生了强有力的影响。浪漫主义时代的思想家与诗人们都强调,艺术拥有影响个体、影响社会、影响人类的精神生活之巨大而良好的作用力。诚如当代一位学者所指出的,"画家们、音乐家们、诗人们曾经是浪漫主义意识的表达者〈……〉使人觉得他们是领袖、是导师,有时甚至就是人类直接的立法者,这些人能强有力地影响社会的进程,影响人民的生活"②。

对艺术的独立自主性的捍卫与论证,是浪漫主义的一大功勋。然而,浪漫主义取向的思想家与艺术家有时也夸大了艺术活动的能量与社会作用,将艺术推崇到高于文化的另一些样式——其中包括科学与哲学——的位置。"哲学",——谢林写道,——能达到极其伟大的高度,但在那些高度上能吸引的似乎是人的一部分。艺术则可以使整个人去达到那些高度"。③ 浪漫派们醉心于那些由艺术家在人间在大地上建立天堂的梦想,而高扬一种乌托邦——那种认为艺

---

① А.Ф.洛谢夫:《古希腊罗马美学史:极盛期的古典作品》,第177—178页。
② В.М.马尔科维奇:《浪漫主义时代俄罗斯小说中的艺术主题》,见《19世纪上半叶俄罗斯小说中的艺术与艺术家》,列宁格勒,1989年,第11页。
③ Ф.谢林:《先验唯心主义体系》,莫斯科,1936年,第396页。

术无所不能与艺术在生活创造上拥有无穷强大的威力的神话。这一神话是有生命力的。它在后浪漫主义时代，——包括在象征主义的美学中——继续存在。"我们今天的艺术"——Ф. 索罗古勃曾断言，——"能意识到自己对于生活和自然的那份优越。"①可见，对艺术的独立自主性的捍卫不止一次地蜕变成对艺术之片面的赞颂，有时这种赞颂是咄咄逼人的。这种对艺术在谱系等级上的提升——相对于所有其他活动的提升，是由"艺术中心主义"这一术语来指称的。"艺术中心主义"以这样或那样的方式同前文所述的唯美主义相关联。

对于艺术中心主义的批判(同时也是对于原本意义上的艺术创作的批判)，在浪漫主义的美学中就已经有了。譬如，В.-Г. 瓦肯罗德尔曾经(一如谢林那样)断言"艺术能向我们提供极为高雅的完美"，正是由于艺术"生活在这个大地上——无上幸福"："上帝想必也就像我们在观照艺术创作品那样，在观照〈……〉宇宙"。与此同时，在瓦肯罗德尔那本《为艺术之友所作的关于艺术的幻想》一书中，艺术创作被称为诱惑与禁果，品尝过那枚禁果之后，人很容易沉浸于"自己那自私的享受之中而再也没有气力向亲近之人伸出援助之手"："艺术将那些牢固地植根于心灵的人类情感，从原生的土壤那神圣之至的深层大胆地剥离出来，对它们加以人为的处理，用它们来做游戏，艺术家会变成演员。"②В. А. 茹科夫斯基曾断言，对于一个注定要去寻找"上帝的精神之无所不在的出场"的诗人来说，"也有一个可怕的诱惑，因为在那高高飞行的力量中就包含深深坠落的危险"③。

这一类见解，在"后浪漫主义时代"也不止一次地得到了表达。在20世纪，那种要求对于过高评价艺术活动、对于无节制地为艺术辩护的做法加以提防的警告，一直执著地在鸣响。用 Г. П. 费奥多托夫的话来讲，"艺术能塑造个性也能毁灭个性"："在精神价值等级

---

① Ф. 索罗古勃：《我们今天的艺术》，《俄罗斯思想》1915 年第 12 期，第 36 页。
② В.-Г. 瓦肯罗德尔：《关于艺术的幻想》，莫斯科，1977 年，第 69、83、179、180 页。
③ В. А. 茹科夫斯基：《论诗人及其当代意义·致 Н. В. 果戈理的一封信》，见 В. А. 茹科夫斯基《美学与批评》，莫斯科，1985 年，第 333 页。

体系衰落崩解的时代",在人文文化被漠视的情境中,它"会成为导致衰败解体的最为有力的毒药之一"①。依 Ф. 迪伦马特之见,那些对艺术过分的赞扬能将艺术窒息至死。"文学与艺术对人类社会的影响,在我们这儿,一如在全世界一样,被夸大了",В. П. 阿斯塔菲耶夫曾经这样指出。他还指出,这一影响有时则具有根本不是"那种我们想要看到的和想要拥有的形式"②。此类担忧,早先由列夫·托尔斯泰(《什么是艺术?》)和 M. 茨维塔耶娃(《良心烛照下的艺术》)表达过,后来也由 A. 加缪表达过,加缪在1957年的那份报告中说道:"艺术家首先应当回答这样一个问题〈……〉在我们今天,艺术是不是一种不必要的奢侈?"③

艺术(尽管它对于人类的价值是巨大而独一无二的)并不需要使之高居于人类活动的另一些样式之上的那种谱系等级上的提升,艺术同那些与它平等的文化界面(科学、哲学、道德、政治、道德—实践意识、个性之间的交往、劳动活动的技巧,等等)乃是相并列的。

况且,文化的各种样式是互相关联着的,因为它们是在人类生活那样一个巨大的共同的力场中"运作"。文化的各种样式彼此之间拥有相互交汇的区域,拥有那种有利于日益增强的和睦接触的土壤。具体说来,艺术活动不仅同文化存在的另一些层面和作为整体的生活积极地相互作用,而且也始终不渝地从它们那儿吸纳许多东西而滋养自身。

艺术之无所不在的参与性,构成它的一个最为重要的特征,而预先决定着艺术家面对现实的责任性之分量与深度。有许多大作家和学者对这一点都有过论述:在德国,有 T. 曼和 Г. 黑塞,在俄罗斯,有 M. M. 巴赫金(参阅《艺术与责任》,以及《论行为哲学》)和 M. M. 普里什文,后者曾痛苦地论述过作家"在文学上的恶魔般的自命不凡",那种自命不凡堵住了作家"进入生活之门"④。合乎情理的做法是谈

---

① Г. П. 费奥多托夫:《第四天的拉扎尔》(1936),《文学问题》1990年第2期,第225—226页。
② В. П. 阿斯塔菲耶夫:《有视力的长手杖:散文集》,莫斯科,1988年,第42页。
③ A. 加缪:《反抗者》,第364页。
④ 《M. M. 普里什文全集》八卷本,第8卷,第259页。

论双向互动的责任性:艺术活动家——面对生活的责任性,社会——面对艺术的责任性。

人是在创作性地摄取作为整体的文化,继承其传统,把握其各种各样的价值之道路上塑造成型和自我确立的。而艺术则是在其高雅的、有品位的表现中——在其与文化的另一些样式之紧密的与牢固的联盟中——积极地促成"个性之完整的精神上的自我确立"①。艺术给予人一种潜能——那种对自身的自由加以敏锐的感觉与紧张的体验,同时也对自己与世界及其价值——永恒的和未过时的价值——的整一加以敏锐的感觉与紧张的体验的潜能。艺术创作之真正伟大的使命就是这样的。

3. 20世纪关于艺术以及艺术使命的争论　艺术危机说

20世纪是以艺术创作领域空前激进的断裂与拓展为标志的,那些断裂与拓展首先是与种种现代主义的流派、思潮——其中包括先锋主义——的生成与巩固相关联的。对创作实践中的新现象,艺术理论家自然给予了呼应。许多迹象(以其极为多样的变体)表明,20世纪——此乃世界文学艺术进程中的一个新的、高级的阶段。这一阶段的特征,既被界说为作品中作者个人神话的强固(象征主义美学),又被界说为社会主义现实主义之历史地不可避免的胜利(马克思主义文学学),还(作为后现代主义的构成成分)而被界说为艺术对问题性、严肃性、精神深度——对一切让人想起教导训诫与先知预言的东西——之乖张任性的逃离,为了游戏般的轻松、自在的随笔与没完没了地革新艺术语言而进行的那种逃离。诸如此类的理论建构,具有"流派性"与革命性。它们通常都带有乐观主义、有时则是义无反顾的乐观主义色彩,因为它们都与那种将艺术现代性看成对于某种开头与某种前夜的反思和感受相关联。这些学说,偏爱那种雄起起的"反传统主义",而充满着对继承性的怀疑。在其大多数情形下,美学思想上的种种革新风潮,都是与无神论和虚无主义的酵母掺和在一起的。

---

① Г. Н. 波斯彼洛夫:《审美的与艺术的》,第256页。

诸种革命的、激进型的——现代主义和先锋主义的艺术方针与理论建构,引发了无以计数的在取向上与之对立的见解,其中包括关于艺术危机的言论。1918年,Н. А. 别尔嘉耶夫曾以艺术的危机为书名出版了一本小册子。后来,有人谈论:技术与技术理性在阉割艺术的精髓,在使艺术的源泉枯竭而将它引向毁灭(Г. 马尔库塞),有人谈论:如今正在完成的是艺术之缓慢死亡(М. 海德格尔)。用闻名世界的社会学家比吉利姆·索罗金的话来讲,正在炮制那些"怪诞的伪价值"的现代艺术,乃是一座"社会病态与文化病态的博物馆";这种"侮辱人和辱骂人的艺术""在为其自身的死亡准备土壤"①。В. В. 维伊德勒,俄罗斯侨民中的一位著名的人文学者,曾用一部专题著作(1937)来考察艺术现代性的负面。他指出,如今"艺术家对人们的疏远"在剧烈增长,人们被艺术家理解为无面孔的一群芸芸众生,"文化越来越远离人与自然之有机的融合",艺术活动不再以基督教的信仰为养分。于是,维伊德勒作出一个相当严酷的结论:"艺术〈……〉——已经死亡,正企盼着复活"②。

这样的一类见解具有相当严正的根据:在20世纪的社会文化生活(在其全部进程)中,原始般—粗俗的"伪艺术"已是太多太滥了,这不能不(而且也不可能不)令人不安。

有关艺术走进死胡同和艺术正在死亡的观念,在刚刚过去的那个世纪曾经广为流传,这些观念乃是由黑格尔同浪漫主义美学的争论所预示的。这位哲学家认为,浪漫主义乃是艺术的终结性阶段,在这一阶段之后,艺术家命里注定的事可归结为纯粹主观的幽默,主要是喜剧所具有的那种幽默。在艺术的"主观化"之中,黑格尔看出了艺术解体、艺术衰亡的危险,并且指出,在他那个时代,那种由艺术转向哲学认识、转向宗教观念、转向科学思维的平淡无奇这一演变,已然可以窥见;艺术这一样式不再是精神的最高需求。③

---

① П. А. 索罗金:《我们时代的危机》,见 П. А. 索罗金:《人·文明·社会》,莫斯科,1992年,第456—460页。

② В. В. 维伊德勒:《艺术之消亡·关于文学创作与艺术创作命运的思索》,圣彼得堡,1996年,第83、136、161页。

③ Г. В. Ф. 黑格尔:《美学》四卷本,第2卷,第313—319页;第3卷,第351页。

有关艺术面临总体性危机的思想、艺术走进死胡同而正在死亡的思想，——海德格尔与马尔库塞、索罗金与维伊德勒步黑格尔的后尘所表达的这些思想，乃是站不住脚的（一如那种与之正相对立的将20世纪看成艺术发展之最高阶段的观念一样），这是因为，他们并没有考虑刚刚过去的那个世纪里一大批语言艺术家的成就，在他们当中（与许多其他的艺术家一样）可以恰如其分地举出 T. 曼和 P. M. 里尔克，A. A. 阿赫玛托娃和 A. П. 普拉东诺夫，M. A. 布尔加科夫和 Б. Л. 帕斯捷尔纳克。关于艺术命运的真理，在我们看来，则是在所述说的争论之外。Г.-Г. 伽达默尔是正确的，他说过，只要人尚且还拥有那种要把自己的幻想和渴望给表达出来的意志，艺术就不会终结。"每一个被错误地宣布出来的艺术终结都将成为新艺术的开始"。这位德国著名学者并不否认现代艺术生活中种种危机现象的严重性（形形色色的代用品与仿制品之无休无止的大批量生产，那些赝品正在导致受众审美趣味的钝化），与此同时，他又曾经断言，真正的艺术家——无论这是多么艰难——，还是能够成功地抵抗技术时代之反文化的风潮的。①

　　刚刚过去的那个世纪，不仅仅是以一些病态的—危机的艺术现象之加强与深化为标志，也是（诚然，这是主要的）以各门艺术——其中包括文学——之十分可观的发展与腾飞为标志的。20世纪作家们的经验，需要加以不带成见的理论探讨。如今已变得愈来愈迫切的，是对刚刚过去的那个世纪的艺术生活进行总结——既要对其中的失落加以总结，也要对其中的收获加以总结。

---

　　① Gadamer H.-G.:《艺术的终结？从黑格尔的"艺术的历史性格"到当代的反艺术学说》，见《弗里德里希·黑格尔：艺术的终结——艺术的未来》，慕尼黑，1985年，第32—33页；对于近几十年来日益深化的这种危机发表过相当有分量的见解的学者还有：A. B. 米哈伊洛夫：《文化的语言》（即"艺术的终结"那一小节），第862—869页。

第二章 作为一门艺术的文学

前文主要阐述文学与其他艺术门类的共通之处,本章则侧重文学所独有的特征。本章的前三节用来讨论那些像文学一样具有造型性(即通常所指的物象性、形象性)的艺术门类;第四、五节分析语言艺术的独到之处;第六、七节探讨文学在艺术领域中所占的地位,以及艺术各门类之间关系的历史变化;第八节研究文学与神话之间的关联。

第一节 艺术门类的划分
造型艺术与表现艺术

艺术门类是依据作品最基本的、外在的、形式上的特征进行划分的。亚里士多德就曾指出,艺术的门类依摹仿手段的不同而区分(见《诗学》第一章)。莱辛与黑格尔也有过类似的表述。一位当代艺术学学者公正地断言,艺术各门类之间的界限是由"艺术表现的形式和方式(用词语、用可视的形象、用声音,等等)所决定的。……一切均应始自这些最原初的'细胞'。我们应从这些'细胞'出发,去弄清楚其中蕴含着何种认知前景,令这一种或那一种艺术无法摒弃的主要力量究竟是什么。"①换言之,每一艺术门类之形象的物质载体都是独有的、独特的。

黑格尔曾划分出五种所谓伟大的艺术,并对它们作了一一界说。它们是:建筑、雕塑、绘画、音乐和诗歌。除此之外,还有舞蹈和哑剧(这是一种形体运动艺术,在18至19世纪的某些理论著作中也有记载),以及在20世纪曾极为活跃的专事演出与摄制之编导的导演艺

---

① H. A. 德米特利耶娃:《形象塑造与词语》,莫斯科,1962年,第7页。

术——创造一连串的舞台场景(在戏剧中)和镜头(在电影中)的艺术:在这里,形象的物质载体就是在时间的序列中彼此更替的空间结构。

(上述关于艺术门类的界说,如今最具影响力和权威性)。此外,还有另外一种观点,即(发端于浪漫主义美学的)对艺术门类加以所谓"范畴上的"解释。这种观点并不看重形象的各种物质载体之间的区别,而尤为关注诸如诗性、音乐性、绘画性等具有普遍存在意义和一般艺术性的范畴(其相应的原理被认为适合于任何一种艺术形式)。

文学作品形象性的载体就是词语,获得了书写形式的词语。(拉丁语中的 littera 即是字母的意思)。词语(也包括艺术词语),总是有所意指,具有指涉物象的特征。换句话说,文学属于造型艺术,泛而言之,属于那种涉及物象的艺术,在那里得到再现的是单个的现象(人物、事件、东西,它们以某种方式引发思绪情致而将人的意念冲动导向某处)。在这方面,文学类似于绘画和雕塑(在其支配性的、"形状的"变体上),而迥异于那些非造型艺术,不涉及物象的艺术。后者通常被称为表现艺术;在那里得到刻画的是感受体验的普遍特征,感受体验并不与某种物象、事实和事件发生直接的关联。音乐、舞蹈(如果这舞蹈并未变成那种通过形体运动来表现动作的哑剧)、图案装饰、所谓抽象画、建筑,就是这种表现艺术。

第二节 艺术形象 形象与符号

自古以来,哲学家和学者们就使用"形象"(在古希腊文中用的是 эйдос,其涵义是"相貌、样子")这一术语,来指称文学以及其他具有形象性的艺术门类借以实现自己使命的方式(手段)。在哲学和心理学中,形象指的是具体的表象,即人的意识对单个物体(现象、事实、事件)其情感上可感知的外形的映像。形象与那些记录现实之普遍的、反复出现的特征而忽视其不可重复的个性特征的抽象概念截然不同。换言之,把握世界有两种不同的形式,即感性形象的形式和概念逻辑的形式。

继而,我们可以区分出作为意识现象的形象性表象和作为这一表象之感性体现(视觉的和听觉的)的形象本身。А. А. 波捷布尼亚在其著作《思维与语言》中,将形象看作是被再现的表象——看作是某种从情感上可感知凭感性去接受的客观现实。对于艺术理论而言,"形象"一词的这个涵义才是不可或缺最为重要的。学者们区分出三种不同的形象,即科学直观的形象、罗列事实(报告确已发生的事实情况)的形象和原本意义上的艺术形象①。艺术形象之塑造需要有想象的积极参与(这也是艺术形象的独特之处):艺术形象并非简单地再现一些单个的事实,而且要浓缩、提炼出那些作者认为十分重要的生活的不同方面,以期反映出作者对生活的评价性的审视与思索。进而,艺术家的想象就不仅是其创作的心理动因,也是于作品中在场的某种客观现实。作品中不乏虚构的(或者说,至少是推测出来的)物象,并不与现实完全吻合的物象。

现如今,"符号"和"符号性"这两个词已然植根于文学学界而被广泛使用,在某种程度上甚至有取代习用的词汇("形象"和"形象性")之势。符号是符号学这门关于符号系统的学科一个核心的概念。产生于20世纪60年代人文学科领域中的结构主义和后来取而代之的后结构主义,都是以符号学为取向的。

符号——这是一种具有物质性的东西,它是另一种、"被前置"的东西(或是特征与关系)的代表和替代物。符号构成系统,这系统用来获取、储存和丰富信息,也就是说,符号系统首先具有认知功能。

符号学的创建者和赞同者将符号学看作是一种科学认知的中心。这一学说的奠基人之一,美国学者 Ч. 莫里斯(1900—1978)曾经写道:"符号学之于其他学科有双重的关系:一方面它与其他学科并行,另一方面它又是其他学科的工具":它是将学科知识的各个不同领域联结起来的手段,而使其他学科得以"更为简约,更为严谨,更为明晰,为其他学科开辟一条挣脱'话语之网'——那种由学人所织就的'话语之网'——的道路"②。

---

① Г. Н. 波斯彼洛夫:《审美的与艺术的》,第259—267页。
② 《符号学》,莫斯科,1983年,第38—39页。

符号这一概念被俄罗斯的学者们(Ю. М. 洛特曼及其同道)置于文化学的中心;将文化首先看作是一种符号性现象的观念,得到了论证。尤·洛特曼和 Б. А. 乌斯宾斯基指出:"任何一种现实,起初都是作为一种符号性的现实发挥功能而进入文化领域〈……〉对符号和符号性的态度本身,便是文化的基本特征之一。"①

专家们在谈到作为人类生活之构成的符号性进程(符号化)时,明确指出符号系统有三个层面:1)语形(符号与符号之间的关系);2)语义(符号与所意指之物的关系:能指同所指之间的关系);3)语用(符号同其使用者和接受者之间的关系)。

符号可以一定的方式来分类,主要可归纳为三大组:1)代号性符号(符号—代号),它仅指称某物象,但并不对其加以界说,它立足于相邻性借代原则(如以烟来示意着火,以颅骨作为危险警告等);2)象征符号,它是具有假定性的,在这里能指与所指之间既无相似,又无关联,自然语言中的词(拟声词除外)、或是组成数学公式的符号,便属此类;3)象形符号,它再现所意指物的某些性质或整体面貌,通常具有直观性。象形符号又分为两种,其一,图表——它以图示的形式对不甚具体的物象予以再现,(如显示工业发展或出生率变化的图表);其二,形象——它能够或多或少等值地再现出所意指的单个物象(照片、录音报道、对观察结果的描述、艺术作品中的虚构)的那些可从情感上去感知可凭感性去接受的特征②。

由此看来,"符号"这一概念并未取代传统的形象和形象性的概念,但已将形象和形象性置于一种新的、更为广阔的涵义语境之中。符号概念,语言科学中不可或缺的符号概念,对于文学学也是至关重要的:这首先体现于对作品的语言结构的研究领域,其次,也体现于对出场人物的肖像特征和行为方式的品析之中。

---

① 《Ю. М. 洛特曼文选》三卷本,第 3 卷,塔林,1993 年,第 343、331 页。
② 这种符号类型学是由符号学创始人、美国学者 Ч. 皮尔斯提出的。Р. О. 雅可布森在《探寻语言本质》一文中对它作了阐释(参见《符号学》,第 102—117 页。)

第三节 艺术虚构 假定性与逼真性

在艺术形成之早期阶段,艺术虚构通常没有被意识到:这是因为远古意识并不曾区分历史的真实和艺术的真实。然而,在从不自诩为现实之镜的民间故事中,就已经相当明显地表现出有意识虚构的痕迹。关于艺术虚构的见解,我们可以在亚里士多德的《诗学》一书中找到(该书第9章中写道,历史学家的任务是讲述已经发生的事情,而诗人则是讲述那些可能会发生的事情),也可以在希腊化时代的一些哲学家们的著作中见到。

在长达几个世纪的岁月里,文学作品中的虚构一直都被认为是一种共同的财富,是由作家们从他们的先辈那里继承而来。这往往是一些传统的人物和传统的情节,只不过每次以某种变化的形式出现(例如,文艺复兴时期和古典主义时期的戏剧作品中,就广泛使用古希腊罗马时代和中世纪的一些情节)。

在浪漫主义时代,人们已经意识到,想象是人类存在的最重要的一个方面。因而,在这一时期,虚构比以往任何一个时期都更多地表现为作者个人的财富。让·保尔写道:"幻想〈……〉是某种非常高级的东西,它是世界的心灵,是那些最根本的力量之原生自发的精神(睿智的俏皮、精辟的洞见等等就是这样的——本书作者注)〈……〉幻想是大自然以象形文字书写的索引。"[1]19世纪初盛行的想象力崇拜,标志着人获得了自由和解放,并且在这个意义上成为具有建设性的而很有积极意义的文化事实。但与此同时,它也带来了负面的后果——(果戈理笔下的马尼洛夫形象、陀思妥耶夫斯基的《白夜》中主人公的命运,都堪称是对这一点的艺术见证)。

在后浪漫主义时代,艺术虚构多少缩小了自己的范围。19世纪作家们更经常地立足于对生活之直接的观察,而不是倾心于想象力的腾飞:人物和情节通常同其原型很接近。正如 H. C. 列斯科夫所

---

[1] 让·保尔《美学入门》,第79页;关于想象在艺术活动中的重要作用,参见:B. 洪堡:《语言和文化哲学》,莫斯科,1985年,第169、174页。

言，真正的作家是一个"笔录者"，而非一个精于虚构的人。"如果一个文学家不再是记录者而成为精于虚构的人，那么，他与社会便不再有任何关系。"①陀思妥耶夫斯基也有一个著名的论断说，敏锐的眼睛能够在最平常的事实中发现"莎士比亚也无法达到的深度"②。俄国古典文学更像是一种"立足于推测的"文学，而不是那种立足于原本意义上的虚构的文学③。20世纪初，虚构有时被认为是某种过时的东西而遭到摒弃，以期去再现实有的事实，那如文献一样可被证实的事实（这是"左翼文艺阵线"的美学）。这种极端曾遭到了强有力的驳斥。我们这个世纪的文学像以往任何一个世纪一样，既广泛地依靠虚构，也广泛地依靠并非虚构的事件和人物。如果以遵从事实的真相为名而拒绝虚构，尽管在很多情况下是合理而有益的，但这未必能够成为艺术创作的主干线：因为不依靠虚构出来的形象，艺术，其中也包括文学，乃是不可思议的。

　　作者是通过虚构来概括实有之事，来体现自己对世界的看法，来展示自己的创作能量的。艺术虚构可能是由作品创作者那些未被满足的欲望和被压抑的愿望所孕育的，而不由自主地去表现那些欲望和愿望，弗洛伊德曾执著地论述这一点。

　　作品中是否存在艺术的虚构，是区分希图成为艺术品和文献—信息性作品的重要标志（这两种作品之间的界线有时相当模糊）。如果说，文献性文本（文字的和可视的）从一开头就排除虚构的可能性，那么，希图作为艺术品而被接受的作品则十分愿意运用虚构的手法，（甚至当作者的任务仅限于再现现实中发生的事实、事件和人物时也不例外）。艺术文本中的信息似乎与真理和谎言无涉。况且，在对其创作本来就定位于文献性的那种文本加以感知接受时，艺术性这一现象也可能会产生。"……我们对所描写的事件的真实性并不感兴趣，我们阅读它的时候，仿佛它就是杜撰出来的。这便足以为

---

① 《俄罗斯作家论文学劳作》，四卷本，第3卷，列宁格勒，1955年，第306页。
② 《Ф. М. 陀思妥耶夫斯基论艺术》，莫斯科，1973年，第291页。
③ А. И. 别列茨基：《文学理论论文选》，第430—433页。

证了。"①

"第一性"现实的各种形式（而这在"纯粹的"文献纪实中依然是缺席的）是由作家（泛而言之，艺术家）有选择地再现出来的，而且或多或少都会有变形。在此，艺术的形象性存在两种倾向，其一是用假定性来表示的（作者强调其所描绘出来的物象同现实的形式之间的不等同甚至相对立）；其二是用逼真性来表示的（消除上述两者之间的差异，制造出一种艺术与生活同一的幻觉）。关于假定性与逼真性的区别，早在歌德（《论艺术中的真实性和逼真性》一文）和普希金（《关于戏剧与其非逼真性的札记》）中就有论及。但这二者之间的关系在19世纪末20世纪初引起了特别激烈的讨论。Л. H. 托尔斯泰在《关于莎士比亚和戏剧》一文中，坚决反对一切不逼真和夸大；对于K. C. 斯坦尼斯拉夫斯基而言，"假定性"这一表述几乎就是"矫揉造作"和"虚伪的激情"的同义词。类似的观点，同那种定位于19世纪俄国现实主义文学的经验的那种取向是很有关联的，这一文学的形象性主要是逼真性。而从另一方面而言，20世纪初的许多艺术活动家（如 B. Э. 梅耶霍德）更看重假定的形式，有时甚至将其意义绝对化，而将逼真性当作某种墨守成规的东西加以摒弃。例如，在 P. O. 雅可布森《论艺术现实主义》（1921）一文中，那些假定的、变形的、为读者的感知制造困难的手法（"为了让读者更难猜出谜底"）大受赞扬，而逼真性——作为因循守旧和追随模仿的元素而与现实主义划上等号的逼真性，则被否定。② 后来，在1930—1950年间，那些逼真性的形式反而被奉为典律，它们被认为是社会主义现实主义文学唯一可接受的形式，而假定性则受到怀疑，由于同（被作为资产阶级美学而遭到批判的）不受欢迎的形式主义同源而受到怀疑。20世纪60年代里，艺术的假定性重又得到认可。现如今已然得到牢牢确立的观点是，逼真性与假定性同等重要——这是有同等权利存在的、能卓有成效地相互作用的艺术形象的两种倾向。

在艺术发展的早期阶段占据了上风的，是那些如今被看作是假

---

① 茨·托多罗夫：《文学概念》，见《符号学》，第358页。
② 《P. O. 雅可布森诗学论文选》，莫斯科，1983年，第387—393页。

定性的各种描绘形式。这首先是一种产生于庄严隆重的公众仪式之中的、对传统高雅体裁(如史诗、悲剧)之理想化的夸张,其主人公通常都表现得慷慨激昂,语言、姿态、手势都充满戏剧化的效果,其外貌都具有非凡不俗的特征,而其力量和能量、美和魅力也正是由那些特征表现出来的。(壮士歌中的勇士和果戈理笔下的塔拉斯·布尔巴就是如此。)其次,这是怪诞,它产生和植根于各种狂欢的节庆当中,是庄严激昂的夸张之讽拟性的和笑谑性的"双生子",而后来在浪漫派心目中又获得纲领性意义。对生活本有的形式加以艺术的转换,使其反常、荒谬,使不可能结合的东西结合在一起,这通常被称为怪诞。艺术中的怪诞类似于逻辑学中的悖论。M. M.巴赫金研究过传统的怪诞形象,他认为,怪诞形象是节日般欢乐自由思想的体现:"怪诞能摆脱非人性的必需性的一切形式,占据统治地位的关于世界的观念渗透在那些形式之中〈……〉,怪诞能打破必需性至高至圣的神话而揭示出它的相对性、局限性;怪诞形式有助于摆脱流俗之见,而以一种新的眼光去看待世界,去感觉〈……〉另外一种完全不同的世界秩序之存在的可能性。"[①]然而,在近两个世纪的艺术中,怪诞却经常会失去自己对生活的乐观态度,而表达出对世界——混乱的、可怖的和充满敌意的世界之全盘否定(如戈雅和霍夫曼的作品,卡夫卡和"荒诞派戏剧",果戈理和萨尔蒂科夫-谢德林在很大程度上亦是如此)。

逼真性的原则在艺术中古已有之,在《圣经》、古代经典的史诗和柏拉图的对话中都有体现。在近代艺术中,逼真性几乎占据主导地位(其最明显的例证就是19世纪现实主义的叙事性散文,特别是Л. Н.托尔斯泰和A. П.契诃夫的作品)。对于那些从多个层面来描写人,而主要的是——致力于使所描绘之物象更加贴近读者,使作品中的人物与接受者的意识之间的距离降至最小的作者而言,逼真性原则是不可或缺的。然而,在19—20世纪的艺术中,各种假定性形式则更为活跃(况且有所革新)。这时的假定性形式已经不只是传统的夸张和怪诞,更有各种各样的幻想的假定(Л. Н.托尔斯泰的《霍尔

[①] M. M.巴赫金:《拉伯雷的创作与中世纪文艺复兴时期的民间文化》,第58、42页。

斯托密尔》,Г.黑塞的《去东方之国朝圣》),有把所描绘之物象直观地图示化(Б.布莱希特的戏剧),有对手法的暴露(А.С.普希金的《叶甫盖尼·奥涅金》),也有突出蒙太奇式结构的效果(如事件发生的地点和时间之毫无理由的转换,年代顺序之急遽的"断裂"等等)。

第四节 文学中形象的非物质性
词语的塑像

在文学中,描绘物象塑造形象的质素独具特色,这在许多方面是由词语本身的特点所决定的。词语是规约性(假定性)的符号,它与所指代的对象之间并无相似之处。正如 Б.Л.帕斯捷尔纳克所言:"物与它的名称竟别如天壤!"[①]有别于绘画、雕塑、舞台和屏幕的画面,语言画面(词语描绘)是**非物质性的**。也就是说,文学中存在形象(物象),但却不是那种直接呈现的直观图像。作家们面对的是可见的现实,却他们只能以间接的方式对其加以再现。对文学的把握,要靠我们的智慧与悟性所能够企及的事物和现象的完整性来实现,而非事物和现象之感性上可接受的可具体感知的面貌。作家们是诉诸于我们的想象,而非直接诉诸于视觉的感知。

语言层面的非物质性决定了文学作品描绘手段的丰富多样。据此,莱辛认为,形象"可以一个接一个地出现,为数众多,各不相同,它们彼此之间不会互相遮蔽,互相损害,而这对于现实之物甚或现实之物的物质再现而言,都是不可能做到的"[②]。文学拥有广阔无垠的表现(信息的和认知的)潜力,这是因为,借助语言,可以对人的视野所及的一切加以描写。文学之包罗万象被人们一再提起。例如,黑格尔曾称文学为"**具有普适性的**艺术,它能够以任何形式去开采去表达任何内容"。黑格尔认为,文学会扩展到"精神以这种或那种方式所关注所探究的"一切[③]。

---

① 引自 Б.Л.帕斯捷尔纳克的长诗《施密特中尉》。
② Г.Э.莱辛:《拉奥孔,或称论画与诗的界限》,莫斯科,1957年,第128页。
③ Г.В.Ф.黑格尔:《美学》四卷本,第3卷,第350、348页。

词语的艺术形象缺乏直观性，却能够生动如画地描绘虚构的现实，而诉诸于读者的视觉。文学作品的这一方面被称之为**词语的塑像**。较之于直接地、瞬间地转化为视觉接受，借助于词语的描绘，更加符合对所见之物加以回忆的规律。就这方面而言，文学乃是可见的现实之"第二次生命"的一种镜像，也就是这一现实在人的意识中的驻留。语言艺术作品更多地是在记录在刻画对物质世界的主观反映，而非直接可见的物象本身。

　　千百年来，语言艺术的塑像质素几乎被赋予了决定性的意义。从古希腊罗马时期开始，诗歌就经常被称作"有声的绘画"，（绘画则被称之为"无声的诗歌"）。17至18世纪古典主义者们曾把诗歌理解为一种"前绘画"，看作为对可见的世界加以描绘的一个领域。20世纪也出现过类似的见解。例如，高尔基曾写道："文学是借助词语塑造形象的艺术。"①诸如此类的论断都在证明，可见的现实之画面在文学中具有极为重要的意义。

　　然而，形象之"非塑像的"质素在文学作品里也具有不可或缺的重要性，因为出场人物、抒情主人公和叙述者的心理、思想方面会在对话和独白中反映出来。随着历史的推进，正是语言艺术之"物象性"的这一方面在不断排挤传统的塑像，而愈发被凸显到前台。作为19—20世纪的一种前奏，莱辛驳斥古典主义美学而做出的论断是十分著名的："诗中的画面绝不应当一定要成为画家绘画的材料。"他还指出，物象"表面的外壳也许对他（指诗人——本书作者注）而言不过只是引起我们对他所塑造的形象产生兴趣的一种最微不足道的手段"②。刚刚过去的世纪的作家们有时对此也有同论（甚至更为激烈的论断！）М. 茨维塔耶娃就曾认为，诗歌——这是"可见性的敌人"，И. 爱伦堡则断言，在电影时代"留给文学的是不可见的世界，即心理世界"③。尽管如此，"用词语来描画"的潜力还远未穷尽。И. А. 布宁、В. В. 纳博科夫、М. М. 普里什文、В. П. 阿斯塔菲耶夫、В. Г. 拉斯

---

① 《А. М. 高尔基文集》三十卷本，第26卷，莫斯科，1953年，第387页。
② Г. Э. 莱辛：《拉奥孔，或称论画与诗的界限》，第183、96页。
③ И. Г. 爱伦堡：《幻想之物质化》，列宁格勒，1927年，第12页。

普京的作品,就是对这一点的佐证。在19世纪末和20世纪的文学中,可见的现实的画面发生了很大的变化。取代传统的对大自然、室内布置、主人公外貌的铺展式描写(例如,И. А. 冈察洛夫和Э. 左拉在这方面才华出众)的,乃是对所见之物紧凑的描述,对极为微小的细节的描绘,这些细节散布在文学作品的文本中,似乎在空间上更接近读者,主要是一些被心理化了的细节,而它们又是作为某人的观感而被陈述出来的,这在契诃夫的作品中尤为典型。

第五节 作为语言艺术的文学
作为描写对象的言语

文学是一种多层面的现象。其构成可分为两个基本方面。第一,这是虚构的物象世界,是"词语之外"的现实的形象,关于这一点前文已有论述。第二,这又是实实在在的言语的组织、话语的结构。文学作品的这种两层面性使学者们有理据来谈论,文学是将两种不同的艺术融为一体,即虚构的艺术和词语本身的艺术。作为虚构的艺术,它在小说中表现最为明显,相对而言也较容易译成其他语言;而作为词语的艺术,它是能决定诗歌面貌的,而诗在翻译中几乎会损失掉最主要的东西。我们认为,确切地说,不应该把虚构和词语本身的质素当作两种不同的艺术来看待,而应将其看作是同一现象——语言艺术——密不可分的两面。

文学的词语层本身也包含两个层面。话语在这里首先是一种描绘手段(形象的物质载体),是对词语之外的现实进行评价性观照透视的一种方式;其次,作为被描绘的对象,话语总是属于某个人的或者用来刻画某人的性格的话语表述。换言之,文学能够再现人们的言语活动,而这是它同所有其他艺术门类最显著的区别。只有在文学中,人才能够以言说者来展现自己,巴赫金赋予这一点以根本性的意义:"文学最基本的特征是,语言在这里不仅是交际和表达—描绘的手段,而且还是被描绘的客体。"他还认为,"文学不仅仅是对语言的运用,而且是对语言的一种艺术上的认知"。"研究文学的基本课题"乃是"用于描绘的言语和被描绘的言语之间的相互关系问题"①。显而易见,文学作品的形象有两个层面,而其文本是由两条"不可分割的线"组成的整体。首先,这是对"词语之外的"现实加以描绘而形成的词语指称链,其次,这是一系列属于某人(叙述者、抒情主人公、人物)的话语表述,文学正是借助于这些话语表述,来直接揭示人们的思维过程和人们的情致思绪,来广泛地刻画人们的精神性(包括智性)交流,这种交流可是"词语之外的"其他艺术门类所无法表现出来的。文学作品中常会出现主人公们对哲学、社会、道德、宗教、历史等问题的思考。在这里,人的生活的智性层面有时被提到首位(如古印度著名的《薄伽梵歌》、陀思妥耶夫斯基的《卡拉马佐夫兄弟》、托马斯·曼的《魔山》)。

文学在开发人的意识领域的同时,用 B. A. 格列赫尼奥夫的表述,会"扩充思想意念的原生力":作家"不可抗拒地为思想意念所吸引,而思想意念并不是已然冷却的,并未同感受和评价相分离,而总是为感受和评价所贯穿。当思想意念成为描绘的对象时,吸引语言艺术家的,并不是在其客观平静的、严谨的逻辑结构中呈现出来的思想结论,而首先是思想意念的个性色彩,是思想意念的鲜活的能量"。②

第六节 文学与综合性艺术

文学属于那类所谓简单的,或者称之为单一成分的艺术,这类艺术所依靠的,是一种形象的物质载体(在此是指书面的语词)。但与此同时,文学又同那些将若干种不同的形象载体集于一身的综合(多成分的)艺术紧密关联。"兼容"雕塑与绘画的建筑群,各自都具有其诸种主要样式的戏剧和电影艺术、声乐等,就是综合艺术。

从历史上来看,早期的综合是"韵律节奏、圆形表演场上的(舞蹈

---

① M. M. 巴赫金:《文学中的语言》,见《M. M. 巴赫金文集》七卷本,第 5 卷,莫斯科,1996 年,第 287—289 页;又见 M. M. 巴赫金:《文学与美学问题》,第 145—149 页。

② M. M. 格列赫尼奥夫:《词语形象与文学作品》,第 13—14 页。

的——本书作者注)动作与音乐歌唱和语词的因素结合在一起"①。但这还不是艺术本身,而是一种混合的创作(混合指的是融为一体、不可分割,主要是针对某种东西之原初的、不发达的状态)。诚如 A. H. 维谢洛夫斯基所揭示的那样,语言艺术(史诗、抒情诗和戏剧)是在混合的创作基础之上形成的,混合的创作其原初的样式就是祭祀典礼仪式上的合唱,其功能是神话—祭祀和施妖术。在这种仪式上的混合艺术中没有区分表演者和接受者。所有在场的人既是正进行的演出活动的创作者,又是这一活动的参与者。对于古代的部落和早期的国家而言,圆圈歌舞所表现的"前艺术"乃是仪式上所必需的(强制性的)。据柏拉图所言,"所有的人都绝对必须载歌载舞,全国一体,而且所唱和所跳总是花样百出、不停不歇、欣喜若狂"②。

　　随着艺术创作本身的确立巩固,单一成分的艺术愈加发挥更为重要的作用。综合性的作品之独家统治已经不能满足人类的需要,因为这种创作不能为艺术家充分和自由展示创作个性提供前提:综合性作品中的每一个单独的艺术门类,在其自身的潜能的发挥上都受到束缚。因此,千百年来的文化史一直是同艺术活动样式之不可逆转的分化相伴,就不足为奇了。

　　然而,在 19 世纪和 20 世纪初,另一种完全相反的趋势也不甘示弱而有执著的表现,这就是德国的浪漫主义者(诺瓦利斯、瓦肯罗德尔),以及晚些时候的 P. 瓦格纳、Вяч. 伊万诺夫、A. H. 斯克里亚宾,他们都尝试过将艺术返回其原初的综合。例如,瓦格纳在《歌剧与话剧》一书中认为,脱离历史上早期的综合乃是艺术的堕落,而极力号召回归于那种综合。他谈论到"各种独立的艺术门类"之间的巨大差异,认为它们彼此自私地分离着,一旦诉诸想象就受束缚,而"真正的艺术"则是面向"具有其全部丰富性的情感机体",而将各种不同的艺术门类联结于一身。③ 正因为如此,在瓦格纳看来,歌剧乃是戏剧创

---

① A. H. 维谢洛夫斯基:《历史诗学》,莫斯科,1989 年,第 155—166、245—246 页。
② А. Ф. 洛谢夫:《古希腊罗马美学史:极盛期的古典作品》,第 143 页。
③ 《P. 瓦格纳文选》,莫斯科,1978 年,第 342—343 页;还可参阅:Вяч. 伊万诺夫的论文:《论艺术的分界线,丘尔廖尼斯与艺术综合问题》,见 Вяч. 伊万诺夫:《田垄与地界》,莫斯科,1916 年。

作乃至整个艺术的最高形式。

然而,这种激烈变革艺术创作的尝试最终并没有获得成功:各种单一成分的艺术门类在艺术文化中仍然具有无可争议的价值,并且仍然占有优势。20世纪之初有学者不无根据地谈论,"综合性的探索〈……〉不仅将单个的艺术门类,同时也将整个艺术引入歧途"(Н.А.别尔嘉耶夫语),无所不在席卷一切的综合思想乃是有害的,乃是一种不求甚解的谬论(Г.Г.什佩特语)。对各类艺术进行二度综合的构想,源于那种力图使人类回归到将生活依附于各种祭祀庆典仪式状态的乌托邦式渴望语言艺术的"解放",是从其转向书面文字开始的(口传文学具有综合性,它与表演,即艺人的表演艺术是不可分割的,通常它也与歌唱,即音乐相关联)。语言艺术获得文学的面貌之后,便转变成了单一成分的艺术。而且,印刷机在西欧(15世纪)以及随后在其他地区的出现,也是文学与口传文学相比占了上风的决定性因素。但是,语言艺术在获得自主性与独立性之后,决没有把自己同其他艺术活动样式割裂开来。Ф.施莱格尔指出,"伟大诗人的作品中,时常弥漫着与诗相邻的那些艺术的气息"[①]。

文学有两种流传形式:它既作为单一成分的艺术(以被阅读的作品的形式)而流传,同时又作为综合艺术的一个极为重要的组成部分而流传。这主要是指实际上为舞台表演而创作的戏剧作品。但文学的一些其他类别也与艺术综合有关联:抒情诗就保持着与音乐的交接(歌曲、浪漫曲),而时常会超越书籍的流传形式。朗诵演员和导演们非常乐意以表演(创造一种舞台布局)来阐释抒情作品;叙事性的散文也会为自己找到一条通向舞台和银屏之路。甚至就连书籍本身也不时成为综合型艺术作品:其中字母的书写形式(特别是在古代手稿文本中)、装帧图案、插图都是自有意味的。在参与艺术综合的过程中,文学会给予其他艺术门类(首先是戏剧和电影)丰富的营养,而堪称最为慷慨的一门艺术,在扮演其他艺术门类之指挥家的角色。

---

① 《美学史·世界美学思想史文献》六卷本,第3卷,莫斯科,1967年,第254页。

第七节　语言艺术在艺术家族中的地位
文学与大众信息传播手段

在各个不同的历史时期,受到重视的艺术门类也各不相同。古希腊罗马时期,雕塑最具影响力;在文艺复兴时期和17世纪的美学构成中,占据主导地位的是绘画经验,理论家们通常将绘画的地位摆在了诗歌之上;与这个传统一脉相承的,是早期法国启蒙主义者 Ж.-Б.迪博的理论,他认为,"绘画对人们的影响力要胜于诗歌"①。

后来(在18世纪,尤其是在19世纪)文学登上了艺术的前台。相应地,理论上也有突破。在《拉奥孔》一书中,莱辛提出了与传统观点相对立的看法,强调了语言艺术相对于绘画和雕塑的优越性。在康德看来,"诗歌在所有的艺术门类中占据首要的地位"②。В.Г.别林斯基以更大的热情宣称,语言艺术高于其他一切艺术,他断言:诗歌是"最高级的艺术门类",它"于自身中包含其他艺术的所有要素",因而它是"艺术之全部的整体"③。

在浪漫主义时代,音乐与诗歌共同扮演艺术世界的领袖角色。后来,认为音乐是艺术活动和文化本身的最高形式的看法(这其中不乏尼采的影响)获得了前所未有的广泛流行,特别是在象征主义者的美学中。А.Н.斯克里亚宾及其同道者们断言,正是音乐注定要把所有其他艺术门类聚集在自己的周围,而最终以此去改变世界。А.А.勃洛克(1909)曾说过这样一段十分著名的话:"音乐之所以是最完善的艺术,是因为它能更充分地表达和反映造物主的构思〈……〉音乐创造世界。音乐是世界的精神实体〈……〉诗歌是会穷竭的〈……〉因为诗歌的原子就是不完善的,它们很少运动。诗歌到达自

---

① Ж.-Б.迪博:《关于诗与绘画的评论思考》,莫斯科,1976年,第221页。
② 《И.康德文集》六卷本,第5卷,莫斯科,1966年,第344页。
③ В.Г.别林斯基:《诗歌的分类与分科》,见《В.Г.别林斯基全集》十三卷本,第5卷,第7、9页。

己的极限之时,想必就会淹没于音乐之中。"①

类似的见解(无论是"文学中心说",还是"音乐中心说"),反映出19世纪至20世纪初艺术文化的推进,但与此同时,它们也是片面的和脆弱的。对于这种认定某一门艺术的地位高于所有其他艺术门类而将其在等级上拔高的做法,刚刚过去的那个世纪里的许多文化理论家都曾加以驳斥,而强调了艺术活动各种形式的平等。"缪斯家族"这一词语组合的广泛流传,绝非偶然。

20世纪(尤其是20世纪下半叶)在研究各种艺术门类之间的关系方面取得了标志性的突破。建立在诸种新的大众交际手段基础之上的一些艺术样式产生并巩固下来,并且获得了影响力:广播里的口头语,以及更为主要的电影和电视屏幕上的视觉形象,开始与书面的和印刷出版的文字展开竞争,并且颇有成就。

由此而产生了一些学说,用于20世纪上半叶,可以合适地称之为"电影中心论",而用于20世纪下半叶则是"电视中心论"。电影艺术的实践家与理论家都一再声称,词语在过去曾经拥有被评价得过高的意义,而如今由于电影的出现,人们正在学习以另一种方式去看世界,人类正从概念的—词语的文化向视觉的、景观的文化过渡。加拿大电视理论家M.麦克卢伦以其在很多方面都属悖论的激进见解而著名,他在其于60年代出版的一些书中断言,20世纪发生了第二次传媒革命(第一次是印刷机的发明):由于电视——拥有前所未有的信息传播力量的电视——的作用,一个"公共的共时世界"出现了,我们的星球正在变成一个大村庄。主要的是,电视在获得前所未有的意识形态上的威信力:电视屏幕把这种或那种看待现实的观点专横地强加于广大观众。如果说,以前人们的立场是由传统和他们自身的特性所决定的,因此也是牢固的,那么,现在,在电视时代,——作者认为,——个人的自我意识正在被消除:不再可能持久地占据某种立场,而只能持续一个瞬间;人类正与个性意识的文化分离,而进入(返回)原始部落社会所典型的"集体无意识"阶段。据此,——麦克卢伦认为,——书籍是没有未来的:阅读的习惯本身正

---

① 《A.A.勃洛克笔记·1901—1920》,莫斯科,1965年,第150页。

在枯竭,文字注定要消亡,因为对于电视时代而言,文字太过于智性了。① 在这些论断中有很多片面、表面和明显错误的东西(生活在证明,语言,包括文字,决没有被排挤到二线,更没有随电视传媒的普及和发展而被取消)。但这位加拿大学者所提出的问题却是相当重要的:诉诸于视觉的图像传媒和语言—文字传媒之间的关系是复杂的,有时甚至是相互冲突的。

与传统的文学中心论和现代的电视中心论的极端性相反,合情合理的观点应当是:在我们这个时代,在互相平等的各种艺术门类之中,文学是占据首要地位的。

19世纪至20世纪,文学在艺术家族中的独特领军地位是明显的,这不只是与文学自身的美学特征有关系,更与文学的认知—交际潜力相关联。因为词语——这是人类意识和交际沟通的共通媒体样式。文学作品,——甚至连那些并不具备明显的、高品位的审美价值的文学作品,也能够积极地作用于读者。

文学创作中审美之外的因素的积极性,有时会令理论家们忧心忡忡。例如,黑格尔认为,诗歌面临着与感性接受领域相割裂而消融于纯精神的自发力量之中的危险。可是,文学的进一步发展并没有印证这一预言。文学创作中那些优秀的范例,都是将那种对于艺术性原则的忠诚,不仅仅有机地结合于对生活广泛的认识和深入的思考,而且有机地结合于作者本人的直接概括。20世纪的思想家们还不无根据地断言,诗歌之于其他艺术门类,就如同形而上学之于科学②,诗歌作为个性之间理解沟通的聚会点,接近于哲学。况且,文学可以界说为"对自我意识的物质化"和"关于自己的精神的记忆"③。当社会条件和政治制度于社会不利时,由文学来履行艺术之外的功能就显得特别重要。А. И. 赫尔岑写道:"对于失去社会自由

---

① Ю. Н. 达维多夫曾对 M. 麦克卢汉的这一理论进行了陈述和探讨,参见《理论·学派·学说(评述)·艺术作品与个性》,莫斯科,1975年,第237—243页。
② Н. 霍尔茨海、J. -P. 鲁瓦弗拉编选:《审美经验与艺术本质》,伯尔尼,斯图加特,1984年,第111、173页。
③ Г. Г. 什佩特:《文学》,第152、155页。

的人民而言,文学是其让人听到自己愤怒的呼喊和良心的唯一讲坛。"①

文学绝不追求高居于其他艺术门类之上,更惶论取而代之,文学在社会和人类的文化中占据一个独特的地位,作为艺术自身与智性活动的某种统一体,文学与哲学家、人文学者和政论家们的著作相类似。

第八节　文学与神话

文学也同整个艺术一样,与神话紧密关联,也就是说,同神话的集成紧密关联,——同那些分属各别民族的神话、分属一定的社会发展阶段的神话,乃至属于全人类的神话紧密关联。这里需要指出的是,"神话"一词还有另一层涵义:它指的是以神话为研究对象的一门科学知识的领域。

1. 神话:这一词语的涵义

"神话(миф)"一词源自古希腊文 mythos,指的是故事、叙述和各种传说;其拉丁文同义词是 fabula(叙述、寓言)。在 В. И. 达里编撰的《现代大俄罗斯语言详解词典》对神话这一词语的释义中,也同样强调了所讲述的东西的虚构性:神话——这是寓言般的、虚构的、童话故事般的领域;神话学则被界说为寓言学。

在近代,对神话的理解则有所不同:不是通指以故事的形式出现的任何杜撰,而是指历史上那些久远的时代留下来的财富,"关于诸神、关于传说中的英雄,关于创世和大地上生命起源的古老民间传说"②。

最后,在最近的一个世纪里,"神话"一词的第三种涵义在人文学

---

① А. И. 赫尔岑:《远方书简》,莫斯科,1984 年,第 154 页。
② 《俄语辞典》四卷本,莫斯科,1982 年;这个意义上的神话,在基础性百科辞典《世界各民族神话》(二卷本,莫斯科,1980)中得到认真研究:我们下面讲到历史上的早期神话时,正是以这部辞典为依据。

界得以确立并流行起来。根据这种看法,神话被看成是超越时代、跨越历史的东西,它存在于各民族的生活中,存在于各民族社会意识样式之历史发展的全部进程中,而社会意识样式又是与特殊的思维类型相关联的。按照这样的理解,神话乃是人类生活中的一个常数,是在所有的地方永远存在的一种现象。这样来理解"神话"一词的涵义,学者们便完全有理由谈论世界性—历史地演变的神话进程。

我们来概述一下作为社会意识样式的神话之基本特性。首先,神话所言说的对象具有普遍的重要性,它与存在的一些基本因素有关联:与作为整体的自然界、与部落的生活、民族的生活乃至人类、宇宙的生活有关联。在神话中,"混沌—秩序(宇宙)"这一组逻辑上的对立尤为重要。神话(直至尼采那样的对全部价值的重估)一直不懈地支撑着世界的经典图景(参见第一章第四节),而对举凡能促使存在有序化的一切加以宣扬,它更多地认可宇宙,而不是混沌。

其次,神话的涵义(神话所表达的观念、思想),比认识到它的那些人存活得更久远,它就像某种颠扑不破的真理,不容置疑,也不容解析。谢林断言,神话的观念会被看作为"真理,而且是全部的、完全的真理";它们"就其真理性而言是不容置疑的"。[①] 神话实质上是在理性之外的(尽管它也可能具有合乎逻辑的有序化的形式):神话是不允许对它持分析态度的。用一位权威学者的话来说,神话的世界乃是"'绝对的现实',如果对其加以分析,它就会在根本上被解构而去神话化"[②]。本原意义上的神话要求对它持以毫不犹豫的信任,否则,它将不成其为神话,而变成随心所欲的杜撰。换言之,从认识论上来讲,神话具有悖论性:它作为神话只能从外部、由在其外部与其相关的意识来加以认定。对于那些接受神话的人而言,神话乃是作为一种充分自足的真理,而不是作为神话而存在的。

第三,神话的形式(有别于艺术作品的形式)是灵活易变、可塑的、可自由转换和变体的。同一种神话,常常既可以以文字的形式,

---

① Ф. В. Й. 谢林:《神话哲学导论》,见《Ф. В. Й. 谢林文集》二卷本,第 2 卷,莫斯科,1989 年,第 214、323 页。

② M. 伊利亚德:《神话面面观》(译自法文),莫斯科,1995 年,第 142、150 页。

也可以造型艺术(雕塑的或绘画的)的形式而得到表达。而且,一些神话(这在距我们不远的几个时代里乃是典型的)可以削弱甚至割断其与任何一种形象之间的联系,而在一些抽象概念和推断性的议论之中得到体现,以伪哲学和伪科学的著作形式得到体现。

神话创作的样式和神话流传的形式之范围是极为宽广的,它在近两个世纪(自浪漫主义时代始)得到了充分的研究。在19世纪,诸神话学派主要是研究历史上的早期神话,20世纪的学者们则将近代神话,包括现代神话纳入探讨领域。主要的是要看到,现如今神话被看作为一种具有超时代性的、无所不在的共相。К. Г. 荣格关于原型的学说即是如此,这一学说认为,神话乃是永远具有重要意义的"集体无意识的投射",而这种集体无意识则是"巨大的精神遗产"①。

2. 历史上的早期神话与文学

神话植根于难以确定的遥远的年代。神话是人类文化的最初源头,——是人类文化的所有样式渐渐地从中孕生的那种现象。

神话创作的第一个阶段是远古氏族部落神话。支配着这类神话的特征——集体性虚构(幻想)的漫无边际、不可节制,这时常会让一个现代人感觉到,这不只是出于天真,简直就是某种荒唐、荒诞不经的东西。然而,这一类虚构的成果却被我们古老的祖先认作颠扑不破的、完满的真理。

远古神话是一种前文化现象:那时还没有真正意义上的宗教、没有艺术、更没有科学和哲学,神话不仅是人类社群意识之主导性的样式,而且是唯一的样式。神话(与庆祭仪式一道)成为一种将单个人及他们的群体之行为和意识组织起来、凝聚起来的力量。谢林认为,在那遥远的古代,在那相对于我们与之相距不远的时代而言已然"模糊不清的年代",到处都无一例外地充满着神话,而这类神话正是对人类存在之早期加以研究所必需的"唯一可信的路标"②。

远古神话所描述的核心对象,是被幻想所改造的自然界的各种

---

① К. Г. 荣格:《我们这个时代的心灵问题》,莫斯科,1994年,第126页。
② Ф. В. Й. 谢林:《神话哲学导论》,第361、117页。

现象:森林精灵、田野精灵、水精等,它们经常是凶险而可怖的;那些成为崇拜对象(图腾)的部落始祖和庇护者。在很多情况下,自然界—宇宙的力量(太阳、月亮和云的神话)被人格化。远古神话之主导的形式是自然界现象的拟人化(灵性化,人性化)①。

在神话创作的远古阶段,就已经开始形成溯源(该词来自古希腊文,意指因果性、因缘关系)型神话,其描述的对象是自然界和人类世界中那些"原初物象"的形成。例如,一则澳大利亚神话讲的是,蝙蝠在白天的光线下看不见东西,那是因为它曾经向树洞里窥视而撞到了树杈上。P.吉卜林写的那些童话故事(如《大象的鼻子为什么这样长》等等)就是对这一类神话的一种追忆。

在一系列溯源型神话中,关于世界作为一个整体之形成的叙述起着特别重要的作用。宇宙和地球生存的起源,大多由远古神话解释为某种先例、独一无二的事实,常常是某人的壮举(行为)。世界的创造者常常是一些动物:乌鸦、奶牛、潜鸟……同时,许多远古神话都是以世界秩序的某些外在于事件而恒常不变的元素为其叙述对象的。关于世界之轴和世界之山的传说,各民族都知晓的世界之树的说法,就是这样的。

在已然分化的文化得到巩固的阶段,神话经历了一场危机:神话开始引起批判性的反思,这致使神话的存在受到威胁。还是在荷马时代,神话意识就已经出现了危机:诸神的故事在那里已经成为诗歌本身的财富。苏格拉底那一段话十分著名,他"完全没有闲暇"②去对一大群"蛇发女、飞马"感兴趣,对一大群"人面兽身的荒唐怪物"感兴趣。

在已然分化的文化和比种族和部落更大的人类社群(民族、城邦、国家就是这样的社群)形成之际,神话发生了剧烈的变异,而获得了极大的丰富,诸神和英雄人物战胜了那些氏族部落的精灵、魔鬼和

---

① A.H.维谢洛夫斯基:《比较神话学及其方法》,见《A.H.维谢洛夫斯基文集》第16卷,第90—101页。
② 柏拉图:《斐得罗篇》,莫斯科,1994年,第4页;中译参见柏拉图《文艺对话集》,朱光潜译,人民文学出版社,1983年,第94页。

图腾。神话同从此植根下来的宗教意识——既有多神教的,也有一神教的,开始紧密相联,而(与祭祀仪式和祈祷,在一神教中则是与教义的条文、戒条、经教会审定的经文一道)成为宗教意识的一个重要成份①。

多神的观念(多神教),乃是古希腊罗马神话的基础,古希腊罗马神话通常被称之为古典的,因为随着时间的推移,它已经成了整个欧洲不可估量的重要财富。在古希腊罗马文化中逐渐形成神话历史传统,神话化的传说获得了重要意义。远古时期的历史事件,成为神话创作的对象,《伊里亚特》、《奥德赛》和《埃涅伊达》以及欧洲之外的古印度神话《摩诃婆罗多》就是这方面的鲜明例证。出现并逐渐巩固下来的,还有关于人类生存诸阶段的神话(它在最近的几个时代还在流传,直至当今),黄金世纪和在其后取而代之的、越来越糟糕的白银世纪、青铜世纪和黑铁世纪,就是这样的神话。有关这种处于人类历史意识源头的神话,我们可以从赫西奥德的史诗《劳作与时日》和奥维德的《变形记》中得知。

在多神教的基础上出现了"众神",他们参与人类社会的生活,这一点已为民间史诗所记载。神话化的传说中,主人公们常常是神的儿子,半人半神,像古希腊的赫拉克勒斯和忒修斯、《摩诃婆罗多》中的般度兄弟就是如此。这样,神话创作便被人类化和历史化,而在这种情境中获得英雄性。

根植于一神教(犹太教、基督教、伊斯兰教)之中的神话,具有极强的伦理道德色彩。"有神论(指的是一神教——作者注)的主要优点在于鲜明清晰的道德要求"②。一神教取向的那些文本(合乎教规的、伪经书的、民间创作的)中的神话,极为丰富多样。那里既有宇宙起源的因素(如《旧约》第一部中关于七日创世之说),又有人类起源与发展学(同样是在《旧约》中所述的上帝创造亚当与夏娃,他们为

---

① 对神话与宗教之间的关系有多种不同的理解。参见:H. C. 特鲁别茨柯伊:《宗教》,见《基督教百科辞典》三卷本,莫斯科,1995;Э. 卡西尔:《神话与宗教》,见《Э. 卡西尔文选·人论》,莫斯科,1998年,第524—526页;参阅 C. A. 托卡廖夫与 C. C. 阿韦林采夫在《世界各民族神话》二卷本第2卷中所写的相关辞条

② Э. Л. 拉德洛夫:《一神教》,见《基督教百科辞典》三卷本,第2卷,第168页。

蛇所引诱,该隐的罪行),还有历史传说(B. H. 托波罗夫根据福音书认为,基督教首次将上帝置于历史之中)。

中世纪就是在一神教教义及其神话(在欧洲,这是基督教)的旗帜下走过的。那时,仿照圣经并根据圣经的基本精神而创作的、但并未经教会审定的文本——那些既被历史化同时也被神话化的使徒行传类传说,成为极具影响力的文本。例如,中世纪欧洲各国都流传的关于神人阿列克塞的传说。

上述三种不同类型的历史上的早期神话(远古氏族部落神话;以古希腊罗马为鲜明代表的多神教神话;一神教取向的神话)在近代仍然葆有其文化—艺术价值。P. 瓦格纳公正地指出,"新世界"及其神学、科学、政治和艺术都是"从神话中获取了自己的创造力"①。

历史上的早期神话的那些情节和人物,至今在艺术和文学中依然鲜活。不可想象,如果没有对古代神话的重建、变体、补充和丰富,现代(也包括我们当代)的艺术创作将会是何种情形。

随着时间的推移,神话的情节和形象不再作为绝对可信的东西被接受,而被认为是虚构的结果,经常获得幻想的—游戏的特征。我们不妨提一提 B. Я. 普洛普那个公式:从神话到民间故事。没有氏族部落神话中的人物——那些家神、树精、水妖和美人鱼,就不可能有那些民间文学的文本。在文学中,包括在20世纪文学中,也能找到那些氏族部落图腾的承继者。我们可以回忆起 C. A. 克雷奇科夫的中篇小说《切尔图辛的陶壶》和 B. Г. 拉斯普京的中篇小说《告别马焦拉》。在拉斯普京的这篇小说里,在岛屿即将被淹没之前,岛的"主人"现身了,这是一只比猫略大些的小兽,它从未被见到过,却知晓这里所有的人,知晓这里发生的所有的事,而且,主要的是,它能"什么也不妨碍"。看到即将临近的灾祸,拉斯普京的这只对"后远古时期"人类的苦难经历了如指掌的图腾—小兽,对自己的村子作了最后一次深夜环行,从户外偎依"在木屋那老旧但结实的木头上"思索着,它在想,"世上所有的活物都只为一种意义——效力——而存在。而所有的效力都有尽头"。A. H. 奥斯特洛夫斯基的《雪姑娘》、P. 瓦格纳

---

① P. 瓦格纳:《歌剧与戏剧》,见《P. 瓦格纳文选》,第369页。

的四部曲《尼伯龙根的指环》以及 Г. 易卜生的《培尔·金特》等思想涵义深刻的作品，也是仿照民族神话——那些源于多神教的远古的民族神话，而被创作出来的。

经常被赋予游戏色彩和被美化的古希腊罗马神话遗产，也一直葆有其对文学的不可或缺的价值。例如，古希腊的神话就曾被帕尔尼（Парни）、巴丘什科夫和年轻的普希金戏谑地采用到自己的诗歌之中。Дж. 乔伊斯的长篇小说《尤利西斯》也是对荷马史诗《奥德赛》的母题与主题的反讽式的翻版。

根植于一神教的神话，也为现代的艺术和文学所牢固而可靠地继承。圣经和福音书中的情节，有别于远古神话和多神教所孕生的神话，而能够引起人们对其保持极端的虔敬态度（譬如 Дж. 弥尔顿的《失乐园》）（也有极个别的例外，譬如 A. C. 普希金的《加甫利颂》）。

显然，历史上早期的神话（氏族部落神话以及稍晚些形成的多神教和一神教神话）之所以获得永恒的生命，不仅是由于它们身为具有游戏性质的固有艺术形象，也是因为它们是极其深刻的涵义之体现，这首先指的是——关于世界（存在、宇宙、太空）是亘古不变的有序世界的概念，这世界会对人提出最严肃的道德要求。

正是在现代所出现和巩固下来的神话，同现代文学和艺术的关联，也并不亚于它同历史上早期的神话的密切关系。我们下面就来论述这一点。

3. 近代的神话与文学

较之先前的、历史上早期的神话不同的另一种神话的出现和流布，是近代（首先是在意大利，继而是在西欧的其他国家，近两百年来则是在其他地区）的标志。如今的神话创作，与其说是作为整体的各民族的领地，不如说是一些单个的社会团体（通常是享有特权的团体）的领地：神话有时就是哲学、科学、艺术、政论等领域里的单个人活动的结果。如果说从前神话是全民族的财富，那么，现如今它只属于精英和（或）所谓的大众意识，这就引起各种神话之间永无休止的战争。

况且,新神话,常常又被称之为派生的,大多是短命而不能流传久远的。它缺乏历史上早期神话的那种牢固性、稳固性和超时代的可靠性。新神话与传说之间的联系被弱化,新神话的生命取决于彼此更替的"时代风尚"和时髦,这一点是20世纪尤为典型的。

神话本身的内容也在很多方面发生了巨大变化。除了以前占绝对多数的那些对世界予以接纳的神话,那些以光明的、理想的、未来的名义而否定人类的过去和现在的乌托邦神话,以及那些泛悲剧的、全面悲观主义和虚无主义的神话,也得以广泛流传(始自浪漫主义时代而日益增强)。这些彼此大相径庭的神话,不可避免地与历史上早期的神话、与包括一神教在内的传统信仰本身发生冲突。它们远非总能"和睦"共处。例如,文艺复兴时期关于追求幸福的人具有无限潜能的神话,那种人的活动范围——宇宙,人的力量则堪与神力相匹敌,这与笛卡儿式的理性主义就不相符,源自那种理性主义的神话认为,理性乃是能够彻底认识现实之人的本质和使命。类似的例证,还有彼此排斥的(尼采)"超人"神话和(马克思)无产阶级是世界变革者和人类拯救者的神话;(高尔基)关于人能"向前而向更高处"迸发的神话,同(20世纪初"生命哲学"同道者之一的 T.莱辛)关于人就像"一种狡猾的猴子,靠自己所谓的'精神'越来越妄自尊大"的神话。在最近十年里,神话的特征有时变成了抽象概念。譬如,在某些情况下(结构主义),结构被认为是严格有序并且自足的,而在另一些情况下(后结构主义、解构主义)却正相反,结构则被认为是没有中心,是不定型的。后现代主义关于世界处于全面无序状态的学说,有时会找到与远古神话相近的表达形式。例如,在 Ж.德勒兹的著作《柏拉图与伪装器》(1966)中,伪装器被描写成一种具有侵略性的凶恶的东西,它一边跳舞,一边以极快的速度发射出永恒和秩序思想之毁灭性情绪流,在人们心中产生面临惩罚的恐惧。

上一个世纪的社会意识,比在它之前的那个世纪更加受制于神话对现实的扭曲。关于这一点,A.A.乌赫托姆斯基曾在20世纪20年代以极为冷酷的形式谈论过,他首先针对的是他那个时代的乌托邦学说："也许，人类的大多数理论都是'呓语'。"①有理由认为，某些如今正在流行的科学—哲学学说，随着时间的推移，也将会被鉴定为神话创作的产物，与真理远不相符。

主题的宽泛性是派生性神话的重要特点之一。这类神话不仅仅涉及存在的共相、自然和遥远的过去，同时也直接面向具体生活现实，面向那些与我们相距不远的时代，也包括当代。一系列关于等级阶层和社会团体、民族和种族的神话逐渐固定下来，它们经常会以危险的方式发生价值观上的两极化。在近代，还可见到对与我们相距不远的时代重要历史活动家加以神话化（有时依然是彼此两极对立）的情形（譬如，彼得一世要么被看成是配得上其伟大称号的帝国奠基者，要么相反，被看成是一个暴君和敌基督者。在这里还应提及对杰出哲学家和学者、作曲家和画家、作家和诗人的神话化。关于文学人物的一些神话被创作出来，譬如，堂·吉诃德。一些具体的历史事件也被神话化，例如，1917年十月发生于俄罗斯的事件。现如今，大众传媒正积极促成一批神话的创造与巩固和另一批神话的破除与消解，这方面尤为"成功"的，就是电视。

艺术作品的创作者，首先是作家（同哲学家、学者，而主要的，则是那些对他们加以解读的政论家们一道）参与神话创作的过程。首先，他们会以这样或那样的方式对现代神话做出回应；其次，他们会创造属于自己的神话。谢林认为，"永恒的神话"已经由但丁、莎士比亚、塞万提斯、歌德这样一些大诗人创造出来："每一个伟大的诗人都负有将他所发现的那一部分世界变成某种整体，并用这个世界的材料创造出自己的神话的使命。"②在浪漫主义时期的文学中，仿佛正是印证这一论断，作者个人的神话创作极度活跃。一些同历史上早期神话在很多方面类似的作品，纷纷被创作出来。与上古神话不同的是，这些作品所依靠的是有意识的虚构。这些作品理应被称作仿神话。作者个人创作的神话，乃是对不同时代、不同民族丰富多彩的远古神话的"自由的折射"；过去的神话在这里要服从"作家自身的自

---

① А. А. 乌赫托姆斯基：《良心的直觉》，第440页。
② Ф. В. Й. 谢林：《艺术哲学》，第147页。

我表现的任务和目的"①。这一类新神话主义,在 И. Х. 荷尔德林、И. В. 歌德(《浮士德》第二部)、Дж. Г. 拜伦(《曼弗雷德》)和浪漫主义时代的许多俄罗斯作家的创作中都有表现,这在我们所引证的这本书中有令人信服的展示。这一传统也被 20 世纪所承继。且让我们来回忆一下 T. 曼的《约瑟夫和他的兄弟们》、М. А. 布尔加科夫的《大师与玛格丽特》,P. М. 里尔克的《致俄耳甫斯的十四行诗》。属于这一传统的,还有 Д. Л. 安德烈耶夫的诗歌创作和他的论著《世界玫瑰》——那部直接意义上的神话。上述作者的作品,是对人类千百年来的宗教和神话创作经验的创造性继承。

然而,在已落下帷幕的这个世纪的文学神话中,还有一块坚决破除传统信仰和神话的领地。在宽泛的、文化学的意义上理应将其称为先锋主义②。20 世纪的文学(一如其他艺术门类)积极地回应了尼采的狄奥尼索斯神话和"超人"神话(象征主义诗歌),以及本时代的社会—乌托邦神话(М. 高尔基和 В. В. 马雅可夫斯基,他们的战友们与继承者们)。全面怀疑主义的、泛悲观主义的与虚无主义的神话,也在语言艺术中折射出来(Ф. 卡夫卡的小说、T. C. 艾略特的长诗《荒原》;那些后现代取向的作家创作中的很多作品)。

以上是我们对文学与新神话之间的关系所做的极其简要和近似的说明。

4. 价值论视界中的神话

历史上早期的神话(不论是对于那些久远的时代,还是对于包括我们当代在内的现代)的价值是巨大的、无可争议的。而新神话(尤其是那些在 20 世纪得以固形的神话)就不是这么回事了:新神话的价值并非是单一的,由此不可避免地导致关于神话的性质及其社会作用的争论。神话同文化本身的关系,包括同认知领域、同被称之为理性和真理的那些领域的关系,受到了大相径庭的理解。存在两大类几乎针锋相对的学说。第一类——对于将神话作为一种有社会意

---

① Л. А. 荷达年:《俄国浪漫主义者创作中的神话》,托姆斯克,2000 年,第 18 页。
② О. А. 克林格:《先锋派的三大浪潮》,Арион. 2001. №3 (31)。

义的现象总体上是持批判态度的(这类观点起源于 17 至 18 世纪欧洲的唯理论)。第二类与之相反,推重神话的正面建设性作用。这是浪漫主义哲学和美学的传统。

P. 巴特的《神话集》(1957)一书,就是彻底拒斥神话化意识的一个鲜明例证,在这本书里,神话被界说为具有"伪自明性",神话隐藏着"意识形态的欺骗",人们一旦试图对其进行思考和总结,就不由自主地落入那种欺骗的掌控之中。神话的目的——作者认为,——就在于使世界"无所变动",使其僵滞不变:神话将现实自古以来就是和谐的那样一种概念强加于社会,进而去粉碎现实,使现实空洞化①。可以看出,巴特是将神话理解为一种注定要对具体生活现实加以扭曲而使之贫乏化的东西。

Ю. М. 洛特曼在其符号学—文化学著作中也对神话化意识作了类似的阐释,那些著作的学理取向——按照这位学者本人的说法,是基于亚里士多德和笛卡儿的学术传统。在这里,神话已被推出文化的疆界:文化空间(理性—逻辑领域)与神话空间(非理性的)这二者被彼此对立起来②。

另一些思想家,如 Г.-Г. 伽达默尔和 Д. С. 利哈乔夫,对神话的看法则与上述观点完全不同,他们将神话看成是独一无二的文化价值,而在这一立场上发扬浪漫主义的美学传统。伽达默尔在《神话与理性》(1954)一文中认为,世界的科学图景同神话图景并不对立,"神话与理性拥有共同的、为同样一些规律所推动的历史",这两者实际上是和睦相处、互为补充的:"不应将神话讥为神甫们的欺谎之词或无稽之谈,而应从神话中听出〈……〉睿智的往昔的声音。"这位哲学家指出,"神话的魔力"是外在于理性的,但神话——绝不是随心所欲的幻想,而是原原本本的、外在于科学的真理的载体,那些真理"形成

---

① 《Р. 巴特文论选·符号学·诗学》,莫斯科,1989 年,第 46、118、126、111—112 页;这部著作的全文见《神话集》,莫斯科,1996 年。
② Ю. М. 洛特曼:《文化符号学》,见《Ю. М. 洛特曼文选》三卷本,第 1 卷,第 15、32 页。

生活之伟大的精神力量和道德力量"①。与此同出一辙的,是 Д. С. 利哈乔夫的将神话看成是"客观现实的包装"的见解,那包装乃是一种福祉,一种价值,"因为它使世界〈……〉和我们在世界中的行为简化"。他甚至认为,没有"客观现实的神话化",客观现实"就不可能被接受"。②与此同时,他也指出,确有一些神话会歪曲现实,因而具有负面消极意义。用这位学者的话来说,认为俄罗斯的历史自古以来就是奴隶般驯顺的集中体现的观念就是这样一种神话③。这样,神话在价值上的非单一性也就得以确认:作为一种必要的与不可或缺的文化现象,能够使社会接近真理,配得上自己称号的神话,同那种在大众意识中流传的"神话的迷雾",是相对立的。

上文所举的关于神话参与认知、神话是一种智慧、神话是一种真理的见解,确实是具有相当严肃的理据的。然而,Г.-Г. 伽达默尔与 Д. С. 利哈乔夫的表述,在我们看来,还需要做一些修正。远非所有的神话都能与理性和睦相处,而包装与包装也不尽相同:20 世纪的许许多多的神话中所隐含的就不是真理,而是谬误,有时甚至是十分有害的谬误。在一些情形下,新神话是以仇视人类为其显著特征的,而在另一些情形下则相反,是凸显人道精神的。Т. 曼就自己的神话——长篇小说《约瑟夫和他的兄弟们》所说的一段话十分著名:时常在为蒙昧主义者达到其"肮脏的目的"而效力的神话,应该为"人道主义的思想"所渗透④。

何况"客观现实的包装"这一词语组合,并不能阐明神话专有的特征。这一提法可以合理地用于指称任何一种人们对周围世界加以把握的结果:不仅是神话的把握一种,还包括生活上直接的把握和科学本身的把握。日常实践和科学活动,致力于使这种"客观现实的包装"最为透明,以便于它们促成对于事物(现象)之多样的特性和丰富

---

① Г.-Г. 伽达默尔:《美的现实性》,莫斯科,1991 年,第 97、94、98—99 页;К. 休布勒:《神话的真理》(译自德文),莫斯科,1996 年。
② Д. С. 利哈乔夫:《什么是真理?》,《前夕》第 1 辑《俄罗斯的乌托邦》,莫斯科,1995 年,第 341—344 页。
③ Д. С. 利哈乔夫:《不要迷失于错误的概括之中》,同上,第 13 页。
④ Т. 曼:《约瑟夫和他的兄弟们》二卷本,第 2 卷,莫斯科,1968 年,第 903—904 页。

的涵义进行立体的、多层次的透视和理解。对于神话就无法提出这一点：在这里占据主导的，是对客体的图解，是赋予客体那种简化的单义性。神话，同现实的丰富性与多样性、同现实的多姿多彩与五光十色，通常是并不相协调的。神话并不愿意看到所言说事物在色彩与音调上的细微差异，并不愿意看到其复杂性，更不愿意看到其矛盾性。在图解现实的时候，神话类似于提喻（以部分喻整体），时常也会放大为夸张（被神话化的客体，以放大的形式，仿佛招贴画似的，尽可能鲜艳夺目地表现出来）。在我们与之相距不远的这几个时代里，客体之"不透明的"神话"包装"正是具有这样一些特点。神话涵纳着关于事物、现象、本质，即真理（哪怕是不完全的真理）的知识，也涵纳着对现实加以理解时的片面性、各种各样的歪曲和谬见。换言之，在神话中，直觉领悟到的真理同理性的不足是糅合在一起的。

这样，由价值上具有不同品质之分的神话所形成的神话学，作为整体，在促使人们对它予以尊重与珍惜，同时也应以批判的态度来对待它。

第三章 文学的功能

在艺术创作的构成中,其沟通情感交流思想这一层面具有不可分割的重要性。艺术总是被纳入人们之间的沟通与交流的:作品总是由其作者指向一定的接受定位,面向一定的接受对象。这也是一种信件。在文学——在总与词语打交道的文学中,艺术活动的交际因素总是得到最为公开与最为充分的表现。艺术话语,与修辞学传统有关联的艺术话语,具有使人心悦诚服的能量;艺术话语以口语表述为依托,表现为作者与读者之间无拘无束的、信任无间的交流(仿佛是"彼此平等地")。英国作家 P. 斯蒂文森就曾称文学为"亲密谈话的影子"。因而,完全可以理解:文学学不仅会从作者方面入手,而且也会从接受意识,即读者和阅读群体入手,来研究语言艺术作品。在面对文学的这一层面时,文学学依靠的乃是阐释学。

第一节 阐释学

阐释学(源自古希腊文的动词"阐释")——这是文本(以那种源自古希腊罗马时期和中世纪的、该词的原初意义来理解)加以阐释的艺术和理论,这是对表述的涵义加以理解的一门学问——泛而言之,这是对另外一个个体(以近代哲学和近代科学的传统,主要是以德国的传统来理解)之意义加以理解的一门学问。阐释学还可能被界定为对言说者的个性及其所认知到的东西加以认知的一门学问。

阐释学现如今正成为(或者说,正准备成为)人文知识(关于精神的学科),包括艺术学和文学学的人文学科的方法论基础。它的原理,会透视会阐明作家与读者群体、与具体的个人之间交流的性质。

阐释学的源头,在古希腊罗马时期和基督教的中世纪,那时,对神话和一些经文加以解释的活动就被人们所尝试。阐释学作为一门独立的学科,则是在19世纪形成的,这要归功于一些德国思想家的著作,那些思想家中最具权威性的,是Ф.施莱尔马赫和В.狄尔泰。20世纪的阐释学,是由这样一些学者的著作所鲜明体现的:Г.-Г.伽达默尔(德国)、П.利科(法国),以及我们的同胞:Г.Г.施佩特——此人仔细研究了这门学问千百年来的历史①,М.М.巴赫金(论文《……文本问题》与《论人文科学的哲学基础》,还有以《论文学学的方法论》与《论人文科学的方法论》的篇名而为学界所熟知的名篇)。

1. 理解 诠释 意义

理解(德文 Verstehen)——这是阐释学的核心概念。Г.-Г.伽达默尔指出:"哪里在消除无知与无识,哪里就会有将世界化成语词和共同意识的阐释过程在发生〈……〉从远古时期起,阐释学的任务就在于达到契合,重建契合。"追求契合的理解,在伽达默尔看来,首先是凭借言语而得以实现的。理解是外在于理性的、非机械的、完整的:"对言语的理解不是通过将单个词的意义一个一个堆积起来理解而达到的,它是对被言说的东西之完整涵义的追踪。"还有:"没有理解的愿望,也就是说,对于要人家给我们说点什么无所准备,就不可能去理解,〈……〉对涵义的那种期待在掌控着任何一种理解的努力。"在《美学与阐释学》(1964)一文中,伽达默尔谈到对艺术作品的把握:"对任何言语而言是公允的东西,对于艺术的接受而言就更为公允。在这里,仅有对涵义的期待还不够,这里还要求一种东西,我想称之为我们被言说的东西之涵义所触动的被触及性〈……〉在对艺术所要言说的东西加以理解之时,人毫不含糊地会与自身相遇〈……〉艺术的语言〈……〉总是要被诉诸于所有人和每个人之隐秘的自我理解。"②

理解具有在个体之间发生的特点。理解,用施莱尔马赫的话说,

---

① Г.Г.什佩特:《阐释学及其课题》,载《语境1989》《语境1990》《语境1991》《语境1992》;莫斯科,1989—1992;П.П.加伊坚柯:《走向超验的冲动·20世纪的新本体论》,莫斯科,1997——此注在原书第4版被撤去,可能是漏排了,现据原书第3版译出。——译者

② Г.-Г.伽达默尔:《美的现实性》第14、73、262—263页。

要求"对单个人加以认知的才能"①。理解的实现具有两面性。首先,它实现于为数不多的人们之间直接的、无间隔的交流之中,通常是在两个人之间,面对面("交谈")。理解的这个方面,由 А. А. 乌赫托姆斯基作为原初的与最重要的方面而进行了仔细研究②。阐释学基本上是聚焦于理解,那种被完成于以文本——首先是书面文本——为依据的理解,这使得这一知识领域与语文学相接近。

理解(正如从上文所征引的 Г.-Г. 伽达默尔的见解可以看出的)远不能归结到理性的领域,归结为人的智力活动,归结为逻辑推理和分析。理解,可以说,是具有一种异科学性的,与其说它是学术劳作,不如说它更像是艺术创作。理解是两个因素构成的统一体。首先,这是对事物直觉的领悟,是将事物作为整体来"抓住";其次,在直接理解的基础上,继这一理解之后,解释(德文 Erklärung)产生并得以确立,这种解释经常是分析性的,它用术语"诠释"(拉丁文 interpretatio)来表示。在解释中,直接(直觉)的理解得以形成,并且逐渐被理性化。

由于对表述进行解释(诠释),在对表述加以最初理解时的不全面性会逐渐得到克服。但还只是部分地被克服:理解(其中也包括被理性地加以论证的)同时在(不小的程度上)也是不理解。诠释者不应当奢求掌握关于一部作品和这部作品背后的作者之全部真相。理解永远是相对的,对它的一个致命障碍——自以为是。伽达默尔写道:"当一个人相信他对一切无所不知时,就不存在理解。"③А. В. 米哈依洛夫也曾令人信服地谈到:在诠释中总是有不理解在场,因为无论从何种观点(个人的、历史的、地理的)来看,都远不能看到一切;一个人文学者,即使他博学多识,并用科学的方法武装头脑,都应当意识到自己能力的局限性④。

作为理解之第二位的(构形性的,通常也是理性的)成份,诠

---

① Ф. Д. Е. 施莱尔马赫:《阐释学》,《社会思想》第 4 辑,莫斯科,1993 年,第 227 页。
② А. А. 乌赫托姆斯基:《良心的直觉》,第 248—308 页。
③ Г.-Г. 伽达默尔:《美的现实性》,第 263 页。
④ А. В. 米哈依洛夫:《论当代文学理论的若干课题》,《俄罗斯科学院学报·文学与语言卷》1994 第 1 期,第 16—18 页。

释——几乎是阐释学中最为重要的概念,对艺术学和文学学不可或缺的概念。

诠释总伴随着将表述翻译成另一种语言(另一个符号系统),伴随着对表述进行解码(如果采用结构主义术语的话)。被解释的现象仿佛在改变,被改造;它那新的、第二个面貌,有别于第一个、原初的面貌,显得既比第一个面貌贫乏,又比它丰富。诠释——这是对表述(文本、作品)选择性的同时也是创造性的掌握。

况且,诠释者的活动总是不可避免地与其自身的精神积极性相关联着的。这种积极性是认知性的(它定位于客观性),同时又具有主观倾向性:一段表述的解释者总是会将某种自己的东西带入其中。换言之,诠释既致力于对被理解对象的领悟,又致力于对它加以"补充创造"(这正是诠释的特点)。用 Ф. 施莱尔马赫的话来讲,文本解释者的任务就在于,"首先要把言语理解得像其原创者那么好,然后要理解得比其原创者更好",也就是说,要去思索出那种为言说者所"意识不到的东西",①要去赋予表述补充性的鲜明性,仿佛是将其照亮,要于明显的意义中去显露出潜藏的意蕴。

上述所言促使我们对意义(смысл)一词的涵义进行界定。诚如 А. Ф. 洛谢夫所指出的,这是哲学范畴中最为艰深的范畴之一。对于阐释学,进而对于文学学,这个术语乃是不可或缺的。"意义"一词的涵义,总是伴随着某种普遍性的观念、存在之本源及其深层价值的观念。用一位哲学家的说法,在这个词中"总是保存着一种本体论意味"(Э. Г. 阿韦特扬语)。

意义既存在于人的现实之中,同时又存在于这一现实之外。生活被意义的能量所贯穿(因为它一直在追求与存在相同一),但生活并没有在任何程度上成为意义的完全体现者:生活时而接近意义,时而远离意义。

表述的意义——这并不只是由言说者(有意识地或者并未曾有意图地)所赋予表述其中的东西,也包括解释者从表述中汲取的东西。著名心理学家 Л. С. 维戈茨基断言,词语的意义,乃是词语在意

---

① Ф. Д. Е. 施莱尔马赫:《阐释学》,第 233 页。

识中所引发的东西的总和,它"永远是动态的、流动的,是复杂的构成,那构成拥有若干个不同的稳定区域"。①

带有主观色彩的、个体性的表述,"被纳入"交流之中的表述,会蕴含众多的意义,明显的与隐含的,已为言说者所意识到的,与并为其意识到的。这些表述,身为"被赋予多种意义的",自然不具备完全的确定性。何况,在不同的接受语境中,在无休无止的诠释中,表述乃是有能力或获得变异、完善和丰富的。

2. 作为阐释学概念的对话性

巴赫金建构了对话性的概念,在对当代人文思想产生了重大影响的阐释学问题上作出了独创性的探讨。对话性——这是一个人的意识和行为对周围现实中的开放性,是一个人准备去进行"平等地"交流沟通的情愿性,是对他人的立场、见解、看法做出积极回应的一种才能,也是引起他人对自己的表述和行为进行回应的一种能力。

巴赫金认为,人之存在的支配性因素是个体之间的交际("存在就意味着交往")。在单个人之间、各种社团、各个民族、各个文化时代之间,会形成一种在经常变化和不断丰富的"对话关系",表述和文本会卷入这个对话关系的世界:"对话的语境没有边界(它延伸到无尽的过去和无尽的未来)。"对话性的交流,可以是直接的(通常,有双方参与),也可以是通过间接的文本(经常是单向的,读者同作者之间的交际即是如此)。

对话关系意味着新的意义的出现(产生),这些意义"不是稳定不变(一旦形成就永远完结)的",它们"总是在变化(更新)"。巴赫金强调,对话关系不宜归结为矛盾和争论,它首先是促使人们的精神丰富起来而使人们团结起来的一个场域:"契合是对话关系最重要的形态之一。契合富于多种多样的形态和细微的差异。"在巴赫金看来,在与作者的对话(精神会晤)中,读者会逐渐克服"他者的异在性",致力于"企及并深入到"作品创作者"个体的创作内核",而在这种情形下获得精神上的丰富。

---

① 《Л.С.维戈茨基文集》六卷本,第2卷,莫斯科,1982年,第346页。

在以交流理论的视界来对科学和艺术的特征加以界说时,巴赫金断言,对话性乃是人文学科和艺术创作的基础。在人文学科和艺术创作这里,表述(文本、作品)总是被指向另一个完全平等的意识,"追问的、诱发的、应答的、同意的、反对的,以及其他的活跃性"都是有一席地位的。在人文领域被领悟被理解的,乃是有个性特征的"在言说的存在"。

至于自然科学和数学科学,巴赫金指出,就是另外一回事了,在自然科学和数学科学那里,被领悟被认知的是无声的东西(物体、现象、本质、规律)。在那里,重要的不是"透入的深度"(这是人文活动的使命),而是知识的准确性。巴赫金将对待现实的这种态度称之为独白式的。独白式的积极性被他界说为"完结性的、物化性的、依因果关系来解释的、扼杀生机窒息思想的"①。巴赫金认为,独白主义一旦侵入人文领域,特别是侵入艺术,所带来的就不是最好的成果,因为它会窒息他人的声音。

在很多方面与巴赫金的对话关系学说有相似之处的,有西欧"对话主义者"(M.布贝尔等人)在同一时期所建构的思想,以及 A. A. 乌赫托姆斯基将交谈视为极高价值的学说,这些思想(与巴赫金的思想一样),使传统的阐释学原理得到发展。

3. 非传统的阐释学

近来在国外(尤其是在法国),流行另一种更为宽泛的阐释学观念。现如今这个术语所指称的,乃是对事实(行为、文本、表述、感受)之任何一种接受(思考、解释)。当代的人文学者们甚至将自我意识的活动——那种与人对自己的关切相关联、与人将其目光由外部世界转向自己本身相关联的自我意识的活动,纳入阐释学领域。况且,一种关于阐释学(同时也关于人文学科本身)并不是致力于理解与契合,而是相反,追求的是对人身上所有人性的东西(首先是崇高的东西)加以贬低和弱化的观念,被确立起来。米歇尔·福柯在 20 世纪 60—70 年代所进行的以后现代为取向的实验,就是行进在这一理路

---

① M. M.巴赫金:《话语创作美学》,第 312、373、304、371、310 页。

上。据这位法国哲学家所言,人文学科只有在对作为"享有特权的、特别复杂的客体"之人加以揭露这一形式中,才能达到概括。人文学科的基础,乃在于"将人的意识归结为其现实的第一条件的方案",正是那些条件"孕育出人的意识,而现在它们又潜藏于人的意识之中"①(指的是外在于理性的需求、欲望、利益)。

法国哲学家 П. 利科在对现代人文知识的特点加以界说时,谈到两种完全相反的阐释学。第一种是上面所论述的、传统的阐释学(阐释学-Ⅰ),他称之为目的论的(目标明确的),能重建意义的;在这里,总是存在那种对表述的明显意义的关注,和表述中所显示出的人的精神的关注。利科聚焦于其中的阐释学-Ⅱ,则是考古式地被定位,即定位于探究表述的最初原因。这种阐释学要揭示明显意义背后的内幕,这就意味着要对明显意义加以弱化、揭露,至少是——贬低。利科认为,阐释学思想的这一分支(这一分支正是由福柯的著作所代表)的源头,在于马克思、尼采、弗洛伊德的学说,他们分别将人的存在的支配性因素看成为经济利益、权力意志和性欲冲动。利科指出,这些思想家是以"主要的怀疑者"、是以面具的揭露者的身份来发言的:他们的学说——首先是"专事揭露'虚伪的'意识"的活动。利科断言,专事揭露(弱化)的阐释学是建立在幻想理论基础之上的:它确信,人是偏爱在那种被宣布为有意义的、被赋予崇高精神的空想世界里寻找安慰(因为生活是残酷的)。而考古式定位的、专事揭露的阐释学的任务,就在于使未被意识到的和潜藏的东西"解密":在这里,"人的隐秘而不言的部分被暴露在公众的注视之下",而这——利科强调,——更可归类到精神分析的诠释中去②。对于上述 П. 利科的观点,我们还可以补充:Ж. 德里达及其同道者和继承者们的解构主义,也是行进在专事揭露的、弱化的阐释学的理路上。在阐释学-Ⅱ中,诠释会失去自己与直接的理解和对话性的活跃之间的联系,而主要的是,它会失去那种去获得契合的追求。

---

① M. 福柯:《词与物•人文学科考古学》(1966)俄译本,圣彼得堡,1994 年,第 383 页。

② П. 利科:《诠释之冲突:阐释学概要》俄译本,莫斯科,1995 年,第 152 页。

对于阐释学的这一分支,奢求所获知识之完满的这一分支,用巴赫金的语汇来说,可以适宜地称之为"独白性的"。这种阐释学的主要原则——驻足于那种"被疏远"的外位性立场上,仿佛是鸟瞰似的居高临下地考量那些有个性的表现。如果说,传统阐释学所致力的目标在于将他者融化于自身,在于获得互相理解和契合,那么,"新"阐释学则更偏爱对它所考量的表述傲慢不屑、满心怀疑,也正因为如此,它有时会转变成对潜藏在意识深处的、深藏在内心的隐秘之物的偷窥,这在道德上并非是无可指摘的。

然而,非传统阐释学的宗旨也由于追求思维的清晰和严密而颇具吸引力。对我们所界说的两类理解和诠释加以对比,就会引发这样一种思索:对于人文学科而言,某种信任和批判的平衡——对于"会言说的存在",对于人的自我表现领域的某种信任和批评的平衡,乃是不可或缺的和最为适宜的。

第二节 文学的接受 读者

上文所讨论的阐释学的原理,可用来阐明文学接受的规律性,可用来阐明文学接受的主体,即读者的特征。

1. 读者与作者

接受活动可以合理地分成两个方面。在对文学作品加以把握时,具有不可或缺的重要性的,首先是对作品的那种鲜活的、朴素的、不加分析的、完整的回应。И. А. 伊里因曾写道:"对真正的艺术〈……〉应当从内心里去接纳;应当直接地去体悟它。为此需要对它怀之以极大的艺术信任,——像孩童一样向它敞开自己的心扉。"[①] И. В. 伊里因斯基针对戏剧表达了同样的思想。用他的话来说,有修养的观众就像一个孩子:"观众真正的修养,表现于他对戏剧中的所见所闻作出直接的、自由的、不受任何拘束的反应。发自心灵发自肺

---

① И. А. 伊里因:《孤独的艺术家》,第130页。

腑的那种反应。"①

与此同时,读者会致力于对所获印象加以整理,对所读过的东西加以思索,要去弄清楚他所体验到的各种情感生成的原因何在。艺术作品之接受所派生的、但同样非常重要的一个方面,就是这样的。Г. А. 托夫斯托诺戈夫曾指出,戏剧观众在看戏之后的某一个时间段内,会将他在剧院中所体验到的情感"替换成"思想。② 这一点对读者而言也完全适合。对作品进行诠释的需求,在读者对作品鲜活的、朴素的反应中会自然而然地生长出来。那种完全不去思考的读者,和那种与之相反的,只是在所阅读的东西中寻找评判理据的人,都有自己的局限性。而且,"纯粹的分析家",大概要比那种像孩子一样天真的人,具有更大的局限性。

读者的直接冲动和智慧,与作品作者的创作意志之间绝非简单地相关。在这里,既有接受主体对艺术家—创作者的依赖性,又有前者对于后者的独立性。在讨论"读者—作者"这一问题时,学者们会表达出大相径庭的见解。他们常常是要么过分强调读者的主动性,要么相反,去谈论读者对作者的听从乃是文学接受中某种颠扑不破的法则。

在 А. А. 波捷布尼亚的表述中可以发现第一种"倾斜"。根据这样一种观点:(一旦作品完成)语言艺术作品的内容"已不是在艺术家心目中,而是在理解者心目中发展",这位学者断言,"一个艺术家的功勋,并不在于在创作时他心中得以构思的那点最基本的内容,而在于形象本身具有一定的弹性",形象能够"激发出极为多样的内容"③。在这里,读者之创造性的(建构性的)主动性被推向绝对,读者尽可以对作品中存在的东西进行随心所欲的、无边无界的"补建"。这种认定读者可以脱离开作者的创作意图和创作志向的观点,在当今的后现代主义著作中,特别是在 Р. 巴特关于作者之死的学说中,已被推向极端。

---

① И. В. 伊里因斯基:《独自与观众在一起》,莫斯科,1964 年,第 5 页。
② Г. А. 托夫斯托诺戈夫:《论导演职业》,莫斯科,1965 年,第 264 页。
③ А. А. 波捷布尼亚:《美学与诗学》,莫斯科,1976 年,第 181—182 页。

但是在文学科学中另一种倾向也颇具影响力,它反对为抬高读者而贬低作者。А. П. 斯卡弗迪莫夫在与波捷布尼亚争论时,曾强调读者对于作者的依赖性:"无论我们怎么大谈艺术作品接受中读者的创作,我们总还是知道,读者的创作是第二性的,它在其方向和界限上还是要受制于接受的客体。还是作者在引领读者,作者要求那种体现于循着他的创作路径去感知的顺从。一个既能在自己心目中找到理解的宽广度而又能忠实于作者的读者,才是好的读者。"① Н. К. 博涅茨卡娅也表达过类似的思想:对于读者而言,重要的是首先要记住来自作者、来自作者创作意志的那些始源的、原初的、没有歧义而明晰的艺术意义与意蕴。她断言:"由作者贯注于作品中的意义,乃是原则上经久不易的常数。"②

这些观点,都有各自不容置疑的理据,但我们认为,它们也都是片面的。因为它们意味着不是聚焦于艺术意义的不确定性、开放性,就是相反,聚焦于艺术意义的确定性、没有歧义的明晰性。这两种极端正在被阐释学取向的文学学所克服,阐释学取向的文学学将读者与作者之间的关系看作是对话、交谈、会晤。对于读者而言,文学作品——这既是盛载着属于作者并由作者表达出来的、特定的一组情感和思想的"容器",同时又是激活读者本人精神上的主动性创造性和能量的"刺激剂"(兴奋剂)。用 Я. 穆卡若夫斯基的话来讲,作品之整一是由艺术家的创作意图所设定好的,但环绕着这个"轴心",会有一组组"联想性的观念和情感"聚集,它们是由读者在阅读时产生的,并不取决于作者的意志③。换言之,对于一个在接受语言艺术文本的人来说,去实现那种对作者的创作意志的领悟能力与自身(读者)的精神上——富于建构性的首创能力的综合,乃是最佳境界。

为了能够达成那种使读者获得丰富的对话—会晤,读者既要具有审美趣味,又要对作者及其作品持有鲜活的兴趣,还要拥有那种去

---

① А. П. 斯卡弗迪莫夫:《论文学史中理论考量与历史考量之相互关系的问题》,《俄罗斯文学批评》,萨拉托夫,1994 年,第 142 页。

② Н. К. 博涅茨卡娅:《作为美学范畴的"作者形象"》,见《语境 1985》,第 254、267 页。

③ Я. 穆卡若夫斯基:《美学与艺术理论研究》,第 219、240 页。

直接地感觉其艺术价值的能力。同时还要看到,阅读——正如 B. Ф. 阿思穆斯所言,是一种劳动和创造:"如果读者本身由于自己的恐惧和冒险,在自己的意识中没有按照作者在作品中所指出的路径去穿行〈……〉那么任何作品都不可能被理解〈……〉在每一个具体的情形中,阅读之创造性的结果都取决于〈……〉读者〈……〉全部的精神成长历程〈……〉心智最敏锐的读者,总是喜欢去重读那些杰出的艺术作品。"①

读者接受的标准(换言之,最好的,最佳的一种形态),就是这样的。这个标准每次都是以自己的方式得以实现的,而且远非所有时候都能全部得以实现。况且,读者公众的兴趣和取向也是极为多样的。文学学,自然,要从读者的各个不同的角度,主要的是,要在读者的文化的、历史的多面性上,去研究读者。

2. 读者在作品中的在场　接受美学

读者是可以在作品中直接地在场的,既然在作品的文本中读者总是要被具体化,被局限于一定的范围。作者们时不时地就会考虑到自己的读者,还与他们交谈,将他们的思想和话语予以再现。因此,理应谈一谈读者形象,将之看成艺术"具象性"的诸层面之一。忽视叙述者与读者之间生动的交流,就很难设想去把握 Л. 斯泰恩的中篇小说、普希金的《叶甫盖尼·奥涅金》,就很难设想去把握 H. B. 果戈理、M. E. 萨尔蒂科夫－谢德林、И. C. 屠格涅夫的那些作品。

接受主体在艺术作品中的折射,还有另一种更为重要的、具有普适性的形式,这就是被想象的读者,确切地说,是"接收者观念"②,在作品整体中潜在地在场。作者以其为定位的接收者/读者,可以是一个具体的人(普希金的那些友情赠诗),也可以是作者同时代的公众(A. H. 奥斯特洛夫斯基关于民主的观众的许多见解),还可以是某

---

① B. Ф. 阿思穆斯:《作为劳动与创作的阅读》,见 B. Ф. 阿思穆斯:《美学理论与美学史问题》,第 62—66 页。

② A. И. 别列茨基:《论文学史学科当前的一个任务(读者史研究)》(1922),见 A. И. 别列茨基:《在语言艺术家的工作室里》,第 117—119 页。

种遥远的"可预见的"读者,О. Э. 曼德尔施塔姆在《关于交谈者》一文中所谈到的那种读者。

　　接收者/读者这一问题,在20世纪70年代,已受到西德的一些学者(康斯坦茨大学的X. P. 尧斯、B. 伊塞尔)的仔细研究,那些学者构成接受美学学派(德文 rezeption,接受)①。与之同时,民主德国的M. 瑙曼也是在这一理路上进行了研究。这里提到的学者们的出发点是,艺术经验有两个方面:生产的(创造的、创作的)方面和接受的(感知接受的领域)方面。尧斯和伊塞尔认为,与之相应地也存在两种审美理论:传统的创作理论(首先表现于艺术中)和一门新的、由他们建构的接受理论,这种理论所置于中心位置的,不是作者,而是他的接收者。后者被命名为隐含的读者,他潜在地存身于作品中,而内在于作品。(根据这个理论)一个作者首先具备感化读者的能量,正是这种能量被赋予决定性的意义。至于艺术家的积极性(产生并记载意义与意蕴)的另一个方面,则被接受美学的同道们推到次要的位置上(尽管并没有被否定)。在语言艺术作品的构成中得到强调的,是作品中可揣测到的那种感化读者的纲目——感化的潜力(德文为Wirkungspotenzial)②,这样一来,文本的结构就被看作是一种呼吁、一种诉求(面向读者的呼吁与诉求,向读者发出的书函信件)。接受美学的代表人物们断言,正是那被融进作品的感化的潜力,在决定着现实的读者对作品的接受。

3. 现实的读者　文学的历史—功能研究

　　同那种间接地、有时则是直接地在作品中在场的、潜在的、想象出来的读者(接收者)一样,阅读经验本身对于文学学也是有趣而重要的。现实中存在的读者和读者群,具备极为多样的、彼此之间常常是各不相同的文学接受的定势、对文学的要求。这些定势和要求、取向和谋略,有可能与文学的特性以及该时代文学的状况相吻合,也有

---

　　① 这一学派纲领性的发言是其集体撰写的专题性论著:《接受美学·理论与实践》,R. 瓦尔宁编,慕尼黑,1975年。

　　② Iser W.:《阅读行为·审美反应理论》,慕尼黑,1976年,第7、9页。

可能与之有分野,有时那分野甚至是相当坚决的。它们被接受美学用期待视野这一术语来指称,该术语是从社会学家 K. 曼海姆和 K. 波佩尔那里借用来的①。依 X. P. 尧斯之见,作家活动的本质就在于,要考虑到读者的期待视野,而同时去打破这种期待,向公众提供某种出乎意料的东西、新颖的东西。读者们在这种情形下被设定为明显保守的,作家——则被认定是那些惯习的破坏者、接受经验的革新者,而我们要指出,远非总是这样的。在为先锋派的新潮风尚所打动的读者圈子里,对作者们所期待的,就不是循规蹈矩,也不是某种停滞不前的东西,而是相反,期待的是那种对一切惯习义无反顾的扫荡和破坏。读者的期待视野是异常多样的。从文学作品中,读者可能期待的,有享乐主义的满足,有那些被认为是有失体统的情感,又有劝诫和教益,有对那些相当熟悉的真理的表达,又有对视野的拓展(对现实的认知),有对幻想世界的沉迷,又有(这同那些与我们相距不远的时代的艺术本质最为符合)那种于对作者的精神世界的体悟有机结合之中获得的审美享受。这最后一种读者期待,理应被认定是艺术接受的最高品位、最佳定势。

语言艺术作品的命运,以及其作者所享有的威信程度与知名度,在很多方面是由读者群体的视野、趣味和期待所决定的。"文学史——不仅是作家的历史〈……〉也是读者的历史",——19 世纪末 20 世纪初著名的图书学家与图书编目学专家 H. A. 鲁巴金曾这样公正地指出②。

拥有其中种种定势和嗜好、种种兴趣和视野的读者群体,与其说为文学学家所研究,不如说为社会学家所关注,而构成文学社会学的考察对象。然而,文学对于社会生活的作用,读者对文学的理解和思索(换言之,处于对其加以接受而不断变化的社会—文化语境中的文学)乃是文学学诸学科之———文学的历史功能研究(这一术语由

---

① X. P. 尧斯:《作为文学科学之挑战的文学史》,俄译载《新文学评论》1995 年第 12 期,第 79 页。
② H. A. 鲁巴金:《俄罗斯读者群研究专论》,圣彼得堡,1895 年,第 1 页;参阅:A. H. 别列茨基:《在语言艺术家的工作室里》。

М. Б. 赫拉普钦科于20世纪60年代末提出)所要探讨的对象。

文学的历史功能研究的主要领域——是作品在大历史时间中的流传,是作品在几百年间的生命。然而,对一个作家的创作如何为其同时代人所把握加以考察,这也是对这门学科十分重要的课题。对一部刚刚面世的作品之反响加以研究,是考量这部作品必不可少的一个条件。因为作者首先要面向的,通常是他的同时代人。而同时代人对文学接受的一个显著特点常常是读者的反应极为激烈,无论那是断然的不接受(拒斥),还是相反,是那种热烈的、兴奋不已的赞许。例如,契诃夫在其同时代人当中的许多人心目中就是"事物的尺度",而他的书——则被看成"关于周围所发生的事情的唯一真理"[①]。

对文学作品在其被创作出来之后的命运加以研究,是建立在极为不同的文献来源和材料基础之上的。这种研究,需要有出版的次数和性质、书的印数、外文译本的具备、图书馆的馆藏情况。这种研究,还需要有以书面文字记录下来的对阅读的东西的回应(通信、回忆录、书页上的眉批笔记)。但是,在对文学的历史功能加以阐明时,最为重要的是那些"走向公众"的关于文学的话语:在重新创作出来的语言艺术作品中被联想和被引用,被绘成素描、版画、彩色铅笔画,被改编成戏剧、电影、电视而搬上舞台银幕,以及政论家、哲学家、艺术学家、文学学家和批评家们对文学事实的回应。批评家的活动,乃是对文学功能的不可估量的、极为重要的见证,我们下面就讨论这个问题。

4. 文学批评

现实的读者具有两个特征:其一,他们是随着时代的变化而变化的;其次,在每一历史时刻他们也决不是彼此同样的。那些属于艺术修养水平比较低的阶层的读者,与那些同自己时代的精神时尚和文学潮流的关系最为密切的读者,与那些被称之为"大众读者"(不完全确切)的更为广泛的社会界别的代表,彼此之间的差异尤为明显。

[①] 《К. И. 丘科夫斯基文集》六卷本,第5卷,莫斯科,1967年,第594、593页。

文学批评家构成读者群体(确切地说,是其中具有艺术修养的一部分)中的一种先锋派。批评家们的活动,是文学在其当代的功能中一个十分重要的组成部分(同时也是一个构成因素)。批评的使命和任务,是对艺术作品进行评价(主要是新创作出来的),并且在这一评价中去对自己的见解加以论证。В. А. 茹科夫斯基曾经写道:"你在读史诗、看画、听奏鸣曲的时候,会感觉到满足或不满足,——那是趣味;你在辨析满足或不满足的原因何在——这就是批评。"①

文学批评在作家和读者之间担任着创造性的中介者的角色。文学批评能够刺激并引导作家的活动。众所周知,В. Г. 别林斯基对 19 世纪 40 年代进入文坛的作家,其中包括 Ф. М. 陀思妥耶夫斯基、Н. А. 涅克拉索夫和 И. С. 屠格涅夫,曾有过不小的影响。而批评也会对读者群体发生作用,有时还是相当积极的。一个批评家的"信念、审美趣味",他的"整体的个性""有可能成为令人有趣的现象,并不亚于一个作家的创作"②。

过去的几百年(直到 18 世纪)的批评,主要还是规范性的。这种批评执著于将所讨论的作品同那些体裁的范例加以对比。而新的批评(19—20 世纪)的出发点则是:作者拥有依照他自己认可的法则去创作的权力。新的批评感兴趣的,首先是作品独一无二的个性面貌,而阐释作品的形式与内容的特色(正是在这个意义上它是阐释性的)。Д. 狄德罗当年在预言浪漫主义美学时曾写道:"请亚里士多德原谅我吧,但那种基于最完美的作品而得出一些不容置疑的法则的批评乃是不正确的;好像人们喜欢的方法就那么几种!"③

在对具体的作品加以评价和阐释之同时,批评也考察当代的文学进程(在俄罗斯,对当下文学加以评述这一体裁,还是从普希金时代就确立下来),还建构艺术—理论的纲领,而引导文学的发展(В. Г. 别林斯基晚期关于"自然派"的那些文章,Вяч. 伊万诺夫和 А. 别

---

① В. А. 茹科夫斯基:《论批评》(1809),见 В. А. 茹科夫斯基:《美学与批评》,第 218 页。
② Л. В. 切尔涅茨:《"我们的话语将有怎样的回应……":文学作品的命运》,莫斯科,1995 年,第 100 页。
③ 《Д. 狄德罗论艺术》二卷本,第 1 卷,莫斯科,1936 年,第 135 页。

雷关于象征主义的著作)。以其(批评家们的)当代问题的视界去考量早先创作出来的作品,也在文学批评家的权限之内。В.Г.别林斯基关于杰尔查文、И.С.屠格涅夫的《哈姆雷特与堂·吉诃德》,以及Д.С.梅列日科夫斯基关于托尔斯泰和陀思妥耶夫斯基的那些文章,就是对这一点的鲜明的佐证①。

文学批评同关于文学研究这一门科学的关联不是单一的。文学批评立足于作品分析,而与科学知识直接相关。但也有随笔/批评,并不追求分析性和证据性,而是一种主观的经验,多半是对作品在情感上的把握。И.安年斯基曾把自己的《伊波利特与费奥多尔的悲剧》(论欧里庇德斯)一文界定为随笔式的:"我有意不谈那些属于研究和总结的东西,而是来谈谈我体验到的感受,在思考主人公的言语而努力捕捉这些言语背后的悲剧的思想本质和诗意本质时的感受。"②由文学批评来执行的"对趣味的评判",毋庸置疑,是拥有其合法的生存权的,甚至在这些评判并没有获得合乎逻辑的论证的情形下,也是有这种权利的。

5. 大众读者

分属各个不同的社会阶层的人们,在阅读范围上,而主要的是在对所阅读的东西的感知接受上,有较大的差异。例如,在19世纪俄罗斯的农民当中,也包括在一部分城市的工匠当中,阅读的中心是具有宗教道德取向的读物:多半是那些被称作"圣书"的圣徒行传体裁的书籍。圣徒传(常常是以那些写得庸俗而文理不通的小册子的形式,流传到民间)曾被人们兴奋而虔诚地阅读着。我们要指出,圣徒行传体裁在这时不太能引起有教养的阶层的关注,尽管它曾引起果戈理、陀思妥耶夫斯基、列斯科夫的浓厚兴趣。

进入民间读者阅读范围的,还有那些娱乐性的、冒险性的,有时带有色情性质的书籍,它们被称作"故事"(著名的《波瓦》、《耶鲁斯

---

① 关于文学批评各种不同的体裁与丰富的形式,参阅:Б.Ф.叶戈罗夫:《文学批评的技巧:体裁、结构、风格》,列宁格勒,1980年。

② И.安年斯基:《映像之书》,莫斯科,1979年,第383页。

兰》、《格奥尔基老爷的故事》)。这一类书在民间曾相当广泛地流传，但它们招来的是人们鄙夷不屑的态度，被赋予一些并不中听的形容("为逗趣而胡诌的小故事"、"胡编乱造的东西"等等)。可是，即便是这一类故事在某种程度上也要"看看"宗教道德训诫文学的"脸色"：在那些作者心目中，合法婚姻这一理想是不容怀疑的，在故事结局时，道德原则总是要胜利的。

19世纪的"高雅"文学，在相当长的时间内都没有找到一条通向广泛的读者群的道路(在某种程度上可算作是例外的有：普希金的童话故事、果戈理的《狄康卡近乡夜话》、莱蒙托夫的《商人卡拉什尼科夫之歌》)。通常，来自民间的读者认为，俄罗斯经典文学同他的兴趣有着某种隔膜，与他的精神上的和实际生活的经验都相距甚远，他是按照自己所习惯的圣徒行传文学的标准来接受俄罗斯经典文学的，所以，他在接触俄罗斯经典文学之后，经常体验到的乃是失望。例如，在普希金的《吝啬骑士》中，听众们首先关注的是巴龙没有忏悔就死了。人们不习惯于"非娱乐性的"、严肃的作品之中的虚构，而将现实主义作家们所描绘的东西都当作是实际存在的真人真事[1]。H. A. 杜勃罗留波夫当年的确是有全部理由去抱怨，俄罗斯大作家的创作不会成为人民的财富[2]。

Ф. M. 陀思妥耶夫斯基在《书卷气与识字文化》(1861)一文中，曾提出使民间文化与有教养阶层的("老爷的")文化相接近的纲领。他指出，有艺术修养而致力于对所有其他人进行启蒙者，应当不是居高临下地(像一个十足的聪明人对一个道地的傻瓜那样)俯视来自民间的读者，而应当尊重他们那种平静愉快的、未受到任何拘束的对公正的信仰，而且要记住，人民对"老爷的训教"是持以怀疑态度，那种从历史上看是正当的怀疑态度。陀思妥耶夫斯基认为，使社会有教养的部分与"民间的根基"融为一体，并吸收"民间的质素"，这对俄国

---

[1] C. A. 安-斯基(拉普珀珀尔特)：《民众与书籍：民间读者特点之评述》，莫斯科，1913年，第69—75页。

[2] H. A. 杜勃罗留波夫：《论人民性在俄罗斯文学发展中渗透的程度》，见《H. A. 杜勃罗留波夫文集》九卷本，第2卷，莫斯科—列宁格勒，1962年，第225—226页。

是必要之举①。19世纪末的民粹派和托尔斯泰主义者,也是在这一取向上进行思索和展开工作的。И. Д. 瑟京的出版活动和托尔斯泰的"媒介"出版社,在这方面起了很大作用。民间的读者同"严肃文学"之间的接触,得到了明显的巩固。

充满痛苦的社会政治矛盾冲突的20世纪,非但没有缓和,相反,却使大多数读者与少数有艺术修养的读者之间在阅读经验上的矛盾更为激化。在发生了两次世界大战、产生了极权主义制度、出现了过度的城市化(很多情况下是强制性的)的时代,大众读者同精神和美学传统的疏离,乃是自然的,而且远非所有时候都能获得某种有正面积极意义的替代物。关于精神空虚的大众充满生活欲望和消费情绪,Х. 奥尔特加-伊-加塞特在1930年就曾经写过。他认为,20世纪一个普通人的面貌,首先是与这一种观念相关联着:已经到来的这个时代"觉得自己比以往所有的时代都更强大",更"有活力","20世纪失去了对过去的任何尊重、任何关注〈……〉它彻底拒绝了任何遗产,它不承认任何范例和标准"②。所有这一切,自然,是不能引起去掌握真正的、崇高的艺术之愿望的。

然而,在任何一个时代里,广大公众所阅读的作品范围,都是相当宽阔的,或者,可以说是相当多彩的。这个范围,不能被归结为形形色色的粗糙原始的读物,而是将那种具有无可争议的价值的文学,自然,也有经典文学,都包括在内的。所谓"大众读者"的阅读兴趣,总是要超出那类庸俗陈腐的、品质低劣的作品范围之外的,后者被称之为大众文学(下面我们就来讨论这一问题)。

第三节 文学品级和文学声誉

文学作品以各自不同的方式完成自己的艺术使命,它们都会或

---

① 《Ф. М. 陀思妥耶夫斯基全集》三十卷本,第19卷,列宁格勒,1979年,第7、18—19、41、45页。

② Х. 奥尔特加-伊-加塞特:《民众的起义》,俄译载《哲学问题》1989年第3期,第129页。

多或少，有时甚至完全偏离自己的使命。文学现象（不论是一个作家的全部创作，还是他的单个作品）的规模是各种各样的，其价值也是有高下之分的。因此，有几个概念是颇为重要的：首先，是"文学序列"（第一序列，第二序列，等等）①，其次，是"文学垂线"。还有一些概念也是不可或缺的：一方面，是高雅文学（严守一定风格的、具有真正艺术性的文学），另一方面，则是大众（"庸俗的"）文学（"副文学"，"低档文学"），以及占据着"高档"与"低档"之间的中层空间的消遣休闲文学。当代文学学缺乏对上述现象清晰而严格的界说，文学的"高档"和"低档"的概念，在导致无休无止的各种解释和争论。然而，将文学事实排成某些品级的尝试，却相当执著地在进行。

1."高雅文学" 文学经典②

词组"高雅（或者严肃）文学"、"高档文学"并不具有完整确定的涵义。然而，这些词语在指称一种合乎逻辑的分离——从整个"文学读物堆"（既包括随行就市看风转舵的投机炒作之物，又包括什么都写的写作狂的产品，还包括那种——用一位美国学者的说法——"下流文学"，海淫文学就是这样的）之中分离出其中值得尊重和关注的那部分，主要的是，忠于文学的文化—艺术使命的那部分。这种（"高雅"）文学的某种"高峰"就是文学经典——它是文学的那一部分，那部分为好几代人都感兴趣、对好几代人都有权威性，而构成文学的"黄金储备"。

"经典的"（源自拉丁文 classicus，典范的）这一词语，被艺术学学家和文学学家们用于各种各样的意义：经典作家作为古希腊罗马时期的作家，是被置于同近代（文艺复兴时期）的作者们相对立的位置上的，而古典主义的代表们（也被称之为经典作家）——则是与浪漫派相对立；在这两种情况下，"经典的"一词都含有"秩序、适度、和谐"

---

① С. И. 科尔米洛夫：《论"文学序列"之相互关系（概念的论证）》，《俄罗斯科学院学报·文学与语言卷》2001 年第 4 期。

② 俄语中"классика"一词有"经典著作"、"古典作品"等不同的涵义，本节中这两层意义都涉及了。——译者注

第三章 文学的功能

的观念。文学学术语"古典风格"也是在这一涵义上被使用的,这种风格与那种和谐的整体观念相关联,而被看作是每一个民族的文学的一种方向标(俄罗斯文学中的古典风格,在普希金的创作中得到最为充分的体现)①。

而词组"艺术(或文学)经典"(这正是本节要讨论的问题),则涵纳着作品意味深长、规模宏大、具有永恒价值这样一种观念。经典作家,按照 Д. C. 梅列日科夫斯基的著名说法,这是人类永恒的旅伴。文学经典是一流作品的集成。这,可以说,是文学顶峰的顶峰。通常是,她是从外部、从旁边,在另一个、下一个时代才能被认识到的。经典文学,总是被积极地纳入不同时代之间的(跨越历史的)对话关系之中(这也正是它的本质之所在)。

匆忙地将某个作者划入经典作家那样崇高的品级,是要冒风险的,而且结果也远非总能是希望的那样,尽管关于作家未来的声望的预言有时也会成真(我们可以回想一下别林斯基对莱蒙托夫和果戈理的评价)。说一个经典作家的命运已经为这一或那一位当代作家准备好,这只应当是推测性地、假设性地去谈论。一个为同时代人欣喜接受的作者,还只是经典作家"候选人"。让我们回想一下,当年不只普希金和果戈理、列夫·托尔斯泰和契诃夫在其作品创作出来之际就得到盛赞,享此殊荣的还有 Н. В. 库科利尼克、С. Я. 纳德松和 В. А. 克雷洛夫(19 世纪 70 至 80 年代最为流行的剧作家)。自己时代的偶像还不等于就是经典作家。也有这样的情况(而且这方面的例子还不少):"有些文学家,被公众以那些在艺术上并不是深思熟虑的见解与空洞而庸俗的趣味,抬高到与之不相符的、并不属于他们的高度,在生前就被宣布为经典作家,被毫无根据地供奉于民族文学的神殿,可是在这之后,有时甚至是在生前(如果他们活得很久),在成长起来的新一辈的心目中,他们就苍白下来、枯萎下去,渐渐地销声匿

---

① 《文学风格理论·现代风格发展的类型》(第一节:古典主义风格),莫斯科,1976年。

迹了。"①看来，谁配得上经典作家这一称号，并不是由作家的同时代人，而是注定要由其后人去裁定。

在过去，严肃文学中的经典和"非经典"之间的界限是模糊而易变的。现如今，把 К. Н. 巴丘什科夫和 Е. А. 巴拉廷斯基列入经典诗人是不会引起争议的，但在相当长的时间内，普希金的这两位同时代人却身居"二流"（他们被列入 В. К. 丘赫尔别凯、И. И. 科兹洛夫、Н. И. 格涅季奇那一档次的作家中——这三位作家对于俄罗斯文学的功绩无可争议，但其文学活动的规模和在公众中的知名度并不是很高）。

有悖于(自象征主义以降②)广泛流行的偏见，艺术经典其实根本不是某种化石。获得赞扬的作品的生平总是充满永无止境的变化运动（尽管如此，作家的崇高声誉通常还是保持着其稳定性的）。М. М. 巴赫金曾经写道："每个时代都会按照自己的方式重新推重一批属于最近的过去的作品。经典作品的历史生命，实际上就存在于对它们在社会意识形态上进行重新推重的过程之中。"文学作品在大历史时段内的存在流传，是与它们获得丰富相伴随的。它们的涵义构成有能力去"生长，继续充实未完成的创作"：在"新的背景下"，经典作品会展开"越来越新的涵义因子"③。（对早先创作出来的作品意蕴之追补性的发掘和重新解读，经常伴随着其作者声誉的漂移，我们在下面要讨论这个问题）。

然而，过去获得赞扬的作品，在每一个具体的历史时刻会受到很不相同的接受，而经常会引起分歧与争论。让我们回想一下，对普希金和果戈理的创作的评论是那样的五光十色；对莎士比亚的悲剧（特别是《哈姆雷特》）的诠释彼此之间是那么惊人地不同；堂·吉诃德的形象、或者 И. В. 歌德及其《浮士德》的创作——В. М. 日尔蒙斯基那部享有盛名的专著就是探讨这一创作的——之解读，又是那么众说

---

① И. А. 伊里因：《梅列日科夫斯基的创作》(1934)，见 И. А. 伊里因：《孤独的艺术家》，第 135 页。

② А. 别雷看出现代艺术的功勋在于，"古典艺术那无可指摘的僵化的面具"由它"给撕下来了、给砸碎了"(А. 别雷《作为世界观的象征主义》，莫斯科，1994 年，第 247 页)。

③ М. М. 巴赫金：《文学与美学问题》，第 231—232 页；《话语创作美学》，第 331—332 页。

纷纭而无法穷尽。Ф. М. 陀思妥耶夫斯基的作品,特别是伊万·卡拉马佐夫的形象,在 20 世纪也引起了讨论和争论的热潮。

文学在大历史时段中的存在流传的特点,不仅是作品在读者的意识中会获得丰富,而且也会有严重的"意义损失"。对于经典的存在流传不利的因素有两个方面:一方面是先锋派那样的对文化遗产的漠视,对那些已获得盛赞的作品加以随意歪曲的现代化——对它们加以直线式的当下化("陷入迷途的大脑和趣味产生出的种种幻想,从四面八方折磨着经典")①;另一方面,则是将权威性的作品作为终极和绝对真理的体现,而使之获得那种死气沉沉的典律化、僵化和教条式的图解化(人们称之为文化古典主义的那一套,就是这样的)。在对待经典的态度上的这一类极端,曾不止一次地遭到质疑。例如,К. Ф. 雷列耶夫就曾断言,"某些古代诗人和新诗人一流的创作应当引起对它们的尊敬〈……〉但绝不是虔敬,因为这〈……〉会使人产生〈……〉某种恐惧,那恐惧阻碍人们走近所激赏的诗人"②。在对待经典的态度上的标准,乃是对其权威的那种并非指令式地、自由地认可,这种认可并不排除不同意见、批评的态度和争论(Г. 黑塞的立场正是这样,那是他在其随笔《对歌德的感激》中提出的)③。

"我们的同时代人"这个公式经常被用来称呼莎士比亚,或者普希金,或者列夫·托尔斯泰,这种称谓过于亲昵,远非毫无争议。经典注定是要外在于读者的当代性,而帮助读者把自己看作是在大历史时段中生活之人,在广阔的文化生活前景中去理解自己。在构成各种不同的、虽然在某种本质上也是相近相通的文化之间进行对话的理由和动力之时,经典首先被诉诸于那种在精神上定居的人们(这是Д. С. 利哈乔夫的说法),那种人对历史的过去有浓厚的兴趣,并且与之戚戚相关。

经典有时也会被人们界说为典律化的文学,而这就会给它注入

---

① Р. А. 加莉采娃、И. Б. 罗德尼扬斯卡娅:《期刊杂志上的经典文学形象》,《文学评论》1986 年第 3 期,第 51 页。
② 《十二月党人的文学批评著述》,莫斯科,1978 年,第 222 页。
③ Г. 黑塞:《来回兜圈子的书信:艺术政论》,莫斯科,1987 年,第 205—211 页。

一种停滞性、僵化性，从而使它大大地降格。例如，在讲到18—19世纪俄罗斯一些获得盛赞的作家时，В. Б. 什克洛夫斯基不无嘲讽地谈论一系列的"已经被神圣化的文学圣人"①。然而，社会和国家对于经典的支持，对艺术文化具有勿庸置疑的建设性意义。这些支持主要表现在：促成获得盛赞的作品的出版，为那些大作家和大诗人建立纪念碑，将他们的作品列入教学大纲，坚持推广他们的作品等。不过给经典文学戴上"官方文学"的帽子，将它与作为非官方文学的大众文学加以对照，则是没有根据的。

在真正的经典文学同由某些权威（国家、艺术精英）坚执地塞入社会意识的那种文学之间，有着严重的差异。官方政权（特别是极权制度下）人们经常会把文学中的特定部分（既有过去的，也有现在的）的意义绝对化，并且将自己的观点强加于——有时是咄咄逼人地——读者公众。一个明显的例子是1935年斯大林以颁布法令的口吻说出的那句话：马雅可夫斯基过去是，将来也永远是苏维埃时代最好的、最有才华的诗人。授予一些作家斯大林奖也是将他们的创作典律化的行为。一些文化艺术精英有时也在追求将一些作家及其创作典律化，而为之摇旗呐喊（直到今天仍是如此！）。20年前，Вяч. Вс. 伊万诺夫曾经写道："我们准备就过去到底有哪些东西最为我们现在和未来所需要这一问题做出新的决定。"②

一个经典作家的声誉（如果他真正是经典作家），与其说是由某些人的决定（与相应的文学政策）所创建出来的，毋宁说它是自发地产生的，是在一个相当长的时间段中由读者大众的兴趣和看法所形成的，是读者大众那种自由的艺术自我确定所形成的。"谁能列出经典作家的名单？"这个艺术学家和文学学家们时不时就提出并加以讨论的问题本身，在我们看来，就是不完全得体的。如果类似的名单是由某些权威人士或团体来圈定，那么它只能是对已经形成的关于作家们的普遍看法加以记录。

---

① В. Б. 什克洛夫斯基：《罗扎诺夫》，莫斯科，1921年，第5页。
② Вяч. В. 伊万诺夫：《文化与文本中的老朽与年轻》，《文学学习》1983年第5期，第164页。

> 他不是由于符合纲领而获得殊荣，
> 也不是在学派和体系中永恒，
> 他不是被众多的手捧出来的，
> 我们也不是听命谁的强制而认同。

　　Б. Л. 帕斯捷尔纳克当年评论勃洛克（摘自题献给勃洛克的组诗《风》）的这几句诗，在我们看来，就是对一个语言艺术家博得经典作家之誉的最佳路径之简练而富有诗意的表达。

　　文学经典构成中的作者是很不一样的，有的获得了世界性的永恒意义（荷马、但丁、莎士比亚、歌德、陀思妥耶夫斯基），有的则是民族性的经典作家——在具体的民族文学中享有极大权威性的作家（在俄罗斯，这是自克雷洛夫和格里鲍耶多夫开始，以普希金为中心的一批杰出的语言艺术家）。用 C. C. 阿韦林采夫的话来讲，但丁的作品之于意大利人，歌德的作品之于德国人，普希金的作品之于俄罗斯人，"在某种程度上乃葆有大写的'圣书'的品级"①。民族性的经典，自然，只有一部分能够跻身于世界性的经典之列。

2. 大众文学②

　　"大众文学"这一词组具有多种意义。从广义上讲，这是文学中没有得到有艺术修养的读者公众高度评价的那部分：它或者引起反感，或者根本未被有艺术修养的读者公众注意到。Ю. М. 洛特曼曾将文学区分为"巅峰文学"和"大众文学"，而将普希金时代未被注意到的 Ф. И. 丘特切夫早期的诗歌归入后者。洛特曼认为，只是到了19世纪下半叶，当丘特切夫的诗得到有艺术修养的阶层高度评价时，他的诗才超出了大众文学的圈子③。

　　但是，在我们看来，认为大众文学是文学的"下层"的观点得到了广泛流行，而且更具说服力。这一观点，源自古典主义取向的理论：

---

　　① C. C. 阿韦林采夫：《语文学》，见《简明文学百科》九卷本，第 7 卷，莫斯科，1972 年，第 975 页。
　　② E. M. 普莉赫丽图多娃参与了本节与下一节的写作。
　　③ Ю. М. 洛特曼：《作为文化史课题的大众文学》，见《Ю. М. 洛特曼文选》第 3 卷。

源自那种将崇高的、严肃的、典律化的体裁与低级的、笑谑的、非典律化的体裁尖锐地对立起来的规范诗学。大众文学——这是流行作品的集成,这些作品被定位于那种没有获得(或很少获得)艺术修养、不挑剔、不具备发达的趣味、不愿意或者是没有能力独立思考并给作品以应有评价,而在那些印刷制品里主要是寻找娱乐的读者群。在这个意义上的大众文学(这个词组在最近几十年间已经扎下根来了)是由各种不同的术语来指称的。"流行(popular)文学"这个术语已植根于英语文学批评传统。在德语文学中,充任与此相当的角色的则是"庸俗文学"这一词组。而法国专家们则把这种现象定义为"副文学(паралитература)"。借助于希腊文的前缀 para-所构成的这个术语,有两层意思。它既可以指与另一现象相似的现象(例如医学上的副伤寒,指的是外表征状与伤寒相像的一种病),也可以指位于另一物体周围、附近的物体。副文学被认为是那种寄生于文学之中的、文学的类似物。

  19世纪俄罗斯文学"下层"的面貌是不难想象的,只要对那个著名的、1782—1918年间多次再版的、关于贵族格奥尔格的那个故事有个大概的了解。那个故事充满了相当肤浅的感伤、陈腐的情节剧的效果,同时又有些粗俗。我们举一个无需注释的例子:"王后开始嚎啕痛哭,揪扯自己的裙子和头发,在自己的房间里跑来跑去,就像那个惊讶不已的跟随酒神巴克科斯的森林女仙,想要结束自己的生命。侍女们扶住她,不敢发一言。王后喊道:'啊哟,可怜的穆苏里明娜!瞧我对自己做了些什么!我怎么能放过这种恶棍,他会到处去败坏我的名誉!我怎么会迷恋上他那漂亮的脸蛋,而对他这个冷血的骗子敞开自己爱的心扉?'说完这些,王后抓起匕首,想要自杀;但侍女们夺下了匕首,毫无感情地拖住王后,把她送到卧室,让她躺到床上。"[①]В. Г. 别林斯基当年在为这篇小说(作者是马特韦伊·科马罗

---

  ① М. 科马罗夫:《英国贵族格奥尔格大人与勃兰登堡的伯爵夫人路易莎的奇遇故事,并附上昔日的土耳其大臣马尔齐米里斯与撒丁王后捷列济娅的一段故事》第11版,第一部,莫斯科,1864年,第81—82页;关于这位作者的作品,参见:В. Б. 什克洛夫斯基:《马特韦伊·科马罗夫——莫斯科城的一位居民》,莫斯科,1929年。

夫)又一次再版所写的书评中惊叹道:"在俄罗斯,有多少代人正是从这个'英国贵族大人'这里开始其阅读,开始走上文学之路的!"他还讽刺地指出,科马罗夫"在我们的文学中真是那样伟大、那样神秘的一个人物,就像荷马在希腊文学中一样",科马罗夫的作品"几乎是成千上万份地发行,拥有的读者数量之多,可是布尔加林先生的'维日金们'也忘尘莫及"。①

副文学是为其人生价值观、善恶观局限于浅薄的陈规俗套的那一类读者所消费的。正是在这一意义上它是大众性的。用 X. 奥尔特加-伊-加塞特的话来说,民众的代表——这是"任何一个人和每一个人,那种人无论在善的一面还是在恶的一面,都不会用特别的尺度去衡量自己,而是'像大家一样'去感觉,不仅不为自己毫不出众而抑郁不欢,相反,对此心满意足"②。

与此相应,属于副文学的那类书中的主人公们,通常都丧失了性格,丧失了心理个性,丧失了"特殊的标记"。Ф.布尔加林在长篇小说《伊万·维日金》的序言中这样写道:"我的维日金是这样一个人,他天性善良,但在迷惘的时刻也会软弱,他受环境左右,这样的人,我们在世上会见到许多,并且经常会见到。我是一心想把他写成这样的人。他生活中所发生的事就是这样,这可能发生在任何一个人身上而不用添加虚构之笔。"③

我们归属为副文学的那类作品中的人物,都变成了对个性的一种虚构,变成了某种"符号"。难怪那些低级趣味的小说的作者们那么喜欢意有所指的假面/姓名。A.C.普希金当年在评论其文坛对手的那些长篇小说时写道:"布尔加林先生给人物都起了各种各样别出心裁的名字:杀人犯在他笔下就叫诺热夫(刀子——译注,下同),受贿者就叫弗兹亚德金(受贿),傻瓜就叫格拉兹杜林(疯傻)等等。唯有历史准确性这一条,不允许他把鲍里斯·戈都诺夫叫做赫洛波乌欣

---

① 《В.Г.别林斯基全集》十三卷本,第3卷,第208—209页。
② X.奥尔特加-伊-加塞特:《民众的起义》,见 X.奥尔特加-伊-加塞特:《美学·文化哲学》,第310页。
③ 《Ф.布尔加林全集》七卷本,第1卷,圣彼得堡,1839年,第8页。

(狡猾的忙碌者),把德米特里·萨莫兹万涅茨称为卡托尔什尼科夫(苦役犯),而把玛丽娜·穆尼舍克称作施留欣公爵小姐(娼妓公爵小姐),可是这些人物在他的笔下都显得有几分苍白。"①

　　副文学以变动不居的不断发展的情节,随处可见的、令人难以置信、离奇古怪的,甚至是童话般的事件,来补偿人物性格的缺失。讲述安热里克的奇遇和冒险故事而没完没了地印行的那些书,在并不挑剔的读者那里大获成功,就是对这一点明显的见证。这类作品的主人公通常并不具备一个人本有的面孔。他时常以超人的面目出现。杰里·考托就是这样的。这个神奇的侦探,就是服务于西德一家出版社的一些匿名作者集体创作出来的。"杰里·考托他那数不清的技艺无人能敌——射箭、拳击、柔道、驾车、驾飞机、跳伞、潜水、狂饮威士忌而不醉等等,不一而足。杰里的全能几乎是神性的……他既不受限于常理,也不去考虑逼真,甚至可以违背自然规律……"②

　　尽管如此,副文学还是尽力使读者相信所描写的一切是真实可信的,让读者相信,最难以置信的事件"有可能在任何一个人身上发生而不用添加虚构之笔"(Ф.布尔加林语)。副文学要么诉诸于故弄玄虚(还是那个布尔加林,在长篇小说《德米特里·萨莫兹万涅茨》的序言中称,他的书立足于鲜为人知的瑞典史料),要么为现实中不可能发生的奇遇"安排"一些可以被辨认的、有凭有据的细节。例如,关于杰里·考托之奇遇系列书的作者们"所关心的,电话号码应是真实的(所以才有纽约电话用户的名单),酒场、俱乐部的名称和地址是正确的,赛车路线在距离和时间方面都准确无误。所有这一切都会对那些天真的读者产生征服性的作用"③。

　　副文学是市场的产儿,是"精神性"消费工业的产物。例如,在德国,生产这种"庸俗小说"是在生产线(绝无转义)上进行的。"出版社每月发布一定数量的某种体裁(女性类、侦探类、西部故事类、惊险

---

① 《А.С.普希金全集》十卷本,第7卷,莫斯科,1949年,第250页。
② И.М.弗拉德金:《通俗小说与其在西德流行的途径》,见《大众文学与西方资产阶级文化危机》,莫斯科,1984年,第128页。
③ 同上。

类、科幻类和军旅类小说)的通俗小说的名称,严格限定情节、性格、语言、风格甚至篇幅(250—270页)。为此,出版社雇用一批作者,与他们签订合同,他们就会定期按计划好的期限将符合上述规格的手稿交到出版社。这些手稿不以作者的名字出版,而是被冠以某个响亮的笔名,这名字和手稿一样,都是归出版社所有。出版社有权不与作者协商即按照自己的意图对手稿进行修改和重编,把不同作者的手稿以同一笔名出版。"[①]

大众文学以其极端的程式化和对"无作者"的喜好,而令有艺术修养阶层大多数读者,包括文学家们极为反感。然而,人们尝试着把它看作是一种也具有正面特征的文化现象。美国学者 Дж.卡维尔蒂的一部专著就持此观点[②]。在这本书(第一章不久前已被译成俄文)中,认为大众文学是某种优秀的东西之低级的、堕落的形式的那种习见受到辩驳,认定大众文学不仅完全拥有存在的权利,而且相对于那些公认的杰作还有优长之处的见解得到肯定。大众文学在这里被界定为"公式化的"、追求一定模式的、可是却能体现有深度的、大容量的意蕴的文学:它能表现人"逃避现实的感受",而符合"大多数现代美国人和西欧人"想要逃离单调乏味的生活、逃离日常烦恼的需求,符合他们对有序化的生活方式、主要是对娱乐消遣的需求。卡维尔蒂认为,读者的这些需求,是通过作品中所充满的"危险、不确定、暴力和性"的情节(象征)来获得满足的。

在卡维尔蒂看来,"公式化文学"能表现这样一种信念:"真正的公正并不是靠法律,而是靠个人奋斗来实现的。"因此,这类文学作品中的主人公总是富有积极进取和冒险精神。这位学者认为,"公式性"主要存在于诸如情节剧、侦探小说、西部故事、惊险作品与恐怖作品(小说、电影、广播节目、电视节目)等体裁之中。

卡维尔蒂为抬高大众文学而强调:那种为所有人都具有的意识

[①] И. М. 弗拉德金:《通俗小说与其在西德流行的途径》,见《大众文学与西方资产阶级文化危机》,第109页。

[②] Cawelti J. G.:《历险,神秘与罗曼司:作为艺术与大众文化的"套路故事"》,芝加哥,1976年。

之牢固的、"基本的模式"在构成大众文学的基础。在"公式化作品"结构的背后,是"那些自古有之的意向",它们能够为大多数人所理解而对他们有魅力。在指出这一点之后,卡维尔蒂谈论到高雅文学——"为数甚少的几部杰作"——的局限性和狭隘性。在他看来,那种认为"仿佛伟大的作家都具有将自己文化中主要神话体现出来的罕见能力"的看法,乃是"流俗之见",也就是一种偏见和谬见。于是,他得出结论:经典作家所反映的只是"会阅读经典的那部分精英读者的兴趣和态度"①。

可见,卡维尔蒂对自古以来就根深蒂固的将文学分为"高档"和"抵挡"而将其在价值上加以对立的观念进行了彻底的颠覆。但他这一大胆的创新远不是无可争议的。这里仅指出一点,"公式性"不仅是现代大众文学的特征,也是过去几个世纪所有艺术一个最重要的特点。然而,卡维尔蒂的著述也引人深思。它召唤人们去批判地对待传统的对立("高档"文学和大众文学的对立),激发人们去阐明文学中不属于经典杰作的那部分在价值上的驳杂多质性。"被看作是审美'下层'的大众文学,在文学发展的各个不同阶段其自身也不尽相同,因为文学的'高档'和'低档'是变动不居的、有时则会位置互换的数值(这一情境,对20世纪的艺术尤为典型)。"②因此,在我们看来,将狭义的(作为"低档"文学)大众文学,同作为"中档"文学的消遣文学加以区分(虽然这一区分也不可能是截然硬性的),乃是富有前景的。

3. 消遣文学

"消遣文学"一词(源自法文 belles lettres,纯文学、美文学)被用于各种不同的意义:从广义上讲,指的是艺术性文学(这一词组现已过时);在更为狭窄的意义上,指的是叙事性散文。消遣文学还被看

---

① Cawelti J. G.:《文学模式研究》,《新文学评论》第22期,莫斯科,1996年,第44—45,61—63页。
② Н. Г. 梅利尼科夫:《论大众文学概念》,见《迈入21世纪的文学学》,莫斯科,1998年,第231页。

作是大众文学的一个环节,又被等同于大众文学。

我们感兴趣的是这个词的另一种意义:消遣文学——这是"二流"文学,但同时又具有无可争议的价值,而与"低档"文学(低级读物)有原则区别,也就是说,这是文学的一个中间地带。用论述俄罗斯消遣文学加剧形成时期特征的那部书的作者的话来讲,文学的这一层次(有别于经典文学)乃是"混匀而中和的"、"边缘而过渡的",它在很多方面是模仿性的,但同时也"是大文化发展的一个推动性的因素"①。

消遣文学也不是单质而铁板一块的。在其构成中有重要价值的,首先是这样一个系列的作品:它们的篇幅并不长,也谈不上有多少艺术独创性,但却能探讨自己国家和时代的问题,能回应当代人、有时也能回应子孙后代的精神需求和智力需求。用 В. Г. 别林斯基的话来讲,这一类小说文学能表现"现时的需求、今天的思索与问题"②,在这个意义上,它与"高雅文学"相接邻相关联,而与"高雅文学"相类似。

例如,Вас. Ив. 涅米罗维奇-丹钦柯(1844—1936)为数众多的长篇、中篇和短篇小说就是如此,它们在 1880—1910 年间多次大印数再版。这位作家并没有什么独特的艺术发现,他喜爱情节剧的效果并且经常滑向那些现成的文学模式,然而,他也说出了关于俄罗斯生活的某些独到的东西。特别要提及的是,涅米罗维奇-丹钦柯这人十分重视人间正义,把它看作是民族生活的一个最重要因素;他十分关注"胸怀大略"、令人"不能一眼看穿"之人的面貌和命运:"他们全都藏在某处,就像金矿脉藏在⟨……⟩石头中一样。"③

也常有这样的情形:一本具体表现某一历史时刻的思考和需求的书,曾在作家同时代人那里获得热烈反响,后来却从读者的生活中消失,成为只能引起专家们兴趣的文学史料。例如,曾享盛誉于一时

---

① Н. Л. 韦尔希宁娜:《1830—1940 年间俄罗斯消遣文学(体裁与风格问题)》,普斯科夫,1997 年,第 146、49、4 页。
② 《В. Г. 别林斯基全集》十三卷本,第 9 卷,莫斯科,1955 年,第 161 页。
③ Вас. И. 涅米罗维奇-丹钦柯:《高傲的—勇敢的—强健的》,彼得格勒,1919 年,第 9 页。

的 Вл. 索洛古勃伯爵的中篇小说《四轮马车》即遭此命运。同属此类的还有 М. Н. 扎戈斯金、Д. В. 格里戈罗维奇、И. Н. 波塔宾科等人的作品。

能对其时代的文学—社会潮流做出回应（或者，力求做出回应）的小说文学，在价值上也有高下之分。在一些情形下，它含有独创和革新的因素（更多的是在主题—思想层面，而不是在艺术本身），而在另一些情形下，它则多半是（有时甚至完全是）模仿性的、追风性的。

模仿（源自古希腊文 epigonoi，后生者）——这是"对传统典范非创造性的追随"①，我们还要补充一点，它还是对众所周知的文学主题、情节、母题令人厌烦的重复和平庸陈腐的变体，特别是——对一流作家的模仿。М. Е. 萨尔蒂科夫-谢德林指出："所有充满活力与能量的天才，都摆脱不了被众多模仿者追随的命运。"②例如，紧随 Н. М. 卡拉姆津具有革新意义的小说《可怜的丽莎》之后，出现了一大批与之类似的作品，它们彼此之间极为相像（《可怜的玛莎》、《可怜的玛加丽达的故事》等等）。后来，也发生了某种类似的、对 Н. А. 涅克拉索夫和 А. А. 勃洛克的诗歌在主题、情节和风格上的模仿。

模仿有时也会对那些能够在文学中说出（与已经说出）自己话语的天才作家产生威胁。例如，Н. В. 果戈理最早的作品（长诗《甘茨·奎辛加丹》）和 Н. А. 涅克拉索夫最早的作品（抒情诗集《理想与声音》）主要都是模仿性的。还有一种情况，已经独树一帜的作家，后来经常过于自我重复，成为自己的模仿者（我们认为，甚至连 А. А 沃兹涅先斯基这样的大诗人也未能避免这一类倾斜）。用 А. А. 费特的话说，对于诗歌而言，再没有什么"比重复更为致命，尤其是重复自己"③。

有时，一个作家的创作也会把模仿元素和独创元素结合于一身。例如，С. И. 古谢夫-奥连布尔格斯基的那些中短篇小说，其中既有对

---

① 《文学百科辞典》，第 510 页。
② 《М. Е. 萨尔蒂科夫-谢德林论文学》，莫斯科，1952 年，第 189 页。
③ 《俄罗斯作家论文学（18—19 世纪）》三卷本，第 1 卷，列宁格勒，1939 年，第 444 页。

Г. И. 乌斯宾斯基和 М. 高尔基明显的模仿,也有自己对当代生活(主要是俄罗斯外省神甫们)之独到、大胆的透视。模仿与作家对传统艺术形式的依靠,与原本意义上的继承,是毫无共同之处的。(对于艺术创作而言,立足于没有模仿的继承那样一种定位,乃是最佳的①。)模仿首先表现为作家没有自己的主题和思想,模仿还表现为形式是折中而平庸的,是从前辈那里拿过来的,没有一丝一毫的更新。

但是,真正正经的消遣文学一定会远离模仿的诱惑。消遣文学作家中的佼佼者(用别林斯基的说法,是"平凡之才",或者,像 М. Е. 萨尔蒂科夫-谢德林所称呼的,是"徒工"的那些人,也同大师一样,能够"自成一派"②)在文学发展的进程中起到良好而重要的作用。他们对于大文学和整个社会而言都是不可或缺的。对于杰出的语言艺术大师来说,他们是"培养基和共鸣场";消遣文学"以自己的方式滋养着杰作的根系";平凡之才有时会陷入模仿和追风之中,但他们同时也"时常在摸索,偶尔也会发现一些后来在经典文学中得到深入发掘的主题层面、课题层面"。③

消遣文学,能积极回应"当下大众关注的问题",能具体表现"小时段"的思潮风尚、"小时段"的关切与忧心,它不仅在当下文学的构成中很重要,而且对于理解过去时代的社会和文化艺术生活史也有价值。М. Е. 萨尔蒂科夫-谢德林指出:"有这样一些文学作品,它们的面世曾获得了普遍的轰动,渐渐地被人们遗忘,被送进档案馆。然而,不仅是当代人,甚至是遥远的后代人,都没有权力忽视这些作品,因为在这种情形下,文学就是一种真实可信的文献,根据它可以轻而易举地重建时代的典型特征,而辨认出时代的要求。"④

---

① М. П. 玛克萨科娃:《歌手需要知道什么》,见 М. П. 玛克萨科娃:《回忆录·文章》,莫斯科,1985 年,第 137 页。(关于对模仿之过度泛化的诠释,将模仿与对传统的承传相混淆甚或相等同,参见本书第六章"对于文学有重大意义的文化传统"一节)
② 《М. Е. 萨尔蒂科夫-谢德林文集》二十卷本,第 9 卷,莫斯科,1970 年,第 344 页。
③ И. А. 古尔维奇:《19 世纪俄罗斯文学中的消遣作品》,莫斯科,1991 年,第 61、64、62 页。
④ 《М. Е. 萨尔蒂科夫-谢德林文集》二十卷本,第 5 卷,莫斯科,1970 年,第 455 页。

在很多情形下,消遣文学会由于主宰世界的那些强者意志力的左右,而在某一段时间内被抬升到经典文学的品级。苏联时期的很多文学作品都曾有着这样的命运,譬如 H. A. 奥斯特洛夫斯基的《钢铁是怎样炼成的》,A. A. 法捷耶夫的《毁灭》和《青年近卫军》,就是这样的。对这些作品,理应称之为典律化的消遣文学。

与探讨其时代问题的那类消遣文学一道,还广泛流行这样的一类作品,它们被定位于娱乐性,被定位于轻松的、不用动脑的阅读。消遣文学的这一分支追求"程式化"和冒险性,但还有别于千人一面的大众化产品。在这一类小说文学中一定会表现出作者的个性。善于思考的读者总能发现像 Ж. 西梅农与 A. 克里斯蒂这样一些作者之间的差异。

一些起初作为写得趣味横生的读物而被接受的作品,在经受住时间的考验之后,在某种程度上有可能接近文学经典的地位。例如,A. 大仲马的那些小说即是如此,它们并不是什么语言艺术的杰作,也不标志着对艺术文化的丰富,但在一个半世纪以来,一直深为广大读者所喜爱。

娱乐性消遣文学之存在的权利,其正面的价值(尤其是对青少年来说),是勿庸置疑的。但同时,读者公众也未必情愿会把全部注意力放在这一类文学上。我们听一听 T. 曼的那句悖论,应当是很自然的:"所谓趣味横生的读物,毫无疑问,也是绝无仅有的、最为枯燥乏味的阅读物。"①

消遣文学作为文学创作的一个"中间"区域(既包括严肃性—问题性的一支,也包括娱乐性的一支),既与"高档"文学密切相邻,也与"低档"文学密切相关。在最为确切的尺度上,消遣文学指的是诸如冒险小说、侦探作品和科幻作品这样一些体裁,科幻作品的功绩则是无可争议的。②

像 Ч. 狄更斯和 Ф. M. 陀思妥耶夫斯基这样公认的世界文学经

---

① 《T. 曼文集》十卷本,第 10 卷,第 177 页。
② B. A. 列维奇:《乌托邦的十字路口·国家生活背景上的科幻作品的命运》,莫斯科,1998 年。

典作家，也要在很多方面归功于冒险小说，归功于其趣味横生而引人入胜的叙事与错综复杂而扣人心弦的情节。与狄更斯的交往和合作，对 У. 柯林斯的文学活动产生了良好的影响，У. 柯林斯是质量好的、艺术上有充分价值的侦探小说的开山鼻祖之一，后来，这种侦探小说是以 A. 柯南道尔、Ж. 西梅农，近来——则是以 Б. 阿库林这样的名字为标志的。

Ф. М. 陀思妥耶夫斯基的艺术实践，是世界文学中其高档同其"中间区域"相互作用之特别显著的例证之一。Ф. М. 陀思妥耶夫斯基在政论批评文章《书卷气与识字文化》(1861)中写道，有必要"为人民提供""尽量令人愉快、尽量趣味横生的读物"，由于这种读物，"阅读的兴致就会在人民当中渐渐地播散开来"①。

陀思妥耶夫斯基以自己的创作实践，证实了自己关于趣味性读物之于广大读者是必不可少的这一思考。同是在1861年，他的长篇小说《被侮辱与被欺凌的》在《时代》杂志上刊登。这部作品中，陀思妥耶夫斯的小说同娱乐性消遣文学的传统之间的联系最为明显。晚年的陀思妥耶夫斯基也广泛使用消遣文学和大众文学所典型的叙事手法。他对刑事犯罪情节的效果加以艺术上的再度思考，而将它们用于自己最优秀的小说《罪与罚》、《群魔》、《卡拉马佐夫兄弟》。

4. 文学声誉的漂移 无名的与被遗忘的作者与作品

作家及其作品的声誉多少总是具有稳定性的。不可想象，认为但丁或者普希金是一流巨星的看法会在什么时候就被相反的评价而取代，而19世纪初曾经知名的感伤主义作家 П. И. 沙里科夫有一天就能够被抬高而跻身经典作家之列。然而，文学声誉也会承受漂移，有时甚至是相当剧烈的。例如，18世纪中期之前的莎士比亚，即便不能说完全是无名之辈，也绝不曾享有崇高的威望，绝不曾引起广泛的注意。Ф. И. 丘特切夫的诗在相当长一段时间里没有获得高度评价。与之相反，В. Г. 别涅迪克托夫、С. Я. 纳德松、И. 谢维里亚宁在同时代人中都曾引起一片赞誉，却很快就被挤到文学生活的边缘。

---

① 《Ф. М. 陀思妥耶夫斯基全集》三十卷本，第19卷，第44—45页。

读者公众对作家及其作品的兴趣之"跌落",绝非偶然。文学成功的那些因素是存在的。这些因素是彼此异质而十分驳杂的。

读者的期待会(取决于该时代社会生活的氛围)发生变化,引起人们注意的,时而是这一种,时而又是内容和艺术取向完全不同的另外一种作品,而其他的作品则被推到边缘。例如,近几十年来,那些将存在作为一种不和谐来加以刻画,偏爱将悲剧成份泛化、偏爱怀疑主义、悲观主义和极为阴郁的思想趋向的作家的声誉,得到了显著的提升。Ф.维庸、Ш.波德莱尔、Ф.卡夫卡和现实派作家联盟成员(ОБЭРИУТЫ)的作品,开始拥有更多的读者。Л.Н.托尔斯泰作为《战争与和平》和《安娜·卡列尼娜》的作者,其作品中表现出来的是作者对存在本有的那些和谐元素的信任(让我们回忆一下罗斯托夫一家或者列文—凯蒂这条线),从前托尔斯泰在读者的意识中是几乎总是占据领先地位的,而现在却在很大程度上让位于悲剧式歇斯底里的Ф.М.陀思妥耶夫斯基,如今Ф.М.陀思妥耶夫斯基要比任何一位经典作家都更多地被评论,被论说。(无论作者生活在何时),作者的思想趋向同后来的时代精神相适应的程度,这几乎是作品"可读性"及其声誉变化的一个主要的因素。

一些曾享有盛誉的艺术作品遭到极为严苛的批评的情况也并不少见。例如,П.Я.恰达耶夫在第七封《哲学书简》中,就曾攻击荷马说,诗人所歌颂的乃是"激情之毁灭性的英雄主义",而把"缺陷和犯罪"理想化、神圣化。恰达耶夫认为,一个基督教徒的道德感,应当对荷马史诗产生厌恶,荷马史诗"使智力的紧张减弱",它以"自己强大的幻想"使人"昏昏欲睡进入催眠状态",其中含有"不可思议的耻辱的印记"①。Л.Н.托尔斯泰在《论莎士比亚和戏剧》一文中,也对莎士比亚的戏剧创作提出严厉批评。

在20世纪,原本意义上的艺术经典常常成为"摇摆的三角架"。普希金的这种提法在世纪初为霍达谢维奇借用,这远非偶然:我们不妨提醒读者,未来派的纲领就包含"将普希金、陀思妥耶夫斯基、托尔

---

① 《П.Я.恰达耶夫作品全集与书信选》二卷本,第1卷,莫斯科,1991年,第431—433页。

斯泰之流从现代性的轮船上扔下去"的号召①。

对俄罗斯经典文学的排挤在20世纪90年代达到了极限,目前还看不出它的尽头。这一活动是在广泛的战线上展开的。这里,有那种刻意追求学术性的著述,也有那种心血来潮的随笔,有以反讽的调子对权威文本加以重写,也有用戏剧、电影、电视艺术的形式对经典作品意蕴进行无以计数的颠覆(所谓"现代的解读")。如今,对曾享有盛誉的19世纪俄罗斯作家们的指控真是无所不及!这里,有指责他们粉饰生活,也有指责其对人们提出了(似乎是!)过分的道德要求,还有指责(这也不是最后一回)俄罗斯文学催生了20世纪的社会灾难。所有这一切不无根据地被评价为"枪杀经典文学的战役"。В.Б.卡达耶夫正是将这一词组用作他不久前出版的一本书中的一个章节的标题,那本书论述今人对19世纪文学的诠释,对这一类"审判法庭"的特征作了详尽而令人信服的评述,卡达耶夫指出,如今"对经典文学的攻击,要比那些对经典文学加以捍卫的理据更加引人注目"②。

使俄罗斯经典文学与当代生活分离开来的原因、其源头、其根基乃是相当严重的,而且是多层面的。这里有触及俄罗斯的全球化的意识形态以及与之相伴随的民族虚无主义,——如今这种虚无主义已经抬起头来了,也有文化生活的参与者们对那种将俄罗斯经典文学视为俄国解放运动,也就是革命运动的"镜子"的马列主义学说之难以克服的依赖。对这一"镜像性"的评价,发生了180度的变化,但将作家们的创作实质看成是对革命的一种准备行动这一理解,依然如旧。

如今对俄罗斯经典文学这种"枪杀",理应被视为一个可悲的曲折——在俄罗斯经典文学实现其功能之超时代的历史中,这只不过是一个可悲的曲折〔但愿这是短暂的〕。经典毕竟是经典!诚然,这一曲折并不是席卷一切的,现如今它所左右的并不是原本意义上的

---

① 《В.В.马雅可夫斯基全集》十三卷本,第13卷,莫斯科,1961年,第245页。
② В.Б.卡达耶夫:《碎片游戏·后现代主义时代俄罗斯经典文学的命运》,莫斯科,2002年,第85页。

读者大众,而是那些被意识形态化的、而且在大多数情形下并不是很有修养的文艺界与戏剧界的代表。当代发生的对俄罗斯文学的排挤,丝毫也不能撼动将艺术经典视为不朽的价值这一牢固的观念。我们同意一位法国语文学家——此人是 P.巴特的弟子,他渐渐地抛弃了后现代主义思维的那些套路——的观点:"经典文学——这是对享有声誉的作品相对稳定的排列次序,它虽然也在变化,但只是围绕着边沿而变化,在那种能承受分析的中心与边缘之游戏的进程中发生变化。"①

可以有充分的根据来期望,文学经典在未来对于读者大众也还是活生生的、不朽的、不可或缺的,依然是令人敬重而令人关注的,能引发感激之情与感念之思的。

作家声誉的飘移,也存在于具体的时代之内。新老两代人在观点和趣味上常常有激烈的分野,况且新一代总是在排斥老一代:老一代人的文学"偶像"在新一代这里已经不再享有崇高的声望,会对作家及其作品的声誉进行重新评估;今天的、新的、作为真正现代的领军人物与昨天的"领袖们"是对峙对立的。形式论学派的代表人物曾赋予文学生活的这一方面至为重要的意义。

由作者本人所"宣称"的自己的独到和创新而造成的轰动与效果,也会在不小的程度上促成其在"新一代"同时代人(特别是在我们与之相距不远的这几个世纪)当中的成功。И. Н. 罗扎诺夫写道,如果一个革新家/作家"悄无声息地走自己的路",那么,在相当长的一段时间内人们都不会发现他。如果这个语言艺术家(普希金、果戈理、涅克拉索夫和象征派的领军人物都是如此)"用船桨响亮地敲打那片已经开起花来的草地",引起"老古董们"的愤怒,引发"无稽之谈,轩然大波和一片责骂",那么,他才会引起普遍的注意,获得声誉,而成为同时代人的权威;在这种情形中,有时"嗓子比头脑更重要"(大概指的是未来派那些沸沸扬扬的发言)②。这些见解中,有许多准确之处。官方权力机构、权威的社会组织、大众传媒对一些作家的

---

① A. 孔帕尼翁:《理论之魔》,第 259 页。
② И. Н. 罗扎诺:《文学声誉:不同年代的著述》,莫斯科,1990 年,第 6、18 页。

奖励,也有不小的意义。那类即便并不具备出众才华,但却执著地发表作品、执著地博取批评家的认可、执著地追求广泛的知名度的作者,其执著于自我肯定的冲动,也会起到一定的作用。

然而,像 H. M. 卡拉姆津、B. A. 茹科夫斯基、A. H. 奥斯特洛夫斯基和 A. П. 契诃夫这样一些还在生前便得以广为人知、获得同时代人高度评价的作家,却从不是什么"轰动一时的革新者"。看来,一个作家要在同时代人当中获得崇高声誉,还有另一些比自我肯定的能量无疑要更为深刻的原因。不能不承认,若要在读者公众中获得长久的、稳固的成功,主要的也是唯一可靠(尽管并不总是立竿见影)的因素就是,要让其写作才华、作者个性的整一与规模、其作品的新颖性与独创性,对现实的"创造性观照"的深度,均得以充分的实现。

无论读者的看法多么重要,以作品与作家在读者公众当中的成功、可读性和知名度来衡量作品与作家的价值,乃是没有根据的。T. 曼(在谈到 P. 瓦格纳的创作时)曾说过,真正的、高品位的艺术很少会在同时代人那里获得巨大成功①。在文学—艺术生活中确实广泛存在这样一些情形,一方面是"吹起来的声誉"(用帕斯捷尔纳克的话来说:"不体面地成名"),另一方面则是"不该被忘却的忘却"И. H. 罗扎诺夫在讲到类似的不相称时,曾采用悖论的方式说:"我们的天才(潜台词应读作:知名度也是这样。——作者注)不知怎么总是与缺陷相关联,而美德——则是与默默无名相关联。"这位作家/随笔作家深为一些无名作者所吸引。他指出:"命运总是珍爱那些被它夺去声誉者。"A. C. 霍米亚科夫也对类似的思想情致表示了敬意:

> 幸运的思想,并不因人言而增色,
> 和煦的春天,并不急于过早地
> 为其年轻的力披上绿叶和鲜花,
> 它可是在根部往深处去绽发。

让我们来回忆一下 A. 阿赫玛托娃的两行诗:"你在夜里祈祷吧,

---

① 《T. 曼文集》十卷本,第 10 卷,第 160 页。

千万别让你/一觉醒来就成了名人"。一个诗人之扬名和流传,远非总是标志着他已得到广大读者公众真切的理解。

那些鲜为同时代人所瞩目和(或)后来被遗忘的作家的创作,也是相当多样彼此异质的。在这一块——不仅有那种被称之为写作狂的现象,它未必值得引起读者的关注和文学学的探讨,而且也存在着文学史上自有意义的一些现象。А. Г. 戈尔恩菲利德正确地指出,那些鲜为人知和被遗忘的作家也是有勿庸置疑的功绩的,他们"蚂蚁般勤劳不息的劳作并非徒劳无益"①。这位学者的这番话,不仅对于他所研究的 И. А. 库雪夫斯基,而且对于那些为数众多的作家,都是公正的,那些作家,如果用 Ю. Н. 蒂尼亚诺夫的话来说,成了失败者(或者,我们还要补充一点,他们并不刻意走向广大的读者公众)。他们当中有 А. П. 布宁和 Н. С. 科哈诺夫斯卡娅(19 世纪),有 А. А. 佐罗塔廖夫和 Б. А. 季莫菲耶夫(20 世纪初)。弄清楚最为重要的文学现象同那些鲜为人知的作家的努力之间的关联,乃是负责任的文学学之迫切的任务之一。用 М. Л. 加斯帕罗夫的话说,必须"让这些为数众多的名字在读者心目中不再是没有面孔的,让每一个作者都显露出他自己的某一种特征"②。

现如今,文学的这个多彩而丰厚的层面(鲜为人知的与不为人知的作家的创作)正得到仔细的研究。目前已完成过半的多卷本百科全书《1800—1917 年俄罗斯作家·生平传略辞典》,在执著而又卓有成效地将人文科学界的关注吸引到这一层面。

第四节　文学—精英—人民

1. 精英的与反精英的艺术观与文学观

文学的功能(特别是在近几个世纪)的一个显著特征,——这从

---

① А. Г. 戈尔恩菲利德:《И. А. 库雪夫斯基》,见 А. Г. 戈尔恩菲利德:《论俄罗斯作家》,第 1 卷,圣彼得堡,1912 年,第 48—50 页。

② М. Л. 加斯帕罗夫:《1890—1925 年间的俄罗斯诗注释》,莫斯科,1993 年,第 257 页。

上文所述就可以清楚地看出——乃是在这两极之间极度的不相称——一极是语言艺术领域里已经创造出来与积累下来的、完成与达到的,另一极是究竟在多大程度上可以为广大公众充分接受与理解的。社会的艺术兴趣和艺术品味上的各种各样,有时甚至截然相反,致使产生两种直接对立(也是在同样程度上片面)的艺术观与文学观:精英观和反精英观。

在考察文学生活的这个方面之时,我们要对"精英"和"精英性"这两个术语的涵义加以界说。人们称之为精英的,首先是那样一些社会群体,它们以足够丰富的修养而被归为一定的文化领域(科学的、哲学的、艺术的、技术的、国务的等等),并在该领域中积极活动。第二,也用这个术语来指称(多半是用"精英性"一词)一种社会—文化现象,它价值不一,有时甚至是消极的。这一现象——就是那些享有特权的团体之代表们与社会生活与人民的疏远和隔膜。在以《艺术与精英》、《艺术创作的精英性》为题的讨论中,这两个词语的两种涵义是并存而交织的,有时则是相当奇妙地纠结在一起。

艺术(首先是诗歌)的精英观,对于古希腊罗马文化曾经起到不可估量的重要作用,然而,就是在古希腊罗马文化范围内(例如,在奥维德的创作和接受中),这种精英观也经历了被超越的情形①。在近代,那些浪漫主义者,包括德国的耶拿派,都对将艺术看成为注定是绝对地为"文化的上层",为小圈子的行家所享用这样一种观念,给予充分的尊重。耶拿派有时还会把一批艺术家抬高到超越所有其他的凡人位置上,视凡人为缺乏想象力和品味的庸俗之辈。用一位当代学者的话来说,浪漫主义——这是一种"建立在天才中心主义的思想之上的世界观"②。Ф. 施莱格尔指出:"艺术家之于众人的关系,就像是人之于大地上其他的造物(指的是动物——作者注)的关系一样〈……〉甚至于从外部表现来看,艺术家的生活方式都应该有别于其余的人们。他们是婆罗门,是最高级的种姓。"③瓦格纳、叔本华,特

---

① 《М. Л. 加斯帕罗夫 文选·卷一:论诗人》,莫斯科,1997年,第49—53、185页。
② А. В. 卡列里斯基:《德国浪漫派戏剧》,莫斯科,1992年,第241页。
③ 《西欧浪漫派文学宣言》,第60—61页。

别是尼采,都曾对这一类观念给予了重视①。在 20 世纪,艺术的精英观(也可称之为——"天才中心主义的")流行甚广。用奥尔特加-伊-加塞特的话来说,艺术"注定是〈……〉仅仅供为数甚少的一些人享用的";如今正在确立下来的艺术,拥有未来的艺术,这是"艺术家的艺术,而非大众的艺术",这是"特权阶层的艺术,而不是平民的艺术"②。

这一类观念,从一方面看,在好些情形下对于艺术文化的各种各样的革新与更新,的确是富有成果的,而从另一方面看,它可能成为(也已经成为了!)艺术完成自己崇高使命的一种障碍。这一类观念不止一次遭到批评,有时甚至是非常严厉的。例如,B. M. 日尔蒙斯基在《超越象征主义者》(1916)一文中,在对 A. A. 阿赫玛托娃、O. M. 曼德尔施塔姆和 H. C. 古米廖夫那些有规模的创作建树的特点加以评述之后,也怀着遗憾与不安地谈到他那个时代艺术界精英式的封闭性:谈到很多诗人"视野的狭隘",谈到他们"蜗居斗室"和"对生活独自一身的接受"、他们所传达的感受具有"纤小精致的、玩具般的特点"。③ 晚些时候,H. A. 别尔嘉耶夫也写道:"文化精英的自我满足和自我抬高是一种自私自利,是令人厌恶的自我隔绝,是献身于服务的那种热爱的缺失。"④ T. 曼认为,他那个时代精英式—封闭的艺术,随着时间的推移会陷入"濒死前的孤独"的境地。他还表达了一个希望:未来的艺术家们会摆脱掉这种洋洋得意的隔绝:艺术会从这条"只与有修养的精英单独相处"的道路走下来,而会找到一条"通向人民"之路⑤。

美国"人道主义心理学"的领袖 A. 马斯洛也表达了同样的(甚至是十分强硬的)看法。他谈论到傲慢自大和咄咄逼人的诱惑,一些艺术创作的行家里手时常会为这种诱惑所左右:"我认为,艺术世界已

---

① Ю. H. 达维多夫:《艺术与精英》,莫斯科,1966 年。
② X. 奥尔特加-伊-加塞特:《艺术的非人道化》,见 X. 奥尔特加-伊-加塞特:《美学·文化哲学》,第 222、226 页。
③ B. M. 日尔蒙斯基:《俄罗斯诗歌之诗学》,圣彼得堡,2001 年,第 401—404 页。
④ H. A. 别尔嘉耶夫:《精神王国与恺撒王国》,第 11 页。
⑤ 《T. 曼书信集》,莫斯科,1975 年,第 195 页。

被一小群见解和趣味的创造者们所侵占。"这位学者还认为,这些令人可疑的人物自命不凡,自认为自己"有权说:'要么你就喜欢我所喜欢的东西,要么你就是个傻瓜。'然而我们却应当去教人们听从自己的趣味"①。

同将艺术囿于其活动者的狭小范围内的这种"封闭"相对立的,同将艺术与大多数人的生活割裂开来的这种分离相对立的,是另一个极端,反精英的极端,也就是:激烈地、无条件地拒斥那些无法为广大的受众所接受与把握的艺术作品。卢梭曾对"有学问的"艺术持怀疑态度。Л. H. 托尔斯泰在其论文《什么是艺术?》中曾对很多一流作品给予严厉批评,就因为那些作品不能为广大受众所企及。

精英观和反精英观都是片面的,其片面性在于,它们将拥有其全部容量的艺术与那些可为多数人所理解的东西这两者之间的不相称绝对化了:认定这种不相称是普遍性的、不可消除的,是命中注定要由不同的社会集团预先就设定好的。

这两种学说的出现和巩固绝非偶然。每一种在相当大的程度上都是与艺术生活中发生过的和正在发生的情形相符合。一方面,有很多不为广大受众所理解的作者,他们的定位首先(有时则一无例外地)是为数甚少的精通艺术的行家和鉴赏家:Ст. 马拉美、Дж. 乔伊斯、安德烈·别雷、还有 О. Э. 曼德尔施塔姆和 B. Л. 帕斯捷尔纳克(特别是他们早期的创作)。另一方面,很多享有盛誉的作品起初就是定位于广泛的读者群,A. C. 普希金的那些童话及其《上尉的女儿》、H. A. 涅克拉索夫的诗歌、Л. H. 托尔斯泰晚年创作的民间故事、A. T. 特瓦尔多夫斯基的《瓦西里·焦尔金》,就是这样的作品。

然而,语言艺术中最为重要的、几乎占据支配地位的"层面"却是在"精英—反精英"这组对立之外,它并不服从这种对立,而是对之加以超越,尽管通常还不能完全做到。

真正的、高雅的艺术远非总能成为广大公众的财富,但总会以这种或那种方式被导向与广大公众的接触;这种艺术时常产生并确立于一些小型的、小圈子式的社团之中(我们不妨回忆起普希金年轻时

---

① A. 马斯洛:《人的本性之新界线》(俄译本),莫斯科,1999年,第54页。

那个赫赫有名的"阿尔扎玛斯社",或是曾活跃于20世纪第二个10年前期的文学—戏剧社团"流浪狗"),但后来却会成为一些大群落的财富。不论是"小型的"社团的生活,还是广大社会阶层和全体人民的命运,都是滋养"大文学"的土壤。不论是那种首先面向甚至是绝对面向有艺术修养的少数人、而且在一开始只能为他们所理解的文学,还是那种起初就是定位于广大的读者群的文学,都无可争议地拥有获得高度评价的资格。因此,一味地将高层精英艺术与底层大众艺术,或者相反,一味地将有局限的精英艺术与真正的人民艺术,加以尖锐地、评价上截然分明的对立,乃是毫无理据而站不住脚的。

艺术的精英式"封闭"与艺术的普及(流行性、大众化)之间的界限,是变动不居漂移不定的:今天不能为广大公众所企及的东西,常常在明天就会为广大公众所理解并高度评价。Ф. 席勒在18—19世纪之交提出的(《审美教育书简》),并且其后几个世纪都产生巨大影响的审美教育纲领,既是对咄咄逼人的艺术上的精英观,也是对咄咄逼人的艺术上的反精英观的卓有成效的超越。艺术学家和文学学家(也包括理论家)在执著而公正地强调,对艺术价值的把握——这是一个艰巨而复杂的过程。文学和艺术活动家的使命,不在于让作品"迎合而媚俗于"当代读者所时尚的趣味和需求,而在于探索并且找到那个拓展公众的艺术视野的途径,探索并且找到那个使丰富多姿的艺术成为越来越广泛的社会阶层共同财富的途径。

重要的是,在忠实于自己崇高使命的文学中,与那些精英性因素并存的,还有对于广泛的社会阶层的生活和全体人民生活的参与性。因此,被称为"人民性"的文学生活现象具有深切而重要的意义。

2. 文学中的人民性

作家们对一些大社会群落生活的卷入(这种卷入是多层次而相当多样的),首先是对他们(作家们)所归属于其中的人民生活的卷入,也就是说,文学从艺术界自身的领地"走出来",构成作家创作的一个无可争议的优点。这一类卷入(参与)就是用"人民性"一词来指称的。

遗憾的是,如今这一概念在艺术和文学中的使用并不受欢迎,可以说，并不时兴。而且，它还经常被贴上令人反感的"通俗化"标签而受到蔑视。流行着这样一种观念（这可以由大量事实轻易推翻），根据这个观念，人类共同的价值是超越民族性的，而与人民生活无关。"民族的"和"人民的"在这里被理解成一个狭窄的、有局限的领域，它们对于人类是不无危险的。И. П. 斯米尔诺夫就断言，人民——这是"消极的同一"，它似乎并不参与文化创作，而构成"民族的非历史的部分"，并且与创造（创造性的建树）相对立，也只有精英们才拥有创造资格①。这一类论断，听起来像是那种非民族化的国际主义的余音，这种观点在20世纪的第二个十年至第三个十年间曾颇具影响力。

关于人民性的这一类具有鄙视倾向的论断，是有其深刻的客观原因的。对这一词语涵义的庸俗化、把它弄成官样文章，不止一次地使它名誉扫地。让我们回忆一下（尼古拉一世时代的 C. C. 乌瓦罗夫的）"正教、专制、人民性"与斯大林时期和后斯大林时期的"阶级性、党性、人民性"这些提法，这些提法听起来像是令人恐惧的绝对命令。但这些都是对这一词语——19—20世纪艺术意识中的关键词之一——之涵义的曲解。现如今，对于人民性这一概念，当然需要艺术学家和文学学家给予最为认真、最为珍视的、最为尊重的关注。

"人民性"一词（德文中与之对应的词 Volktümlichkeit）涵义相当清晰，然而其语义又是多层次的，正因为如此，它对那些单一的定义是抵制的。作家对民族生活和民族文化的参与是以各种不同的形式表现出来的。在这里富有意义的，既有在祖国传统中的深深植根，也有在世界观上与人民心灵的亲近相通，有对广泛的社会阶层当代命运的浓厚兴趣，也有对民族语言丰富资源的广泛依靠，有对本民族和自己的国家之历史的尊重，更有（这远非是无关紧要的）要创作出让那些距文艺界甚远的人也能够理解而且感到亲近的作品的那份追求，也就是说，要让创作面向那些广泛的社会阶层。

人民性这一概念，在始自18世纪下半叶的美学与文化学中具有丰富的历史。在这里，始作俑者属于德国哲学家、历史学家和艺术理

---

① И. П. 斯米尔诺夫：《存在与创作》，约诺伦贝克，1990年，第60—63页。

论家 И.Г.赫尔德,他同那种以古希腊罗马的,也就是异域的典范为取向的古典主义美学相对抗,而预示了浪漫主义的降临。他强调各民族的生活与意识的有机构成中的差异,同时指出,"文学应该是人民的",民歌是诗歌创作的首要基础,民歌唤醒人的心灵,使其"融入全体的合唱"。①

德国的许多浪漫主义者,特别是海德堡浪漫派,都曾认为对民族的神话和信仰、传统的日常生活的特点之语言艺术的体现,乃是最为重要的。在这里,用 В.М.日尔蒙斯基的话来说,起源于古典主义的"个体—人类(世界秩序)"二段式,——这个二段式的意义被赋予世界主义色彩——,被一个三段式所取代,"民族意识"和"各单个民族的集体生活的独特形式"作为个体的和共相的这两者之间的中间环节,进入这个三段式②。行文至此,不妨提一提 Я.格里姆的那篇以浪漫主义的文化学与美学的理路写就的论著《德国神话学》。

人民性这一概念,对于 19 世纪初与浪漫主义有关联的俄罗斯作家和批评家,乃是十分迫切的。А.С.普希金在《文学中的人民性》(19 世纪 20 年代中期)一文中指出,"作家身上的人民性是一个优点",他这样描述人民性:"气候、治理形式和信仰赋予每个民族特殊的面孔,这一面孔或多或少地都要反映于诗歌之镜中。有一类思维方式和情感方式,有众多的风俗、信仰和习惯,它们绝对地属于某一个民族。" О.索莫夫(1823 年的《论浪漫主义诗歌》一书,其核心提法是"人民性和地方性")、П.А.维亚泽姆斯基、В.К.丘赫尔别凯,以及 Н.В.果戈理也有过类似的表述。主要的是,在这一时期,一系列有这样一些特点的作品被创作出来了,这些特点是:认真关注祖国的历史、民间的文学、日常的生活,广泛地采用那些摆脱了修辞性的"制作性"的民间语言,对俄罗斯社会各阶层的生活加以再现。

随后的几十年里,俄罗斯哲学家、语言艺术家、文学批评家都曾执著地探讨文学和艺术中的人民性概念。В.Г.别林斯基认为,那种

---

① 《И.Г.赫尔德文选》,莫斯科—列宁格勒,1959 年,第 66、81 页。
② В.М.日尔蒙斯基:《浪漫主义历史上的宗教弃绝·用于评述 К.布伦塔诺与海德堡浪漫派的材料》,莫斯科,1919 年,第 25 页。

获得了对于社会,而最终是对于人民而言具有重大意义的作品,就是人民性的。他将《叶甫盖尼·奥涅金》看成是具有最高程度的人民性的作品,看成是俄罗斯社会的自我意识的一种记录的见解,已广为人知。他认为,作家创作中那种能够促进国家前进、推动国家的发展的东西(在1847年致 H. B. 果戈理的那封著名的信中,谈到这一点),就是具有人民性的。H. A. 杜勃罗留波夫在《论俄罗斯文学发展中人民性渗透的程度》一文中,将人民性看成是文学中对人民共同利益的表达,看成是作家与人民视角的接近。A. C. 霍米亚科夫则将人民性理解为一个作家植根于民间传统(信仰、日常生活、几百年来的岁月所固定下来的世界观和心灵结构)。用他的话来说,"艺术无论何时何地都曾经是人民的"。"……人民的精神力量在艺术家身上进行创造"①。这些话虽有些夸大,但对于包括远古在内的许多时代都是公正的。

  人民性的概念,在An. 格里戈里耶夫的文学批评和文学史著作中几乎占据核心的位置。1861年,他写就了由四部分组成的系列文章《普希金辞世后我国文学中人民性的发展》(第一篇名为《文学中的"人民性"》)。在这篇文章中,格里戈里耶夫与霍米亚科夫遥相呼应,将人民性首先与对祖国传统的继承联系起来,谈论那些传说、家族起源、源于彼得一世之前的古代的日常生活的价值。这位批评家驳斥那种以异域的范例为样板的文学取向,驳斥那类对有机地形成的生活形式进行理性改造的纲领。

  20世纪俄罗斯最重要的文学学家之一 B. M. 日尔蒙斯基也表达过类似的思想。他在《超越象征主义者》(1916)一文中呼唤"新现实主义",希望俄罗斯诗歌能够立足于"坚实牢固的宗教情感"的基础之上,成为"全体人民的、民族的,能够涵纳在民间沉睡着的所有各种不同的力量……它将得到整个俄罗斯、俄罗斯的历史传说和理想目标的滋养"②。

  我们所举的这些纲领性的提法,在世界观上具有不同的取向,其

---

① A. C. 霍米亚科夫:《论旧与新·论文与随笔》,莫斯科,1988年,第137—138页。
② B. M. 日尔蒙斯基:《俄罗斯诗歌之诗学》,第404页。

中明显反映出俄罗斯知识分子的"西方派"——欧洲中心主义地思考着的一派与"斯拉夫派"——有根基主义情绪的一派——之间极为严重的分歧。然而,就文学中的人民性所提出的这些原理(如今,从历史的大距离来看,这一点显然已是可以看得清的)与其说是对抗性的,不如说是互补性的:无论是别林斯基和杜勃罗留波夫,还是霍米亚科夫和格里戈里耶夫,当年都是为那种同民族生活,同民族生活的价值与矛盾、不安和关切有着不可分割的联系的文学而呼喊、而奋斗。他们也全都将人民性与作家世界观的道德取向、与个性因素以及创作上的现实主义定位,联结在一起。在19世纪俄罗斯文学中,人民性的特征得到了多层次的、鲜明的刻画,这是显而易见的。没有必要来证明这一点,只需面对事实就足矣;而事实则是不胜枚举。

人民性(直接或间接地)存在于几乎所有的民族文学之中。它在一系列西欧作家的创作中得到了鲜明的体现(Р. 彭斯、"湖畔派"诗人、П. 贝朗瑞、Г. 洛尔卡、Г. 马尔克斯、У. 福克纳)。但它在19世纪的俄罗斯得到了最为充分、最为坦率的表现,这也许是可以由"后彼得"时代的复杂性甚至危机性得到解释:那些富有创作才华与充满爱国情绪的社会代表人物们,在紧张地探索将民族根基的因素与来自西方的日益加剧的影响综合起来的道路。

在20世纪俄罗斯的艺术和文学中,人民性因素明显受到挤压,但这完全不是因为曾经令19世纪经典大家们不安的社会—文化矛盾失去了往日的尖锐性(众所周知,发生了某种相反的情况)。对赫尔德与浪漫派、别林斯基与Ап. 格里戈里耶夫那些思想"偏离",是另有原因,而且还相当有分量的。这里既有现代主义思潮和学派所典型的对唯美主义的神往(在俄罗斯,是对Ш. 波德莱尔、Ст. 马拉美和Ф. 尼采的迷恋),也有作家们身上常见的小圈子习气、与大世界的疏离,还有那种偏爱——宁可聚焦于个体的生存共相与存在境况,而不是人与社会—文化环境之间的联系。导致人们与人民性思想渐行渐远的,还有如今势头正劲的非民族化(全球化)意识形态;还有(也许是最为主要的)为数甚众的人们对精神上的定居状态的丧失,社会革命、世界战争、极权体制都促成了这一丧失;还有数量极多的人史无前例地在大城市(数百万人口的大城市)聚居,由于这种都市化,人们与其祖国同胞、与大自然之间活生生的联系在日益被削弱。

尽管如此,人民性的因素依然(潜在地,有时是公开地,甚至"宣言式地")存在于刚刚逝去的那个世纪里很多作家的创作中。白银时代的一流诗人当中,А. А. 勃洛克、А. А. 阿赫玛托娃、М. И. 茨维塔耶娃和 С. А. 叶赛宁真正具有人民性。在这里也不妨提一提 Н. А. 克留耶夫和 С. А. 克雷奇科夫,再往后,更晚些时候,则有——М. А. 肖洛霍夫、А. П. 普拉东诺夫、М. М. 普里什文和 А. Т. 特瓦尔多夫斯基。在最近十年里,人民性因素明显体现于 А. И. 索尔仁尼琴、В. П. 阿斯塔菲耶夫、В. М. 舒克申、В. И. 别洛夫、В. Г. 拉斯普京、Е. И. 诺索夫的创作中。在战后一代诗人中。还可提及 А. В. 日古林、Н. И. 特里亚普金和 Н. М. 鲁勃佐夫。上文所论述的 19 世纪文学经典的传统,为这些 20 世纪的作家积极继承下来:积极的道德(在很多情况下这是公民性的道德)取向、人民性和现实主义有机地融合于一体。

无论人民性作为现代(特别是 19 世纪和 20 世纪)艺术与文学的构成成分其作用是多么重要,也不应对这一作用评价过高,更不应——将其提升为一种绝对,看作为艺术活动的某种具有普适性的、无所不包的特征,看成是作家们唯一可能的道路。在那种不具有人民性因素(或者,所具有的人民性因素较弱)的文学领域,过去有现在也还有极高的创作腾飞。可佐证这一点的,有(法国的和俄罗斯的)古典主义;有 18—19 世纪之交的"轻诗歌";有 19 世纪中叶所谓的"纯艺术";有 19—20 世纪之交那批被称作"可诅咒的诗人"的法国诗人们的创作;有 В. Я. 勃留索夫、К. Д. 巴尔蒙特和 Вяч. 伊万诺夫这样的一些白银时代诗人的抒情诗,有具有神秘主义性质的作品(自莱蒙托夫的《恶魔》至萨特的《苍蝇》),有"荒诞派戏剧",也有偏爱泛悲剧主义的 Т. С. 艾略特和 Ф. 卡夫卡,最后还有与我们相隔不远的时代的这样一些重要人物,如 В. В. 纳博科夫和 И. А. 布罗茨基。上文提到的这些作者当中的大多数人那里,占据支配性的都是精英性的定位,显然,那种定位,对于创作出真正具有艺术性而拥有无可争议的文化价值的作品,其良好而有益的作用,并不亚于作家们与那些人民性因素的直接关联。因而,不应当泛泛而谈文学的人民性本身(这是20世纪30年代里得以确立下来的、苏维埃时期的绝对命令—教条式的提法),而应当来谈文学中的人民性。

　　具有人民性的文学(与那种精英性取向的优秀作品一样),属于文学的"上层",这就从根本上使它与大众文学(文学的"下层")区别开来。与文学性有关联的作品,会从审美上和精神上使读者的心灵丰富起来,会在这一过程中促进民族的和睦和团结。文学作品的通俗性与人民性,乃是两个不同的现象,但在很多情况下它们可能会彼此兼容,甚至重合。对这一点的鲜明例证是 A. C. 普希金的那些童话故事,而在离我们较近的时代里则有 A. T. 特瓦尔多夫斯基的长诗《瓦西里·焦尔金》,这部作品既得到了广大的读者公众的热烈的赞誉(特别是参加战争的一代),又博得到了像 И. A. 布宁这样的语言艺术上极为精湛的高手热情的赞赏。"……当普通人报之以欣喜而同高级鉴赏家一道给予(一部文学作品——本书作者注)好评时,那就几乎可以准确无误地去说,一部真正的作品创作出来了。"①——M. M. 普里什文的这一席话,实在是说对了。

---

　　① 《M. M. 普里什文日记,1926—1927》,莫斯科,2003年,第8页;在20世纪20年代谈到文化和艺术之人民基础的,还有 B. И. 韦尔纳茨基和 П. П. 穆拉托夫。参见:B. И. 韦尔纳茨基:《一个自然科学家的哲学见解》,莫斯科,1988年,第397—400页;П. П. 穆拉托夫:《艺术与人民》,见 П. П. 穆拉托夫:《夜间思绪·随笔,特写·论文·1923—1934》,莫斯科,2000年。

第四章 文学作品

前三章讨论的是文学理论的普遍性课题以及这门学科与美学、艺术学、价值论和阐释学之间的联系。现在(在本章以及下一章)我们将探讨理论文学学的中心环节,即诗学。

第一节 理论诗学的基本概念和术语

1. 诗学:这一术语的涵义

在遥远的古代(从亚里士多德和贺拉斯到古典主义的理论家布瓦洛),"诗学"这一术语指的是关于整个语言艺术的一门学说。"诗学"这个词与今天所说的文学理论是同义的。

在最近的一个世纪里,人们开始将文学学的一个分支称之为诗学(或者说,理论诗学),其对象是作品的构成、结构与功能,以及文学的类别和体裁。诗学又可区分为规范诗学(通常面向一种文学思潮流派的经验,并对其进行论证),和对语言艺术作品之普适的共通的特性加以阐说的普通诗学。

在20世纪,"诗学"这一术语又获得了另一种涵义。这个词被用来记录文学进程中特定的层面——在作品中已经得以实现的那些具体的作家、艺术思潮流派以及整个时代的定位和原则。一些专门阐述古罗斯诗学、早期拜占庭文学、浪漫主义诗学、果戈理诗学、陀斯妥耶夫斯基诗学、契诃夫诗学的专著,就出之于我们的一些著名学者的手笔。这一术语传统的源头——A. H. 维谢洛夫斯基研究 B. A. 茹科夫斯创作的论著,其中有一章叫做《茹科夫斯基的浪漫主义诗学》。

"诗学"一词与"历史的"这一定语搭配之后,又获得了一层涵义:这是作为文学学构成成分之一的一门学科,其研究对象——拥有世界文学品位的那些作家的语言艺术形式与创作原则的演变(参见第六章第六节)。

在俄罗斯,理论诗学(在某种程度上立足于德国学术传统,但同时又是独立地和富有创造性地)开始形成于20世纪第二个十年,并于20世纪20年代得以确立下来。在整个20世纪,理论诗学在西方的一些国家得到大力开采和深入研究。这一事实标志着对文学的思考有了最为重要的、具有划时代意义的推进。在19世纪,研究的对象主要还不是作品本身,而是作品中所反映所折射的社会意识、神话传说、作为文化之共同财富的情节和主题、作家的生平经历和精神体验。学者们似乎是透过作品来观察,而不是将注意力集中在作品本身。美国的一些颇有权威的文学学者断言,19世纪学术中的这一类失调,是其依赖于浪漫主义运动的后果。那时的学者们所感兴趣的,首先是艺术创作之精神上的、世界观的、大文化的前提:"文学史是那么高度地倾心于研究作品在其中得以创作出来的那些条件,以至于用在作品本身之分析上的气力,在旨在阐明伴随着作品创作之环境的那种背景下,就显得微不足道。"①在20世纪,这一状况得到彻底改变。德国学者W.凯塞尔在他那本多次再版的著作《语言的艺术作品·文学学引论》中,公正地指出,现代文学科学的主要对象——作品本身,其他的(心理学、作者的观点和生平、文学创作的起源和作品对读者的影响)都是辅助性的和派生性的②。

B. Ф. 佩列韦尔泽夫在其《论果戈理的创作》(1914)一书导言中的那个见解(作为俄国文学学中初见端倪的推进的一个征兆),是具有标志性意义的。这位学者当时抱怨说,文学学和批评"远离"了文学作品而在研究其他的课题。他声明:"我的这一部专论,只与果戈理的作品有关,不涉及更多的东西。"他为自己提出的任务是"去尽可

---

① P. 韦勒克、O. 沃伦:《文学理论》,第152页;可参阅:刘象愚等人的中译本,2005年,修订版,第155页。——译者注

② Kayser W.:《语言的艺术作品·文学学引论》,第17—18页;此书曾多次再版,1992年,在图宾根出版了该书的第20版;可参阅:陈铨1965年据原书第4版(1956)移译的中译本。——译者注

能深刻地透视"果戈理作品的特性①。

20世纪20年代的理论文学学不是铁板一块的,而是有多种不同取向的。这一时期表现最为突出的是形式论的方法(以 В. Б. 什克洛夫斯基为首的一群年轻学者)和基于 К. 马克思和 Г. В. 普列汉诺夫的学说而建构的社会学原则(В. Ф. 佩列韦尔泽夫及其学派)。但在20世纪20年代里,还存在文学学的另一支脉,标志着理论诗学领域勿庸置疑的成就的那个支脉。它是由 М. М. 巴赫金的著作(其绝大部分是前不久才发表出来)与 А. П. 斯卡弗迪莫夫②、С. А 阿斯科尔多夫、А. А. 斯米尔诺夫③的文章所代表。这些作品在当时并未引起同时代人足够的注意。这些学者承继了阐释学的传统(参见第三章第一节),并在或多或少的程度上都是立足于世纪初俄国宗教哲学的经验。

在苏联,30年代及其随后的几十年里的环境对于理论诗学的发育是不利的。只是从60年代起,第二个十年与第三个十年的遗产才得到大力开采而被掌握、被丰富。Ю. М. 洛特曼所领导的塔尔图—莫斯科学派是十分重要的④。

本章尝试对理论诗学的一些基本概念加以系统的界说,并且对以前流传过的和现在正流传的各种不同的学术观念加以考量:既包括那些在学派框架内得以确立的"学派性的"观念,也包括"外在于学派性的"作者—个人的观念。

2. 作品 系列 断片

"文学作品"这一文学学核心术语的涵义不言自明。然而,要给

---

① В. Ф. 佩列韦尔泽夫:《果戈理·陀思妥耶夫斯基研究:研究》,莫斯科,1982年,第44—45页。
② П. А. 尼古拉耶夫主编:《文学学引论:文选》,莫斯科,1997年,第84—90页。
③ С. А. 阿斯柯利佐夫:《语言艺术中的形式与内容》,见《文学思想Ⅲ》,列宁格勒,1925年;А. А. 斯米尔诺夫:《文学学的道路与使命》,见《文学思想Ⅱ》,列宁格勒,1923年。
④ 《参与者视野中的塔尔图-莫斯科学派/Ю. М. 洛特曼与塔尔图-莫斯科学派》,莫斯科,1994年(此书汇辑了 Б. М. 加斯帕罗夫、Ю. М. 洛特曼、Б. А 乌斯宾斯基以及另一些学者的文章)。

它下一个明确定义却并非易事。

一些俄语词典中对"作品"一词的一系列涵义进行了界说。其中一个义项对我们尤为重要：作品是人的非机械性活动的产物，是通过创造性的气力之注入而创造出的客体（无论是科学发现的记录、手工技艺的成果，还是哲学的或政论性的表述，或者是艺术性的作品）。

艺术作品的构成可划分为两个方面。其一是"外在的物质的作品"（M. M. 巴赫金语），常常被称作人工制品（артефакт，物质客体，拉丁文为 artefactum，人造的东西），即某种由颜料和线条或者声音和词语（说出的、写下的，或者保存在什么人的记忆之中的）所组成的东西。其二是审美的客体——那些被物质地固定下来的，并且具有艺术地作用于观众、听众和读者之潜力的那些东西的总和。人工制品，用 Я. 穆卡若夫斯基的话来说，乃是审美客体的外部象征（符号）。艺术作品——这是审美客体与人工制品之不可分割的统一。审美客体凝聚着艺术作品的本质，人工制品则使艺术作品的接受为人们可企及。

文学（一如艺术的其他门类一样）是由具体的作品建构形成的。艺术创作之世界——用哲学的语言来说，并不是连续性的，也就是说，并不是连绵不断的：它是断续的、离散的。文学作品，是在特定的语词序列中，换言之，就像它被语言学家们所理解的那样，在文本中，得以实现的、完整的作者构思之成果。这一类语词系列，自然，拥有严格的框架：开头与结尾。因而，文学作品总是从不是它本身的那些东西中被分离开来，区分开来，不论那是另一类语词文本，抑或那是言语之外的现实的现象。艺术，用巴赫金的话来说，必须分解成"一些单个的、自足的、有个性的整体——作品"，每一部作品"在对现实的关系上都持有独立的立场"①。

况且，作品诉诸于将它们看作一种完成的、看作某种完结的现实来接受。但对于作者来说，他们的作品的完成远非总是充分的、绝对的。作家有时一而再再而三地对已发表的文本进行补充和修改。例如，Л. Н. 托尔斯泰在 19 世纪 70 年代曾经有意再回到《战争与和

---

① M. M. 巴赫金：《20 世纪 20 年代的著作》，第 280 页。

平》的写作上来,要从文本中删去一些历史哲学的议论,但他的这一心愿没能实现。

也还有这种情况:作者会发表那种不完全符合其创作构思、其艺术意志的文本。例如,А. С. 普希金曾说过,他"下决心删除"其长篇小说中"奥涅金旅行片断","是出于一些对他自己很重要的原由,而不是为了读者公众"①。这样一来,文学学家们就面临伟大的普希金作品文本的构成及其发表的原则这样一个不易解决的问题:这些"片断"(以及草稿中保存的、况且还是故意含糊其辞的"第十章")是这部诗体长篇小说不可分割的环节,或者,那只不过是其"附带的分支",只适合作为出版注释而在学术性刊物上发表?

最后,还有一些作品有不同的作者版本:它们是由作家本人在不同年代发表的,有时这些版本之间有很大的差别。最明显的例子——安德烈·别雷的长篇小说《彼得堡》,它以两种不同的作者印本而成为20世纪俄罗斯文学史上的一个事实。莱蒙托夫生前没有发表的长诗《恶魔》也有几个不同的稿本。有时,作家直至生命的最后一刻都一直在完成已经基本写成的作品,不停地对其进行润色、完善(М. А. 布尔加科夫的《大师与玛格丽特》)。阿赫玛托娃的《没有主人公的长诗》也与之类似。用一位研究者的话来说,这部作品不可能被认为是未完结的,"但只要它的作者活着,它注定要被补写、改写,附生出注释性的散文,再加上一些诗节,试图在芭蕾舞的脚本中再被延续"②。很多享有盛誉的作品并没有完全实现创作构思(Н. В. 果戈理的《死魂灵》,在20世纪——则有 Р. 穆齐尔一生最重要的作品——长篇小说《没有特征的人》)。

重要的还有另外一点:作品与作品之间的界限也并不总是具有完全的确定性。这界限有时是可以灵活变动的。存在着系列③与诗集、短篇小说集、长篇小说二部曲、三部曲、四部曲这样的文本存在形

---

① 《А. С. 普希金全集》十卷本,第5卷,莫斯科—列宁格勒,1950年,第200页。
② Р. Д. 季缅奇克:《〈没有主人公的长诗〉简论》,А. А. 阿赫玛托娃《没有主人公的长诗》,莫斯科,1989年,第3页。
③ 有关抒情诗系列的研究,参阅 М. Н. 达尔文:《抒情诗研究中的系列问题》,克麦罗沃,1983年;И. В. 福缅科:《抒情诗系列:体裁的形成,诗学》,特维尔,1992年。

式。这一类的文本构成物首先是一组一组的作品,若干个原本意义上的作品,但有时在某种程度上也可以是单个的原本意义上的作品。在普希金的全部创作中《驿站长》是一部什么样的作品?这是一部独立的作品?抑或是被称作《已故的伊万·彼得罗维奇·别尔金小说集》这一作品中的一部分? 看来,合情合理的(尽管是不全面的)做法倒是对这两个问题都给予肯定的回答。关于维林、杜娜和明斯基的故事,既是一个完整的作品,同时又是一部容量更大的艺术整体——由5篇小说再加上出版者前言所构成的普希金作品系列的一部分。

由作者所编构的系列与集子有时会成为其创作的一个重要的方面。А. А. 勃洛克就曾将他认为最有分量的诗篇汇集成一本本诗集,那些集子含有若干组诗,甚至还有组诗中的组诗。譬如《美妇人诗集》(1905)就是由3个组诗构成的:《沉寂》、《十字路口》、《月亏》。在20世纪的第二个十年里,诗人倾心于其分辑成三卷的《诗选》的编选与出版(1911—1912、1916)。

这三卷本诗选的最后版本,由作者在20世纪第二个十年与第三个十年之交在许多方面作了增补,鲜明地记录了勃洛克的创作道路。1916年的三卷本的结构具有典范本的特征。诗人曾对其《三卷集》冠之以不同的名称。他声称,他的全部"诗作集在一起——便是'人化三部曲'(从耀眼夺目的光芒四射的瞬间……走向绝望、奔向诅咒、奔向《报应》和……到'有社会性'之人的诞生,勇于直面世界的艺术家的诞生)"(1911)[1]。勃洛克还将其三部曲称为"诗体长篇小说"[2]。这样一来,诗人众多的诗作就被呈现为他的一部抒情自传,呈现为一部作品。勃洛克坚持不懈地执著于其三部曲的创作、编选、修订、出版,而竭力去传达出他所向往的,"他未能达到的,他是如何沉沦的,他又是怎样得以守持住自己的"(1918)[3]。

显然,作者对先前已创作的东西所进行的分组与编队,有可能成为其创作活动的构成中相当重要的一环:这是对自身创作的诠释,这

---

[1] 《А. А. 勃洛克作品集》八卷本,第8卷,第344页。
[2] 同上书,第1卷,第559页。
[3] 同上书,第8卷,第456—457页。

是自我意识的举动,这也是一种自白。

从另一方面来看,艺术作品的一部分可以与整体分离,而获得某种独立性:断片能获得作品本有的一些特征。П. И. 柴科夫斯基的浪漫曲《我为你祈祷,森林》中的歌词内容,就是这样的。它取自 А. К. 托尔斯泰的长诗《约翰·达马斯金》中的一个片段。源自(果戈理的《死魂灵》中)关于飞翔的三套马车的抒情插笔,也具有艺术上的独立性。

文学中还常会遇到作品中的作品,这些作品中的作品在读者的意识中也会获得独立性。普希金小悲剧系列的最后一部中,著名的《瘟疫颂》就是这样的。那首诗是瓦尔辛加姆在短暂的叛逆冲动中写成的,有时却被误读为普希金思想的直接表达。Ф. М. 陀思妥耶夫斯基最后一部长篇小说中的一个片段——伊万·卡拉马佐夫写的那首长诗《大审判官》,在批评界、文学学界和读者大众的意识中也起到了类似的作用(那是由于 В. В 罗扎诺夫开了头,就弥散开来)。

3. 文学作品的构成　作品的形式与内容

文学作品(尽管它具有统一性和整体性,或者,至少是具有对这种品质的追求)并不是质料单一的一块磐石(铁板一块)。这是一种多层次的、拥有种种不同棱面(方面、视角、水平、层面)的客体。它那常常是相当复杂的构成与结构上的特征,是由文学学家们通过一系列的概念与术语来加以描述的,下面我们就来探讨这些概念和术语。

理论诗学的一套概念和术语,从一方面来看,具有某种稳定性,而从另一方面来看,其中也有不少颇有争议和互相排斥之处。学者们将各种概念和术语作为文学作品的各个层面(棱面、水平)系统化的基础。理论诗学中最为根深蒂固的、在我们看来,对于文学研究这门学问也是十分重要而不可或缺的一对概念,就是形式和内容。亚里士多德在其《诗学》里,就在作品中区分出"什么"(摹仿的对象)和"怎样"(即摹仿的方式)。中世纪的美学与现代美学同古代的这一类见解是一脉相承的。在 19 世纪,形式和内容这一对概念(包括它们在艺术中的应用)由黑格尔作了详细的论证。这一对概念仍然存在于最近一个世纪的文学理论著述之中。

可是,我们还要指出,学者们不止一次地就"形式"与"内容"这两个术语对艺术作品的适用性进行过质疑。形式论派的代表们曾断言,"内容"这一概念对于文学学是多余的,而与"形式"相对的,应该是艺术上中性的生活材料。Ю. Н. 蒂尼亚诺夫曾以讥讽的口吻界说这一习用的术语:"形式—内容=杯子—酒。但用于形式这一概念上的所有空间上的类比,其重要之处在于它们只是假装类似:实际上这样一来,与空间性密切相关的静态的特征必然会被偷偷塞进形式这一概念之中。"① 半个世纪之后,Ю. М. 洛特曼赞成蒂尼亚诺夫的这一见解,而提出用"一元论"的术语"结构与思想"来取代传统的、在他看来具有消极意义的、片面的、"二元论"术语②。正是在这一"结构主义"时代,也是(作为令人厌烦的形式与内容之替代)在文学学中出现了"符号与意"这样的词语,晚些时候,在"后结构主义"时期,则是——"文本与意蕴"。对习用的"形式与内容"的攻击已持续四分之三个世纪。Е. Г. 艾特金德在不久前发表的评论 О. Э. 曼德尔施塔姆的诗歌的一篇文章中,再次提议用"其他的,更为符合今日的语言艺术观的"术语,去取代那些在他认为是"已失去意蕴"的术语③。但究竟什么样的概念和术语是今日所需要的——他并没有指出。

然而,传统的形式与内容之说依然有生命力,尽管常常是带着讥讽性的引号出现,前面加上"所谓的","声名狼藉的"之类的词语,或者,就像在 В. Н. 托波罗夫的书里所见到的那样,用缩略语 F 和 S 来代替。这里有一个著名的事实:在 Р. 威勒克与 О. 沃伦的那本广为人知、颇具权威的著作中,将作品分成"形式与内容"这一习惯性的分解,被评价为一种"会搅乱分析而需要消除"的肢解;但是在后面,在探讨文体风格的具体情形时,这两位作者(与直觉主义者 Б. 克罗齐争论)又指出,划分出作品的要素,其中包括凭借分析性的智力将"形式与内容,思想的表达与文体风格"彼此区分开来,况且还要"记住它

---

① Ю. Н. 蒂尼亚诺夫:《诗语问题:文集》,莫斯科,1965 年,第 27 页。
② Ю. М. 洛特曼:《诗歌文本分析》,列宁格勒,1972 年,第 37—38 页。
③ 《俄罗斯现代主义文化:论文、随笔、资料》,莫斯科,1993 年,第 96 页。

们〈……〉最终是整一的——这对于一个文学学家,乃是必需的"①。看来,没有将文学作品中的那些"怎样"与"什么"区分开来这一传统的划分,还是不行的。

在理论文学学中,除了将作品的两个基本层面(二分法的视界)加以划分,还广泛流行着另一些富于逻辑性的理论。A.A.波捷布尼亚及其后继者们曾对艺术作品的三个层面的特征作了界说,这三个层面是:外在形式、内在形式和内容(应用于文学,就是词语、形象、思想)②。还流行一种多层级的视界,那是现象学文学学所提出的。P.英伽登就曾将文学作品的构成划分为四层(Schicht):(1)话语的声响;(2)词语的意义;(3)被描写的物象层级;(4)物象的样态(Ansicht)、以一定的视角所感知所接受到的、那些物象在听觉与视觉上的面貌那一层级③。多层级的视界,在俄罗斯学术界也有其支持者④。

上述切入艺术作品的理论路径(二分法的和多层级的)彼此之间并不互相排斥。它们完全可以相容共存而互为补充。H.哈特曼在其《美学》(1953)一书中,对此进行了令人信服的论证。这位德国哲学家断言,就其结构而言,作品必定是多层次的,但"就其存在方式而言",作品则是"牢固的双层次的":作品的前景是物质的—可感觉到的物象性(形象性),而其后景则是"精神性的内涵"⑤。

立足于上文所征引的见解,我们可以将艺术作品比作一个三维的半透明的物体(可以是球,也可以是多角形或立方体),它总是以同一面来转向接受者(就像月亮一样)。这一物体那可视的"前"景,拥有很大的确定性(尽管它并非是绝对的)。这就是形式。而"后"景(内容)则不能被完全看透,确定性要小得多;在这里,很多东西需要揣测,甚至完全是猜测不出来的。况且,艺术作品本身具有不同的

---

① P.韦勒克、O.沃伦:《文学理论》,第167、201页。
② A.A.波捷布尼亚:《美学与诗学》,第175—176、180—182、309—310页。
③ Ingarden R.:《文学的艺术作品》,图宾根,1960年;又见:P.英伽登:《美学研究》。
④ A.П.丘达科夫:《契诃夫的诗学》,莫斯科,1971年,第3—8页。
⑤ H.哈特曼:《美学》,第134、241页。

"透明"度。在某些情况下,这个透明度具有很大的相对性,可以说,是极小的(У. 莎士比亚的《哈姆雷特》就是一个伟大的谜),而在另一些情况下则相反,透明度极大:作者将主要的东西直接而坦率地、执著而目标明确地吐露出来。例如,普希金在《自由》这首颂诗中,或者Л. Н. 托尔斯泰在《复活》中,就是这样的。

可见,一个现代文学学家"命中注定"要在诸多概念—术语体系的交错中明确自己的定位。下面我们将立足于旨在综合这一目标,来尝试着对文学作品的构成与结构加以考量:尽可能多地吸纳各个不同思潮与学派在理论文学学上的建树,尽可能使现有的诸种见解互相契合。而且,我们将以形式与内容这一对传统概念为基础,而努力使其摆脱形形色色的、庸俗化的积垢,那些积垢过去已经滋生、现在还在滋生着对这一对术语的不信任。

形式与内容——这是一对哲学范畴,它们在知识的各个领域都有应用。"形式"一词(源自拉丁文 forma),与古希腊文 morphe 和 eidos 同源。而"内容"一词的定形则要晚一些,是后来才见之于现代欧洲的诸种语言之中的(content, Gehalt, contenu)。在古希腊罗马哲学中,形式的对立面是材料。材料被看作是无品质的、混乱的、需要对其进行加工的东西,加工的结果便产生有序之物,这就是形式。"形式"一词的意义在这里(在古代人心目中,以及在中世纪,其中包括在托马斯·阿奎那[Фома Аквинский]笔下)乃是与"本质"、"理念"、"逻各斯"这些词语的涵义相近的。亚里士多德写道:"我将每种事物存在的本质称之为形式。"① 这一对概念(材料—形式)的产生,乃是出之于人类会思考的一部分要对自然、诸神、人之建设性的、创造性的力量加以指称的需求。

在现代哲学中(在 19 世纪尤为活跃),"材料"这一概念已为"内容"这一概念所排挤。内容成了逻辑上与形式相关联相对应的一个概念,而形式在这里便获得新的理解:它被看成是富有表现力而有重要意义的、对某种凭思辨才可企及的本质——普遍存在的(自然的—宇宙的)、心理的、精神的——的具体体现(物质化)。

---

① 《亚里士多德文集》四卷本,第 1 卷,莫斯科,1975 年,第 198 页。

富有表现力的形式世界,要远比艺术作品领域大得多。我们生活在这个世界上,我们自身也是这个世界的一部分,因为每一个人的面貌和行为总是在证明着什么,表达着什么。这一对概念(富有表现力而又重要意义的形式——由它所具体体现的某种凭思辨才可企及的内容),符合人们去澄清事物、现象、人物的复杂性、其多层面性的那种需求,首先是去理解其深层的本质与隐含的意蕴的那种需求。形式与内容这一对概念,可以服务于那种对外在与内在,本质、意蕴与其存在方式在思维中的区分,也就是说,能应合人类意识的分析性冲动。事物的根基在这里被称之为内容,是其决定性的一面。而形式——则是事物的组织与外部面貌,是其被决定的一面。

被这样理解的形式,是派生的,是衍生的,是取决于内容的,而同时也是事物存在的必要条件。形式之相对于内容的派生性,并不意味着它是次要的:形式与内容——乃是存在之诸种现象在同等程度上都必不可少的两个方面。①

能表现内容的形式,可以与内容以各种方式相耦合(相关联);具有其抽象的意义因素的科学与哲学——这是一种方式,而以形象性、由单一的、独一无二而不可重复的个性之主导之支配为其突出特征的艺术创作成果,则是完全不同的另一种方式。用黑格尔的话说,构成抽象思维领域的科学和哲学"具有那并不是由其自身所应分的、外在于自身的形式"。理应补充的是,内容在这里并不随着其表现形式的改变而变化:同样一种思想可以用不同的方式来记录。例如,用$(a+b)^2 = a^2 + 2ab + b^2$这一公式表达的数学定理,完全可以用自然语言的词语表达出来("两数之和的平方等于……"等等)。表述形式

---

① 与我们所勾勒的、为人文知识,特别是为文学学所不可或缺的"形式"和"内容"这两个术语的涵义相并存的,还有这两个术语的另外的用法。在日常生活领域与物质—技术领域,形式并不是被理解为在表达上有意义的,而是被看作为空间性:坚硬的、空的,可以被那些较为柔软的与可以任意塑造成各种形状的材料——作为其内涵的材料——所填满。可以说,儿童游戏中被沙子或雪所填满的"沙箱"("小模型"),就是这样的;或者说,容器与其中所盛的液体,也是这样的。对"形式"和"内容"这一对术语的这样一类使用,自然,是与精神、审美和艺术领域毫不相干的。在表达上有意义的形式与内容之间的关联,乃是外在于空间的、外在于材料的,是凭智慧才可领悟的。

的改变在这里对其内容是绝对不起任何作用的:内容是不变的。而在艺术作品中——却是完全不同的另一种情形,在这里,正如黑格尔所言,内容(思想)与其体现是最大限度地彼此契合:艺术思想,乃是具体的,"本身就带有展现自己的原则和方式,它会自由地创造其自身的形式"①。

这些概括是由浪漫主义美学所预示的。Авг. 施莱格尔指出:"任何一种真正的形式都是有局限的,也就是说,它是由艺术作品的内容所决定的。总之,形式不是什么别的东西,它是充满意义的外表——每一种事物的面貌,它富有表现力,而且不会被任何偶然的特征所歪曲,能真实地证明自己那隐秘的本质。"②英国浪漫派诗人 C. T. 柯勒律治也曾以随笔作家/批评家的语言谈论到这一点:"赤手空拳从埃及金字塔的基座上去抽下一块石头,也要比去改换弥尔顿与莎士比亚诗作中的一个词,甚至只是变动一个词在诗行中的位置〈……〉而不改变抑或甚至改糟作者的意图,要来得轻松〈……〉可以用同一种语言的另一些词语来陈述而没有意蕴、联想、或者其中所表达的情感之损失的那些诗行,会给诗带来严重的损伤。"③

换言之,真正的艺术作品,是排斥形式改换——那种对于内容似乎是中性而无所损伤的形式改换之可能性的。让我们来设想一下,对果戈理的《可怕的复仇》中那句广为引用而被人们铭记的名言"Чуден Днепр при тихой погоде"做一个(在语法规范的框架内)最无可指摘的修正:"Днепр при тихой погоде чуден",——那么,果戈理笔下这一风景的魅力会立即消失,取而代之的则是某种平庸无奇。用 A. 勃洛克那句精辟的话来说,诗人心灵的结构是用所有的一切来表达的,直至标点符号。而根据 20 世纪初的许多学者(自世纪之交德国美学的一些代表人物始)的提法,有内容的(被灌注内容的)形式(Gehalterfüllte Form)存在于艺术作品之中,并且起着至关重要的作用。

---

① Г. В. Ф. 黑格尔:《美学》四卷本,第 1 卷,第 79—81 页。
② 《西欧浪漫派文学宣言》,第 131—132 页。
③ 《C. T. 柯勒律治论文选》,莫斯科,1987 年,第 С 50、49 页。

在俄罗斯文学学中,有内容的形式这一概念,几乎是理论诗学构成中的一个核心概念,М. М. 巴赫金在其20年代的著作中就对之作过论证。他指出,艺术形式外在于其与内容的相关对应,就没有意义,而内容则被这位学者界定为审美客体的认知的—伦理的因素,被定义为已被认知与已被评价的现实:"内容因素"使人有可能以那种比粗野的享乐主义方式要"更为本质的方式去思考形式"。同样是关于这一点,还有另外一个提法:艺术形式需要"内容之外在于审美的分量"。诉诸于"有内容的形式"、"被赋形的内容"和"能构形的思想"这样一些词语组合,巴赫金强调形式与内容之不可分割性和不可融合性,谈论"形式之情感的—意志的张力"的重要性①。他写道:"在诗歌结构的每一个最微小的成分中,在每一个隐喻、每一个修饰语中,我们都会找到认知上的界定、伦理上的评价与艺术地完成的赋形之化学反应式的聚合。"②

在所征引的这些话中,艺术活动的一个最重要的原则得到了令人信服且清晰的界说:目标定位于所创作的作品中内容和形式的整一。得以充分实现的内容与形式的整一,能使作品成为有机的整体(关于"整体性"这一术语,参见第一章第一节),仿佛是一个有生命的物,是被生出来的,而不是被理智地(机械地)设计组装出来的。亚里士多德就已经指出,诗歌的使命就是"生产愉快,就像是一个有生命的物"③。类似的关于艺术创作的见解,Ф. В. 谢林、В. Г. 别林斯基(他曾用生孩子来比喻一部作品的创作)都曾有过表述,尤为执著的是力主"有机批评"的 Ап. 格里戈里耶夫。

作品,作为有机地产生的一种整体的作品,可以看作是有序的、完整的存在的某种相似物。在这一类情形中(而这样的情形多不胜数),艺术创作(且让我们借用 Вяч. 伊万诺夫的话)不是发生在"精神饥饿"的土壤上,而是"由于生命的充盈"而发生④。这一传统起源于

---

① М. М. 巴赫金:《20世纪20年代的著作》,第266—267、283—284页。
② П. Н. 梅德维捷夫:《文学学中的形式论方法(戴面具的巴赫金·面具2)》,第156—157页。
③ 亚里士多德:《诗学》,第118页。
④ Вяч. 伊万诺夫:《论席勒》,见 Вяч. 伊万诺夫:《追踪行星的踪迹》,第82页。

酒神颂歌、庄严赞歌、教会赞美歌,延伸到19—20世纪文学中的很多方面(Л. Н. 托尔斯泰19世纪50年代至60年代的小说,P. M. 里尔克和Б. Л. 帕斯捷尔纳克的诗歌)。艺术结构是"仿拟世界的",而作品的完整性则是"现实本身的完整性在审美上的表现"①。

但情况并不总是如此。在距我们不远的这几个世纪,在"精神饥饿"的土壤上所创作的文学中,艺术上的完整性,是作为对生活之不完美的创造性超越的结果而出现的。在作出现存之物并没有"共同的外观和统一性"这一提醒之后,А. Ф. 洛谢夫曾断言,艺术,以这种或那种方式追求对人类现实加以改造的艺术,是将自己的结构建立在那种与被扭曲的存在相抗衡的对立之中的②。

我们要指出,艺术完整性这一概念在20世纪曾不止一次遭到质疑。20世纪20年代的构成主义者的观念与形式论学派的理论体系,就是这样的,那时,艺术之理智的—机械的、工艺技巧的方面得到了推重。Б. М. 艾亨鲍姆的一篇文章的标题是意味深长的:《果戈理的〈外套〉是如何制作出来的》。В. Б. 什克洛夫斯基认为,"文学作品的统一性"——这只是一种准科学的神话,而"磐石般整一的作品"只可能是"个别的现象":"文学形式的各个具体而单独的方面与其说是在同居合住,不如说是在彼此争吵"③。完整性概念在推出解构理论的后现代主义之中,也遭到坚决的进攻。种种文本(也包括艺术文本),在这里是以其明显的不完整性和矛盾性为前提、以其各个环节相互之间的不相契合为前提这一视界而被考量的。这一类怀疑态度与多疑心态是有其因由的,尽管那些因由是相对的。艺术活动的成果——这并不是已经得以充分实现的完美的现实,而是那种致力于创造完整的审美客体的无休止的追求的产物。

现在,立足于形式和内容这一对概念,我们且来对具有其多层次性的文学作品的构成和结构上的特征加以界说。在形式,在荷载着

---

① Н. Л. 列伊杰尔曼:《体裁与艺术完整性问题》,见《英美文学中的体裁问题》论文集,第2辑,斯维尔德洛夫斯克,1976年,第9页。
② А. Ф. 洛谢夫:《形式·风格·表现》,莫斯科,1995年,第301页。
③ В. Б. 什克洛夫斯基:《散文理论》,莫斯科,1929年,第215—216页。

内容的形式中，传统上是划分出三个方面，在任何文学作品中都必定是要存在着的三个方面。这首先是物象（对物象进行描绘的）因素：借助于话语被指称出来的、并且以其总和构成艺术作品世界的所有那些单个现象与事实。也还流行着"诗意世界"、作品的"内在世界"那样一些表达法。其次，作品的形式也包含着其自身的话语结构。这就是艺术话语，时常由"诗语"、"文体"、"文本"这类术语来表示。最后，第三点，语言艺术形式中还包括物象"系列"与词语"系列"各个单位之间的关系和布局，也就是结构（композиция）。这一文学学的概念，同结构（структура）（被复杂地建构起来的客体各个组成要素之间的关系）这样的符号学范畴，是相通相近的。

在作品中划分出它的三个基本方面这一区分，取向极为不同的一些学者（В. М. 日尔蒙斯基、Г. Н. 波斯彼洛夫、Цв. 托多罗夫以及许多其他人）都立足于其上的这一区分，源自古希腊罗马时代的演说术。得到反复强调的是：一个演说家必须要做到：(1)要找到材料（也就是去选择将要由话语来表现和描述的话题）；(2)要设法去安排配置（建构）这个材料；(3)要将材料具体体现于那些能对听众产生应有的印象的话语之中。古罗马人就此也有相应的术语 inventio（想出话题），dispositio（对它们的安排配置、建构），elocutio（修饰，这里指的是鲜明的话语表达）。

理论文学学是以不同的路径对作品的特征加以界说的：在一种情形下，它更多地聚焦于作品的物象—话语的构成（Р. 英伽登及其"多层级性"概念），在另一种情形下——则是尤为注重结构要素，这是形式论学派的显著特点，更是结构主义的典型特征。20 世纪 20 年代末，Г. Н. 波斯彼洛夫就超过他那个时代的学术而指出，理论诗学的对象具有双重性：(1)作品"具体的特征与具体的方面"（形象、情节、修饰语）；(2)这些现象之间的"联系和相互关系"，作品的构成，作品的结构[①]。在内容上颇有意义的形式，显然是多层次的。而且，作品的物象—话语组成与作品的建构（结构上的组织）是不可分割的，

---

① Г. Н. 波斯彼洛夫：《论文学史研究的方法学》，见《文学学》文集，В. Ф. 佩列韦尔泽夫主编，莫斯科，1928 年，第 42—43 页。

是具有同等意义的,是同样不可或缺的。

文学作品中的一个特殊的位置属于内容层本身。不应将其界说为作品的又一个(第四个)方面,而理应将其界定为作品的实体,它既隐藏于同时又显露于作为整体的艺术形式之中。艺术内容乃是客观因素与主观因素的统一体。这是作者所认识到的东西(关于艺术主题参看第一章第三节)与他所表达出来的东西,以及源自他的观念、直觉和个性特征的东西(关于艺术的主观性参看第一章第四节)的总和。

"内容"(艺术内容)这一术语,或多或少是与"观念"(或者"作者的观念")、"思想"、"涵义"(在 M. M. 巴赫金那儿:"终极性的涵义级")是同义的。B. 凯塞尔将作品的物象层(Inhalt)、作品的话语(sprachliche Formen)与结构(Aufbau)都作为分析的基本概念而加以一一界说,之后,他将内容(Gehalt)称之为为综合的概念。艺术内容也的确是作品的综合性因素。这是作品之深层的基础,这一基础则构成作为整体的形式之使命(功能)。

艺术内容不是体现于(物质化)某些单个的词、词组和句子当中,而是作品中所存在的一切之总和。在此,我们会同意 Ю. M. 洛特曼的观点:"思想不存在于某些即便是成功地挑选出来的引文之中,而是表现于整个艺术结构之中。一个研究者如果不明白这一点,而只在单个的引文中去寻找思想,那就会像一个人,当他得知房子有设计图,就要动手拆墙而去寻找那图纸的藏身之处。设计图并没有被砌在墙里,而是在建筑物的比例中得以实现。这个设计图——就是建筑师的思想,建筑物的结构——便是这一思想的现实化。"[①]

下面,我们将以上文所述为基础,来进一步详细界说有内容的形式之各个不同方面,来探讨对文学作品加以科学的考量的一些原则。我们要提醒的是,在谈论作品的构成与结构时,我们定位于其上的、已深深植根于文学学之中的那一套概念和术语,在当今并非是普遍认可的公理。近几十年来,具有符号学取向的文学研究提出了一系

---

① Ю. M. 洛特曼:《诗歌文本分析》,第37—38页。

列的新学说、新概念、新术语①。文学学的语言如今正处于发酵状态,也许,随着时间的推移,这也会成为一个专门讨论的课题。

第二节 作品世界

1. 术语涵义

文学作品的世界远不等同于作家的世界,进入作家世界的,首先是那些由作家所表现的一系列观念、思想和意义。作品世界就像言语组织和结构一样,是艺术内容(意蕴)的体现和载体,是将艺术内容(意蕴)传达到读者的必不可少的"手段"。这是借助于言语并融进虚构而塑造出来的物象性。作品世界不仅包含着物质现实与时空现实,而且还包括人的心理与意识,主要的是——作为灵与肉之统一体的人本身。

相对于其话语(文本)结构上的形式之被赋予被固定,文学作品的世界完全可以被称作内容。Л. И. 季莫菲耶夫有充分的根据将"性格与事件,出场人物的行为与感受"称为"直接的内容"②。但借助于词语所描绘出的东西之总和,还毕竟不是艺术本身的内容。

谈到"诗性世界"的地位,我们要诉诸于符号学的一个核心术语。在文学作品的构成中,可区分出两种语义:其一是纯语言的、语言学意义上的语义(我们且称之为语义-1),它是词语所指称的物象领域;其二是深层的、艺术本身的语义(我们且称之为语义-2),它是由作者所理解所领悟到的本质和由作者(凭直觉或有意识地)所描绘所刻画出来的意蕴领域。正是这一层,这一深层的语义构成原本意义上的艺术内容。

遗憾的是,文学作品语义上的两层面性,目前仍然未得到阐明。考虑到这种两层面性,我们有权(甚至有义务)把作品世界归结到内

---

① 在俄罗斯学者这一类著述的最新著作中,我们要举出:В. И. 秋帕:《艺术分析学·文学学分析导论》,莫斯科,2001年。

② Л. И. 季莫菲耶夫:《文学理论基础》,莫斯科,1959年,第122页。

容上有意义的形式领域,而不是归结于原本意义上的内容本身。

"作品的艺术世界"(有时也称被称作为"诗性的"或者"内在的"世界)这一概念,已植根于不同国家的文学学之中。在俄罗斯,这一概念是由 Д. С. 利哈乔夫论证的①。作品世界最重要的特征——在于它不等同于原初的第一性现实,在于虚构对作品世界之创造的参与,在于作家不仅仅使用逼真性的描写形式,而且也使用假定性的描写形式(参看第二章第三节)。在文学作品中主宰一切的,是一些特殊的、艺术本身的规律。У. 艾柯在为自己的长篇小说《玫瑰的名字》作注释时曾写道:"且让我们进入一个完全非现实的世界,在这个世界,驴子会飞,公主会因一吻而复活。但是,尽管这个世界带有种种随意性与非现实性,还是应该遵守那些在这个世界一开始就已被确定下来的规则〈……〉作家——乃是其自身的诸多先决条件的俘虏。"②

作品的世界——这是被艺术地开发出来的与艺术地改观变形的现实。在叙事类与戏剧类文学中,作品世界是极为多层的(关于抒情诗,下面再谈)。语言艺术世界之最大的单位——是形成系统的人物与构成情节的事件。这个世界中还包含着那些理应称之为形象性(艺术的物象性)的成分:人物的行为举止,人物的外表特征(肖像),心理现象,以及环绕在人的周围的存在之事实(常常以室内布置与陈饰而被描写的物品;大自然的景观——风景)。况且,被艺术地描绘与刻画的物象,既是作为由词语所指称的词语之外的存在而展示出来,又是作为一种言语活动——以属于某人的表述、以独白或对话的样式而体现出来的一种言语活动。最后,被描绘的物象的一些单个的细节,有时由作家清晰而着力凸显并获得相对独立意义的细节,也是艺术的物象性之微小而不可分割的环节。Б. Л. 帕斯捷尔纳克曾指出,在 А. А. 阿赫玛托娃的诗中,令他着迷的是"擅用细节来娓娓动听地充分抒情的口才"。帕斯捷尔纳克赋予诗中的细节某种哲理意蕴。在《让我们把词语碰落……》一诗的最后几行(〈……〉生活,有

---

① Д. С. 利哈乔夫:《艺术作品的内在世界》,《文学问题》1968 年第 8 期。
② У. 艾柯:《玫瑰的名字》(俄译本),莫斯科,1989 年,第 438—439 页。

如秋日之静寂,——如此细微具体)之前,是"细节之上帝"乃是"全能的爱的上帝"这一见解的抒发。

随着时代的变迁,作品中的物象世界,是越来越广泛越来越执著地在其最微小的细节中得到开发。作家和诗人们仿佛紧紧地贴近了所描绘的东西。

> 何时你会来到这高傲的墓穴,
> 垂下你满头的卷发哀哀哭泣。

对普希金《石客》中的这两行诗,Ю. К. 奥列沙曾有过这样的评点:"垂下卷发"是极度认真地观察事物的结果,这是那时的诗人们所不具备的特点。这对那时的诗歌思维而言,是达不到的"特写镜头"〈……〉无论如何,这是诗人向另一种、更晚些时候才有的那种诗学迈出的一步。①

对所描绘的物象的细节化,在 19 世纪下半叶达到了一种极致,在西方是这样,在俄罗斯也是如此。Л. Н. 托尔斯泰有一个著名的论断:"只有当艺术家找到艺术作品所由其构成的那些极为细微的因素时",那时,对读者的作用才能达到,并且在那种程度上得以实现②。

下面,我们就来探讨文学作品世界的各个层面(棱面)。

2. 人物及其价值取向

文学作品中,必定会存在着人物形象,通常,落入读者关注中心的,就是人物形象,在个别情况下,则是人物形象的类似物——拟人化的动物、植物(В. М. 迦尔洵的《棕榈》)与东西(童话中鸡腿上的小木屋)。人在文学作品中有种种不同的在场形式。这可以是叙述者—讲述者,这可以是抒情主人公,这可以是能够以极大的深度和广度去表现人的人物。人物这个术语来自法语,具有拉丁语的词源。古罗马人用 persona 这个词来指演员所带的面具,后来——则用来

---

① Ю. К. 奥列沙:《没有一天不写出几行》,莫斯科,1965 年,第 209 页。
② 《Л. Н. 托尔斯泰全集》九十卷本,第 30 卷,第 128 页。

指艺术作品中被描绘出来的人物。现如今,作为该术语的同义语的,有"文学主人公"和"出场人物"。然而,这些表述都带有补充意义:"主人公"一词强调被描绘的人物的正面作用、鲜明性、非凡性和独特性,而"出场人物"这一词组则强调人物主要是在行为的完成中展现自己这一事实[①]。

人物——这要么是作家纯粹虚构的结果(Дж. 斯威夫特笔下的格列佛和小人;Н. В. 果戈理笔下丢掉鼻子的科瓦廖夫少校),要么是对过去实有之人的面貌进行推想的结果(无论是历史人物,还是与作家本人的生平相似的人物,甚至是作家本人);要么是对已经众所周知的文学主人公,譬如堂·璜,或者浮士德,进行加工改写与续写扩充的结果。与作为个体之人的文学主人公一样,有时那些成群的集体人物也是十分重要的(在 А. С. 普希金的《鲍里斯·戈都诺夫》中,好几幕里都出现广场上的人群,他们在见证人民的意见,是人民意见的表达者)。

人物似乎具有双重本性。首先,人物是所描绘行为的主体,是那些构成情节的事件展开的推动力。В. Я. 普洛普在他的那部闻名世界的著作《故事形态学》(1928)中,正是从这一方面切入人物领域的。这位学者认为,童话故事中的人物是情节中一定功能的承载者,他指出,童话故事中所描绘的人物,首先是作为事件序列之运动的推动因素而有意义。作为"出场人物"的人物,经常是用角色(其拉丁文的涵义,动作者参与者)这一术语来指称的。

其次,也几乎堪称主要的一点是,人物在作品的构成中有不依赖于情节(事件序列)的、独立的意义:人物是那些稳定的、牢固的(的确,有时也会经历变化)性质、特点、品质的承载者(参看第一章第二节)。

人物的刻画,借助于他们所完成的行为(这几乎是第一位的),以及举止形式和交往方式(因为重要的不仅仅是人在完成什么,而且还有他在这种情形下如何表现自己),外貌特征、身边的亲朋好友圈子

---

① 关于人物及人物理论研究史,参见:С. А. 玛尔季娅诺娃:《文学中人的形象:从类型走向个体性与个性》,弗拉基米尔,1997 年,第 10—32 页。

（也包括——属于主人公的物品）的特征、思维特征、情感特征和意图特征。在文学作品中人的所有这些表现（正如在现实生活中一样），都有一定的合力——一种中心，M. M. 巴赫金称之为"个性之核"，A. A. 乌赫托姆斯基称之为由人之初始的直觉所决定的显性主导。为了指称人的意识和行为这一稳定的轴心，价值取向这一词组被广泛地使用。Э. 弗洛姆写道，"没有一种文化能够绕过价值取向或价值坐标体系而存在"。这种取向，——这位学者继续写道，——"是每个个体也都有的"①。

价值取向（也可以称之为生活立场）是多种多样千姿百态且层次繁多的。人的意识和行为，可以被指向宗教道德价值、纯道德价值、认知价值、审美价值。这些价值常常是与本能领域，与肉体生活和对生理需求的满足，与对荣誉的追求、对威信和权力的博取，联系在一起的。

无论是现实的人物还是作家杜撰出的人物，其立场与取向常常都会具有思想面貌与人生纲领的面貌。浪漫主义和后浪漫主义文学中"思想家/主人公"（M. M. 巴赫金语）就是这样的。但价值取向常常也是外在于理性的、直接的、直觉的，受制于人自身的天性与其所植根于其中的传统。让我们来回忆一下莱蒙托夫笔下那个不喜欢"形而上学式辩论"的马克西姆·马克西梅奇，或者托尔斯泰笔下那个"不肯屈尊当个聪明人"的娜塔莎·罗斯托娃。

不同国家与不同时代的文学主人公是极为多样，多姿多彩的。然而，在人物领域，重复性也是明显可见的，这种重复性是与作品的体裁属性相关的，而更为重要的则是，它是与出场人物的价值取向相关的。存在着一种文学上的"超典型"——它是超越时代的与国际性的。这一类超典型为数不多。诚如 M. M. 巴赫金和（继他之后的）E. M. 梅列津斯基所②指出的，在几百年甚至几千年的岁月里，文学中占主导地位的是探险英雄式的人物，这种人物坚信自己的力量和自己的首创精神，坚信有能力达到预设的目标。这种人物是在积极

---

① Э. 弗洛姆：《人性的毁坏之剖析》（俄译本），第 200 页。
② E. M. 梅列津斯基：《论文学原型》。

的探寻中,在坚定的斗争中,在历险和建树中展现自己的本质①。这样的人,通常是一心想着自己身负特殊的使命、一心认定自己不同凡俗盖世无双,毫无弱点而坚不可摧。我们在很多文学作品中都能找到这种主人公的人生立场的之宏阔而精辟的简练表述。例如:"你何时能自己助自己,/你何必祈祷上苍?/我们的选择已然注定。他们是对的,因为他们敢做敢当;/谁若是精神软弱,他就达不到目的。/'做不到啊!'——谁若这样说,/他只会拖延、摇摆和等待。"(y.莎士比亚《有始有终,就是成功》)"僧帽之下是勇敢的主意/我已考虑周密,给世界准备一个奇迹",——普希金笔下的格利高里·奥特列皮耶夫曾这样讲述自己。而在《卡拉马佐夫兄弟》这部长篇小说中,鬼曾这样将伊万内心深处隐秘的意念表达了出来:"我在哪里出现,哪里马上就会成为第一。"

属于冒险英雄式的人物都追求荣誉,渴望受到爱戴,具有那种"要尝遍生活的所有情节"的意志②,也就是偏爱积极参与生活境况的更迭,偏爱拼搏斗争,偏爱获取,偏爱征服。冒险英雄式的人物——这是一种命运的宠儿或自封为王者,其精力和力量是在致力于达到某些外在的目标的追求中得以实现的。那些目标的范围是十分宽泛的:从为人民服务、为社会效力、为人类奉献,直至自私自利的为所欲为与无边无际的自我肯定,这种自我肯定是同狡诈的勾当、欺骗,有时则是犯罪与作恶联系在一起的(莎士比亚笔下的麦克白和他的妻子)。

英雄史诗中的人物向往第一"极"。维吉尔那部世界闻名的长诗中勇敢而审慎、宽厚而虔诚的埃涅阿斯,就是这样的。他忠诚于对于祖国特洛伊的义务,忠诚于自己的历史使命,他,用 T.C.艾略特的话说,"'从生至死',都是'受命运控制的人':他不是冒险家,不是阴谋家,不是流浪汉,也不是野心家,他按照命运的安排行事,不是出于被

---

① H. 弗莱,这位仪式—神话学派的著名代表人物曾断言,民间文学与文学的核心乃是一心要达到自己目的的主人公之探寻—奇遇的神话。(参见 Frye N. H.:《文学原型》,《神话与文学:理论与实践》,伦敦,1966)

② M. M.巴赫金:《话语创作美学》,第138页。

强制,也不是出于偶然的指令,当然,也不是出于对荣誉的渴望,而是由于他将自己的意志服从于某种最高的权力〈……〉服从于一个伟大的目标(指的是建立罗马)"①。在一系列其他的史诗中,包括在《伊里亚特》和《奥德赛》之中,人物的英勇行为都是与其任性性格和探险精神交织在一起(类似的交错在普罗米修斯身上也存在,可是,普罗米修斯千百年来都是对人类作出牺牲性奉献的一个象征)。

关于英雄性的本质已有很多论述(参看第一章第五节)。对用于文学的冒险性(冒险精神)这一概念的阐释,则要少得多。M. M. 巴赫金曾把冒险性因素与"人的永恒本性——自我保存、渴望取胜与圆满成功的喜悦、渴望拥有、渴望性爱"所提出的那些任务的解决联系在一起②。就这个问题我们还可以补充一点,探险精神完全可能是由人的那种自足性的游戏冲动以及对权力的渴望所刺激所鼓励的。

冒险式的英雄性是以各种不同方式千姿百态地在文学中(一如在生活中)呈现出来的。在这个系列的人物当中——有民间史诗中的主人公(从印度史诗《摩诃婆罗多》中的阿尔朱娜,到塔拉斯·布尔巴),有气度高贵的骑士(从中世纪的长篇小说到 E. 施瓦尔茨的《龙》中的兰采洛特),有文艺复兴时期的小说中的那些充满不可遏制的精力的青年男女,有从浮士德到伊万·卡拉马佐夫那样的反抗者和"精神流浪者"系列,这些人物是"半英雄",甚或是"反英雄",陀思妥耶夫斯基笔下的斯塔夫罗金,就是那样的。最后,还有原本意义上的冒险者:普希金笔下的格利高里·奥特列皮耶夫与赫尔曼,巴尔扎克、斯丹达尔、莫泊桑的小说中那些见风使舵八面玲珑一心追求个人名利地位的钻营者,T. 曼笔下的费利克斯·克鲁尔,伊里夫和彼得罗夫笔下的奥斯塔普·宾德尔。

与冒险英雄式截然相反的另一极"超级典型",出现于中世纪的圣徒传记和那些在不同程度上直接或间接地继圣徒传传统,或是与

---

① T. C. 艾略特:《诗的使命》(俄译本),第 256 页;B. H. 托波罗夫:《埃涅阿斯——命运之人·论"地中海的"人物谱系》,第 1 卷,莫斯科,1993 年。

② M. M. 巴赫金:《陀思妥耶夫斯基诗学问题》,第 176 页。

之呼应的作品(也包括与我们相距不远的那些时代的作品)之中。这种超级典型,理应被称为田园诗式圣徒传记性的。享有盛誉的《穆罗姆斯基夫妇彼得和费芙罗妮娅的故事》,就是对圣徒生平的虔诚圣洁与田园诗价值之间的亲缘关系(参看第一章第五节)的一个生动佐证。在这个故事中,"被神圣的光环所笼罩的,不是苦行禁欲的修道院生活,而是理想的和睦相处的夫妻生活,是对其公爵领地的那种睿智的、君主专制式的治理"①。

  这一类人物不参与任何追求功名的争斗。他们栖身于一种超然的现实之中,那种现实已经从不是成功就是失败不是取胜就是失利的患得患失中摆脱出来,而在考验降临的时刻,他们能表现出坚忍不拔的品格,不会受诱惑,不会陷入绝境(莎士比亚关于其笔下一个遭受不公正待遇的主人公的一番话,恰可证明这一点:他具有这样一种天赋——"将命运的严酷化为温顺、泰然"——"只要您能喜欢")。甚至当这种类型的人物(譬如,列斯科夫笔下的萨维里·图别罗佐夫)偏爱智力上的反思内省时,他们仍然继续滞留于公理与颠扑不破的真理世界之中,而不会陷入深层的怀疑和无法解决的问题世界之中。至于精神上的犹豫不定,在他们的生活中,要么是根本没有,要么是转瞬即逝,而主要的是,它是完全可以被克服的(让我们回忆一下:佐西玛老人死后,阿廖沙·卡拉马佐夫所经历的"奇怪而莫名其妙的片刻"),尽管这些人也是偏爱忏悔情绪的。在这里,意识和行为之坚定不移的定位:通常所说的对道德准则的忠诚,乃是具备而在场的。这一类人物,植根于有其欢乐也有其痛苦、有一套交往成规也有日常事务、他们与之亲和的现实之中。他们坦诚面对周围世界,能对每一个他人都充满爱心和善意,时刻准备充任"以沟通与交往为使命的活动家"(M. M. 普里什文语)。他们,——要是诉诸于 A. A. 乌赫托姆斯基的术语,——天生具备"以他人为重的主导显性"。

  19—20 世纪俄罗斯的文学经典中,田园诗式的圣徒传记性的超级典型,得到了十分鲜明和广泛的展现。这里有《叶甫盖尼·奥涅金》第八章中的塔吉雅娜,有《上尉的女儿》中格里涅夫们和米罗诺夫们

---

① B. B. 库斯科夫:《古俄罗斯文学史》第 5 版(增订版),莫斯科,1998 年,第 213 页。

的"群像",有《国王萨尔丹的童话》中那个无需到遥远的地方去寻找幸福的格维东公爵。在后普希金时期的文学中——这是 М. Ю. 莱蒙托夫的马克西姆·马克西梅奇, С. Т. 阿克萨科夫的家庭纪事中的出场人物, Н. В. 果戈理笔下那些旧式地主, Л. Н. 托尔斯泰笔下的《家庭幸福》中的那些人物、罗斯托夫一家和列文, Ф. М. 陀思妥耶夫斯基笔下的梅什金公爵和马卡尔·伊万诺维奇、吉洪和佐西玛。А. Н. 奥斯特洛夫斯基、И. А. 冈察洛夫、Н. А. 涅克拉索夫、И. С. 屠格涅夫、А. П. 契诃夫笔下的很多主人公,大概也可归入此类。同在这一系列之中的,还有——М. А. 布尔加科夫笔下的图尔宾一家, А. П. 普拉东诺夫的短篇小说《弗洛》中的男女主人公, А. И. 索尔仁尼琴笔下的玛特廖娜,我们的"农村"小说中的一系列人物(例如, В. И 别洛夫的《司空见惯的事》中的伊万·阿夫里卡诺维奇、В. М. 舒克申的短篇小说《阿廖沙·别斯孔沃内依》的主人公)。当我们将目光转向俄罗斯侨民文学,就可以列举 Б. К. 扎伊采夫与 И. С. 什梅廖夫的小说(包括《禧年》与《朝圣》中的戈尔金)。在其他国家的文学中, Ч. 狄更斯的笔下的这一类人物具有重要意义,在我们这个世纪——则是 У. 福克纳的长篇小说与中篇小说中那些充满悲剧色彩的人物。

　　田园诗式圣徒传记性的超级典型之源头,是古希腊菲勒蒙和巴乌希斯的神话中的人物,这二人由于对彼此爱情的忠诚、善良和好客而得到诸神的嘉奖:他们的茅舍变成了殿堂,他们本人则被赏以长命百岁且同时死去。由此而一脉相承下来的,有忒奥克里托斯的田园诗,有维吉尔的《牧歌》和《农事诗》,有朗戈斯的田园诗式长篇小说《达夫尼斯和赫洛亚》,有直接采用了菲勒蒙和巴乌希斯神话的奥维德,还有很多世纪之后的 И. В. 歌德(《浮士德》第二部分中的相应场景,以及长诗《赫尔曼和多罗杰娅》)。起初被考察的"超典型",还不是关于诸神的神话,而是关于人、关于人身上之人性(但不是神人,如果诉诸于20世纪初的俄罗斯典型的语汇来说)的神话。

　　田园诗式的圣徒传记性的超级典型,在赫西俄德那部训诫式的史诗中也展现出来。在《工作与时日》中,荷马对武士的勇猛、战利品和荣誉的赞扬被抛弃了,日常生活上的健全理性与平和的农民劳作,得到了歌颂,家庭生活中的品行端正、立足于民间传说和经验——在谚语与寓言中被记录下来的那些民间传说和经验——的道德结构，得到了高度评价。

上文所探讨的这个系列的人物世界，也由曾孕育出那种友好而睿智的交谈传统的古希腊酒筵所预示。说到这里，既作为生活中实有之人，又作为柏拉图对话中的主人公的苏格拉底这一人物形象，就颇为重要了，在柏拉图对话中，这位古代伟大的思想家乃是表现为那种平和的、相互信任的、时常还伴随着善意的微笑的交谈的倡导者与主要的参与者。关于这位哲学家生命最后时刻的那篇对话——《斐多篇》，在这方面表现得尤为鲜明。

在田园诗式圣徒传记性的超级典型之形成中起到了一定作用的，还有对于那类木讷笨拙并不起眼但其身上却有宝贵品质之人总有兴趣的童话故事，不论那讲的是继女—灰姑娘，或是傻瓜—伊万努什卡，还是善良的魔法师，莎士比亚的《暴风雨》中智者—书呆子普罗斯佩罗就具有这类人的一些特点。

具有田园诗式圣徒传记取向的主人公的特点是，并非与现实生活格格不入，而是参与周围的一切，他们的行为对世界葆有"血亲般的关注"(M. M. 普里什文语)而富有创造性。看来，是有理由来谈论文学发展的一定趋势：由正面观照冒险式英雄这一定位，转向将以批评的视界将他们呈现出来，再转向对田园诗式圣徒传记性的价值予以愈来愈清晰的理解与形象的体现。这一趋势，在 A. C. 普希金的创作演变中(从《高加索的俘虏》和《茨冈》到《别尔金小说集》和《上尉的女儿》)得到了尤为鲜明的、古典般清晰的展现。它在我们这个世纪的哲学著述中也得到论证和解释。例如，当代德国哲学家 Ю. 哈贝马斯就断言，以成功为目标的工具性行为，随着时间的推移会逐步让位于旨在建构互相理解而致力于人们的团结的交往性行为①。

我们要超前指出一点，(尤其是在距我们不远的这些时代)长篇小说这一类体裁中的主人公身上，上文所考察的两类"超级典型"的特征时常是并存着、交织着、相互冲突着的。

---

① Ю. 哈贝马斯：《道德意识与交往行为》，(俄译本)，圣彼得堡，2000 年，198 页。

Л. Н. 托尔斯泰的《战争与和平》便是对这一点的一个极为鲜明的佐证。

文学人物可以不仅仅展现为这一或那一价值取向的"载体",而且也可以成为那些绝对是反面的特点,或者是被践踏的、被压制的、困苦无告无能为力的人性之集中体现。这种值得嘲笑和揭露的"反面"超级典型,也有悠久的历史,其源头——既驼背又斜眼、牢骚满腹而又爱嘲笑人的忒耳希忒斯,他是阿喀琉斯和俄底修斯的敌人,这个人物的故事在《伊利亚特》中得到了讲述。这几乎是欧洲文学中的第一个反英雄。反英雄这个词语是由 Ф. М. 陀思妥耶夫斯基开始使用的:"反英雄的所有特征被有意集聚在这里。"(《地下室手记》)被压制的人性,在那个注定无法逃脱自己毫无意义的痛苦存在的西西弗斯的神话中,得到了体现。在这里,已根本谈不上什么人的价值取向!А. 加缪在其著作《西西弗斯的神话·关于荒诞的随笔》中,将西西弗斯看作原型式的人物。上述古希腊神话中的那些人物,预示着更为晚近的、与我们相距不远的那些时代文学中的许多东西。

19世纪俄罗斯作家笔下的很多人物,都生活在并不允许一个人有与之相称的某种方向与目标的那样的现实之中,果戈理笔下的人物尤为如此。例如,疯人波普里辛,或者阿卡季·阿卡季耶维奇和他的外套,或者丢了鼻子的科瓦廖夫少校。С. Г. 鲍恰罗夫指出:"果戈理的主要主题——乃是'碎化',那种在历史上被宽泛地理解为整个欧洲之近代的本质,而在19世纪达到极致的碎化;拥有其种种表现的现代生活的本质特征被描述为零碎的、琐碎的〈……〉,这一描述被扩展到人自身上〈……〉在果戈理的那些以小官吏为主人公的彼得堡故事中,描写人的一种特殊的比例得到了确立。这种比例就是:人被当作是一个小小的分子与分数(如果不说是'零',就像波普里辛的那个司长对他暗示的那样)。"人在这里,——在谈到《外套》的主人公时,鲍恰罗夫继续阐述这一见解,——乃是一种"生物〈……〉它不仅被化成人的存在、价值和意义之绝对的最小值,而且简直被化为所有这一切之零";"阿卡季·阿卡季耶维奇不单单是个'小人物'。他这人,可以说,是比小人物'还要小',比人的尺度本身都要矮的"①。

俄罗斯"后果戈理时期"文学中的很多人物,整个身心都听命于毫无生气的陈规陋习、环境的框框套套,整个身心都听从自身的自私自利的欲望的主宰。他们要么深受单调乏味而毫无意义的生存的折磨,要么向这种生存妥协而苟且偷安自得其乐。在他们的世界中存在着,有时则是专横独霸无所不在地笼罩着那种勃洛克称之为"灰蜘蛛一般的,没有尽头的无聊"②。契诃夫的短篇小说《约内奇》结尾中的主人公与这位作家笔下许许多多与他相似的人物,陀思妥耶夫斯基一系列作品中的那种(以并不重复的、富有独特性的不同变体呈现的)氛围,就是这样的。让我们来回忆一下在斯维德里加洛夫的想象中出现的那个可怕的形象:永恒就像一座到处爬着蜘蛛的废弃的农村澡堂。

一个被赶到(或者自己把自己赶到)寂寞的死角中去的人,经常被作家们认定为并描写成只贪图肉体享受而与道德准则格格不入的人。Г.К.柯西科夫(列出西欧文学中 Ш.波德莱尔的前辈——马里沃、勒萨日、普里沃、狄德罗与德·萨德)指出:"在18世纪的浪漫主义作品中,享乐主义及其反面——恶,得到了详细的、多方面的,而显然是并未给人带来愉快的分析。"③

Ю.克丽斯蒂娃曾将陀思妥耶夫斯基笔下的人物看成是预示了20世纪一系列作品中人的现实之先驱来谈论,而不无根据地使用这样一些词语搭配,诸如"精神失常的我"、"裂成碎片的主体"、"被撕裂的意识"的载体④。人,其价值定位标动摇了或者完全缺失的那种人,已成为当今作家们极为仔细地加以关注的对象。这既是指 Ф.卡夫卡的那些恐怖故事,又是指"荒诞派戏剧",也是指大规模毁灭人类

---

① С.Г.鲍恰罗夫:《〈鼻子〉之谜与脸的秘密》,见 С.Г.鲍恰罗夫:《论艺术世界》,莫斯科,1985年,第136—138页。
② 《А.А.勃洛克作品集》八卷本,第5卷,莫斯科—列宁格勒,1962年,第67页。
③ Г.К.柯西科夫:《在"生活的兴奋"与"生活的恐惧"之间的沙尔·波德莱尔》,见 Ш.波德莱尔《恶之花》(俄译本),莫斯科,1993年,第19页。
④ Ю.克丽斯蒂娃:《诗学的毁灭》,见《法国符号学·从结构主义到后结构主义》,莫斯科,2000年,第466—471页。

之暴行之参与者的形象。

文学作品的人物范围(在其极为近似而大致的轮廓中)就是这样的,如果从价值论的角度来对其加以考量的话。

3. 人物与作家(主人公与作者)

作者通常总是要表现(当然,是用艺术形象的语言,而不是直接的推理)自己对自己笔下人物(用 M. M. 巴赫金的术语来说,则是主人公)的立场、观点、价值取向的态度。况且,人物形象(一如语言艺术形式之所有其他的环节一样)乃是作为作家的观念、思想,也就是某种整体之体现而展示出来的,可是那种整体却存在于另一种、更为开阔的,艺术本有的整体性(原本意义上的作品)的框架之中。主人公依赖着这一整体性,而且,可以说,按照作者的意志服务于这个整体性。读者一旦对作品的人物园地有稍微认真的把握,就会不可逆转地深入到作者的精神世界之中。读者会在主人公们的形象中看出(首先是凭借直接的情感)作家的创作意愿。作者与主人公在价值取向上的相关相应,构成文学作品的一种本原,文学作品的潜在轴心。Г. А. 古科夫斯基指出:"在把主人公作为人来接受时,我们也就会同时将他们作为某种'思想本质'来领悟:读者中的每一位都要去感觉去反思的不仅是我对这一出场人物的态度,还有作者对这一出场人物的态度,而且,也许是最重要的,乃是我对于作者态度的态度。"①

作者对主人公的"反应",可以主要是疏远的,也可以主要是亲近的,但不存在中性的。作家们曾一再谈论对自己笔下的人物的亲近或疏远。塞万提斯在《堂·吉诃德》的序言中写道:"我只是自认为是堂·吉诃德的父亲,实际上我是他的继父,我不想走老路,像别人那样,几乎是眼含热泪乞求你,最最亲爱的读者,原谅我这孩子的缺点,或者对他的缺点睁一只眼闭一只眼。"

文学作品中,人物和作者之间多少总是存在着距离。即便在自传性体裁中也有这种距离,在那里,作家在对自身的生活经历进行思

---

① Г. А. 古科夫斯基:《中小学的文学作品研究:教学法的方法论概要》,莫斯科—列宁格勒,1966年,第36页。

索时,已经有了一段时间上的距离。作者可以自下而上地仰视自己的主人公(如圣徒传),或者相反,居高临下地俯视主人公(揭露性—讽刺性作品)。但是,作家与人物之间在本质上的平等(当然,这并不意味着他们彼此等同)这一情形,已极为深刻地植根于在文学之中(特别是近几个世纪的文学之中)。普希金曾执著地要让读者明白,《叶甫盖尼·奥涅金》中的主人公与他本人同属一个圈子("我的好友")。用 В. Г. 拉斯普京的话来说,重要的是,"让作者不要觉得自己高于自己的主人公,不要让自己比他们更有经验":"只有这种写作时的平等以最奇妙的方式孕生出鲜活的主人公,而不是木偶式的人物"①。

在这样一种内在平等的情境中,可能出现作家对其所虚构的与所描写的人物的一种对话态度。М. М. 巴赫金指出:"作者意识之独白性的统一世界……在陀思妥耶夫斯基的长篇小说中成为整体一部分,整体的一个要素"。按照这位学者的思想,作者的对话立场"在肯定主人公的独立性、内在的自由、未完成性和未完结性",主人公的意识与作者本人的意识是"平等"。同时,巴赫金也承认,在"任何一部文学作品中"都存在着"创作者之终极性的涵义级",也就是说。作者的创作意志会包容他所创造出来的人物世界②。用这位学者的话来说,"主人公——不是表现者,而是被表现者",他"在与作者的互动之中是消极被动的"。"一部作品的一个最重要的棱面"乃是作者"对主人公之整体"之"完整的反应"③。

然而,文学人物能够脱离开他们作为其中的组成部分而面世的作品,而在读者公众的意识中具有不受作者意志制约的独立生命。主人公们在保持自己独特性的同时,成为特定的世界观和行为的一种符号与象征。西欧文化中的哈姆雷特、堂·吉诃德、达尔杜弗、浮士德和培尔·金特,就是这样的符号与象征;在俄罗斯人心目中,塔吉雅娜·拉林娜(这在很大程度上要归功于陀思妥耶夫斯基对这一形象的

---

① В. Г. 拉斯普京:《我不能告别马焦拉》,《文学报》1977 年 3 月 16 日。
② М. М. 巴赫金:《陀思妥耶夫斯基诗学问题》,第 36、76、107、83 页。
③ М. М. 巴赫金:《话语创作美学》,第 75、8 页。

诠释)、恰茨基和莫尔恰林、诺兹德廖夫和玛尼洛夫、皮埃尔·别祖霍夫和娜塔莎·罗斯托娃,也是这样的符号与象征。还有,A. C. 格里鲍耶多夫和 H. B. 果戈理作品中的那些著名人物,在19世纪七八十年代,还"移居"到 M. E. 萨尔蒂科夫-谢德林的作品中,在那里获得了新的生命。

20世纪初,斯塔夫罗金、伊万与阿廖沙曾引起批评家、政论家和哲学家的密切关注,而成为讨论当代的一些迫切问题的话由。有不少著作专门探讨伊万·卡拉马佐夫和他所写的长诗《宗教大法官》①。Вяч. 伊万诺夫的文章《活着的传说》便是对斯塔夫罗金和阿廖沙·卡拉马佐夫这两个人物在这个年月具有现实性的一个佐证。下面就是这篇文章结尾的一段话:"我们,在东正教中认出了自己这自由的故乡和自己这自由之发祥地,我们,相信神圣的罗斯,将她看成是全体基督教会的罗斯,我们——是陀思妥耶夫斯基笔下昔日'俄罗斯的小男孩儿',是阿廖沙·卡拉马佐夫的同龄人,我们选择他作为童年游戏中的伊万王子。阿廖沙——这是一个具有象征性的概括性典型,——有人徒劳地认为这一典型未被阐说清晰(关于这一典型我们下一次再来讨论),——这是一个具有新型俄罗斯意识的典型,是由陀思妥耶夫斯基所预见所孕育出来的。正因为如此,如果要为那些具有能够写出这些话的那种思绪情致的代表人物下个定义,那就该称之为'阿廖沙式的'!别尔嘉耶夫不愿同'阿廖沙式的人'在一起;他的'伊万王子'——几乎就是尼古拉·斯塔夫罗金,——当然,不是其原本的创作者的描写中所呈现出的那样一个斯塔夫罗金,而应当照别尔嘉耶夫那样去思量,一个歪曲者所想象的那样一个斯塔夫罗金,但在实体上还是那样,只是被修饰被翻新而已。"②

有时,一些文学人物的接受与作家的创作无关,并不考虑作家的意愿,这些文学人物成为那些有倾向性的一政论性的推断的借口。这种情况在革命前的俄罗斯时有发生,当时的文学家们在情绪上对自己的国家持虚无主义的态度,试图赋予一些远非正面的人物以祖

---

① 《论宗教大法官·陀思妥耶夫斯基与后继者》,莫斯科,1991年。
② Вяч. 伊万诺夫:《故乡与宇宙》,莫斯科,1994年,第352页。

国生存之象征意义。例如,费奥多尔·巴甫洛维奇·卡拉马佐夫就被 M. 高尔基看作是"俄罗斯心灵"的艺术体现,看作是"没有成形而五光十色的"、"既怯懦又大胆的"、"异常凶恶的伊万雷帝的心灵"的艺术体现。在高尔基所编的杂志《年鉴》上,在果戈理笔下的波德科列辛这一人物身上看出了"俄罗斯心灵的基本结构",而冈察洛夫的奥勃洛摩夫则被评价为俄罗斯人民中所有阶级的体现;以性虐待狂的方式杀狗的暴徒们(И. А. 布宁的短篇小说《最后一日》)被诠释为那种被讽刺地性地称作亚洲式的俄罗斯土壤上的产物。①

那些享有盛誉的文学人物具有并不依赖其创作者而存在的生命力,他们不仅活在文学文本(艺术的和政论的)之中,而且还活在其他艺术门类的作品之中:活在音乐、油画、线条画、雕塑之中。文学人物的纪念碑多得数不胜数(譬如,在马德里,就有堂·吉诃德和桑丘·潘的纪念碑)。显然,文学作品中的人物,不止一次地在其原初是作为其中之环节的那些原创作品的语境之外,获得第二次生命。

4. 人物的意识和自我意识 心理描写②

人物,前面两小节中作为整体来谈论的人物,是具有一定的结构的。人物描写,由那既揭示人的内心世界,又描绘其外在面貌的一系列组元所构成。我们从前者开始:从作家对人的意识的描绘开始。

文学之于心理状态的兴趣是自古以来就有的,每一个文化时代都有其对人的发现。包括意图、思想、情感,乃至无意识领域在内的个体的内心世界,在作品中以各种方式得到刻画。对心灵—精神领域加以把握的形式,随着时间的推移在不断变化而不断丰富。况且,在其直接的、严格意义上的心理描写,必然与人的生活中不可重复的独一无二的方面之塑造相关联,这在近两个世纪的文学中尤为突出。然而,心理描写的源头却植根于人类遥远的过去。

在文学发展的早期阶段,所描写人物的心境感受完全取决于事

---

① В. Е. 哈利泽夫:《关于 20 世纪初俄罗斯文学经典的争论》,《俄罗斯文学》1995 年第 2 期,第 18 页。

② 本节由作者与 С. А. 玛尔季娅诺娃共同撰写。

件的展开,并且主要通过人物的外部表现呈现出来:童话中的主人公遭到不幸,就会"流下痛苦的眼泪",或者"他那双飞毛腿一下子就发软了"。如果主人公的内心世界用话语直接表现,便是以十分贫乏的、刻板的套话去表示某一种感受——没有细微的差异和详细的细节。下面是《伊里亚特》中的几个典型的句子:"他这样说着——帕特洛克罗斯的那颗心在胸膛中悸动了一下";"于是,出于同情,他感叹了一声";"至高无上的主宰宙斯,赐予阿亚克斯恐惧"。在荷马的史诗中(一如在其后的古希腊悲剧中),达到炽烈程度的人的情感,是用"特写镜头"来描写的,而获得动人心弦的表达。让我们来回忆一下《伊里亚特》的最后一章,那里写到普里阿摩斯在埋葬自己的儿子赫克托耳时的悲痛。这是古希腊文学中对人的感受世界最为深刻的透视作之一。证实为人之父无限的悲痛的,有普里阿摩斯的行为:为了赎回儿子的尸体,他无所畏惧地进入亚该亚人的营地来找阿喀琉斯;也有主人公自己谈及他所遭遇的不幸的那些话语("我在经受凡人从未经受的"),还有多次写到的他的呻吟与流下的眼泪,以及那个葬礼的隆重,它是以哀悼赫克托耳9天而终结的。但这里所揭示的,不是感受的多层次性,不是感受的复杂性,不是感受的"辩证法"。在荷马的史诗中,以极大的目标坚定性与形象鲜明性得到刻画的是一种情感,好像一心要使这一种情感在其力量上与鲜明性上达到极致。欧里庇得斯在揭示美狄娅——为痛苦的嫉妒这一激情所控制的美狄娅——的内心世界时,用的也是类似的方式。

近东文学则以另外的方式刻画人的意图、追求和感受:它们被作为心灵的动态进程,不同于形象塑造上的静态定型。大卫王的《约伯记》和《诗篇》就是这样的,在那里,人(或者人民)对上帝的吁求得到了再现,上帝被看成是一种个性力量,是拷问人的心灵深处的、无处不在无时不在的观察者和倾听者①。

基督教的中世纪形成了要珍视"内心丰富秘而不宣的隐秘之人"的价值那样一种观念,为文学主人公们的内心世界带来了很多新的东西。人的本性的复杂性和矛盾性得以展示(让我们来回忆一下使

---

① C.C.阿韦林采夫:"圣诗",《文学百科辞典》,第310页。

徒保罗关于人之罪孽的那段话:"我不知道我在做什么,因为我所做的不是我想做之事,而我所恨的,却是我在做的"),在信仰和仿效基督的路途上人的本性获得改造的可能性,也被指明。

　　精神上的诚惶诚恐状态:刻骨铭心的悲伤、忏悔的思绪情致、深受感动、心灵的豁然彻悟,以各种最为不同的"变体",在圣奥古斯丁的《忏悔录》、A.但丁的《神曲》以及为数众多的圣徒传中得到了刻画。让我们回忆一下《鲍里斯和格列勃的传说》中,鲍里斯在父亲死后的那段思考:"啊啊,你是我那双眸的炯炯之光,是我那朝阳般的笑靥——是我青春的羁绊,是没有经验的我的导师。"但是,中世纪的作家们身受那些礼节礼仪规范的制约(在这一点上,他们与民间文学作品的创作者们、古希腊罗马的作者们很相似),还很少能将人的意识作为独一无二的——有个性的、多层次的、任性多变的现象来加以开采。

　　语言艺术家对于人的内心世界之"容量"的兴趣,对各种各样思绪情致与冲动之错杂交织的兴趣,对各种内心状态之交替更迭的兴趣,在最近这三四百年来的岁月中得到了巩固。У.莎士比亚那些带有复杂且经常神秘莫测的心理素描的悲剧,特别是《哈姆雷特》和《李尔王》,就是对这一点一个鲜明的佐证。对人的意识的这一类艺术开采,通常被称为心理描写。这是对存在于其相互联系、变动不居、不可重复之中的各种心境之个性化的再现。Л.Я.金兹堡曾指出,原本意义上心理描写,与对内心世界的那种理性主义的模式化(古典主义作家笔下激情与责任之对立、感伤主义作家笔下多愁善感与冷漠无情之对照)格格不入的。用她的话说,"文学中的心理描写是〈……〉从矛盾不一,是从主人公行为的不可预见性而开始的"①。

　　Л.Я.金兹堡所论及的心理描写,在18世纪下半叶开始活跃起来。这在感伤主义取向的作家的一系列作品中都有所体现:Ж.-Ж.卢梭的《新爱洛绮丝》、Л.斯泰恩的《在法国和意大利的感伤旅行》、И.В.歌德的《少年维特之烦恼》,还有《可怜的丽莎》以及Н.М.卡拉姆津的其他小说。在这里,被推到首位的是那些能够去细致、深

---

① Л.Я.金兹堡:《论心理小说》,列宁格勒,1971年,第300页。

切地感受之人的心灵状态。对人的那些崇高的—悲剧性的、时常是非理性的感受的兴趣,曾吸引住了浪漫主义文学的注意力:Э.Т.А.霍夫曼的那些中篇小说、Д.Г.拜伦的那些长诗和剧作。

感伤主义和浪漫主义的这一传统,被19世纪的那些身为现实主义者的作家们继承和发扬光大了。在法国,О.де.巴尔扎克、斯丹达尔、Г.福楼拜,在俄罗斯,М.Ю.莱蒙托夫、И.С.屠格涅夫、И.А.冈察洛夫再现了主人公们那些十分复杂的、有时是彼此矛盾冲突的思绪情致,再现了那些同对大自然与日常的周围生活之感知接受相关联的感受,那些与个人生活事实和精神探索相关联的体验。用А.В.卡列利斯基的话来说,心理描写之巩固,乃取决于作家对"平凡的、'非英雄式的'性格的非单面性"之浓厚的兴趣,对那些多棱面的、"闪光的"人物之浓厚的兴趣,也取决于作者对于读者能独立地做出道德判断这一能力的信任。①

在Л.Н.托尔斯泰和Ф.М.陀思妥耶夫斯基的创作中,心理描写达到了自己的巅峰,他们都艺术地掌握了所谓的"心灵辩证法"。在他们的长篇小说与中篇小说中,人的思想、情感、意图的形成过程,它们的交织与相互作用,有时是十分离奇的交错与互动,得到了前所未有的丰满而具体的再现。Н.Г.车尔尼雪夫斯基写道:"托尔斯泰伯爵更为关注的是一些情感和思想是如何从另一些情感和思想中发展而来;他饶有兴趣地观察,一种直接从此种状况或印象中产生出来的情感,在受到回忆的影响和各种想象组合在一起的力量作用的同时,是如何转变为另外一些情感,重新回到先前的起点又再次开始漫游的。"②安娜·卡列尼娜临死前的那些感受,就是这样得到过于详细的刻画。在陀思妥耶夫斯基笔下也常有某种类似的情形。(例如,在接到母亲告知姐姐即将出嫁的那封信后,拉斯柯尔尼科夫心中所掀起的那场思想的风暴)。

---

① А.В.卡列里斯基:《从英雄到人》(1830—1860 欧洲长篇小说中心理描写得发展),见 А.В.卡列里斯基:《从英雄到人·西欧文学二百年》,第 215、235 页。
② Н.Г.车尔尼雪夫斯基:《童年与少年·军旅故事·Л.Н.托尔斯泰伯爵的作品》,见《Н.Г.车尔尼雪夫斯基文集》十五卷本,第 2 卷,第 422 页。

托尔斯泰和陀思妥耶夫斯基那种不加掩饰的、"演示般的"心理描写——这是对流动的意识、对人的内心生活中所有可能的突变、对其个性的深层面的浓厚兴趣之艺术性的表达。对自我意识和"心灵辩证法"的掌握——这是文学创作领域一大杰出的发现。Т. 曼、У. 福克纳和 М. А. 肖洛霍夫的小说都是以这一类明显的心理描写而著称的。然而,19—20 世纪的一些作家也立足于另一种方式来开发人的内心世界。И. С. 屠格涅夫那一句话是很著名的:语言艺术家应当成为"隐秘的"心理学家。言犹未尽与半吞半吐也是他的作品中的一些片段所典型的。"他俩在想什么,感受到了什么呢?"——这写的是拉夫列茨基和丽莎的最后一次相见。——"谁能了解?谁又能说出?生活中有这样的瞬间,有这样的情感……只能去指出它们——而从一旁绕过"。长篇小说《贵族之家》就是这样结尾的。

不明显的、"潜台词式的"心理描写,——这时主人公的动机和情感只能靠猜测来判断,这在 А. П. 契诃夫的中、短篇小说和戏剧作品中占据主导地位,在那里,对主人公感受的描写通常是一带而过。例如,为了和安娜·谢尔盖耶夫娜相会而来到 С 城的古罗夫(《带小狗的女人》),在她家大门口看见了她的小白狮子狗。他,——在这里,我们读到:"想唤狗,但他的心突然猛地跳了一下,他激动得想不起来这狗叫什么名字了"。心猛地跳动而无法想起狗的名字这两个似乎并不起眼的细节,在契诃夫的安排下,成了使主人公的生活发生了大转折的巨大而认真的情感的一种标志。这一类心理描写,不仅表现于 20 世纪的艺术散文之中(И. А. 布宁、М. М. 普里什文),而且也表现在抒情诗之中,特别是 И. Ф. 安年斯基和 А. А. 阿赫玛托娃的诗中,在那里,最平常的事实和印象也渗透着"心灵的辐射"(Н. В. 涅多布罗沃语)。

可用于直接刻画人的内心世界的语言艺术手段的范围,是相当广泛的[①]。这里,既有对主人公所感受所体验到的(所思、所感、所欲)的一切之传统的总括性的勾勒,也有展开性的:有时是由作者对人物内心所发生的一切进行的分析性的描述,也有非直接性引语,在

---

① А. Б. 叶辛:《俄罗斯古典文学的心理描写》,莫斯科,1988 年,第 31—51 页。

那种言语中主人公的声音和叙述者的声音融为一体,有内心独白,也有人物之间的倾心交谈(可以是口头交谈,也可以是书信往来),还有人物的日记,乃至对梦境、幻觉的描写,那些梦境与幻觉揭示出人的无意识、潜意识——潜藏在内心深处而不为他自己所知的东西。我们来回忆一下普希金笔下塔吉雅娜的梦,陀思妥耶夫斯基笔下米佳·卡拉马佐夫的梦(关于哭泣的"孩子"的那场梦),纠缠着安娜·卡列尼娜和渥伦斯基的那个恶梦(那个说着法国话、打铁的庄稼汉子),托尔斯泰笔下安德烈公爵临死前的梦境,拉斯普京的中篇小说《最后的期限》中老婆子安娜临死前的梦境,病中的伊万·卡拉马佐夫与魔鬼的谈话。

  在 T. 曼的长篇小说《魔山》这部 20 世纪文学的杰作之中,陷入雪暴中的主人公的那个"优美而可怕"的梦(第六章中《雪》那一节),几乎就是这部作品的核心情节。对于汉斯·卡斯托普来说,这个梦境中的生活,比总是参加哲学辩论(这只是许多其他的活动中的一种)的现实生活更充实、更深刻。梦中生活既展示出它迷人而和谐的一面("明智而友好交往的习俗","以开朗的人民的美德与幸福的形式表现出来的快乐"),又不乏其阴郁而预示着不祥的因素——那些引起极端厌恶和恐惧的东西。所有这一切都在精神上丰富了 T. 曼的主人公。"'我做了一个梦',——他打了一个哈欠,若有所思地说道,——'是关于人的使命的,关于人在〈……〉十分龌龊的血腥盛宴的背景下那合乎礼节的明智而高尚的友谊〈……〉人——乃是矛盾的主人,矛盾通过人而存在,而这就意味着,人比矛盾要高尚些'。"

  然而,把人的内心世界碎化成一系列感受的心理描写,在 19—20 世纪文学中也并非无处不在。人的意识世界也时常会在十分传统的形式之中,在作家对"心灵辩证法"的关注之外而被开采。H. A. 涅克拉索夫的长诗《谁在俄罗斯能过好日子》中的"农妇"一章,就是如此,在这里,马特廖娜·季莫菲耶夫娜在讲述自己的痛苦时,诉诸于民间歌谣和口头传说。果戈理在《死魂灵》中对地主们的描写,源于古希腊罗马时代的那种使心灵生活"物质化"的传统。在 H. C. 列斯科夫的作品(如《一根筋》和《永生的大头》)和 Л. H. 托尔斯泰晚年的创作中,人的意识现象是作为固定的、一贯的东西而展示出来。例如,在《两个老人》这个短篇小说中,"心灵辩证法"的开山祖师果决地从其自身的"流动性"原则走开了。在 И. С. 什梅廖夫的长篇小说《天路》中,主人公们的内心生活是透过传统的、神父的经历这一三棱镜表现出来的,其中几章的标题就能说明这一点:《诱惑》、《凶境》等。

对人的内心世界加以再现这一宗旨,在 20 世纪最初的几十年里遭到猛烈颠覆,反对的声音既来自先锋主义美学,也来自马克思主义文学学:在其所亲近的现实中自由地自我确定的个性遭到质疑。例如,意大利未来主义的领袖 Ф. Т. 马里内蒂就曾号召"完全彻底地使文学摆脱⟨……⟩心理学",后者,用他的话来说,已经"被舀干见底了"①。А. 别雷在 1905 年也说过类似的话,他称 Ф. М. 陀思妥耶夫斯基的那些长篇小说为"心理学的阿甫格依的马厩"。他写道:"陀思妥耶夫斯基太像个'心理学家'了,以至于都招人生厌了。"②

苏维埃的 20 年代也是以对心理描写之激进的拒绝为其显著特点的。А. В. 卢纳察尔斯基(1920)曾写道,共产主义激情表现于个性"准备为了人类先进阶级的胜利而把自己一笔勾消"③。在这个年月曾一再得到强调的是,以再现物的、物质的世界为宗旨的"反心理描写",——这是文学发展的最高阶段。"在这一领域',——那个时期有一篇文章论及心理描写时曾说出这样的话——,'写得越好,结果就越糟。一个无产阶级作家越努力去描写心理,就越有害⟨……⟩而相反:一个剪辑者式的作家在辩证地抓住事实的同时,其写作越'报纸化',读者的大脑就会越自由地摆脱麻醉。'"④

然而,心理描写并没有离文学远去。20 世纪的许多大作家的创作在无可置疑地佐证这一点。在俄罗斯,有 М. А. 布尔加科夫、А. П. 普拉东诺夫、М. А. 肖洛霍夫、Б. Л. 帕斯捷尔纳克、А. И. 索尔仁尼琴、В. П. 阿斯塔菲耶夫、В. И. 别洛夫、В. Г. 拉斯普京、А. В. 万比

---

① Ф. Т. 马里内蒂:《未来主义文学的技术宣言》,见《直言不讳:20 世纪西欧文学大师的纲领性发言》,莫斯科,1986 年,第 165 页。

② А. 别雷:《易卜生与陀思妥耶夫斯基》,见 А. 别雷:《作为世界观的象征主义》,第 196—197 页。

③ А. В. 卢纳察尔斯基:《剪影》,莫斯科,1965 年,第 130 页。

④ 《读者与作家》1927 年 12 月 24 日。

洛夫,在国外则有 T. 曼、У. 福克纳及许多许多的另一些作家。

心理描写在 19—20 世纪文学中的日益强化与广泛确立,是有其深刻的文化—历史前提的。它与现代人的自我意识的活跃相关联。现代哲学区分出"那种在实现自我的"意识和"在考察自己的意识"①。人们将后者称为自我意识。自我意识主要是在反省中得以实现,反省则是人的一种有益且不可或缺的面向自身的"回归行为"。然而,人的生活的一个不可分割、普适共通的特征,乃是"关于他物的意识重于自我意识"②,正因为如此,反省应当恪守自己的边界。

在现代,反省之活跃,同人与其自身、与周围环境的失谐这种感受之前所未有的剧烈激化有关联,甚或也同人与周围环境的全面疏离有关联。自 18—19 世纪之交以降,这一类生活—心理情境,就开始由欧洲文学所刻画,晚些时候,则由其他地区的作家们所描写(莎士比亚笔下哈姆雷特的悲剧,就是艺术领域这一进展的前奏)。И. В. 歌德的中篇小说《少年维特之烦恼》(1774)非常著名。沉潜于自己的感受之中("我自己跟自己有太多的操心〈……〉以至于我很少注意别人"),维特称自己的心为自己唯一的骄傲,渴望抚慰自己那"饥渴不安的心灵",哪怕是以写给朋友的书信来倾诉一下也好。他坚信,他这人"天赋甚多",于是就一直不停地自作聪明地玩味自己那单相思之爱的痛苦。维特——这是被作者诗意化了的一个形象(尽管它是由作者以不小的批判态度所塑造出来的),这个形象所唤起的首先是好感和同情。

较之歌德对维特的态度,19 世纪的作家对其反省型的主人公,通常要更为苛刻些。对一心沉潜于自身之人(理应将这种人比作古希腊神话中的那耳客索斯)的审判,对这种人孤独而毫无出路的反省之审判,乃是俄罗斯"后浪漫主义"文学的主旋律之一。它回响在 М. Ю. 莱蒙托夫(《当代英雄》)、И. С. 屠格涅夫(《一个多余人的日记》、《希格罗夫县的哈姆雷特》,在某种程度上也包括《罗亭》)的创作

---

① П. 利科:《诠释之冲突:阐释学概要》,第 339 页。
② П. 利科:《阐释学·伦理学·政治学:莫斯科讲演与访谈》,莫斯科,1995 年,第 70、80 页。

中,在一定程度上,它在 Л. Н. 托尔斯泰(中篇小说《少年》和《哥萨克》中的一些情节)、И. А. 冈察洛夫(小阿杜耶夫这一形象,拉伊斯基这一形象在很大程度上也是)的笔下也有表现。

在 Ф. М. 陀思妥耶夫斯基《地下室手记》中,孤独的意识受到了极为严酷的、实质上是负面的评价。在这里,反省是作为"反英雄"——那个软弱的、可怜的、充满愤恨的人——命中注定的事来展示的,此人竭力"躲避"真实的自我评价,在毫无节制地讲述自己的"耻辱"与没完没了地进行自我辩白这两极之间折磨自己。札记的撰写者承认由这痛苦的自我剖析所得到的那份快乐特别强烈,这绝非偶然。

人对自我的深入,人对自身的那种全身心的聚焦,——成为感伤主义时代、浪漫主义时代以及其后的时代的一种标记的这种深入,这种聚焦,在 Г. В. Ф. 黑格尔的《精神现象学》中得到了深刻的阐释。哲学家将这种会反省的意识称为"苦恼的"和"不幸的",对其做出十分苛刻的评价:此乃自命不凡的狂妄。他指出,这种意识"缺乏一种力量〈……〉去经受住存在。它生活在恐惧之中,害怕行为和现有的存在会玷污自己'内在的'杰出,而为了保持自己心灵的纯洁,它避免与现实接触"。在黑格尔看来,这一类自我意识的载体,就是那种充满狂热的苦恼和悲哀的"美好的心灵,它在自己的内部渐渐燃烧成灰烬,就像融化在空气中的无形的蒸汽一样慢慢消失"[①]。(一读到这番话就不禁令人想起歌德的维特)。

但是,另一方面也很重要:以心理描写的各种形式展示出来的反省,在那些经典作家笔下,不止一次地是作为对人的个性形成有益而必不或缺的东西而被呈现出来。也许,托尔斯泰那些长篇小说的中心人物:安德烈·包尔康斯基与皮埃尔·别祖霍夫、列文,在一定程度上涅赫留朵夫也是如此——是对这一点最为鲜明的佐证。这一类主人公都具有精神上不安分、热望成为没有过错之人、渴望精神性的收获那样一些品质。

文学人物之反省的极为重要的刺激因素之一——就是他们心灵

---

① Г. В. Ф. 黑格尔:《美学》四卷本,第 4 卷 B,第 202、110 页。

中苏醒过来而威严地"行动着的"良心,这种良心惊扰和折磨的,不只是普希金笔下的鲍里斯·戈都诺夫、奥涅金、拜伦和古安,还有那能回忆起已故妻子的安德烈·包尔康斯基、屠格涅夫笔下后悔自己放任对拉夫列茨基的情感的丽莎·卡丽金娜,以及《叶甫盖尼·奥涅金》结局一章中的塔吉雅娜。托尔斯泰的圣徒传/短篇小说《谢尔吉神父》的主人公,也负有罪过感。

巴赫金关于自我意识本质的见解(与前文所引黑格尔的那段话一道)能阐明文学中心理描写的内容性功能。这位学者将具有正面意义的感受同他所称的"道德反省"联系在一起,而将其界说为意义在存在中的"痕迹":"感受作为某种确定之物〈……〉指向某种意义、事物、状态,但不指向自身。"巴赫金将这一类心灵运动,同他称之为"自我反省"的那种将人引入分裂的绝境的病态感受,对立起来。这种自我反省会孕生那种"不应当有的东西":"糟糕的、被撕裂的主观性",那种主观性与病态地渴望"自我提升"相关联,而战战兢兢地"环顾"周围人对自己的看法[①]。文学(特别是在19世纪)广泛地刻画了自我意识的各种不同的倾向,对它们作出了应有的评价。

心理描写,无论它同那些会反省的人物的生活之联系是多么深刻而有机,在作家面向那类毫无心机而并不聚焦于自身的单纯朴实人之际,也有广泛的运用。让我们来回忆一下普希金笔下的萨维里奇、保姆娜塔莉娅·萨维什娜,Л. Н. 托尔斯泰《童年》中的家庭教师卡尔·伊万诺维奇,И. С. 什梅廖夫的长篇小说《莫斯科来的保姆》中的女主人公兼叙述者,В. Г. 拉斯普京中篇小说《最后的期限》中的老婆子安娜。甚至连一些动物的形象也充满心理描写(Л. Н. 托尔斯泰的《量布人》、Н. С. 列斯科夫的《野兽》、А. П. 契诃夫的《白脑门的》、И. А. 布宁的《阿强的梦》、А. П. 普拉东诺夫的《牛》)。

20世纪的一些文学作品中,心理描写获得了新颖、十分独特

---

① М. М. 巴赫金:《话语创作美学》,第99—101、90页;巴赫金关于人的内心世界的论断,与 А. А. 乌赫托姆斯基对意识的两种支配——定位于自己与定位于他者——所作的评价性区分,乃是有相通之处的。参见:А. А. 乌赫托姆斯基:《良心的直觉》,第248—252、439、492页。

的形式。被称之为"意识流"之再现的艺术原则得以确立。人的内心世界的确定性上的差异在这里被消灭,这种确定性甚或完全消失。文学的这一支脉的源头——М. 普鲁斯特和 Дж. 乔伊斯的创作。在普鲁斯特的那些长篇小说中,主人公的意识是由其印象、回忆和想象所创造的画面而形成的。这意识摆脱了对某种行为的追求而自由存在,似乎把周围的现实排挤到一边,而作为"避难所,对世界的抵御"被展现出来,同时又像是某种吸纳和攫取外部现实的东西①。在20世纪六七十年代法国的"新小说"(А. 罗伯-格里耶、Н. 萨洛特、М. 布托)中,对没有尽头的流动心理的体认和再现,不仅导致"坚实的性格"从文学中被消除,而且导致作为个性的人物也从文学中被消除。罗兰·巴特指出:"如果当代文学家中有相当一部分人反对'人物',那绝不是为了要毁灭它(这是不可能的),而只是要使它失去个性。"②

　　心理描写在19—20世纪文学中成了几乎所有现存体裁的共同财富。但是,它在社会—心理小说中得到极为充分的体现。对于心理描写十分有利的,首先是书信体形式(Ж.-Ж. 卢梭的《新爱洛绮丝》,Ш. de. 拉克洛的《危险的友情》、Ф. М. 陀思妥耶夫斯基的《穷人》),其次是第一人称的自传式(有时是日记式)叙述(Ж.-Ж. 卢梭的《忏悔录》、А. de. 缪塞的《一个世纪儿的忏悔》、C 基尔凯戈尔《一个引诱者的忏悔》、Л. Н. 托尔斯泰早期的三部曲)。Ф. М. 陀思妥耶夫斯基的作品中也有忏悔因素。我们不妨提一提长篇小说《白痴》中伊波利特的忏悔和《恶魔》中斯塔夫罗金的忏悔("在吉洪家"那一章,未收入定稿本),《卡拉马佐夫兄弟》中的一些情节,譬如,写米佳的那一章"一颗火热的心的忏悔"。最后,心理描写的原则也充分实现于第三人称的长篇小说的叙述形式之中,第三人称的叙述具有无所不知的天赋,那种无所不知能够达到人的心灵深处。

---

　　① С. Г. 鲍恰罗夫:《普鲁斯特与"意识流"》,见《20 世纪的批判现实主义与现代主义》,莫斯科,1967 年,第 196 页。

　　② Р. 巴特:《叙事文本结构分析导论》,见《19—20 世纪的外国美学与文学理论:专论·文章·随笔》,第 407 页。

5. 肖像

人物肖像——这是对人物外表的描写:身体的、先天的,也包括年龄上的特征(面部特征、身材特征、头发颜色),以及人的外貌上所带有的一切——由社会环境、文化传统和个人首创(服装与打扮、发型与化妆)所形成的一切。肖像可以记录人物典型的身体动作与姿态、手势与面部表情、脸色与眼神。肖像凭借所有这一切创造出一个"外在之人"特征上固定的、稳定的合成。

对于传统的高雅体裁而言,理想化的肖像是十分典型的。下面是《罗兰之歌》中描写格维涅龙伯爵的几行诗句:

> 他甩掉貂皮斗篷,
> 只穿着丝绸坎肩,
> 面庞高傲,明眸闪亮,
> 结实的大腿,极好的身材。

这一类肖像描写经常充满着隐喻、明喻和种种修饰语。下面是11世纪波斯诗人菲尔多乌西(Фирдоуси)在长诗《王书》中对女主人公的描写:

> 眉似两张弯弓,辫似两根缰绳,
> 世上再没有比她苗条的身形〈……〉
> 她的耳垂如白昼闪亮,
> 名贵的耳环在上面摇荡。
> 双唇像沾着蜜糖的玫瑰花瓣,
> 温柔的小嘴似装满珍珠的美匣。

理想化的肖像在文学中一直保持到浪漫主义时代。例如,普希金《波尔塔瓦》中的女主人公"鲜嫩有如春花",苗条"酷似基辅山冈上的白杨",她的一举一动好似天鹅那"从容的游动"和"小鹿那轻快的跳动","双眸如星辰闪亮;双唇像红玫瑰那样绽放"。而在 H. B. 果戈理的《塔拉斯·布尔巴》这部中篇小说里,描写安德烈爱上的那位波兰美人时,则说她有"黑亮的双眸,如旭日朝霞辉映着的雪原般白皙的肌肤",说她的眼睛是"美妙无比,明亮透彻,投射出悠长的目光,就像固定了似的"。

在带有笑谑性的、喜剧—滑稽剧性质的作品中,肖像描写则具有完全不同的另样的特质。在这里,用 M. M. 巴赫金的话来说,注意力不是聚焦于人的精神性的因素,而是"人身上的物质性的因素"①。在对 Ф. 拉伯雷写卡冈都亚和庞大固埃的那些小说的形象性的特征加以界说时,这位学者指出,对于作家而言,现实的中心是以怪诞的形式呈现出的人的身体(关于怪诞参见第二章)。例如,对卡冈都亚孩提时的肖像是这样描写的:"他的小脸很可爱,下巴颏差不多有 18 层";"两条腿很漂亮,差不多等于他的全部身长"。在这一类肖像中,既没有人的身材的标致之存在的余地,也没有人的眼神之存在的余地,取而代之的是面颊、鼻子、肚子等人体部位的出场。

尽管理想化肖像与怪诞化肖像有着种种对立,但它们拥有共同的特征:在这些肖像中,人的一种品质得到夸张的刻画:在前一种情形下——这是肉体—心灵的完美;在后一种情形下——则是拥有其强大力量的物质—肉体的因素,用现代的语言来说,——那是活体的能量。

随着时间的推移(这在 19 世纪尤为明显),那种揭示人物面貌的复杂性和多层面性的肖像在文学中占了上风。在这里,外貌描写时常与作者对主人公心灵的透视,与心理分析相结合在一起。让我们回忆一下莱蒙托夫对毕巧林外貌特征的描写(在"马克西姆·马克西梅奇"一章),那种描写将他的身材和衣着、他的面部特征、眼睛的颜色和眼神糅合在一起("当他笑的时候,眼睛却不笑〈……〉这是一个标记——他要么是一个性情凶狠的人,要么经常陷于深深的忧郁之中")。而在 И. А. 冈察洛夫的长篇小说《奥勃洛摩夫》中,一开篇,叙述者/作者就这样描写自己的主人公:"这人三十二三岁的年纪,中等个头,长相不错,眼睛是深灰色的,但从面部特征上看,没有任何确定的思想,没有任何一点聚精会神〈……〉不论是疲惫,还是寂寥,都无法暂时驱走他脸上的那份蔫软,那份蔫软不只是脸上,而是整个心灵

---

① M. M. 巴赫金:《拉伯雷的创作与中世纪和文艺复兴时期的民间文化》,第 372 页。

上具有主宰性的、基本的表情。"

  主人公的肖像,通常被局限于作品的某一个地方。它经常是展现于人物初次露面之际,也就是以交代的方式。但是,文学还拥有将肖像特征描写引入文本之另样的方式。可将之称为主导主题式的。这方面最为鲜明的例子——在托尔斯泰长篇小说的进程中得到多次重复提及的公爵女儿玛丽娅那双炯炯发光的眼睛。

  在文学肖像上,作者的注意力常常更多的是被凝聚于身材或者面庞在表现着什么,它们给人留下什么样的印象,唤起何种情感和思想,而不是驻足于作为被描写的现实的身材或者面庞本身。Ф. М. 陀思妥耶夫斯基这样描写拉斯柯尔尼科夫的母亲:"尽管普里赫丽娅·亚历山德罗夫娜已经 43 岁了,她的面庞上依然保留了旧日美丽的痕迹,况且她看上去比其实际年龄要年轻得多,这几乎总是那种女性身上常有的特征,那种女性一直到老都保持心胸坦荡、感受清新,葆有心灵之诚实的、纯洁的热情〈……〉她的头发已经开始发白而变稀,眼角早已爬上了细细的鱼尾纹,脸颊由于操劳和苦难而枯瘦凹陷,而这张脸却依然美丽。"

  肖像描写上的这种"非描绘性"倾向,在 М. И. 茨维塔耶娃的《山之诗》中达到极致。在这里,被爱的人的外貌似乎是被抒情女主人公的情感表达给偷换了:

> 没有标记。空白——
> 一片。(心灵,充满伤痕,
> 伤痕——遍体。)用粉笔作出
> 标记——是裁缝的事。
>
> 毛色是黑是褐——
> 让邻居说:他好视力。
> 难道激情——可以分成几块?
> 我是钟表匠或者医生?
>
> 你像一个圆,完满又完整。
> 完整的旋风,完满的破伤风。

我看不到你的每一部分
由于爱情。等号。

如果说,这也是肖像,那么这是凭思辨才可体认的,其实,不如说,这是一种"反肖像"。

肖像所刻画的不只是"外在"之人身上静态的特征,而且还刻画那些究其实质是动态的手势动作、面部表情。况且,作家/肖像画家对于Ф.席勒称之为优雅,而将它同建构性的美(建构之美)区别开来的那种东西的兴趣,要有所表现的:"优雅只可能是为运动所具有的特征",这是"可以移动的自由的身体之美"。它"在自由的作用下"产生,并且"依赖于个体之人",尽管它同时具有非人为性、非预设性:在面部表情和手势中,情感和动机是不由自主地表露出来的;如果我们知道,一个人是"按照自己的意志在左右其面部表情,我们就会不再相信他的面孔"①。

在描绘女性的肖像时,俄罗斯作家经常会将优雅置于脸形和身材之美之上。我们不妨来回忆一下《叶甫盖尼·奥涅金》第八章,在那里,容貌上不加修饰而优雅的塔吉雅娜("男人们追逐她的目光",尽管"谁也不认为 / 她称得上漂亮")与"光彩照人的妮娜·渥伦斯卡娅"相对照/"涅瓦河畔的这一个克列奥帕特娜,/ 也无法遮住塔吉雅娜/虽然她艳丽如画"。

我们再来看一下А.П.契诃夫的短篇小说《美人》(1888)。小说建构在两个姑娘容貌的对比上。在其中的一位身上,令小说的主人公/叙述者为之倾倒的是其身材和脸蛋特征:"画家也许会把这位亚美尼亚姑娘的美称为古典的与端庄的。〈……〉您看见了端正的相貌〈……〉那头发、那眼睛、那鼻子、那嘴、那脖子、那胸脯、那年轻的身体的每一个动作,合成一个完整而谐调的和弦,大自然在这合成中连一个最小的细节都没有做错。"

而另一个姑娘则没有端正的容貌("她那双眼睛总是眯着,鼻子微微向上扬起,带点犹豫不决的样子,嘴很小,侧面轮廓显得纤弱而

---

① Ф.席勒:《论秀美与尊严》,见《Ф.席勒文集》七卷本,第6卷,第127—128、131页。

没什么精神,肩膀窄得与年龄不相称"),但她"却让人觉得她是真正的美人,我瞧着她,不能不相信:俄罗斯人的脸是用不着拥有严格的端正而就能够显得美丽的"。这一位姑娘那美丽的秘密和魔力就"在于她那这些细微而又无限优雅的动作,在于她的微笑,在于她面部表情的变幻,在于她向我们投来的一闪即逝的目光,在于这些动作之精致的优雅同青春、清新、笑语声中透露出来的心灵的纯洁之交融浑合,同我们那么喜欢在小孩、在小鸟、在小鹿和小树上看到的那种纤弱之交融浑合"。

那种被称之为优雅的东西,以及泛而言之——存在于其无止境的变动之中的人的相貌,是很难而且也远远不能完全被"纳入"狭义的肖像描绘这一形式之中的。与文学中的肖像相竞争的(随着时间的推移越来越成功),是对人物行为样式的描述,下面,我们就来对之加以讨论。

6. 行为方式[①]

人(也包括文学人物)的行为方式——这是动作与姿态、手势与表情、说出的话语及其语调之总和。它们本质上都是变动不居的而经受着无穷变化——取决于当时之情境的无穷变化。然而,这些流动的样式的基础却是牢固而稳定的现实,理应称之为行为目标或行为取向的那种现实。А. Ф. 洛谢夫指出:"从说话的方式上,从目光上〈……〉从举手投足上〈……〉从声音上〈……〉甚至不需要看到完整的行为,我总是能辨认我面前的是个什么人〈……〉观察〈……〉人的面部表情〈……〉您在这里就一定会看到某种内在的东西。"[②]

人的行为方式,是人际交往必不可少的条件之一。它们是多种多样的。在一些情形下,行为是由传统、习俗、礼仪而预先规定的,在另一些情形下则相反,行为明显地展露那些恰恰是这个人的特征以及他在语调上和手势上的自由的创意。再说,人的行动举止可以无拘无束从容自然,但是,人也能通过意志的努力而故意将用某种东西

---

① 本节由 С. А. 玛尔季娅诺娃撰写。
② А. Ф. 洛谢夫:《哲学·神话学·文化》,莫斯科,1991年,第75页。

藏在心里，而用话语与举动去展示某种与之完全不同的另一种东西：一个人或是向当时在其身边的人信任地袒露自己，或是节制并控制住自己的动机和情感的表现，甚或将它们隐藏在某种面具之下。行为中流露出来的，或者是那种时常伴随着欢声笑语的游戏式的轻松，或者相反，是那种聚精会神的认真和操心。动作、手势和语调的性质在很大程度上取决于人的交际目标：取决于不同的意图与习惯——或是去训诫他人（先知、传教士、演说家的姿态和语调），或是相反，一心信赖某人的权威（一个听话的学生的那种立场），或是在平等的基础上去与周围人交谈。最后还有一点：行为在一些场合下外表上给人以深刻印象、惹人注目，就像舞台上演员的那些被"放大的"动作和语调，在另一场合下——则是低调的、平常的。文学人物行为样式的全部节目和语言，可以说，就是这样的。

行为（不论是现实之人的行为，还是文学主人公的行为）样式，经常展现为假定性的符号，那种符号的意义蕴涵，取决于属于这一或那一社会文化群体的人们之共同的规约。例如，Дж. 奥威尔的反乌托邦小说《1984》中，主人公温斯通在朱丽娅身上发现了一个"鲜红的饰带——那是青年反性别同盟的标记"。Н. В. 果戈理《外套》中的大人物早在取得将军头衔很久之前就练就一个大官应有的那种断断续续而又不可商量的声音。我们再来回忆一下青年奥涅金身上的那种上流社会的举止派头，或者 Л. Н. 托尔斯泰《青年》中那种 comme il faut（法文，体面的，贵族用语——译者注）理想。在 А. И. 索尔仁尼琴的长篇小说《第一圈》中，斯大林有意诉诸那带有"威胁性内在涵义的"手势，而迫使周围的人去揣测他的沉默不语或是粗暴的出格举动下面的内情。

然而，人的行为必定会超越假定性符号的框框。那些并非带有预设意图而是顺乎天性地流露出来的，也不是由某种目的和社会规范所预先规定的语调、手势和表情，几乎构成"行为圈"的核心。这是心灵运动和心灵状态的自然特征（征候）。"双手掩面，我祈求上帝"，——А. А. 阿赫玛托娃诗中，不由自主而且很容易被认出来的慌乱与绝望的手势，就是这样被表现的。

行为方式得到作家们十分积极的塑造、思索和评价，而成为文学作品世界的一个棱面,其重要性并不亚于纯肖像描写。作为外在之人的人物,其艺术展现的这两个方面,始终是在互相作用的。况且,肖像上的特征与"行为上的"特征,在作品中有不同的体现。前者通常是一次性而穷尽无遗的:作家在人物一出场的那几页便描绘其外貌,以后便不再回到这种描绘上来。行为性特征的描述,通常则是被分散于文本之中,它们是多次性的,有变体的。它们会揭示出人的生活中那些内在的和外在的变化。我们且来回忆一下托尔斯泰笔下的安德烈公爵。在与皮埃尔第一次谈起即将启程上战场之事时,年轻的包尔康斯基脸上的每一块肌肉都在神经质地颤动着。而几年之后再与安德烈公爵重逢时,他那"黯然无神的目光"却令皮埃尔惊讶。沉醉在热恋娜塔莎·罗斯托娃之中的安德烈公爵又完全是另一番模样。而在波罗金诺战役前夕,在与皮埃尔交谈时,安德烈脸上却是一副令人不快的、凶狠的表情。让我们再回忆一下受重伤的安德烈公爵与娜塔莎相见时的情景:"他把她的手拉向自己的双唇,轻轻地哭了起来,流淌着快乐的泪水";再往后——是那双"迎向她"而闪亮的眼睛;而最后,则是临死前"冰冷的、严厉的目光"。

  行为方式也常常被"推到"作品的前台,有时则展现为一些严重冲突的缘由。例如,莎士比亚《李尔王》中,在高纳里尔和里根花言巧语地宣称对父亲无限热爱的背景下,考狄利娅的沉默,"目光中缺少献媚,嘴上缺少逢迎"引起了李尔王的愤怒,而这正是这部悲剧情节的开端。在 Ж. Б. 莫里哀的喜剧《达尔杜弗,或伪君子》中,那个摆出一副"虔诚的模样"而热衷于"词藻过于华丽的、长篇大论的训诫"的中心人物,拙劣地欺骗了轻信的奥尔贡和他的母亲;莫里哀的另一部喜剧《醉心贵族的小市民》之情节的基础,则是不学无术的茹尔丹千方百计地要去掌握上流社会待人接物的艺术的那种奢望。

  文学始终如一地在刻画行为样式的文化历史特征。在文学的早期阶段,以及在中世纪文学里,主要是那种由习俗预先规定的仪式化的行为得到了再现。正如 Д. С. 利哈乔夫在论及古俄罗斯文学时所指出的,这种行为符合特定的礼仪:那些文本中折射出一种观念,"出场人物的举止应当与其地位相符"——与传统的规范相符。在考察《关于鲍里斯和格列勃的生平与死亡〈……〉的故事》时,这位学者展示出,主人公们的一举手一投足像是"早先就被教导好的人"与"受过良好教育的人"①。

某种与之类似的情形——见之于古代叙事诗、童话、骑士小说。甚至我们现今称之为私生活的人的存在的那个领域,也展现为被仪式化的、富于戏剧性效果的。例如,在《伊里亚特》中,赫卡柏对其暂时离开战场返回家乡的儿子赫克托耳是这样说的:

> 啊,我的儿子,你为什么回来,离开了激战的战场?
> 是否亚该亚那些可恨的汉子正残酷地逼近,
> 战斗就在城墙?是你的心让你奔向我们:
> 你是想登上特洛伊的城堡,向奥林波斯神祈助?
> 别急,我的赫克托耳,且让我斟一碗美酒
> 祭奠天父宙斯和永生的众神。
> 然后你也会想喝一点,你会变得强壮;
> 美酒会让你这疲惫的汉子重新充满力量;
> 你呀,我的儿子,为了自己的子民,已经疲惫不堪。

赫克托耳的回答更加冗长,他说自己为何不敢用"没洗的手"向宙斯献祭美酒。

再来看看荷马史诗《奥德赛》中的一个情节。使波吕斐摩斯失明的奥德赛,冒着生命的危险,以富于戏剧性效果的言语,高傲地向满面怒容的独眼巨人说出自己的名字,讲述自己的命运。

在中世纪的使徒行传文学中,情况则相反,外表上"无形态的"行为得以诗意化。在《圣费奥多西·别切尔斯基传》中讲述到,这位圣人小时候如何不顾母亲的禁令甚至殴打,"躲避同龄人,穿着破旧的衣服与农人们一起在田间劳作"。一个农夫(《我们的神父、修道院院长、圣谢尔基、能显灵者之传》)来见"圣徒谢尔基",在这个贫穷的做工者身上没有认出他来:"我在你们指给我看的那个人身上,什么也没看到——不论是荣耀,还是伟大,或是光荣,不论是华贵的衣裳〈……〉还是恭顺的仆人〈……〉都没有看到,看到的却全是破衣烂衫、

---

① Д. С. 利哈乔夫:《古代俄罗斯文学的诗学》,第 90 页。

全是一贫如洗、好似孤儿"。圣徒们(一如为他们立传的那些圣徒行传文本的作者们那样)立足于福音书中基督的形象,以及使徒行传和圣父文学。B. H. 托波罗夫公正地指出:"'破法衣'这一个别性问题是某种完整的立场和与之相应的生活行为〈……〉的重要标志。这种立场就其本质而言是禁欲苦行的〈……〉他(指圣费奥多西·别切尔斯基——作者注)在选择这种立场时,在其精神的目光前就经常会出现基督被害那个鲜活形象。"①

在古代和中世纪的那些通俗体裁之中,占据上风的则完全是另外一些行为取向和行为样式。在喜剧、滑稽剧和故事体小说中,笼罩着那种自由随意的玩笑与游戏、对骂与打斗、话语与手势上绝对的无拘无束自由不羁的氛围,这种自由,就像巴赫金在关于拉伯雷的那本书中所揭示的那样,同时也保存着传统的大众性节庆(狂欢节)所固有的某些仪式性的义务。下面就是卡冈都亚儿时的"狂欢癖性"清单上的一小部分(也是最为"得体的"一部分)项目:"总是在烂泥中打滚,涂鼻子,抹脸","用袖子擦鼻涕,把鼻涕擤到汤里","一边笑一边咬人,一边咬人一边笑,经常往井里吐口水","自己胳肢自己的胳肢窝"。拉伯雷小说的这一类的情节可溯源到阿里斯托芬,后者的喜剧曾表现出"全民的、解放的、卓越的、豪放的、创造生活的笑谑之典范"。②

现代乃标志着行为样式的日益丰富——不论是在第一现实之中还是在文学作品当中的行为样式的日益丰富。对"外在之人"的关注得到了加强。"对在其道德评价之外的行为之审美方面的兴趣增强了,因为从个人主义动摇了旧的道德法典的特权地位之日起,道德标准就开始变得更加多种多样的了。"——A. H. 维谢洛夫斯基在研究Дж. 薄伽丘的《十日谈》时曾经这样指出③。大力革新、自由选择和自主创造行为样式的时代到来了。这情形,既见之于自由随意的智

---

① B. H. 托波罗夫:《俄罗斯教会文化中的圣洁性与圣像》第一卷:《基督教在罗斯的头一个世纪》,莫斯科,1995 年,第 652 页。

② A. 皮奥特罗夫斯基:《阿里斯托芬的戏剧》,见《阿里斯托芬·戏剧》,莫斯科—列宁格勒,1927 年,第 30 页。

③ 《A. H. 维谢洛夫斯基论文选》,列宁格勒,1939 年,第 261 页。

力交谈礼仪被建构起来的文艺复兴时期①,也见之于那个将好发长篇议论的道德说教者、崇高美德的热烈捍卫者和布道者的行为推上前台的古典主义时代。

在俄罗斯社会生活中,行为方式的根本性革新的时代——乃是18世纪,在彼得一世改革、社会世俗化、国家之仓促欧化——既有成就也有代价的欧化——的旗号下度过的18世纪②。В. О. 克柳切夫斯基对Д. И. 冯维辛的喜剧《纨绔子弟》中几个正面人物特征的分析是很著名的:"他们是会走路、但还没有获得生命的道德模式,他们为自己戴上了道德模式的面具。要唤醒这些暂时还僵死的文化标本的生命,要使这个道德面具得以长在他们那毫无生气的脸上而成为他们鲜活的道德面孔,还需要时间,需要气力和实验。"③

一些独特的行为方式在感伤主义——无论是西欧的,还是俄罗斯的——的河道上被培养出来了。高扬忠诚于自己心灵的法则与"以情感动人为准则"产生了那些伤感的叹息和大量的眼泪,那些叹息与眼泪又转化为狂乱狂热与装腔作势矫揉造作(А. С. 普希金曾对之加以嘲笑),以及那些永远在忧伤的姿态(不妨来回忆一下《战争与和平》中的朱丽·卡拉吉娜)。

在浪漫主义时代,人对行为样式的自由选择,开始进入前所未有的那种积极状态。这个时代的很多文学主人公都是定位于一定的行为典范的——生活上的和文学上的。这一番描写是很著名的:塔吉雅娜·拉林娜在思念奥涅金之时,就把自己想象成她所读过的那些小说中的女主人公——"克拉丽莎、尤莉娅、德里芬娜"。不妨再回忆一下普希金笔下那个摆出一副拿破仑架势的赫尔曼(《黑桃皇后》)、那个带有拜伦式卖弄风情之劲头的毕巧林(在与公爵小姐梅丽交谈时,Ю. М. 莱蒙托夫那部长篇小说的主人公时而做出一副"被深深感动

---

① Л. М. 巴特金:《意大利人文主义者:生活风格,思维风格》,莫斯科,1978年,第158—160页。

② Ю. М. 洛特曼:《18世纪俄罗斯文化中的日常生活行为诗学》,见《Ю. М. 洛特曼文选》第1卷。

③ В. О. 克柳切夫斯基:《历史肖像·历史思想的活动家》,莫斯科,1990年,第346页。

的样子",时而开着恶毒的玩笑,时而发表一段刻意追求效果的内心独白,而倾诉自己准备去爱整个世界,倾诉人们是注定不可理解的,倾诉自己那份孤独的痛苦)。类似的"行为"主题,也见之于斯丹达尔的长篇小说《红与黑》。于连·萨列里"总是一副深思熟虑的样子,若是事先没有打算好,是一步也不肯迈出的"。作者指出,沉迷于摆姿势、拿腔调、装腔作势炫耀自己之中的于连,承受了周围那些人以及他们的劝告的影响,"付出令人难以置信的努力而去毁掉他这人身上一切迷人之处"。

在这一类情形下,用 Ю. М. 洛特曼的话来说,"行为不是出自于个性之有机的需求,也不与个性构成不可分割的整体,而是'被选择',就像是一种角色,或者是一套衣服,仿佛是'穿'在个性身上的"。这位学者指出,"拜伦与普希金、马尔林斯基与莱蒙托夫的主人公们孕生出整整一个方阵的模仿者〈……〉他们仿效这些文学人物的手势、表情、举手投足的派头〈……〉。在浪漫主义当中的情形是,现实本身赶着去模仿文学。"19 世纪初,伴随着形形色色的刻意于摆姿势与戴面具的"文学的"、"戏剧的"行为,曾经风行一时,Ю. М. 洛特曼对之作出解释:这个时代的大众心理的载体也具有"对自己负有独特使命的信念,持有世界充满伟人的观念"。然而,洛特曼强调,作为传统的、"墨守成规的"(用洛特曼的说法)行为之对立面,这些"行为假面舞会"乃具有积极意义,而有利于个性的形成和社会意识的丰富:"……将自己的行为看成是按照高雅文本的法则和典范去进行的有意识地创造这一视界,标志着一种新的'行为模式'的出现,这种模式"会把一个人变成一个出场人物,使其摆脱群体性行为和风俗习惯之自动性的制控。"①

行为的人为性、"制作性",姿态与身势、表情与语调的故意造作,还在浪漫主义时期就已受到批评性的阐述,而在其后的各个时代纷纷引起作家们绝对负面的态度。让我们回忆一下托尔斯泰笔下那个面对儿子肖像时的拿破仑:这位统帅想了想,他在此时应该如何表现,于是"做出一副若有所思的温柔样子",在这之后(!)"他的眼睛湿

---

① 《Ю. М. 洛特曼文选》第 1 卷,第 361、308、344、286 页。

润了"。看来,这演员善于深入角色内心。Л. Н. 托尔斯泰能在语调和表情从不变更与均衡平稳之中看出扭捏作态与虚伪做作的症候。别尔格总是准确而谦恭地说话;安娜·米哈伊洛夫娜·德鲁别茨卡娅从不拒弃"忧心忡忡同时又像基督徒一样温顺的样子";爱伦的脸上挂着"清一色的美丽的微笑";鲍里斯·德鲁别茨科依的眼睛"被什么东西平静而坚定地遮住了,好像是有块什么样的遮布——一副蓝色的社会生活的风镜——罩在这双眼睛上"。娜塔莎·罗斯托娃说到多洛霍夫时的那句话是意味深长的:"他的一切都是被规定好的,我可不喜欢这样。"

  对于形形色色的装腔作势与充满自负的虚伪,Ф. М. 陀思妥耶夫斯基是不懈地注视着,也可以说,是无法忍受的。在《群魔》中,秘密会议的参加者们"彼此互相怀疑,一个人在另一人面前都做出各种不同的姿态"。彼得·维尔霍文斯基在去会见沙托夫时,"竭力把自己不满的神情做成一副温柔的表情"。后来,他还出主意:"设计一下你的表情,斯塔夫罗金;我上他们(革命小组成员——作者注)那儿去的时候,总是要设计一番的。多来一点阴郁就得了,别的什么也不需要;轻而易举的事。"陀思妥耶夫斯基相当执著地表现那类病态地自尊而又不自信、徒然地力图扮演某种给人印象深刻的角色之人的手势与语调。来看看那个与瓦尔瓦拉·彼得罗夫娜相识时的列别亚特金:"他脸上的表情中有一份极端的不自信,同时又有一份厚颜无耻,还有某种毫不间歇地涌动着的激愤。他〈……〉显然是为自己笨拙的身体的每一个动作而担心。"在这一类情节中,陀思妥耶夫斯基艺术地领悟到人的心理的那样一种规律——很多年之后,М. М. 巴赫金对之作了界说:"这种人〈……〉病态地珍视自己所造成的外在的印象,但又不相信这印象,这种人有很强的自尊心,会失去对自己身体的正确的〈……〉定位,而变得迟钝,不知道手和脚往哪儿放才是;之所以会这样,乃是因为〈……〉他的自我意识的语境同别人对他的意识的语境这两者相混淆了。"①

  后普希金文学对于被缚住手脚的、不自由的、"套子里的"(我们

---

① М. М. 巴赫金:《话语创作美学》,第 54—55 页。

借用 А. П. 契诃夫的的语汇)行为,是持相当严厉的批评态度的。让我们来回忆一下谨小慎微、担惊受怕的别里科夫(《套中人》)和一味认真、与就在身边周围流动着的生活格格不入的莉吉娅·沃尔恰宁娜(《带阁楼的房子》)。作家们也不能接受与之相反的另一个极端:人们的不善自制(一如果戈理笔下的赫列斯塔科夫)、人们对其冲动与一时激情之不知分寸的"公开",这种"公开"孕育着各种各样的丑闻。Ф. М. 陀思妥耶夫斯基的长篇小说《白痴》中,娜斯塔霞·菲里波夫娜与伊波利特的行为样式,利己主义者与厚颜无耻之徒——费奥多尔·巴甫洛维奇·卡拉马佐夫及其成了他这人第二天性的那种"无私的"丑角的行当,正是这样的。

在 19 世纪的文学(既包括浪漫主义时代,也包括后来)之中,得到了执著的再现与诗意化的是那种与存心制造、故意而为、人为设计均无染的行为。我们不妨举出那个开朗快乐、无拘无束的康吉达(Э. Т. А. 霍夫曼的小说《小查克斯》),那个其"每一个眼神和每一个动作"都透着天性优雅、率真朴实的伊玛丽(У. Р. 梅丘林的《流浪汉梅尔蒙特》);我们也可以来回忆一下《叶甫盖尼·奥涅金》第八章中塔吉雅娜·拉林娜那"文静的、纯朴的"面容。普希金笔下的莫扎特被赋予那种深切体验的能力,但与此同时——他的行为毫不造作、简单纯朴。

也许,率直的、非预先设定的行为(尤其是手势—表情上的)在 Л. Н. 托尔斯泰的《战争与和平》中得到了在别的地方很难找到的更为鲜明的、多层次的刻画与诗意化。作家的注意力"集中于人身上那种变动不居、一闪即逝的东西:声音、目光、表情上异常细微的变化、身体线条飞速的流变"①。"他的话语和行为是那么从容、必然、率直地出自他这人的身心,就像芳香之于花朵一样"——这段描写普拉东·卡拉塔耶夫的话,也完全可以适合于小说中的另一些主人公:那个"没起任何作用的"库图佐夫,那个向所有人敞开心扉的皮埃尔,那个在莫斯科与尼古拉·罗斯托夫相见时不会保持刻意选择的仪态的

---

① А. П. 斯卡弗迪莫夫:《Л. 托尔斯泰创作中的思想与形式》,见 А. П. 斯卡弗迪莫夫《俄罗斯作家的道德探索》,莫斯科,1972 年,第 158 页。

公爵小姐玛丽娅，而这正好促成了他俩那场美好的表白。

毫无人为修饰的朴实的行为——既摆脱仪式化的预先设定性、又摆脱浪漫主义式的生活创造姿态的行为，也为19—20世纪里的另一些作家所意识，并作为某种标准而得到描写。后普希金文学中人物的言谈和手势上的非预设性和自然性，并没有孕生新的行为模式（这有别于感伤主义的那种忧郁，有别于浪漫主义的那种戏剧化的强烈印象）：那些不受理性目标和纲领拘束的主人公，每一次都有新的表现，而展现为鲜明的个性，不论这是Ф. М. 陀思妥耶夫斯基笔下的梅什金公爵，还是А. П. 契诃夫笔下的普罗佐罗娃姐妹，抑或И. А. 布宁《轻轻的呼吸》中的奥丽娅·梅谢尔斯卡娅，都是如此。在苏联时期的文学（以及俄罗斯侨民作家的创作）中，"普希金—托尔斯泰式的"行为传统得以保持下来。И. С. 什梅廖夫与Б. К. 扎伊采夫的小说、М. А. 布尔加科夫的《白卫军》和《图尔宾一家的命运》、М. М. 普里什文与В. Л. 帕斯捷尔纳克、А. Т. 特瓦尔多夫斯基与А. И. 索尔仁尼琴、"农村小说"创作者的作品中，人物的话语和举动都是以高尚的、毫无人为修饰而著称的。

19和20世纪之交以及上个世纪头一二十年是以行为领域里新的动荡为标志的，这首先在文学生活中表现出来。用Ю. М. 洛特曼的话来说，"在象征主义者的生平中，在'生活建设'、'一个演员的戏剧'、'生活的戏剧'以及另一些文化现象之中，浪漫主义式的'行为诗学'在复活"[①]。佐证这一点的，有年轻一代象征主义者那种神秘—预言性的意向，有勃洛克在《草戏台》中对这种意向的嘲讽，有诗人后来那个赫赫有名的号召："用铁的面具"遮住脸（"你总是说我很冷，孤僻又冷冰冰……"，1916），有Вс. Э. 梅耶霍德戏剧中的"化妆舞会的"元素，有М. 高尔基与В. 马雅可夫斯基早期作品中那些人类拯救者的伟大角色（《伊泽吉尔老婆子》中的丹柯、悲剧《弗拉基米尔·马雅可夫斯基》）。世纪初的诗人们，——Б. 帕斯捷尔纳克在《安全证书》中指出，——在创作自我之时，常常成为一些姿态，"对生平的那种戏剧

[①] 《Ю. М. 洛特曼文选》第1卷，第268页。

表演般的理解"渐渐地散发出血腥味①。在阿赫玛托娃《没有主人公的长诗》中,革命前那些年月里的象征主义与象征主义周围的那种氛围展现于悲剧性的假面舞会的形象之中:展现于那个充斥着"夸夸其谈者和伪先知们"与"假面舞会上的闲聊空谈"世界,那个无忧无虑的、香艳色情的、厚颜无耻的世界:

> 魔鬼附体似的发疯发狂而不想
> 认出自己原本为人的模样。

"我从孩提时代就害怕化妆师"——阿赫玛托娃长诗里的这句话佐证:对于世纪初那种沙龙—小圈子氛围,她内心里是格格不入的,而对于先前在普希金、托尔斯泰以及19世纪另一些经典作家创作中得到了么鲜明的表现的那种行为取向,她是有着一种内在的关切的。

综上所述,人物的行为方式(与人物的肖像一起)是文学作品世界的重要棱面之一。抛开对"外在之人"的兴趣,对其被审美地感知与接受的外在面貌的②兴趣,一个作家的创作乃是不可思议的。

7. 言说之人　对话与独白③

在把词语变成描写对象的同时,文学是把人作为言语的载体来理解来体悟的(参见第二章第五节)。人物总是在话语——出声的或者默念的话语——之中表现自己。

在文学这门语言艺术的早期阶段(包括中世纪),人物言语的形式是由体裁的要求所预先决定的。"出场人物的言语,——Д. С. 利哈乔夫在谈到古俄罗斯文学时指出,——这是作者替他说出的言语。作者像是一种操纵木偶的艺人。木偶是没有自己的生命和自己的声音的。作者用自己的嗓子、自己的舌头和自己所习惯的风格在替木偶说话。作者仿佛是在转述出场人物已说的或可能说出的话〈……〉这样一来,出场人物失音的独特效果就得以达到,尽管从外表上看上

---

① Б. Л. 帕斯捷尔纳克:《空中之路》,第262、273页。
② М. М. 巴赫金:《话语创作美学》,第47页。
③ И. В. 涅斯捷罗夫参与了本节的撰写。

去他们在喋喋不休地饶舌。"①

　　随着时代的推移,人物越来越多地获得言语特征上的描写,而以他们所独具的派头来表述。这或者是滔滔不绝的言语流(让我们回忆一下 Ф. М. 陀思妥耶夫斯基笔下那些"打心眼里酷爱诉说"的主人公,譬如马卡尔·杰符什金;抑或是那些头脑机灵而能随机应变的主人公,譬如彼得·维尔霍文斯基),或者相反,那是简短的支言片语的插白,甚或是完全的沉默,有时这沉默乃是意味深长的:塔吉雅娜在听奥涅金的辩驳时,沉默不语,而奥涅金在听她那段独白时也一言不发,结束普希金的这部小说的正是那独白;在《卡拉马佐夫兄弟》中,普列尼克以沉默来回答那大宗教审问官的忏悔。作者所刻画的人物的言语,可以是严整的,符合某种规范的(譬如 А. С. 格里鲍耶多夫笔下的恰茨基,"他这人说话,就像写文章一样"),也可以是前后不连贯的、笨拙的、混乱不清的(Н. В. 果戈理《外套》中口齿不清的巴什马奇金,Л. Н. 托尔斯泰《黑暗势力》中反复说着"塔耶"这个词的阿基姆)。

　　"说话"的方式、派头、特点,时常被推到作品与作家创作的前台。用 С. Г. 鲍恰罗夫的话来说,А. П. 普拉东诺夫小说"最最重要的内在问题",——这是"表述过程本身,用话语表达生活之过程本身":用言语"艰难地表达"意识,乃是 А. П. 普拉东诺夫的主人公——那些"口齿不清与暗哑失音"的主人公们的一种存在的中心与面貌的中心,这些主人公的正在孕生的思想在获得"含混的、晦涩的、不清不楚的表达"②。例如,普拉东诺夫中篇小说《亚姆村》(1927)中的主人公菲拉特,他一贫如洗,过了"30 年昏昏沉沉的生活",他孤苦伶仃,被农村的日常劳作压得喘不过气来,"他这人从来就不需要跟人讲话,而只是回答别人的问话",尽管他心里还是有诉说的需求:"他先是感觉到些什么,可是后来他那份感觉就钻进大脑里了"而"那么粗暴地震动思想,

---

　　① Д. С. 利哈乔夫:《俄罗斯文学中的 17 世纪》,见《世界文学发展中的 17 世纪》,莫斯科,1969 年,第 313 页。
　　② С. Г. 鲍恰罗夫:《存在之物质》,见 С. Г. 鲍恰罗夫:《论艺术世界》,第 249—250、254、273 页。

以至于思想一生下来就成了怪物,而无法将其流畅地表述出来"。又如:"当思想在菲拉特的身心萌动时,他听到了它在自己心里的轰鸣。有时候,菲拉特觉得,要是他能像别人一样好好地、顺利地思考,他就会更容易克服那种说不清道不明的、令人郁闷的呼唤而造成的心灵压抑。这呼唤〈……〉变成了清晰的声音,吐说着令人费解、含糊其辞的话语。可是大脑就是不思考,而是发出咯吱咯吱的响声。"

也不妨来回忆一下 B. B. 马雅可夫斯基《穿裤子的云》:

> 无言无语的街道在痉挛。
> 它无甚可喊也无甚可谈。

但在大多数情况下,作家所描写的人物还是在以这样或那样的方式实现着自己言说的能力。"言说的人"在对话性与独白性的言语中表现自己。对话(源自古希腊词 dialogos——谈话、交谈)和独白(源自古希腊词 monos——"一个"与 logos——"词语"、"言语")乃是构成语言—艺术的形象性之最为特别的一环①。它们像是作品世界与其言语肌质这两者之间的一种连接环节。在被作为行为活动,被作为人物的思想、情感、意志的集聚点而被考察时,对话和独白属于作品的物象层;而在它们乃是从话语层面被抽取出来的这一意义上,对话和独白则是艺术言语现象。

对话和独白具有共同的特质。这两者都是能表现出且强调其主体属性、其"作者身份"(个人的抑或集体的)的言语构成。它们无论如何总是要被赋予某种语调,而记录下人的声音,这使得它们有别于文件、说明书、科学公式和另一类情感上中性的、没有个性的言语单位。

对话是由不同的人(通常是两个)的表述构成的,而实现人与人之间的双向交流。在这里,交际的参与者经常变换角色,在一段时间内(很短的时间)时而是言说者(也就是积极的一方),时而是听话者(也就是消极的一方)。在对话情境中,单个的表述是在一瞬间产生的。每一个后来的对白依赖于之前的,而对之作出回应。对话通常

---

① 当代学术界(继 M. M. 巴赫金之后)将作为人的意识的"对话性"与"独白性"同作为话语形式的对话与独白区别开来。

是通过被称作为对白(реплика)的一连串简练的表述来实现的。苏格拉底的这一句话非常著名:"如果你想同我交谈,就要用词简练"①。如果对白过于扩展,原本意义上的对话就不再存在,而是裂解为一系列独白。对话性言语只存活在当时的情境之中。人们通过对话获得日常生活中的定位,确定并巩固彼此之间的接触,展开交往——既是在日常生活界面与实践界面上,也是在智性界面与精神界面上的交往。

对话可以是如仪式一般严格,合乎礼节而井然有序的。对于历史上早期的社群,对于传统体裁——民间文学的与文学的,礼节性的对白(在这种场合这类对白偏爱扩展,有些像独白)之交换,乃是十分典型的。这一类对话,构成莱蒙托夫的《沙皇伊凡·瓦西里耶维奇,年轻的禁卫兵和骁勇的商人卡拉什尼科夫之歌》文本中十分重要的一部分。下面就是伊凡雷帝与卡拉什尼科夫交谈时的一段对白:

> 你老实回答我,要凭良心,
> 你杀死我忠实的仆人
> 我最优秀的战士基里别耶维奇,
> 是完全自愿还是迫不得已?

然而,言语之最为充分和鲜明的对话形式,还是表现于为数不多的人们那种无拘无束的接触的氛围之中,那些人会感觉到彼此之间是平等的。交流者之间的等级距离会妨碍对话。关于这一点,民间谚语说得好:"(冬天在户外)不戴帽子站着讲,话儿说不长。"

口头交谈——说话者之间没有空间间隔而进行的口头交谈,对于对话是最为有利的:对白在这里不仅以其自身的逻辑涵义而具有意义,而且也以其情感色彩——在伴随着说出的话语的语调、手势、表情中所体现出来的情感色彩——而具有意义。况且,对话中的表述时常会显得是前后不连贯的、语法上不合乎规范的、无形态的。这些表述可能看起来是"半吞半吐",可是它们却是能为对谈者完全理解的。听话者时常打断言说者,而干涉言说者话语的流动,而这就会

---

① 柏拉图:《对话集》,莫斯科,1965年,第81页。

加强对白的"咬合性":对话展现为两个人,有时则是为数更多的人的话语之绵延不断的流动(那种由 2—3 个以上的众多人"平等"地参与的言语交际,则被称为多声部对话)。

进行对话的能力——这是言语文化的一个特殊领域,在那里,"要求"一个人拥有对于对谈者的敏感、思维灵活、头脑敏锐,还需要在善于言说(对当下情境随机作出回应)与善于倾听身边人的话语这两者之间保持和谐的对应关系。

正如语言学家们一再指出的那样,对话性话语,从历史上来看,相对于独白性话语乃是第一性的,而像是言语活动的一个中心:"我们与对谈者交谈,对谈者回答我们,——人类的现实就是这样的。"[①]文学中对话的重要作用——正是源乎于此。在戏剧作品中,对话绝对占据主导性支配地位,在叙事类(叙述性)作品中,对话也十分重要,有时则会占据文本的大部分。外在于其对话的人物之间的相互关系,是不可能获得多少具体而鲜明的揭示的。

独白也深深地植根于生活,因而也是深深地植根于文学之中。独白——这是铺展开来的、篇幅冗长的表述,它标志着交际参与者当中的仅仅某一个人的积极性,或者,它标志着同人与人之间的交流完全无涉无关。

独白可分为有诉求指向的与孤独自涉的。前者被纳入人与人之间的交流,但这种交流与对话不同。有诉求指向的独白以特定的方式作用于接收者,但并不要求对方做出刻不容缓的、即时的话语回应。在这里,交际参与者当中的一人是积极的(作为一个不间断的言说者),其他所有人则都是消极的(只是听话者)。况且,有诉求指向的独白之接收者可以是单个人,也可以是为数不限的众人(政治活动家、传教士、法庭上与集会上的演说人、演讲者的公开发言)。在这一类情形下,话语的承载者享有等级上的特权:"人们倾听有权力或者享有特别威望的人讲话,一般总是在处于那种具有暗示作用的环境

---

① Э. 邦弗尼斯特:《普通语言学》,莫斯科,1974 年,第 101 页;Л. В. 谢尔巴在更早的时候就论及这一点:"只有在对话中语言才能发现其真正的存在。"(Л. В. 谢尔巴《东卢日之人的方言》第 1 卷,圣彼得堡,1915 年,第 3 页)。

下,那种作用意味着某种程度上的接受的消极性,或者主要是同情性的反应,这时冒出来的主要是那类'随声附和'性的对白。"①

有诉求指向的独白(有别于对话中的对白)并不受篇幅的限制,通常是预先构思好了且清晰地营构出来了。它们可以在不同的生活情境中被多次再现而(完全保持意义不变)。不论是口语形式还是书面语形式,对于这类独白同样都是适用的。换言之,较之于对话,独白受说话地点和时间的限制要小得多,它容易流布于人类生活的方方面面。因此,独白性话语能很成功地作为稳定而且深刻的、外在于情境的意义的聚汇点。在这里——可见出独白性话语相对于对话中的对白的那种勿庸置疑的优势。

有诉求指向的独白是人类文化不可或缺的一环。其源头——乃是先知们与神职人员的表述,以及那些曾在古希腊与古罗马人生活中起过那么重要的作用的演说家们的发言。有诉求指向的独白性话语,保持着其演说—布道的本色,乐于诉诸外在的效果,立足于演讲术的各种规则和标准,常常获得动情性与煽情力、感染力,而激起听众的热情与兴奋、不安和愤怒。现在,有诉求指向的独白的这些潜能鲜明地体现于集会上的话语之中。

孤独自涉的独白——这是一个人或是在(字面意义上的)孤独之中或是在心理上与周围人相隔绝的状态之中所实现的表述。并不期望有别人来阅读的日记,以及"自言自语"——或者是出声地言语,或者是那种可以更为经常地见到的"无声的默念",就是这样的。在内在的话语中,——正如 Л. С. 维戈茨基所指出的,语言形式得到最大限度的弱化:"……即便我们能够用录音器将这种话语记录下来,与外在的话语相比,它也会是被压缩的、片断性的、前后不连贯的、无法辨认的、无法弄懂的。"②

然而,即使是孤独自涉的独白也并非完全被排除到人与人之间

---

① Л. П. 雅库宾斯基:《论对话性言语》,见《Л. П. 雅库宾斯基 论文选·语言与语言的功能》,莫斯科,1986 年,第 34 页。

② Л. С. 维戈茨基:《思维与言语》,见《Л. С. 维戈茨基文集》六卷本,第 2 卷,第 332 页。

的交流沟通之外。这种独白时常是对某人在此之前所说的一些话的回应，而同时也是那种潜在的、想象的对话中的对白。这一类对话化的自我意识由 Ф. М. 陀思妥耶夫斯基作了广泛的刻画。《地下室手记》中的主人公在独自思考自己的自白时想到：" 您会说，在经历我本人也不讳言的如此这般的狂喜和眼泪之后，如今把这一切都公诸于世是庸俗而下流的。为什么就是下流的呢？难道您认为我会为这一切感到可耻吗〈……〉？"

孤独自涉的独白——这是人的生活的一个相当重要的棱面。这类独白，与 Ю. М. 洛特曼所称的"自我沟通"是有机地联系在一起的，这种沟通的基础是"我—我"式情境，而非"我—他"式情境。这位学者断言，欧洲文化是有意识而坚定执著地定位于"我—他"这一系统，但也存在那类主要是定位于自我沟通的文化（这大概指的是一些东方国家）：它们"能够发挥很大的精神上的积极性，但经常显得活力不够变动不大，赶不上人类社会的需求"①。

独白性话语是文学作品最为重要的环节。抒情诗中的表述——自始至终就是抒情主人公的独白。叙事性作品是由那些属于叙述者—讲述人的独白来组织起来的，被描绘的人物的那些对话则是被"接入"这类独白。"独白的层面"在那些叙事类和戏剧类体裁里人物的话语中也很重要。这既是为中篇小说与长篇小说所十分擅长的、自具特色的内在话语（不妨回忆一下 Л. Н. 托尔斯泰和 Ф. М. 陀思妥耶夫斯基笔下的人物），又是话剧中那类假定性的"旁白"（"我就向这个邮政局长借点钱"——果戈理笔下的赫列斯塔科夫"看着邮政局长的眼睛"这样吐露道，按照戏剧舞台表演的规则，那个邮政局长是听不到赫列斯塔科夫说出的这番话的。）这也是那种出声地说出的篇幅冗长的表述，格里鲍耶多夫笔下的恰茨基、屠格涅夫笔下的罗亭、以及陀思妥耶夫斯基的长篇小说中几乎是大多数的人物都偏爱这种独白。

可见，"言说之人"在文学中的显现形式乃是十分多样的。关于

---

① Ю. М. 洛特曼：《论文化系统中的两种交际模式》，见《Ю. М. 洛特曼文选》第 1 卷，第 89 页。

作者本人的表述在作品中的在场,关于作为独立的"话语载体"的作者,在后面的章节中自会论及。

8. 物

物的世界构成人的现实——不论是第一性的,还是被艺术地化生出来的现实——的一个重要的棱面①。这是人们的活动领域与栖居生活的领域。物与人的行为、创造直接地相关联,而构成文化中不可或缺的成份:"物品不再具有自己的'物体性',而开始在精神的空间活起来,行动着,显现'物质性'。"②物品总是由某人制造出来的,归属于某人,会引起人们对自己一定的态度,会成为印象、感受和思考的源泉。物品总是被人恰恰置于给定的位置上而忠于自己的职守,或者相反,它们不知怎么处于纯粹偶然的位置,而由于没有主人,便失去意义而变成没用的废物。在所有这些界面,物——或者是价值,或者是"反价值"的物,均能展示于艺术之中(也包括在文学作品中),而成为其重要的一个环节。А.П.丘达科夫指出:"文学乃是要描绘拥有其物理的与具体—物象的形式之世界的。在散文和诗歌中,在不同时代的文学中,在不同文学流派的作家创作中,对物的爱好程度有所不同。但无论何时,语言艺术家都不可能抖掉自己脚上物品的尘土,而迈着解脱开来的脚步挺进没有物质基础的王国;内在的—实体性的东西要成为可被感知可被接受的,就应当被外在的—物象性地再现出来。"③在那些极为关注日常生活的作品中,——而这类作品在自浪漫主义时代开始的文学中几乎占据着主导性地位,物的形象尤其起到了重要的作用。

19—20世纪文学的主导主题之一——就是物,那种与人亲合无间的,仿佛是与人的生活、居家、日常的衣食住行"连生"而接合在一起的物。在诺瓦利斯——那个坚信一个真正的诗人对其周围的一切

---

① 《艺术中的物》,莫斯科,1986年。
② В.Н.托波罗夫:《为普柳什金辩护:人类中心论远景中的物》,见В.Н.托波罗夫:《神话·仪典·象征·形象》,第21页。
③ А.П.丘达科夫:《"外在的"陀思妥耶夫斯基》,见А.П.丘达科夫:《词—物—世界·从普希金到托尔斯泰:俄罗斯经典作家诗学简论》,第94页。

都不会格格不入的诺瓦利斯——的一部长篇小说中写道,家庭用具与对它们的使用,会给人的心灵带来纯粹的快乐,它们能够"把心灵提升到日常的生活之上",使人的需求变得高尚①。由 Н. В. 果戈理所详细描写的阿法纳西·伊万诺维奇和普里赫利娅·伊万诺夫娜家里的物品(《旧式地主》)——也属于这一类:粘土地上整齐地插着的栅栏上挂着一串串的干梨、干苹果,房间里的大箱小柜,吱呀作响的房门。"这一切对于我都有着一种莫名其妙的魅力",——故事的讲述者这样认可道。Л. Н. 托尔斯泰笔下也有与之相近的描写:不论是老包尔康斯基公爵的书房(那书房"里面塞满了物品,显然这些物品一直在被使用",接下来就是对这些物品的描写),还是罗斯托夫家的室内布置(我们不妨来回忆一下那个从部队返回莫斯科,看到客厅中那么熟悉的呢面折叠牌桌、蒙着罩的灯、门把手时的尼古拉的那份激动),抑或列文的房间(在那里,一切——在留着他笔迹的本子上,在他父亲留下的沙发上——都刻有"他生活的痕迹"),都有自己的、独特的、鲜活的面孔。类似的情节,见之于 И. С. 屠格涅夫、Н. С. 列斯科夫的笔下,有时也见之于 А. П. 契诃夫的笔下(特别是在其晚期的剧作中);在 20 世纪,则见之于 Б. К. 扎伊采夫和 И. С. 什梅廖夫的散文,Б. Л. 帕斯捷尔纳克的诗歌和长篇小说《日瓦戈医生》,特别执著地展现于 М. А. 布尔加科夫的《白卫军》(这里有让读者难忘的磁砖镶面的火炉、用不同颜色的笔写下的笔记、"带灯罩的青铜台灯",要是没有这些物品,那是很难想象出图尔宾的家)。物品,这一系列作品中所描写的物品,似乎在流淌出一曲家庭和爱情、舒适、心灵安居的诗歌,而同时——也是一曲充溢着崇高的灵性的诗歌。

这一类物品,适合人居住而标志着人与世界之间美好而有益的联系的物品,其中有很多东西——乃是日常生活中的各种装饰,其使命是令人悦目赏心的装饰(常常是彩色的、五光十色、有图案的)。这一类物品根植于人类千百年来的文化之中,也根植于与之相应的语言艺术之中。例如,吟唱壮士歌的说唱艺人,对于现今通行地称之为珠宝首饰的那些物品就曾是极为关注的。这里有宝石戒指,也有漂

---

① 诺瓦利斯:《亨利希·封·奥弗特丁根》,圣彼得堡,1995 年,第 130 页。

亮的扣环,有珍珠耳环,也有比衣服本身还要漂亮的钮扣,有带花纹的织物,也有豪华的宴会专用的酒盅,有像公爵亲王的客厅那样华贵的镀金装饰,还有白天"仿佛在火中燃烧",而一到夜晚则"好像火花四溅"的裘皮大衣①。在那些远古的诗歌体裁中,物品展现为"人的一种不可或缺的附属物,人的一种重要的征服,某种以自己的出场决定人的社会价值的东西":"被特别详细而满怀爱心地描写出来的"物品,"总是呈现于极其完美、最为完整的状态之中"②。词语形象的这个层面,在见证着我们那些遥远的祖先日常生活的特点,他们曾用那些或多或少地都经过艺术加工的实物环绕在自己身边。

日常生活的装饰,节日般的、童话般鲜艳夺目的装饰,在 Э. Т. А. 霍夫曼的那些小说中,展现为平庸寻常的某种对立面。(《金罐》)王室档案保管员林德霍斯特家的那种环境就是这样的:那面水晶镜子,那些小钟,那枚镶着宝石的戒指,还有那只雕着美丽百合的金罐本身,它负有一种使小说中两位年轻主人公神奇地获得幸福的使命。在童话《胡桃夹子和鼠国王》——它的情节由于 П. И. 柴科夫斯基的芭蕾舞而闻名于世——之中,那些神奇得惊人的各种花样的给孩子们圣诞礼物(其中就有胡桃夹子),就是平庸寻常的某种对立面。

这一类有魅力而迷人富有诗意的物象,构成 Н. В. 果戈理、Н. С. 列斯科夫、П. И. 梅利尼科夫-佩切尔斯基、И. А. 冈察洛夫(《悬崖》)、А. Н. 奥斯特洛夫斯基(《雪姑娘》)作品中不可小视的一个棱面。它们也见之于 А. 勃洛克的诗中:

> 雕纹中的每一匹小马
> 都像一团红色的火焰扑向你
>
> (《美女诗草》序言)
>
> 而远远地,远远地,你召唤般地挥动着
> 你那绣着花纹的彩色袖子。
>
> (《秋之自由》)

---

① А. П. 斯卡弗迪莫夫:《壮士歌的诗学与起源》,见 А. П. 斯卡弗迪莫夫:《俄罗斯文学论文集》,萨拉托夫,1958 年,第 72—75 页。

② А. И. 别列茨基:《在语言艺术家的工作室里》,第 95 页。

还可提及著名的《俄罗斯》一诗中出现的"五彩的织针"和"遮到双眉的花头巾"。

日常生活——拥有其家什器具和有着民间根源的实物环境的日常生活,其富有诗意这一方面,在 И. С. 什梅廖夫的中篇小说《朝圣》中得到了鲜明体现。绘着花纹的可坐人的马车在这篇小说的情节中起着不可小视的作用,用小说中一个主人公的话说,这辆车"仅靠手和眼睛是做不出来的,这里必须凭心灵的喜悦"。类似的喜悦也渗透于对那座距谢尔吉圣三一大修道院不远的小亭子的描写上,这个小亭被称为"小曲":"……窗玻璃全都是彩色的,窗头线和花檐做工极为精美,用的是白桦树,上着亮漆,饰有小星星、小球果、小马、小公鸡、复杂的涡纹、太阳和鳞波",——全都是"雕出来的,雕工精细"。对日常生活中这一类什物的描写,也见于 В. И. 别洛夫的中篇小说《别尔加伊卡村》和他的《和睦》一书,见之于 В. А. 阿斯塔菲耶夫的短篇小说《弧线》和《小星星与小枞树》。

但是,在 19—20 世纪文学中占主导地位的却是对物的世界的另一种观照,那种更多的是贬抑的—散文化的而不是高扬的—诗意化观照。在果戈理笔下和"后果戈理"时期,日常生活及其物品环境,经常是被描写成令人沮丧的、单调的,使人感到沉重的、可憎的,污辱审美情感的世界。不妨来回忆一下拉斯柯尔尼科夫的那个房间,那房间的一个角"尖得令人可怕",另一个角——则"钝得太不成体统",或是《地下室手记》中的那座钟,它打点之前"嘶嘶响着,好像有人要掐死它",然后才发出"细小的、令人讨厌的钟声"。人在这种情形下被描写成同物的世界格格不入,那些物品进而被烙上荒芜空洞而死气沉沉的印迹。这些主题,——它们经常是伴有作家们那种一个人对其身边最近的周围(也包括什物)负有责任的思想,贯穿于果戈理的《死魂灵》之中(玛尼洛夫,特别是泼留希金的形象),也贯穿于契诃夫的一系列作品之中。例如,短篇小说《未婚妻》中那个幻想美好的未来有美丽的喷泉的主人公,他本人栖身其中的那个房间"到处是烟雾、痰迹;桌上冷却的茶炊旁是一个打碎的盘子和一团脏纸,桌上、地上有很多很多死苍蝇"。

在很多情况下,物的世界是与人对自身、对周围现实之深刻的不满联系在一起的。对这一点的一个鲜明佐证,就是曾经预示了20世纪艺术中许许多多的东西的 И. Ф. 安年斯基的创作。在他的诗中,存在之黑夜"从每一个架子、每一层隔板,从柜子底下、沙发底下"向外张望;从敞开的窗户中会感觉到"毫无希望";房间的墙壁显得"令人苦闷地惨白"……什物在这里,——Л. Я. 金兹堡指出,——乃是"停滞的郁闷之符号",是那种像日常生活细节一样具体的、可是容量巨大的"平凡单调的生活的郁闷"之符号:在安年斯基笔下,人乃是病态而痛苦地被"与物品挂接在一起"①。

由令人沮丧的、没有趣味的物品引起的郁闷,在 В. В. 纳博科夫的那些长篇小说与短篇小说中有执著的描写。例如:"这是一个〈……〉陈设有些俗气、采光极差的房间,墙角的阴影总是踟蹰不去,高不可及的架子上摆着一个落满灰尘的花瓶。"车尔内舍夫斯基这对夫妇栖身于其中的住所,就是这样被描绘的(《天赋》)。而(在同一部小说中)主人公所热恋的吉娜父母住宅里的一个房间则是这样:"房间很小,略嫌狭长,墙壁被刷成了赭石色",这房间让戈都诺夫-切尔登采夫觉得"无法忍受":"房间里的摆设、色调、可以看到铺着柏油的院子的风景"均让主人公兼叙述者心里生气;而"孩子们玩的沙坑"则令他想起"只有在埋葬熟人时我们才会去碰的"那种"油腻腻的沙子"。

对于物的世界的那种已是嫌恶的格格不入,在 Ж. - П. 萨特的作品中达到了极点。在小说《恶心》(1938)的主人公那里,物品总会引起极端厌恶,这是因为"世界存在本身就是畸形丑恶的";原本意义上的物品的在场让他无法忍受,其个中缘由得到十分简单的说明:"恶心——这就是我本人"。坐在有轨电车上,主人公体验着一种无法克服的厌恶——对椅子坐垫的厌恶,对木质靠背的厌恶,对它们接合部的厌恶;在他的感觉中所有这些物件"都是怪异的、固执的、庞大的":"我在它们中间。它们包围了我,孤独的我、无言又无助的我,它们在我身下,它们在我头上。它们并无所求,它们并没有强迫自己,它们只不过是存在而已"。而正是这一点令主人公无法忍受:"我在

---

① Л. Я. 金兹堡:《论抒情诗》第2版,列宁格勒,1974年,第338、352页。

电车还在行使时从车上跳下来。我再也不能忍受了。不能忍受与物品之间这种摆脱不掉的亲近"。

这样看来,物品的具体描写构成语言艺术形象之不可分割的、相当重要的一个棱面。文学作品中的物品(不论是作为室内陈设、装饰,还是超出这个范围的实物),具有宽阔的内容功能域。况且,物品是以各种不同的方式"进入"艺术文本的。它们经常具有偶然性,出现在文本的为数不多的几个情节之中,经常像是被偶然提到,像是被顺便提及。但是,有时候物的形象也被推到前台,而成为话语结构最为重要的一环。不妨来回忆一下 И.С.什梅廖夫的《禧年》——那部中篇小说充斥着富有而显赫的商人日常生活的种种细节,或者果戈理的《圣诞节前夜》,那里有大量的对日常生活的什物的列举与描写,有"被缠在"物品上的情节,索洛哈的那些口袋——她的崇拜者们一个一个落入其中的那些口袋,皇后穿的高跟皮靴——奥克莎娜那么想拥有的那种高跟皮靴,就是这样的物品。

物品可以某种"客观的"现实——被冷静地描绘出来的"客观的"现实的样态,而由作家"介绍"出来(不妨回忆一下 И.А.冈察洛夫那部长篇小说前几章中对奥勃洛摩夫房间的描写;Э.左拉的长篇小说《太太的幸福》中对那些商店的描写);物品也可以作为某人对其所见的印象的样态而出现,那些印象与其说是被描绘,不如说是以带有主观色彩的几个线条而勾勒出来的。第一种手法是作为比较传统的手法而被接受的,第二种手法——则作为现代艺术素有的手法而被接受。

9. 大自然 风景描写

大自然在文学中的存在形式是各种各样的。有对大自然的力量神话式的体现,也有诗意的拟人,有那些带有情感色彩的关于大自然的议论(不论那是单个的呼喊还是整段的独白),也有对动物的、植物的描写——这么说吧,对动植物的肖像的描写,最后,还有对风景(法文 pays——地方、地区)本身——对广阔的大自然空间的描写。(应该指出的一点是,在与我们相距不远的那些时代的文学中,还有对城市风景的描写,Э.左拉的那些长篇小说就是这方面的一个鲜明的例证)。

  在人类的经验中,大自然的观念是自古以来而且亘古不变地具有深刻的意义的。用一位最著名的神话研究者 A. H. 阿法纳西耶夫的话来说,"对大自然之同情的观照"还在"语言床的阶段",还在远古神话时代,就已然与人相伴随①。

  在民间文学和文学存在的早期阶段,占据主导地位的是风景描写之外的大自然形象:大自然的力量被神话化、被拟人化、被人格化,况且经常参与到人们的生活当中。《伊戈尔远征记》就是这方面的一个鲜明例证。将人的世界比作自然界的各种物象的比喻是广泛流行的:英雄被比作鹰、雄鹰、狮子;军队被比作乌云;刀剑的锋芒被比作闪电,等等,还有那些与通常是固定的修饰语结合在一起而组成的命名:"高高的橡树林"、"清新的田野"、"奇怪的野兽"(后面这几个例子取自《俄罗斯大地覆亡记》)。这一类形象也存在于那些与我们相距不远的时代的文学之中。不妨来回忆一下普希金的《死去的公主和七勇士的故事》,在那里,叶利谢伊王子在寻找未婚妻时分别向太阳、月亮和风询问,太阳、月亮和风一一回答他的问话;或者莱蒙托夫的诗《天上的乌云……》,诗人在那里与其说是在描绘大自然,不如说是在与乌云交谈。

  动物形象——那些总是与人的世界有关系或者与之相似的动物的形象,也是植根于千百年来的岁月之中的。从童话(它们是从神话中孕生出来的)与寓言,到方济各(Franciscus Assisiensis,1181/82—1226,意大利传教士,方济各会的创建人)的《小花》中的"狼兄"与《谢尔吉·拉多涅日斯基传》中的熊,再到这样一些作品——诸如托尔斯泰的《霍尔斯托梅尔》、列斯科夫的《野兽》——在那里,受到不公正待遇侮辱的熊被比作李尔王,契诃夫的《小栗树》、Вл. 霍达谢维奇的《猴子》、В. П. 阿斯塔菲耶夫的短篇小说《特列佐尔和穆赫塔尔》等等,乃是一脉相承的。

  本义上的风景描写直到 18 世纪之前在文学中还是十分少见的,

---

① A. H. 阿法纳西耶夫:《斯拉夫人诗意的自然观》三卷本,第 1 卷,莫斯科,1994 年,第 8 页。

这类描写宁可说是一种例外,而不是对大自然记忆再现的一个"通则"。我们可以举出 Дж. 薄伽丘的《十日谈》中第三天的故事开始之前对那个美妙的花园——同时也是动物园的描写;或者《马马耶夫大血战传说》,对大自然那种静观性的同时也是饶有兴趣的注视在古俄罗斯文学中第一次在这里得到刻画。

  作为语言艺术形象性的一个重要环节的风景描写,其诞生的时间——18 世纪。所谓的描写诗(Дж. 汤姆逊 James Thomson,1700—1748,英国诗人,著有《四季》、A. 蒲柏 Alexander Pope,1688—1744,英国诗人,著有《田园诗》)广泛地再现了大自然的画面,在那个年月(后来也是如此!),大自然多半是以伤感的笔调——以怀旧伤时的情调被描写出来。Ж. 德利尔《花园》一诗中被废弃的修道院形象,就是这样的。T. 格雷(Thomas Gray,1716—1771,英国诗人)著名的《墓园挽歌》亦是这样的,这部作品由于 B. A. 茹科夫斯基出色的翻译(《乡村墓园》,1802)而对俄罗斯诗歌产生了影响。伤感的情调也存在于 Ж.-Ж. 卢梭的《忏悔录》中的风景描写之中(在那里,作者兼叙述者一边欣赏乡村景色,一边在想象中描绘过去时代的迷人画卷——"乡村食物,牧场上热闹欢快的游戏","树上诱人的果实"),也见之于(而且是更为浓郁)Н. М. 卡拉姆津的笔下(不妨提一提对苦命的丽莎淹死在其中的那个池塘的那段堪称经典的描写)。

  18 世纪的作家在对大自然加以描绘时,还在不小的程度上受制于那些为特定的体裁——不论是游记、哀诗,抑或描写诗——所典型的现成的模式、刻板的套路、流俗的格调。风景描写的特质在 19 世纪最初的几十年里发生了显著的变化,在俄罗斯,这种变化则始自 А. С. 普希金。大自然的形象从此再也不受制于体裁和风格之预设的定位,不囿于某些规则:那些形象每一次都是重新孕生,而展现为出乎意料的与新奇大胆的。出自于富有个性的—作者的那种对大自然进行观照和再现的时代到来了。在 19—20 世纪每一个大作家的笔下,都有一个独具一格的大自然的世界,主要是以风景描写的形式而被展现出来的世界。在 И. С. 屠格涅夫与 Л. Н. 托尔斯泰、Ф. М. 陀思妥耶夫斯基与 Н. А. 涅克拉索夫、Ф. И. 丘特切夫与 А. А. 费特、И. А. 布宁与 А. А. 勃洛克、М. М. 普里什文与 Б. Л. 帕斯捷尔纳克等人的作品中,大自然是在它对于作者与其主人公的那种个性鲜明的价值意义上被把握的。这里所论及的,与其说是大自然世界的那种普适性的一稳定的本质,不如说是它的那些独一无二的单个现象:恰恰是此时此地的所见、所闻、所感,——是大自然中的那种对人的当下心灵活动和心理状态作出回应的东西,或者是它所引发的东西。况且,大自然常常展现为难以消除地变动不居的、不与自身相等同的、驻留于多种多样不同状态之中的世界。请看 И. С. 屠格涅夫的特写《森林和草原》中的一段话:"天边渐渐泛红;白桦林里,寒鸦苏醒过来,扑梭着翅膀飞来飞去;麻雀围着黑黑的草垛唧唧喳喳叫个不停。天光放亮,小路渐渐现出形迹,天空愈加亮起来,云朵泛出白光,田野现出绿衣。木屋里,松明吐着红色的火苗,大门外传来睡意惺忪的声音。就在此时,朝霞燃烧起来;天空中出现许多金色的光带,峡谷里雾汽缭绕;云雀开始展露清脆的歌喉,黎明前的风悄然刮起——一轮深红色的太阳冉冉升起。立时霞光万道……"这里不妨也顺便提一提 Л. Н. 托尔斯泰的《战争与和平》中那棵橡树,——那颗在春日里几天之内就有了惊人变化的橡树。在 М. М. 普里什文的笔下,大自然总是在无休无止地变化。"我在看,"——我们在他的日记中读到,——"我看见一切都是不同的;的确,冬春夏秋以各自不同的方式来临;星星和月亮总以各自不同的方式升起,要是什么时候一切都一模一样了,那一切也就不复存在了。"①

在 20 世纪的文学中(特别是在抒情诗中),对大自然之主观的视象往往占了大自然的物象的上风,以至于那些具体的景观与空间的确定性被弄得毫无区别,有时甚至完全消失。勃洛克的很多诗都是这样的,具体的风景在那里仿佛融化于雾影和暮霭之中。在 1910—1930 年间的帕斯捷尔纳克的笔下,某种类似的情形(以别样的、"明快的"情调呈现出来的)可以被感觉到。例如,在《第二次降生》中的《波涛》一诗里,对大自然的鲜明而各不相同的、印象的瀑布得到了描绘,那些印象并不能形成一些空间的画面(本义的风景)。在这一类情形下,对大自然加以感知接受之情绪的紧张,要胜于对大自然之风

---

① 《М. М. 普里什文:日记 1920—1922》,第 221 页。

景的、"景观的"方面:那些对于主体具有重要价值意义的瞬息间的情境被推至首位。

大自然的形象(不论是风景的,还是所有其他的)具有深刻而完全独一无二的内涵性意义。人与自然融为一体是有益而不可或缺的观念,人与自然的关联是深刻而不可分割的观念,已植根于千百年来的人类文化之中。这种观念以各种不同的方式得到了艺术的体现。花园——这一由人培育和修饰出来的自然,作为一个主题几乎在所有时代所有国家的文学中都存在。花园常常在象征着整个世界。"花园,"——Д. С. 利哈乔夫指出,"总是在表达着某种哲学、关于世界的观念、人对大自然的态度,这是存在于其理想的表达之中的微型世界"。① 让我们回忆一下圣经中的伊甸园,或者荷马的《奥德赛》中的阿尔基诺伊的那些花园,或者《俄罗斯大地覆亡记》中对那些使大地生色的"修道院的葡萄园"(也就是修道院的花园)的描写。没有花园和公园,И. С. 屠格涅夫的那些长篇小说、А. П. 契诃夫的作品(《樱桃园》中有这样的话:"……整个俄罗斯就是我们的花园")、И. А. 布宁的诗歌和散文、А. А. 阿赫玛托娃的那些令她倍感亲切的皇村题材的诗歌,均是不可想象的。

未经开垦的、原生状态的大自然的价值成为文化—艺术意识的财富,还是较为晚近的事。看来,浪漫主义时代是起了决定性的作用(我们不妨提一提贝尔纳丹·德·圣皮埃尔与 Ф. Р. де 夏多勃里昂)。在普希金和莱蒙托夫的长诗(主要是那些南方的、高加索的)面世之后,原生状态的大自然便开始在俄罗斯文学中得到广泛的刻画,并且作为人的世界的价值而被赋予前所未有的现实意义。人与未经开垦的大自然及其原生力之间的交流,被展现为一种伟大的幸福,被展现为那种能使个人精神上充实起来的独一无二的源泉。不妨来回忆一下奥列宁(Л. Н. 托尔斯泰中篇小说《哥萨克》中的人物)。高加索雄伟的大自然使他的生活有声有色有情调,支配着心绪心情与心境:"群山,群山在所有的东西中被感觉出来了,在他所思索与所感受的

---

① Д. С. 利哈乔夫:《花园的诗意•论花园—公园风格的语义•作为文本的花园》第 2 版(增订版),圣彼得堡,1991 年。

所有东西中被感觉出来了"。奥列宁在森林中度过的那一天(第20章——那些最为鲜明的、"非常托尔斯泰式的"大自然画面的集中汇聚),他清楚地感觉到自己像野鸡或是像蚊子,正是那一天召唤他去寻找自己与周围环境在精神上的融合,促使他相信精神和谐的可能。人与大自然之间不可分割的联系、二者之间自古就有的美好的融合——也是 Б. Л. 帕斯捷尔纳克——无论是他的诗歌,还是长篇小说《日瓦戈医生》——的最为重要的主题之一。

  М. М. 普里什文的创作是以那种对于人与大自然的世界之关联的极为深刻的领悟为显著特点的,这位作家兼哲学家坚信,"文化要是没有大自然,就会迅速咽气的",在那种诗歌得以孕生的存在的纵深处,"人与野兽之间并没有本质的区别"[①],野兽知晓一切。作家十分清楚,是什么把动物世界、植物世界与人的世界——不论是总让他感兴趣的"原始的"人,还是现代人、文明人——联系在一起。普里什文在大自然之所有的物象中总能执著地看出独一无二的个性的因素和那种让人的心灵感到亲近的东西:"每一片叶子都与另一片不同"[②]。基于与尼采的酒神说有着根本的分歧,这位作家从不把大自然当作与人文性无法兼容的自发的原生力来思索来体验,而是看作与拥有其灵性的人相亲缘而有共通性的东西:"善和美是大自然的恩赐,是自然而然的力量"[③]。普里什文在日记中讲述他所做的一个梦(树木向他鞠躬),然后得出这样一个议论:"当有人走进森林时,林边的树木总是那么优雅温柔、彬彬有礼、安然惬意;所以,宅屋旁边一定要栽上树;林边的树木好像在等候客人……"[④]作家关于人与自然的思考在其艺术散文中获得了体现,最为鲜明地体现于他的中篇小说《人参》(1933年第一版),这是20世纪俄罗斯文学的杰作之一。普里什文的体现于自然与人的关系之中的自然观,与著名历史学家Л. Н. 古米廖夫十分接近,后者曾论及,民族(部族)及其文化同那些

---

  ① 《М. М. 普里什文文集》八卷本,第3卷,莫斯科,1983年,第215、84页。
  ② 《М. М. 普里什文文集》六卷本,第6卷,莫斯科,1957年,第109页。
  ③ 《М. М. 普里什文文集》八卷本,第8卷,第64页。
  ④ 《М. М. 普里什文:日记 1920—1922》,第83页。

"自然景观"——那些民族（部族）在其中形成的、通常也是在其中继续生存的那些"自然景观"——之"不可分割的重要而有益的联系"①。

然而，19—20世纪文学不仅领略了人与自然之间和睦和美好的相融合的情境，也领略了人与自然的不和谐与对立，那些不和谐与对立获得了各种不同方式的阐述。自浪漫主义时代起，人从大自然的怀抱中的痛苦的、病态的、悲剧性的疏离的主题就在执著地吟唱。在这方面开先河者当属Ф.И.丘特切夫。下面是这个诗人十分典型的几行诗，摘自《海浪有动听的旋律……》：

> 万物有序，
> 天籁和谐，——
> 只是在我们这幻影般的自由中，
> 我们意识到与自然的失谐。
>
> 这失谐缘何而起？
> 又为何心灵在合唱中
> 唱得与大海不一致？
> 爱思考的芦苇如此抱怨。

近两百年来，文学是一再将人作为大自然的改造者与征服者来言说。在歌德《浮士德》第二部的结尾，在普希金的《青铜骑士》（穿上花岗岩外衣的涅瓦河河水暴涨，反抗独裁者的意志——彼得堡的建设者的意志）中，这一主题都得到悲剧性的体现。同样的主题，但却带有别样的音调，兴高采烈—欣快的音调，构成了苏联文学很多作品的基础。"人对第涅伯河说：／我用墙把你围起，／为了让你那从峰顶倾泻而下的 ／河水顺从 ／快速推动机器 ／推动火车"。对这一类诗，20世纪30年代的中学生都会倒背如流。

19—20世纪的作家们一而再地刻画——有时甚至是以自己的身份直接表达对大自然的傲慢—冷漠的态度。不妨来回忆一下普希

---

① Л.Н.古米廖夫：《民族谱系起源与地球生物圈》，第172—192页。

金的诗作《〈浮士德〉中的一幕》中那个在海岸边承受着寂寞苦闷的煎熬的主人公,或者是奥涅金(这也是个永远在感到寂寞而苦闷的人)谈论奥尔加时说的那句话:"……就像这愚蠢的天空中愚蠢的月亮",这句话遥远地预示了 A. A. 勃洛克的第二卷抒情诗中一个形象:"而在天上,对一切了如指掌的,/ 一张圆盘,毫无意义地作着鬼脸。"(《陌生女郎》)

В. М. 马雅可夫斯基的一首诗《烟盒三分之一没入草地……》(1920)对于十月革命后的最初几年是十分典型的,诗中人的劳作的产品被赋予难以估量的崇高地位,是大自然的现实所无法匹敌的。在这里,"小蚂蚁们"和"小草们"对那银烟盒上的花纹和抛光赞叹不已,而烟盒鄙夷地说:"唉,你呀你……大自然!"诗人指出,小蚂蚁和小草,以及"它们的大海和高山 / 与人的事业相比 / 不值一提"。М. М. 普里什文的世界观恰恰是同对大自然的这样一种理解,形成了内在的辩论。

在现代主义,尤其是后现代主义文学中,与大自然的疏离具有更为激进的特点:"大自然已非大自然,而是'语言',是仅在外观上保留与自然现象相似的那些模拟性范畴的系统。"[①]在我们看来,20 世纪文学与"鲜活的大自然"之联系的削弱,与其说应当由写作界的"语言崇拜"来解释,不如说更应当由今日的文学意识与人性的大世界之间的隔绝来解释,由今日的文学意识沉醉于城市社群和小团体之中的封闭性来解释。尽管如此,大自然在这样一些作家的创作中还是拥有丰满的生命,他们是:В. П. 阿斯塔菲耶夫、В. Г. 拉斯普京、В. И. 别洛夫、Ю. П. 卡扎科夫、Н. М. 鲁勃佐夫。大自然的形象——这是语言艺术之无法消除的、永远不可或缺的一个棱面。

---

① E. 法雷诺:《文学学导论》,第 293 页;Б. М. 艾亨鲍姆在更早的时候就论及这一点:"那些写心理、写日常生活、写哲理、写'对大自然的感觉'之老派的俄罗斯小说——所有这些都已经成为僵死之物。对语言的感觉复活起来了,对情节的感觉也复活起来了。对形式游戏的需求再度出现了。"(Б. М 艾亨鲍姆:《论夏多勃里昂,论红蛱蝶,论俄罗斯文学》(1924),见《Б. М. 艾亨鲍姆论文学·不同年代的著述》,莫斯科,1987 年,第 367 页。)

10. 时间与空间

文学在对时间与空间的把握上具有独特性。与音乐、哑剧、舞蹈和编剧导演艺术一样,文学也属于其作品(准确些说——文本)具有时间长度的那类艺术。文学的客体与这一点是很有关联的,莱辛曾就此而写道:在文学作品的核心——是行动,也就是在时间中流逝的过程,因为话语具有时间的长度。对于分布于空间中的那些静止之物的详细描写,——莱辛指出,——对于读者乃是令人厌倦的,因而对于语言艺术来说乃是不利的:"……实体在空间中的排列对比在这里同话语在时间中的连贯延续相冲突。"①

然而,空间概念也总是会进入文学之中。与雕塑和绘画所固有的那些特质不同,空间概念在文学中并没有直接的、可以被感觉到的确确凿凿的真实性、材料上的瓷实性和直观性,它们是间接的、凭借联想而被感知接受的。

尽管如此,认定文学乃注定是首先要在一定时间长度中把握现实的莱辛,在许多方面还是正确的。话语形象性的时间因素,较之空间因素具有更大的具体性:在独白和对话的构成中被描写的时间与所接受的时间,或多或少还是相吻合的,而戏剧作品的一幕幕场景(正如与之有共同之处的那些叙事类体裁中的一个个情节片断)乃是对时间的直接无间的、准确可信的刻画。

文学作品贯穿着时间和空间的观念,这些观念无限多样并且具有深刻意义。这里有生平时间形象(童年、青年、壮年、老年),历史时间形象(对时代交替和世代更迭的描述、对社会生活中重大事件的描述),宇宙时间形象(关于永恒和宇宙历史的观念),日历时间形象(一年四季之交替、平日与节日之更迭),昼夜时间形象(白天与黑夜、清晨与黄昏);以及关于运动与静止,关于过去、现在与未来之间关联的观念。用 Д. С. 利哈乔夫的话来说,从一个时代到另一个时代,随着世界的可变性这一观念渐渐地被广为接受与不断加深,文学中的时间形象在获得越来越重要的意义:作家们越来越清晰和紧张地意识

---

① Г. Э. 莱辛:《拉奥孔·或称论诗与画的界限》,第 186—195 页。

到、越来越丰满地刻画出"运动样式的多样性","在世界的时间维度中把握世界"①。

存在于文学中的空间图景也同样具有各个不同类型：封闭的空间形象与开放的空间形象，地球空间形象与宇宙空间形象，现实可见的空间形象与想象中的空间形象，关于身边的物体的观念与远处的物体的观念。文学作品拥有那种使极为不同类型的空间彼此接近，使它们仿佛融为一体的潜能："在巴黎从房顶下面／金星或者火星／在打量，海报上有什么／新喜剧要上演。"（Б. Л. 帕斯捷尔纳克：《在无垠的空间中大陆在燃烧……》）

用 Ю. М. 洛特曼的话来说，"空间观念的语言"在文学创作中"属于第一性的、根基性的东西"。在研究 Н. В. 果戈理的创作时，这位学者对日常生活的空间与幻想的空间、封闭的空间与开放的空间之艺术意义的特点，一一作了界说。洛特曼断言，构成但丁《神曲》的形象性之基础的，乃是将上和下看成是世界秩序之普适性的共相元素的这种观念，主人公的行动正是在这种世界秩序的背景下来实施的；而在 М. А. 布尔加科夫的长篇小说《大师与玛格丽特》中，宅屋的主题是那么重要，"空间语言"是被用来表达"非空间的概念"②。

在文学中得到描绘的时间观念与空间观念，会构成某种统一体，那种继 М. М 巴赫金之后通常称之为时空体（源自古希腊文 chronos——时间和 topos——位置、空间）的统一体。"时空体"——М. М. 巴赫金指出，"决定文学作品——拥有其对于实有的现实之关系的文学作品——艺术上的整一〈……〉艺术中与文学中的时间上—空间上的界定〈……〉总是具有情感的—评价上的色彩"。巴赫金一一考察了田园时空体、神秘时空体、狂欢时空体，以及道路（路途）、门槛（危机与转折领域）、城堡、客厅、沙龙、外省小城（及其单调乏味的日常生活）的时空体。这位学者论及时空体的价值、时空体的情节建构作用，并且将时空体称为形式—内容范畴。他强调指出，那些艺术上有意义的（内容本身的）因素并不就范于空间上—时间上

---

① Д. С. 利哈乔夫：《古代俄罗斯文学的诗学》，第 209、219、334 页。
② 《Ю. М. 洛特曼文选》三卷本，第 1 卷，塔林，1992 年，第 447、451 页。

的界定,但与此同时,"任何一次向意义域的进入,只有迈过时空体的门槛才能得以实现"①。对巴赫金的这一番话,理应作出补充:文学作品的时空体因素能赋予作品哲理性,能将其话语结构"引领"到作为整体的存在形象上,"引领"到世界图景上(参见第一章第四节),即便是主人公和叙述者并不偏爱哲学思考。

时间和空间在文学作品中会得到双重描绘。首先,是以主题和主旨的形式(多半是在抒情诗中),这些主题和主旨时常会获得象征性。其次,它们还是情节的基础,这正是我们下一节所要讨论的内容。

11. 情节

"情节"一词(源自法文 sujet)指称的是文学作品中所再现的事件链,也就是在其时空变化之中的、在彼此更迭的情景与环境之中的人物的生活。由作家所描写出来的事件(与人物一道)是作品物象世界的基础。情节是戏剧类、叙事类和抒情—叙事类体裁的组织建构因素。情节在抒情诗中也可能是重要的(尽管在这里情节的细节化通常总是显得惜墨如金,极为紧凑简练):普希金的《我记得那美妙的一瞬……》、涅克拉索夫的《在正门前的思索》、B. 霍达谢维奇的诗作《11月2日》,就是这样的。

将情节看成是作品中已得到再现的事件之总和——这一理解,源起于19世纪俄罗斯文学学(А. Н. 维谢洛夫斯基的《情节诗学》)。但是,在20世纪20年代,В. Б. 什克洛夫斯基与形式论学派的其他代表人物颠覆了已成习惯的术语体系。Б. В. 托马舍夫斯基写道:"对于那些在其彼此之间内在的关联之中的〈……〉事件的总和,我们称之为本事(фабула),(其拉丁文的涵义:故事、神话、寓言——作者注)〈……〉对于在作品中已然被艺术地建构起来的那些事件的分布,则称作为情节(сюжет)。"②然而,在当代文学学中占据主导地位的还

---

① М. М. 巴赫金:《长篇小说中的时间形式与时空体形式:历史诗学概要》,见 М. М. 巴赫金:《文学与美学问题》,第391、399、406页。

② Б. В. 托马舍夫斯基:《文学理论·诗学》,第180—182页。

是源自19世纪的"情节"这一术语的涵义。

构成情节的那些事件彼此之间会以各种不同方式互相关联。非常多的一种情形是,某一个生活情境被推到第一位,作品便建构于一个事件的线索上。小型的叙事类体裁,而主要的是——那些以行为的整一为其突出特征的戏剧类体裁,大多是这样的。在古希腊罗马时期的文学中,在古典主义美学中,对于那些单一行动的情节(也称之为同心的,或者向心型的,或者环套型的),都是偏爱的。亚里士多德就认为,悲剧和史诗应当去描写"一个单一而完整的行动,事件的结合要严密到这样一种程度,以至若是挪动或是删减去掉其中的任何一个部分就会使整体松裂和脱节"①。

然而,文学中得到广泛流行的还有这样的情节,在那里事件被分散开来,那些互不相干的事件的单元"彼此平等"地展开,而拥有各自的"开头"和"结局"。这在亚里士多德的术语体系中就是由若干独立片段组成的本事。在这里,各个事件之间没有因果联系,而只是在时间上彼此相关,例如,荷马的《奥德赛》、塞万提斯的《堂·吉诃德》和拜伦的《堂·璜》中就都有这样的情节。这一类情节理应称之为编年史般的纪事型。

与单一行动的情节原则上相区别的还有多线情节,在那种情节中,若干个事件序列——与不同人物的命运相关联、彼此之间仅仅是偶然地相交会的若干个事件序列,在同时地、彼此平行地展开。Л. Н. 托尔斯泰的《安娜·卡列尼娜》、А. П. 契诃夫的《三姐妹》、М. А. 布尔加科夫的《大师与玛格丽塔》的情节组织就是这样的。编年史般的纪事型的与多线情节会描绘事件的全景,而单一行动的情节则是将诸种事件"系统"成一个结扣。全景式的情节可以被界定为离心型的,或者聚汇型的(源自拉丁文 cumulatio——增多、积聚)②。

在文学作品的构成中,情节履行着重要的功能。首先,事件序列(特别是那些构成单一行动的事件序列)具有构架的结构性意义:它

---

① 亚里士多德:《诗学》,陈中梅译,商务印书馆,2005年,第78页。
② 关于情节的这两种类型(所谓的聚汇型与环套型)之历史演变,参见:С. Н. 布罗伊特曼《历史诗学》,莫斯科,2001年,第61—83、194—216、330—358页。

们将所有的东西固结在一起,就好像是在把所描写的东西用水泥粘结在一起。其次,情节对于塑造人物,对于揭示人物的性格是不可或缺的。文学主人公若是外在于对这一或那一事件序列的"沉潜",那是不可思议的。事件在为人物创造出"行动场",使人物得以在读者面前从各种不同侧面而丰满地展开——通过对正发生的一切在情绪上与智性上的回应,主要的还是——通过行为来展开。情节形式对于鲜明地、细致入微地再现人身上有意志的、积极进取的活力,尤为有利。许多带有丰富的事件序列的作品都是描写英雄人物的(不妨回忆一下荷马的《伊里亚特》或者果戈理的《塔拉斯·布尔巴》)。那些情节极为曲折的,通常是这样一种作品,位居其中的乃是偏爱冒险的主人公(文艺复兴时期许多以 Дж.薄伽丘的《十日谈》的格调写成的故事体小说,那些描写骗子的长篇小说,费加罗于其中大显身手的П.博马舍的喜剧)。

最后,第三点,情节会揭示并直接再现生活矛盾。如果主人公们的生活中没有任何冲突(漫长的或暂时的),那是很难想象会有得到充分表达的情节。那些被卷进事件进程中的人物,通常都是兴奋激动的、紧张不安的,在体验着某种不满,有欲望去获得什么,去达到什么目的,或者去保存某种重要的东西,在经历着失败或者在获得胜利。换言之,情节在其本质上就不会是没有波澜的,它总是会以这样或那样的方式与冲突性的情境相关涉,与人们称之为戏剧性的那种东西相关涉。甚至在那些田园诗"性质"的作品中,主人公们生活中的平衡也会被打破(朗戈斯的长篇小说《达夫尼斯和赫洛亚》)。

理应区分出两种情节冲突(或情节冲突的两种类型):一是局部性的与暂时性的矛盾,二是稳定的冲突状态(情境)。

在文学中植根得最深的是这样一种情节,那种情节的冲突是随着所描绘事件的进程而出现、而激化并以某种方式获得解决——得到克服而终结自身。生活矛盾在这里驻留于事件序列的内部,并且被封闭于其中,全部被集中于行动的时间之中,那个不可遏制地走向结局的行动的时间之中。У.莎士比亚的悲剧和喜剧便是这类情节建构的经典范例。针对千百年来在语言艺术中占据主导地位的那些局部性与暂时性的情节冲突,黑格尔曾写道:"冲突的基础是破坏,作为破坏它就不可能被保存下来,而应当被消除。冲突乃是对于和谐状态的那样一种改变,那种改变照样地也应当被改变。"他还写道:冲突"需要解决,那种继对立面的斗争之后而有的解决"①。

以这一类冲突来构成其基础的情节,已得到十分细致的研究。开先河者属于 В. Я. 普洛普。在《故事形态学》(1928)一书中,这位学者作为关键词来使用的一个术语是"出场人物的功能",这一术语所指的是拥有其对于事件的下一步进程之意义的人物的行为。普洛普认为,在故事中,人物的功能(也就是人物在事件发展中的地位和作用)在以一定的方式排列着。首先,事件的流程总是与原初的"不足"——主人公要获得他所未能拥有的某物(在许多故事中,那是未婚妻)的心愿与意图相关联。其次,出现对主人公(主角)与反主人公(敌对者)之间的较量。最后,第三点,所发生的事件的结果是,主人公获得其所寻,圆满地完婚,况且"黄袍加身,登基主政"。使中心人物的生活变得和谐美满的这一幸福结局,乃是故事的情节必不可少的一个成份②。

普洛普针对故事而说的三项式般的情节模式,在 20 世纪 60—70 年代被看作是一种超体裁的模式:作为本义上的情节固有的一种特征。文学学的这一分支被人们称之为叙事学(нарратология,源自拉丁文 narratio——叙述)。立足于普洛普的研究,一些具有结构主义取向的法国学者(К. 布雷蒙,А. Ж. 格雷马斯)尝试建构民间文学与文学中的事件序列所共通的普适性模式。这些学者表述出关于情节的内容性的看法,关于哲理涵义——体现于那类行动在其中总是被从开头急速引向结局的作品中的——哲理涵义的看法。依格雷马斯之见,在普洛普所研究的情节的结构中,事件序列就涵纳着"人的活动——不可逆转的、自由的和负责任的活动——的全部特征";在这里,"不变性与变化的可能性〈……〉应有的秩序与破坏或恢复这一秩序的自由,同时得到肯定"。格雷马斯认为,事件序列在实施调解(对分寸、中间状态、核心立场的获取),那种调解,我们应指出,乃与

---

① Г. В. Ф. 黑格尔:《美学》四卷本 第 1 卷,第 213 页。
② В. Я. 普洛普:《故事形态学》第 3 章,莫斯科,1969 年。

净化有共通之处:"叙述之调解就在于'使世界人道化',赋予世界个体的与事件的维度。世界是以人的存在而被证明是合理的,人被涵纳于世界之中"①。

　　这里所说的普适性的情节模式是以各种不同的方式表现出来的。在故事体小说和与之相邻近的那些体裁中(童话故事也可归于此类),主人公的那些富于主动性而勇敢的行动具有正面意义并且总是成功的。例如,在文艺复兴时期的大多数故事体小说(其中包括——在薄伽丘笔下)里,在结局获胜的都是那类灵活机敏、聪敏狡猾、积极进取、精力充沛的人——一心想去达到也善于去达到自己目的的那些人,有意图也善于去占上风、战胜对手与敌人的那些人。在故事体小说的情节模式中,确有对生命力、对能量、对意志的赞扬。

　　在寓言(以及寓言故事和与之类似的那些直接或间接地存在着说教的作品)之中,情形则有所不同。主人公的果敢行动在这里往往受到批评性的阐述,有时则是受到嘲笑,而主要的是——这些行动均以其失败而告终,这个失败也展现为一种报应。故事体小说作品与寓言作品的初始情境是一样的(主人公采取了某种行动,以期改善自己的境况),但结果却完全不同,甚至是适得其反:在第一种情形下,主人公是如愿以偿,在第二种情形下,则是落得一场空,就像在普希金的《渔夫和金鱼的童话故事》中那个老太婆一样②。寓言—寓言故事类的情节可能会获得极为深刻的戏剧性(不妨回忆一下 А. Н. 奥斯特洛夫斯基《大雷雨》和 Л. Н. 托尔斯泰《安娜·卡列尼娜》中的两位女主人公的命运)。寓言—寓言故事的元素,尤其存在于19世纪里许许多多写主人公丧失人性、一心追求物质上的成就与功名的那些作品之中(О. де. 巴尔扎克的《幻灭》、И. А. 冈察洛夫的《平凡的故事》)。这些作品以及与之类似的长篇小说、中篇小说,理应被看作是对那种(既在古希腊罗马时期,也在基督教意识中)根深蒂固的报应

---

　　① А. Ж. 格雷马斯:《在对转换模式的寻找中》,见 Г. К. 柯西科夫编:《法国符号学:从结构主义到后结构主义》,第 194—195 页。
　　② 关于故事体小说的情节和寓言的情节,参见:М. Л. 加斯帕罗夫:《出人意料的机智决断与故事体小说的构建》,见《派生模拟系统研究论文集》,塔尔图,1973 年。

思想——为违反生活的深层规则而承受报应——的艺术体现,即便这一报应并不以外在的失败之面貌而到来,而是以心灵的空虚和个性的泯灭之形式而出现。

单一行动的情节——事件在其中由开头走向结局,暂时性的、局部性的冲突在其中得到揭示的那样一种情节——理应称之为原型性情节(因为它们源自远古时代的文学);它们在千百年来的文学—艺术经验中占据主导地位。突变性的波折在这些情节中起着不小的作用。亚里士多德时代以降,这一术语就被用来指称人物命运中突然而急剧的起伏断裂,——一切可能的由幸福向不幸、由成功向挫折的转折,或者是反向的转折。在古代的英雄传说中,在魔幻神奇的童话故事中,在古希腊罗马时期和文艺复兴时期的喜剧和悲剧中,在早期的故事体小说与长篇小说(写爱情的"骑士小说"与写冒险的"骗子小说")中,晚些时候——则是在惊险小说和侦探小说中,突变性的波折都是相当重要的。

在对人物之间的较量(通常它总是伴随着陷阱、花招、阴谋)的各个阶段一一加以揭示之际,突变性的波折也就具有直接的内容性的功能。那些波折会带有某种哲理性的意义。正是借助于突变性的波折,生活被描写成一些任性而无端地更迭交替着的情境之幸运与不幸地耦合的舞台。主人公们在这种情况下被描写成处于命运主宰之中,命运时刻为他们准备着意想不到的变故。"啊,这充满各种转折而变化无常的人的命运啊!"——古希腊小说家赫利奥多罗斯的长篇小说《埃塞俄比亚传奇》中的叙述者如此感叹。这一类表述在古希腊罗马时期和文艺复兴时期的文学中可谓是"老生常谈"。在索福克勒斯、薄伽丘和莎士比亚笔下它们被不断重复着,以各种各样不同的说法在讲述着:一而再再而三地谈论起"变幻无常"和"阴谋诡计"、谈论作为"所有幸福者的敌人"和"不幸者的唯一指望"之命运的"并不牢靠的恩赐"。在充满突变性的波折的情节中,各种各样的偶然在支配着人的命运这一观念会得到广泛体现。

但是,在传统的情节(不论行动的突变性的波折是多么频繁)中,偶然毕竟还不能独霸而妄为。一个收尾的片段(结局或尾声)在传统的情节中是必不可少的,它即便不是幸福的,至少也是令人慰藉的、使人平静的，像是要对于事件的曲折的纠结离奇的发展而形成的混乱加以约束，而将生活引入正轨；相对于形形色色的偏离、违逆、误会、情欲的勃发和任性的冲动，占据上风的还是良好的秩序。例如，在莎士比亚的悲剧《罗米欧与朱丽叶》中，蒙太基和卡普列提在体验了悲伤和对其自身之过失的自责之后，最终还是和解了……莎翁的其他悲剧也是以这样的方式收场（《奥赛罗》、《哈姆雷特》、《李尔王》），在那里，悲惨的结局之后总跟着一个要对于被破坏的世界秩序加以恢复的、会使人心平气和的收场/尾声。这种使所再现的现实和谐化的收场，即使不能给善人善举带来报答，至少也在意味着恶人劣行会承受报应（不妨回忆一下莎士比亚的《麦克白》）。

在我们所论及的传统的、原型性的情节中，在其原初的根基上是秩序井然而美好的现实，时不时地（这些时刻则是由一连串的事件体现出来）遭受恶势力和被趋向于混乱的各种偶然的袭击，但这一类进攻是徒劳无益的：其结果——是那种在某个阶段被践踏的和谐与秩序的恢复与又一次取胜。人类的存在在所描绘事件中的进程中，经受着与铁轨和枕木承受着列车从它的上面驰过有着某种类似的情境：紧张的振荡是暂时的，结果是显著的变化并没有发生。那类充满突变性的波折而带有一个令人慰藉的收场（或尾声）的情节，在体现这样一种看取世界的观念——世界被看成是某种稳固的、在一定程度上是坚实的，然而也不是像石头那样坚硬的，而是充满运动的（更多的是钟摆式的，而不是直线式的），——世界被看成是可靠的土壤，在承受着混乱之力在暗地里在隐深处的震荡。这些情节——其中有突变性的波折，又有令人慰藉的收场——会体现着一些深刻的哲理涵义，会刻画出那种通常称之为古典式的观照世界的视界（参见第一章第四节）。这类情节，始终不渝地与那种将存在看成是井然有序的观念相关联。况且，对于现实中那些和谐性元素的信念往往会带有玫瑰色的乐观主义色调与田园牧歌式的欣快情调，这在民间故事（魔幻故事和童话故事）中尤为明显。

原型性的情节还肩负着另外一种使命：赋予作品那种扣人心弦引人入胜的趣味性。主人公生活中那些转折性的事件，有时纯粹是偶然性的事件（还伴有一些出乎意料而有渲染效果的"发现/认出"），会在读者心目中激发起对事件下一步的发展、而与此同时也会激发起对阅读过程本身之异常浓厚的兴趣；读者迫切地想要了解，主人公接下来又会发生什么事，而所有这一切又将是如何收场的。

　　定位于惹人注目的事件之曲折的纠结离奇的发展——这既是纯娱乐性作品（侦探小说、大部分"底层"文学、大众文学）所固有的特质，也是严肃文学、"上层"文学、经典文学所具有的特征。欧·亨利的那些带有奇巧精致而富于效果的收场的故事体小说，令人难忘的事件在其中已然达到极度饱和状态的 Ф. M. 陀思妥耶夫斯基的作品，就是这样的。陀思妥耶夫斯基曾就自己的长篇小说《群魔》说过，他有时偏爱将"扣人心弦引人入胜的趣味性〈……〉置于艺术性之上"①。事件之紧张而不断强化的流变进程，使阅读成为非常有趣而诱人的活动，这是那些写给青少年看的作品所具有的特点。A. 大仲马和儒勒·凡尔纳的那些长篇小说，在与我们相距不远的那些时代中——B. A. 卡维林的《船长与大尉》就是这样的。

　　上文所考察的事件模式，从历史上说是普适共通的，但在语言艺术中却并不是唯一的。还存在另外一种非传统的、非典律性的，然而同样是重要的（特别是在最近这近一两个世纪的文学中）模式，这种模式在理论上还没有得到阐明。这就是：存在另一种情节编构的类型，它首先用来揭示的不是那些局部的、短暂的、偶然的冲突，而是一些稳固的冲突状态，这些状态被思索为并且被表现为在单一的生活情境的框架中是得不到解决的，甚或在原则上乃是不可解决的。这一类冲突（理应称之为实体性的）没有任何清晰表现出来的开端和结束，它们始终不变地装点着主人公的生活，成为所描绘行动的某种背景和一种伴奏。19 世纪下半叶和 20 世纪初的批评家和作家们曾多次谈到这一情节组织原则较之传统模式的优点，一再指出它对于他们那个时代的现实性。曾经论及这一点（主要是针对戏剧文学）的，有 H. A. 杜勃罗留波夫、A. H. 奥斯特洛夫斯基、A. П. 契诃夫、И. Ф. 安年斯基、Л. H. 安德烈耶夫、Б. M. 艾亨鲍姆，在外国作者当

---

① 《Ф. M. 陀思妥耶夫斯基全集》三十卷本，第 29 卷，第 1 分册，列宁格勒，1986 年，第 143 页。

中——则有 Ф. 黑贝尔、M. 梅特林克，以及著有那篇论述详细的《易卜生主义的精髓》的 Б. 萧伯纳。得到肯定的一种观点是，复杂的纠葛、突变性的波折、突然而急剧的结局都是过时的，如今已不再受人欢迎，更愿选择的是内在的行动与"开放性的"收场，那种收场并不去消除所再现的冲突①。

这一类见解佐证了发生于文学中的情节编构上的重大变革，这一变革，是由整整一群作家来完成的，尤其强烈地发生于19—20世纪之交。这里指的是 Г. 易卜生、M. 梅特林克，在俄罗斯——则首推契诃夫。对契诃夫戏剧研究贡献颇多的 А. П. 斯卡弗迪莫夫曾经写道："在《海鸥》、《万尼亚舅舅》、《三姐妹》和《樱桃园》中，'没有罪人'，没有以个体形式而有意阻碍他人幸福的那种人〈……〉没有罪人也就意味着没有直接的对头〈……〉没有也不可能有斗争。"②20世纪的文学（无论是叙事类，还是戏剧类）在很大的程度上是立足于非传统的情节编构，那种并不与黑格尔的学说相吻合，而是与上文提及的作家、批评家与文学学家的表述相吻合的情节编构。

非典律性情节的结构之源头——可追溯到遥远的过去。世界的稳固性的冲突状态，在但丁的《神曲》中，晚些时候——在17世纪的一系列作品中，得到了刻画。对情节典律的违反，甚至在向莎士比亚的《哈姆雷特》这样一类具有尖锐的事件性的作品中，也可感觉到。在《哈姆雷特》中，行动在其深层的本质上是实施于主人公的意识之中的，而只是偶尔以主人公的话语（"生存还是毁灭？"以及另一些内心独白）显露于外表③。在塞万提斯的《堂·吉诃德》中，冒险情节观被改头换面了：在同那个对自己必定取胜的意志深信不疑的骑士较量时，占据上风的总是与他作对的"物的力量"。在长篇小说的结尾，主人公的后悔情绪是意味深长的——这是与圣徒传记相近的情节。原则上不可解决的，甚至在历史时间（相应于基督教的世界观）之最

---

① 详见 В. Е. 哈里泽夫：《作为文学的一个类别的戏剧（诗学、起源、功能）》，莫斯科，1986年，第148—161页。
② А. П. 斯卡弗迪莫夫：《俄罗斯作家的道德探索》，第426页。
③ Л. С. 维戈茨基：《艺术心理学》，第356—366页。

为宏阔的范围内也是不可解决的生活矛盾,在 Дж. 弥尔顿《失乐园》中,得到了描绘,这部作品的结局是亚当对人类的艰难未来的洞见。主人公与周围的人事的失谐,在著名的《大司祭阿瓦库姆行传》中是经常不断的而难于摆脱的。

非典律性的情节编构,在 19 世纪文学中,包括在 A. C. 普希金的创作中,以前所未有的巨大能量大显身手。无论是《叶甫盖尼·奥涅金》、《瘟疫盛行时的盛宴》,还是《青铜骑士》,都刻画出那些不可能被克服的、在所描绘的行动的框架中不可能被和谐化的、稳固的冲突状态。甚至如 Ф. М. 陀思妥耶夫斯基这样"情节性特别突出"的作家笔下,也存在非传统的情节编构因素。如果说,《卡拉马佐夫兄弟》中的米佳主要还是展现为一个传统的、带有突变性波折的情节中的主人公,那么,对于那个更多地是在思索考量而不是行动的伊万,对于那个并不追求任何个人目标的阿廖沙,则不能这样说了。描写这位小卡拉马佐夫的那些片断,充满着对所发生之事的讨论、对一些个人话题与公共话题的沉思、那些辩论——用 Б. 萧伯纳的话来说,在大多数情况下并没有通向事件序列的直接"出路",进而没有内在完结的辩论。作家们越来越执著地诉诸于非典律性情节,这一转向伴随着人物领域的革新(正如前文已经谈到的,冒险的—英雄的因素明显地"让步了")。相应地,被艺术地刻画出来的世界图景也发生了变化:人类的现实,越来越凸出地呈现为其远非完全有序的状态,而在那些对 20 世纪尤为典型的一系列情形中(不妨来回忆一下 Ф. 卡夫卡),则被呈现为混乱的、荒诞的、本质上是负面性的。

典律性的情节和非典律性情节是以不同的方式诉诸于读者的。那些旨在对局部性(偶然性)冲突加以揭示的作品的作者,通常是在竭力吸引读者并娱乐读者,而同时——又致力于对读者加以安抚、安慰,强固这样的一个观念:随着时间的推移生活中的一切都会各就其位。换言之,传统情节具有净化性(关于"净化",参见第一章第六节)。而那些旨在对实体性冲突加以揭示的事件序列,则以另样的方式作用于我们。在这里起支配性主导作用的,是作家的那种定位:并不在乎印象的力量,而在乎读者(追随作者)对那些复杂而矛盾的生活层面进行透视的深度。作家与其说是在暗示着什么,不如说是在诉诸于读者之精神上的——也包括智力上的——积极性。借用巴赫金的语汇，可以这样说，传统型情节在很大程度上是独白性的，而非传统型情节——则是被执著地导向对话性。或者换种说法：在传统型情节中作者之深层的语调是偏向于修辞性，而在非传统型情节中——则偏向于交谈性。

这里所界说的这些情节类型，常常会在同一部作品中同时并存，因为这些情节类型拥有为它们所共同的特征：它们在同样的程度上需要出场人物——在世界观上、意识上和行为上拥有确定性的出场人物。如果说，人物（20世纪"准先锋主义"文学中就有这种人物）丧失了性格，贬低而消溶于没有个性的"意识流"之中，或者消溶于自足的"语言游戏"之中，消溶于不属于任何人的联想链之中，那么，原本意义上的情节就会与此同时化为乌有，随之消失；这样一来便无人可写无事可写，进而事件也就没有容身之地了。法国"新小说"的创始人之一A.罗伯-格里耶曾令人信服地论及这一规律。立足于这样的一个断言——"有人物的小说〈……〉属于过去"（属于那个以颂扬个体性为显著特征的时代），这位作家得出原本意义上的情节之潜能已然被用尽的结论："……讲故事（也就是对事件序列加以编排——本书作者注）在如今简直已经变得不可能了。"① 罗伯-格里耶在 Γ.福楼拜、M.普鲁斯特和 C.贝克特的创作中看出的是文学正以越来越强劲的势头走向"无情节性"的运动。

然而，情节编构艺术继续在活着（无论是在文学中，还是在戏剧和电影艺术中），而且，看上去，它依然没有打算辞世。

第三节　艺术言语（修辞）

文学作品的这一层面是语言学家和文学学家共同关注的对象。语言学家首先关心的是作为语言运用形式的艺术言语，这种运用形式具有特定的手段和目标。"文学作品的语言"（或者涵义相近的"诗语"）因而就成了最为基本的概念，而研究这种语言的学科就被称为

---

① 《直言不讳：20世纪西欧文学大师的纲领性发言》，第115、118页。

语言学诗学。文学学则多半采用"艺术言语"一词，它被理解为有内容的形式的一个方面。

文学学中以艺术言语为研究对象的学科被称为修辞学（这一术语深深地植根于语言学，并一直使用于语体的研究当中）。

修辞学是文学研究这门学术中一个比较成熟的领域，具有一套丰富的、相当严谨的术语体系。艺术言语理论的拓荒者当属形式论学派（В. Б. 什克洛夫斯基、Р. О. 雅可布森、Б. М. 艾亨鲍姆、Г. О. 维诺库尔、В. М. 日尔蒙斯基）。这一流派所取得的研究成果对后来的文学学产生了重大影响。在该领域中，В. В. 维诺格拉多夫的著述尤为重要，他在研究艺术言语的过程中，不仅将它与符合文学规范的语言，而且还将它与全民语言相结合。

修辞学的概念和术语已成为一系列教学用书的研究对象，其中占据首要地位的自然是 Б. В. 托马舍夫斯基编写的教材，他的书至今仍具有现实意义。① 因此，本书的理论诗学这一节只作扼要的概述，不再对繁多的相关术语（比喻、隐喻、换喻、修饰语、省略和元音重复等等）加以描述。

1. 艺术言语与言语活动的其他类型

文学作品的言语犹如海绵大量吸收了言语活动的——无论是口头的还是书面的——众多形式。在许多世纪里，演讲艺术和修辞术的原则对作家和诗人们产生了积极的影响。亚里士多德将修辞术界定为能够"针对每一个特定的对象都能找到相应的说服方式"。② 起初（在古希腊）修辞术是指演讲术，是为讲演人制定的规则技巧。稍后（在中世纪）修辞术广泛运用于布道稿和书信的撰写，以及小说的创作。这一知识领域的课题，按照目前的理解，就是"传授某些体裁的谋篇布局的艺术"，促使陈述人使用能产生影响和说服力的言语；

---

① 参阅 Б. В. 托马舍夫斯基：《文学理论·诗学》和《修辞学》（第二版，增订本，列宁格勒，1983 年）。

② 《古希腊罗马的演讲术》，莫斯科，1978 年，第 19 页。

这一学科的对象是研究"有效交际的条件和形式"。①

修辞术赋予文学丰富的养料。在数百年的时间里,文学作品的言语构成(尤其是在诸如史诗、悲剧和颂歌等崇高体裁中)一直都以演讲言语的经验为指向,而这种言语是遵循修辞术的规则和技巧的。无怪乎人们把"前浪漫主义"时期(从古希腊罗马时期到古典主义时期)界定为修辞文化阶段,其特点是"共性的认知先于个性","具体的事实合理地归结为共相"。②

在浪漫主义及稍后的一段时期里,对文学具有重要意义的修辞术开始招致怀疑和不信任。例如,В. Г. 别林斯基在19世纪40年代后半期所写的一些文章中,就屡次把作家创作中(老一套的)修辞手法与描写现代生活所适用的自然生动的笔法对立起来。他将修辞术理解为"有意或无意间歪曲现实,以虚假的手法对生活加以理想化"③。此时的文学已明显削弱了(虽说并未完全断绝)与演讲人的雄辩术之间由来已久的关系。

Ю. М. 洛特曼指出,17至19世纪的欧洲文化经历了这样的演变过程:从遵循定式的指向——即从辞章的华丽繁复(古典主义)——到文辞的平实简约。不事雕饰、生动自然的口语势不可挡地被推到了语言艺术的前台。从这方面来看,А. С. 普希金的创作似乎处于华丽的辞章和生动的口语这两项言语文化传统的"接合部"。④小说《驿站长》那雄辩式的开场白所透露出的隐隐约约的讽拟格调具有特殊意味,其笔法与朴实无华的正文叙述大异其趣;《青铜骑士》的文辞色彩不是单一的(颂歌式的开场白和关于叶甫盖尼命运的满含忧伤的质朴叙述);《莫扎特和萨利里》中两位主人公的言语风格具有明显的差异,前者轻松活泼,具有口语特色,后者则辞藻华丽、庄重典雅。

---

① С. И. 金津:《篇章结构的修辞术和问题》,见 Ж. 杜布瓦等:《普通修辞学》(译自法语),莫斯科,1986年,第364页。

② С. С. 阿韦林采夫:《古希腊诗学和世界文学》,见《古希腊文学的诗学》,莫斯科,1981年,第8、6页。

③ 《В. Г. 别林斯基全集》十三卷本,第10卷,莫斯科,1956年,第15页。

④ 参阅 Н. И. 米哈伊洛娃:《"具有威慑力的辩才……":А. С. 普希金及其那一时代的俄国演讲文化》,莫斯科,1999年。

口语(语言学家们称之为"不规范的"言语)与人际交往(交谈)密切相联,这首先表现在人们的个人生活中。口语不拘泥于条条框框,善于根据具体的情况来改变自身的形式。交谈(谈话)作为人类文化活动的一种重要形式远在古希腊罗马时代就得以确立,并已显示出它的优势所在。苏格拉底在柏拉图对话录的《普罗塔哥拉》和《斐多篇》中说道:"对谈时的相互交流是一回事,公开演讲则完全是另一回事。"并指出,他本人"与演讲的艺术毫不沾边",因为演讲者常常为了达到自己的目的而不得不远离真理。① 西塞罗在论文《论义务》中将交谈界定为人类生活十分重要的一个"环节":"雄辩家的演讲为自己赢得声誉具有重大的意义",然而"吸引人们心灵"的,却是"交谈时的亲切感及和蔼可亲的态度"。② 交谈的技巧数百年来一直是一种强有力的文化传统,可这一传统如今却面临着危机。③

作为人类交际的重要方式的交谈及其实现手段——口语广泛使用于俄罗斯经典文学作品中。我们不妨回忆一下《智慧的痛苦》、《叶甫盖尼·奥涅金》、Н.А.涅克拉索夫的诗歌、Н.С.列斯科夫的中短篇小说、А.Н.奥斯特洛夫斯基和А.П.契诃夫的剧本。可以说,19世纪的作家们从演说家朗诵式的表达方式,从诗歌所特有的华丽辞藻转向了日常生活的、自然生动的"交谈式"言语。如在普希金的诗歌中,用Л.Я.金兹堡的话来说,就出现了"普通词语转换成诗语的奇迹"。④

在19—20世纪,语言艺术在整体上是作为作者与读者交谈(谈话)的一种独特方式而被作家和学者们所认识的,这一点十分重要。用英国小说作家 P. 斯蒂文生的话来说,"所有类型的文学都是友好交谈的影子,而不是别的"⑤。А.А.乌赫托姆斯基认为,为自己找寻一位称心如意的交谈者——这一强烈而又难以得到满足的欲望乃是

---

① 柏拉图:《对话集》第 83、231、246 页。
② 西塞罗:《论老年·论友谊·论义务》,莫斯科,1974 年,第 112 页。
③ 参阅 Г.-Г.伽达默尔:《没有能力进行交谈》,见 Г.-Г.伽达默尔:《美的现实性》(译自德文)。
④ Л.Я.金兹堡:《论抒情诗》,第 211 页,另见第 224—225 页。
⑤ 《读者》,莫斯科,1983 年,第 240 页。

所有文学创作的出发点。依照这位学者的见解,写作源自于"一种痛苦":"直接面对交谈者和友人的需求得不到满足"。①

文学作品的语言组织与口头言语显然有着根深蒂固的联系,并不断得到后者的积极推进。艺术言语还常常采用非艺术言语的各种书面形式(如:带有书信体特征的许多中长篇小说,日记体和回忆录体小说)。许多世纪以来的文学经验告诉我们:文学是以言语的书面形式为取向的。不过这种取向就文学与口语的关系相比较而言是第二性的。②

文学由于吸纳了非艺术言语的各种形式,因此就容易脱离语言标准,从而就会在言语活动的范围中产生出种种新奇的现象。作家有能力担当语言创新者的角色,B. 赫列布尼可夫的诗歌作品就是明证。艺术语言不仅集中了民族语言的丰富手段,而且还加强、完善了这些手段。标准语正是在语言艺术的范围内逐渐形成的。A. C. 普希金的创作无可争辩地证明了这一点。

2. 艺术言语的构成

艺术言语的手段呈现出多种类,多层面的特点。它们构成了一个体系,P. O. 雅可布森和 H. C. 特鲁别茨科伊参加撰写的《布拉格语言小组提纲》(1929)对此作了阐述。这份提纲对形式主义学派在诗语研究领域中的贡献进行了总结。下面我们就对艺术语言的几个主要层次分别加以说明。

首先是词汇成语手段,即选用来源不同、情感"格调"不一的词和词组:通用的和非通用的(包括新词语);俄语固有的和借自外语的;

---

① A. A. 乌赫托姆斯基:《良心的直觉》,第 287 页。

② 需要指出的是,后结构主义的领袖人物则持有另一种观点。如 ж. 德里达认为:在世界文化史上针对口头言语来说,文字是第一性的,人历来固有的意识流动构成了它的基础,人的意识总是在寻找着符号表达形式。这一流动的现象被称之为太古文字。有人做出这样的推测:苏格拉底根本就不存在,该人物是柏拉图为了沽名钓誉而制造的一场骗局。(参阅 O. Б. 魏因施泰因:《德里达与柏拉图:解构逻各斯》,见《世界之树》1992 年第 1 期。)P. 巴特则反复强调,文字是语言域的核心,它本身具有目的性而没有个性特征。(参阅《P. 巴特文论选:符号学·诗学》第 539、461 页。)

符合标准语规范的和偏离标准语规范的(有时与之完全相脱离,如粗俗词语和"有伤风化的"的词语)。与词汇成语单位紧密相联的是语言的词法(语法本身)现象。例如,植根于俄罗斯民间口头创作的指小后缀便属此类。Р. О. 雅可布森有一篇论文谈的就是艺术言语的语法层面。文中对普希金的《我曾经爱过你》和《我的名字对于你有什么意义》这两首诗的代词(第一和第三人称)体系的分析作了尝试。这位学者断言:"各种不同的时和数,动词的多种体和态所产生的对照、相似和联结关系,在某些诗篇的结构中会起到真正的主导作用。"他还指出,在此类诗歌中,"语法修辞格"似乎比各种寓意形象更为重要。①

其次是狭义上的言语语义,即词的转义、寓意和语义辞格。后者首先指的是隐喻②和换喻。在 А. А. 波捷布尼亚看来,隐喻和换喻是产生诗意和形象性的主要的,甚至是唯一的来源。就此而言,文学作品实现了民族和社会的言语活动中颇显丰富的词语联想意义,并对其不断加以充实。③

在许多情况下(在 20 世纪的诗歌中尤为典型),直义和转义之间的界限是模糊不清的,因此可以说,词语就开始在事物周围随意游荡,而不直接表达这些事物。Ст. 马拉美,А. А. 勃洛克,М. И. 茨维塔耶娃,О. Э. 曼德尔施塔姆,Б. Л. 帕斯捷尔纳克等人的大部分诗篇中,占据主要地位的并不是严谨的思考或描写,而是表面上看起来前后不相连贯的自我表述——这种言语极度富有突发的联想意义,"达到了饱和的状态"。上述这些诗人将语言艺术从逻辑性严密的言语规范中解放了出来。这样他们的感受就会更加流畅自如地用语言表现出来。

---

① Р. О. 雅可布森:《语法的诗歌和诗歌的语法》,见《符号学》,第 462、469 页。
② 隐喻(词语联想的最为常见的一种类型)被当代学者看作是人类思维至关重要的形式(深入到事物本质的一种途径),看作是艺术才能和游戏特征的表露,看作是将假定性的语言符号转换成圣像(神像)符号的方式。参阅《隐喻理论》(译自英语、德语、西班牙语、法语和波兰语),莫斯科,1990 年,第 169、173、389、422、552 页等。
③ 关于艺术言语的寓意(转义)研究史的研究和探讨,请参阅 Л. В. 切尔涅茨:《诗歌语义辞格理论》,见《莫斯科大学学报》(语文学版)2001 年第 2 期。

琴弓响了。我们的上空飘浮起
　　一片令人窒息的云朵。夜莺
　　出现在我们的梦中。温顺的腰肢
　　滑入我的怀抱……
　　不是夜莺就是小提琴在歌唱,
　　可一旦琴弦崩断,
　　寂静仿佛在春天灌木丛中,
　　发出痛哭和清脆的声音……
　　像那里一样,五月的雷雨
　　加入了痛哭声中……
　　胆怯的手臂相互贴近,
　　合上的双眼在燃烧……

　　勃洛克这首诗的形象性是多层面的。既有大自然的描绘——树林的寂静,夜莺的歌唱,五月的雷雨;也有对热恋时的激情追忆;还有对小提琴哭诉声的感受记述。因此,什么是现实的,什么是抒情主人公臆想;讲话人确指的对象和他的意绪之间的界限又在哪里——这些对读者而言(按照诗人的意愿)始终含混不清。我们沉浸在只能用暗示和联想的语言来加以表现的情感世界当中。О. Э. 曼德尔施塔姆在评论同时代的诗歌时写道:"难道物体是词的主宰吗?词是普叙赫①。活的词不是指东西,而是随意选择某个具体实在的涵义、物质性、美丽动人的躯体,似乎是为了寻得一处安身之所。词在物体周围随意游弋,就像一颗灵魂围绕在已被遗弃的,却没有被遗忘的躯体周围那样。"②

　　此外,艺术言语还包含与读者的内在听觉相关的几个层面。这就是我们下面要讲的语音、句法语调和节律等特征。

3. 文学与言语的听觉接受

　　语言艺术作品与读者的听觉想象力有关。谢林指出:"任何一首

---

① 希腊神话中人类灵魂的化身,以蝴蝶和少女的形象出现。——译者注
② О. Э. 曼德尔施塔姆:《词语与文化》,第42页。

诗在产生之初都是为听觉接受而创造的。"①作品的语音方面具有重要的艺术内涵(尤其是在诗体言语中),早在20世纪初期就引起了德国"听觉语文学"的强烈关注,此后同样受到了俄国形式学派的关注。学者们对艺术言语的声响效果的解释不尽相同。有人确认,言语的声音(音位)本身就是某种情感涵义的载体。例如,Л.Л.萨巴涅耶夫认为,"A"(啊)是高兴和开朗的声音,"У"(呜)则表示惊慌和骇怕等等。②有人则提出了相反的意见:言语的声音本身在情感和语义上呈中性状态,艺术涵义的效果是通过这一语音成分与话语的具体逻辑意义相结合而造成的。Б.Л.帕斯捷尔纳克断言:"语言的音乐性决不是声学现象,也不表现在零散的元音和辅音的和谐,而是表现在言语意义和发音的相互关系中。"③关于艺术言语的语音特征的这一看法可以追溯到20世纪初某些赞名派④教徒和С.Н.布尔加科夫等宗教思想家所提出的语言哲学,后者断言,"一旦失去声音的躯体,语言就不复存在",言语的奥秘在于词语的意义及其形式"连为一体"。⑤ В.В.维伊德勒对声音和意义(名和物)在艺术言语中的关系作过详尽的考察,他用术语声喻和音义来表示这种关系。这位学者断言,声音的意义产生于词的声响与语调,节奏以及表述的直接义——"一般意义"的有机结合。⑥

根据对艺术语音学(时常被称为音韵学或音响表现法)的此类解释,广泛使用于当代语文学的近音异义现象的概念就显得格外重要。近音异义词是指意义不同(同根词或非同根词),但发音相近,甚至相同的词:предать(背叛)—продать(卖),кампания(运动)—компания(公司)。在诗歌中(尤其是在20世纪的诗人赫列布尼可夫、茨维塔

---

① Ф.谢林:《艺术哲学》,第343页。
② 参阅 Л.Л.萨巴涅耶夫:《言语的音乐:美学研究》,莫斯科,1923年,第79—89页。
③ Б.Л.帕斯捷尔纳克:《空中之路》,第438页。
④ 1910年至1912年出现于希腊旧圣山正教修道院的教派。——译者注
⑤ 参阅 С.Н.布尔加科夫:《名字的哲学》,圣彼得堡,1998年,第12、17—18页。
⑥ 参阅 В.В.维伊德勒:《诗歌的萌芽状态:诗歌言语音韵语义学引论》,巴黎,1980年。

耶娃、马雅可夫斯基的诗歌中），这类词汇（与寓意和比喻一起）是作为一种使言语获得情感涵义的有效、节约的手段而出现的。

  Б. Л. 帕斯捷尔纳克的长诗《1905 年》的"海上暴动"一章中对风暴的描写，就是用语音重复的形式来丰富艺术话语的经典范例：

古老的辽阔海面	Допотопный простор
泡沫横飞，咝咝作响。	Свирепеет от пены и сипнет.
汹涌急剧的拍岸浪	Расторопный прибой
由于过度的辛劳	Сатанеет
而狂怒不已。	От прорвы работ.
往四下里飞溅而去，	Все расходится врозь
发出怒号，消声灭迹，	И по—своему воет и гибнет,
忽而又掀起海藻，	И, свинет от тины,
随意抛向木桩。	По сваям по—своему бьет.

  语音重复一向存在于所有国家和时代的语言艺术中。民间诗歌自古以来就关注于声音的和谐，时常带有韵律的语音对称结构广泛使用于歌曲当中。

  与声响和语音层面密切相关的另一个层面——艺术言语的语调和声音，显得同样重要。А. 别雷指出："声音形成语句，小说家或诗人如果听不到这种声音的语调，那是很糟糕的。"[1]此话也适用于艺术作品的读者。语调是指人的发音在表现力和意义上所发生变化的总和。语调的物理（声响）"载体"是言语的音色和音速，音强和音高。书面的文本（如果它带有主观色彩，富有表现力）总会留有语调的痕迹，这种语调首先在话语的句式中可以感觉得到。作家惯用的语句类型，各类句子的交替出现，对含有中性感情色彩的言语"句套"的偏离（倒装、反复、设问、感叹、呼告）——所有这些会造成奇特的效果：从文学艺术文本中发出了一种活生生的声音。Б. М. 艾亨鲍姆的文章《俄语抒情诗的语调》所论述的就是诗作的语调意义及其类型（吟唱诗、宣言诗、口语诗）。语调和声音的表现力赋予言语以特有的品

---

[1] А. 别雷：《短诗和长诗》，莫斯科—列宁格勒，1966 年，第 548 页。

质,即使言语获得了临时现编,即兴发挥的意味:形成一种话语是在瞬间产生的感觉,造成一种话语似乎是在现场创作而成的错觉。不仅如此,语调和声音的因素(如同语音因素一样)还使艺术言语获得了传统和严格意义上的审美特征:读者不仅可以通过想象(联想),而且还可以用内在的听觉来接受作品。

4. 诗歌和散文

艺术言语是通过韵文(诗歌)和非韵文(散文)这两种形式加以实现的。

起初韵文体式无论在仪式和圣礼文本中,还是在艺术文本中都占据压倒性优势。M. Л. 加斯帕罗夫指出,人们对注重节律,强调序列的话语有着这样的感知和认识——它们具有崇高的意味,"较之其他话语更有利于社会的团结":"它们由于自身具有崇高的意味,因此常常被一字不差地加以重复使用。这就赋予它们以易于记诵的形式。只有用特别精选的词语——而不是所有词语——来加以转述的内容才更加易于记诵。"① 韵文(诗歌)言语具有一系列极为重要的、不容争辩的价值特性,其中之一便是鲜活地存在于我们记忆之中的能力(就此而言远胜于散文),这一特性也就决定了它在艺术文化构成中的历史第一性。

在古希腊罗马时代,语言艺术经历了从神话诗歌和受天启而作的诗歌(即便是长篇诗史,抑或是悲剧)到散文的道路。不过,当时的散文还不是指艺术散文,而是指演讲体和事务体散文(如德摩斯梯尼②的文章),哲学散文(如柏拉图和亚里士多德的文章)和历史散文(如普卢塔克、塔西陀③的文章)。而艺术散文大多出现在民间创作(如劝谕故事、寓言和民间故事)中,尚未取得语言艺术的正宗地位。

---

① M. Л. 加斯帕罗夫:《诗歌和散文——诗学和修辞术》,见《历史诗学:文学时代与艺术意识的类型》,第 126 页。

② 德摩斯梯尼(前 384—前 322 年),古雅典雄辩家,擅长撰写法庭辩护词。——译注

③ 普卢塔克(约 45—约 127 年),古希腊传记作家、历史学家。塔西陀(约 58—约 117 年),古罗马历史学家、文学家。——译注

散文赢得权利的过程显得十分漫长。只是到了近代,诗歌和散文在语言艺术中才开始"平起平坐",后者有时甚或跃居首位(如19世纪的俄罗斯文学从30年代起便是如此)。

语言艺术在许多世纪以来的主要倾向是什么——在考察这一问题时,19世纪的理论家们(黑格尔、波捷布尼亚)一直把诗歌和非艺术散文加以对比。只是在刚刚过去的这一百年间,学者们才专注于考察诗歌和艺术散文作品之间的区别。目前人们不仅研究诗歌和散文之间外在的(形式上的,言语本身的)区别(诗歌言语的有序节奏;构成节律基本单位的诗行之间应有的节律性停顿——这些在艺术散文文本中是不存在的,或者只是偶尔出现的,至少不是必需的),而且还研究功能上的不同之处。例如,Ю. Н. 蒂尼亚诺夫引进了"诗行序列的统一性和密集性"的概念,指出,诗体似乎是一种涵义得以转换、更新和充实的"超语言":"词语处于诗行序列当中…… 也就处于更为牢固,更为紧密的关系和联系当中",这一点使得言语的语义(情感和意义)因素明显活跃起来。①

韵文言语的形式十分多样。学者们对这些形式作了认真周密的探讨。诗韵学是文学学中研究得比较深入的一门学科。不少教材由于吸纳了这一领域的相关研究成果而显得颇有分量。② 因此对诗韵学的有关概念和术语(诗体体系、音步和诗格、诗节、韵式及其类别)我们在这里就不再加以描述。

就情感格调和语义内涵而言,不同的诗体形式(首先指音步和诗格)都各具独特性。当代最具权威的诗韵学家之一 M. Л. 加斯帕罗夫断言,各种诗格在语义上不尽相同,一系列的音步形式都有固定的"语义晕":"越是鲜见的诗格,就越发促使人们想起它曾经被使用过的情形:俄语六音步扬抑抑格或壮士歌诗体仿作的语义内涵是巨大的……四音步抑扬格(在我国诗歌中最为常用的诗步——本书作者

---

① 参阅 Ю. Н. 蒂尼亚诺夫:《诗歌语言问题》,莫斯科,1956年,第66、121页。
② 现在使用的诗韵学教材中可参看 H. A. 博戈莫洛夫:《韵文言语》,莫斯科,1995年; M. Л. 加斯帕罗夫:《1890—1925年的俄罗斯诗注释》; B. E. 霍尔舍夫尼科夫:《韵文学基本原理:俄语诗体学》(第三版,修订本),圣彼得堡,1996年; O. И. 费多托夫:《俄语诗体学的基本原理:诗律学和格律学》,莫斯科,1997年。

注)的语义内涵则是微乎其微的。所有的诗格及其变体其实都处于这两端之间的宽阔领域中。"①

关于诗体形式语义晕的特性,学者们的认识不尽一致。目前有一种看法得到普遍认同,即认为诗格及其类别的情感影响力与诗人和读者的文化艺术记忆有关:"促使读者回想起与早先读过的同类作品相关的那些形象和感受,并以此加深所获得的印象——这通常就成为使用某种题材或某种体裁的传统音步的基础条件。"②

但与此同时,音步的格式还具有倾向于表达固定语义的某些内在性特质。三个音节与两个音节的诗格(前者的言语更显平稳和严谨,后者的言语由于重音缺失的现象时有发生,因而就更具强烈的节奏感和自然生动、富于变化的特点),音步数量较多与较少的诗行。(前者听起来显得庄重典雅,例如普希金的《纪念碑》,而后者则具有戏谑式的明快色调:"玩儿吧,阿杰莉,/不要理睬忧郁。")显而易见,无论在"格调"上,还是在情感氛围上,都有一定程度的差异。此外同样存在着差异的还有,抑扬格与扬抑格的意味(后者的音步由于节奏的强位在先,因而很像音乐的节拍;节奏和谐、随歌伴舞的对口唱通常采用扬抑格绝非偶然);音节重音诗体与纯重音诗体或轻重音节诗体的意味(前者的言语速度显得"平和适中";后者的言语中交替出现的缓慢和停顿现象是预先规定的——这是一种独特的"绕口令",其言语速度是极不稳定的)。

无韵诗(在有韵诗占据绝对优势的背景下)使19—20世纪的俄语音节重音诗体大放异彩。例如,在 В. А. 茹科夫斯基用五步无韵抑扬格翻译了 Ф. 席勒的《奥尔良的姑娘》之后,这一格律就在诗剧中

---

① М. Л. 加斯帕罗夫:《音步的语义晕:论俄语三音步抑扬格的语义特征》,见《语言学和诗学》,莫斯科,1979年,第285页。К. Ф. 塔拉诺夫斯基于1963年发表的《诗歌节奏和题材的相互关系》(见 К. Ф. 塔拉诺夫斯基:《论诗歌和诗学》,莫斯科,2000年,第372—403页)标志着对诗体形式语义晕研究的发端。该文考察了五音步扬抑格在俄国诗歌中的流变史。

② М. Л. 加斯帕罗夫:《音步与涵义:论文化记忆的一种机制》,莫斯科,2000年,第11页。在该书中这位学者对自己作为诗韵学家几十年来的研究工作进行了总结。我们可以注意一下该书的后记(参阅 Ю. И. 列文:《符号学视角下音步的语义晕》)和书目(关于诗体形式的语义的著述目录)。

确立了牢固的地位(这主要得益于普希金的推波助澜,他用这一诗格创作了《鲍里斯·戈都诺夫》,"小悲剧",以及诗歌《他曾经生活在我们中间……》和《我又造访了……》),后来在抒情诗(尤其是白银时代的抒情诗)中它成了某种情感和涵义(虽说也不大容易确定)的固定表达方式。А. А. 勃洛克(《自由的思想》)和 А. А. 阿赫玛托娃(《叙事诗篇》、《北方哀歌》)的组诗,И. А. 布宁(《在草原上》、《迎春歌》、《片断》、《在莫斯科》、《埃斯库罗斯》、《星期日》),Вл. Ф. 霍达谢维奇(《猴子》、《相逢》、《11月2日》、《音乐》)的一系列诗篇,Вяч. И. 伊万诺夫的《高山号角》,О. Э. 曼德尔施塔姆的《我见不到著名的"费德拉"了……》,Н. С. 古米廖夫的《爱资巴奇亚花园》等篇什正是用这一格律写就的,尽管它们之间存在着很大的差异,但具有共同的特征:格调深婉高雅,舒缓从容,却又充满了内在的紧张。它们将诗歌固有的整饬严谨和"散文"的洒脱自如的行文方式结合了起来,表现出抒情主人公对自己周围的"普通"现实生活的热切关注,但与此同时,又具有史诗般的浑厚和恢弘,强烈地触及了决定命运的社会环境、历史环境和普遍的生存环境。

韵文形式最大限度地"发挥出"词语所蕴涵的表现力的各种潜质,赋予作品以丰富的,几近饱和的情感和涵义。

然而,艺术散文也有其自身独特的、无可争辩的宝贵品质,这些品质使得韵文相形见绌。正如 М. М. 巴赫金所指出的那样,采用散文体的形式,这会为作者实现语言的多样化,把各种不同的思维和表述方式统一在同一个文本中而提供广泛的可能性。依照巴赫金的看法,在散文的艺术性(在长篇小说中表现得最为充分)中重要的是,"话语因处于他人话语中间而含有的对话意向",而诗歌,一般而言,并不擅长于杂语,在更大程度上则属于独白型:"说有诸多的语言世界——都同样是为人理解和富于表现力的世界,这一思想是诗歌风格所根本不能接受的。"[①]需要说明的是,这位学者在谈及诗歌风格时所指出的,并不是一成不变的定规(在《叶甫盖尼·奥涅金》、《智慧的痛苦》和《十二个》等一系列诗歌作品中,杂语现象就十分广泛),而

---

① М. М. 巴赫金:《文学与美学问题》,第89、99页。

是主要表现在抒情诗中的韵文形式的基本倾向。

因此凸现语言的表现力是诗歌的固有属性,建树性的、言语创造性的特征在诗歌中表现得十分鲜明。而在散文中,语言组织似乎可呈中性状态:散文作家时常倾向于使用确认性的,不带感情色彩的,"没有语体表征的"语言。换言之,在散文中言语的描绘和认知的潜力得以最为全面、最为广泛的运用,而在诗歌中占据主导地位的则是言语本身的审美特性。其实,诗歌与散文之间的上述功能差异在某种程度上已被这两个词语的原始意义——即词源所确定:古希腊词поэзия(诗歌)由动词"做"和"说"构成,而проза(散文)则由拉丁文形容词"直截了当的","简单的"构成。

5. 艺术言语的特点

关于艺术言语的特质问题,在20世纪20年代曾有过一场激烈的讨论。当时有人指出,在语言艺术中起主导作用的是言语的美学功能(如 P. O. 雅可布森),艺术言语与日常生活言语的区别在于表达的目的性(如 Б. В. 托马舍夫斯基)。有一篇文章对形式学派在诗歌语言领域所作的贡献进行了总结,我们从中读到:"诗歌创作力求以语言符号的独立价值为依据……在交际活动中追求自动化效果的……表达手段,在诗歌语言中则恰恰相反,追求的是凸现效果……正是对语言表达的指向性构成了诗歌的组织手段。"还有人提出这样的说法,在艺术中(仅仅是在艺术中),(无论是诗人,还是读者)所注意的对象"不是所指,而是符号本身"。[①] 形式学派的代表们一方面切中肯綮地强调了言语表达手段在文学中的巨大意义,另一方面又将"诗歌语言"与"交际语言"极端地对立起来。

后来人们就艺术言语所发表的意见便不再显得如此偏激。比如,Цв. 托多罗夫在70年代对诗歌语言理论从许多方面都作了补充和深化,而这一理论在此前已研究了半个世纪之久。这位学者所依据的是话语(дискурс)的概念。它是语言学的某种共性,这种共性的

[①] 《巴黎语言小组论纲》,见 B. A. 兹韦金采夫:《19—20世纪语言学史概述和摘要》(两卷本)第2卷,莫斯科,1965年,第133、136页。

出现后于语言(язык),但先于表述(высказывание)。话语分为科学的、日常实用的(书信也在其范围之内)、公文事务的、文学的(体裁话语也算列其中)。托多罗夫确认:第一,每一种话语都有自身的标准、规则和言语形成的趋向,以及表述的组织原则;第二,各种话语之间并不是互为对立的,也没有严格的(不可逾越的)界限,它们始终相互产生作用。因而他得出结论:不存在适用于所有文学现象而没有例外的某种定规;"文学性"的特征也表现在文学领域之外,即使在文学本身,也完全不总是得以充分表现的。按照这位学者的见解,只存在同一种文学话语的说法是没有根据的。在托多罗夫看来,由来已久的,形式学派所提出的"文学和非文学之间的对立正在让位于各种话语的类型",当然这里所说的话语彼此之间在许多方面都有相似之处。① 顺便指出,在谈到艺术言语与言语活动的其他形式的不可分割的联系时,我们所力求证明的也是这一点。

　　语言艺术作品的言语由于自身的需要(这一点尤为重要)远比其他类型的表述更具表现力和严谨的组织性,——这也正是它的特点所在。名篇佳构中的言语情满意丰,因此不容许作任何的改换和变动。艺术言语因而也就要求接受者不仅对表达对象,而且对言语形式的本身,对整体组织,对其中的细微色彩和差别都要仔细关注。P. O. 雅可布森说得好:"在诗歌中,任何一个言语成分都会转换成诗歌言语的修辞手段。"②

　　在众多文学作品中(尤其是韵文中,如曼德尔施塔姆以及帕斯捷尔纳克早期的那充满隐喻的诗歌),语言组织与其他类型的表述有着极大的差异;但情况也并不总是如此:许多诗人,尤其是小说家的表述从形式上看,与"日常生活"言语别无二致。更为重要的是,在语言艺术作品中始终极为强烈地表现出言语的有序性,因为其中占据首要地位的是言语的美学功能(在诗歌中最为显著)。

　　文本一词当今足可与传统术语艺术言语比肩,它不仅在理论诗

---

① Cв. 托多罗夫:《文学概念》,见《符号学》,第 367、368、363 页。
② P. O. 雅可布森:《语言学与诗学》,见《结构主义:"赞成"和"反对"》(论文集),莫斯科,1975 年,第 228 页。

学的范围内,而且在人文领域本身都居于显赫地位。

第四节 文 本

"文本"(源自拉丁文 textus,其涵义为:组织、交织、接合)这一术语广泛运用于语言学、文学学、美学、符号学、文化学,以及哲学。Ю. М. 洛特曼指出,它是"人文系列学科中使用频率最高的术语之一,这是无可争议的。科学的发展在各个不同的时机都会把这样的词汇显现出来;它们的使用率在科学文本中的快速提高,会导致失去自身所必需的单义性。它们与其说用作术语来准确地指称科学概念,倒不如说用来点明问题的迫切性,指出新的学术思想所诞生的领域。"①"文本"一词含有几个互有联系,但又各不相同的意义。

1. 作为语文学概念的文本

该术语最初确立于语言学,并早已根深蒂固。② 对语言学家而言,语篇是运用自然语言的行为,这种行为具有一整套的特性。连贯性和完成性是它的固有属性。语篇明显区别于其周围的言语和非言语的现实环境。简而言之,它由于形成了句群(句组)因而具有开头和结尾的鲜明特征,句群作为不可分的交际单位,吁请人们把它作为一个整体来加以接受。按照语文学的理解,文本是指"某个意义序列的语言表达"③,即作品言语本身的层面,这一层面在作品中与具体的形象层面(作品世界)和主题思想层面(艺术内容)相并列。70 年代初期,Ю. М. 洛特曼在讨论理论诗学的问题时写道:"应当断然拒绝这样的观念,即认为文本和艺术作品是同一个东西。文本是艺术作品的元素之一……整体性的艺术效果是在文本与一整套复杂的生

---

① 《Ю. М. 洛特曼文选》(三卷本)第 1 卷,第 148 页。
② Текст(文本)作为语言学术语可译为"语篇、篇章、话语"。——译注
③ Д. С. 利哈乔夫:《文本学:以 10—17 世纪俄罗斯文学为材料》(第二版,增订本),列宁格勒,1983 年,第 129 页。

活观念和思想美学观念的对比中产生的。"①

不过,现当代学者们有时(除了言语之外)还把作家所描写的内容,甚至是他所表达的思想和观念,也就是艺术内容都列入文学艺术文本的"空间"。②"文本"和"作品"二词在这种情况下就构成了同义。例如,被称为话语语言学的学科将文本视为带有语言"肌体"、结构和意义的言语组织(作品)。

文本是言语单位本身井然有序的组织结构,这一观念在文学学中最为根深蒂固。鉴此,就特别要区分出作品的主要文本和辅助文本,后者指标题和注解、题记、献词、作者前言、写作日期和地点的标注,以及戏剧作品的人物表和情景说明。

术语"文本"是文本学的核心概念。这一语文学学科的研究领域是:文本的形成过程,考证,写作日期的鉴定,对作品发表原则的确认,在出现不同版本的情况下对最权威(正宗)文本的鉴别。在研究文本学问题的著述中,出现了一批具有重大理论价值的学术成果。③

2. 作为符号学和文化学概念的文本

最近几十年,术语"文本"还广泛使用于语文学(语言学和文学学)领域之外。被看作是符号现象的文本,以及被确定为"有联系的符号综合体"④的文本不仅仅建立在自然语言之上。同时还有非语言的文本,它们直接诉诸视觉(地图、造型艺术作品),或听觉(声音信号系统、音乐作品),或者同时诉诸视觉和听觉(仪式语言,例如礼拜仪式的语言;戏剧艺术、影视新闻)。

不仅如此,"文本"一词还转而进入了文化学、交际理论和价值论

---

① Ю. М. 洛特曼:《诗歌文本分析》,第 24—25 页。另见 Н. К. 盖伊:《作为诗学范畴的艺术形象》,见《语境 1982·文学理论研究》,莫斯科,1983 年,第 92—93 页。

② 参阅 К. А. 多利宁:《(法语)文本阐释》,莫斯科,1985 年。

③ 参阅 Г. О. 维诺库尔:《诗歌文本批评》,见《Г. О. 维诺库尔论文学语言》,莫斯科,1991 年;Б. В. 托马舍夫斯基:《作家与书:文本学概述》(第二版),莫斯科,1959 年;С. А. 赖泽尔:《近代的古文字学和文本学》,莫斯科,1970 年;Д. С. 利哈乔夫:《文本学:以 10—17 世纪俄国文学为材料》。

④ М. М. 巴赫金:《话语创作美学》,第 281 页。

的范畴。该词随之也发生了义变,在很大程度上缩小了自身的涵义:绝非任何有联系的符号综合体都是具有文化价值的文本。文化学角度的文本指的是一种言语组织(或更为宽泛一些——符号组织),这种组织具有情景之外的价值。而只是在相对较短的时间内,并且仅限于此地才有效用的话语,在文化学家看来并不是文本。例如,母亲留给女儿的字条上说,从冰箱里应该拿什么当早饭吃,应该买什么,做什么,这样的字条在语言学家看来是名副其实的文本,而在文化学家看来却不是。后者认为,文本是言语行为的凝固结果,是蜕变为永远凝固的结晶和实物的话语。用Ю. M. 洛特曼的话来说,文本不是简单地被记载下来的,而是要被保存下来,"进入文化的集体记忆中"的言语组织:"……并非所有的信息都值得记录下来。所有被记录下来的都会获得特殊的文化涵义而变为文本。"①换言之,作为文化现象的文本是可以再现的(通过多次转述和翻新,或者通过复制和发行印本)。

得以保存和再现的符号言语综合体具有不同的功用。似应将它们归纳为两类。第一类没有个人因素和评价色彩(自然科学和数学的思想产物,各种法律和职业活动的规则等等)。它们并不是来自于某人的精神经验,不针对具有首创精神的、并对其作出自由应答的某个人,换句话说,它们在本质上是独白性的。它们要么对事实加以简单的确认(纪实,实录),要么就某一实践活动领域的标准加以表述(例如,标明交通工具的核载量),要么用来表示一些抽象的真理(数学和自然科学的公理体系),总之,都属于符号言语的范围,"说话人"和"受话人"的个性对此呈现出中立的态度。此类文本不会成为生动的人声的载体。它们是没有语调的。

与人文领域相关的文本就全然是另外一回事了,因为这种文本含有世界观的价值和个性色彩。似应称之为话语文本。这种文本所含有的信息与评价、情感因素息息相关。作者的因素(个人的或群体的、集体的因素)在这里尤显重要:人文领域的文本为某人所有,反映出某个声音的痕迹。政论文、随笔、回忆录,尤其是艺术作品的情况

---

① 《Ю. M. 洛特曼文选》第1卷,第286、284页。

就是这样。

我国从事文化学研究的两位大学者 М. М. 巴赫金和 Ю. М. 洛特曼就是在上述第二类,即"情景之外的"言语组织的基础上来建构各自的文本理论的。

巴赫金在《语言学、语文学和其他人文科学中的文本问题:哲学分析之尝试》(50年代末—60年代初)一文中将文本看作是"任何人文学科的第一性实体(现实)和出发点":"如果在文本之外,脱离文本来研究人,那这已不是人文学科。"这位学者将文本界定为具有"主体,作者"的话语,他所关注的对象是"真正创造性的文本",是"个人自由的……领悟":文本的涵义"就在于关系到真理,真、善、美,历史的东西"。巴赫金强调,忠实于自身特性的文本体现着"对话的关系":既对此前的话语作出应答,也诉诸于他人具有主动精神的创造性应答。依照巴赫金的观点,对话关系的主体是平等的。这些关系具有个性色彩,与人们内在的丰富过程,与人们对某些思想的了解有关,它们渴望得到理解,取得一致。①

Ю. М. 洛特曼在谈到文本时,则把它看作是另一个层面——具有人文意义的现象。这位学者将文化理解为"增加信息量的一种机制",看作是"各种文本的总和或具有复杂建构的文本",他断定,实际上文本具有权威性,从本质上看它是符合真理的,对它而言成为虚假的可能性是排除在外的:"虚假的文本会造成术语上的矛盾,有如虚假的誓言和祈祷,充满欺骗性的法律。这不是文本,而是对文本的破坏。"

洛特曼将女巫的预言、神父的布道、医嘱、社会条例、法律以及艺术作品都视为文本,他强调,以文本为基础的交际参与者彼此之间具有严格的区分:文本的创造者(创作者)以别人不易明白的,暗中表示的方式("信息的传达应该是费解的或不易明白的,以便让别人把它作为文本来加以接受。")传达出某些真理。而担当文本消费者角色的那些人则以充分信任的态度聆听创作者的言谈,有时还会担纲诠释人的角色:文本理应被"继续翻译下去(译成另一种符号代码——

---

① М. М. 巴赫金:《话语创作美学》,第282—285、292、346页。

本书作者)或者得到进一步的阐释"。这位学者用一种惊世骇俗的离奇说法,这样断言:"交际参与者应该'用不同的语言进行交谈',以便彼此都会从中受益。"寻求被译为另一种语言并得到创造性解释的文本被这位学者描述为具有开放式的内涵和多层的涵义:它"不仅是……意义的消极储存器",而且还是"意义的发生器"。①

如果考虑到 M. M. 巴赫金和 Ю. M. 洛特曼的上述观点,那么就有理由说,文本作为最鲜明、清晰度最高的文化现象是一种负有责任的言语行为,这一行为能够,而且理应在远远超出其发生的时间和地点之外"产生效用"(发挥作用),因而也是经过创作人深思熟虑,精雕细凿的。它是言语思维经验的具有长远意义的结晶,是行为中的语言精华,是一座独特的话语纪念碑——曾经得以实现的话语。A. A. 阿赫玛托娃翻译的古埃及诗歌《书稿编撰人颂歌》把"编撰的作品"形容为祖先留下的金字塔似的遗产:"书中的文字在人们心中竖起一座座房屋和金字塔,/为了把真理口口相传,/他们重复着编撰人的名字。"用文字建成的千古流芳的纪念碑乃是诗歌的一个永恒主题(从贺拉斯到杰尔查文和普希金)。

语言学家们一直坚持认为文本是连贯的句组,而文化学视角下的文本决不是非得如此。它可以是极短的("一个语句的"),如谚语、格言、口号,甚至可以是一个单词,如科济马·普鲁特科夫笔下具有讽刺意味的"醒着!"

作为自发的和情景之内的话语而存在的生动言语与具有永久生命力的文本是相互对立的,因为前者随即就会消失,不留下任何痕迹。首先,口语交际就是这样,这种交际是人类言语思维活动的基础和核心,是语言文化的独特基石及其肥沃土壤。而文本领域相对于生动的言语则是第二性的,前者因而不断地得到后者的滋养。文本之所以显得有价值,就是因为它将无法面对面直接交流的人们——无论是在空间上相隔甚远的同时代人,还是被历史的时间割裂开来的人们——团结在一起。正是文本才使得后代了解到前辈的思想,也正是文本起着代代相传的作用,有时还会对整个人类产生重要意

---

① 《Ю. M. 洛特曼文选》第 1 卷,第 134—136、45、144 页。

义。各大宗教的正典文本，著名的哲学著作，艺术精品等都是如此。

文本本身与非文本性质的言语组织（局限性很强的、"情景之内"的言语组织）二者之间的界限常常是摇摆不定，模糊不清的。有时，"生来"就想获得文本地位的话语反而倒成不了文本（未能成功实现的文学家的创作意图，写作狂不辞辛劳写出的劣作等等）。有时则相反，某人即兴的言语行为，虽然并不要求得以保存，但却会按照谈话人或群体受话人的意愿获得文本的特性。例如，在交谈中突然出现的一句准确的话可能会不止一次地被别人重复，而广为人知（法语中类似的言语组织叫做 mots）。有时起初并不想获得文本地位的话语，结果却成了地地道道的文本，获得了长久的生命力和广泛的知名度（由柏拉图和色诺芬记录下来的苏格拉底的口头对谈；通常在身后公开发表的著名文化活动家的书简）。

从符号学和文化学的视角来考察文本，对文学学而言其重要性并不亚于传统的、语文学本身的理解。这一考察方式可以更加清晰地呈现出作家创作活动的特性，更加全面地认识作为人际交流现象的文学。

文本（任何一种文本：无论是语言学视角中的，还是符号学和文化学视角中的）的通用特性指的是稳定性、不变性和自我平等性。文本在发生转换时（在进行加工、戏仿式的翻改时，甚至在再现时偶有疏忽的情况下），会丢失许多东西，就其本身而言甚至会全然不复存在，为另一个文本（即便与最初的文本是接近的）所替代。有时表面上彼此相像的文本实际上有着极大的区别。例如，法庭的两份判决书仅仅由于标点符号位置的不同，便有着天壤之别："判处死刑，不当赦免"和"判处死刑不当，赦免"。

3. 后现代主义诸种观念中的文本

在最近 25 年，还出现了一种文本观，这种观点完全抛弃了我们所提到的对于文本的习惯性认识。可以称之为无边文本的理论，或称之为对现实性不断加以文本化的观念。这一观念已经得以确立。始作俑者为法国的后结构主义，其公认的领袖人物 Ж. 德里达说道："对我而言，文本是没有边际的。这是绝对的总体性。'文本之外什么也不存在。'(这位学者在此所引用的是他本人的话。——本书作者)这意味着,文本不只是言语行为。譬如说,在我看来,桌子就是文本。我怎样来理解这张桌子——语言学之前的理解——对我而言,这一举止其实就是文本了。"[1]显而易见,这里将人所理解的一切一概都称作文本。

"文本"一词还用来指称客观现实中所存在事物的总和。塔尔图和莫斯科学派活动的参与者之一,P. Д. 季缅奇克就说过下面这句话:"如果我们的生活不是文本,那么文本又是什么呢?"[2]将世界理解为书本——即文本的思想可以追溯到极为古老的隐喻形象。圣经中的摩西把世界称为上帝之书(第32章、第32—33章);《约翰启示录》中不止一次地提到过生命之书。书本作为存在的象征在文艺作品中也有所反映,不仅有直接的反映,也有间接的、"潜台词"似的反映。例如,莱蒙托夫诗歌《预言者》的主人公"从人们的眼睛里"读出了"罪与恶的文辞"。不过,将宗教的象征手法和艺术的"隐喻表现法"转用到科学知识的领域——是否合理恰当,这引起了人们的怀疑:如果对学者而言某个词语能表示所有的一切,那么它实际上什么也没有表示。对世界图景加以"无限文本化",这在哲学本体论中(存在作为最高意志的创造物和亘古以来的有序物)是有一定道理的,然而在单独的学科中就未必有效。

P. 巴特及其同道人 Ю. 克丽斯蒂娃、Ж. 德里达(从后现代主义的理论出发)提出了有关文本的独特理念。这位擅长于随笔创作的语文学家将艺术文本和艺术作品尖锐地对立起来,他区分出两类文学文本。古典(非现代派)作品的文本由于在意义上具有明确性,并体现出作者的立场,因而遭到他的疏远和嘲讽。在巴特看来,古典的文本对诡诈和伪装不得不做出让步,因为它以明确性和完整性自诩,尽管这是没有理由的。不仅如此,他还说得更为尖刻:这种文本中的

---

[1] 《Ж. 德里达访谈录》,见《世界之树(1/92)》,莫斯科,1992年,第74页。另可参阅Ж. 德里达:《文字学》,莫斯科,2000年,第313页。

[2] 《参与者视野中的塔尔图-莫斯科符号学派》,见《Ю. M. 洛特曼与塔尔图-莫斯科学派》,第301页。

生命"就会变为令人厌恶的老生常谈的大杂烩,就会变为用陈词滥调制成的令人窒息的覆盖物"①。这位学者断言,而在当代文本中是语言本身在说话的。这里不允许有人物和作者的声音;后者作为某种立场的载体被**书写者**(写作的人)取而代之,书写者只有在写作过程中才会产生,文本一旦形成,他就不复存在。此类**文本**(在巴特笔下是大写)消解了作品本身,或者准确地说,作为最高的级别凌驾于作品之上。依照巴特的观点,文本突现出他人的、有时几乎被遗忘的"文化语言",是"形形色色的引文汇集地"。② 它不是以某人的(具有个性的)言语,而是以能给读者(也包括文学学家)带来愉快的游戏性质的无个性文字作为基础的:"可以把**文本**的读者比作一个无牵无挂,无所事事的人;他在闲逛。"③文本因而就失去了诸如稳定性和自我平等性的固有特征。它被理解为:在每一次的接受行为中它都会重新出现,是完全属于读者的,是由读者在毫不顾及作者意愿的情况下创造出来的。对于无意与科学和艺术传统相割裂的文学学来说,像这样对术语"文本"涵义的翻新恐怕是难以接受的。

第五节 非作者话语 文学中的文学

1. 杂语和他人的话语

语言艺术作品的文本是由作家创造并加以完成的,因此它产生于作家的创作意愿。不过,言语组织的种种环节(有时甚至就是言语组织的整体)与作者的意识处于一种极为复杂,乃至冲突的关系之中。首先,文本并不总是限定于唯一的,即作者本人的言语方式。文学作品(尤其是最近几个时代的艺术散文;诗歌也时有这种情形——我们不妨回忆一下 A. 勃洛克的《十二个》)表现为一种杂语,即呈现出思维和说话的各种不同方式(方法、形式)。非作者的话语——文

---

① P.巴特:《S/Z》,莫斯科,1994年,第227页。
② Г.K.科西科夫:《〈结构〉和/或〈文本〉(当代符号学策略)》,见《法国符号学:从结构主义到后结构主义》,第36—37页。
③ 《P.巴特文论选:符号学·诗学》,第417、515页。

学学家们(效法 M. M. 巴赫金)称之为他人的话语——因而便(与作者的直接话语一起)获得了艺术涵义。巴赫金在研究长篇小说及其演变的过程中发现,杂语和他人的话语在这一体裁中发挥着巨大作用,甚至占据主导地位:"作者不是用他自己的语言在说话……而似乎是在采用……客观化的,脱离了他的唇舌的语言……多声和杂语现象进入长篇小说,并在其中形成一个严谨的艺术体系。"这位学者在研究 Ч. 狄更斯的小说时指出:"他人言语是经过转述的,被故意模仿出来的,涂上一定色彩的……无论在何处都不会与作者言语区分得一清二楚,因为两者的界限是有意摇摆不定,模棱两可的,常常出现在一个句法整体当中。"①

在 Ф. M. 陀思妥耶夫斯基笔下,"他人的"话语总是不易察觉地,但却源源不断地介入到作者的叙述当中:"拉斯柯尔尼科夫……不知怎么地无意间就已经习惯把'荒诞的幻想'当作是即将付诸行动的事情了,尽管他还不大相信自己。他甚至现在就去尝试那件事情,因此他越往前走,心里就越发紧张。"在所援引的例句中,被作者加上引号的词组"荒诞的幻想",以及被打上着重号的词语"尝试",还有未作任何符号标记的"即将付诸行动的事情",实际上都不属于作者,而属于他的主人公:前者似乎在引述后者的话语。作者兼叙事人的话语中所插入的这些言语单位由他说出口,就显得疏远游离。"尝试"、"即将付诸行动的事情"、"荒诞的幻想"等词语同时传达出拉斯柯尔尼科夫和陀思妥耶夫斯基两个人的声音,而这两种声音却有着很大的差异。巴赫金将类似的篇章单位称为双声语。

这位学者在研究陀思妥耶夫斯基的小说时发现,不仅在叙事人的言语中,而且在主人公的言语中也时常出现双声语。当后者边讲,边"回顾"别人怎么说自己的时候,这种双声现象就时有发生。"抄抄写写真的有什么不好吗?"马卡尔·杰符什金在写给瓦莲卡的信中就同事们对他的非议提出辩驳(《穷人》),"莫非抄抄写写有什么罪过不成?他们说,'他在抄写!……'这有什么不光彩的吗?……他们说我像耗子,那就算是耗子吧!可这只耗子也是有用的呀……而且这

---

① M. M. 巴赫金:《文学与美学问题》,第 112—113、121 页。

只耗子还得到奖赏呢,——就是这样的一只耗子!"

在阐释艺术言语的单位与作者的说话方式的关系时,巴赫金区分出三类话语:第一,"直接指向自己对象的话语,这是说话人最终意向的表达";第二,说话人意识之外的"客体的话语(所写人物的话语)";第三,同时属于两个主体的"双声语",①但他们对这种语言的认识和感受是不同的。对此我们作一点补充,文学作品中的第一类和第二类语言单位是非作者的话语,准确地说,并不仅仅是作者的话语。语言艺术文本的"非作者的"言语成分在文学中积极活动的程度与其偏离正统体裁的程度成正比,在正统体裁中言语方式受到传统的限制,被严格规章化,并完全符合作者的意识。

杂语和非作者的(他人的)话语在近代文学中一直保持着活跃的势头,这是很自然的。一方面是因为几乎所有社会阶层和群体的语言经验都得到了明显的丰富;另一方面,言语展开的各种形式开始发生积极的联系,并产生自由的互动关系。彼此隔绝的"社会语言"在当今与其说是一种规则——小集团的狭隘性的标志,倒不如说是一种例外。勃洛克长诗《报应》中有几行诗涵义深刻,说明了19世纪俄罗斯进步知识分子的"小团体"特征:

> 这个圈子像是中了魔法:
> 自己的词语和习惯,
> 凌驾于别的总带着引号的一切。

需要指出的是,诗人所说的引号,指的是对这一社会阶层觉得不习惯的语言形式所表现出的傲慢和冷漠的态度。

目前,杂语已成为一种独特的文化标准,其中包括语言艺术的标准。非作者的话语不仅是作为作品的个别环节和文本的零星片断(关于这一点我们已作过论述),而且还是作为整合艺术结构的组织要素而进入文学的。仿格体、讽拟体和讲述体的情形正是如此。

---

① M. M. 巴赫金:《陀思妥耶夫斯基诗学问题》,第 340—341 页。

2. 仿格体　讽拟体和讲述体

仿格体是指作者故意而明显地以此前已存在于文学中的某种风格为指向，对其进行模仿，并再现其种种特点。例如在浪漫主义时期，作家们常常以某些民间文学体裁的样式和方式来创作作品。莱蒙托夫的《沙皇伊凡·瓦西里耶维奇……之歌》就是鲜明的例子。普希金的童话，П. П. 叶尔绍夫的《神马》，及后来以壮士歌风格为指向的 А. К. 托尔斯泰的叙事诗也都莫不如此。20 世纪初的许多俄罗斯作家惯用的仿格体是，重现与他们那个时代相去甚远的文学表现方式。例如，В. Я. 勃留索夫的《火的天使》模仿了中世纪的小说。Н. Н. 叶夫列伊诺夫在十月革命前十年创作的剧本中再现了西欧戏剧的古老传统。在象征主义时代，仿格体往往被看作是现代艺术的主导和核心。当时有一篇文章将传统称为"老太婆"，而把仿格体说成是她的"年轻漂亮的妹妹"。[①] 而稍后，到了 20 世纪 10 年代，对仿格体的膜拜便遭到了十分严厉的批评。А. А. 阿赫玛托娃曾经指出，象征派和阿克梅派之间的主要区别在于"仿格体的问题。我们对仿格体是全然摒弃的"。阿赫玛托娃断言，仿格体的过多使用会导致创作变为儿戏，按照她的看法，М. А. 库兹明的文学活动就证明了这一点，而在 Н. С. 古米廖夫的笔下，"可以说，一切都是严肃的"。[②]

模拟体与仿格体有相似之处（而且与之密切相关），它是作者对某部文学名著的摹效。模拟体作品可以是习作（如 Ю. М. 莱蒙托夫早期的长诗就径直采用了普希金的一些文本），也可以是完全独立的成熟之作（А. С. 普希金的《仿古兰经》），两者同时兼有仿格体的特征。对古诗（具有古希腊抒情诗风格的诗歌）的模仿是普希金之前和普希金时代的诗歌十分流行的形式。

[①] Е. В. 阿尼奇科夫：《传统和仿格体》，见《戏剧：新戏剧论稿》，圣彼得堡，1908 年，第 60 页。

[②] Л. К. 丘科夫斯卡娅：《关于安娜·阿赫玛托娃的札记》（三卷本）第 1 卷，莫斯科，1997 年，第 173 页。

如果说在仿格体和模拟体作品中,作者追求的是再现某种艺术方式的等同性,并未与之拉开距离,那么讽拟体的特性则是因作家疏离模仿对象而形成的。讽拟体是对先前文学事实的翻改,这些事实既可以是单独的作品,也可以是作家创作的"典型"现象(体裁、风格定位、惯用的艺术手段)。它们对讽拟的对象可以作善意的戏谑,或者嘲笑,甚至是尖刻的讥讽。讽拟体通常是由于内容和题材层面,以及言语(修辞)层面相互抵触而产生的结果。这是一种特殊的体裁,它指向文学本身,而不指向艺术之外的现实,因此就其实质而言它是第二性的,这一点有别于其他所有的(无论是严肃的,还是滑稽可笑的)体裁。讽拟体只能依靠"非讽拟体的"的文学,并通过吸收其养分才得以存在。无怪乎有人称之为"反体裁"。

艺术中的讽拟色彩曾不止一次地引起非议。例如在《浮士德》的第二部中,化装舞会上的一位人物(也许表达的就是歌德本人的思想)说道:

　　……这些仿制品花里胡哨
　　背弃朴实而追随
　　那抢眼的时髦,
　　造型新颖怪诞,
　　金灿灿的花瓣
　　编织在鬈发间。

　　　　　　(俄译者为 Б. Л. 帕斯捷尔纳克)

歌德在一篇文章中也表达了类似的思想:"在古人那里我们很少见到讽刺性的模拟,因为它会使所有崇高的、高尚的、庄严的、善良的和优美的东西变得低级趣味,变得庸俗化。假如人们可以在此寻得满足,那就恰好表明人们正在走向道德的堕落。"① 伟大的德国诗人关于讽拟体的这番话,在我们看来,说得很有道理,但也过于苛刻(更何况就古希腊文学而言,此话并非完全准确)。因为否定和嘲笑文学和艺术以及其他文本中所有过时的僵死的东西,乃是讽拟体当之无

---

① И. В. 歌德:《关于古人的讽拟体》(1824 年),见 И. В. 歌德:《论艺术》,第 473 页。

愧的崇高使命。不仅如此,讽拟体作品还能体现出自然活泼、讲究技巧、轻松有趣等优点。普希金时代的诗人们所撰写的大量论战性文字便是明证,稍后科济马·普鲁特科夫那充满尖刻讥笑的文笔则更是如此。

讽拟体这一体裁贯穿于世界文学史的整个进程。古希腊讽拟体长诗《鼠蛙之战》(公元前6世纪)就是其早期的典范作品之一,它嘲弄了高雅的叙事文学。在俄罗斯文学史上讽拟体占据显著地位。茹科夫斯基的抒情叙事诗《俄罗斯军营的歌手》(1812)引起了强烈的反应——出现了大量的讽拟体作品。讽拟体成了19世纪20年代文学生活中备受重视的体裁。

讽拟现象还存在于讽拟体作品本身之外的文学当中。如在Ф.拉伯雷的《卡冈都亚和庞大固埃》①、А.С.普希金的《鲁斯兰和柳德米拉》和《别尔金小说集》、М.Е.萨尔蒂科夫-谢德林的《一个城市的历史》等作品中,这种现象就十分明显、突出。

集句诗(源自拉丁文 cento,义为"用花碎布拼接的衣服或被子")与讽拟体有相通之处,并常常起到与其相同的作用。所谓集句诗,就是选摘现成的诗行而组成的一首诗。例如:

> 我要歌唱,歌唱,歌唱那——
> 高大的多层厂房
> 和辽阔的自由空间中的母马,
> 站在吊起的预制板上达到勃洛克的高峰。

И.Л.谢利温斯基的这首四行诗是嘲笑А.А.扎罗夫的讽刺短诗,分别用С.А.叶赛宁、А.А.勃洛克、Н.А.涅克拉索夫和С.И.基尔萨诺夫的诗行杂缀而成。

Ю.Н.蒂尼亚诺夫于20世纪20年代在《陀思妥耶夫斯基和果戈理(讽拟体理论研究)》和《论讽拟体》两文中提出了独特的讽拟体理论。这位学者将这一文学现象视为线条画和彩色画中的漫画相似物,并断言,讽拟体之所以显得重要,首先因为它是推动文学斗争的

---

① 即《巨人传》。——译者注

一种手段。用他的话来说,讽拟体的任务在于"揭露假定性,揭示出言语行为和言语姿态"。蒂尼亚诺夫写道:"讽拟体作品的矛头通常都是指向当代文学现象,或者是指向当代人对旧现象所持的态度"。他既指出了讽拟体与仿格体的相同点,也指出了它们的不同点:"……从仿格体到讽拟体就差一步之遥;仿格体倘若由于某种原因而显得滑稽可笑,或者表现得过分,那就会变为讽拟体。"①

讲述体与仿格体和讽拟体所不同的是,它指向"非标准的",即口头的、日常生活的、谈话体的言语,而且是非作者的言语。用 M. M. 巴赫金的话来说,"在多数情况下,讲述体首先以他人言语为目标,由此而产生的结果是指向口头的言语"。②

讲述体的一个最重要的实质性特征是,"以再现讲述人兼主人公的口头独白为目标","对'生动的'谈话进行模仿,这种谈话仿佛就在当下,此时此地,就在接受它的那一刻产生"。③ 这一叙述方式仿佛使作品返回到活生生的语言世界,使作品摆脱了人们习以为常的文学套式。更为重要的是,讲述体与具有根深蒂固的书面传统的叙述形式相比,将读者的注意力更多地引向了讲述人的身上,把他的形象,他的声音,他所特有的言辞摆到首要的位置。Б. М. 艾亨鲍姆指出:"讲述体的原则要求讲述人的言语不仅在句子的语调上,而且在词语的色彩上都必须呈现出某种特色:讲述人应当掌握某种用语和某种词汇,只有以这样的面目出现,才能实现口语的目标。"④与其同时,讲述体通常表现为一种与读者的轻声交谈——亲切而信任的交谈。它与演讲语体毫无相同之处。

Н. В. 果戈理的《狄康卡近乡夜话》,精通俄罗斯民间文学的语言大师 В. И. 达利的短篇小说,Н. С. 列斯科夫的《……左撇子的故事》、《着魔的流浪者》、《被查封的天使》都是讲述体的典范杰作。在

---

① 参阅 Ю. Н. 蒂尼亚诺夫:《诗学·文学史·电影》,第 310、294、201 页。
② М. М. 巴赫金:《陀思妥耶夫斯基诗学问题》,第 327 页。
③ И. А. 卡尔加申:《俄罗斯文学中的讲述体:理论和历史问题》,卡卢加,1996 年,第 12 页。
④ Б. М. 艾亨鲍姆:《列斯科夫和现当代散文》,见 Б. М. 艾亨鲍姆:《论文学:文萃》,第 419 页。

20世纪初叶则有 А. М. 列米佐夫(如《顺着太阳的方向》)、Е. И. 扎米亚金、Б. А. 皮里尼亚克、Вс. И. 伊万诺夫和 М. М. 左琴科的散文。用 Б. М. 艾亨鲍姆的话来说,20世纪一二十年代的散文界对讲述体表现出了极大的热情,这表明了"对传统文学言语的不满"。① 在较近的这段时期,采用讲述体形式写作的则有 Б. В. 舍尔金、С. Г. 皮萨霍夫、П. П. 巴若夫(《孔雀石小匣》)、В. И. 别洛夫(《沃洛格达的布赫金一家》)。讲述体的特征在 А. Т. 特瓦尔多夫斯基的长诗《瓦西里·焦尔金》中也是显而易见的。

讲述体的叙述方式就内容方面的功用而言,其范围十分广泛。可以用这一样式对小市民和庸人们那狭隘的、"老一套"的意识加以嘲讽,左琴科的短篇小说就是其鲜明的例证。不过,更多的(如果戈理的早期作品,达利、列斯科夫和别洛夫的创作)是用来描绘植根于民间文化传统的那些人的世界——他们开朗活泼的天性,他们的聪明才智及其言语的独特性和准确性——并对这一世界加以诗化。讲述体使得"人民大众有了直接以自己的名义来讲话的机会"。②

3. 借用

该术语用来表示艺术文本中所存在的一种"参照物",它对先前的单篇作品或一组作品加以参照,使读者想起这些作品。换言之,借用就是文学中的文学形象。最为广泛的借用形式是引用:包括精确的或不精确的、"带引号的"或不明显的、暗藏不露的。借用可能是作者有意识地、有明确目的性地引入作品的,也可能是独立于作者意志之外,在无意识中出现的(所谓"文学的复现")。

阿赫玛托娃的诗集《群飞的白鸟》是以一首创作于1915年的短诗作为开篇的,在这首诗中"赤贫"一词就属于不明显的、只是感觉得到的借用(25年后,经 Л. К. 楚科夫斯卡娅的证实,А. А. 阿赫玛托娃

---

① Б. М. 艾亨鲍姆:《列斯科夫和现当代散文》,见 Б. М. 艾亨鲍姆:《论文学:文萃》,第422页。

② Е. Г. 穆先科、В. П. 斯科别列夫、Л. Е. 克罗依奇科:《讲述体诗学》,沃罗涅日,1978年,第9页。

说这首诗是她所有的诗作中写得最好的一首):

> 原以为我们是赤贫的,一无所有,
> 直到接二连三地丢失了许多,
> 似乎每一天都变成了
> 追荐亡灵的日子,
> 这才开始谱写歌曲,
> 赞颂上帝的大慈大悲,
> 和我们曾经拥有的财富。

这里没有使用抒情诗中(包括阿赫玛托娃的诗中)常见的代词"我"和"你",而用了复数形式的"我们"。词语"赤贫的"和"曾经拥有的财富"一经与这一关键性的代词相结合,便获得了历史性的涵义,而整个诗篇则具有公民诗的格调,几乎带有政论文的色彩。这就使人们联想到,在革命前的那些年代里作家们对似乎自古以来俄罗斯就有的穷困和贫苦所发表的众多看法。这一母题得到了布宁和高尔基的充分重视;也引起了契诃夫和勃洛克一定程度的关注,前者创作了与此相关的《农民》,后者则在《仿佛又在那黄金的岁月……》(1908)中写下了对"赤贫的俄罗斯"及其灰色的木屋充满热爱之情的脍炙人口的诗句。

借用要么用来表示作者对其前辈的接受和认同,甚或仿效,要么就是相反,用来表示与其争辩,对此前的文本作讽刺性的模拟:"……尽管引用的方式名目繁多,然而各种各样的,常常又是很不一致的'声音'总是被包容在这样的语境中,即透过他人的话语可以听到作者的话语(对他人的这种话语表示认同或者不认同)。"[①]

借用的范围比引用本身要宽泛得多。简单地提及某些作品及其作者,并作出评价性的说明,这也常常成为借用。例如,在塞万提斯那部长篇小说的第一部第六章中,神父和理发师把堂·吉诃德所读过的书籍一一翻检出来,想烧毁其中的一部分,在查看过程中他们谈到

[①] Ю. И. 列文、Д. М. 谢加尔、Р. Д. 季缅奇克、В. Н. 托波罗夫、Т. В. 齐维扬:《作为潜在文化聚合体的俄罗斯语义诗学》,见《俄罗斯文学》(英文版),1974 年第 7、8 期,第 71 页。

了这些书的内容。因此,其文学形象(多半在骑士小说中)是在全然没有引用的情况下加以创造的。

采用他人的情节;引入其他作品中的人物;模仿某些人的笔法;对外文作品进行意译(在俄罗斯经典诗歌中,可以追溯到 B. A. 茹科夫斯基的一些短诗和抒情叙事诗)——这些都与作为语言艺术文本中个别环节的借用具有同种性质。

与文学借用相仿的还有——对其他类型的艺术之作的参照。其参照的对象可以是现实存在的(B. 雨果小说《巴黎圣母院》中哥特式的雄伟建筑物或 A. C. 普希金小悲剧中的莫扎特的《安魂曲》),也可以是虚构出来的(H. B. 果戈理的《肖像》或 T. 曼的《浮士德博士》——后者用很大的篇幅"描写"了绘画和音乐作品)。A. 勃洛克《意大利诗存》中多处提到了绘画,而一系列音乐形象则构成了他的组诗《卡门》的基础;如果没有对建筑的题材的着力表现,那么 O. Э. 曼德尔施塔姆的创作是无法想象的:"我又和建筑之神促膝长谈……"(引自《海军部》一诗的初稿)。A. A. 阿赫玛托娃的《没有主人公的长诗》,用 Д. C. 利哈乔夫的话来说:"属于这样的一类作品,其中贯穿了对文学、演艺、戏剧(包括芭蕾)、建筑和装饰画的联想和借用。"①

借用构成了文学作品形式中的一个环节,而这种形式是具有内容的形式。作家创作中的文化和艺术,体裁和修辞等问题;他们想用艺术形象对以往的艺术现象(首先是语言艺术现象)作出应答的需求——都可以通过借用加以表现和反映。借用在表达对文学事实的理解和评价时,常常会成为类似于文学批评的某种现象——一种独特的,并已渗入到艺术文本本身的评论性随笔。这一点在某些作品中表现得十分明显,如普希金的《叶甫盖尼·奥涅金》(对颂歌和哀诗所发表的议论)、陀思妥耶夫斯基的《穷人》(马卡尔·杰符什金对普希金的《驿站长》有强烈的认同感,而对果戈理的《外套》就没有什么好感了——这显然就是作家本人的看法)、M. И. 茨维塔耶娃和 Б. Л.

---

① Д. C. 利哈乔夫:《阿赫玛托娃和果戈理》,见 Д. C. 利哈乔夫:《文学—现实—文学》,列宁格勒,1981 年,第 173 页。

帕斯捷尔纳克献给亚历山大·勃洛克的组诗。

借用在不同时代的文学中都具有深刻的内涵。如在俄罗斯文学作品中(不仅在古代,而且在近代),直接和间接参照基督教正典文本的例子就不胜枚举。① 作家们对此前文学精品的采撷方式纷繁多样。对 A. 但丁的《神曲》、塞万提斯的《堂·吉诃德》、莎士比亚的《哈姆雷特》、普希金的《青铜骑士》、果戈理的《死魂灵》,对 Л. Н. 托尔斯泰和 Ф. М. 陀思妥耶夫斯基等人名篇佳作的回应总是源源不断的。

在作家——包括名家和独具个性的作家在内的创作中,存在着大量的来源各异的借用现象。例如,普希金的抒情诗、长诗、《叶甫盖尼·奥涅金》和《别尔金小说集》等作品中的指涉对象极为丰富(常常是不明显的),既有国内文学,也有西欧文学,包括诗人同时代的文学。在他的作品中,但丁、莎士比亚、拜伦、杰尔查文又焕发出新的生命力;К. Н. 巴丘什科夫、В. А. 茹科夫斯基、Е. А. 巴拉廷斯基、П. А. 维亚泽姆斯基等人的身影也频频出现。此外,从普希金纷繁多样的借用中可以感觉到,既有诗人对前辈及同时代人的艺术的认同和感佩,也有与他们在创作问题上的辩论,还有对古典主义晚期和感伤主义及浪漫主义文学的语辞套式、刻板模式和陈词滥调的嘲弄。

我们来看一下中篇小说《驿站长》。И. П. 别尔金是小说的"假冒"作者,普希金对这位文学门外汉时常来奚落一番。萨姆松·维林含泪倾诉了痛失唯一女儿的经过,就在讲述人听完了这段凄楚的故事之后,我们读到(我们用着重号来表示借用的词语):"这涟涟的热泪一部分是由潘趣酒引起的,在讲述过程中他灌下了五杯酒;但不管怎么说,泪水深深地打动了我的心灵。跟他们分手之后,有很长一段时间我无法忘怀老站长,有很长一段时间我一直惦记着可怜的杜尼娅……"我们不应忘记,从维林的讲述中可以看出,杜尼娅其实一点也不"可怜":她生活阔绰富裕,不仅受到明斯基的呵爱,而且她自己也爱他。这里引起我们注意的是:作品反映的是感伤主义小说中一再出现的题材(身为旅行家的讲述人每听

---

① 参阅《福音书在18—20世纪的俄罗斯文学中:引用,借用,题材,情节,体裁》第1—3期,彼得罗扎沃茨克,1994年、1998年、2001年

到一段忧伤感人的故事,一路上就会思索"良久");词语修辞色彩的相互抵牾说明别尔金文学意识的贫乏(具有古典高雅色彩的词语"这涟涟的热泪",感伤主义文学的语辞套式"深深地打动了我的心灵"与极为普通平淡的用语——站长"灌下了"几杯潘趣酒——出现在同一句话当中);还有与这一细节相关的,讲述人那显得无助的补充说明(不管怎么说,他在心灵上被打动了);更为重要的是,固定修饰语"可怜的"对杜尼娅的命运而言是不适用的(普希金的同时代人不仅会想起卡拉姆津笔下那可怜的丽莎,还会想起其后的"不幸的"玛莎和玛加丽达等人物)。在小说的最后一个场景中,文学家别尔金的这类"疏漏"也遭到了普希金的戏弄和嘲讽:"从门廊里(就是可怜的杜尼娅曾经吻过我的地方)走出一个胖婆娘",她告知说,站长去世了。"可怜的杜尼娅"和"胖婆娘"这两个词组在修辞色彩上是截然相反的,它们的连缀使用便显得十分有趣。以上所列举的别尔金小说集中的这几个片断(类似的例子还可以大量扩充)清楚地表明,普希金偏爱游戏和戏仿性质的借用。有一个事实足以能说明这一点:1830 年普希金从波罗金诺回来后,写信告知 П. А. 普列特尼奥夫:巴拉丁斯基一边读着别尔金小说集,一边"开怀大笑,捧腹不已"[①]。显然,这样的狂笑正是借用所致。

借用在普希金之后的文学中也显得十分重要。例如,在陀思妥耶夫斯基的作品中就有许多地方或显或隐地参照了果戈理的创作。不过,俄罗斯作家们涉笔最多的还是普希金及其文本。无论是这位伟大诗人的抒情诗篇,还是《叶甫盖尼·奥涅金》,以及《青铜骑士》和《上尉的女儿》各自都有一部被借用的历史,如果可以这样表述的话。普希金的创作首先被作家们视为崇高的艺术典范,不过偶尔也会成为翻新改造的对象。例如在长诗《好!》中,当 М. М. 马雅可夫斯基写到米柳可夫和库斯科娃之间的政治对话时,他就戏仿了塔吉雅娜和奶妈的谈话。И. А. 布罗茨基为了表达出自己对人类、世界和爱情的严峻看法,对诗歌《我曾经爱过你……》的文本作了较大的改换:

---

① 《А. С. 普希金全集》(十卷本)第 10 卷,莫斯科—列宁格勒,1949 年,第 324 页。

> 我爱过你。这份爱（也许
> 只是疼痛）还令我撕心裂肺。
> 一切都被砸成碎片,化为乌有。
> 我曾试图开枪自杀,可要摆弄武器
> 又嫌麻烦……

接下来的诗句是（还是在组诗《献给玛丽娅·斯图尔特的20首十四行诗》的第六首中）：

> 我这样热烈而又无望地爱过你,
> 但愿别人也能这样——可但愿不是!

近二百年的文学摆脱了由来已久的"单声现象",抛弃了体裁和文体上的清规戒律,于是借用便获得了巨大的活力。用 И. Ю. 波德加耶茨卡娅的话来说,"对'自己的'和'他人的'这一问题的认识乃是19世纪诗歌开端的标志"。① 对此作一点补允:文学的借用则表明,无论是在诗歌中,还是在散文中,不仅在19世纪,而且在20世纪都对"自己的"和"他人的"这一问题展开了讨论。

最近几个时代,语言艺术的借用情形具有程度上的差异。对文学事实的参照乃是 В. А. 茹科夫斯基作品中不可或缺的,甚至是主导的成分（他说的几乎所有自己的话都是由他人的话而引发出来的,都是接着他人的话往下说的）。А. С. 普希金、А. А. 阿赫玛托娃和 О. Э. 曼德尔施塔姆笔下的借用现象都是丰富多彩的。然而在 Л. Н. 托尔斯泰、А. А. 费特、С. А. 叶赛宁、М. М. 普里什文、А. И. 索尔仁尼琴和 В. Г. 拉斯普京的作品中,借用的作用就不那么突出了,因为这些语言艺术家所理解的现实往往是疏离文学和艺术世界的。

借用现象的活跃程度成了19—20世纪文学创作的内部准则。如果作家及其作品对前人和同时代人的经验一概加以弃绝,那当然是有害而无利的。然而过分夸大借用的自足价值,对文化和艺术本

---

① И. Ю. 波德加耶茨卡娅:《'自己的'和'他人的'在诗歌文体中·茹科夫斯基—莱蒙托夫—丘特切夫》,见《文学风格的嬗变》,莫斯科,1974年,第201页。

身也没有任何好处,因为那样就会把文学封闭在艺术趣味本身的狭窄世界中。P. 穆齐尔的长篇小说《一个没有个性的人》便体现了这一思想。用他的话来说,作者在这部小说中所肩负的任务是展示失却个性的那些人,他们"由连篇累牍的借用构成,而且他们对此都深信不疑"。①

M. 高尔基的长篇纪实小说《克里姆·萨姆金的一生》也着力表现了相似的母题。作品中的人物,包括核心人物,都生活在"他人话语"的世界,并被"这些雪堆""所覆盖",这样一来,他们"满嘴都是他人的话语",各自分别成为"语句的不同体系,仅此而已"。M. M. 普里什文所发表的一系列类似的看法则带有嘲讽的意味,他认为,他人的思想和话语很容易使人脱离鲜活的生活气息,人(尤其是艺术家)不应义无反顾地沉迷于这一世界当中,因为这种沉迷是单方面的,甚至是有害的,被他称为"思想的浸淫"。勃洛克的诗歌不止一次地表现出对"书面文化"和"引用原则"的怀疑态度。这一点明显地反映在第二卷的自由诗《她从严寒中走来……》、《你挡在我的道上……》。诗人在后一篇中对 15 岁的姑娘说道:

> ……我希望,
> 你爱上一个普普通通的人,
> 他热爱大地和天空的程度
> 胜于赞美大地和天空的
> 那些有韵的和无韵的诗句。

勃洛克的引文"既有'文化毒素'的储备,也有'新生'②的崇高激情",③——此话说得很有道理。

文学作品的借用层面尽管具有重大的意义,但也无需加以绝对化——把它视为作家创作中须臾不可或缺的某种核心要素:真正意义上的艺术作品不仅与先前的文学,而且与"艺术之外的"现实发生

---

① 转引自 A. B. 卡列里斯基:《从英雄到人:西欧文学两百年》,第 309 页。
② "新生"一词原文为意大利文(Vita nuova),源自但丁的诗集《新生》。——译者注
③ З. Г. 明茨:《A. 勃洛克诗学中的借用功能》,见《塔尔图大学学报》第 308 卷,塔尔图,1973 年,第 416 页。

直接的关系。20世纪的一位俄国哲学家和文化学家说得好:普希金的声音从俄罗斯(茹科夫斯基)和世界文学(古希腊罗马文学、贺拉斯、莎士比亚、拜伦)汲取了灵感,"而且还从克里姆林宫的火灾,1812年的大雪和战役,俄罗斯人民的遭遇和命运以及……俄国的乡村和奶妈那里获取了或许更多的灵感"。① 我还要提醒的是,A. A. 阿赫玛托娃在提到 H. C. 古米廖夫创作的某些评论者时,说出了这样一番言词激烈的话:"既聋又哑的……文学理论家们完全不明白他们读的是什么,分明是诗人的心在流血,他们却说这里有帕尔纳斯派②和勒孔特·德·李勒的身影……他那可怕的具有毁灭性的爱情被曲解为勒孔特·德·李勒的恬淡诗风……难道整部文学史就是以这种方式构建的吗?"③

4. 互文性

该术语是由具有后现代主义倾向的法国语文学家 Ю. 克丽斯蒂娃推广使用的。在深入研究文本理论的过程中,她采用了巴赫金关于他人话语和对话性的理论学说,但同时也提出了质疑。克丽斯蒂娃断言:"任何文本都像是用引文拼装而成的,任何文本都是吸纳和改造其他文本的产物。因此间主观性(即对话形式的接触或人际交往。——本书作者)这一概念就可以用互文性的概念来取代。"她还说:"'文学语言'就是'文本各层面的交汇地'……就是各种书面符号的对话。"④

稍后 P. 巴特积极依托"互文性"这一术语:"文本就是去掉引号的引文","文本只是因为文本间的关系,只是因为互文性才存在

---

① H. C. 阿尔谢尼耶夫:《论普希金的抒情风格和某些抒情题材》,见《在美国的俄罗斯科学院小组学术论丛》第 9 卷第 85 页,纽约。
② 19 世纪后半叶法国的一个诗人团体,鼓吹"为艺术而艺术",主张诗歌应具有完美形式。其代表人物有勒孔特·德·李勒、何塞·马里亚·埃雷迪亚等。
③ A. A. 阿赫玛托娃:《H. C. 古米廖夫:20 世纪完全没有被读懂的一位诗人》,见《A. A. 阿赫玛托娃作品集》(六卷本)第 5 卷,莫斯科,2001 年,第 91、100 页。
④ Ю. 克丽斯蒂娃:《巴赫金,话语,对话,长篇小说(1967年)》,见《法国符号学:从结构主义到后结构主义》,第 429、428 页。

的。"①在百科辞典的词条"文本"中他写道:"每个文本都是互文的;其他文本——既有前期文化的文本,也有当下文化的文本——以或多或少被感知的形式存在于各个层面。每个文本都是用旧的引文编织而成的新结构。文化解码、语辞套式和节律结构的片断,社会习语的碎片等等——所有这些都湮没、混杂在文本之中,因为无论是在文本产生之前还是与此同时,语言都是一直存在的。互文性是任何文本必需的前提条件,因此不能把它简单地归结为来源和影响等诸如此类的问题。这是一片共享的天地——难以探知其起源及作者的语辞套式,无意识的或自动出现的不带引号的引文都栖身于此。"②

Ю. 克丽斯蒂娃和 Р. 巴特将文本(包括艺术文本)理解为业已存在的言语和语言单位的汇聚地,而这些单位并不是受到说话人(作者)意志的支配才集中在一起的。这一观点新颖独特,在许多方面都有助于学术思想的进一步发展:法国学者们因此而注意到了早先被学者们所忽略的艺术的非意向性层面。在仿写的作品和折中主义作品(如上文提到的普希金的《别尔金小说集》)中,在没有复杂的语言编码、风格特征及言语体裁手法的大众文学和底层文学中,无意识的和自动化的引文组合是颇具典型意味的。(我们在前文已经列举了描写格奥尔格先生的那部中篇小说中的引文,其中格调高雅、感情激昂的词语与短语——"毫无怜悯之心的骗子手"的那张"漂亮脸蛋儿"搭粘在一起就显得诙谐风趣。)

与此同时,互文性时常成为名家和别具风格的作家的创作财富。М. 茨维塔耶娃在 1934 年给 Вл. 霍达谢维奇写道:"我早就不把诗句分为自己的和他人的,也不把诗人分为'你''我'。我对创作发明权懵然不知。"③А. В. 柯里佐夫、С. А. 叶赛宁、С. А. 克雷奇科夫、Н. А. 克留耶夫等人的作品也以类似的方式折射出民间言语和民间创作体裁的语言风格。

---

① 《Р. 巴特文论选:符号学·诗学》第 486、428 页。
② 转引自《国外现代文学学(西欧国家和美国):理论,流派,术语》,莫斯科,1996 年,第 218 页。
③ 《М. И. 茨维塔耶娃作品集》(七卷本)第 7 卷(《书信集》),莫斯科,1995 年,第 466 页。

后现代主义作品的互文性则具有另一种,即游戏的特性,Ю. 克丽斯蒂娃和 P. 巴特的理论也适用于这类作品。"后现代的敏感性"由于与这样的认识有关——整个世界一片混沌,失去了任何价值和意义,因此就为语言游戏提供了极具诱惑力的可能性,这种游戏表现为对此前产生的文本加以绝对自由的,没有任何限制的,独立自在的,而且常常带有嘲弄性质的使用。

然而,互文性(如果依照克丽斯蒂娃和巴特的理解——它是"不经意间和自动出现的"引文"拼装")在文学中也绝非显得神通广大,这一点仅从上文提到的一个方面——文学的借用往往体现出作家创作思想的积极性,即可看出。

"互文性"这一术语在当代文学学中得到了广泛使用,并具有相当的权威性。它经常用来表示跨文本关系的总和,这种关系所包含的成分不仅指无意识的,自动出现的或带有自足的游戏色彩的引文,还指对先前的文本及文学事实所作的参照——具有明确目的的,经过深思熟虑的,带有评价色彩的参照。

跨文本关系("交汇关系")的概念作为一种多层次的现象,其实在 20 世纪 20 年代 Б. В. 托马舍夫斯基就已经提出了,由此看来,他大大超越了自己所处的时代。这位学者不无遗憾地说道,关于一些作家对另外一些作家的影响问题往往会"被简化为寻找文本中的'仿用'和'借用'现象"。他断言,区分各种不同种类(类型)的文本交汇关系乃是文学学的迫切任务。他作出如下区分:第一,"有意识地明用,暗用,借用其他作家的创作",这在某种程度上是对先前作品所作出的阐释(解释)。第二,"无意识地再现某种文学模式"。最后第三,"纯属巧合"。托马舍夫斯基认为,不作这样的区分,"文学中的同类现象便具有原材料的性质——虽然对研究也不无裨益,但启人心智的东西却很少"。他还指出,即便"寻得了这些同类的现象"而没有说明其性质、本质及其作用,那就"像某种文学收藏"。①

---

① Б. В. 托马舍夫斯基:《普希金是法国诗歌的读者》,见《普希金研究论文集(纪念 С. А. 温格罗夫)》,莫斯科—彼得格勒,1923 年,第 210—213 页。

很难找到理由不同意上述观点。不过可以对 Б. В. 托马舍夫斯基的话作一点补充:存在于语言艺术作品中的,但并不完全属于作者的言语单位(无论怎样称呼这些单位:非作者话语和借用现象,或者互文性的事实,或者跨文本关系的实现)自然首先应看作是具有内容的形式上的环节,看作是具有自身的艺术功能的单位。

5. 非作者话语和作者话语

正如前文所示,与作者意识不相一致的言语单位(即非作者的,"他人的"话语)在文学中得到了广泛运用,并具有深刻的涵义。它们时而冲击着作者的直接言语,甚或使其销声匿迹。关于这种使作者言语化为乌有的现象,甚至是作者言语的缺位现象,М. М. 巴赫金写道:"第一性作者如果用的是直接话语,那他就不可能仅仅是个作家了:以作家的名义什么话都不好说(作家就会变成政论家、道德家、学者等等)。因此第一性作家就表现为沉默。但这种沉默会采取各种不同的表现形式。"① 在我们看来,这番话不免言过其实,因此需要对这位学者异常偏激的言论作些修正。其观点只适用于(而且还有附加条件)以下几类艺术语言的样式:角色抒情诗、故事体、讽拟体、仿格体、有"假冒"作者出现的作品(如普希金的《别尔金小说集》),以及只有出场人物说话的话剧等。在上述类别的作品中,作家的立场通常是间接表现出来的,而不是在作者本人的表述中加以实现的。非人格化的叙述者的言语(如在 Л. Н. 托尔斯泰的长篇小说中)则是另一回事,因为很难将这种言语称为非作者言语,最主要的样式是诗人直接进行自我剖析的、带有"自传体心理描写的"抒情诗。

> 时代用那无情的手编写着
> 莎士比亚第二十四部剧本。
> 亲历了可怕的盛宴,
> 我们远胜于哈姆雷特,恺撒和李尔王,

---

① М. М. 巴赫金:《话语创作美学》,第353页。

> 将在深灰色的河流上空诵读；
> 最好今天就唱着圣歌，手持火炬，
> 为小鸽子朱丽叶送葬。
> 最好透过窗子看一眼麦克白，
> 同雇佣的杀手一起颤抖，——
> 但愿不是这一幕，这一幕，这一幕，
> 这一幕我们实在无力诵读！
> 　　（A. A. 阿赫玛托娃：《写给伦敦人》，1940年）

恐怕很难找到理由说此诗的作者保持了沉默（其他类似的抒情诗作不胜枚举）：这里直接表达出诗人体验到的痛苦和恐惧，而这种感觉是由那个时代的种种事件所引发的。

也有为数不少的人物话语与作者话语之间是没有距离的，彼此是互通的。作家常常"委托"他人来表达自己的世界观、自己对主人公的看法和评价。例如在侯爵波萨（《堂·卡罗斯》）的独白中就可以清晰地感受到 Ф. 席勒本人的声音，而恰茨基在很大程度上是 A. C. 格里鲍耶多夫思想的传播者。Ф. M. 陀思妥耶夫斯基的立场在沙托夫、梅什金以及阿廖沙·卡拉马佐夫的许多话语中表露无遗。后者在听完大哥所编造出的"大法官"的话时，痛苦地惊呼道："而那些黏黏的小树叶呢？亲切的坟墓呢？蔚蓝的天空呢？年轻的女子呢？你将如何生活下去？……原来胸膛和头脑里装着这样一个地狱，怎么可以这样呢？"我们作为读者也不怀疑，作者本人会对伊凡·卡拉马佐夫以及像他这样的灵魂漂泊者的命运感到担忧。

存在于语言艺术文本中的话语虽然与作者的立场保持一致，并用来表现这一立场，但却从不止于作家笔端所传达出的内容。将文学作品界定为一种特殊形式的作者独白——以读者为交流对象的独白，这是恰如其分的。它完全不同于演说家的讲演、政论文、随笔和哲学论文，因为后者无条件地必须以作者的直接话语为主要成分。它是一种特有的言语之上的组织，似乎是一种含有人物、叙述者和讲述人的话语在内的"超独白"。而在抒情诗中（角色诗除外），此类有交流对象的独白既属于诗人本人，也属于所谓的抒情主人公。

第六节　作品结构

1. 该术语的涵义

作为形式之"皇冠"的文学作品的结构,是指描写内容和艺术言语手段各单位之间的对比关系和分布。结构手法是对作者需要突出的重点加以分布,并以一定的方式,目标明确地向读者"呈现出"所描绘的内容和语言"肌体"。这类手法具有独一无二的审美感染力。

该术语源于拉丁文 componere 这一动词,其义为:组合、搭建、形成。"结构"一词在用于文学创作的成品时,在不同程度上与诸如"构造"、"布置"、"建构"、"组织"、"布局"等词语构成同义。

艺术作品的统一性和整体性是通过结构加以实现的。П. В. 帕利耶夫斯基断言,结构是"一股纪律严明的力量,是作品的组织者。它受命防范任何成分偏向一端、各行其是,使它们联结为一个整体……其目的是把所有的板块组织起来,让它们紧扣主题,从而使后者得以充分的表现"[①]。

对上述观点需要补充的是,所有的结构手法和手段都会促进文学作品的接受,使其有序地进行。关于这一点,(继电影导演 C. M. 爱森斯坦之后)A. K. 若尔科夫斯基和 Ю. K. 谢格洛夫以他们所提出的"表现力手段"这一术语为依据而作了反复强调。依照二位学者的见解,艺术(包括语言艺术)"是通过表现力手段来展现世界的"。这些手段支配着读者的反应,使其服从于自身,因而也服从于作者的创作意图。[②] 对作为"表现力手段"的结构手法进行分类的尝试至今尚处于初探阶段,极具研究前景。

结构的基础是作家所虚构和描绘的现实的有序性(条理性),亦即作品世界本身的组织层面。不过,艺术构建主要的、特有的因素是描写对象以及言语单位的"呈现"方式。文学中的诸多结构手段形成

[①] 《文学理论·基本问题的历史阐述·风格·作品·文学发展》,莫斯科,1965 年,第 425 页。

[②] A. K. 若尔科夫斯基、Ю. K. 谢格洛夫:《表现力诗学论著》,第 297、25—31 页。

了一种独特的体系。下面我们就对这一体系的"各种构件"(各种要素)加以说明。

2. 反复和变异

如果没有反复及其类似的手段("部分重复",变异形式,对已经说过的话作一些补充和更明确的说明),那么语言艺术便无法想象。这组结构手段的目的在于,突出和强调作品的指物和言语组织中最为重要的因素和环节。任何形式的重现在艺术整体的框架内所起到的作用,类似于印刷体文字中的斜体和排松。①

P. O. 雅可布森认为反复具有决定性的作用。他援引古印度著作《戏剧论》中有关反复是一种基本的言语修辞手段的论述,断言:"诗歌组织的实质在于周期性的重现。"②

М. И. 茨维塔耶娃有一首佳作,全篇 16 个诗行,构成了一支完整的叠音交响曲(核心词"八月"出现了七次):

> 八月是紫菀,
> 八月是星辰,
> 八月是一串串
> 葡萄,还有那赤褐色的
> 花揪果也是八月!
>
> 八月啊,你就像孩子,
> 爱不释手地玩弄着自己的
> 那只尊贵的沉甸甸的苹果。
> 你用自己尊贵的名字,
> 仿佛用手那样,抚慰着我们的心灵:
> 八月啊!我们的心灵!
>
> 这是最后接吻的月份,

---

① 俄文印刷体文字中的斜体和排松相当于中文的着重号。——译注
② 《P. O. 雅可布森诗学论文选》,第 124—125 页。

这是晚开的玫瑰和最后的闪电的月份！
八月！是流星雨的月份！
——飞溅的流星雨！

　　直接的逐字的重复在人类历史早期的抒情歌谣中占据主要地位,不仅如此,还可以说,这种反复构成了此类体裁的本质特性。A. H. 维谢洛夫斯基的一位学生和追随者断言:"至今我们从各个落后的民族那里还可以找见……没有词语,几乎也没有旋律,只是不断重复某声喊叫、某个单词的歌谣……始终重复着同一种节奏型,因为它对演唱者具有魔力般的影响。"①

　　情节片断,主人公话语和言辞套式(套话)的重复在传统的叙事史诗,包括《罗兰之歌》中也被广为使用。A. H. 维谢洛夫斯基认为,叙事性的重复起源于一类民歌,这类民歌由两人轮番对唱(应答歌唱)或者由再现同一种事物的"数名歌手一个接着一个地"歌唱。②类似于人类早期民歌的某些特点在其他体裁(民间故事和短篇叙事诗)中也是十分显明的。例如普希金的《萨尔坦沙皇的故事》继承了民间创作的传统,文本的几个片断数次得以重复:"风儿在海上轻轻地飘/不停地推动着小船儿";"风儿欢快地喧闹,/船儿欢快地航行"。普希金这则故事中的重复并不总是一字不差的,即时常与变异结合使用,并转换成各种变异形式。诗人多次重提已经说过的话,但每次都有所变动和补充。例如对格维顿统治的小岛所出现的各种奇迹的讲述,故事讲的是33名勇士和一只"会唱许多歌儿,/只吃榛子果"的松鼠。为了让读者感到开心,作者五次描绘了这只机灵可爱的松鼠,给画面不断增添新的内容。松鼠"又吹口哨又唱歌/当着正直的人一遍遍地唱:/'在花园里,在菜园里。'""军队向它行礼致敬。"——这些都是我们后来才渐渐知道的。松鼠在格维顿的国土上就越显有趣和神奇了。诸如此类的反复与被称之为递增的加强手段紧密相关。反

---

① В. Ф. 希什马廖夫:《关于诗歌文体和形式历史的专题研究:副歌和分析型叠句》,见《国民教育部杂志》第 188 卷第 269—270 页,1901 年 12 月。
② 参阅 A. H. 维谢洛夫斯基:《作为时间因素的叙事重叠》,见 A. H. 维谢洛夫斯基:《历史诗学》,第 93 页。

复和加强手段的类似结合(在情节层面上)在普希金的《渔夫和金鱼的故事》中也有所体现：老太婆向老头和金鱼提出的要求不断升级，直到故事又回到开篇的破木盆……

抒情诗中的重复现象(无论是一字不差的，严格意义上的，还是变异形式)极为丰富多彩。B. M. 日尔蒙斯基有一篇专论对这一手段作了缜密的研究。① 各种形式的句首重叠(头语重复)正是由于组成了句首重叠式的结构，因而也就常常决定着诗篇的建构。例如 M. Ю. 莱蒙托夫的著名诗篇《当那黄色的麦浪随风起伏……》就是这样。篇首的句法短语在诗中重复了三次：第一个诗节中的描写对象是黄色的麦浪，第二个诗节中是银白色的铃兰，而在第三个诗节中则是寒冽的泉水；在三次使用了头语重复之后，才出现了如下的结句：

> 这时我心中的担忧才会得以平息，
> 这时面额上的皱纹才会舒展开来，
> 我在人间上才会领悟到幸福，
> 在天国里才会看见上帝。

诗节末尾和句式结构末尾的重复(句尾重叠)也广为使用。我们不妨回忆一下 A. C. 普希金《我的家世》中一些诗节的末尾("我只不过是一个俄罗斯平民"；"我只是一个平民，我只是一个平民"；"感谢上苍，我只是一个平民"；"尼日哥罗德市的平民")。这几处结尾突出了副歌(迭句)的作用——"在节律，句法和题材方面独立于诗篇其他部分的"结尾。②

重复和部分重复的现象在正统体裁的作品中屡见不鲜(如荷马的《奥德赛》中多次出现了对黎明所作的公式化的"细微描写"——"年轻的、有着紫红色纤指的厄俄斯③走出了黑暗。")在突破了种种清规戒律的近代文学作品中，也可见到这类手法。例如 Л. H. 托尔斯泰在《战争与和平》中不厌其烦地提醒人们注意公爵夫人玛丽亚那

---

① 参阅 B. M. 日尔蒙斯基：《抒情诗的结构》，见《诗学理论》，列宁格勒，1975 年。
② B. M. 日尔蒙斯基：《抒情诗的结构》，见《诗学理论》，第 492 页。
③ 厄俄斯：希腊神话中的黎明之神。——译者注

双熠熠生辉的眼睛,以及皮埃尔·别祖霍夫举止笨拙和漫不经心的特点。作品中的某些环节就直观性而言并不甚显著,而此类反复手段则赋予它们以鲜明的特征和丰厚的艺术含量。

3. 母题

该词源自拉丁文 moveo(推动)这一动词的单数第一人称形式,它几乎植根于所有的现代欧洲语言,并已成为诸多学科(心理学、语言学等)的术语。在文学学中其涵义颇为宽泛:母题理论林立,而且相互之间远不是完全一致的①。母题作为一种文学现象与反复及其同类手段密切相关,互有交叉,但绝非完全相同。

作为文学学术语,该词最初的、主要的、核心的涵义已难以明确界定。母题是具有崇高意味(语义内涵)的作品成分。А. А. 勃洛克写道:"任何一首诗都是覆盖在一些词语尖端上的布罩。这些词语像繁星般分布着。作品因它们而存在。"②此话也适用于小说和戏剧中的某些词语以及它们所表现的事物。这些词语也就是母题。

母题虽然与作品的题材和中心思想(主题)密切相关,但并不仅限于此。用 Б. Н. 普季洛夫的话来说,它们是"固定的语义单位","具有丰厚的,可以说——极度的符号内涵。每个母题都有一套固定的意义"。③ 母题总是要受制于作品,但其存在的方式却千差万别。它既可以是一个单词或一个词组的重复和变体,也可以通过各种词汇单位所表示的某种涵义加以呈现,还可以作为标题或题记的形式出现,或者索性就是难解之谜,转而成了潜台词。如果用隐喻的方式来表述,那么我们就可以说:作品的一些环节构成了母题域,虽然这些环节是用内在的、无形的着重号加以标注的,但敏锐的读者和文学分析者对这种着重号应该有所感悟和体认。母题最重要的特征是,

---

① 参阅 И. В. 西兰季耶夫:《我国文学学和民俗学中的主题理论:历史文献综述》,新西伯利亚,1999 年;И. В. 西兰季耶夫:《艺术叙述体系中的主题:理论和分析的问题》,新西伯利亚,2001 年。
② А. А. 勃洛克:《札记(1901—1920)》,第 84 页。
③ Б. Н. 普季洛夫:《维谢洛夫斯基和民间文学主题的问题》,见《亚历山大·维谢洛夫斯基的遗产:研究和资料》,圣彼得堡,1992 年,第 84 页。

它只是部分体现在文本中,并不完全呈现其中,因而有时就显得神秘莫测。

母题可以是单篇和一组作品的一个方面——作品构建的一个环节,也可以是作家的整个创作,乃至整个体裁、流派、文学时代、世界文学本身的财富。从超越个人的这一方面来看,母题构成了历史诗学的一个极为重要的研究课题。

自19—20世纪之交,"母题"这一术语开始广泛运用于情节——特别是人类历史早期,民间口头创作的情节研究当中。如 A. H. 维谢洛夫斯基在未完成的《情节诗学》中将母题看成是最简单的、不可分解的叙事单位,看成是构成情节基础(起初指神话和民间故事的情节基础)的重复出现的固定套式。这位学者所列举的母题的例子,如偷窃太阳或美女,泉水干涸等都是如此。① 这里的母题与其说是同某些作品发生关联,倒不如说是被作为语言艺术的共同财富来看待的。依照维谢洛夫斯基的见解,母题具有历史稳固性,可以做无限制的重复。这位学者以谨慎的假设性的方式作出断言:"……诗歌创作是否受到某些固定的套式,稳定的母题的限制? 这些套式和母题由上代传给下代,代代相传……每个新的诗歌时代是否都在对自古流传下来的各类形象进行加工? 是否必须只在它们的圈子里转悠,只能对旧的形象重新组合,只能以对生活的新的理解去充实它们?"② 俄罗斯科学院西伯利亚分院的学者们现正在编写一部俄罗斯文学情节和母题辞典,他们的理论出发点是:将母题理解为情节的第一要素,维谢洛夫斯基便是这一观点的始作俑者。③

在最近几十年,母题开始与个人的创作经验紧密相关,并作为个别作家和作品的财富来加以考察。如,M. Ю. 莱蒙托夫的诗歌研究

---

① 参阅 A. H. 维谢洛夫斯基:《历史诗学》,第301页。
② 同上书,第40页。
③ 参阅 В. И. 秋帕:《母题辞典编撰设想》,见《话语》第2期,新西伯利亚,1996年。

经验就证明了这一点。①

对隐藏在文学作品中的母题的关注可以使我们更加全面,更加深刻地理解文学作品。例如,在 И. А. 布宁的那篇讲述一位迷人姑娘的生命戛然而止的著名短篇小说中,"轻盈的气息"(小说标题就是用这一词组来表示的),轻盈本身,以及不止一次被提到的寒意——都是体现作者创作意图的"关键"要素。这些母题几乎成了布宁这部优秀作品的最为重要的结构"连接件",同时又表现出作家对存在和人的命运的哲理思考。奥莉娅·梅谢尔斯卡娅不仅在冬天,而且在夏天也感受到了寒意;在小说的开头和结尾,即描写初春时的墓地的两个场景中也是寒意袭人。上述的几个母题汇聚在小说的最后一句话中:"如今这股轻盈的气息又在世界上,在这云彩朵朵的天空中,在这充满寒意的春风中飘荡。"

温和宽容是托尔斯泰的史诗性长篇小说《战争与和平》的母题之一,这种性情常常与心存感激和顺命而行的处世观,与感动和眼泪结合在一起,是主人公生活中那些崇高而辉煌时刻的标志——这一点尤为重要。我们可以回忆一下老包尔康斯基公爵得知儿媳死去的消息和安德烈公爵在梅季希村养伤这两个场景。正当娜塔莎觉得自己实在有愧于安德烈公爵之时,皮埃尔跟她作了一番倾谈,此后他内心便感到特别振奋:作者提到他——皮埃尔"面对新生活感到欢欣鼓舞的心情,宽厚无比的慈悲情怀"。被俘后获救的别祖霍夫向娜塔莎问起安德烈·包尔康斯基临终的那些日子:"那么,他平静了吗?变得温和了吗?"

亮光可能是 М. А. 布尔加科夫的《大师与玛格丽特》的核心母题,这是圆月发出的、令人惶恐不安的、使人痛苦的亮光。月光在不同程度上"触动"了小说的众多人物。它首先与遭受良心谴责的概念——与本丢·彼拉多的精神面貌及其命运发生关联,这一人物曾为

---

① 参阅《莱蒙托夫百科辞典》(莫斯科,1981年)中"母题"标题下的条目。需要指出的是,М. М. 巴赫金在1922年至1927年所作的文学讲座中,尤其是在谈到白银时代的诗歌时,对母题及体现在其中的题材给予了相当大的关注。参阅《М. М. 巴赫金有关俄罗斯文学史的讲座笔记》(Р. М. 米尔金娜笔录),见《М. М. 巴赫金文集》(七卷本)第2卷,莫斯科,2000年,第213—427页。

自己的"前程"被毁而担惊受怕。

在勃洛克的组诗《卡门》中,"背离"一词具有母题的功能。该词一方面表现出感人的情愫,同时也表现出凄惨的精神生活。背离的主题在诗中与"茨冈人狂放的激情",与离别故土,与诗人的莫名惆怅,"离奇的厄运"联系在一起,另一方面,又与无限自由的魅力,"脱离轨道"的恣意翱翔的魅力发生关联:"这是暗中背离的音乐?/还是被卡门俘获的心灵?"

自身的个性是 Б. Л. 帕斯捷尔纳克创作中的重要母题之一,诗人认为,不仅在保持本色的人们身上,而且在存在的本质和最崇高的力量中也都具有自身的个性。这一母题成了诗人的主要题材,成了他道德信条的表现形式。我们不妨回忆一下《成为名人没什么光彩……》一诗的最后一个诗节:

> 千万不要背离
> 自身的个性,
> 应当鲜明,也只有鲜明性,
> 彻底的鲜明性才是需要。

需要指出的是,术语"母题"还用于与我们在上文所论及的概念有所不同的涵义。例如,人们时常用母题来指称作家的创作题材和问题(如人的精神复苏,人的生存的荒诞性)。现当代文学学还将母题理解为"结构之外"的因素——不是文本及其创造者的财富,而是作品诠释者思想的财富,这种思想是不受任何限制的。Б. М. 加斯帕罗夫断言,母题的特质"在分析本身的过程中,每次都重新有所扩充",这取决于研究者选择的是作家的哪些创作语境。如,有一种分析"从根本上弃绝了固定结构部件的概念,这些部件在文本建构中所起的作用在客观上是被明确规定的"。①

然而,在文学学中无论赋予"母题"一词以什么样的意味,这一术语所具有的不可替代的重要性和真正的现实意义是不言而喻的:它首先确定了文学作品的实际(客观)存在的层面。

---

① Б. М. 加斯帕罗夫:《文学的主题》,莫斯科,1994年,第301页。

4. 细节描写和概括　跳脱

指物性是通过艺术手段加以呈现的,其描绘方式既可以不厌其详,精雕细刻,或者相反,也可以概括扼要。这里完全可以采用电影艺术工作者的术语:生活现象既可用"特写镜头",也可用"远景镜头"加以再现。特写和远景镜头的分布和相互关系也是文学作品结构的极为重要的一个环节。

作者从指物和心理的范围中——这种范围常常是极为宽广的,对此作者会以某种方式告知读者——会凸现出某些环节,这样它们就被推到作品的显要位置,处于"聚光的焦点"。B. B. 纳博科夫指出:"在阅读过程中,我们应该留意细节,并加以重视。概述的月光自然是美丽的,但只是在一本书全部的阳光碎片被精心组装起来之后才显得美丽。"①

需要对纳博科夫的观点作些补充:除了"碎片",细节和详情之外,不仅要有作者直截了当的概述,而且还要有对似乎处于作品边缘的某些事实所作的简明扼要的、"总结性的"交代。这方面的例子不胜枚举。我们只需回忆一下《樱桃园》中对拉涅夫斯卡娅的巴黎生活的描写(阿妮亚在第一幕中的独白)或者樱桃园被拍卖的描写(洛帕欣在第三幕中所说的台词)。

在文学作品中通常起到主导作用的细节化情景,是可以用不同的方式来加以建构的。有时作家对某一种现象采用详尽描述法,有时则将截然不同的指物性融于同一个文本片段中。如,И. С. 屠格涅夫擅长对室内布置,风景,主人公的外貌,他们的言谈和内心状态作从容的、不厌其详的描写,他时而强调描写对象的这些方面,时而又突出其那些方面。И. А. 冈察洛夫则更是如此。我们可以回忆一下这两位作家笔下的一些片断:对奥勃洛摩夫详细的肖像描绘,小说开篇对他卧室的描写,或屠格涅夫作品中一幅幅长卷风景画。

契诃夫的小说字数不多,紧凑简约,富于动感,很快就可以从一

---

① 转引自 М. Л. 加斯帕罗夫:"前言",见 А. К. 若尔科夫斯基、Ю. К. 谢格洛夫:《表现力诗学论著》,第34页。

些话题过渡到别的话题,因此采用的是另外一种描绘手法。Л. Н. 托尔斯泰指出:"契诃夫犹如印象派画家,有着自己独特的形式。初看起来,似乎是不加选择地随手抓起颜料胡乱涂抹一气,而且,涂上去的这些颜色彼此之间似乎没有任何关联。可当你稍微离开一点,保持一定距离,再一看,就会获得一个整体的印象。呈现在你面前的是一幅杰出的,令人心仪的画作。"①

20世纪的文学主要依靠的不是传统的"列举式的"细节化手段,即屠格涅夫和冈察洛夫的风格(在这一方面还可以回想起 O. де. 巴尔扎克、Э. 左拉的笔法),而是挥洒自如的、简洁明快的描写方式,即典型的契诃夫的笔法。

19—20世纪之交,在笼统概括和细节化场景的"配置"方面也取得了长足的进步。诸如主人公生活道路的转折关头等此类事件的细节按照传统的方式被推到作品的显要位置,而其他一切(人物的心理状态,及其周围环境,日常生活的琐碎过程)都处于边缘的位置:要么轻描淡写,要么集中于作品的引子(关于情节和人物的交代)。契诃夫的作品——尤其是他的戏剧作品,在这方面呈现出明显的变化,正如 А. П. 斯卡弗迪莫夫所指出的那样,对人物生活的突飞猛进只是一笔带过,而对带有情感特征的日常生活则详加描写。用这位学者的话来说:"事件作为短暂的现象退到了边缘的位置,而普通的、单调的、日复一日的生活则形成了剧本全部内容的主要背景和底色,这是反传统的写法。"②

И. А. 布宁的小说也有类似的情形。例如,在短篇小说《阿强的梦》中,关于船长家庭生活的纠纷和种种不幸的凄凉故事,采用的是虚写的方式,即为数不多的插笔,而正文则主要是由描绘自然构成的,其中有的是梦中的回忆,有的则是阿强以及船长的那条狗的感受。

除了细节化描写之外,不仅有简略的概括,而且还有各种各样的

---

① 转引自 П. А. 谢尔盖延科:《托尔斯泰和他的同时代人》,莫斯科,1991年,第228—229页。

② А. П. 斯卡弗迪莫夫:《俄罗斯作家的道德探索》,第413页。

跳脱方式。这种手段可以使文本更为简洁,可以激发读者的想象力,加强对描写对象的兴趣,有时还会引发读者的好奇心,这样作品就会引人入胜。

跳脱具有不同的性质。在许多情况下,作者随后会向主人公和(或)读者作出交代,并直接澄清起先被隐瞒起来的真相,这其实就是自古以来被称为发现的手法。① 例如,Φ. M. 陀思妥耶夫斯基的最后一部长篇小说借助于这一手法描写了费多尔·帕夫洛维奇·卡拉马佐夫的被杀事件。作者在某个时间段里让读者误以为,凶手是德米特里。(从米佳看到窗子里的父亲,并掏出衣袋里的捣杵这一时刻起,一直到斯梅尔佳科夫把自己所犯的罪行告诉伊凡为止。)

可以让人物经历了一系列事件之后,才发现事实的真相。例如,索福克勒斯的悲剧《俄狄浦斯王》就是如此:在结尾部分主人公得知,他无意中成了弑父的凶手。在许多长篇、中篇和短篇小说及戏剧作品中则恰恰相反,真相的发现则标志着美满的结局。如普希金《暴风雪》的主人公——布尔明和玛丽亚·加夫里洛夫娜(与读者同时)得知,他俩已举行过结婚仪式,早就是夫妻了;关于这一点,只是在小说的最后几句话才作出交代。在 A. H. 奥斯特洛夫斯基的剧作《无辜的罪人》中,克鲁奇尼娜和涅兹纳莫夫这对母子,直到最后一个场景才得以相认。

但跳脱也可以不与事实真相的发现相接,而成为作品结构中具有艺术内涵的悬念,这种悬念常常又成为不解之谜和无法探知的奥秘。拜伦的《堂·璜》和普希金的《叶甫盖尼·奥涅金》中被省略的诗节就属于这种情况。欲言又止的手法在阿赫玛托娃的诗歌中屡见不鲜。在献给 M. A. 布尔加科夫遗孀的诗篇《在这个房间里有位女巫……》的最后几行中,她写道:

> 我这人不受
> 别人魔法的控制,
> 我这人……不过,我不会

---

① 参阅亚里士多德:《诗学》第 11 和 16 章。

就这么泄漏心头的秘密。

潜台词的概念与悬念相若。这是一种指物和心理的客观现实,只是在构成作品文本的词语当中才感觉到它的存在。潜台词的概念形成于19—20世纪之交,这一现象曾被冠名为"第二种对话",其实质在 M. 梅特林克的《日常生活的悲剧因素》一文中得到阐发。潜台词始终存在于契诃夫的各类剧本中,其出场人物的所思所感常常与他们说出来的话不相一致。在许多情况下,文学描写颇有冰山一角的意味:作者"可以省略许多他所知道的东西,如果他写得真实可信,那么读者就会如此强烈地感受到被省略的部分,犹如作者把这一切都已和盘托出"。①"渗入到"潜台词中的通常都与人物和抒情主人公的内心生活,及其深层次的体验相关。构成这一界面的元素主要是对人的内心活动的"隐晦描写法"。

还有一种含糊其词的写法,即在涉及到重大而敏感的话题时,如果公然表露某些思想会引起相当大的危险,那么作者便一笔带过,有时几乎不留任何痕迹。这就是形形色色的暗讽(通常在历史题材的作品中影射现当代社会政治生活的有关事物)。"在某些石子路上行走/时常要滑倒,/所以我们最好就/免谈眼前的事儿。"——A. K. 托尔斯泰在《俄国历史:从戈斯托梅斯尔到季马舍夫②》一诗中,用这些话中止了关于俄国沙皇的讲述,以便提醒读者,过去的一幅幅带有戏谑和嘲讽意味的画面极具现实性。

与暗讽相仿的是 M. E. 萨尔蒂科夫-谢德林率先使用的伊索的语言。这是使作品(以讽刺作品为主)免遭查禁的一种独特的隐晦写法。例如,H. A. 涅克拉索夫将俄国的西伯利亚称为"你的祖国的威斯敏斯特教堂"(这一教堂安葬着英国最优秀的人物)。在 О. Э. 曼德尔施塔姆的悲诗《斯坦司》(1935)中,可以明显地感觉到有伊索语言的成分:

---

① 《Э. 海明威作品集》(两卷本)第2卷,莫斯科,1959年,第188页。

② 戈斯托梅斯尔:相传为诺夫哥罗德的伊尔门斯拉夫人的首领,第一个大公或地方长官(公元9世纪上半叶)。季马舍夫:亚历山大·叶戈罗维奇·季马舍夫(1818—1893),俄国国务活动家,1868—1878年任国务大臣。——译注

> 试想,在鸽子似的切尔登城里——
> 它是托博尔河的分叉口,散发着鄂毕河的气息,
> 我在千头万绪的忙乱中奔突不休!
> 我没有看完那些造谣诽谤的山羊之间的争斗:
> 有如夏日幽暗中的一只公鸡……

这里并未指明所谈的话题。但通过相同的语音特征(кутерьма, тьма)却能清楚地感觉到"监狱"(тюрьма)这一词语。

"特写"画面和"远景"画面的配置,直白和含蓄(或跳脱)的对照——这是作家用于突出重点的一种极为有效的手段。

5. 主体组织:"视角"

言语使用者之间,以及他们观察周围事物和看待自身的各种角度之间的相互关系和更迭替换是作品建构的一个重要方面(尤其是在最近几个时代的文学中)。结构的这一层面只是在单声作品中才显得无关紧要。因为在此类作品中,艺术言语所记录下来的仅仅是人类意识的一种类型,唯一的一种说话方式。这是传统的叙事文学,包括荷马叙事诗的固有特征。然而,当作品中出现了杂语和多声现象的时候,当作者表现出各种不同的讲话方式、不同的意识类型的时候,这一层面就必定会凸显出来。言语使用者及其意识的相互关系构成了作品的主体组织(Б.О.科尔曼的术语)。[①]

说话人对描述内容的视角甚至在一些篇幅不大的作品中也时有变化。例如,在普希金的诗作《乡村》的第一部分,抒情主人公的形象集中体现于他直接目击到的范围之内("在这里,我看见两片碧蓝的平静无波的湖水……"),而在第二部分中,接受视角就拓展开来:抒情主人公的形象得以升华,他陷入了充满悲情的思辨("在葱郁的田野和山峦中间,/人类的朋友随时都可以发现/到处都是令人感到奇耻大辱的愚昧景象……")。视角的嬗变(即使对通篇中唯一的一个

[①] 参阅 Б.О.科尔曼:《对描述作者理论术语中的文学种类的尝试(主体层面)》,见《文学作品中的作者问题》第1辑,伊热夫斯克,1974年;Б.О.科尔曼:《涅克拉索夫的抒情诗》(第二版,增订本)第二章,伊热夫斯克,1978年。

言语主体不作更换的情况下也是如此)在文学的叙事类别中极为明显和活跃。例如在 Л. Н. 托尔斯泰的《战争与和平》中,叙事人忽而从外部观察自己的主人公,忽而又以隐秘的方式潜入到他的内心世界;时而专注于视野开阔的全景描写,并从远处观察所发生的事件(可以回想一下波罗金诺战役之初的描写),时而相反,与某个事物或某个人又挨得很近,以便能看到极小的细节。

作家常常"委托"一些人物轮序讲述事件(М. Ю. 莱蒙托夫的《当代英雄》、Ф. М. 陀思妥耶夫斯基的《穷人》、Э. 海明威的《有的和没有的》、У. 福克纳的《大宅》)。从叙述的一些方式转换到另一些方式,这是富有深刻的艺术内涵的。其典型范例就是 Т. 曼的《绿蒂在魏玛》,其中伟大的歌德采用各种不同的视角对主人公作了描绘。

Б. А. 乌斯宾斯基对"视角"的概念作了周详的论述。这位学者依据 М. М. 巴赫金、В. В. 维诺格拉多夫和 Г. А. 古科夫斯基的有关观点,通过对艺术文本(主要是 Л. Н. 托尔斯泰和 Ф. М. 陀思妥耶夫斯基的作品)的分析,作出断言:"视角"问题是"结构的核心问题",这一现象形成了"深层的布局结构","而且可能与外部的结构手法相对立"。① 在乌斯宾斯基看来,"视角"具有评价、语词、时空和心理这几个层面。

6. 对比和对立

在作品建构中,物象及言语单位之间的比照几乎起着决定性作用。Л. Н. 托尔斯泰说过:"艺术的本质"就在于"……用连接手法构成一座没有尽头的迷宫。"②

结构上的类似,相仿和对比(对照)等手法都起源于比兴。А. Н. 维谢洛夫斯基对这一建构手段作了缜密的研究。这位学者考察了人类历史早期的诗歌——首先是民歌中大量存在的有关人的内心生活与大自然现象之间的对照手法。依照他的思想,用来比照大自

---

① Б. А. 乌斯宾斯基:《结构诗学:艺术文本的结构和结构形式的类型》,莫斯科,1970年,第5、16页。

② 《Л. Н. 托尔斯泰全集》(九十卷本)第 62 卷,1953 年,第 269 页。

然和人类生活的二项式对比法是诗歌创作中最原始的,"最简单的""类比"和"比拟"形式。① 请看俄罗斯民歌中的一个例子:"丝绒般的嫩草/在草原上蟠曲蜿蜒,/米哈依尔对爱妻/又是亲吻,又是抚爱。"二项式对比法还可以具有其他的功能,如在不同的自然现象之间找到相似之处。萨特阔的咏叹调(H. A. 里姆斯基-科萨科夫的歌剧)中有一句著名的民歌歌词"高高,高高的天空,/深深,深深的海洋"。

维谢洛夫斯基将原初的二项式对比法与人类历史早期思维的万物有灵论联系起来,而这种思维的特征就在于,将自然现象与人的现实生活发生关联。他还断言:象征、隐喻、动物寓言中的讽喻式的形象性正是从二项式对比法这类手法中延伸出来的。诗歌之所以偏爱对比手法,依照这位学者的观点,是两种声音演唱歌词的方式所决定的——第二个演唱者附和并补充第一个演唱者。

除了句法结构的对比之外,事件和所描绘的人物——后者更为重要——这两个更大的文本单位的对照也深深植根于语言艺术作品中。人物体系是叙事和戏剧作品建构中极为重要的基本环节。

在人类历史的早期时代,人物的尖锐对立在有情节性的文本中占据主要地位。诚如 B. Я. 普洛普所指出的那样,神话故事总是把英雄及其对立面("破坏分子")这两类形象互为比照。这类故事不可缺少所创造的人类世界的"极化"现象。在其他体裁的作品中——也不仅限于人类历史早期的作品,人物组织中的互不相容和彼此对立的特点亦占主导地位。我们不妨回想一下描写伊里亚·穆罗梅茨和魔怪的壮士歌,或在稍晚的艺术尝试中,莫里哀笔下的达尔杜弗和克莱昂特之间的对抗关系。在《智慧的痛苦》中,用 A. C. 格里鲍耶多夫的话来说,与思维健全的恰茨基反然对立的有 25 个蠢人。在 E. Л. 施瓦尔茨的著名剧本中,兰塞罗特与龙形成对立。

然而对立的原则在文学中并不是一直独霸天下的。随着时间的推移,时代的更迭,除了对照之外,一些更加辩证、更为灵活的比照手法——如把同时具有相同点和不同点的事实及现象加以比照,也占

---

① 参阅 A. H. 维谢洛夫斯基:《心理对比法及其在诗歌文体中的反映形式》,见 A. H. 维谢洛夫斯基:《历史诗学》,第 107—117 页。

据了越来越稳固的地位。例如在普希金的诗体长篇小说中,奥涅金、塔吉雅娜和连斯基这三位主人公彼此互为对立,但同时彼此又互为相像:他们都怀有崇高的抱负,与周围的现实环境"格格不入"。这几位主人公生活中的种种事件(首先是奥涅金和塔吉雅娜的两次表白)都带有无法摆脱的悲剧色彩,它们彼此之间与其说互为对立,倒不如说更为相像。

《战争与和平》、《卡拉马佐夫兄弟》和《大师与玛格丽特》中的许多写法也都是以相似事物的比照为基础的。艺术建构的这一类型在 А. П. 契诃夫的一些剧作中表现得较为显著,其中主人公之间的对立关系已经退向边缘,取而代之的是展示同一幕生活悲剧的不同表现形式——其悲剧是由所描写的环境造成的,而在这种环境中既没有绝对的无罪之人,也没有绝对的罪人。作家所描绘的人物世界都是在生活面前显得那么无助的人们,用《三姐妹》中奥莉加的话来说,在生活中"一切都不遂我们的心愿"。А. П. 斯卡弗迪莫夫在谈到契诃夫的剧作时,这样写道:"每个剧本都在说:责任不在于某些个人,而在于现存的整个生活环境。人的过错只在于,他们是软弱的。"① 构成契诃夫戏剧情节的人物命运和事件,某些舞台场景和人物话语——它们被安排在一起,其目的就在于反反复复地证明一点:人与生活之间的不协调关系,人的种种希望的破灭都是无法逆转的,人们对幸福,对完美人生的憧憬都是枉然的。艺术整体的"组成部分"在这里与其说彼此形成鲜明的对比,倒不如说相互补充。在所谓的"荒诞派戏剧"(Э. 尤内斯库和 С. 贝克特的差不多大部分的剧本)中,情形也大致相似。在这类剧作中人物彼此相像,其共同的特点为荒诞性、"傀儡性"和荒谬性。

显而易见,作品中描写对象的各种成分总是相互关联的。艺术作品是彼此"呼应"的汇集地,这种"呼应"有时是为数众多、丰富多样的,当然,也是意蕴丰厚的,它们能激活读者的阅读欲望,并能引导读者的反应。

---

① А. П. 斯卡弗迪莫夫:《俄罗斯作家的道德探索》,第 427 页。

7. 剪辑

该术语(源自法语 montage,其义为:组装)产生并确立于电影艺术的初期。用著名电影导演 Л. В. 库列绍夫的话来说,电影镜头只是用于剪辑的原始材料,而剪辑才是"电影艺术感染力的基本手段";影片中具有重要意义的并不是画面本身,而是画面的"组合","一幅幅画面的更迭",画面交替的体系。① 稍后,С. М. 爱森斯坦在《蒙太奇在1938》一文中写道:"两个并列的片段必然会汇集为一种新的概念,通过这一对比便会产生新的特质。"②

剪辑在这里被理解为电影艺术结构的手法的总和,不仅如此,结构还被视为比电影画面中的物象更为重要的因素。"剪辑"这一术语被转用到文学学之后,其涵义发生了某些变化。它用来表示以描述的间歇性(离散性)和"碎片性"为显著特征的文学作品的建构方式。从这一意义上来说,剪辑与先锋主义的美学观相关。其功能就被理解为:确立事实之间联系的偶然性,充分利用不谐和因素,突出作品的智能化效果而拒绝情感陶冶,使世界显得"支离破碎",不承认人们及事物之间的自然联系。③ 这种剪辑性特征在 В. Б. 什克洛夫斯基的随笔、Дж. 多斯·帕索斯的作品、О. 赫胥黎的《旋律与对位》、Дж. 乔伊斯的《尤利西斯》,以及法国的"新小说"(其中包括 М. 布托的作品)中都表现得较为突出。

"剪辑"一词还具有更为宽泛的涵义。它趋向于表示某些对比和对立的关系(比拟和反差、类比和对偶),这种关系不受描写对象的逻辑限制,直接表现作者的思想过程和联想。如果作品的这一层面颇显活跃,则通常称为"剪辑式"结构。内部的、情感涵义上的联想关系——包括人物之间、事件之间、情景之间、细节之间的关系,与其外部的、物象的、时空和因果的"联结体"相比就显得更为重要。

---

① Л. В. 库列绍夫:《电影艺术(我的经验)》,列宁格勒,1929年,第16—18页。
② 《С. М. 爱森斯坦文集》,莫斯科,1956年,第253页。
③ 关于这一点详见 Вяч. Вс. 伊万诺夫和 А. Г. 拉波波尔特的文章,见《剪辑:文学、艺术、戏剧和电影》,莫斯科,1988年。

这一建构原则在 19 世纪的俄国经典作品中表现得非常明显。Н. А. 涅克拉索夫的许多抒情和叙事抒情作品就是以剪辑的方式构筑而成的。① 而 Л. Н. 托尔斯泰的短篇小说《三死》则是剪辑式结构的鲜明例子。小说由三个片断——一位贵妇、一个马车夫和一棵树的死构成的,这三个片段之间并不存在直接的联系。这些角色之间互不相关;事件的时空连接也是微弱的。然而,作者巨大的思想力——他对人与自然,黎民百姓自然率真的个性与享有阶层特权的富贵们的做作和虚伪的思考——将所有的描写对象紧密而牢固地联结(统串)在一起。

通观 20 世纪的文学,我们可以认为 T. 曼的长篇小说《魔山》是剪辑式结构的经典范例。这部作品中充满了涵义上的对比和同类现象,它们在很大程度上独立于描写对象,不依赖于叙述的逻辑关系。用作者的话来说,音乐规律中"彼此呼应"的主题、题材和"象征原则"在这部小说中显得非常重要。T. 曼建议那些对这部小说怀有强烈兴趣的人再重读一遍。作家之所以提出这样的建议,其理由是"此书的写法不太一般:它的结构特征"如同乐章。初读时,读者把握到了小说的物象和题材层面,复读时就会对其意蕴理解得更加深刻,也"因此会获得更多的愉悦",因为在已经知道小说的发展脉络和结局的情况下,你"不仅可以用回溯往事的方式,还可以用捷足先登的方式"来体会作者的联想和联结手法。T. 曼指出:"只有当你事先了解这首音乐时,你才可以欣赏到它的美妙之处。"②

在下面几类情节性作品中都存在着不同程度的剪辑性特征:文中有插入的故事(我们可以回忆一下果戈理《死魂灵》中的"科佩金大尉的故事");文中有抒情插笔——这在《叶甫盖尼·奥涅金》中随处可见;对事件发生的顺序重新加以排列——莱蒙托夫的《当代英雄》采用的就是这样的建构方式。

人物生活从某一时刻突然无缘无故地转向另一个较早的,有时是极为遥远的时刻,乃至超前"跨越到"了未来,这种写法在 20 世纪

---

① 参阅 Б. О. 科尔曼:《涅克拉索夫的抒情诗》,第 137—143 页。
② 《T. 曼作品集》(十卷本)第 9 卷,第 163—164 页。

的文学中是广为流行的。类似的时间移位现象,如在 У.福克纳的长篇和中篇小说中是极为常见的。

剪辑性原则在具有多重情节线索,由若干独立的"组合件"构成的作品中表现得较为明显。如长篇小说《安娜·卡列尼娜》的情形便是如此,用 Л.Н.托尔斯泰的话来说,其"结构法"以事件焦点和作品人物两者之间的"内在关系"为基础,而不是建立在人物的结识和交往之上。①

М.А.布尔加科夫对其长篇小说《大师与玛格丽特》的布局安排,也会说出类似的看法。这部作品的几条情节线索(玛格丽特、大师及其小说的故事,耶舒阿和本丢·彼拉多的线索;沃兰德的随从们所做的种种勾当)更多地是以联想的方式,在深邃内涵的层面上彼此"联为一体"的,而不是表面的作为因果体系的关联。

结构的剪辑性特征还可以体现在单独的文本单位(环节)之中,而这些单位被称为剪辑句。在许多情况下,表面上看起来没有关联的场景、表述和细节似乎是偶然被安排在一起的,而缺乏描述对象的逻辑性,其实在结构和内容上却有着重要的意义。例如,在 А.П.契诃夫《樱桃园》的开场中,叶耶夫有句台词:"火车晚点两个钟头。怎么回事?成何体统?"夏洛蒂紧接着说道:"我的小狗还吃核桃呢。"正是由于这样的安排,第一句话就获得了细微的嘲讽色彩:透露出契诃夫在反映各类"蠢人"的生活时所特有的基调。

"剪辑句"可以由文本中相隔较远的单位构成。例如,А.С.普希金《驿站长》中的萨姆松·维林的话("说不定我能把我的这只迷途的羔羊带回家去")促使读者回忆起小说开篇对驿站长住屋的墙上挂着的几幅图画的描写,上面绘着浪子回头的故事。文中的这一零散的剪辑句无论对刻画主人公的精神面貌,还是对揭示所讲述故事的实质都很能够说明问题。

剪辑式结构为语言艺术家们开辟了广阔的前景。这种结构可以形象地表现出无法直接观察到的各种现象之间的本质联系,有助于深入把握世界的异质性和丰富性、矛盾性和统一性。换言之,剪辑式

---

① 《Л.Н.托尔斯泰全集》(九十卷本)第 62 卷,第 377 页。

建构与多层次地认识世界,以史诗般的宽阔视角观照世界的方式是吻合一致的。例如,在 Б. Л. 帕斯捷尔纳克的诗作《夜》中,对世界的认知方式便是"剪辑性"的。诗中既有"以一个剧烈的倾转"拐向另外宇宙的银河,也有"地下室和锅炉房里"的锅炉工人,还有不眠的艺术家——永恒的人质,"时间的俘虏"等等,不一而足。

А. А. 勃洛克长诗《报应》的序言中,有句话对世界的剪辑式感知和再现作了准确的描述:"我习惯于将我在当下目击到的所有的生活领域中的事实加以对比,我深信,它们在一起总是可以形成一股音乐的合力。"①

8. 文本的时间组织

将言语单位和所描绘的物象循序渐进地引入文本是文学作品结构的一个极为重要的层面。Л. Н. 托尔斯泰写道:"在真正的艺术作品中……要把一行诗、一场戏、一个人物、一曲拍子从原来的地方抽出来放到别的地方而不损害整部作品的意义,那是不可能的。"②

如果使用结构主义的术语,那么文本的时间组织就构成了作品结构的横向组合的方面。这一方面(有别于聚合体——即不受文本连续性所限制的比照物和变体)具有充分的明确性,是作者为每位读者完全预设好和规定好了的。③

在文本的时间组织中,其开头和结尾具有非同小可的作用。В. А. 格列赫尼奥夫写道:"艺术建构的起始和收尾部分总是处于在意思上得以强调的位置。它们将某个事件,某种感受或某个情节从源源不断的外部和内在的现实之流中划分出来,以突出艺术作品的整体效果。"这位学者断言,作品的开头("其开篇")是"艺术上加以着力强调的对象",它有两种形式,要么"直接切入情节",要么"作详细的铺垫"。而("得以圆满收场的"或者具有"悬念"的)结尾则是"一座巅

---

① 《А. А. 勃洛克作品集》(八卷本)第 3 卷,莫斯科,1960 年,第 297 页。
② 《Л. Н. 托尔斯泰全集》(九十卷本)第 30 卷,第 131 页。
③ Г. А. 列斯基斯:《艺术文本的组合性和聚合性》,见《苏联科学院学报》文学和语言卷,1982 年第 5 期。

峰,由此我们可以重新(已是回顾式地)审视艺术整体"。①

文本的时间组织是以一定的规律为基础的。每一个后续的文本环节都应该向读者展示出新的东西,增加读者的信息量,更重要的是唤起读者此前未被激发出来的想象、情感和思想。阅读因而就成了破解种种奥秘的持续不断的过程(直至结尾),既包括作为事件展开基础的奥秘,也包括主人公心灵的奥秘,而更为重要的,是作者创作意图和艺术构思的奥秘。在意蕴深厚、风格独特的作品中,其艺术内容始终是持续不断地展现出来的。K. C. 斯坦尼斯拉夫斯基断言:"一切都一目了然的剧本实在是糟糕透顶。"②这一论断其实不仅仅适用于戏剧作品。读者的注意力和兴趣在接受文本的全部过程中,应该得以保持和不断巩固。因而,一些个别的依次展开的文本环节其实在很大程度上是出其不意的。在这一点上,文学和音乐是相通的。在一篇阐述音乐理论的文章中我们读道:"在作品的接受过程中,会对某些自然延续部分产生一种有意识的或无意识的期待。如果这些期待回回都落空(甚或根本就没有产生),作品就会显得莫名其妙,就不会被接受。反之,如果这些期待总能得以实现,也就是说如果轻而易举地就能猜到其延续部分,那么作品就会变得索然寡味,平淡无奇(舒伯特就曾对'旋律刚刚响起,你就已经知道它怎样收尾'的乐曲作过一番嘲弄)。"③

这里所说的艺术建构的内在标准并不是在所有情况下都能得以完全实现的。德国诗人 И. 贝希尔指出:"诗歌并不总是始于诗人落笔之处,也并不总是终于诗人收笔之处。"还会出现这样的情形:"某个诗行当中暗藏着一首诗;诗的本质如果没有得到利用和体现,那就没有获得自由。"④拖沓,冗长,不必要的多余情节始终是作家创作过程中的"大敌"。А. П. 契诃夫一再建议删减、压缩作品的篇幅,从中

---

① B. A. 格列赫尼奥夫:《语言形象和文学作品》,第 123—125 页("开头和结尾"一节)。
② 《苏联莫斯科高尔基模范艺术剧院年鉴(1953—1958 年)》,莫斯科,1961 年,第 165 页。
③ Л. А. 马泽尔:《审美与分析》,见《苏联音乐》1966 年第 12 期,第 26 页。
④ И. 贝希尔:《诗歌——我的钟爱:论文学和艺术》,莫斯科,1965 年,第 62 页。

剔除所有对读者来说可有可无的东西。他对冗长的铺垫，拖沓的开场白和引子尤为不留情面："把您的小说的前半部分撕掉试一试吧；您只需将后半部分的开头稍作变动，那篇小说就可以完全看得懂了。任何多余的东西一点儿也不需要。"在另一处他还写道："越是严密，越是紧凑，就越富有表现力，就越鲜明。"①

在篇幅长短不一的作品中，物象和心理世界的展现方式是不尽相同的。在大篇幅的作品中，对某些本质特征逐步进行揭示——这种方式十分重要，并具有实际意义。而小篇幅的作品则讲究结尾处所产生的意想不到的突变效果，这种结尾有时会改变，甚至会彻底改变此前所勾勒的图景。从Дж.薄伽丘到欧·亨利和早期的契诃夫，其短篇故事的典型特征就是出人意料地突然收尾。"结尾的犀利效果"，②pointe（尖锐性）成了这一体裁的基本手法。在许多抒情诗篇中也有类似的情形，如在茨维塔耶娃的《乡思》一诗中，一连串信誓旦旦的保证（"我身在何处孑然一人，/提着篮子沿着哪些石路/从集市上回家，/——这对我已完全无所谓了。"）在最后的诗行中——"但如果在路边出现一片灌木，/特别是山楂树的话……"——却突然化为乌有。

语言艺术文本的时间组织趋向于韵律性。著名的印度作家P.泰戈尔指出："韵律不是根据某种节拍所形成的简单的词汇连缀；具有韵律性的可以是主题的某种和谐，可以是由于遵循细致的分布规则而产生出的思想的音乐，而这些规则与其说是逻辑性的，不如说是直观性的。"对此我们再补充一点：将作品划分为部分和章节（在中长篇小说中），幕和场（在戏剧中），诗节（在抒情诗，有时在叙事诗中），这种划分本身就赋予结构以独特的韵律特征。③

С.И.伯恩斯坦在一篇文章中对文学作品结构的韵律层面作了考察。他把艺术形式视为"某种流动的有序组织"，视为加大和减弱

---

① 《А.П.契诃夫论文学》，莫斯科，1955年，第292、205页。
② М.А.彼得罗夫斯基：《短篇故事的形态学（1927年）》，见《文学学问题：文选读本》，莫斯科，1992年，第67页。
③ P.泰戈尔：《一个艺术家的宗教》，见《东方丛刊》1961年第4期，莫斯科，第96页。

紧张程度的系列活动,以及"紧张和松弛状态的基本情感的"持续交替。正是在这一动态中可以"感受到韵律"。结构因而也就被理解为一种"动态的过程",一种有序的"运动方式"。①

这一思想可以用许多文学事实来加以证明。А. П. 斯卡弗迪莫夫在谈到契诃夫的戏剧时写道:"剧情的发展就在于时时闪现出的对幸福的憧憬,以及这些幻想遭到破灭,被现实击碎的过程。"②托尔斯泰的长篇小说对章节之间的更替颇为讲究。其中一些片断的情节十分紧张,而另一些片断则具有安宁闲适的情调,描绘出充满和睦友爱、和谐统一的生活景象。

结构的韵律特征在 И. А. 布宁的短篇小说《轻盈的气息》中表现得十分明显。以奥利娅·麦谢尔斯卡娅与马柳京的亲密关系作为结束的夏日场景,与她生前的最后一个冬天的场景是互为对称的:用特写镜头表现的两幅画面洋溢着明快欢乐,生机勃勃的气氛.但这种气氛却"毁于"一句预示不祥的简短告白——她做出了一件无法挽回的事情。对春日墓地的两次描写也是对称的(分别出现在开篇和结尾)。

不过,在文学史上也有这样一些卓越非凡、极具影响力的作品,其文本的时间组织是中性的,并没有什么重要的作用。В. В. 罗扎诺夫的艺术随笔(《孤独》、《落叶》)就是如此。作者将一则则简短的札记随意地,甚至可以说是杂乱无序地分布在文本中,造成一种自发即兴的,而不是故意安排的印象。А. Т. 特瓦尔多夫斯基的长诗《瓦西里·焦尔金》对章节顺序的编排也不见得有多大的艺术内涵,因为作者的初衷是让读者"随手翻到一页"③就可以轻松自在地读起来。在此类作品中,场景、片断、表述、细节的衔接就不具有韵律的特征。但在世界文学的总体范围内,这种情形并不多见。在不同国家、不同时代、各种体裁和流派的大部分作品中,带有韵律性的文本时间组织表

---

① С. И. 伯恩斯坦:《朗诵理论的美学前提》,见《诗学》(第 3 卷),列宁格勒,1927 年,第 34—37 页。

② А. П. 斯卡弗迪莫夫:《俄罗斯作家的道德探索》,第 431 页。

③ А. Т. 特瓦尔多夫斯基:《瓦西里·焦尔金》,莫斯科,1976 年,第 261 页。

现得相当鲜明,具有丰厚的内涵。

9. 作品结构的内容性

从上述中可以看出,结构手段与物象及言语的所有层面有关。文学作品的建构是一种具有各种不同方面(层面、特征)的多层次现象。它包括:人物的分布——人物体系;所反映的事件在作品文本中的布局(情节的结构);指物和心理现实性的"呈现"特点(肖像、风景、室内布置、对白和独白);叙述方式的转换;言语单位本身——包括韵文成分的相互关系。

结构手法(反复、对比和比拟、"视角"的变化、"剪辑式的语句"等等)以一定的方式来修正和深化作品的物象和言语层面——即作品的世界和言语组织所具有的意义和涵义。结构因而就将自身特有的涵义,同时也是艺术的(美学的)和哲学的涵义带入文学领域。这些涵义与下列概念有关:一、有序性,组织性和条理性;二、多样性;三、创作的自由性。

有序性作为作品的一个极为重要的特质,在贺拉斯那里早已有所阐述。他指出,诗人如同画家一样,总是想让他们创造的作品在组织层面上呈现出自由性,不过他同时认为,这种自由应该是在"平实和统一"的框架中加以实现的,是有节制的。如果诗人"选取了力所胜任的题材",那么表达的自由就会与条理和清晰结合在一起。"谈到条理,我认为它的优点和美就在于,作家知道什么话应该放在什么地方说,把所有暂时不需要说的话先搁置一边;长诗的创作者知道,应该有所取舍;这样他就会节省文字,虽用字不多,但却十分考究。"①

许多世纪之后,Д. 狄德罗也说出了相同的看法:"相称会产生出力量和强度的理念。"②普希金对莫扎特创作的评价也具有同样的性

---

① Ф. К. 贺拉斯:《给皮索父子的信(诗艺)》,见《Ф. К. 贺拉斯全集》,莫斯科—列宁格勒,1936年,第341—343页。
② Д. 狄德罗《断想》,见《Д. 狄德罗选集》(十卷本)第6卷,莫斯科,1946年,第564页。

质:"多么深刻,多么果敢,多么和谐!"①

在传统的、典范的体裁中,建构方式是预先就给作者设定、安排好了的。我们不妨回忆一下古希腊悲剧中歌舞和对话的轮番交替;民间故事中的三次重复;传统体裁中能够产生有序效果和净化作用的结尾;音韵在奏鸣曲中的绝对严格的分布。

与此同时,大凡真正具有艺术性的作品,其结构的有序性与作家的墨守成规,与刻板的公式化之间毫无相通之处。在杰出的和规模宏大的作品中,结构手段是作为某种自由灵活的,独一无二的创造物表现出来的。在У. 莎士比亚,Дж. 弥尔顿,Ж. Б. 莫里哀和И. В. 歌德等人的作品中,А. С. 普希金所看重的正是这一点,并给予高度评价:在他们的作品中"创造发明的勇气"是显而易见的,"宏大的布局充满了富有建树性的思想"。普希金在谈到 A. 但丁的《神曲》时,这样指出:"《地狱》的完整布局是杰出天才的体现。"②

作家在作品建构方面所表现出的独创个性随着时代的推进而越发显著。就最近几个世纪的文学而言,М. М. 巴赫金的观点是完全正确的:"一个作者是否积极活跃,这一点我们首先在作品的结构中即可看出。"③

最近几个时代的艺术也因此总是极力避免结构上的过分严谨。Ф. М. 陀思妥耶夫斯基曾说过,对作品构造的过度讲究实为一种缺陷;И. Э. 格拉巴里在论及 В. А. 谢罗夫的油画时,曾谈到"像生活那样具有偶然性的结构"的优势所在;④А. А. 阿赫玛托娃写道:"诗中的一切都应该是不合时宜的,/全不像人们对它那样。"(《军队的颂歌对我毫无意义……》)——这些话显得意味深长。而普希金则提醒人们应注意避免"动笔前缺乏热情的构思",因为那种构思有碍于灵感的产生,有碍于"瞬纵即逝的奔放的感情"的迸发——这番话也同

---

① 而在 20 世纪出现了相反的观点。如,意大利未来主义者的领袖人物 Ф. Т. 马里内蒂写道:"应该用无序和杂乱的方式来制造形象。"(见《直言不讳:20 世纪西欧文学大师的纲领性发言》,第 165 页。)
② 《А. С. 普希金全集》(十卷本)第 7 卷,第 67、41 页。
③ М. М. 巴赫金:《文学和美学问题》,第 403 页。
④ И. Э. 格拉巴里:《В. А. 谢罗夫:生平和创作》(出版年代不祥),第 147 页。

样意味深长。①

  条理性与多样性的结合是艺术结构的一项重要规律。存在于所有时代的艺术中的多样性原则,在文艺复兴时代的哲学观和美学观看来,意蕴深刻。这一原则对后代的艺术也具有现实意义。在(18世纪的)一位英国美术家和艺术理论家的论文中,我们读到了下面的话:"构图巧妙的艺术实际上就是恰当地赋予多样性的艺术。"还有:"我指的是组织得井然有序的多样性,因为杂乱无章的,缺乏立意的多样性是一团乱麻,是一种丑陋的现象。"②

  条理性和多样性在艺术作品中的结合还标志着语言艺术家实现了创作自由,不过这种自由并不是随意的,而是认识存在的一种行为,存在本身也总是既有不协调和混乱的一面,又有井然有序,协调一致的一面。③

  因此,"结构课题"(Б. М. 日尔蒙斯基语)是作家们在简单的公式化,某种几何图形的排列与各种形式的混乱无序这两极之间的广阔空间里加以顺利完成的。在建构的复杂性与建构手段的精练性之间——后者是为了达到简单明了的目的所必需的——保持某种和谐的"平衡",这不失为一种理想的办法。

第七节　考察文学作品的几个原则

  在文学学所完成的一系列任务中,作品研究占据极为重要的地位。每个学术流派,每位卓尔不群的大学者,对掌握语言艺术文本的宗旨和前景都有着自己的独到见解。不过,在文学学中对语言艺术作品具有普适性意义的几种方法还是清晰可见的,而且常常还会获得直接而明确的界定。就描述作品研究的方法和方法论而言,以下几个概念已经得以确立:科学性的描述,分析,阐释;文本内部(内在

---

  ① 《А. С. 普希金全集》(十卷本)第 7 卷,第 244 页。
  ② Л. М. 巴特金:《贾诺佐·马内蒂著作中的世界景象:析文艺复兴时期的"varietas"(变种)概念》,见《戏剧空间:学术研讨会资料(1978 年)》,莫斯科,1979 年。
  ③ В. 霍加特:《对美的解析》,列宁格勒—莫斯科,1958 年,第 167、144 页。

性)研究和语境研究。

1. 描述和分析

借助于摘取作品叙述人、人物和抒情主人公的某些言谈,通过解释和讨论随意抽取的片断,或以某些抽象的"计算"为基础,——这些途径都无法使我们在某种程度上实实在在地领悟到作品的实质。不带任何偏见地仔细研究所有的文本事实,研究多方面的形式问题,它的所有要素及其细微差别——只有以此为基础,文学学思想方可触及到艺术作品的奥秘。细心关注会对读者产生影响的一切因素,即作品中存在的"艺术印象的元素"①,这对研究者而言是极为重要的。正如 C. C. 阿韦林采夫所表述的那样,文学学家应当"专心致志地俯首于文本"。

就艺术作品而言,语文学家最原始的任务在于,对所有被形式化的东西进行描述(言语单位、所指称的事物、结构连接体)。科学性的描述通常被称为是研究的初始阶段,确切地说,就是记下通过试验和观察得来的数据资料。在文学学领域占据主导地位的自然是观察法。对艺术文本的描述和对它的分析(源自古希腊语 analysis,其义为:分解、切分)这两者密切相关,因为前者是通过作品元素的系统化来加以实现的。

对文学艺术形式的描述和分析并不是机械的事情,而是创造性的工作:文学学家依据自身的阅读体验,运用自己的专业技能和知识,将作品中不同的成分——重要的、次要的、有积极意义的、某种程度上属于中性的、辅助的,有时甚至是可有可无的等等——区分开来。

在对语言艺术文本作分析性的描述中,人们的直觉(直接的阅读感受)和具有论证作用的理性是结合在一起的,不过,这一点并未得到所有学者的承认。例如,М. Л. 加斯帕罗夫依据 Б. И. 亚尔霍——对文本进行定量分析的拥护者——的论断,将直觉和统计的方法对

---

① М. М. 巴赫金:《文学与美学问题》,第 47 页。

立起来，便将无法进行计算的一切都抛诸科学性认识的范畴之外。①还有一位大诗韵学家 С. М. 邦季则持有另一种看法，他断言，对诗歌文本的"任何一种研究都应建立在直接的节奏印象的基础之上"，然而借助于统计的分析法，"只能确定非常简单的、表层的规律。而节奏感则要精细得多，清晰得多。它能够发现最复杂的或表现得微弱的节奏规律。"②关于语言艺术文本分析的统计法的适用范围，关于语文学这一领域的直接感觉的"权利"问题至今还没有得到解决。

在许多情况下，描述和分析具有纯粹确认的、"原子化"的性质：列数作品的形式因素（各种手段），并加以归类，仅此而已。例如，早期的形式主义学派就是这样来研究诗句的语音特征的。而旨在阐明形式因素与艺术整体之关系的分析方法，即目的在于揭示各种手段的功能（源自拉丁文 functio，其义为：完成、实现）的分析方法，则具有更好的前景。Б. В. 托马舍夫斯基断言，在一般诗学的构成中，诗学手段的艺术功能的概念非常重要："每一种手段都是从艺术合理性的角度来加以研究，加以分析的：为何使用这一手段，它又起到了什么样的艺术效果。"③Ю. Н. 蒂尼亚诺夫则采用结构功能一语，也说过同样的意思："作为体系的文学作品的每个元素与其他元素，也就是说与整个体系构成了相关性，我把这种相关性称为结构功能。"④20 年代中期发表的这些观点早于艺术文本的结构分析原则，这一原则是在半个世纪之后由 Ю. М. 洛特曼及其同道提出的。

对作品形式诸种因素的功能，在 20 世纪 20 年代的文学学中出现了另一种看法。А. П. 斯卡弗迪莫夫和 М. М. 巴赫金指出，艺术手段服务于作者的思想和创作宗旨，他们继而提出了内容性功能的概念。文学学家的描述分析活动最终要归结到对后者的研究上。这样就从分析过渡到综合，过渡到领会作品的整体意义，即对作品的阐释。现在我们就依据前文对释义学构架中的阐释的论述，具体分析

---

① М. Л. 加斯帕罗夫：《Б. И. 亚尔霍的文学理论著述》，见《М. Л. 加斯帕罗夫文选·卷二：论诗句》，莫斯科，1997 年，第 474 页。
② С. М. 邦季：《论节律》，见《语境 1976》，莫斯科，1977 年，第 119—120 页。
③ Б. В. 托马舍夫斯基：《文学理论·诗学》，第 26 页。
④ Ю. Н. 蒂尼亚诺夫：《诗学·文学史·电影》，第 272 页。

这一概念——即用来说明如何科学地领会文学作品的概念。

2. 文学学阐释

对文学作品的一般性阅读理解，以及随想式、艺术创作式的感悟和文学学本身对文义的把握这两者之间的区别在于，前者完全可以以情感和直觉为主导而无需理性的论证，后者则追求客观性和准确性，因此必须以形式描述和分析为依托。无论是学者，还是作家都不止一次地说过这一点："……在不讨论形式的情况下来讨论内容，就为行骗提供了无限的可能性。"①(Г. 伯尔)② А. П. 斯卡弗迪莫夫早期的一篇文章充分论证了此类观点，文章强调，从文本中提取思想，这需要严肃而缜密的思维。这位学者断言，阐释应该是以循序渐进、持续不断的分析为基础的，而且是作品内在性的，即与作品的构成和结构（建构）是一致的："……只有作品本身才可以证明自己的特质……阐释者不可随心所欲。作品构成本身就蕴藏着解读的标准。作品的所有部分都处于形式固定的联系之中。各成分间……彼此映照，通过对各组成部分的比照，通过对全篇的整体把握，无论是局部的还是整体的核心意义和美学涵义都必定会昭然若揭。"与此同时，这位学者并不否认个人主观因素在分析性的文学解读过程中所起的作用，不过他也指出了其界限："研究者只是根据他个人的美学经验来理解艺术作品。从这一意义上来讲，他的接受当然是带有主观色彩的。但主观性又不意味着随意性。为了能够读懂其要义，就需要全神贯注地倾听他人的观点。阅读时，需要抱以诚实的态度。研究者把全部身心都交给艺术家，只是重复着他的审美感受，他只是体认着作者所展示的精神和审美经验的事实。"③

---

① 《20世纪文化和艺术中的自我意识》，第420页。
② Г. 伯尔(1971—1985)：德国作家，短篇小说大师，1972年获诺贝尔文学奖。写有《九点半钟的台球》(1959年)、《一个小丑的看法》(1963年)和《以一个妇女为中心的群像》(1971年)等作品。——译者注
③ А. П. 斯卡弗迪莫夫：《论文学史中理论研究和历史研究的关系问题(1923年)》，见《俄罗斯文学批评》，第139、142页。А. В. 米哈伊洛夫就在不久前也发表了类似的看法。参阅《作为研究课题的文学学》，莫斯科，2001年，第234、239页。

对斯卡弗迪莫夫的上述观点需要作一点补充,文学学的阐释(即便是最严肃的、最深刻的)并不能穷尽语言艺术作品的所有内容,因为其中远非所有的一切都是完全确定的:有些东西始终是个谜团,它促使人们建构理智性的理论,即假设性和有建树性的独创理论。关于阐释活动的这一层面,M. M. 巴赫金是依据诠释学,采用"对话性"的概念来加以说明的。他断言,艺术作品的阐释能够把某些新东西纳入其中,"用建树性的创造加以补充"。在揭示和解释形象的涵义时,"把涵义融化在诸多概念之中是不可能的",只有两种可能:"要么把涵义相对理性化(通常的科学分析),要么借助于其他的涵义(哲学的和艺术的阐释)使其得以深化……对象征结构的解释必须渗入到无限的象征涵义中去,因此它就不可能具有精密科学那样的科学性。"巴赫金依据《简明文学百科辞典》"象征"词条的作者 C. C. 阿韦林采夫的观点,将阐释涵义看作是具有认识作用,但同时又是"另一种科学性的"认知形态。① 用他的话来说,在遵循人文特色的文学学中,其标准"不是认识的精确性,而是深入的程度。这里认识的目标具有个性的特征。这是一个有所发现,有所了解,获得启发,交流信息的领域"。②

上面所列举的斯卡弗迪莫夫和巴赫金的观点是互为补充的(尽管有所不同)。他们提出了阐释与科学性认识的关系这一极为严肃的问题。关于这一点,目前存在着截然相反的意见。有时阐释活动被看作是文学学最重要的部分,有时则相反,部分或完全被排除在文学学领域之外。第一种观点在 Д. С. 利哈乔夫那里有过明确的表述。用他的话来说,阐释是关于文学的科学的基础环节:是失去硬度的软中心,中心四周分布着更加精密的科学学科,它们似乎组成了阐

---

① M. M. 巴赫金:《话语创作美学》,第 362 页。作为一定价值取向、心理状态和文化传统"载体"的主体始终存在于文学学的研究活动中,关于这一点请参阅 И. А. 叶绍洛夫:《俄罗斯文学中的集结性范畴》,彼得罗扎沃茨克,1995 年,第 3—12 页。Т. Г. 马利丘科娃:《论哲学语文学》,见 Т. Г. 马利丘科娃:《作为科学和创造活动的语文学》,彼得罗扎沃茨克,1995 年。

② 《M. M. 巴赫金文集》(七卷本)第 5 卷,第 7 页。

释的"刚性筋条"(生平研究、文本的历史、诗韵学)。①

然而在文学学家当中,对追求科学性的阐释持怀疑态度的大有人在。这可以追溯到浪漫主义的美学观,它强调,艺术作品的涵义是不确定的。例如,谢林认为,艺术作品"为不计其数的诠释提供了可能,而且也永远说不清楚,这种无限性是艺术家本人赋予的,还是作品自身所表现出来的。"②后来,人们也不止一次地说过,艺术将自身的深刻内涵掩藏得严严实实,生怕求知心切的人类智慧有所发现。③

但阐释和作为科学现象的诗学,在形式主义学派和结构主义学派的代表们那里是互为对立的。关于科学性的诗学,Цв. 托多罗夫这样写道:"与阐释某些作品所不同的是,它追求的不是弄清作品的涵义,而是认识与作品的产生条件相关的一些规律。"④此类看法与按照"精密"学科的样式来建构文学学的经验有关。它们颇像易卜生笔下布兰德的箴言:"或者得到一切,或者一无所有。"如果文学学的阐释无法使人们彻底理解作品,那么科学就会把它弃置一边。

Ю. М. 洛特曼虽然说得比托多罗夫委婉一些,但也十分清楚地将文学研究这门学术与阐释活动区分开来,他认为后者对于现当代学者而言还为时尚早。他写道:"这本教材不是考察诗歌文本所引起的个人和社会的种种反应,即它自身的文化意义的丰富性,我们只是从极为有限的,现代科学所能达到的视角对它加以考察……文学学正在学习怎样提出问题,而此前却一直急于回答问题。现在被提到首要地位的不是构成某位研究者个人经验的宝库的东西——这些东西与他的个人经验、鉴赏力和素质是分不开的,而是比它要实际得多的分析方法——也是更为严谨,更加合乎标准的分析方法。"⑤可以说,这里的分析对阐释是加以排斥的,试图把阐释推向极为遥远的将来。

---

① 参阅 Д. С. 利哈乔夫:《再论文学学的精确性》,见 Д. С. 利哈乔夫:《论语文学》,莫斯科,1989年,第27—30页。
② Ф. В. 谢林:《先验唯心主义体系》,第383页。
③ 可参阅 А. А. 斯米尔诺夫:《关于文学研究这门学术的途径和任务》,见《文学思想》1923年第2期。
④ Цв. 托多罗夫:《诗学》,见《结构主义:"赞成"和"反对"》,第41页。
⑤ Ю. М. 洛特曼:《诗歌文本分析》,第5—6页。

有些学者对文本只作描述和分析,而不屑于对其进行阐释,因此他们时常会对研究对象表现出一种疏远的,有时甚至是冷漠傲慢的态度。关于这一点,В. Б. 什克洛夫斯基发表了十分尖锐的意见:"对待旧的形式就应该像研究青蛙一样。生理学家研究青蛙并不是为了学会蛙叫。"①А. К. 若尔科夫斯基和 Ю. К. 谢格洛夫则以经院派的正规方式表达了同样的思想:学者与作家保持着一定距离,"不会硬缠着作家要当他的老师和交谈者及学生"。他"以鸟瞰的方式"来看待作者——"就像看待文学学用来做实验的家兔一样"(这里与巴赫金提出的读者和作者的对话交锋的观念形成暗辩)。②

М. Л. 加斯帕罗夫的著述对阐释的科学性同样也抱以不信任的态度。他认为,文学既然是"客观现实的……独立现象",就不应该"作为文学之外的某些现象的反映和表现"来加以研究。这位学者认为,"文学资料是第一性的,而生平资料是第二性的",这一点对文学学家—分析家而言,"应该是一条公理"。③

诚然,考察文学作品的原则尚无定说,可以一直讨论下去。尚未解决的问题远远多于达成的共识。然而,针对文学学阐释的几个一般性理论要点,我们有理由作如下表述。

第一,艺术内容不可能为某种唯一的作品诠释法所穷尽。文学学阐释(如同其他所有的科学认知形式一样)能够吸收的只是相对真理。对艺术作品的任何一种解读行为(即便是最具洞察力的,最深刻的)都无法做到唯一而绝对的正确。探寻艺术精品内涵的过程是没有止境的。每一部精品都有一系列恰当妥帖的解读方式可供选择,有时选择范围极为宽广。因此就阐释和分析的尝试而言,不可能获得百分之百的精确性。用一位著名的德国艺术学家的话来说,无法用"辨认死物时"出现的那种精确性"来领悟作品的活机体"。不过这位学者同时也指出,无论是对精确性的贬低,还是与所研究对象的本

---

① В. Б. 什克洛夫斯基:《汉堡记分法》,第 125 页。
② А. К. 若尔科夫斯基、Ю. К. 谢格洛夫:《作者世界和文本结构》,纽约,1986 年,第 10 页。
③ М. Л. 加斯帕罗夫:《Б. И. 亚尔霍关于文学理论的著述》,第 470、480 页。

质不相一致的"虚假的精确性",对艺术学都是极为有害的。①

第二,必须重视上文多次表述过的(包括 A. П. 斯卡弗迪莫夫说过的)一种意见,即认为:对作家创作的文学学阐释应该是经过仔细论证的,应该考虑到文本的每个元素与艺术整体之间所存在的多方面的复杂关系。只要阐释在某种程度上追求科学性,那么对阐释所提出的这种要求就是理所应当的。无论是无休止地重复浅显的道理,还是受到艺术文本的启发,随意发挥——它会使我们疏离,甚或有悖于作家所表达的思想,这些都是与文学学的解读方式背道而驰的。文学学家既然敢于阐释作品,他就会自负其责,同时又要小心谨慎地向艺术作品中的奥秘迈进。

第三,也是最后一点,如果上文所述的对作品的内在性研究与语境研究能够相互结合,并互为支撑,那么文学学的阐释就会达到新的广度和深度。下面我们就来谈谈对后者的研究。

3. 语境研究

术语"语境"(源自拉丁文 contextus,其义为:紧密的联系、连接)在当代语文学中已经获得牢固的地位。对于文学学家而言,语境为文学作品与其外部事实——无论是文学事实,还是非艺术事实——建立联系提供了无限广阔的天地。

分析者兼阐释者所面临的一个重要而又难以解决的课题在于,如何将作品置于伴随其(所研究作品)创作过程所发生的文学、生活和文化等各种现象的关系中加以考察。问题是文学学家(就像任何一个别的读者那样)"命中注定"首先要以自身的当下性的眼光来接受过去时代的作品,而这种当下性诚如上文所述,会使很久以前的艺术作品发生变异,增加新的内涵,转而强调别的方面。然而,作品的阐释者有责任把此前的作品看作当时那个时期的现象来加以认识。诚如 A. B. 米哈伊洛夫所言,学者的任务在于,对正在阅读的文本进行"逆向翻译",即译为作者所处时代的文化语言:要"学习倒译的方

---

① X. 塞德迈尔:《艺术与真理·关于艺术史的理论和方法》,莫斯科,1999 年,第 241—242 页。

法，把东西都放回各自的原位"。① 如果文学作品的诠释者想让自己的观点获得可靠性和充分的依据，那么这一点恐怕就是他的主要使命了。

但还有一点也十分重要，即文学学家不仅要关注作家创作活动的直接的、最近的语境，还要关注更为广泛的、长远的语境，即与作者相关（指有意识的或直觉的参与）的"宏大历史时代"的现象（M. M. 巴赫金语）。这里既指文学传统——无论是作为仿效的对象，或者相反，还是作为抛弃的对象，也指过去的数代人积累起来的艺术之外的经验——作家对其所持的某种立场。存在的、超历史的一些因素也在"长远"语境的序列当中，因为它们是起源于古代希腊和埃及艺术的神话诗学共相，而这种共相被称为原型。

除了上文所说的作家创作语境之外，对其作品的阐释者而言，显得同样重要的是，作者的同时代人及其后世对作品的接受语境："意义减损"和意义增补链。

创作和接受文学作品的语境并没有相对固定的界限，它是无限宽阔的。文学艺术创作的语境的多层面性（或者说得准确点，诸语境的多样性），就连作家本人也不总是很清楚的，但对学者而言它却显得绝对的重要。文学学家对作品与此前的现象和因素——无论是文学艺术的，还是与生活直接相关的现象和因素——的关系考虑得越是充分，越是全面，那么分析和阐释也就"收益"越多。

不言而喻，对文学作品的语境研究不可能包罗万象，因此要根据需要加以选择。其中的隐含性和模糊性远远大于明确性和清晰性。不过，对文学创作的语境研究是把握作品思想内涵的不可或缺的条件，是了解作者观点和作家初始直觉的一个重要前提。在每一种具体的情况下，文学学家关注的是所研究作品的一般语境中为数不多的几个层面。但从科学思想总的发展前景来看，无论是相近的具体语境，还是长远的总体语境，都要一并考虑，这一点至关重要。

作家创作的语境研究应该与作品的内在性研究相结合（对科学

---

① A. B. 米哈伊洛夫：《应该学习逆向翻译》，见 A. B. 米哈伊洛夫：《逆向翻译》，莫斯科，1999 年，第 16 页。

而言这是一种理想的方法），或者至少需要考虑到后者的因素。一旦脱离了文本涵义的具体事实，语境研究就可能成为有点像无旋律的音乐伴奏之类的东西，更为糟糕的是，还会转变为游戏性质的臆想（尤其是当文学学家仅仅关注于长远的语境时）。关于文学的科学需要积极地联结和综合艺术作品的内在性研究和语境研究。

文学学家们解读作品的方式由于其目标各不相同，因而就十分多样，它们所显示出的价值差异很大。其数量每十年就会得到大量增加。在追求科学性的各种阐释中，既有简单的概念化现象，歪曲的现象，执于一端的门户之见，也有精辟透彻的分析研究。就文学作品的分析性研究——同时也是阐释性研究——而言，文学学（其中包括我国的）具有极为重要的经验，这种经验丰富和深化了对作品的理解。在这方面我们可以列举出 А. П. 斯卡弗迪莫夫写于 20 世纪 20 至 40 年代论述 Ф. М. 陀思妥耶夫斯基、Л. Н. 托尔斯泰和 А. П. 契诃夫（尤其是关于他的戏剧）的一些文章；哲学家 А. А. 梅耶尔所写的在语文学方面显得无可挑剔的论文《〈浮士德〉阅读思考录》（写于 30 年代中期）[①]；收录于《论艺术的多重世界》（1985 年）和《俄罗斯文学的情节》（1999 年）这两本书中的 С. Г. 鲍恰洛夫论述 А. С. 普希金、Н. В. 果戈理、Е. А. 巴拉丁斯基、Ф. М. 陀思妥耶夫斯基、М. 普鲁斯特、Вл. 霍达谢维奇、А. П. 普拉东诺夫的文章以及他论述《战争与和平》的专著；С. С. 阿韦林采夫论述不同国家和时代的诗人的文章——后辑为《诗人们》一书（1996 年）。作为对单篇作品的文本内部（内在性）研究和语境研究的有机结合的典范，Ю. М. 洛特曼的文章《普希金长诗〈安哲鲁〉的主题结构》[②]和 Д. Е. 马克西莫夫的文章《关于一首诗：〈同貌人〉》[③]非常值得关注。像这样符合文学研究这门学术的崇高使命的分析性阐释还有不少，其清单可以拉得很长。

[①] 参阅 А. А. 梅耶尔：《哲学著作》，巴黎，1982 年。
[②] 《Ю. М. 洛特曼文选》（三卷本）第 2 卷。
[③] Д. Е. 马克西姆夫：《А. А. 勃洛克的诗歌与散文》。

第五章 文学类别与文学体裁

第一节 文学类别

1. 文学类别的划分

自古以来,语言艺术作品通常被归并为三大类,称之为文学的类别。这就是叙事类、戏剧类、抒情类。尽管作家们(尤其是在20世纪)所创作出来的并非全都能纳入这三大类之中,但三分法至今仍葆有其在文学学中的重要性和权威性。

文学类别这一概念,在古希腊思想家的论述中就已初具轮廓。诗人——苏格拉底在柏拉图的对话体专著《理想国》第三卷中谈论道,——第一,可以直接以自己的身份说话,"主要是在酒神赞美歌中"(实际上这是抒情类作品最重要的特性);第二,可以以主人公之间的"言语交换"的形式去构建作品,诗人的话并不掺杂其中,这对悲剧和喜剧来说是有代表性的(诗体剧就是这样);第三,可以把自己的话语与属于出场人物的他人话语(这是叙事类作品所固有的)结合在一起:"而当他(诗人——本书作者注)引用他人言语时,当他在其间以自己的身份说话时,这就是叙述"①。苏格拉底和柏拉图对诗歌的第三个类别、叙事类(作为一种混合)的划分,乃是立足于区分——对叙述——并不采用出场人物的言语而对已然发生的事情进行叙述(古希腊文 diegesis)、同摹仿——借助于行为、动作、说出的话语来摹仿(古希腊文 mimesis)这两者之间的区分——之上的。

类似的论述——可以见之于亚里士多德的《诗学》第三章。诗歌(语言艺术)中的三种摹仿方式在这里得到了简要的界说,实际上它

---

① 柏拉图.《柏拉图文集》三卷本,第 3 卷,第 1 分册,莫斯科,1971 年,第 174—176 页,参见:柏拉图.《文艺对话集》,朱光潜译,第 47—54 页。

们是对叙事类、抒情类、戏剧类作品的基本特征的界说："人们可用同一种媒介的不同表现形式摹仿同一个对象,既可凭叙述——或进入角色,此乃荷马的做法,或以本人的口吻讲述,不改变身份——也可通过扮演,表现行动和活动中的每一个人物。"①

在文艺复兴时期,亚里士多德的这个三分法被具体化了。A.C.明托诺 在《诗艺》②(1559)这一著述里,从语言艺术中划分出史诗(即叙事类)、抒情诗(即抒情类)和舞台诗(即戏剧类)。从诸如此类的论述中衍生出那种在18—19世纪得到确立的叙事类、抒情类、戏剧类的概念——具有普适意义的文学类别形式的概念。语言艺术的类别,即便在现如今(继苏格拉底、柏拉图和亚里士多德之后)也被理解为表述者("言语的载体")与艺术整体之关系的类型。

然而,在19世纪(最初——是在浪漫主义美学中)对叙事、抒情、戏剧的另一种理解得以确立:不是作为语言艺术的形式,而是作为由哲学范畴所确定下来的某些凭智慧可以领悟的本质:文学类别开始被视为艺术内容的类型。这样一来,对文学类别的考察就同诗学(恰恰是关于语言艺术的学说)脱离开来。例如,谢林就将曾确定抒情同无限性与自由的精神之间、叙事同纯粹的必然性之间的关联,在戏剧中则看出这两者的一种独特的综合:自由与必然之间的斗争。③ 而黑格尔(继让·保尔之后)则借助于"客观"和"主观"这一对范畴来界说叙事、抒情、戏剧的基本特征:叙事诗——具有客观性,抒情诗——具有主观性,戏剧诗则是使这两种元素相结合。④ 由于《诗歌的分类和分体》(1841)一文的作者 B.Г.别林斯基的努力,黑格尔的学说及其相应的术语在俄罗斯文学学中扎下根来。在20世纪,文学类别一而再再而三地被置于同形形色色的心理学现象(回忆、表象、紧张)、语言学现象(语法上的第一、第二、第三人称)以及时间范畴(过去、现在、将来)的彼此关联之中。

---

① 亚里士多德:《诗学》,陈中梅译注,第42页。
② A.C.明托诺,文艺复兴时期意大利学者,著有《论诗人》(De Poeta)、《诗艺》(Arte Poetica)——译者注。
③ Ф.В.谢林:《艺术哲学》,第396—399页。
④ Г.В.Ф.黑格尔:《美学》四卷本,第3卷,第419—420页。

可是，源于柏拉图和亚里士多德的传统仍然在延续，仍然拥有生命力，而具有相当大的权威性。作为文学作品的言语组织之类型的文学类别——乃是一种无可争辩的超时代的现实，而值得加以仔细关注。①

由德国心理学家和语言学家 K. 比勒在20世纪30年代创构的言语理论，可阐明叙事类、抒情类、戏剧类作品的特质。K. 比勒断言，表述(言语行为)有三个方面。它们包括：第一，对言语所指涉的对象的描叙传达（法文 representation——代表；英文 representation——描写、陈述、表征——译注）；第二，表现(对言说者的情致思绪的表达)；第三，呈诉(言说者指向某人的呈诉，这使表述本身成为行为)。② 言语活动的这三个方面相互联系，而在表述的各种类型(其中包括——艺术类的)中以各自不同方式来表现自己。在抒情类作品中，成为组织建构性元素而占据支配地位之主导的，是言语的表现力。戏剧类作品则强调言语之呈诉性的、本身作为行为的那个方面，话语呈现为事件的展开中某个时刻所完成的一种行为。叙事类作品也是广泛依赖于言语之表现性的质素与呈诉性的质素(因为主人公的表述，标志着他们的行为的表述，进入作品而成为其组成部分)。然而，在这一文学类别中占据支配地位的，乃是对于某个外在于言说者的事件的描叙传达，这传达是用叙事的形式呈现出来的。

同抒情类、戏剧类和叙事类作品在言语结构上的这些特性有机地关联着的(也恰恰是由它们所预先决定的)，还有文学类别的另外一些特性：作品的时空组织方式；人在作品中的显像特色；作者出场的形式；文本诉诸于读者的呈诉性质。换言之，文学类别中的每一种都具有特殊的、其自身固有的特征结。文学类别的划分，同将文学分为韵文和散文并不相吻合。在日常用语中，抒情类作品经常与韵文混为一谈，而叙事类作品则与散文等量齐观。这一类用词是不准确

---

① 有关文学类别研究史之更为详细的论述，参阅 B. E. 哈里泽夫：《作为文学的一个类别的戏剧(诗学、起源、功能)》，第22—38页。

② K. 比勒：《语言理论、语言的表述功能》，莫斯科，1993年，第34—38页。

的。文学类别中的每一种既包括诗体(韵文的)作品,也包括散文体(非韵文的)作品。

在文学类别理论中存在着严重的术语问题。"叙事的"("史诗性")、"戏剧的"("戏剧性")、"抒情的"("抒情性")这些词不仅表示作品在上述类别上的特质,而且也表示它们的另一些特性。人们称之为史诗性的,是那种将生活置于其多层面性中加以庄严而冷静的、从容不迫的观照,是那种看取世界之视界的宏阔,是那种将世界作为一个整体来接纳。据此,人们时常谈论"史诗性的世界观",艺术地体现于荷马史诗和后来的一系列作品(Л. Н. 托尔斯泰的《战争与和平》)中的"史诗性的世界观"。作为思想上—情致上的一种意向境界的史诗性,存在于所有的文学类别之中——不仅存在于叙事类(叙事性)作品之中,而且还存在于戏剧类作品(А. С. 普希金的《鲍里斯·戈都诺夫》)和抒情类作品(А. А. 勃洛克的《库利科沃原野》组诗)之中。通常称之为戏剧性的,乃是那种与对某些矛盾的紧张体验、与激动和不安相关联的情感思绪潮动状态。至于抒情性——则是指同内心的、隐秘的、私密的天地相接合相关联的、被升华的情思流露。戏剧性和抒情性也可以在所有的文学类别中出现。例如,Л. Н. 托尔斯泰的长篇小说《安娜·卡列尼娜》、М. И. 茨维塔耶娃的诗歌《怀念祖国》,都是充满戏剧性的。И. С. 屠格涅夫的长篇小说《贵族之家》、А. П. 契诃夫的戏剧《三姐妹》和《樱桃园》、И. А. 布宁的中短篇小说,都是洋溢着抒情性的。可见,叙事类、抒情类和戏剧类文学已然摆脱那种对史诗性、抒情性和戏剧性——作为作品之情感上—涵义上的"发声显象"类型的史诗性、抒情性和戏剧性——之专一而硬性的依恋。

在20世纪中期,德国学者Э. 施泰格尔曾独创性地尝试着对这两个系列概念(史诗—叙事,等等)加以区分。在其《诗学的基本概念》一书中,Э. 施泰格尔对作为文体风格现象(调性类型——Tonart)的叙事、抒情、戏剧的基本特征——作了界说,(相应地)将它们与表象、回忆、紧张这样一些概念加以关联。他断言,每一部文学作品(不管它是否具有史诗、抒情诗或者戏剧之外在的形式)都是集这三种质素于一身:"我会解释不清抒情性和戏剧性,如果我把它们与抒情类和戏剧类作品加以关联。"①

2. 文学类别的起源

叙事类、抒情类、戏剧类作品在人类社会的那些最为远古的阶段里,在原始的混合性创作中。就已经形成。A. H. 维谢洛夫斯基曾以其《历史诗学三章》中的第一章,来论述文学类别的起源。他证实的是,文学的各个类别产生于原始氏族部落的祭祀典礼中的合唱,其行动乃是仪式性的游戏—歌舞,在这种游戏—歌舞中,肢体之模仿性的动作伴随着歌唱——高兴或悲伤的喊叫。叙事类、抒情类、戏剧类作品由 A. H. 维谢洛夫斯基解释为从祭祀典礼中的"合唱的行动"的"原生质"中孕生出来的。

从那些最积极的合唱队员(领唱人、领舞人)的喊叫声中孕生出抒情—叙事歌曲(抒情叙事短歌),那些歌曲渐渐地从祭祀典礼仪式中分离出来:"具有抒情—叙事性质的歌曲,乃是从合唱与仪式的接合中最先而自然的分离。"本义上的诗歌之原初的形式,在维谢洛夫斯基看来,就是抒情—叙事歌曲。后来,在这些歌曲的基础上形成了史诗性的叙事。而抒情类文学(最初是社团性的、集体性的)则是从原本意义上的合唱的喊叫声中孕生出来的,它渐渐地也从祭祀典礼仪式中分离出来。这样一来,叙事类和抒情类作品便由 A. H. 维谢洛夫斯基解释为"古代祭祀典礼仪式上的合唱解体的结果"。至于戏剧类作品,这位学者断言,产生于合唱中的对白同领唱中的对白之间的交流。而且戏剧(有别于叙事类作品和抒情类作品)在获得独立性之际,它同时还"保留了"祭祀典礼仪式上的合唱之"全部的〈……〉混合性",而成为那种合唱的某种类似物。②

A. H. 维谢洛夫斯基所建构的文学类别起源理论,已为现代科学所熟知的诸原始氏族部落的生活的大量事实所证实。譬如,戏剧产生于祭祀典礼仪式上的演出这一起源已是毋庸置疑:民间舞蹈和

---

① Staiger E.:《诗学的基本概念》,苏黎世,1951 年,第 9 页。
② A. H. 维谢洛夫斯基:《历史诗学》,第 190、245、230 页。

哑剧确实是渐渐地而越来越活跃地伴有仪式表演者的话语。然而，有一点在 A.H. 维谢洛夫斯基的理论中没有被考虑到：叙事类和抒情类作品的形成也可以不取决于祭祀典礼仪式上的活动。譬如，神话传说——后来，散文体传说（传奇）和民间故事则是植根于神话传说——就是在合唱之外而产生的。神话传说不是由民众性的祭祀典礼仪式的参加者歌唱出来的，而是由部落的某个代表人物讲述出来的（而这一类的讲述，恐怕也远不是在所有的场合下都是面向数量众多的人群）。抒情类作品也是可能形成于祭祀典礼仪式之外的。抒情性的自我表现，是在原始氏族部落的生产（劳动）关系和日常生活的关系之中产生的。可见，文学类别的形成曾经有过各种不同的途径。祭祀典礼仪式上的合唱只是其中之一。

3. 叙事类：叙述与叙述主体

在叙事类（古希腊文 epos——其义为词语、言语）文学中，作品的组织建构性元素，就是关于人物（出场人物）、人物的命运、人物的行为、人物的情致思绪的叙述，就是关于人物生活中的事件——那些构成情节的事件——的叙述。这是——连串用词语来陈述的描叙传达，或者，简言之，就是对早先发生的事情的讲述。时距——在言语所建构的视象同词语符号所指称的物象之间的时间间隔——是叙述所固有的一个特点。叙述（我们不妨来回忆一下亚里士多德的说法：诗人讲述"一件事，就像讲述一件自己身外的事情一样"）是以旁观的姿态进行的，并且通常都具有过去时这一语法形式。那种往事回忆者的立场，乃是为叙述者（讲故事人）所典型的。被描写的行动的时间，同对于这一行动加以叙述的时间这两者之间的间隔，几乎就是叙事形式的一个最为重要的特点。

"叙述"一词用于文学是有不同用法的。狭义上——这是指借助词语将某一次发生过并延续一段时间的事情铺展性地描叙出来。在较为宽泛的意义上，叙述还包括描述，即通过词语对某种稳定的、固定的，或者完全静止的物象加以再现（绝大部分对风景、日常生活情景、人物的外貌特征、他们的心理状态的基本特征所做的描述，就是这样的）。对周期性地重复的事物进行词语描绘，也是描述。譬如，

"往往,他还在床上高卧,/就给他送来一些短简",——在普希金的那部诗体长篇小说第一章中,就是这样来写奥涅金的。以类似的方式进入叙述结构的,还有作者的议论,这种议论在 Л.Н.托尔斯泰、A.法朗士、T.曼的笔下发挥了不小的作用。

在叙事类作品中,叙述会吸纳并仿佛要遮蔽住出场人物的表述——他们的对话和独白,包括内心独白,而与之积极地发生相互作用,对它们加以解说、补充和校正。艺术文本就是叙述性言语与人物的表述的一种合成物。

叙述结构在叙事类作品中占据支配性主导地位。它并非总是在数量上占优势,但总是成为组织建构性元素。叙述,时常被称之为叙事(法文 narration,俄文 наррация,英文 narration——译者注)(与 narratio 这一拉丁文的原初涵义相符)的叙述,自然,会成为分析性考量的核心对象。"唯独叙事话语这一层面可被加以直接的文本分析",——法国结构主义者 Ж.热奈特这样断言。用他的话来说,我们对长篇小说家或短篇小说家所描绘的人物和事件的了解,不可能不是间接的,以间接的方式实现的:所讲述的一切"只能通过叙事"①提供给我们。

叙事类作品依赖于叙述,充分运用文学所拥有的诸种艺术手段,毫不拘束、自由自在地掌握在时间上流动不居在空间上转换不息的现实。况且叙事类作品是没有文本篇幅上的限制的。作为文学的一个类别的叙事类作品,既包括篇幅短小的故事(中世纪和文艺复兴时期的小说;欧·亨利和早期的 A.П.契诃夫的幽默小品),也包括那些供长时间聆听或阅读的作品:异常广阔地摄取生活的史诗和长篇小说。印度的《摩诃婆罗多》、古希腊荷马的《伊利亚特》和《奥德赛》、Л.Н.托尔斯泰的《战争与和平》、Дж.高尔斯华绥的《福赛特家史》、У.福克纳的自成三部曲的长篇小说《村子》《小镇》《大宅》,就是这样的作品。

叙事类作品能够"吸纳"众多的人物、事件、命运、细节,其数量之

---

① Ж.热奈特:《叙事话语》,见 Ж.热奈特:《辞格》二卷本,第2卷,莫斯科,1998年,第65—66页。

大,那是其余的文学类别和任何一门其他的艺术都望尘莫及的。况且,叙述形式会促成对于人的内心世界的最为深刻的透视。它完全适合于表现那些具有众多特征和特性的、未完成的、矛盾的、处于运动、形成和发展之中的复杂性格。

叙事类文学的这些潜能,远没有在所有的叙事作品里都得到运用。然而,在生活的完整性中艺术地再现生活的概念,对时代的本质加以揭示的概念,创作行为的规模宏大与纪念碑式的宏伟的概念,都与"叙事类"这个词语有着牢固的联系。再也没有一类艺术作品,像中篇小说、长篇小说、史诗那样,既能那么自由地渗入人的意识深处,同时又能那么自由地切入人们的存在之方方面面。

在叙事作品中具有深刻而重大的意义的是叙述者的在场。这是对一个人加以艺术地再现的一种颇有特色的形式。叙述者经常扮演的是所展示的人物和事件的见证人和阐释者的角色,而堪称所描绘出来的世界与读者之间的一个中介。

叙事作品的文本,通常并不包含有关叙述者的命运、他与出场人物的相互关系、他这是在何时何地何种情境下讲述其故事、他的思想和感情等方面的信息。叙事精神,——用 T. 曼的话来说,——往往是"无重量、无定形且无所不在的";"对于它而言,没有'这里'和'那里'之分"。① 而叙述者的言语则不仅具有描绘性功能,而且还具有表达性价值;这一言语不仅在描述表述的对象的基本特征,而且也在描述言说者本人的基本特征。在任何一部叙事作品里,对现实加以接纳的手法格调都会被体现出来,而那手法格调乃是为叙述者所固有、为他的世界观和思维方式所独具的。在这个意义上理应来谈论叙述者形象,构成叙事作品世界的一个相当重要的方面的叙述者形象。由于 Б. М. 艾亨鲍姆、В. В. 维诺格拉多夫、М. М. 巴赫金(20 世纪 20 年代的著述)的努力,叙述者形象这一概念已经牢牢进入文学学之中而广为流行。在 20 世纪 40 年代,Г. А. 古科夫斯基对这些学者的见解加以综合时曾写道:"艺术中各种各样的描绘不仅形成了关于被描绘者的概念,而且也形成了关于描绘者、叙述的体现者的概念

---

① 《T. 曼文集》十卷本,第 6 卷,莫斯科,1960 年,第 8 页。

"〈……〉叙述者——这不仅是多少有点具体化的形象,〈……〉而且还是某种形象的思想、言语体现者的原则和面貌,或者说——必然是某种看待被叙述者的视点,一种心理上的、思想观念上的与简直就是地理上的视点,因为不可能不从某个参照点出发而去描绘,而没有描绘者也就不可能有描绘。"①

换言之,叙事形式不仅会再现被讲述出来的东西,而且也会再现讲述者。叙事形式会艺术地刻画出言说的手法格调、接纳世界的手法格调,而最终——还会刻画出叙述者的智慧气质与情感习性。叙述者的面貌既不表露于情节中,也不表现于心灵的直接流露中,而是在独特的叙述性独白中呈现出来。这种独白的表达性因素是它的派生性功能,然而却是十分重要的。

没有对民间故事叙述手法叙事格调的仔细审视,就不可能有对那些故事的充分接受,在叙事格调叙述手法中,透过讲故事人的率真和朴实往往可以揣测出愉悦和戏谑、生活经验和智慧。如果捕捉不到行吟诗人和讲故事人的思想和情感之崇高格调,就不可能感受到古代英雄史诗美妙。而如果不能领悟叙述者的"声音",要理解 А. С. 普希金与 Н. В. 果戈理、Л. Н. 托尔斯泰与 Ф. М. 陀思妥耶夫斯基、Н. С. 列斯科夫与 И. С. 屠格涅夫、А. П. 契诃夫与 И. А. 布宁、М. А. 布尔加科夫与 А. П. 普拉东诺夫的作品,就更是不可思议了。对叙事作品活生生的接受,永远都是同对叙事在其中得以进行的手法格调之仔细审视联系在一起的。对话语艺术感觉敏锐的读者,在短篇小说、中篇小说或者长篇小说中,不仅能够看到对人物生活及其细节的描叙传达,而且还能够听到叙述者富有表现力的、意味深长的独白。

叙事类文学可以拥有各种不同的言语运作与掌控方式。那种在人物与对人物加以描叙的叙述者之间存在着间隔,——也可以说,存在着绝对距离——的叙述类型,是最为根深蒂固的。叙述者心平气和地讲述事件。叙述者无所不知,具备"全知全觉"的天赋。叙述者的形象,高踞于世界之上的那样一种生灵的形象,则赋予作品极大的

---

① Г. А. 古科夫斯基:《果戈理的现实主义》,莫斯科—列宁格勒,1959 年,第 200 页。

客观性色彩。人们将荷马比作奥林匹斯诸神而称之为"有神性的",这绝非偶然。

这类叙述的艺术潜能,在浪漫主义时代的德国古典美学中曾得到过考察。在谢林的著作里,我们可以读到:在叙事类作品中"讲述者是必需的,他以其镇静自若的讲述往往会使我们并不过分同情出场人物,而将听众的注意力导向纯粹的结局。"他接着写道:"对于出场人物来说,讲述者乃是一个陌生的并不为之动情的外人〈……〉他不仅以其不偏不倚的观照而君临于听众之上,以其讲述来营构来掌控这一格调,而且好像是有心要来替代'必然性'。"①

正是立足于源自荷马的这样一些叙事形式,19世纪的古典美学认为,叙事类文学——这是特殊的、"史诗般的"世界观的艺术体现,这种世界观的一个显著特征就是以极其宏阔的眼光来看取生活,并平静而愉悦地予以接纳。

T. 曼 在《长篇小说的艺术》一文中,表达了与之类似的关于叙述的本性的见解:"也许,叙述的原生自发力,这一永恒的一荷马的质素,这一对往事洞若观火明察秋毫的精神,——宛如世界一样广袤无垠,而对整个世界是无所不知的精神,最为充分而名副其实地体现着诗的原生自发力。"这位作家认为叙述形式是反讽精神的体现,这种反讽不是冷漠一无动于衷的嘲笑,而是饱含热忱和关爱:"这是对弱小者满怀温柔的庄严","是从自由、宁静和客观的高度去看待事物,而没有被任何说教搅得黯淡无光的视点。"②

关于叙事形式之内容性基础的这一类观念(尽管它们都立足于千百年来的艺术经验)是不充分的,在相当大的程度上是片面的。叙述者同出场人物之间的距离远非总能获得现实的意义。古希腊罗马的散文就已经证明了这一点:在阿普列尤斯的长篇小说《变形记》(《金驴记》)和佩特罗尼乌斯的长篇小说《萨蒂尼孔》中,人物自己来讲述其所亲见的与所亲历的。在这样的一些作品中得到表达的那种对世界的看法,同所谓的"史诗般的世界观"是毫无共同之处的。

---

① Ф. B. 谢林:《艺术哲学》,第399页。
② 《T. 曼文集》十卷本,第10卷,第273、277、278页。

在近二三个世纪的文学中,叙事的主观性的元素活跃起来了。叙述者开始用那些人物当中的某一位的眼光来看取世界,而深刻体验着这个人物的思想与印象。这方面的一个鲜明的例子——就是斯丹达尔的《巴马修道院》中对滑铁卢战役场景所作的详尽的描述。这一战役绝不是按荷马的方式而被再现出来的:叙述者似乎转变为主人公,变为年轻的法布里斯,而以他的眼光来看待所发生的事情。叙述者同主人公之间的距离实际上已经消失,两者的视点彼此重合了。Л. H. 托尔斯泰有时也推重这种描写方式。在《战争与和平》的一章里,波罗金诺战役就是透过并不谙军事的皮埃尔·别祖霍夫的接受而被展现出来的;在菲里举行的军事会议,则是以小女孩玛拉莎的印象之形式而被描写的。在《安娜·卡列尼娜》中,渥伦斯基参加的赛马是分两次而被再现出来的:一次是作为渥伦斯基本人所体验的,一次是作为安娜所见到的。Ф. M. 陀思妥耶夫斯基与 A. П. 契诃夫、Г. 福楼拜与 T. 曼的作品,也是具有某种与之类似的特点的。叙述者与之相贴近的主人公,仿佛是从内心被描绘出来的。"应当在心里想象自己就是出场人物",——福楼拜曾经这样说道。当叙述者与主人公当中的某一位相贴近时,非自身的直接引语便得到广泛的运用,于是,叙述者的声音同主人公的声音就重迭而融为一体。在19—20世纪的文学中,叙述者的视点与人物的视点之彼此重合,乃是由于那种对人们的内心世界之独特性的艺术兴趣已然获得增长所导致的,而重要的——乃是源生于这样一种对生活的理解:生活已经被看成为一些彼此并不雷同的对待现实的态度、一些品质上迥然各异的视野与价值取向的集合。①

叙事类的叙述之最为普及的形式——这是以第三人称的身分而进行的讲述。在这里,那种公开地表示自己的立场、直接地表达自己的思想和对被描绘对象之评价的广阔前景,就会在作者面前展开。

---

① 关于19世纪俄罗斯文学中叙述形式的多样性,请参阅:Ю. B. 曼:《作者与叙述》,见《历史诗学·文学时代与艺术意识的类型》,在文章结尾处,作者这样谈论契诃夫:"〈……〉在使讲故事人的视域与主人公主观的视域相互交融时,他能特别敏锐而尽心地发挥在20世纪文学中占据显要位置的那样一种为个人特定的叙述情境。"(第478页)

与此同时,叙述者完全可以在作品中去扮演有别于作者的某个"我"。这些已经被人格化了的叙述者,以自身的、"第一"人称的身分来说出自己的见解表露自己的情感的叙述人,自然也就被称之为讲故事人。讲故事人时常同时又是作品中的人物(А. С. 普希金的《上尉的女儿》中的格里廖夫、Л. Н. 托尔斯泰的《舞会之后》中的伊万·瓦西里耶维奇、Ф. М. 陀思妥耶夫斯基的《少年》中的阿尔卡基·多尔戈鲁基)。

讲故事人—人物当中的许多人以自己的生活经历和情致思绪而与作家相近(尽管并不等同)。这种情形见之于自传体作品(Л. Н. 托尔斯泰早期的三部曲、И. С. 什梅廖夫的《禧年》和《朝圣》)。然而,更为常见的是,那种已然成为讲故事人的主人公的命运、生活立场、感受体验,同作者所具有的命运、生活立场、感受体验乃是大不相同、迥然有别的(Д. 笛福的《鲁滨逊漂流记》、А. П. 契诃夫的《我的一生》)。况且,在一系列(书信体的、回忆录式的、童话故事式的)作品中,叙述者乃是用那种并不等同于作者的、有时则是与之大相径庭的手法格调,来说出自己的见解表露自己的情感的(请参阅前面关于"他人话语"的论述)。可见,叙事类作品中所运用的叙事方式,是多种多样的。

4. 戏剧类

戏剧类作品(古希腊文 drama——行动)与叙事类作品一样,是要对事件链、人们的行为及其相互关系加以再现。像叙事类作品的作者一样,一个剧作家要受制于"渐渐展开来的情节的规律"[①]。然而,戏剧中并没有铺展开来的叙事性—描述性的描写。与此相应,作者的言语在这里也是辅助性的,偶尔才在个别场面出现。有时伴之以性格特征上的简短评语的出场人物表,对事情发生的时间和地点的注明;对各幕与各场开头的舞台场景的描写,以及对主人公人物的个别的对白、尾白的注释,对他们的动作、手势、面部表情、语调的提示(情景说明),就是这样的。这一切组成戏剧类作品的副文本。而它的主文本——乃是人物的一连串的表述、他们的对白与独白。

---

① 《И. В. 歌德论艺术》,第 350 页。

戏剧的艺术潜能的某种局限性由此而来。剧作家只能运用那些对长篇小说或长篇叙事诗、中篇小说或短篇小说的创作者们开放的具体物象的描写手段中的一部分。并且出场人物的性格在剧中所得到的展示,远不如在叙事类作品里那样自由而充分。T. 曼指出:"我是把戏剧〈……〉作为一种剪影艺术来接受的,而只是在一个被讲述出来的人身上我才感觉到一个立体的、完整的、现实的和雕塑般的形象。"① 况且,有别于叙事类作品的作家,剧作家们不得不承受那种与戏剧演出艺术需求相符的对话语文本篇幅的限制。在戏剧中被描绘的事件的时间应当被全部纳入严格的舞台时间的框架之内。戏剧的演出,以其为近代欧洲剧院所习惯的那些形式而进行的戏剧的演出之时间延续,众所周知,不会超过三四个小时。而这就要求戏剧的文本(剧本)应有与之相应的篇幅。

然而,剧本的作者相对于中长篇小说的创作者拥有一些实质性的优势。剧中所描写的一段时间会与另一段、相邻的时间紧密接合。由剧作家在舞台上展开的情节进程中所再现的事件的时间,不会被缩短,也不会被拉长;剧中的人物们彼此交换着对白而并没有什么明显的时间间隔;而且他们的言谈,诚如 K. C. 斯坦尼斯拉夫斯基所指出的那样,会构成一条紧密咬合、毫不间断的线。如果说,借助于叙事,行动会被作为某种过去的事情而得到刻画,那么,剧中的一连串对白和独白就会创造出一种现在时的幻觉。生活在这里仿佛是以其自身的名义来言说:在被描写的东西与读者之间并没有中介/叙述者。事件在戏剧作品中是以最大限度的直接性而得到再现的。它仿佛就是在读者的眼前进行。"所有的叙事形式",Φ. 席勒写道,"都是将现在移到过去;所有的戏剧形式则将过去变成现在"。②

戏剧作品是被定位于舞台演出之要求的。而戏剧演出——这是公众性的、大众性的艺术。戏剧的表演会直接作用于许多人,那些人在对他们眼前发生的事情的反应中仿佛是融为一体的。用普希金的话来说,戏剧的使命在于"去打动众多的人,去引发他们的好奇心",

---

① 《T. 曼文集》十卷本,第 9 卷,第 386 页。
② 《Φ. 席勒文集》七卷本,第 6 卷,第 58 页。

并为此而去描绘出"激情的真相":"戏剧产生于广场而成为民众的一种娱乐形式。人民,如同孩童,对趣味性,对活动,是有需求的。戏剧能向民众展示不同寻常的、神奇怪异的事件。民众对那些强烈的感觉是有需求的〈……〉笑、怜悯与恐惧,乃是由戏剧艺术所拨动的我们的想象力的三根弦。"①戏剧类文学与笑的领域有着特别紧密特别亲近的关联,因为戏剧演出是在与大众节庆活动不可分离的关联之中,是在游戏与娱乐的氛围之中确立和发展起来的。O. M. 弗赖登堡指出:"喜剧体裁对于古希腊罗马来说,乃是具有普适性的。"②对于其他国家和其他时代的戏剧演出,也理应作如是观。T. 曼曾将"丑角的本能"称为"任何戏剧表演技巧的本原"③。他确实是言之有理的。

  戏剧执著于追求对被描写的事物之外在的有效果的展示,这是不足为怪的。戏剧的形象性是夸张的,惹人注目的,以装腔作势的扮演来给人以深刻印象。H. 布瓦洛写道:"戏剧表演要求〈……〉无论是在嗓音、腔调上,还是在手势上,都要有一些被夸张而富有表现力的凸现。"④舞台艺术的这一特性,总是要在戏剧作品主人公的行为上打上自己的烙印。"就像在演戏一样",——这是布伯诺夫(高尔基的《底层》)对绝望的克列士气愤若狂一口气说出的台词所作的评点,克列士突然插进大伙的谈话,而使之具有了戏剧性的效果。Л. H. 托尔斯泰对 У. 莎士比亚过多使用夸张手法的指责——似乎"艺术印象的潜能"因此而"受到破坏"——,(作为对戏剧类文学基本特征的界说)倒是具有重要意义的。"从第一句话开始",——他在论悲剧《李尔王》时写道:"就显出夸张:事件的夸张、情感的夸张与表现的夸张"⑤。在对莎士比亚之创作的评价上,Л. H. 托尔斯泰是不正确的,可是关于伟大的英国剧作家热衷于戏剧化的夸张这一见解却是

---

  ① A. C. 普希金:《论人民剧〈市长夫人马尔法〉》,见《A. C 普希金全集》十卷本,第 7 卷,第 214、213 页。
  ② O. M. 弗赖登堡:《神话与古代文学》,莫斯科,1978 年,第 282 页。
  ③ 《T. 曼文集》十卷本,第 5 卷,第 370 页。
  ④ 转引自 C. 莫库尔斯基编:《西欧戏剧史文选》,二卷本(第 2 版),第 1 卷,莫斯科—列宁格勒,1953 年,第 679 页。
  ⑤ 《Л. H. 托尔斯泰全集》九十卷本,第 35 卷,莫斯科,1950 年,第 252 页。

完全公正的。关于《李尔王》的这番评价,可以适用于古希腊罗马的喜剧和悲剧、古典主义的戏剧作品、Ф. 席勒和 B. 雨果等人的剧作,而其理据性丝毫也不减少。

在 19—20 世纪,当那种对日常生活的真实可信性的追求在文学中占了上风时,戏剧固有的假定性便开始淡出,有时被缩减到最低限度。这一进展的征兆,早在 18 世纪所谓的"市民剧"——有 Д. 狄德罗和 Г. Э. 莱辛为其创始人和理论家的市民剧——中就已经被感觉到了。19 世纪至 20 世纪初俄罗斯最为杰出的剧作家——A. H. 奥斯特洛夫斯基、A. П. 契诃夫和 M. 高尔基——的作品,就是以所再现的生活形式之真实可信性而著称的。可是尽管这些剧作家以逼真为旨趣,情节上的、心理描写上的与言语本身的夸张仍然被保留下来。甚至在契诃夫的那些堪称是"逼真"之极致的剧作里,戏剧化的假定性也还在发生作用。让我们看看《三姐妹》的最后一场。一个年轻的女性在 10 至 15 分钟之前同相爱的人分别了,恐怕也是永远分手了。而另一个年轻的女性,则是在 5 分钟之前得知自己的未婚夫死去的消息。于是,她俩,同大姐,第三个姊妹一起,对所发生的事情从道德上—哲学上加以总结,在军队的进行曲的乐声中思考着她们这一代人的命运、思索人类的未来。未必能想象这是在现实生活中发生的事情。但是我们都没有在意《三姐妹》这不逼真的收场,因为大家对戏剧会明显地改变人的生活活动的形式这一点已经习惯了。

以上所说的一切,使人确信 A. C. 普希金的那个见解——"戏剧艺术的本质是排斥逼真"(源自他的那篇已被引用的文章),乃是公正的:"在阅读一部长诗、一部长篇小说的时候,我们时常可能会沉入幻觉而以为所描写的事情并不是虚构,而是真实情况。在颂诗中、在哀诗中,我们则可能会以为诗人描写了自己在真实情境中的真情实感,然而,在一座被分隔成两部分的楼房里,其中的一部分坐满了观众,这些观众都是事先约定好而相聚于此的,还有其他的条件……哪里会有什么逼真呢?"①

戏剧作品中最为重要的作用,属于主人公的言语自我揭示上的

---

① 《A. C. 普希金全集》十卷本,第 7 卷,第 212 页。

假定性,主人公的对话与独白,那些时常充满警句和劝谕的对话与独白,比在类似的生活情境中可能会说出的那些对白要冗长得多,也更有效果。"向一旁"说出的对白就具有假定性,它们对于台上的其余的人物仿佛是不存在的,但被观众听得清清楚楚,还有独白,主人公孤身独处时所说出的那类独白,乃是一种将内心言语显露出来的纯粹的舞台表现手法(这样的独白,无论是在古希腊悲剧中,还是在近代戏剧中,均为数不少)。剧作家,像是在进行一种实验似的,一心要展示,一个人若是要在所说出的话语里极其充分、极为鲜明地表达自己的情致思绪,那他究竟会如何去表述。而且,戏剧作品中的言语,时常会获得与艺术—抒情言语,或者,艺术—演说言语的相似之处:主人公在这里偏爱于像即兴诗人或者公开讲演大师那样来表露情感。因此,黑格尔将戏剧看作叙事性质素(事件性)与抒情性质素(言语表现力)之综合,这在某种程度上是对的。

戏剧在艺术中似乎有双重生命:戏剧表演的和文学本身的。在构成一次次演出之戏剧性的基础,而作为那些演出的组成部分而流传之同时,戏剧作品也为那些有阅读能力的读者大众所阅览。

然而,情况远非总是如此。将戏剧从舞台上解放出来是渐渐地被实现的(历经好几百年的岁月),而且是在比较晚近的前不久才得以完成的:在18—19世纪。那些具有世界意义的戏剧典范(从古希腊罗马至17世纪),在其创作的年代里实际上并未被看成是文学作品:它们当时只是作为舞台艺术的组成部分而流传。无论 У. 莎士比亚,还是 Ж. Б. 莫里哀,都没有被他们的同时代人看成为作家。18世纪下半叶对伟大的写剧作的诗人莎士比亚的"发现",在将戏剧看成作品,——也是供阅读的作品这一概念的确立上,起了决定性的作用。从此,戏剧开始被广泛地阅读起来。在19至20世纪,戏剧作品凭借无以计数的印刷品的出版,而成为文学的一个重要分支。

19世纪(尤其在其上半期),剧本的文学价值有时被置于舞台价值之上。比如,歌德就认为,仿佛"莎士比亚的作品并不是为肉眼而写的"①,而格里鲍耶多夫认为,自己想从舞台上听到《智慧的痛苦》

---

① 《И. В. 歌德论艺术》,第410—411页。

的诗句这一愿望乃是"幼稚的"。得以流行开来的,是所谓的Lesedrama(供阅读的戏剧),那种以首先供阅读性接受为目标而创作出来的戏剧。歌德的《浮士德》、拜伦的戏剧作品、普希金的"小悲剧"、屠格涅夫的戏剧作品,就是这样的。屠格涅夫曾就自己的戏剧作品而指出:"我的剧本,这些不适合演出的剧本,在阅读时能引起某种兴趣。"①

在 Lesedrama 与被作者定位于舞台演出的剧本这两者之间,并没有根本性的区别。为阅读而创作的戏剧,常常就是一种潜在的舞台演出性的。于是剧院(包括现代的剧院)执著地寻找而有时也会找到改编成舞台演出剧的办法,可以佐证这一点的——屠格涅夫的《村居一月》被成功地搬上舞台(首先这是"艺术剧院"革命前的一次著名的演出),20 世纪无以计数的(虽然远非总是成功的)对普希金的那些"小悲剧"的舞台解读。

古老的真理仍然有效:戏剧最为重要的,主要的使命就是舞台演出。"只有在舞台演出之际",——A. H. 奥斯特洛夫斯基指出:"作者的戏剧构思才会获得十分完美的形式,而产生出恰恰是作者将它的达到确立为自己的目标的那种道德上的影响。"②

以戏剧作品为基础而进行的戏剧演出的创构,伴有对戏剧作品的创造性的追加与补充:演员要创作出所扮演角色的语调上—姿势上的画面样型,美工要装饰舞台空间,导演要进行舞台场面设计。由于这些活动,剧本的构思便会有某些改变(它的一些方面被关注得多一些,另一些方面则被关注得少一些),时常是被具体化与被充实了:舞台上的演出会给戏剧带来一些新的意义色彩。在这种情形中,对于一个剧团有着头等重要意义的,乃是文学解读的忠实性这一原则。导演和演员们被赋予的使命,是以其最大的、可能有的圆满,将所改编的作品送到观众面前。当导演和演员们在其主要的内容上的、体裁上的、风格上的特点上深刻地领悟戏剧作品,才会有舞台上解读的忠实性。只有当导演和演员们同剧作家的思想圈相契合(哪怕是相

---

① 《И. С. 屠格涅夫 选集》十二卷本,第 9 卷,莫斯科,1956 年,第 542 页。
② 《А. Н. 奥斯特洛夫斯基全集》十二卷本,第 10 卷,莫斯科,1978 年,第 63 页。

对的)时,只有当舞台上的活动家们珍视而细细琢磨所改编作品的涵义、它的体裁特征、它的风格特点、它的文本本身时,舞台上的演出(一如银幕上的展演)才会与自己的使命相符。①

在18至19世纪的古典美学里,特别是在黑格尔和别林斯基的笔下,戏剧(首先是悲剧体裁)被看成是文学创作之最高级的样式:被看作为"诗之冠"。好几个艺术时代也确实主要是在戏剧艺术里来表现自己的。古希腊罗马文化繁荣时期的埃斯库罗斯和索福克勒斯,古典主义时期的莫里哀、莱辛和高乃依,都是叙事类作品的那些作者当中无人可与之比肩的。歌德的创作在这方面有特别的意义。这位伟大的德国作家能驾驭所有的文学类别,他正是以一部戏剧作品——不朽的《浮士德》——之创作,来圆满地结束自己的艺术生涯的。

在已然成为过去的千百年的岁月里(直至18世纪),戏剧类文学不仅与叙事类文学成功地展开了竞争,而且时常还成为对于在空间与时间中流变不居的生活加以艺术地再现的一种主要的样式。这是有一系列的缘由的。第一,戏剧演出艺术,对最广泛的社会阶层开放(这有别于手抄的和印刷的书籍)的戏剧演出艺术,起了巨大的作用。第二,戏剧作品的特性(对那些带有色彩分明的特征的人物之描写,对人的种种激情与情欲之再现,对动人情感的煽情与荒唐不经的怪诞之倾心)在那些"前现实主义"时代,完全迎合了文学上普遍流行的与艺术上普遍时尚的倾向。

尽管在19至20世纪里,被推到文学舞台前沿的是社会—心理长篇小说——叙事类文学的一种体裁,光荣而可敬的一席依然是属于戏剧作品的。

5. 抒情类

在抒情类(古希腊语 lyra——一种乐器,在它的伴奏下吟诵诗

---

① 专门探讨戏剧表演艺术的著述非常之多。我们举出两部堪称奠基性的著作:A. A.阿尼克斯特:《戏剧理论史》,莫斯科,1967—1988(1—5卷);П.巴维:《戏剧辞典》(译自法语),莫斯科,1991年。

歌)文学中,最为重要的是人的意识的那些单个的状态①:带有感情色彩的思考、意志力的冲动、印象、外在于理性的感觉和强烈的意向。如果说在抒情作品里某种事件链也得到陈述(这远非是总有的),那么,它是非常受节制的,是没有任何详尽的细节化的(我们不妨来回忆一下普希金的《我记得那美妙的一瞬……》)。"抒情诗",——Ф.施莱格尔写道,——"总是仅仅描写特定的状态本身,诸如一阵惊讶、勃然大怒、顿然悲痛、突然欣喜,等等,——某种本身并不完整的整一。情感的整一在这里是不可或缺的。"②在抒情诗的对象上的这种观点,被现代学术继承下来了。③

抒情性的感受是作为一种属于言说者(言语的体现者)的东西而展示的。它与其说是用话语指称出来的(这是个别场合才有的情形),不如说是以最大的能量而表现出来的。在抒情诗中(也只有在抒情诗中)艺术手段的体系整个地服从于对人的心灵完整的运动的揭示。

抒情式地刻画出来的感受,明显地不同于那些直接的生活情感心绪,那里有而且往往还占主导地位的是无定形的、难以名状的东西,模模糊糊的、莫名其妙的东西,混沌一团、毫无头绪的东西。抒情性的情感心绪——这是一个人的心灵经验的一种浓缩、一种精华。"最为主观的一个文学类别",——Л.Я.金兹堡在论及抒情类文学时曾这样写道,"它,不像任何其他的文学类别,而被定位于直面共通性,执著于将心灵生活作为普遍共通的生活来描绘。"④感受,作为抒情作品之基础的感受,——这是一种心灵的顿悟。它是对一个人在现实生活中所经历的(或有可能经历的)东西,加以创造性的提炼完形与艺术改造的结果。"甚至在那些时候",——Н.В.果戈理在谈到

---

① 德国学者 Peterson J. 使用(Zustand——状态)这个术语来界说抒情类文学的基本特征;他提醒道,构成叙事文学和戏剧文学之领域的乃是行动(Handlung)。(参阅 Peterson J. ;《关于诗的科学·卷一·作品与诗人》,柏林,1939年,第119—126页。)

② Ф.施莱格尔:《美学·哲学·批评》二卷本,第2卷,第62页。

③ 关于抒情诗中的"感受的形象",请参阅 В.Д.斯克沃兹尼科夫:《抒情诗》,见《文学理论·基本问题的历史阐述:文学类别与体裁》,莫斯科,1964年,第175—179页。

④ Л.Я.金兹堡:《论抒情诗》,第7页。

普希金时曾这样写道,——"在他本人沉湎于炽热的情欲之中而晕头转向的那些时候,诗对于他来说仍是一块圣地,——真像是一座神殿。他不会衣冠不整蓬头垢面地走进那里;他不会把他的私生活中任何轻率而有失检点的、冒失而孟浪的东西带进那里;杂乱无章的现实不会赤裸裸地闯进那里〈……〉读者闻到的唯有芳香,然而,为了能散发出这芳香,究竟有哪些东西在诗人的胸中燃成灰烬了,那是谁也不可能察觉出来的。"①

抒情类文学绝不封闭在人的内心生活领域,绝不封闭在原本意义上的人的心理之中。它总是被那些标志着一个人沉潜于外在现实之凝神观照的心灵状态所吸引。因此,抒情诗不仅是对意识状态(这——一如 Г. Н. 波斯彼洛夫所言,——在诗歌中乃是第一性的、基本的、占主导地位的东西②)的艺术把握,而且还是对存在状态的艺术把握。哲理诗、风景诗、公民诗就是这样的作品。抒情诗能够无拘无束而宏阔地表现诸种时空观念,将所表现的情感同诸种事实——日常生活的与大自然的、历史的与当代的——加以关联,同整个地球的生活、同天下、同宇宙加以关联。况且,抒情类文学的创作,——在欧洲文学中,其先声之一乃是圣经中的《诗篇》——,能在其最为鲜明的那些典范中获得宗教性质。有时,它是(我们不妨来回忆一下 М. Ю. 莱蒙托夫的诗作《祈祷》)与祈祷相类似,而记录诗人对存在的最高力量的沉思(Г. Р. 杰尔查文的颂诗《上帝》)和诗人与上帝的交流(А. С. 普希金的《先知》)。宗教母题在 20 世纪的抒情诗中也是颇有表现的:在 В. Ф. 霍达谢维奇、Н. С. 古米廖夫、А. А. 阿赫玛托娃、Б. Л. 帕斯捷尔纳克的笔下,在当代诗人之中——О. А. 谢达科娃的笔下,都能见到。

可以被抒情式地体现出来的观念、思想、情感心绪之"音域"是非常宽的。然而,抒情类文学会比其他的文学类别更加倾心于刻画一切具有正面意义的东西、有价值的东西。一旦封闭在总体性的怀疑

---

① Н. В. 果戈理:《究竟什么是俄罗斯诗歌的本质及其特色?》,见《Н. В 果戈理文集》九卷本,第 6 卷,莫斯科,1994 年,第 160 页。

② Г. Н. 波斯彼洛夫:《文学类别中的抒情类》,1976 年,第 32 页。

主义与看破红尘而遗世独立的状态之中,它未必能有什么成果。我们还是再来读一读 Л. Я. 金兹堡的那本书:"抒情诗就其实质而言——乃是关于意义重大的、崇高的、美好的(有时则是存在于矛盾的、反讽性的折射之中)的交谈;是人的那些理想与人生价值的一种闪亮呈现。然而,它也是那些反价值的一种曝光——在怪诞中,在揭露和讽刺中呈现出来的;但是,抒情诗的主干道毕竟还不是通向这里的。"①

抒情类文学主要是在篇幅短小的样式中栖身的。尽管也存在抒情长诗——以交响乐般的多声部多层次来再现诸种感受——这一体裁(B. B. 马雅可夫斯基的《关于这个》、M. И. 茨维塔耶娃的《山之歌》和《末日之歌》、A. A. 阿赫玛托娃的《没有主人公的长诗》),抒情类文学中绝对占优势的乃是篇幅不大的诗作。抒情类文学的一个原则——"尽可能地简短,尽可能地丰满"。② 那些被执著地导向极度的紧凑简练、经受了最大限度地"压缩"的抒情文本,有时类似于谚语式的准确而简练的表达法,近乎于警句、格言,往往与它们相接邻而又相竞争。

人的意识之状态是以各种方式体现于抒情类文学之中的:或者是直接而坦率地,以极为诚恳的表白,以充满反省的忏悔性的独白方式(我们不妨来回忆一下 C. A. 叶赛宁的那首杰作《我不惋惜,不召唤,不哭泣……》),或者多半是含蓄地,间接地,以对外部现实加以描绘的形式(描写性的抒情,首先是风景诗),或者是以紧凑而简练地讲述某个事件的形式(叙事性的抒情)。然而,几乎在任何一部抒情作品中都会有沉思的因素。激动而在心理上紧张地思考某个事物,被称之为沉思(拉丁文 meditatio——沉思、思考):"甚至当抒情作品仿佛失去了沉思性而在外表上看上去主要是被赋予描写性的时候,它们也只是在其描写性具有沉思性的'潜文本'的条件下,才具有充分的艺术价值。"③换言之,抒情类文学同那种口吻上的中性与不偏不

---

① Л. Я. 金兹堡:《论抒情诗》,第 8 页。
② Т. И. 希里曼:《抒情诗简论》,列宁格勒,1977 年,第 33 页。
③ Г. Н. 波斯彼洛夫:《文学类别中的抒情类》,第 158 页。

倚,——在叙事类文学的叙述中广泛存在的口吻上的中性与不偏不倚,是不相容的。抒情作品的言语充满表现力,那种表现力在这里成为组织性的和支配性的因素。抒情表现力在遣词造句上,在隐晦曲折的话语表达上,而主要的是在文本的语音—节奏的建构上,均是要发生作用的。在抒情类文学中被推到首位的,是那种在其与节律体系密不可分的关联中存在着的"语义—语音上的效果"[①]。况且,抒情作品在大多数情形下都具有韵文的形式,而叙事类和戏剧类(特别是在与我们相距不远的那些时代)则多半是诉诸于散文的。

言语的表现力在抒情类的诗歌中往往似乎是被精炼到了极致。无论是"普通的"言语,还是叙事类和戏剧类文学中主人公的表述,不论是叙事性散文,甚或是韵文体的叙事文学,都没有这么多大胆而出人意料的隐晦曲折的话语表达,都没有这么灵活且内涵丰富的语调与节奏的结合,都没有如此诚挚感人而给人印象深刻的声响重叠和与之相似的叠音,而抒情诗人们(尤其是在20世纪)一个个都喜欢诉诸于这些手法。

在充满表现力的抒情性言语中,话语表述之习有的逻辑上的有序性往往退居到边缘,甚或完全消失,——这种情形是20世纪的诗歌所最为突出的,而在很多方面则是由19世纪下半叶法国象征派的创作(П. 魏尔伦、Ст. 马拉美)所预示的。Л. Н. 马尔蒂诺夫有几行诗句,描绘的就是这一类艺术:

> 言语为所欲为,
> 音阶中的秩序被颠覆,
> 音符倒立而行,
> 为了窥伺到现实的声音。

"抒情性的无序",乃是早先就为语言艺术所熟悉的,但只是在上个世纪的诗歌中才占据上风,——这是对人的意识的那些潜在的隐匿的深层,对感受的源头,对复杂的、逻辑上不确定的心灵运动之艺

---

① Б. А. 拉林:《论作为艺术言语的一种变体的抒情诗(语义学专论)》,见 Б. А. 拉林:《话语美学与作家的语言:论文选》,列宁格勒,1974年,第84页。

术兴趣的表达。一旦转向这种容许自己"为所欲为"的言语,诗人就获得那种同时地、急切地、一下子、"上气不接下气地"言说所有事情的可能性:"世界在这里仿佛是以出其不意、突如其来的情感所统摄的样子而出现。"①我们不妨来回忆一下 Б. Л. 帕斯捷尔纳克的那首作为其《第二次降生》一书之开篇的组诗《浪》的开头:

> 这里将有一切:亲身的体验
> 与我现在的精神寄托,
> 我的追求和我的准则,
> 与不是在梦中的所见。

言语的表现力使抒情文学的创作与音乐相通。П. 魏尔伦的那首《诗艺》②,——向诗人发出要深刻体验音乐精神之号召的那首诗作,写到了这一点:

> 音乐,至高无上,
> 奇数倍受青睐,
> 没有什么能比在曲调中
> 更朦胧也更晓畅
> ……
> 音乐,永远至高无上!
> 让你的诗句插翅翱翔,
> 让人感到她从灵魂逸出
> 却飞向另一种情爱、另一个天堂

在艺术发展的那些早期阶段,抒情作品是被用来吟唱的,词语文本伴有旋律,它以旋律来充实自己,并与旋律相互作用。无以计数的歌曲与 romance(法文,——浪漫曲、浪漫诗、情歌——译注)至今还在见证着:抒情类文学在其本质上是与音乐相近相通的。

---

① В. В. 穆萨托夫:《20世纪上半叶俄国诗歌中的普希金传统·从安年斯基到帕斯捷尔纳克》,莫斯科,1998年,第384页。

② 该诗写于1874年,发表于1882年。中译采用成凯的译文,载《象征主义·意象派》,中国人民大学出版社,1989年,第241—242页。

但是，抒情类文学与音乐之间存在着原则性的差别。音乐（如同舞蹈）能对人的心灵深层——别的艺术门类所不能企及的心灵深层——加以领悟与理解，然而它只限于传达感受之普遍的共通性。人的意识，在这里乃是在它同存在的某种具体现象之直接的关联之外的那种状态中得到揭示的。例如，聆听肖邦著名的练习曲直至小调（作品第 10 至第 12 号），我们能体会到急剧的进取性与那种达到了激情的紧张的情感的崇高性。然而，我们并不会将这份情感与某种具体的生活情境，或者某一特定的画面，联系在一起。听曲者尽可自由地去想象那是海上的风暴，或者那是一场革命，或者那是思恋之情的不安分，或者索性委身于音响之自发的原生力，去品味这些音响本身所体现的情感心绪而并不作任何物象的联想。

在抒情诗中则不是这样。情感和意志力的冲动，在这里乃是在它们被某种条件所引发的状态中产生的，而且是针对某些具体现象所感发出来的。我们不妨来回忆一下，譬如，普希金的那首《白昼的明灯熄灭了……》。在这首诗里，诗人那不安分的、浪漫而痛苦的情感，是通过他对周围的印象（"沉郁的海洋"在它脚下汹涌澎湃、"远去的海岸，那令人陶醉的南方大陆的边沿"），是通过对过去所发生的事情的回忆（忆起爱情那深深的伤痕，忆起那在风暴中已经褪了色的青春）得以揭示的。诗人是在传达意识与存在之间的关联，在语言艺术中不可能不是这样。这种或那种情感总是作为意识对某些现实现象的反应而呈现出来的。用艺术话语所刻画出来的那些心灵活动，即便是那么模糊不清而难以捕捉的（我们不妨来回忆一下 B. A. 茹可夫斯基、A. A. 费特、或者 A. A. 勃洛克早期的那些诗），读者总还是能够琢磨出，它们是由什么所引发的，至少会弄明白，它们是与什么样的印象相伴生的。

抒情诗中所表达的感受的体现者，通常被称为抒情主人公。这一术语，由 Ю. H. 蒂尼亚诺夫在 1921 年写的《勃洛克》一文①中引入，已在文学学和批评中扎下根来（与之同义的，还有词组"抒情之我"、"抒情主体"）。作为"被创造之我"（M. M. 普里什文语）的抒情

---

① Ю. H. 蒂尼亚诺夫：《诗学·文学史·电影》，第 118 页。

主人公,不仅仅是针对具体的诗作而言,而且还可以针对组诗,以及诗人的整个创作来谈。抒情主人公——这是十分特别的那样一种人的形象,它根本不同于叙述者/讲故事人——通常,我们对其内心世界是一无所知——的形象,也有别于叙事作品和戏剧作品中的人物形象,——那些人物总是被处理得同作家保持距离。

抒情主人公并不是简单地被置于同作者的紧密关联之中,同作者的世界态度、精神上一生平的经历、心灵气质、言语格调的紧密关联之中,而且(几乎在大多数情形下)都是与作者融为一体密不可分的。抒情类文学在其基本的"地带"上乃是被自我心理化的。

然而,抒情感受并不等同于诗人作为有生平经历的个人所体验到的那些东西。抒情类文学并不是简单地对作者的情感加以再现,它还要将其变形、使它们充实,对它们加以再度创造,使之提升,使之高尚起来。A. C. 普希金的《诗人》这首诗——说的恰恰就是这一点(……诗人敏锐的耳朵/刚一接触到神的声音,/他的灵魂立刻颤动起来,/像是一只惊醒的鸷鹰)。

况且,作者时常会凭借想象的力量创造出那些在真的现实中根本不曾有过的心理情境。文学学家一再确信,A. C. 普希金的那些抒情诗的母题和主题远非总是与他个人的命运的事实相契合。A. A. 勃洛克在它自己的一首诗的手稿上留下的题词也是颇有意味的:"根本没有这回事。"诗人在自己的诗中时而是以青年—修士形象、神秘得扑朔迷离的美妇人的崇拜者的形象,来刻画出自己的个性,时而则是戴着莎士比亚的哈姆雷特的"面具",时而又扮演彼得堡餐馆常客的角色。

抒情地表达出来的感受,既可以是属于诗人本人的,也可以是属于那些与他并不相像的人的。善于"转瞬间将别人的感受为自己的"——用 A. A. 费特的话来说——诗的天赋之一就是这样的。明显地有别于作者的一种人物的感受,在其中得到表达的那种抒情诗,被称为角色诗(以区别于自我心理化的抒情诗)。诸如 A. A. 勃洛克的诗作《你没有名字,我的遥远的……》——朦胧地期待爱情的姑娘的真情流露,或者 A. T. 特瓦尔多夫斯基的《我战死于勒热夫城下》,或者 И. A. 布罗茨基的《俄底修斯致勒玛科斯》,都是这样的诗歌。

甚至还有(诚然,这种情况很少见)抒情表述的主体被作者所揭露。H. A. 涅克拉索夫的那首《道德人》中的同名人物就是这样的,这个人给周围人招致了很多痛苦与灾难,却固执地重申着一句话:"我严守道德而活着,平生从未对任何人作恶。"这样看来,前面所援引的亚里士多德对抒情诗的定义(诗人"以本人的口吻讲述,并不改变自己的身份"),就不准确了:抒情诗人完全可以改变自己的身份,而去再现那属于别人的感受。①

然而,抒情类文学创作的主干线并非是角色型的,而是自我心理化型的:那种堪称诗人直接的自我表达之行为的诗。为读者所珍贵的,是抒情性感受之人性之真,是"诗人活的灵魂"——用 В. Ф. 霍达谢维奇的话来说,——在诗中直接的在场:"未被风格模拟所隐藏的作者个性,对我们来说更为亲切";诗人的尊严在于,他是在听从那要把自己的感受给表达出来的真正需求而写作②。

作者自我揭示上的那种富有魅力的率直性、他内心世界的"敞开性",乃是抒情类文学的主干枝所固有的。细细地品味 A. C. 普希金与 М. Ю. 莱蒙托夫、С. A. 叶赛宁与 Б. Л. 帕斯捷尔纳克、A. A. 阿赫玛托娃与 М. И. 茨维塔耶娃的诗作,我们就能对他们精神—生平的经历体验、情致思绪的范围、个人的命运获得相当鲜明且多方位的认识。

通常,抒情作品是由单个的主体(抒情之"我")的意识与言语组织起来的。然而。在抒情类文学的构成中,抒情之"我们"这一现象也是颇有意义的,而对这一现象至今仍然研究得不够。这个"我们"的语义是多层面而丰富的。可以举出许许多多抒写个人内心隐秘而带有私密性质的诗篇(首先是写爱情的抒情诗),是以过着共同生活的两个相互亲近的人的名义所写下的。譬如,A. A. 勃洛克的《我们俩曾相遇在教堂里……》与《我们同是大地上被遗忘的……》、О. Э. 曼德尔施塔姆的《我们俩在厨房里坐一会儿吧……》,就是这样的。

---

① 关于 19 世纪俄罗斯诗歌中的角色抒情诗,请参阅 Б. О. 科尔曼:《Н. А. 涅克拉索夫的抒情诗》,第二版(增订版),第 98—108 页。

② 《В. Ф. 霍达谢维奇文集》四卷本,第 1 卷,莫斯科,1996 年,第 449、417、416 页。

抒情之"我"一旦从"我—你"这一情境框架中走出，就能获得更大的容量。我们不禁想到 М. Ю. 莱蒙托夫的《沉思》，抒情主体在那里是以自己一代人的名义说话；较晚近的诗歌中则有——丘特切夫的《我们，正在海上漂游/四面八方是被照亮的深渊》，Д. С. 梅列日科夫斯基的《夜之子》(清晨的寒冷——这就是我们/我们——架在深渊之上的台阶)，А. А. 勃洛克的《西徐亚人》，那里传出的是作为欧洲和亚洲之中介的俄罗斯的声音，В. В. 马雅可夫斯基 20 世纪 20 年代的诗歌（这些诗中的抒情主体——极为众多的社会主义建设者），Э. Г. 巴格里茨基的《以黑面包和忠实的妻子之名义……》，О. Э. 曼德尔施塔姆的《我们生活着，没觉得国家……》，А. А. 阿赫玛托娃的《纪念 1914 年 7 月 19 日》《人们以为，我们是乞丐》《致伦敦人》。显然，抒情之"我们"，乃是诗歌不可分割的一个方面。它会刻画出语言艺术家的那种意识，——这意识已然向艺术家周围的人的现实敞开，与之息息相关，为它所席卷。

有时在一个抒情之"我"中有好几个主体融合在一起。例如，在 Б. Л. 帕斯捷尔纳克的那首杰作——长篇小说《日瓦戈医生》最后一章的开篇《哈姆雷特》这首诗中，言语同时以这好几重身份在展开：莎士比亚悲剧的主人公的身份、扮演这个角色的演员的身份、在 1910—1920 年之交写下该诗的尤里·安德烈耶维奇·日瓦戈的身份、创作成熟期(20 世纪 40 年代中期)的帕斯捷尔纳克本人的身份。这首诗具备抒情的多主体性。

抒情主人公同作者(诗人)之间的相互关系，受到文学学家各个不同角度的思考。传统的有关抒情言语的体现者与作者是融为一体、不可分割、两者是等同的观点，——溯源于亚里士多德的观点，在我们看来，也是具备有分量的理据的观点，明显地有别于 М. М. 巴赫金的见解，巴赫金将抒情类文学视为作者与主人公之间、"我"与"他者"之间相互关系的一个复杂体系，他还谈论到抒情类文学中总是有合唱性因素的在场。①

读者，那种全身心地沉浸于作品的情感心绪氛围之中的读者，在

---

① М. М. 巴赫金：《话语创作美学》，第 148—149 页。

抒情类文学接受上的独特性,正是由作者主体性表达上的充分来决定的。抒情性创作(而这又使它与音乐相近相通)拥有极大的引发情思唤起情感、拨动心弦感动人心的力量(暗示性)。在阅读短篇故事、长篇小说或者戏剧作品时,我们是在保持一定的心理距离的状态中来接受所描写的世界,——在一定的程度上已经被奇特化了的世界。顺从作者的意志(有时则是听凭自己的意愿)我们对人物的情致思绪加以接受,或者相反,不去分享,我们赞成,或者不赞成他们的行为举止;我们对它们加以讥讽,或者报之以同情。抒情类文学,则是另外一种情景。对一部抒情作品加以充分的接受——这就意味着要全身心地为诗人的那些情致思绪所浸透,要去感觉并再一次去体验它们,将之作为某种自己的东西而再度体验之。借助于抒情作品的那些浓缩而精炼的富有诗意的表达,在作者和读者之间,——用 Л. Я. 金兹堡那句精辟的话来说——"得以确立的乃是那种闪电式的且准确无误的接触"[①]。诗人的情感同时会成为我们的情感。作者与他的读者会形成某种不可分割的"我们"。而抒情类文学特有的魅力也就在这里。

6. 类别之间与类别之外的样式

诸文学类别彼此之间并没有被一堵不可逾越的高墙相互隔绝。在那些毫无疑问而可以完全归属于诸文学类别当中的某一类的作品之外,还存在将两个类别样式的某些特性集于一身的作品——"双类别性的构成"(Б. О. 科尔曼的说法)[②]。有关这种可以归属于两个文学类别的作品及其类型,在19—20世纪的岁月里不断有人论及。例如,谢林就曾将长篇小说界说为"叙事类文学与戏剧类文学的结合"[③]。在 А. Н. 奥斯特洛夫斯基的戏剧中就已见出叙事性因素的在场。Б. 布莱希特将自己的剧本界定为叙事性的。М. 梅特林克和

---

① Л. Я. 金兹堡:《论抒情诗》,第12页;另请参阅 Ю. И. 列文:《从交际的观点看抒情诗》,见《Ю. И. 列文论文选·诗学·符号学》,莫斯科,1998年。

② Б. О. 科尔曼:《作者理论术语中的文学类别描述尝试(主体层面)》,见《文学中的作者问题》,第1辑,第223页。

③ Ф. В. 谢林:《艺术哲学》,第380页。

A. 勃洛克的那些作品，就与"抒情剧"这一术语牢牢地粘在一起。已然深深地植根于语言艺术之中的，有抒情—叙事类文学，包括抒情—叙事长诗（从浪漫主义时代开始在文学中确立下来）、抒情—叙事短诗（有民间文学的根源）、抒情散文（通常是自传性的），以及那种在对事件的叙述中抒情插笔也得以"嵌入"的作品，例如，就像在拜伦的《堂·璜》与普希金的《叶甫盖尼·奥涅金》中那样。

在20世纪的文学学中，人们曾多次试图对传统的"三分法"（叙事类、抒情类、戏剧类）加以补充，并对文学的第四个（甚或还有第五个，等等）类别这一概念加以论证。与三个"原来的"类别相提并论的，有长篇小说（В. Д. 德涅普罗夫），有讽刺（Я. Е. 艾尔斯别尔格、Ю. Б. 鲍列夫），有电影脚本（一群电影理论家）。① 这一类见解里是有不少可争议之处，然而，文学确实有过一组组这样的作品，它们并不充分地具有叙事类、抒情类或者戏剧类作品的特性，甚或完全没有这些特性。理应将它们称之为类别之外的样式。

第一，这是艺术性的特写。作者的注意力在这里被集中于外在现实，这就为将它置于叙事类体裁序列提供出某种理据。但是，在特写中事件链和叙述本身并不起组织性作用：占据支配性的主导地位的，是描写，往往还伴之以议论。屠格涅夫的《猎人笔记》中的《霍尔与卡里内奇》、Г. И. 乌斯宾斯基和 М. М. 普里什文的某些作品，就是这样的作品。

第二，这是"意识流"文学，在这里占主导的并不是对事件的叙述式的描写，而是一连串没头没尾没完没了的印象、回忆、言语体现者的心灵活动。在这里，意识，极为经常地呈现为紊乱无序、混沌一团的意识，似乎要侵占并吞食世界：真实为对它的诸种观照上的混乱"所遮蔽"，世界——则成为被置放于意识之中的东西。② М. 普鲁斯特、Дж. 乔伊斯、安德烈·别雷的作品，都具有这一类特性。后来，法

---

① 外国学者类似的见解的综述，见之于 Hernadi P.：《超越类别·文学分类的新趋向》，伊萨卡—伦敦，1972年，第34—36页。

② С. Г. 鲍恰罗夫：《普鲁斯特与"意识流"》，见《20世纪的批判现实主义与现代主义》。

国"新小说"的代表人物(M. 布托尔、H. 萨洛特)也转向这种艺术样式,这种与叙事类文学只是在某种程度上有关联的艺术样式。

第三,这是绝对无法列入传统的三大类别之中,而与抒情类文学颇为相似的随笔体文学,现如今它已成为一个颇有影响的文学创作领域。随笔文学的源头——M. 蒙田的那部饮誉世界的蒙田的《随笔集》(《Essays》)。随笔形式——这是将单个事实之概括性的报道、现实的描写,以及对现实的思考(这一点尤为重要)无拘无束自由自在地联缀在一起。以随笔形式表述出来的思想,通常,并不奢望对所言对象作穷尽无遗的阐说,它们允许完全另样的见解有出现的可能。随笔文学倾心于混合主义:纯艺术的因素在这里容易与政论性和哲理性的因素糅合在一起。

随笔体文学在 B. B. 罗赞诺夫的创作中(《隐居》、《落叶》)几乎占据支配性主导地位。它也存在于 A. M. 列米佐夫的散文里,见之于 M. M. 普里什文的一系列作品之中(令人难忘的首先是《大地的眼睛》)。随笔体文学的成分,存在于 Г. 菲尔丁和 Л. 斯泰恩的小说中,拜伦的那些长诗中,普希金的《叶甫盖尼·奥涅金》之中(与读者自由自在地谈话,关于上流社会之人、关于友人、关于亲戚等的那些思考),果戈理的《涅瓦大街》(这部中篇小说的开头和结尾),存在于 T. 曼、Г. 黑塞、P. 穆齐尔的小说中,叙事在那里被大量地伴之以作家的思考。

依 M. H. 艾普施泰因之见,构成随笔体文学之基础的,乃是一种很特别的人的观念——人并不是知识学问的载体,而是观点见解的载体。随笔体文学的使命——不在于去宣扬现成的真理,而是去将根深蒂固的、虚假的完整性劈成碎片,去捍卫那种总在背离意义的中心化的自由的思想:在这里会发生"个性与正在形成的话语同居(сопребывание)"。作者给从相对主义角度来理解的随笔体文学以相当高的地位:这是"现代文化的内在推动力","超艺术的概括"①之诸种可能性的聚集地。不过,我们要指出的是,随笔体文学绝不会消

---

① M. H. 艾普施泰因:《形象与概念的交叉点(现代文化中的随笔)》,见 M. H. 艾普施泰因:《新颖之悖论:论 19—20 世纪文学的发展》,莫斯科,1988 年,第 334、380、365、369 页。

除那些传统的文学类别样式。况且,随笔体文学还能够去体现那种与相对主义相对立的世界态度。М. М. 普里什文的创作——就是这方面的一个鲜明的例证。

＊　　＊　　＊　　＊　　＊　　＊

总之,文学类别样式本身,——无论是那些传统的、在千百年来的文学创作中曾独占统治地位的类别样式,还是那些"类别之外的"、在"后浪漫主义"的艺术中已然扎下根来的样式,——是可以被区分开来。传统的与"类别之外的"这两者在相当积极地相互作用,相互补充。如今,柏拉图—亚里士多德—黑格尔的三分法(叙事类、抒情类、戏剧类),显然,在相当大的程度上已经被动摇,而需要加以修正。与此同时,还没有理由来宣布习惯上划分出的三大文学类别已经过时,意大利哲学家和艺术理论家 Б. 克罗齐一开了头,这事时不时就发生了。在俄罗斯文学学家当中,А. И. 别列茨基就曾以类似的怀疑精神而说道:"对于古希腊罗马文学来说,叙事类、抒情类、戏剧类这些术语尚不抽象。它们曾用以表示向听众传达作品的那些特有的、外在的方式。一旦变为书籍,诗就放弃了这些传达方式,而渐渐地〈……〉类别(指的是文学类别——本书作者注)变成为越来越大的虚构。还有必要让这些虚构的学术存在再延续下去么?"①对这样的观点我们是不能同意的,而要指出:所有时代(也包括当代)的文学作品都有一定的类别性的特征(叙事类的、戏剧类的、抒情类的样式,或者,在 20 世纪里常见的特写的、"意识流"的、随笔体的样式)。类别的属性(或者相反,与"类别之外的"那些样式当中的某一个相关的关联性)在许多方面决定着作品的组织、作品的形式上和结构上的特点。所以,"文学类别"这一概念,在理论诗学的组成中乃是不可分割

---

① А. И. 别列茨基:《文学理论论文选》,第 342 页;还可参阅:Ж. 热奈特:《超文本引论》,见 Ж. 热奈特:《辞格》第 2 卷,第 225—226、331 页;文学类别的概念,在这里被看作为源于 17 世纪规范诗学的(在我们看来,这一观点则是片面而狭隘的)而现如今则"应当摆脱"的教条。

和不可或缺的。

第二节 体 裁

1. 关于"体裁"概念

文学体裁——这是在文学类别框架内所划分出来的作品类群。诸体裁中的每一种都具有特定的、由稳定的特性所合成的特征结。许多文学体裁都有其植根于民间文学创作的源头和根基。在文学本身的经验基础上重新产生的体裁,是开创者和继承者共同活动的产物。例如,在浪漫主义时代形成的抒情—叙事长诗,就是这样的作品。在这一体裁的确立中起了相当重要的作用的,不仅有 Дж. 拜伦、A. C. 普希金、М. Ю. 莱蒙托夫,而且还有他们的那些威望和影响力要小得多的同时代人。用对这一体裁有过研究的 B. M. 日尔蒙斯基的话来说,"创作动机来自"大诗人,那些动机后来由另一些作者变成文学传统:"伟大的作品的那些个性特征便变成体裁特征。"①体裁理应被称之为文化—历史的个性。

体裁难以被系统化和分类(与文学类别不同),顽强地抵抗它们。首先是因为体裁是非常之多:在每一种艺术文化中体裁都是专有的(一些东方国家的文学中就有俳句、短歌、嘎泽拉诗体等)。况且,体裁有各自不同的历史范围。一些体裁流传于语言艺术的整个历史进程之中(例如,从伊索到 C. B. 米哈尔科夫都历久不衰的寓言,就是这样);另一些体裁则是与一定的时代相关联(例如,欧洲中世纪的"弥撒剧"就是如此)。换言之,体裁或是具有普适共通性的,或是具有历史局部性的。

情景之所以变得复杂起来,还因为同一个词语往往被用来表示一些极为不同的体裁现象。例如,在古希腊人心目中,哀诗乃是这样的一种作品:它是用一种严格确定的诗歌格律——挽诗体的二行诗(六音步长短短格与五音步扬抑抑格之结合)写成的,而由人在长笛的伴奏下拖长声调诵读出来的。这种哀诗(其创始人——公元前 7

---

① B. M. 日尔蒙斯基:《拜伦与普希金》(1924),列宁格勒,1978 年,第 227 页。

世纪的古希腊诗人卡林)具有相当广泛的主题和母题(歌颂英勇的军人、哲理思考、爱情、劝谕)。晚些时候(在罗马诗人卡图卢斯、普罗佩提乌斯、奥维德的笔下),哀诗则成了一种被首先倾注于爱情主题的体裁。而在近代(主要是在18世纪下半叶至19世纪初),由于T.格雷与В.А.茹可夫斯基的创作,哀诗这一体裁才开始被明确地定位于悲伤和忧愁、惋惜和郁闷之情绪。然而即便在这一时期,源于古希腊罗马的那个哀诗传统仍在延续。例如,在И.В.歌德用哀挽体的二行诗写成的《罗马哀诗》里,爱情的欢愉、肉体的享受、享乐主义的乐趣都得到了歌颂。同样的氛围——见之于帕尔尼的那些哀诗中,那些哀诗对К.Н.巴丘什科夫和年轻的普希金都产生过影响。显然,"哀诗"这个词语在表示好几种体裁的构型。原本意义上哀诗究竟指的是什么,其超时代的独一无二的品性究竟有哪些——这在原则上是难以言说的。唯一经得起推敲的,乃是将哀诗"一般地"定义为"抒情诗的一种体裁"(《简明文学百科辞典》局限于这一并未言说出什么实质性内涵的定义,也是不无理由的)。

另外一些体裁标示(长诗、颂诗、讽刺,等等)也并不是只拥有单一的涵义。Ю.Н.蒂尼亚诺夫公正地指出:"体裁特征本身就在演变。"①

现存的诸种体裁标示会对作品的各个不同的方面加以确定。例如,"悲剧"一词便是对这一类群的戏剧作品与一定的情感上—涵义上的情致(激情)之关联加以确认;"中篇小说"一词指的是作品属于叙事类文学的这一属性和文本的"中等"篇幅(比长篇小说的篇幅小,但比故事体小说、短篇小说的篇幅大);"十四行诗"是一种抒情体裁,它的特征首先体现为特定的篇幅(十四个诗句)和专有的韵脚体系;"故事"一词所指示的是,第一,具有叙事性;第二,具有虚构的积极性和幻想的存在,等等。Б.В.托马舍夫斯基曾很有理由地指出,既然"极为多种多样",体裁特征就"不会提供出根据某一种理据来对体裁进行逻辑分类的可能性"②。何况一些作者往往随意标示自己作品

---

① Ю.Н.蒂尼亚诺夫:《诗学·文学史·电影》,第275页。
② Б.В.托马舍夫斯基:《文学理论·诗学》,第207页。

的体裁,并不在意与词语的习惯用法并不相符。例如,Н. В. 果戈理就把《死魂灵》称为"长诗";А. Т. 特瓦尔多夫斯基的《路旁人家》有一副标题:"抒情纪事",《瓦西里·焦尔金》——"关于战士的书"。

文学理论家要将诸种体裁的演变过程与体裁标示上并无休止的"各自为政"理出个头绪来,自然,并非易事。在 Ю. В. 斯坚尼克看来,"体裁类型系统的确立,是永远都会存有主观主义和偶然性之危险。"①对这一类警告是不能不悉心听取的。不过,过去的一百年的文学学已不止一次地勾勒出,并在某种程度上也实现了对"文学体裁"这一概念的研究——不仅在文学史的方面(对各别体裁构型的研究),而且在理论本身。不论是在俄罗斯文学学之中,还是在国外文学学之中,都可看到那些将体裁置于超时代的和全世界的前景之中加以系统化的尝试。②

2. 适用于体裁的"有内容的形式"概念

体裁研究不能不诉诸文学作品的组织、结构、形式。形式论学派的理论家们曾执著地谈论这一点。例如,Б. В. 托马舍夫斯基将体裁称作是那些拥有稳定性的"手法"之专有的"类群"。这位学者将体裁特征界定为作品中占据支配性地位并决定着作品之组织的那些特征③。一些学者们在继承形式论学派的传统之同时,重新审视了这一学派的某些原理,对体裁的涵义方面也予以仔细的关注,而诉诸"体裁实质"和"体裁内容"这样一些术语。在这方面的领军人物当属 М. М. 巴赫金。巴赫金谈道,体裁形式同作品的题材和它们的作者世界观的特点乃是密切关联的:"在诸体裁中〈……〉在其生成与演变的千百年来的岁月中,对世界的特定方面加以观察与思考的一些形式得以积淀下来"④,体裁乃是有重要意义的结构:"语言艺术家应该

---

① Ю. В. 斯坚尼克:《文学史进程中的体裁系统》,见《文学史进程》,列宁格勒,1974年,第 173 页。
② 有关体裁系统化的研究经验的概述,请参阅 Hernadi P.:《超越类别·文学分类的新趋向》,Л. В. 切尔涅茨:《文学体裁》(类型学与诗学问题),莫斯科,1982 年。
③ Б. В. 托马舍夫斯基:《文学理论·诗学》,第 206 页。
④ М. М. 巴赫金:《话语创作美学》,第 332 页。

学会用体裁的眼光看现实。"还有:"每一种体裁〈……〉都是对现实加以理解性把握的手段和方式的复杂系统。"①在强调作品的诸体裁特性构成牢不可破的整一之同时,巴赫金将体裁之形式的(结构的)与体裁之内容本身的这些方面区分出来。

　　体裁实质是什么,M. M. 巴赫金的著作中并没有直接谈论,但从他关于长篇小说之总的、整个的论述(下面将会谈到它们)来看是很清楚的:这指的是对人及其与周围世界的关联加以把握的那些艺术原则。体裁的这一深层,在 19 世纪已为黑格尔所考察过,黑格尔使用"实体的"和"主观的"(个人的,虚幻的)概念,对史诗、讽刺、喜剧,以及长篇小说的基本特征做了一一界说。体裁在这种情况下便同对"世界的一般状态"和冲突("коллизия")加以思考的特定类别相关联了。A. H. 维谢洛夫斯基以类似的方式将体裁同个性(说得确切些——个体)与社会之相互关系的那些历史阶段相对应。②

　　Г. H. 波斯彼洛夫的文学体裁观也在同一轨道上(在我们看来,它更接近维谢洛夫斯基,而不是黑格尔),在 20 世纪 40 年代,波斯彼洛夫曾有过对体裁现象加以系统化之独到的尝试。他将体裁形式分为"外在的"("封闭性的结构上—文体上的整一")和"内在的"(作为"形象思维"和"对性格在认识论上的阐释"原则的"专有的体裁内容")。他将外在的(结构上—文体上的)体裁形式看成是内容上中性的(在这一点上,诚如人们不止一次地指出的那样,波斯彼洛夫的体裁观是片面而经不起推敲的),之后,这位学者将注意力集中于体裁之内在的、内容性的方面。③他划分出并界说了三个超时代的体裁类群的基本特征,他是以社会学原则——艺术地塑造出来的人同广义上的他们的社会环境之间的相互关系的类型——作为体裁划分之基础的。Г. H. 波斯彼洛夫写道:"如果具有民族的—历史的体裁内

---

　　① П. H. 梅德维杰夫:《文学学中的形式主义方法·(带面具的巴赫金·面具 2)》,第 150、149 页。
　　② 关于黑格尔和维谢洛夫斯基对体裁的理解,请参阅 Л. B. 切尔涅茨:《文学体裁》,第 25—43 页。
　　③ Г. H. 波斯彼洛夫:《诗歌体裁问题》,见《莫斯科大学语文系学术报告集》,1948 年,第 5 辑,第 59—60 页。

容的作品(指的是史诗、壮士歌、颂诗——本书作者注),是从民族社会的形成角度来认识生活,如果浪漫主义作品是在个人关系中来思考具体的性格之形成,那么,具有'性格形成学的'体裁内容的作品就会揭示出民族社会或者它的某个部分的状态。"①(性格形成学的或者描写风土人情的体裁——这是 A. H. 拉季谢夫的《从彼得堡到莫斯科旅行记》、H. A. 涅克拉索夫的《谁在俄罗斯能过好日子》那种类型的,以及讽刺、田园诗、乌托邦和反乌托邦类的作品。)除了上述三个体裁类群,这位学者还划分出一类:神话类,其内涵是"那些对这种或那种大自然的现象与文化现象的起源进行民间的形象的—魔幻的解释"。他仅仅将这些体裁归结为历史上早期的、"多神教"社会的"前艺术",而认为"神话体裁类群,在诸民族向更为高级的社会生活阶段过渡之中,没有得到进一步的发展"。②

　　Г. Н. 波斯彼洛夫对体裁类群的界说,具有清晰的系统性的优点。然而,它是不充分的。如今,在俄罗斯文学学对艺术的宗教—哲学问题的讨论已经开禁之时,对这位学者所说的话加以补充,已不是困难之举;还存在着一些文学—艺术的(而不仅仅是远古—神话的)体裁类群,并且它们是具有深刻价值的,在这些体裁类群里,人与其说是在与社会生活,不如说是在与宇宙因素、与世界秩序之普适性规律、与存在的最高力量相面对相关联。

　　寓言就是这样的体裁,它可以溯源到旧约和新约时代,而"从内容方面来看,它的特点是倾心于宗教秩序或道德秩序的'深奥智慧'"。③ 圣徒传也是这样的体裁,它在基督教的中世纪几乎成了一种主导性体裁;主人公在这里总是承受着恪守宗教训诫虔诚而圣洁地处世为人之理想的激励,抑或至少是被定位于对这一理想的极力追求上。我们还要提到神秘剧,它也是在中世纪形成的,还有宗教—哲理抒情诗,它来源于——圣经中的《诗篇》。用 Вяч. 伊万诺夫评

---

① Г. Н. 波斯彼洛夫:《文学的历史发展问题》,第 207 页。
② 同上书,第 167—168 页。
③ С. С. 阿韦林采夫:"寓言",见《文学百科辞典》;另请参阅 В. И. 秋帕:《契诃夫短篇小说的艺术性》,莫斯科,1989 年,第 13—32 页。

论 Ф. И. 丘特切夫、А. А. 费特、Вл. С. 索洛维约夫的诗歌(《罗马日记》,1944 年 10 月)的那段话来说,"他们三人,/洞悉尘世中的非尘世因素/预先给我们指路"。上述这些没有纳入某社会学理论体系的体裁,理应被界定为本体性的(借用一个哲学术语:本体论——关于存在的学说)体裁。那些具有狂欢诙谐性质而也不乏本体论因素的作品,构成一个特殊的体裁类群。梅里普讽刺就是这样的,М. М. 巴赫金在其论陀思妥耶夫斯基的那本书里对这一体裁的基本特征作了界说。

在 20 世纪一系列的外国理论中,被置于首位的是体裁的本体论层面,可溯源到神话般的远古的本体论层面。体裁在这种情形中首先被看作是对存在的共相的把握。用美国学者 K. 伯克的话来说,这是对世界予以接纳抑或弃绝的体系。① 在这一系列的理论中,尤以 Н. Г. 弗莱在其《批评的解剖》(1957)一书中所提出的理论最为著名。体裁形式,——书中写道,——乃是由四季的神话和与四季相应的祭祀仪式的神话而产生的;"春天体现朝霞和诞生,而会产生觉醒与复活〈……〉的神话",——И. П. 伊里因这样陈述上文所提及的那位加拿大学者的见解:——"会产生创造光明与消灭黑暗的神话,也会产生那种赞颂酒神的颂歌的原型与那种由游方歌手吟唱的片断性史诗的原型。夏天象征全盛、婚姻、凯旋,而会产生那种为英雄、国王举行的封神仪式的神话、神圣的婚礼的神话、造访天堂的神话,也会产生喜剧的原型、田园诗的原型、骑士小说的原型。秋天作为落日和死亡的象征,会产生生命精力的枯萎的神话、濒临死亡之神的神话、死于非命的神话和祭祀中的牺牲的神话,也会产生悲剧的原型和哀诗的原型。冬天体现黑暗与没有出路,会产生关于战胜种种黑暗势力和洪水的神话、混沌回归的神话、英雄和众神毁灭的神话,也会产生讽刺的原型。"②

---

① Burke K.:《对历史的态度》,洛斯·奥托斯,1959;Л. В. 切尔涅茨:《文学体裁》,第 59—61 页。

② И. П. 伊里因:《Н. Г. 弗莱》,见《当代外国文学学家:指南·资本主义国家》,第 3 册,莫斯科,1987 年,第 87—88 页;关于 Н. 弗莱的体裁理论更为详尽的研究,请参阅 Цв. 托多罗夫:《幻想文学导论》(译自法文),莫斯科,1999 年,第 12—20 页。

可见，文学体裁之内容性的（涵义的）基础，吸引着 20 世纪学者们极为仔细的关注。它也在各种各样的视界中被理解而显现出其意义来。

3. 长篇小说：体裁本质

长篇小说，在近二三百年里理所当然地被公认为是一种主导性的文学体裁的长篇小说，吸引着文学学家和批评家们聚精会神的关注。① 长篇小说也逐渐成为作家本人思考的对象。然而，这一体裁至今仍是个谜。关于长篇小说的历史命运及其未来，众说纷纭，有时出现相互对立的看法。T. 曼在 1936 年写道："散文品质、自觉意识和批判态度，以及其手段的丰富，其自由而干练地支配展示和研究、音乐和知识、神话和科学的能力，其人性的广度，其客观性和反讽，这一切使长篇小说成为它在当今所之为是的这个样子：成为一种宏大的和具有领军地位的文学样式。"② O. Э. 曼德尔施塔姆则恰恰相反，谈论长篇小说的衰落与它的枯竭（《长篇小说的终结》一文，1922）。从长篇小说的心理化和长篇小说中的外在—事件性因素的弱化（这在 19 世纪就已存在），这位诗人看出这一体裁衰落式微的征兆和消亡终结的前奏，长篇小说这一体裁，用他的话来说，现如今已经"不时兴了"③。

在当代这些长篇小说理论中，先前的那些世纪里所作出的有关长篇小说的论述或多或少地被考虑到了。如果说在古典主义的美学中，长篇小说作为低级体裁而被蔑视（"一身渺小的主人公，只有对长篇小说才有用"；"荒诞离奇的东西与长篇小说难舍难分"④），那么，在浪漫主义时代则是恰恰相反，长篇小说得到高度敬重（Ф. 施莱格

---

① 最近二三十年里，在俄罗斯，B. Д. 德涅普罗夫、Д. B. 扎东斯基、B. B. 科日诺夫、H. C. 列伊杰斯、H. T. 雷马里、H. Д. 塔马尔琴科、A. Я. 埃萨尔涅克的专门探讨长篇小说的历史和理论的专著，已经撰写出来。我们还要提到冯·V. 克劳茨编：《论小说诗学》，达姆施塔特，1965 年；冯·R. 格里姆编：《德国小说理论》，法兰克福，1968 年。
② 《T. 曼书信集》，莫斯科，1975 年，第 81 页。
③ O. Э. 曼德尔施塔姆：《词语与文化》，第 74—75 页。
④ H. 布瓦洛：《诗艺》，莫斯科，1957 年，第 81 页。

尔、让·保尔、谢林、黑格尔）。В. Г. 别林斯基继承了这个传统,而称长篇小说为个人生活的叙事:其对象——"个人的命运",是普通寻常的,"每天日常的生活"。① 在 19 世纪 40 年代下半期,这位批评家断言,长篇小说和与之相邻近的中篇小说"如今成了所有其他文学类别的首领"。②

М. М. 巴赫金建构了一种富有独创性的长篇小说理论。依据 18 世纪的作家 Г. 菲尔丁和 К. М. 魏兰德的见解,这位学者在《史诗与长篇小说(长篇小说研究的方法论)》(1941)一文中指出,长篇小说的主人公"不是作为定型的、一成不变的,而是作为在成长的、在变化的,由生活所教育出来的"来展示的;这个人物不应当"成为'英雄'——不论是在这个词之史诗的意义上,还是在这个词之悲剧的意义上"。长篇小说的主人公"既把正面的特点,也把反面的特点,既把低下的特点,也把崇高的特点,既把可笑的特点,也把严肃的特点"集于一身③。况且,长篇小说会描绘出人与"未定型的,正在形成的当代(未完成的现在)之'活生生的接触'"。而且它比别的任何一种体裁都要"更深刻、更本质、更敏锐、更迅速地""反映现实本身的形成"(第 451 页)。重要的还在于,长篇小说(在巴赫金看来)不仅能够在一个人身上发现那些在行为中得到确定的特性,而且能够发现出那些尚未得到实现的可能性,某种个性的潜能:"长篇小说的那些基本的内在的主题之一恰恰就是:主人公其人与他的命运和境况是不能等同的",一个人在这里有可能"要么强过自己的命运,要么没能完全体现出自己的人性"(第 479 页)。

德国浪漫派、黑格尔、别林斯基和巴赫金关于长篇小说的见解,理应被看成是公理。这一体裁是在动态中、在形成中、在演变中,在那些复杂的情境中,通常,是在主人公与周围环境之冲突性的关系之中,来把握人的生活(首先是私人的、个人的一生平经历的)。在这里

---

① 《В. Г. 别林斯基全集》13 卷本,第 5 卷,第 34 页。
② 同上书,第 10 卷,第 315 页。
③ М. М. 巴赫金:《文学与美学问题》,第 453 页;后面的引文均出自这一版本,仅在文中标出页码。

总要在场并且几乎占据支配性主导地位的,乃是——作为一种"超级主题"——对"人的自主状态"(我们借用 A. C. 普希金的那个著名的表述)之艺术性的理解体悟,"人的自主状态"既是(请允许我们对诗人加以补充)"人之成其为伟大的保证",也是悲惨的堕落、人生的绝境和灾难的源头。换言之,长篇小说的形成和确立所必需的土壤,出现在那样的人本身存有兴趣的地方,这种人哪怕是仅仅拥有相对的自主性——并不依赖那具有其种种绝对律令的社会环境的安排与规约,这种人也并不具备那种随俗同流而易于被社群接纳的"合群而从众的"习性。

在为数众多的长篇小说中,得到刻画的是主人公与周围环境格格不入的情境,是恶魔式的为所欲为,得到强调的是主人公之不能安分于现实之中、无家可归、生活上的流浪与精神上的漂泊。阿普列尤斯的《金驴记》、中世纪的那些骑士小说、A. P. 勒萨日的《吉尔·布拉斯·德·山梯良那传》就是这样的作品。我们还会想到于连(斯丹达尔的《红与黑》)、叶甫盖尼·奥涅金(普希金的主人公在给塔吉雅娜的信里抱怨自己的命运:"孑然一身,无牵无挂"),赫尔岑的别里托夫、Ф. M. 陀思妥耶夫斯基的拉斯柯尔尼科夫、伊万·卡拉马佐夫。这一类长篇小说主人公(而他们可是数不胜数的)一个个都是"只凭靠自身"①。

人与社群和世界秩序的疏远,由 M. M. 巴赫金阐释为长篇小说中必然占据支配性地位的东西。这位学者指出,不仅主人公,而且作者本人在这里也展现为不能安分于这世界,与稳固性与稳定性因素相去甚远的,对老规矩旧习惯格格不入的。长篇小说,依他之见,会刻画出"人的史诗性的(与悲剧性的)完整性的解体",而实现"世界与人的戏谑性的亲昵化"(第 481 页)。"长篇小说面临的",——M. M. 巴赫金写道,——"是一个全新的、专有的课题;永无止境的重新理解—重新评价,这是长篇小说所特有的品质"(第 473 页)。在这一体裁中,现实"会变成这样一个世界,在这里没有开头的话(理想的开

---

① B. B. 科日诺夫:《长篇小说——现代的叙事》,见《文学理论·基本问题的历史阐述·文学类别与体裁》,第 107 页。

头),而最后的话还没有说出来"(第 472—473 页)。这样一来,长篇小说便被看作是怀疑主义的和相对主义的世界观的一种表达,这种世界观则在思想里呈现为一种危机性的、同时又是拥有前景的。长篇小说,——巴赫金肯定,——"会在发展⟨……⟩之更为高级的阶梯上"准备出人的一种新的、更为复杂的完整性。(第 480 页)

在著名的匈牙利马克思主义者——哲学家和文学学家 Д. 卢卡契的那些见解中,有许多与巴赫金的长篇小说理论相近的东西。Д. 卢卡契将这一体裁称为失去上帝的世界之史诗,称长篇小说主人公的心理——恶魔式的,作品中占上风的基调——则是反讽式的。卢卡契将长篇小说看作是一面镜子——进入成年,社会成熟的一面镜子,看作是史诗的对映体——与刻画出了人类"正常的童年"的史诗正相反的那种对映体,而谈论到这一体裁会对人的心灵——在空洞空虚的和虚拟臆造的现实中迷失了的人的心灵——加以再现。①

然而,长篇小说并没有全然一味地沉浸于恶魔主义和反讽的氛围之中,人的完整性之解体、人同世界相疏远的氛围之中,而是也与这氛围相抗衡的。在 19 世纪(无论是西欧的,还是俄罗斯的)那些经典性的长篇小说里,主人公之立足于自身常常展现于双重性的诠释之中:一方面,它是作为一个人之不愧为人的"自主状态",是崇高的、吸引人的、有魅力的;另一方面,它——则是作为迷惘失误和人生挫折的根源。"我多么有错,受到多么大的惩罚!"——在对自己孤独自由的生活道路加以总结时,奥涅金这样痛苦地感叹道。毕巧林抱怨不能猜透自己"崇高的使命",没能给自己心灵的"无限的力量"派上当之无愧的用场。伊万·卡拉马佐夫在长篇小说的结尾,受到良心的折磨,患上了震颤性谵妄。

尽管如此,也有许多长篇小说的主人公在竭力去克服自己的孤独与异化,而渴望在他们的命运中"与世界的联系会得以确立"(A. 勃洛克语)。我们不妨再一次来回想一下《叶甫盖尼·奥涅金》的第八章,在这一章里主人公想象塔吉雅娜坐在一座乡村房屋的窗下;还有屠格涅夫笔下的拉夫列茨基、冈察罗夫笔下的拉伊斯基、托尔斯泰笔

---

① Lukacs G. :《小说理论》,柏林,1963 年,第 96、87—92 页。

下的安德烈·包尔康斯基,甚至还有陀思妥耶夫斯基笔下的伊万·卡拉马佐夫,他在自己那些最好的时光里总是一心想奔向阿廖沙。Г.К.科西科夫对这一类的长篇小说情境作了这样的界说:"主人公的'心'与世界的'心'在相互吸引,而长篇小说的问题就在于⟨……⟩永远也没有让它们结合在一起,况且主人公为此而犯下的过错有时也并不见得比世界的过错要少。"①

重要的还有另一层:在长篇小说中起着不小作用的还有那样一种主人公,其自主的状态,与意识之孤僻、与对周围环境之疏远、与恶魔般的为所欲为、与只凭靠自身——均是毫无共同之处的。在长篇小说的人物中间,我们会找到这样的一些人物,对他们,——借用М.М.普里什文谈论自己的那句话,——理应称之为"联络和交往的活动家",或者,立足于前文所述的人物类型,可以称之为圣徒传记上那样的——田园诗般的主人公。"洋溢着旺盛的生命力的"娜塔莎·罗斯托娃就是这样的,这个人,——用С.Г.鲍恰罗夫那个精辟的说法——天真地同时又执著地要求"人与人之间当有那种不假思索、立时立地就坦诚相见、率直无间、凡人一般简朴的关系"②。陀思妥耶夫斯基笔下的梅什金公爵和阿廖沙·卡拉马佐夫也是这样的。在一系列长篇小说里(特别顽强地体现于——Ч.狄更斯的创作和19世纪的俄罗斯文学中),人与他感到亲切的现实之心灵的接触,其中包括家庭—亲属关系得到崇高的与诗意化的描写(А.С.普希金的《上尉的女儿》、Н.С.列斯科夫的《破落家族》;И.С.屠格涅夫的《贵族之家》)。这一类作品的主人公(我们不禁想到Л.Н.托尔斯泰笔下的罗斯托夫一家人,或者康斯坦丁·列文),与其说是把周围的现实感受为想象为异己的、对自己怀有敌意的,还不如说是友善的、有亲缘而能亲合的。他们一个个都具备М.М.普里什文曾称之为"像亲属那

---

① Г.К.科西科夫:《长篇小说理论(中世纪长篇小说和现代长篇小说)》,第71页。
② С.Г.鲍恰罗夫:《Л.Н.托尔斯泰的长篇小说,〈战争与和平〉》,第3版,莫斯科,1978年,第68页。

样亲和地关注世界"那样一种品质①。

家(在这个词之崇高的意义上——作为一种不可消除的存在元素与一种不容颠覆的价值)的主题,也顽强地(几乎总是以紧张的戏剧性的色调)出现在20世纪的长篇小说之中:见之于 Дж. 高尔斯华绥(《福赛特家史》以及这位作家后来的作品)、Р. 马丁·杜·加尔(《谛波父子》)、У. 福克纳(《喧哗与骚动》)、М. А. 布尔加科夫(《白卫军》)、М. А. 肖洛霍夫(《静静的顿河》)、Б. Л. 帕斯捷尔纳克(《日瓦戈医生》)、В. Г. 拉斯普京(《活着,可要记住》、《最后的期限》)这些作家的笔下。

显然,与我们相距不远的这些时代的长篇小说,在不小的程度上是以田园诗的价值为取向的(尽管它们并不偏爱将人与其感到亲切的现实之间的和谐境况推到引人注目的地位)。让·保尔早就指出(指的也许是这样一些作品,诸如 Ж.-Ж. 卢梭的《新爱洛绮丝》和 О. 哥尔德斯密斯的《威克菲尔德的牧师》),田园诗——乃是"一种与长篇小说同源的体裁"②,而用 М. М. 巴赫金的话来说,"田园诗对于长篇小说的发展〈……〉意义巨大"。③

长篇小说不仅吸纳田园诗的经验,而且还吸纳一系列其他体裁的经验;在这个意义上它就像海绵一样。这一体裁能够将史诗的特点涵纳于自身,不仅刻画出人们的私生活,而且还刻画出具有民族—历史规模的事件(斯丹达尔的《巴马修道院》、Л. Н. 托尔斯泰的《战争与和平》、М. 米歇尔的《飘》)。长篇小说能够体现寓言所特有的涵义。根据 О. А. 谢达科娃的那个恰如其分的见解,"'俄罗斯长篇小说'的骨子里通常都藏有某种类似于寓言的东西"。④长篇小说与使徒行传的传统之关联也是毋庸置疑的。圣徒生平传记因素在陀思妥耶夫斯基的创作中得到了相当鲜明的表达。列斯科夫的《大堂神父》

---

① 这位作家断言,所有的人都在某种程度上具有这种天赋,艺术家(尤其是——作家)的使命则是无限扩展"像亲属那样亲和的关注力"。(《М. М. 普里什文文集》八卷本,第3卷,第61页)
② 让·保尔:《美学入门》,第261页。
③ М. М. 巴赫金:《文学与美学问题》,第377页。
④ О. А. 谢达科娃:《寓言与俄罗斯长篇小说》,《电影艺术》1994年第4期,第12页。

理应被称之为圣徒传/长篇小说。

长篇小说还时常具有讽刺性的风土人情记述的特点,例如,O. Де. 巴尔扎克和 У. М. 萨克雷的作品、Л. Н. 托尔斯泰的《复活》,就是这样的作品。诚如 М. М. 巴赫金所展示的,对于那种最初是植根于喜剧—闹剧体裁之中的亲昵—笑谑的、狂欢性的原生自发元素,长篇小说(特别是冒险的—骗子小说)远非是格格不入的。Вяч. 伊万诺夫不无理由地将 Ф. М. 陀思妥耶夫斯基的作品界定为"悲剧—小说"。М. А. 布尔加科夫的《大师与玛格丽特》——这是一种神话—小说,而 Р. 穆齐尔的《没有特征的人》——则是随笔—小说。Т. 曼在那篇关于他的四部曲《约瑟夫和他的兄弟们》的报告中将之称为"神话性长篇小说",而将其第一部(《雅各的故事》)——称之为"幻想性随笔"①。这一位长篇小说家的创作,用一位德国学者的话来说,乃标志着长篇小说的一个极为重要的转变:它对那些神话性深层的沉潜。②

这样一来,长篇小说便具有双重的内涵性:第一,恰恰是为长篇小说所专有的内涵(在其个人生活中表现出来的主人公的"自主状态"和演变);第二,由其他的一些体裁进入长篇小说的内涵。结论是合理的:长篇小说的体裁实质具有综合性。这一体裁能以毫不拘束的自由和史无前例的广度,集众多体裁的涵义因素于一身。看来,还并不存在长篇小说似乎注定要去疏远的体裁因素。

长篇小说,作为倾向于综合的一种体裁,是截然有别于另一些、在它之前就有的、堪称是"被专门化了"、在艺术地理解与领悟世界的某些局域性"地带"显身手的体裁。它(比任何一种其他的体裁)都更能够使文学贴近生活——拥有其多层次性与复杂性、矛盾性与丰富性的生活。长篇小说的那种把握世界的自由,乃是无边无界的。不同国家和不同时代的作家以各种不同的方式运用这一自由。

长篇小说的多面性会给文学理论家造设出一些不可轻视的困难。几乎每一个试图就其本身而来对长篇小说加以界说、对其一般

---

① T. 曼:《约瑟夫和他的兄弟们》,第 2 部,莫斯科,1968 年,第 904 页。
② 请参阅 Schirokauer A.:《小说所遭遇到的转型》,见《论小说诗学》,第 28—31 页。

性的与必不可少的特性加以界说的人,其面前都会出现一种"提喻法"式的诱惑:以其局部来替换整体。例如,О. Э. 曼德尔施塔姆就是根据19世纪的"功名小说"——这类小说的主人公一个个都为拿破仑的空前成功所引诱——来推断这一体裁的本性。而对于那些长篇小说——在那里得到推重的,并不是一心要自我肯定的人之意志坚定的目的性,而是其心理的复杂性与内在的行动,——这位诗人便认为那是这一体裁衰落甚至是其终结的症兆①。

巴赫金的理论则有另一种取向,但也是局域性的(首先是基于陀思妥耶夫斯基的经验)。作家的那些主人公,——以巴赫金的见解来看,——这首先是诸种思想的体现者(诸个思想家);他们的声音具有同等的地位,一如作者的声音之于他们当中的每一个人的声音。在这里便可看出复调性,——那种堪称长篇小说创作之顶峰,堪称作者的非教条主义的思维之表达,堪称作者所达到的那种理解之表达的复调性,那种理解是:完整而全面的真理"原则上是不能被容纳于单一的意识范围之内的"。陀思妥耶夫斯基的长篇小说创作,被巴赫金看作是对古希腊罗马时期的"梅里普讽刺"的继承。梅里普讽刺——这是那样一种体裁,"它已摆脱旧传统老习惯",而热衷于"不可遏止的幻想",能再现"思想或真理在世界上:——在人间、在地狱、在奥林匹斯山上——之探险"。它,——巴赫金断言,——乃是那种能将"道德—心理实验"付诸实施的、"终极问题"的体裁,它能再现"个性的分裂"、"不寻常的梦境,近乎疯狂的激情"。

而对于另一些、与复调无涉的那一类长篇小说,——在那里占上风的,是作家对那种已然习惯而安分于让他们感到亲切的现实之中的人的兴趣,而且作者的"声音"在支配着主人公们的声音——巴赫金则给予不太高的评价,甚至对它们加以讥讽;他论述到那些"庄园—家常—室内—寓所—家庭长篇小说"的"独白性的"片面性与狭隘性,那些长篇小说仿佛是忘记了人是处于那些永恒而不可解决的问题之"门槛"上的状态。Л. Н. 托尔斯泰、И. С. 屠格涅夫、И. А. 冈

---

① О. Э. 曼德尔施塔姆:《词语与文化》,第73页。

察罗夫在这个场合被一一列举出来了。①

这一类将陀思妥耶夫斯基的长篇小说置于所有的俄罗斯经典作品之上(高于 Л. H. 托尔斯泰,——用的是直截了当的方式,高于 A. C. 普希金——则是以间接的、潜台词的形式)的等级拔高,远不是没有争议。另一类见解、与巴赫金之见不一样的见解,也是拥有不可轻视的理据的。T. 曼的那篇带有话中有话的标题:《陀思妥耶夫斯基——但要有分寸》的文章,是意味深长的②。Б. Л. 帕斯捷尔纳克的那一席话(1950)也是有分量的:Л. H. 托尔斯泰以自己的那些长篇小说将"一种新的崇高精神""带给了世界","20 世纪上半叶全世界的历史氛围——乃是托尔斯泰的氛围"③。看来,理应将陀思妥耶夫斯基与托尔斯泰的创作看作俄罗斯长篇小说创作上两个同等伟大的高峰,这两个高峰对于刚刚过去的世纪,不仅有过民族性的普遍文化意义,而且有过世界性的普遍文化意义。

在好几百年来的长篇小说历史上,明显地看得出它的两个类型,或多或少地与文学发展的两个阶段相对应的两个类型。其一,这是那类具有尖锐的事件性、建立在外在的行动上的作品,其主人公极力追求达到某些局部性的目的。冒险小说,特别是骗子小说、骑士小说、"功名小说",以及惊险小说与侦探小说,就是这样的。它们的情节乃是事件结(阴谋、奇遇,以及诸如此类的)之大量的交织纠结,例如,就像在拜伦的《堂·璜》中,或者,在大仲马的笔下所出现的那样。

其二,这是近二三个世纪的文学中占优势的长篇小说,在这几个世纪里,人的精神上的自主状态,已成为社会思想和整个文化的中心问题之一。内在的行动在这里同外在的行动成功地展开竞争:事件性明显地减弱,被推到首位的是主人公的意识——具有其多层次性和复杂性、带有其无止境的变动不居和心理上的细微差别的意识。这一类长篇小说的人物,不仅被描写成一往无前地追求某些个人的目标,而且还会反思自己在世界上的地位,能理清并紧张地去确定自

---

① M. M 巴赫金:《陀思妥耶夫斯基诗学问题》,第 135、192—197、292—293 页。
② 《T. 曼文集》十卷集,第 10 卷,第 327—345 页。
③ 《Б. Л. 帕斯捷尔纳克文集》五卷本,第 5 卷《书信集》,莫斯科,1992 年,第 486 页。

己的价值坐标。恰恰是在这种类型的长篇小说中,我们所谈论的体裁特征,得到了极为充分的表现。为人所接近的现实("每日的生活"),在这里并不是作为明显"低俗的散文",而是作为那种为真正的人性、该时代的风尚、普适性的存在因素所洗礼的现实,而主要的是——作为那些不可轻视的冲突较量的舞台来被把握的。19 世纪的俄罗斯长篇小说家们清楚地知道并执著地展示出,"带有种种琐屑的不满的日常生活,对于人们的关系的考验,是要比那些令人震惊的事件还要大的。"①

长篇小说以及与之相邻近的中篇小说最重要的特点之一(特别是在 19—20 世纪)——是作者对主人公周围的小环境之仔细的关注,主人公们会经受着这小环境的影响,并以这样或那样的方式对它产生作用。不去再现这小环境,一个长篇小说家乃是"很难展示出个性的内心世界的"②。现如今已然固定下来的长篇小说形式的源头——是 И. В. 歌德关于威廉·迈斯特的两部曲(Т. 曼称这些作品为"深入内心生活,得到升华的惊险小说"③),以及 Ж.-Ж. 卢梭的《忏悔录》、Б. 贡斯当的《阿道尔夫》、А. С. 普希金的《叶甫盖尼·奥涅金》。从这一时期起,长篇小说,——专注于人与他所接近的现实之关联,并且通常总是偏重于内在行动的长篇小说,便成为文学的一种中心。长篇小以最具分量的方式影响了所有其他体裁,甚至改造了它们。用 М. М. 巴赫金的说法,发生了语言艺术的"长篇小说化":当长篇小说进入"大文学",其他体裁都急剧地发生形态变化,"或多或少地'长篇小说化'"④。在这种情形下,体裁的结构特性也在发生转换:它们的那些形式组织变得愈来愈不那么严格,愈来愈不受拘束而更加自由。

我们下面就来看看体裁的这个(形式—结构的)方面。

---

① 《С. Т. 阿克萨科夫文集》二卷本,第 1 卷,莫斯科,1966 年,第 246 页。
② А. Я. 埃萨尔涅克:《体裁内部的类型及其研究途径》,莫斯科,1985 年,第 93 页;关于作家对小环境的把握,请参阅 С. В. 舍舒诺娃:《文学中的小环境与文化背景》,《语文科学》1989 年第 5 期。
③ Т. 曼:《长篇小说的艺术》,第 282 页。
④ М. М. 巴赫金:《文学与美学问题》,第 450 页。

4. 体裁结构与体裁典范

文学体裁（除了那些内涵上的、实质性的品质之外）还拥有结构上、形式上的特性，这些特性具有不同程度的确定性。在较早的那些阶段（在古典主义时代降临之前，包括这个时代在内），被推到首位而被认为是占据支配性主导地位的，恰恰是体裁的形式方面。逐渐成为体裁的构型因素的，有诸种诗格（音步）、也有诗节的组织（"硬形式"，一如人们指称它们时常所说的那样）、有对一定的言语结构的定位，也有布局谋篇的建构原则。每一体裁都有一整套艺术手段固定在其上。在描写对象上、作品的构架上及其言语结构上的诸种硬性规定，将富有个性的一作者的首创精神挤压到边缘。体裁的规矩威严地迫使作家的创作意志服从自己。"古俄罗斯的体裁"——Д.С.利哈乔夫写道，——"与现代的体裁相比，古俄罗斯的那些体裁之受一定的文体风格类型的关联程度，乃是要大得多的〈……〉因此'圣徒传记体'、'年代记体'、'编年史体'这样的说法就不会令我们惊讶，当然，尽管在每一种体裁的范围内都可能会觉察到个人的偏离"。中世纪的艺术，用这位学者的话来说，"力求表现出对被描写事物的集体态度。由此其中许多东西并不取决于作品的创作者，而取决于这一作品所属的体裁〈……〉。每一种体裁都有其被严格培育出来的、传统的作者形象、作家形象、'表演者'的形象"①。

传统的那些体裁，一个个被赋予严格的形式，是相互隔离地存在着，彼此分立，各不搭界。它们之间的界限分明，每一种体裁都在自己的"基地"上"工作"。这一类体裁构型乃是典范性的。它们遵循一定的规范和规则，这些规范和规则都是由传统所培育的，是作者必须遵循的。体裁的典范——这是"一些稳定和硬性的（着重号为本书作者所加）体裁特征之一定的系统"②。

канон一词（由古希腊文 kanon 一词而来——规则、规定）是古希腊雕塑家波利克列特（公元前 5 世纪）的一篇专论的篇名。在这

---

① Д.С.利哈乔夫：《古代俄罗斯文学的诗学》，第 69—70 页。
② М.М.巴赫金：《文学与美学问题》，第 452 页。

里,典范被认为是能全部实现某种规范的完美的样板。艺术(包括语言艺术)的典范性在这一术语传统中被看作是艺术家对规则的无可指摘的恪守,这种恪守使他能接近完美的样板。①

体裁的规范和规则,最初是自发地形成的,在带有其礼节仪式的诸种典礼与民间文化传统的土壤上形成的。"在传统的民间文学中,在远古时代的文学中,体裁结构乃是与文学之外的情境不可分离的,体裁规矩乃是与仪式上的规矩和日常生活的礼仪规则直接地融合在一起的。"②

后来,随着内省在艺术活动中得以立足,某些体裁典范获有那种得到清晰而简练地表述的原理(公理)的面貌。对诗人发出那些有定出规则之意味的指示,绝对命令的立场,在亚里士多德与贺拉斯、Ю.Ц.斯卡利格拉与 H.布瓦洛关于诗的学说中,几乎占据了主导地位。在这一类规范性的理论中,本来就已经具备确定性的体裁,便获得无以复加的井然有序性。由美学思想所主宰的给体裁定规则的活动,在古典主义时代达到顶峰。例如,H.布瓦洛在其诗体论文《诗艺》第三章里,就为文学作品的基本类群之相当硬性的规则作了简练的表述。特别是他宣布了"三一律"(地点、时间、情节这三者相统一的原则)是戏剧作品必须遵守的原则。H.布瓦洛将悲剧和喜剧截然区别开来,他写道:

> 喜剧性在本质上与哀叹不能相容,
> 它的诗里绝不能写悲剧性的苦痛;
> 但是喜剧的任务也不是跑到街口,
> 运用下流的词句博取众庶的欢呼;
> 它的演员们应当高尚地调侃诙谐,
> 剧情要善于纠结,还要能轻巧解开;
> 情节的进行、发展要受理性的指挥,

---

① 《古代和中世纪亚洲和非洲艺术中的典范问题》(绪论、А.Ф.洛谢夫和 Ю.М.洛特曼的文章),莫斯科,1973年。

② С.С.阿韦林采夫、М.Л.安德烈耶夫、М.Л.加斯帕罗夫、П.А.格林采尔、А.В.米哈伊洛夫:《文学时代更替中的诗学范畴》,第12页。

> 绝不要让冗赘的场面淹没了剧本的主题。①

重要的是,诸种规范诗学(从亚里士多德到布瓦洛与苏马罗科夫)都是坚持要诗人去遵循那些不容置疑的体裁典范。

在规范诗学时代(直至 17—18 世纪),除了理论家们所推荐和定出规则的那些体裁(用 C. C. 阿韦林采夫的说法——"de jure 体裁"),还存在"de facto 体裁",这些体裁在好几百年里没有得到理论上的论证,但也具有一些稳定的结构特性,具有一定的内容上的"偏爱"②。童话、寓言、故事体小说以及与后者相似的诙谐的舞台表演作品,就是这样的。

近二三个世纪——特别是在后浪漫主义的这些时代——的文学中,体裁结构发生了(相当急剧的)形态变化。它们变得可以任意塑形而有弹性,丧失了典范本有的严格性,因而就为有个性的—作者的首创精神的表现开辟出广阔的空间。体裁划分上的生硬性之能量全部枯竭了,可以说,已经与古典主义美学——它在浪漫主义时代已经遭到坚决抛弃——一起沉入忘川,"我们会看到",——B. 雨果在其《克伦威尔》一剧的纲领性的序言里写道,——"武断的体裁划分,在理智和趣味的诸种理据面前何其迅速地崩溃"③。

体裁结构上的"非典范化"还在 18 世纪就已显现。Ж.-Ж. 卢梭和Л. 斯泰恩的那些作品就是对这一点的佐证。近两个世纪文学的长篇小说化,标志着它已经"越出"体裁典范的框架,同时也标志着——对先前的体裁之间的分界线的抹擦。在 19—20 世纪,"体裁范畴在丧失清晰的轮廓,大多数体裁模式在解体"④。通常,这已经不再是那种彼此被分离开来、互不搭界、各自拥有那鲜明地表达出来的一整套特性的现象,而是在积极地相互作用着的作品类群,在这些

---

① H. 布瓦洛:《诗艺》,第 94 页;中译采用任典译文,载伍蠡甫主编:《西方文论选》上卷,上海译文出版社,1979 年,第 302 页。
② C. C. 阿韦林采夫:《作为一种抽象的体裁与作为一种现实性的体裁:封闭性与开放性的辩证法》,C. C. 阿韦林采夫:《演说术与欧洲文学传统的源头》,莫斯科,第 207—214 页。
③ 《B. 雨果文集》十五卷本,第 4 卷,莫斯科,1956 年,第 397 页。
④ P. 韦勒克、O. 沃伦:《文学理论》,第 249 页。

作品中，多少还是可以清晰地看得出这种或那种形式上与内容上的偏爱与侧重的。

近两个世纪（尤其是 20 世纪）的文学，还促使人们来谈论其构成中存在着那种完全丧失体裁确定性的作品，属于这种情况的有：许多带有"戏剧"这一中性副标题的戏剧作品、带有随笔性质的艺术性散文，以及大量的、无法纳入任何一种体裁分类框架的抒情性诗作。В. Д. 斯克沃兹尼科夫指出，在 19 世纪的抒情性诗歌中，从 В. 雨果、Г. 海涅、М. Ю. 莱蒙托夫开始，"先前的体裁确定性就在消失"："……抒情思想〈……〉显露出一种越来越趋于综合性表达的倾向"，在发生"抒情诗中体裁机能的衰退"，"无论怎样扩展忧郁善感这一概念"，——在论及 М. Ю. 莱蒙托夫的《一月一日》这首诗时，这位学者写道，"反正你是无法摆脱这一明显的困境：我们面对的是一部抒情性杰作，而它的体裁属性则是完全不可界定。更确切地说——根本就没有这种属性，因为它是不受任何限制的"。①

然而，具有稳定性的体裁结构，无论是在浪漫主义时代，还是在后来的这些时代都没有丧失其意义。那些传统的，具有千百年历史、带有其形式上的（结构上—言语上的）特点的体裁（颂、寓言、民间故事），曾经延续过，现在还继续存在。在 А. С. 普希金的作品中，早就在流传的那些体裁的"声音"和作为创作个性的作家的声音，每一次都在某种程度上以新的方式融汇在一起。在那些带有伊壁鸠鲁主义色调的诗篇（阿那克瑞翁体裁的诗歌②）中，作者就像阿那克瑞翁、帕尔尼、早期的 К. Н. 巴丘什科夫一样，与此同时他也在相当鲜明地表现自己（我们不妨来回忆一下《玩吧，阿捷里，别理睬忧郁……》或《列伊尔之夜离我……》）。作为那首庄严的颂《我为自己树起一座非人工的纪念碑》的创作者，诗人，把自己比作贺拉斯和 Г. Р. 杰尔查文而对他们那艺术大师的格调予以应有的尊重，同时也表达出自己的信条，十分独到的信条。普希金的那些童话故事是独特而不可重复的，同时也是受到这一体裁的传统——无论是民间文学的，还是文学

---

① В. Д. 斯克沃兹尼科夫：《抒情诗》，第 208、214 页。
② 这里是指歌颂醇酒、妇人、吃喝玩乐的一种诗歌。——译注

的——之有机的滋润的。首次阅读上述作品的人,未必就能感觉到它们出自于同一个作者的手笔:在每一种诗歌体裁里,伟大的诗人都完全以新的方式表现自己,而不像他本人。不仅仅只有普希金是这样。М. Ю. 莱蒙托夫在浪漫主义传统的熏陶下创作的那些抒情—叙事长诗(《童僧》、《恶魔》),与他的以民间歌谣的格调写下的诗篇《商人卡拉希尼珂夫之歌》是惊人地极不相似。作者在各种不同体裁之中的这一类"普罗透斯般的"①的自我揭示,当代学者也见之于现代西欧文学中:"阿莱廷诺、薄伽丘、玛格丽特·纳瓦尔斯卡娅、伊拉兹姆·罗捷尔达穆斯基,甚至还有塞万提斯和莎士比亚,在不同的体裁里仿佛都展现为不同的个性。"②

在19—20世纪重新产生的那些体裁构型,也具有结构上的稳定性(即便是相对的)。例如,在象征派的那些抒情性的诗歌中,一定的形式—内容上的特征结(倾心于那些具有普适性的共相、那类特别的词汇、言语语义上的复杂性、颂扬神秘性、等等)之具备之存在,乃是毫无疑问的。在20世纪60—70年代一群法国作家(M. 布托尔、A. 罗伯-格里耶、H. 萨洛特,等等)的那些长篇小说中,结构上和观念上的共同性之具备之存在,乃是无可争议的。

可见,文学有两种类型的体裁结构。其一,这是现成的、完型的、固定的样式(那些典范性的体裁),总是与自身相等同的(这种体裁构型的鲜明例子——现在仍有生命力的十四行诗);其二,这是那些非典范性的体裁:灵活而富有弹性的,对任何一种变换、改革、革新都是开放的,例如,近代文学中的哀诗,或者故事体小说,就是这样的。一系列非典范性的体裁中的冠军地位,无疑是属于长篇小说的。

5. 体裁系统　体裁的典范化

前面几节里探讨的是体裁的内容—涵义上的和结构(形式上)的特性。现在我们转入体裁的语境考察——转入体裁在文学进程的构

---

① 普罗透斯,古希腊神话中的海神,会变化的老人。——译注
② С. С. 阿韦林采夫、М. Л. 安德烈耶夫、М. Л. 加斯帕罗夫、П. А. 格林采尔、А. В. 米哈伊洛夫:《文学时代更替中的诗学范畴》,第28页。

成中的作用的分析。这一作用是难以估量的："体裁——这正就是将作品与整个文学世界关联起来的那个环节。"①

在每一个历史时期,诸体裁之间都是以不同的方式彼此关联。它们,——用 Д. С. 利哈乔夫的话来说——"在相互作用,彼此支持对方的存在,同时也在相互竞争";因此,不仅应当研究各别体裁及其历史,而且还应研究"每一个给定时代的体裁系统。"②

况且,诸体裁也以一定的方式承受读者大众、批评家、那些"诗学"与宣言的创作者、作家和学者的评价。诸体裁会被解释为——是值得艺术上有修养的人们的关注的,或者相反,是不值得他们关注的;是崇高的,还是低俗的;是真正的现代的,或者是过时的、已经耗尽了自身潜能的;是处于主干道上的,抑或是处于边缘状态(外围)的。这些评价和解释制造出体裁等级,这些等级随着时间的推移也在发生变化。体裁当中的某些宠儿、幸运儿会得到来自那些享有权威性的仲裁级之极高的评价——这一评价会逐渐成为公认的,或者至少会获有一定的文学—社会的分量。对这一类体裁,人们会采用形式论学派的术语而称之为被典范化的。(我们要指出的是,这个词语有别于那个用于对稳定的体裁结构加以界说的词语"典范的",而有另外的意义)。用 В. Б. 什克洛夫斯基的说法,文学时代的特定部分"会成为其被典范化的波峰",而它的那些其余的环节则是"了无声息地"、在外围存在着,而成不了权威性的,也不会引起充满敬意的关注。③

文学体裁的典范化(也就是赋予它们那种支配性、权威性的、最为迫切而不可或缺的地位),乃是由那些规范诗学——从亚里士多德与贺拉斯到布瓦洛、罗蒙诺索夫与苏马罗科夫的规范诗学——所实现的。亚里士多德的那篇专论,赋予那些具备其诸种标准规则的悲剧和叙事(史诗)以极高的地位。古典主义的美学还将"崇高的喜

---

① Цв. 托多罗夫:《幻想文学导论》,第 11 页。
② Д. С. 利哈乔夫:《古代俄罗斯文学的诗学》,第 55—56 页。
③ В. Б. 什克洛夫斯基:《情节之外的文学》,见 В. Б. 什克洛夫斯基:《散文理论》,第 227 页。

剧"同民间的—闹剧性的喜剧截然区分开来,视后者为有缺陷的体裁,而使前者典范化。

在近两个世纪的文学中,非典范性体裁的典范化在广泛流行。例如,在以激进的体裁改革为标志的浪漫主义时代,断片、民间故事,以及长篇小说(以 И. В. 歌德的《威廉·迈斯特》的格调与笔法写成的)被提升到文学的顶峰。19世纪的文学生活(尤其是在俄国)的显著特征是社会—心理长篇小说的典范化,这种小说偏爱酷似生活的逼真、心理描写,日常生活上的真实可信性。在20世纪,有过这样一些典范化尝试(在不同的程度上是成功的):宗教神秘剧被典范化(象征主义的观念)、讽刺模拟被典范化(形式论学派)、长篇小说—史诗被典范化(20世纪30至40年代的社会主义现实主义美学),以及 Ф. М. 陀思妥耶夫斯基的复调小说被典范化(20世纪60至70年代);在西欧的文学生活中——则是"意识流"小说被典范化,荒诞派戏剧被典范化。如今,神话因素在长篇小说般的散文构成中享有相当高的权威性。

如果说,在规范诗学的那些时代,被典范化的是一些高级体裁,那么。在与我们相距不远的这些时代,从等级上得到了提升的则是那些在先前位于"严格的"文学范围之外的体裁因素。诚如 В. Б. 什克洛夫斯基所指出的,会发生一些新的题材和体裁——那些此前一直是次要的、边缘的、低级的题材和体裁——的典范化:"勃洛克使'茨冈情歌'的题材和节律典范化,契诃夫则将《闹钟》①引入俄罗斯文学。而陀思妥耶夫斯基更是将低级趣味长篇小说的那些手法提升为一种文学规范。"②在这种情形下,一些传统的高级体裁却在引起令人疏远的—批评的态度,被认定是已然枯竭了的。"在体裁的更替中,高级体裁受到低级体裁经常性挤压,是令人好奇的",Б. В. 托马舍夫斯基曾指出这一点,而确认文学的当代生活中的"低级体裁被典范化"的进程。在这位学者看来,高级体裁的追随者们通常会变为模

---

① 《闹钟》——一本主要刊发幽默作品的杂志,还是莫斯科大学的一名学生的契诃夫就于1881年开始在这本杂志上发表小说。——译注

② В. Б. 什克洛夫斯基:《情节之外的文学》,第227页。

仿者。① 稍后一些时候，M. M. 巴赫金也发表了其精神实质是同样的看法。那些传统的高级体裁，——用他的话来说——，都偏爱"矫揉造作的英雄化"，程式化、"千篇一律的诗意性"、"单调性与抽象性"就是这些体裁固有的特征②。

在20世纪，显然，在等级上得以提升的大多是那些新的（或者原则上翻新了的）体裁，以同那些在先前的时代曾经是权威性的体裁相抗衡。在这种情形下，占有领先的地位的，乃是那些具有自由的、开放性结构的体裁构型：举凡文学中一切与现成的、定型的、稳定的样式无关无涉的东西，则备受青睐。

6. 体裁对抗与体裁传统

在与我们相距不远的这些时代，这些以艺术生活上日益增强的流变和多姿多彩为特征的时代，体裁不可避免地被卷入文学团体、流派、思潮的斗争之中。在这种情况下，体裁系统要经受较之过去的那几个世纪更为强烈和急剧的变化。Ю. Н. 蒂尼亚诺夫曾论及体裁流传的这个方面，他指出："现成的体裁是没有的"，每一种体裁从一个时代到另一个时代都在发生变化，有时获有很大的意义，而被推到中心，有时则相反，退到次要的位置，或者，甚至不复存在："在一种体裁解体的时代，它从中心转移到外围，而取代其位置的，则是从文学的不起眼的地方，从其不受重视的地方和底层浮出而进入中心的新现象。"③例如，在20世纪20年代，文学界与准文学界之关注中心，就已经从社会—心理长篇小说和传统的—高雅的抒情诗转移到讽刺模拟性的和讽刺性的体裁上来，也转移到带有冒险色彩的散文上来，蒂尼亚诺夫在《间隙》一文中就谈论到这一点。

在将体裁流传上的急剧的变动性加以强调——而在我们看来，则是加以绝对化了——之后，Ю. Н. 蒂尼亚诺夫得出了一个相当尖刻的结论，这一结论否认跨时代的体裁现象与体裁关联的重要意义：

---

① Б. В. 托马舍夫斯基：《文学理论·诗学》，第208—209页。
② М. М. 巴赫金：《文学与美学问题》，第454页。
③ Ю. Н. 蒂尼亚诺夫：《诗学·文学史·电影》，第279、257—258页。

"在那种它们与之相关的体裁系统的符号之外来研究彼此分立互不搭界的体裁,乃是不可能的。托尔斯泰的历史长篇小说同扎戈斯金的历史长篇小说,彼此并不相关,而是与他同时代的小说相关联。"①这一类见解是需要加以校正的。例如,对于 Л. H. 托尔斯泰的《战争与和平》(我们要指出,这是在对蒂尼亚诺夫的见解加以补充),理应将它与之关联的,就不仅仅有 19 世纪 60 年代的文学境况,而且还有——作为一个链条上的诸多环节—— M. H. 扎戈斯金的长篇小说《罗斯拉夫列夫,或者 1812 年的俄国人》(这里有不少远非偶然的呼应),M. Ю. 莱蒙托夫的《波罗金诺》这首诗(托尔斯泰本人谈到过这首诗对他的影响),古俄罗斯文学中一系列充满民族英雄精神的中篇小说。

体裁生存中的变动态与稳定性之间的相互关系,是需要不抱成见的与谨慎的、摆脱了"流派性的"极端性的讨论的。除了体裁对抗之外,在文学生活的构成中具有原则上的重要意义的还有体裁传统,也就是在这一领域中的继承性,在文学生活的构成中,具有原则上的重要性。

体裁是不同时代的作家之间最重要的联系环节,缺乏这个环节,文学的发展是不可想象的。用 C. C. 阿韦林采夫的话来说,"背景,可以用它来打量一个作家剪影的背景,总是由两部分组成:任何作家——都是自己同时代人的同时代人,在时代上的同道,但也是自己的那些前辈的继承人,在体裁上的同道。"②文学学家们不止一次地而且也是理据充足地谈论"体裁的记忆"(M. M. 巴赫金语),谈论那悬在体裁概念上的"保守主义的负荷"(Ю. B. 斯坚尼克语),谈论"体裁的惯性"(C. C. 阿韦林采夫语)。

在与那些把体裁的生存绝对地与时代内部的对抗、与思潮与流派的斗争,与"文学进程表面上的五光十色与热闹非凡"③相联系的文学学家论争时,M. M. 巴赫金写道:"文学体裁在其本性上是在反

---

① Ю. H. 蒂尼亚诺夫:《诗学·文学史·电影》,第 276 页。
② C. C. 阿韦林采夫:《普卢塔克与古希腊罗马传记》,莫斯科,1973 年,第 6 页。
③ M. M. 巴赫金:《文学与美学问题》,第 451 页。

映文学发展的一些最为稳定的、'经久不衰'的倾向。体裁中,总是保存着那些不会消亡的古风的成分。的确,这古风之所以能保存下来只是由于对它不断地加以更新,这么说吧,使它现代化。〈……〉一种体裁在文学发展的每一个新的阶段上,在这一体裁的每一部有个性的作品中,都会得到重生和更新。〈……〉因此,体裁中得以保存的古风,并非是僵死的,而是永远鲜活的,也就是说,是有能力更新自己的。〈……〉体裁——是文学发展进程中创造性记忆的代表。正因为如此,体裁有能力保障这一发展的统一性和连续性。"接着,还写道:"体裁发育得越高级越复杂,它就会越清晰越全面地记住自己的过去。"①

这些见解(巴赫金的体裁观中的核心性的)是需要加以修正的。远非所有的体裁都可以溯源于古风。它们当中有很多都有较为晚近的出身,例如,圣徒传,或者长篇小说,就是这样的。然而,在主要的一点上,巴赫金是正确的:体裁是在长远的历史时间中存在着的;它们,通常都注定会有长久的生命。这——多半是一种超时代的现象。

7. 与艺术之外的现实相关联着的文学体裁

文学体裁与艺术外现实之间是被一些相当紧密和多层面的纽结关联着的。其一,这些关联的发生学层面是重要的(关于文学创作的发生学,请参阅本书的下一章)。作品体裁的实质,是由具有世界性的重要意义的文化—历史生活现象产生的。例如,久远的英雄史诗的基本特征,是民族和国家形成的那些时代的特点所预先决定的,而近代文学中的长篇小说因素之活跃化,恰恰是由于在这个年月里人的精神上的自主成为第一性现实的最为重要的现象之一。体裁的演变,也取决于在社会领域本身的那些突变,这一点已由Г. В. 普列汉诺夫用17—18世纪法国戏剧的材料作了展示,这一时期的法国戏剧走完了从古典主义悲剧到启蒙主义时代的"市民剧"的路程②。

---

① М. М. 巴赫金:《陀思妥耶夫斯基诗学问题》,第178—179、205页。
② Г. В. 普列汉诺夫:《从社会学角度看18世纪的法国戏剧文学与法国绘画》(1905),见Г. В. 普列汉诺夫《文学与美学》二卷本,第1卷,莫斯科,1958年。

其二,文学体裁与艺术外现实之间在接受层面上相关联。问题在于,这一或那一体裁的作品(我们再一次请教 M. M. 巴赫金)乃是被定位于一定的接受条件的:"对于每一种文学体裁〈……〉都富有代表性的是其独有的文学作品受众观,自己的读者、听众、观众、人民的那种特别的感觉和理解。"①

体裁的功能特征在语言艺术存在的那些早期阶段是最为明显的。Д. C. 利哈乔夫这样谈到古俄罗斯文学:"体裁是由如何运用它们所决定的:在祈祷仪式中(在其各个部分中),在法律的和外交的实践中(关于某项问题的文件资料、编年史、大公们的罪行纪事)、在大公们的日常生活环境中(庄严的话语、颂歌等等)。"②17—18 世纪古典主义的颂诗,就是以这样的方式构成庄严的宫廷仪式的一个环节。

民间文学的一些体裁也是与一定的接受环境不可避免地相关联的。带有闹剧色彩的喜剧最初就是民众节庆活动的一部分,并且是在其构成中流传下来的。民间故事是在闲暇时光并且是面向为数不多的几个人讲述的。相对而言,不久前才出现的"四句头"③——乃是城市的与乡村的街头户外所流行的体裁。

一旦栖身于书籍之中,语言艺术就减弱了与它所把握的那些生活形式的联系:文学阅读可以成功地实施于任何一种场合。不过,对作品的接受在这里也是要取决于它的体裁上的—类别上的特性。戏剧作品在被阅读时会引起对舞台表演的联想,民间故事形式中的叙述会在读者的想象里激活活生生的、无拘无束的交谈情景。家庭—日常生活长篇小说和中篇小说、风景特写、写友情和爱情的抒情诗,以这些体裁所素有的感人肺腑的笔调,能在读者心中激发那种作者恰恰是面向他/她这位读者——作为个性的他/她——的感觉:产生一种可以信赖的、倾心相见的亲密接触的氛围。而阅读那些传统的—史诗性的、充满英雄精神的作品,则会使读者产生与某种相当广

---

① M. M. 巴赫金:《话语创作美学》,第 279 页。另请参阅 П. Н. 梅德维杰夫:《文学学中的形式论方法·(带面具的巴赫金·面具 2)》,第 145—146 页。
② Д. C. 利哈乔夫:《古代俄罗斯文学的诗学》,第 55 页。
③ 四句头——俄罗斯的一种民间短歌。——译注

泛而容量甚大的"我们"在心灵上相融合的感觉。体裁,可见,乃是作家和读者之间的一种中介。

"文学体裁"这一概念在 20 世纪曾屡遭拒弃。"对文学体裁——过去那些伟大的作家所遵循的文学体裁——感兴趣,乃是徒劳无益的",——紧跟在意大利哲学家 B. 克罗齐之后,法国文学学家 П. 梵·蒂盖曾经这样断言:"他们采用了最古老的样式——史诗、悲剧、十四行诗、长篇小说——反正不都是一样么?重要的是——他们都大获成功了。值得去研究拿破仑在奥斯特里茨大战的那天早上穿的是什么靴子吗?"①

在对体裁的意义加以思索的另一极上——是 M. M. 巴赫金关于体裁的见解,将体裁视为文学进程中"首席主人公"②的见解。上文所述的促使我们赞同第二种观点,不过要先做出一个修正性的、更准确的说明:如果说在"前浪漫主义"的那些时代,文学的面貌的确首先是由体裁的规矩、其规范、规则、典范所决定的,那么在 19—20 世纪,成为文学进程之真正的中心人物的,就是具有其可以被广泛而自由地实现的创作上的主动精神。体裁如今已沦为"次要人物",但绝对没有丧失自己的意义。

---

① 转引自 Л. B. 切尔涅茨:《文学体裁》,第 51 页。
② M. M. 巴赫金:《文学与美学问题》,第 451 页。

第六章 文学发展的规律性

文学学的这个"超级主题"(实际上——乃是关涉诸多学科的一个整体性的关节点)之展开的与论据充分的陈述,最低限度恐怕也要求写出单独的一本书来。我们仅限于若干个问题。

第一节 文学创作的发生与生成

1. 术语涵义

генезис 这一词语(源于古希腊文 genesis)表示这一或那一有能力发展(演变)的事物(现象)的起源、产生、构型过程和最初的形成。用于作为整体的文学,这一术语是对文学话语之历史的起源加以确定,而使我们转向那些远古的时代,尤其是文学类别的形成。

所谓带有其文本特性的单个作品的发生与生成——则是人们用来指称完全是另样的某种东西,而正是——从最初的艺术构思到它的实现这一路程。Н. К. 皮克萨诺夫曾多年研究文学创作的这一层面(以喜剧《智慧的痛苦》为例)。他认为,文学之发生学的考量——这首先是对那些单个作品创作史的研究,而断言:"任何一种美学成分,任何一种诗歌形式或结构〈……〉只有在对它们的产生、成熟、完型加以充分的研究后才可能被科学地、最为敏感而细腻地、唯一正确地认识。"① 在提到 Б. М. 艾亨鲍姆的那篇文章时,皮克萨诺夫指出:要去弄明白果戈理的《外套》是如何被制作出来的,就应当去研究它是怎么被制作的。文学学的这一领域是与版本学相关联并立足于其上的。对作品的创作史的研究,在当今是用文本的生成与动态诗学

---

① Н. К. 皮克萨诺夫:《〈智慧的痛苦〉创作史》(第一版,1928),莫斯科,1971年,第18页。

这样的术语来指称的。

  генезис 一词还存有第三种涵义,我们要聚焦于其上而着力加以探讨。这就是作家的活动诸因素的总合——是在刺激着并以一定的方式在指引着作者的创作工作的那一切。文学生活的这一层面,我们用文学创作的发生与生成这个词组来表示。研究作家活动的诸因素,无论对于弄清单个作品的实质,还是对于理解文学进程——语言艺术创作发展的规律性,都是重要的。

  相对于作品本身的研究,对文学创作的发生与生成的把握在文学研究这门学科的构成中是第二性的。"对于客体的任何一种发生学的考量",——А. П. 斯卡弗迪莫夫指出,——"都应当有对其内在的一结构涵义的领悟与理解行之于前"。① 然而,在文学学的历史上,诸种发生学的钻研却是走在文学作品本身研究——拥有其多面性和完整性的文学作品的本身研究——之前的,直到 20 世纪的第二个十年至第三个十年之前,那些发生学的钻研在文学研究这门学科中几乎一直是占据着上风的。

2. 文学创作之发生与生成的研究史概述

  文学学学派当中的每一个派别都是聚焦于文学创作的某一个因素群。我们不妨就此来看一看文化—历史学派(19 世纪下半叶)。在这里得到考量的,是那些艺术外现象——首先是——社会心理——对作家活动的制约性。"文学作品",——这个学派的首领法国学者伊波利特·泰纳写道——"不只是想象的游戏、炽热的心灵任性的愿望,而且还是周围风俗的拓本和社会意识一定状态的见证⟨……⟩根据文学文献可以评判许多世纪以前的人们是如何感受和思索的。"他继续写道:文学研究"有助于建构出道德发展史,并有助于去接近那些在支配着事件的心理规律的认知"。② 泰纳强调,在文学中得到折射的风俗、思想和情感,乃取决于人们之民族的、社会—种

---

 ① 转引自 Ю. Н. 蒂尼亚诺夫:《诗学·文学史·电影》,第 526 页。
 ② И. 泰纳:《英国文学史·导论》,见《19—20 世纪外国美学与文学理论:专论·文章·随笔》,第 72、94 页。

族的与时代的特征。他将作家创作上的这三个因素称之为种族、环境和历史时机。在这种情况下,文学作品更多地被认定为文化—历史的见证,而不是美学现象本身。

主要是发生学的并且被定位于那些艺术外的事实之上的,还有20世纪第二个十年至第三个十年的社会学文学学,——堪称将马克思主义的原理用于文学研究的尝试。文学作品,——В. Ф. 佩列韦尔泽夫指出——,并非产生于作家的构思,而是产生于存在(它被理解为社会集团的心理意识形态),因此,一个学者就必须首先要去弄明白文学事实的"社会出生地"[①]。作品在这种情况下被界定为"一定的社会集团的产物",被界定为"某个社会基层组织的生活的美学体现"[②]。(在另一些场合下还流行过"社会阶层"这一术语。)20世纪初的文学学家、社会学家广泛地立足于文学的阶级性这一概念,而将它理解为狭隘的社会集团——根据出身和受教育的条件,作家所隶属于其中的社会团体——利益和情绪("心理意识形态")的表达。

在往后的数十年里,文学创作的社会—历史的发生与生成,开始被身为马克思主义者的学者们理解得较为宽泛一些:作品被看成是作者的思想立场、他的观点、他的世界观的体现,[③]而作者的思想立场、观点、世界观则被认定是主要(甚或绝对地)由这个国家这个时代的社会—政治矛盾所制约着。文学创作的阶级性因素,就此便显得与20世纪的第二个十年至第三个十年有所不同,而与В. И. 列宁评论托尔斯泰的那些见解相符:不是作为狭隘的社会集团的心理和利益在作品中的表达,而是作为广泛的社会阶层的(被压迫的阶级的,或者统治阶级的)观点和情绪的折射。在这种情况下,在20世纪30—50年代(而后来时常也还有)的文学学中,文学中的阶级性因素被片面地强调,而有损于全人类性因素:作家观点的社会—政治层面被推到中心,而将其哲学的、道德的、宗教的观点排挤到次要位置,以

---

① В. Ф. 佩列韦尔泽夫:《马克思主义文学学之必要的前提》,见《苏联美学思想史略(1917—1932)》,莫斯科,1980年,第425页。

② В. Ф. 佩列韦尔泽夫:《果戈理、陀思妥耶夫斯基:研究》,第45页;另请参阅第40—46、177—186页。

③ Г. Н. 波斯彼洛夫:《审美的与艺术的》,第190—215页。

至于作者首先被认定是他那个时代的社会斗争的参与者。其结果是，文学创作便被直线性地、武断地从时代的意识形态对抗中推定出来。

上文所界说的这些文学学流派，主要是研究文学创作之社会—历史的，也就是艺术外的发生与生成。然而，在学术史上也有过与之有别的另样的现象：将作家活动之文学内部的动因，或者，换言之，文学发展的内在因素，推到首位。19世纪下半叶文学学中的比较文学流派，就是这样的。这一取向上的学者们（德国的 Т. 贝菲伊、俄国的阿列克塞·Н·维谢洛夫斯基，部分的还有 Ф. И. 布斯拉耶夫和亚历山大·Н·维谢洛夫斯基），赋予影响和借鉴以决定性的意义；"流浪"情节，那种能由一些地区和国家向另一些地区和国家迁徙而流传（旅行而流传）的"流浪"情节，得到了仔细的研究。作家对某些更早的文学现象的了解这一事实本身，被认为是文学创作的重要动因。

20世纪20年代里，形式论学派进行了另一种对文学加以内在的考量的尝试。作家与前辈的争论，对先前运用过而如今已经自动化了的那些手法的拒弃，尤其是对现在流行的文学形式加以讽拟这一意向，——被看作是语言艺术家活动的一个具有支配性的动因。Ю. Н. 蒂尼亚诺夫曾执著地将作家参加文学性的斗争作为最为重要的创作因素来谈论。用他的话来说，"任何一种文学上的继承性首先就是斗争"，在这种斗争中"没有罪人，有的只是被战胜者"。他还写道："不是中规中矩的演变，而是突变。"①

文学创作还一再被作为一种由人的存在与意识之普遍性的、普适共通的（穿越历史的）因素所推动的现象来加以研究。文学之发生与生成的这个层面，为神话学派所推重，这一学派的源头——Я. 格林的《德意志神话》(1835)，在这部著作里，在神话和传说中得到体现的各民族的创造性精神，被看作是艺术形象之永恒的基础，而神话和传说总是永存于历史之中的。"全人类所共通的逻辑规律和心理规律"——俄国神话学派的首领曾断言，——"家庭的与现实的生活之

---

① Ю. Н. 蒂尼亚诺夫：《诗学·文学史·电影》，第198、182、256页；法国文学学家 Ф. 布吕纳季耶早先也论及这一点。参阅《蒂尼亚诺夫研究文集》，里加，1990年，第118页。

方式习惯上的共同现象、文化发展中的共同途径,自然,用同样的方式去理解生活现象,进而对它们予以同样地表达,这在神话、民间故事、传说、寓言或者谚语中都是会得到反映的。"① 我们要指出的是,神话学派的原理,在更大的程度上是适用于民间文学和历史上较早时期的文学创作,而不是近代文学。然而,20世纪的艺术也相当执著而积极地诉诸于神话以及意识和存在的另一类共相("原型"、"永恒的象征")②,这会推动对这一类共相的科学研究。精神分析学的艺术学和立足于弗洛伊德与荣格等的无意识学说③的文学学,正是这样的。

以上所考察的这些学说中的每一种,都是在对作家活动的发生与生成的一定棱面加以确定,而都具有远非一时的学术意义。然而,上述这些学派的代表人物都会将他们所研究的文学创作的动因加以绝对化,而认为它是唯一重要的与一成不变地占据着支配性地位的,一旦到了这种程度,他们便会表现对教条主义和方法论上的狭隘性的偏爱。

这里所述的文学之发生学考量的诸种尝试,主要地都是旨在弄清作家创作上的那些普遍的、超个性的、与文化—历史进程和人类学的共相相关联的动因。与这一类视界有所不同的,是批评和文学学中的传记学方法(Ш. 圣-伯夫及其追随者),以及某种程度上的心理学派,后者是以 Д. Н. 奥夫夏尼科夫-库利科夫斯基的那些著作为代表的。艺术作品在这里都被置于那种受作者的内心世界、其个人命运和个性特征所支配的状态。

传记学方法拥护者的观点,是以 Ф. 施莱尔马赫的阐释学学说为前奏的,施莱尔马赫指出,思想和价值,包括艺术性的思想和价值,是不可能被理解的,如果不对其发生与生成进行深入的分析,这也就意味着不去关注具体的人的生活事实。④ 这一类见解,后来也有过,

---

① Ф. И. 布斯拉耶夫:《在旅行的中篇小说与短篇小说》,《俄罗斯通报》1874年第5期,第35—36页。
② 参阅辞条《文学与神话》,见《世界各民族神话》二卷本,第2卷,莫斯科,1982年。
③ К. Г. 荣格:《集体无意识的原型》,见 К. Г. 荣格:《原型与象征》,莫斯科,1991年。
④ F. D. E. 施莱尔马赫:《阐释与批评》,法兰克福,1977年,第150—151页。

用 А.Н.维谢洛夫斯基那句格言式精辟的话来说,"艺术家是在人的土壤上培育出来的"①。革命后俄罗斯侨民中卓越的人文科学家之一——П.М.比齐利写到:"只有那种其目标在于将艺术作品归结为艺术家的内在感受的研究,才可能是艺术作品的真正发生学研究。"②

这类概念,在 А.П.斯卡弗迪莫夫一篇文章里得到了论证,该文发表在萨拉托夫的一家学术期刊(1923)上,在好几十年里都没有引起人们的注意。这位学者指出,对发生与生成加以考量而不关心作者的个性,这注定只不过对那些纯粹外表性的事实加以机械的确认:"整体的画面必定也应当是从局部的研究中生长出来的"。"能对创作过程发生作用的因素",——他写道,——"是很多很多的,它们的作用也是不一样的,它们全都服从于作者的个性。〈……〉(文化—历史和社会—心理的——本书作者加)生活同艺术作品的相互关系,不应当是直接地,而应当是通过作者的个性建立起来的。〈……〉凭借着艺术家的(自觉的或潜意识的)意愿,生活得以渗进艺术作品的构成之中,而在那里被一层一层地剥离开来。"文学学,——А.П.斯卡弗迪莫夫认为,——"会为认可那种涉及艺术家的个性的、大文化的、社会的和文学的作用的必要性打开大门"③。对于文学创作之发生与生成上的这一非教条主义的,也可以说,纯人文主义的视界,这位学者进行了合情合理的论证。

将艺术创作看作首先是由作者的个性特征所推动的现象来研究,这在面对已然从体裁典范中解放出来的19—20世纪的文学时,尤为必要。在这种情形下,对发生与生成的个性上的考量并未取消,而是在补充那些流派性的学说,——强调作家活动上的外在于个性的决定论。须知,一个作者,尽管其个性是独一无二而自具价值的,

---

① А.Н.维谢洛夫斯基:《历史诗学》,列宁格勒,1940年,第365页。
② П.М.比齐利:《俄国诗歌专论》,布拉格,1926年,第206页。
③ А.П.斯卡弗迪莫夫:《文学史中的理论考察与历史考察的相互关系问题》,第149、148页。

他仍是以某些人的共同体,有时是相当广泛的(社会思想潮流、阶层和阶级、民族、宗教等等)的名义在思考与感受、在行动与说话。И.Ф.安年斯基在《勒孔特·德·李勒及其〈埃里尼斯〉》一文中(在我们看来,以无可争辩的说服力)谈到过这一点,他说:"〈……〉历史的规律也不会为满足(诗人——本书作者加)最炽热的心愿而改变。我们当中的任何人也不会被允许去放弃那些思想——作为照例要接受的一笔遗产与对过去应尽的一份义务——的思想,这些思想在我们一进入有意识的生活时,就会成为我们灵魂的一部分。一个人的智慧越是活跃,他就越会忘我地委身于某个共同的和必需的事情,尽管在他看来,他这人是自由的,他自己选择了自己的使命。"①

文学之发生学研究,积极地考虑到作者的个性上的那些特征,有助于对其作品本身加以更具广度地接受,更具深度地领会:在艺术创作中,——一如 Вяч. 伊万诺夫所言,不仅要看出艺术,而且还要看出诗人的心灵。类似的见解,在相当早的时候,在浪漫主义时代,就已经被表达出来。Ф.施莱格尔写道:"对于我来说,重要的并不是歌德的某一部作品,而是存在于其全部的完整性之中的他本人。"②

对文学之发生学考量上的丰富的经验加以概括,我们可以得出作家活动的因素具有异质性和多样性这样一个结论。对于这些因素,理应以一定的方式使之集合成组。其一,那些直接性的、能激发人投身于文学写作的直接的动因,无可争议地是不可轻视的,属于这种情况的,首先就是创造性的审美冲动。这冲动伴随着作者的需求——一心要在作品中体现出自己精神上的(有时也是心理上的、日常生活—生平经历上的)经验,并以这种方式来对读者的意识和行为产生作用。其二,在文学创作之发生与生成的构成中,从外部作用于作者的那些现象和因素的总和,也就是能对艺术活动产生刺激的推动性语境,具有重要的意义。

况且(与各种不同流派的学者们时常所宣扬的恰恰相反),文学创作的因素之中没有一种是对它的硬性的决定:艺术性创作活动就

---

① И.Ф.安年斯基:《映像之书》,第411页。
② 《西欧浪漫派文学宣言》,第65页。

其本性而言是自由的,富有首创精神的,因而是不可能被预先设定的。文学作品并不是这一或那一外在于作者的现象的"拓本"和"模塑品",它永远也不是某个特定的一系列事实的"产物"或者"镜子"。构成推动性语境的那些"组元"未必能被排列成某种等级上次序分明的、具有普适共通性的模式:文学创作的发生与生成,是历史地且有个性地变化不定的,任何一种从理论上给它定出的规则,都不可避免地会变成教条主义的片面性。

创作的推动性语境在这种情况下并不具有全部的确定性。它的规模和界线是不能被准确地加以界说的。马雅可夫斯基对涅克拉索夫是否对他有过影响这个问题的回答是:"不清楚",这一回答是意味深长的。"我们不要去承受卑微的虚荣心的诱惑——而去采用那些对创作的发生与生成加以先验地确定的通行说法",——19—20世纪之交的一位法国学者在与历史—文化学派论争时曾写道:——"我们永远也不可能了解〈……〉进入天才的构成之中的所有因素"。①

然而,摆脱了教条主义的对文学事实的发生与生成的考量,对于理解这些事实还是具有巨大意义的。对作品的根基与源头的了解,不仅可用来阐明作品的美学的、艺术本身的特性,而且有助于弄明白:作者的个性特征是如何在其中得到体现的,也还会促使将作品当作一定的文化—历史见证来加以接受。

3. 对文学有重要意义的文化传统

在刺激文学创作的语境之构成中,一个重要的角色属于那个中间环节——在人类学的共相(原型与神话诗学,文学学现如今已聚焦于其上)与时代内部的具体因素(作家的当代性及其诸种矛盾,这种当代性在我们"前改革的"那几十年里被过分执著地推到首位)之间的中间环节。理论文学学对作家活动的语境上的这个中间环节,把握得还不够充分,因此,我们要来追问那些用"继承性"、"传统"、"文

---

① Г.朗松:《文学史中的方法》,莫斯科,1911年,第19—20页。(在与精神分析文学学的争论中)对作家创作的发生学考察的不信任,还见之于Г.巴什里亚尔的文章:《空间美学》,《哲学问题》1987年第5期。

化记忆"、"遗产"、"长远的历史时间"等词和词组来指称的涵义,而在这一环节作较为详细的探讨。

在《答"新世界"编辑部问》(1970)一文中,M. M. 巴赫金在对为官方所宣布的并从20世纪20年代起就被普遍接受的那些方针提出异议时,采用了"短暂的历史时间"和"长远的历史时间"这样一些词组,前者指的是作家的当代性,后者指的则是——过去的那些时代的经验。"当代性",——他写道,——"仍然保留着其巨大的、在许多方面是决定性的意义。科学分析只能以当代性为出发点,并且〈……〉应时时以它为参照。"但是,巴赫金继续写道:"也不能将它(文学作品——本书作者加)封闭在这个时代之中:它的全部意蕴只能是在长远时间里才会得到充分展示。"后一词组,成为这位学者关于文学创作的发生与生成的那些见解中一个具有关键性的核心论点:"作品植根于遥远的过去。伟大的文学作品都经过若干世纪酝酿,而到了创作它们的时候,只是收获经历了漫长而复杂的成熟过程的果实而已。"作家的活动,以巴赫金之见,最终还是由那些长久存在的"能量强大的文化潮流(特别是那些底层的、民间的)"所决定的。①

理应将"传统"一词(源自拉丁文——traditio,传达、传说)的两种涵义加以区分。其一,这是指立足于以其重复和变奏的形式而呈现的过去的经验(在这里通常被使用的词语为"传统性"与"传统主义")。这一类传统乃是被严格规定的,并具有被无条件地加以遵守的一些祭祀典礼、交往礼节、节庆仪式之形式。在许多世纪里,直到18世纪中叶,传统主义在文学创作中都是颇具影响力的,这特别鲜明地体现在那些典范性的体裁之中。后来,它丧失了自己的作用,被视作艺术活动的障碍;诸如"传统的压迫"、作为"被自动化了的手法"的传统,这样一些见解,已经成为通用的观点。

在已经发生了变化的文化—历史情景中,当仪式性—被规定的因素被降到最低限度的时候,"传统"这一术语的另一涵义便获有现实意义(这在20世纪尤为清晰可见),它开始被用来指称对文化上(包括语言—艺术上)的经验之富有主动性的和创造性的(积极的——

---

① M. M.巴赫金:《话语创作美学》,第333、331、330页。

有选择性的并有所丰富的)承传,这种承传必须以价值——那些构成社会的财富、民族的财富、人类的财富的价值——之延续性的建构为前提。

成为承传对象的,既有文化(哲学和科学、艺术与文学)上那些杰出的纪念碑式的文物遗存文献传说,也有那种被一代一代地保存下来并不断丰富的、堪称精神传统的"传递者"的、不大引人注目的"生活的结构"。这是——信仰、道德立场、行为和意识的方式、心理、与大自然的接触、言语修养、日常生活习惯这一切所构成的领域。

被有机地把握着的传统(它也正应当以这一形式而存在)会成为具体各别的个人及其群体的一种方向标,也可以说,是一种灯塔,是某种精神上—实践上的方略。与传统的关联,不仅体现于已清楚地意识到以特定的价值为取向这一形式之中,而且也在那些自发的、直觉的、并无意图的形式中表现出来。传统的世界就像人们呼吸的空气一样,通常并不用考虑它们具有何等不可估价的益处。按照20世纪初俄国哲学家 B.Ф.艾伦的见解来看,人类乃是凭借着对传统之自由地遵循而存在:"自由的传统〈……〉不是别的什么东西,而是人类内在的形而上的统一。"晚些时候,И.赫伊津哈也发表了精神实质是同样的看法:"健康的精神并不惧怕肩负着昔日的价值之重荷而上路。"①

对于19—20世纪的文学具有无可争辩的重要性的传统(自然,首先是在这个词的第二种涵义上),既有民间文化上的,主要是祖国的(И.赫尔德和海德堡的浪漫派曾执著地论及这一点),也有那有教养的少数人的文化上的(在更大的程度上是国际的)。浪漫主义时代实现了这些文化传统的综合:用 B.Ф.奥多耶夫斯基的话来说,发生了"人民性与普遍的有教养之融合"②。这一推进,预先决定了后来的文学中,包括当代文学中的许多东西。

---

① H.C.阿尔谢尼耶夫:《源自俄罗斯文化传统与创作传统》,法兰克福,1959年,第9—13页。
② B.Ф.艾伦:《为逻各斯而斗争》,见《B.Ф.艾伦文集》,见莫斯科,1991;另请参阅 C.Л.弗兰克:《社会的精神基础》,莫斯科,1992年,第125—127页。

我们的学者们在执着地谈论作为任何创作之动因的传统(文化记忆)的巨大意义。他们都肯定,文化创造首先是以过去的价值之传承为标志的。①"对传统之创造性地承传要求在旧事物中寻找新事物,要求去延续传统,而不是去机械性地模仿〈……〉衰亡的事物"②;文化记忆在新事物的诞生中的积极作用,乃是历史的和文学的进程之科学的认知之中的一个路标——乃是那种随着黑格尔主义和实证主义之主宰之后而来的一段里程。③

以这样或那样的方式"来到"作家的作品之中的文化上的过去,具有各个不同的层面。其一,这是早先就已处于运用之中的语言—艺术手段,以及先前的那些文本的断片(以引起联想的相似物的面貌出现);其二,这是那些已经既在艺术外的现实中,又在文学中流传的世界观、观念、思想;其三,这是那些艺术外的文化样式,它们在许多方面推动并预先决定着文学创作的形式(类别上的和体裁上的;物象—描绘上的、结构上的、言语本身的)。例如,叙述—叙事的形式,就是由广泛存在于人们的现实生活中的对早先发生过的事情加以讲述而产生的;古希腊戏剧中主人公之间交换对白与合唱,从发生学上来看乃是与古希腊人生活中的那些公众性的因素相关联的;骗子小说——这是将冒险作为一种生活行为的产物和艺术的折射;近150年至200年来的文学中心理描写的繁荣,乃是以作为人的意识的一种现象的反省以及与之类似的现象之空前活跃为前提的。Ф.施莱尔马赫曾论及艺术的形式与艺术外的(生活的)形式之间这一类的对应。他指出,戏剧在其刚刚产生时是从生活中摄取到处存在的谈话,古希腊人的悲剧和喜剧中的合唱其最初的源头,就在单个人与民众的相遇之中,而史诗这一艺术形式的生活原型就是讲故事。他得出的结论是:"甚至就连新的描写形式的发明者,在实现自己的意图时也不是完全自由的。尽管这种或那种生活形式是否成为他自己的作

---

① Й. 赫伊津哈:《游戏的人·在明天的影子里》,第257页。
② Д.С. 利哈乔夫:《过去——属于未来:论文与特写》,列宁格勒,1985年,第52、64—67页。
③ Ю.М. 洛特曼:《文化学阐述中的记忆》,见《Ю.М. 洛特曼文选》第1卷,第200—202页。

品的艺术形式,乃取决于他的意愿,一旦要创造出艺术中的新东西,他就会处于那些已经存在的其类似物的影响之下。"①作家们,这样一来,并不取决于他们的那些有意识的立场,乃是被"注定"要立足于文化生活的这些或那些形式的。

体裁上的—言语上的传统在文学活动中具有特别巨大的意义。艺术言语从发生学上来看是源自于艺术外的话语形式的。在这里不妨顺便提一提 M. M. 巴赫金对第一性的和第二性的言语体裁的区分。前者(口头交谈、对话中的对白、日常的讲述、书简信函)是在"直接的言语交流"条件下形成的。第二类(第二性的)则是在演说、政论、科学—哲学文本,以及语言艺术中被呈现出来的。它们大多由"各种被变换了的第一性体裁"②所构成。

在结束关于那些大文化的和文学—艺术的传统对于作家创作的重要意义这一话题时,我们来看一看杰出的英美诗人 T. C. 艾略特的《传统与个人才能》(1919年)一文。作家,——文中写道,——作家"应当在自己身上培养出对过去的一种很自觉的情感,而在自己的全部创作生涯中对它加以丰富。""历史感",那种会使作者"对他自己在时代中的位置,对他自己的当代性有个异常清晰的感觉"的历史感,会将作者"纳入传统之中"。③

总之,在对文学(无论是在它的形式—结构方面,还是在深层的内涵方面)进行发生学的考量的时候,传统这一概念起着相当重要的作用。然而,在20世纪的文学学中(主要是先锋派取向上的)广泛存在着另一种、截然相反的关于传统、继承性、文化记忆的观念——传统、继承性、文化记忆被视为必然是与模仿相关联,而与真正的、高品位的文学则是毫不相干的。根据 Ю. H. 蒂尼亚诺夫的见解来看,传统——这是"旧文学史的基本概念",它"乃是不合理的抽象":"谈论继承性,只能是在涉及学派、模仿这些现象时才合适,而不宜关涉到

---

① Schleiermacher F. D. E.:《阐释与批评》,第184页;另请参阅 B. E. 哈里泽夫:《艺术形象在生活中的类似物象(概念的论证)》,见《文学作品分析原则》,莫斯科,1984年。
② M. M. 巴赫金:《话语创作美学》,第257、239、279页。
③ T. C. 艾略特:《诗的使命》,第161、158页。

文学演变这种现象,文学演变的原则——乃是斗争和更替"。①

　　直至今天时不时地还有这样一种见解在表达:文学学并不需要这一概念。"应当指出",——M. O. 丘达科娃写道:"Ю. H. 蒂尼亚诺夫与其同道们的探索工作的不容置疑的最为明显的结果之一,就是对'传统'这一不确定的概念之权威性的破坏。这个概念,经过他们的批判性评价之后就被悬在空中,尔后在那些处于科学之外的文本中找到了栖身之地。对这个概念取而代之的则是'引文'(引起联想的相似物)和'文学潜台词'(多半是对诗歌文本而言)。"②

　　这一类对"传统"一词与这个词所蕴含的、所表达的那些深层涵义的不信任,源于Ф.尼采及其追随者那种武断的"反传统主义"。我们不妨来回忆一下长诗—神话《查拉斯图拉如是说》中的主人公向人们提出的要求:"去砸碎〈……〉这些陈旧的碑、牌! 我吩咐他们(人们——本书作者注)去嘲笑其〈……〉圣哲与诗人。"③

　　咄咄逼人的反传统主义的声音,现如今也还在响起。就在不久前还听到这样的话,那是用Ф.尼采的精神在诠释 З.弗洛伊德:"只有先将前辈当中与自己的气质性情最为相近的人批驳得体无完肤,——只有先去弑父,就像俄狄浦斯情结所吩咐(着重号为本书作者所加)的那样,才可能去表现出自己。"④在 20 世纪,坚定的反传统主义也构成了一种传统,那种就其独具的方式来说是悖论性的传统。那个认为"尼采现在仍然是当代思想不可超越的一个定向标"的Б.格罗伊斯断言:"……与传统决裂——这就是在另一种水平上去信奉它,因为同典范的决裂自有其传统。"⑤对后面这句话确是难以不苟同的。

---

　　① Ю. H. 蒂尼亚诺夫:《诗学·文学史·电影》,第 272、258 页。
　　② M. O. 丘达科娃:《论发生与生成这一概念》,Revue des etudes slaves, Fascicule 3. Paris,1983 年,第 410—411 页。
　　③ 《Ф.尼采文集》二卷本,第 2 卷,第 144、141 页。
　　④ О. Б. 瓦因什泰因:《Homo deconstructivus·后现代主义的哲学游戏》,《伪书》1993 年第 2 期,第 22 页。
　　⑤ Б. 格罗伊斯:《论新颖性(乌托邦与交换)》,莫斯科,1993 年,第 155、116—117 页。

显然,传统这一概念在现如今乃是严重的分歧和世界观上的矛盾彼此较量的一个舞台,这些分歧和矛盾同文学学有着最为直接的关系。

第二节 文学进程

这个术语是被用来指称:其一,一定的国家和时代的文学生活(其现象和事实的全部总和);其二,全球性的、世界规模上的文学之千百年来的发展。这第二个涵义上的文学进程(下面正是要对它加以探讨)乃是历史—比较文学学的对象。

1. 世界文学构成中的变动性与稳定性

文学创作要受变化——随着历史的运动而不断地变化——的支配,这一事实是显而易见的。较少引起关注的则是另一层:文学演变乃是在某种稳固的、稳定的基础上完成的;而外在于能自我生成之物,生成便不可思议。在文化(尤其是艺术与文学)的构成中可以区分出两个方面:一方面是现象——那些个性化的和变动性的现象,另一方面则是结构——具有普适性的、超时代性的、静态性的,时常被称为 topic 论题/话题/主题(源自古希腊语 topos——地点、空间)的结构。topic 在古代人那里乃是逻辑学(研究推理证明的理论)和修辞学(研究公开演说中的那些"普遍性的话题")的概念之一。在与我们相距不远的这些时代,这个概念进入文学学。用 A. M. 潘琴科的话来说,文化(包括语言艺术的)"拥有诸种稳定的形式之储备,这些稳定的形式在其全部都具有现实意义",所以"将艺术看作是能发生演变的论题这一观点"[①]乃是合情合理而绝对必要的。

论题具有异质性。必定出现在文学创作中的有情感思绪的诸种类型(崇高性、悲剧性、笑谑,等等)、有道德—哲学的诸种问题(善与恶、真与美)、有那类与神话诗学上的那些涵义互动互生的"永恒主

---

① A. M. 潘琴科:《论题与文化距离》,见《历史诗学:总结与研究前景》,莫斯科,1986年,第240、236页。

题",还有随时随地可以有用武之地的一套套的艺术形式。我们所勾勒的世界文学的这些常项,也即诸种论题(它们也被称之为普遍性的话题——由拉丁语 loci communes 而来)在构成继承性的资源,没有这一资源,文学进程恐怕是不可能有的。植根于前文学的远古时代的文学继承性的资源,在一代一代的延续中得到丰富。近二三个世纪的欧洲长篇小说创作的经验,在令人信服地佐证这一点。在这里得到确立的是一些新的论题,与对人的内心世界——在其与周围现实之多层面的关联之中存在着的人的内心世界——之艺术地把握相关联的那些论题。

2. 文学发展的阶段性

关于不同国家不同民族的文学发展中存在共性(可重复性)的因素的概念,关于文学在长远的历史时间中之统一的"渐进式"运动的概念,已植根于文学学之中,而没有谁会对之加以质疑。Д. С. 利哈乔夫在《作为研究对象的文学的未来》一文里,谈论到文学创作中个人因素在持续不断地增长,文学创作的人道主义的性质在日益强化,现实主义倾向在增长,作家在形式选择上有越来越多的自由,以及艺术意识的历史主义在深化。"意识的历史性",——这位学者指出,——"要求一个人对自己的意识的历史相对性要有认识。历史性与'弃绝私欲',与能了解自身局限性的思维能力是相关联的。"①

文学进程的诸阶段,习惯上被看作是相应于人类历史的那些阶段,那些在西欧诸国——尤其是在罗曼语系国家——最为清晰而充分地呈现出来的阶段。因此,就划分出古代文学、中世纪文学和现代文学及其各自拥有的诸阶段(继文艺复兴之后——是巴洛克、古典主义、带有感伤主义分支的启蒙时期、浪漫主义,还有现实主义、在 20 世纪与之并存且成功地展开竞争的现代主义)。

现代文学与在它之前的书面文学之间那些阶段性的差异,已由学者们作了极其充分的阐说。古代和中世纪文学的特点,是那类具有艺术外的诸种功能(宗教—祭祀的与仪式的、信息性的和事务性

---

① Д. С. 利哈乔夫:《过去——属于未来:论文与特写》,第 175 页。

的、等等)的作品广为流行;匿名作品十分盛行;口头文学创作占据书面文学创作难以企及的优势,书面文学创作更多地诉诸于口头传说的记录和那些先前创作的文本,而不是"撰写"。文本的不稳定性、文本中"自己的"和"他人的"之稀奇古怪地混合,这也是古代文学和中世纪文学的重要特点,而由于这一混合,原创文学和翻译文学之间的界限便"模糊不清"。而在现代,作为纯艺术现象的文学摆脱束缚得到解放;书面文学创作逐渐成为文学创作占据支配性地位的样式;个体性的作者著述活跃起来;文学发展获有更为巨大的变动性。所有这一切都是无可争辩的。

　　古代文学和中世纪文学这两者的区分,就要复杂一些了。就西欧而言,这区分并不是一个问题(古希腊的和古罗马的古代文学,同更靠向"北方的"那些国家的中世纪文化有着原则上的不同),但是,一旦转向另一些地区的文学,首先是东方的文学,就会引起质疑和争论。况且所谓的古代俄罗斯文学,实际上是中世纪类型的书面文学。

　　世界文学史的一个关键问题是颇有争议的:文艺复兴及其艺术文化,尤其是文学,其地理上的分界线在哪里? 如果说,Н. И. 康拉德及其学派的学者们都认为文艺复兴是一种全球性的、不只是在西方诸国,而且也在一些东方地区重复发生而有多种变体的现象,[①]那么,另一些也是权威性的专家,却把文艺复兴看作是西欧(主要是意大利)文化所专有的,独一无二的现象:"意大利的文艺复兴获得世界性的意义,不是因为它是一切已经发生的文艺复兴中最典型、最优秀的,而是因为不曾有过其他的文艺复兴。它是唯一的。"[②]

　　与此同时,当代一些学者并不驻足于对西欧文艺复兴之习惯性的赞颂性的评价,而对它的双重性加以揭示。一方面,文艺复兴以充分的自由和个性的独立之观念、以无条件地信赖人的创作潜能之思想,丰富了文化;另一方面——文艺复兴的"成功哲学滋养了〈……〉

[①] Н. И. 康拉德:《论文艺复兴时代》,见 Н. И. 孔拉德:《东方与西方》第 1、7、8 节,列宁格勒,1972 年。

[②] Л. М. 巴特金:《作为历史的整一的文化类型:由意大利文艺复兴而引发的方法论札记》,《哲学问题》1969 年第 9 期,第 108 页。

冒险主义和非道德主义精神"。①

文艺复兴之地理上的分界线问题的讨论,暴露出关于世界文学进程的传统模式的缺陷,这一模式主要定位于西欧的文化—历史经验,而明显地带有那种通常称之为"欧洲中心主义"的局限性。近二三十年来,一些学者们(C.C.阿韦林采夫在这里为领军人物)提出并论证了一种学说,这一学说能补充并在某种程度上重新审视已为人们习惯了的、基于马克思主义社会学之上的关于文学发展阶段的概念。这样的一些问题,在较之先前更大的程度上在这里得到考虑:其一,语言艺术的特点;其二,非欧洲地区和国家的经验。在1994年那篇具有总结性质的、集体撰写的文章《文学时代更替中的诗学范畴》里,世界文学的三个阶段被划分出来并得到一一界说。

第一阶段——这是"远古时期",这个时期民间文学的传统绝对具有影响力。在这里占优势的是神话诗学的艺术意识,还缺乏对语言艺术的反省,因而既没有文学批评,也没有理论研究,更没有艺术—创作纲领。所有这一切只是在文学进程的第二阶段才会出现,这一阶段开始于公元前1千年中叶古希腊的文学生活,而一直持续到18世纪中叶。这一相当长的时期的显著特点是,艺术意识的传统主义与"风格诗学与体裁诗学"占据主导地位:作家以早先的那些符合演说术之要求的现成的言语形式为取向,承受那些体裁典范的支配。在这第二阶段框架内,又划分出两个时段,文艺复兴是两个时段的交界处(我们要指出的是,这里主要是就欧洲的艺术文化而言)。在这两个时段中的第二个——接替中世纪的那个时段,文学意识从无个性因素向有个性的因素推进了一步(尽管还是在传统主义的框架内);文学在更大的程度上成为世俗的。

最后,在始自启蒙运动和浪漫主义时代的第三阶段,"个体性—创作的艺术意识"被推到前台。从此,占据支配性主导地位的是便是"作者诗学",——从体裁—风格上诸种规定之无处不在的统治中解

---

① Ю. M. 洛特曼:《作为文化学问题的技术进步》,《塔尔图大学学报》1988年第831期,第104页,塔尔图;还可参阅 Я. 布尔克哈特:《文艺复兴时期的意大利文化》(第6章,习俗与宗教),莫斯科,1996年。

放出来的"作者诗学"。在这里,文学比过去任何时候都要"极力地贴近人的直接而具体的存在,深刻地体验人的忧虑、思想、情感,按照人的尺度进行创作";个体性—作者风格的时代已经来临;文学进程以最为紧密的方式"既与作家的个性又与其周围的现实同时"发生互动。① 这一切见之于19世纪的浪漫主义和现实主义之中,也见之于不久前刚过去的那个世纪的现代主义之中。我们下面就来探讨文学进程中的这些现象。

3. 19世纪—20世纪文学的共通性(艺术体系)

在19世纪(尤其是在它的前30年),文学的发展,是在浪漫主义——与古典主义的理性主义和启蒙运动的理性主义相对抗的浪漫主义——的旗帜下进行的。浪漫主义,最初是在德国得到深刻的理论论证而确立下来的,很快便在欧洲大陆风行,后来则流传到欧陆之外。② 正是这一文化—艺术运动标志着从传统主义到作者诗学这一具有世界性的重大意义的推进。

浪漫主义的(尤其是德国的)成分相当驳杂,这在 B. M. 日尔蒙斯基的早期著作中就已经得到令人信服的展示,那些著作对于这一艺术体系之进一步的研究产生了极为重要的影响,而有资格被尊为文学学经典。这位学者认为,19世纪初的浪漫主义运动中主要的特征,并不是双重世界,并不是(霍夫曼和海涅那样的)对与现实的悲剧性失谐的感受,而是人的存在乃是被赋予灵性的那种概念,人的全身心为神性因素所充溢的那种"渗透性"概念——那种"在上帝身上领悟整个生命,每一个肉体,每一个个性"的理想。③ 同时,日尔蒙斯基

---

① C. C. 阿韦林采夫、M. Л. 安德烈耶夫、M. Л. 加斯帕罗夫、П. A. 格林采夫、A. B. 米哈伊洛夫:《文学时代更替中的诗学范畴》,第33页;也可参阅 C. H. 布罗伊特曼:《历史诗学》,莫斯科,2001年。

② 关于作为一种国际现象的浪漫主义,请参阅:《世界文学史》8卷本,第6卷,莫斯科,1989年。

③ B. M. 日尔蒙斯基:《海涅与浪漫主义》,《俄罗斯思想》1914年第5期,第116页;请参阅 B. M. 日尔蒙斯基:《德国浪漫主义与当代神秘主义》(第一版,1914年),圣彼得堡,1996年。

也指出了早期(耶拿的)浪漫主义的局限性,这种浪漫主义醉心于那种心理上的"欣快",对那个人主义的任性也并不陌生,而这种个人主义的任性后来通过两种途径得到克服。第一种途径——转向中世纪那种类型的基督教禁欲主义("宗教上的弃绝"),第二种途径——对人与民族—历史的现实之间的那些不可或缺而有益的关联加以把握。这位学者正面地评价了美学思想的这一运动:从那种其涵义具有世界主义性质的"个性—人类(世界秩序)"的两段式,到海德堡浪漫派所独具的关于个性与普适性之间的那些中间环节——"民族意识"和"各别民族的集体生活的独特形式",就是这样的环节——之巨大意义的理解①。对海德堡浪漫派致力于民族—文化上的团结这一追求、他们对自己国家之历史征程的领受,日尔蒙斯基以一种高雅的诗意的笔调作了评述。论文《海德堡浪漫派作品中的美学文化问题》就是这样的,它是以那种对于这位作者来说非同寻常的半随笔的文体格调写成的。②

继浪漫主义之后,既对它加以继承,也在某些方面与之论争的,是在19世纪得以确立的、由现实主义这一词语来指称的那个新的文学—艺术共同体,现实主义这一词语有好几种涵义,因而作为一个学术术语不无争议。③用于19世纪文学的现实主义之实质(而在谈论其优秀的典范时常用的词组则是"经典现实主义")及其在文学进程中的地位,受到各种不同角度上的思考。在马克思主义意识形态占统治地位的时期,现实主义被过分地拔高到有损于艺术和文学中所有的另类的高度。它被理解为对社会—历史的具体现实之艺术地把握与社会决定论思想、人们的意识和行为承受生硬的外在的制约的思想之艺术地体现(用Ф.恩格斯的话来说,"典型环境中的典型性格之真实地再现"④)。

---

① B. M. 日尔蒙斯基:《浪漫主义历史上的宗教弃绝:用于 K. 布伦坦诺与海德堡浪漫派的评述材料》,第25页。

② B. M. 日尔蒙斯基:《西欧文学史略》。

③ P. O. 雅可布森:《论艺术现实主义》,见《P. O. 雅可布森诗学论文选》,第387—393页。

④ 《马克思恩格斯选集》,第二版,第37卷,莫斯科,1965年,第35页。

如今,恰恰相反,现实主义在19—20世纪的文学构成中的重要意义则经常被抹煞,甚或完全被否定。这个概念本身时不时地被宣告为是"糟糕的",其理由是它的本质特点(似乎真的是)只不过是"社会分析"和"酷似生活的逼真"。① 在这种情形下,浪漫主义与象征主义之间的那个文学时期,习惯上所谓现实主义的繁荣时代,便被人为地纳入浪漫主义领域,或是被转弯抹角地鉴定为"长篇小说的时代"。

要将"现实主义"一词从文学学中逐出,贬低并损毁其涵义,是没有任何理由的。迫在眉睫的乃是另一件事:要对这一术语加以清洗,洗去沉积在其上的那些原始而粗陋的、庸俗化的积垢。自然要考虑到传统,依据那个传统,该词语(或者是"经典现实主义"这一词组)是用来指称19世纪(在俄罗斯——从普希金到契诃夫)丰富的、多层面的、永远有活力的艺术经验。

19世纪经典现实主义的实质——并不在于社会—批判的激情,尽管它也起过不小的作用,而首先在于对人与其身边环境:具有其民族的、时代的、阶层的、纯粹本土的等等特色的"微环境"之间那些活生生的关联之广泛的把握。现实主义(与带有其强健的"拜伦式分支"的浪漫主义不同)并不倾心于对那种与现实疏远的、脱离世界、傲慢地与世界相对抗的主人公予以拔高和理想化,而是倾心于(并且是相当严厉地)批判其意识上的遗世独立。现实被现实主义者/作家理解成了那种在威严地要求着一个人应负责任地参与到其中去的现象。

在这种情形下,真正的现实主义(诚如Ф. М.陀思妥耶夫斯基所表述的,"最高意义上的")不仅不排除,而且相反,要求作家具有对"伟大的当代性"的兴趣,去讨论道德—哲学和宗教问题,去弄清人与文化传统、与民族命运和全人类命运、与宇宙和世界秩序之间的那些联系。无论是饮誉世界的19世纪作家的创作,还是他们在20世纪的那些继承者的创作,都不容置疑地佐证了这一切。

用 В. М.马尔科维奇的话来说,俄罗斯经典现实主义在对社

---

① Д. В. 扎东斯基:《文学史不应该是什么样的?》,《文学问题》1998年1—2月号,第6、28—29页。

会—历史的具体现实加以把握的同时,"几乎以同样的力量致力于超越这一现实——追问社会的、历史的、人类的、宇宙的那些'终极的'本质",它在这方面既像在它之前的浪漫主义,又像在它之后的象征主义。进入现实主义——能使人充电而储备"精神上的极端主义的能量"的现实主义——领域之中的,——这位学者指出,——有超自然的因素,也有神启,有宗教—哲学的乌托邦,也有神话,还有秘密的宗教仪式的因素,以至于"人的心灵的辗转不安获得〈……〉超验的意义",而与这样一些范畴:诸如"永恒、最高的公正、俄罗斯之天命、世界末日、大地上的神的王国"相互关联[①]。

我们要对此加以补充的是:现实主义者/作家不会把我们带到那些奇风异俗的遥远他乡、秘密的宗教仪式中的没有空气的高空、抽象而又抽象的世界,那是浪漫主义者时常所倾心于其中的(我们不妨来回忆一下拜伦的诗剧)。现实主义者/作家是在"平凡的"生活——它带有其日常的生活方式与"散文般的"日常性,既给人们带来严峻考验又给人们带来不可估价的益处的"散文般的"日常性——的隐深处,来发现人的现实所具有的那些普适共通的因素。例如,伊万·卡拉马佐夫这一人物,若没有他的那些悲剧性思考与"宗教大法官"那一章,自是不可想象的,而抛开他与卡捷琳娜·伊万诺夫娜、与父亲和兄弟之间的那些痛苦的、复杂的相互关系,也是完全不可思议的。

在 20 世纪,与传统的现实主义并存而相互作用的还有一些别样的、新的文学共性。在苏联、在社会主义阵营内的那些国家里,由政治权力以攻势所培植起来的,甚至在这些国家境外也流行开来的社会主义现实主义,就正是这样的。以社会主义现实主义的原则为取向的那些作家的作品,通常都没有超过轻松读物的水平。然而,在这一方法的轨道上创作的也有这样一些杰出的语言艺术家,例如,M. 高尔基与 B. B. 马雅可夫斯基、M. A. 肖洛霍夫与 A. T. 特瓦尔多夫斯基,在某种程度上还有 M. M. 普里什文及其充满矛盾的《沿着奥苏达列夫大道》。社会主义现实主义文学,通常是立足于那些为经典

[①] B. M. 马尔科维奇:《论文学流派与 19 世纪俄罗斯文学史构架问题》,《俄罗斯科学院院报·文学与语言卷》1993 年第 3 期,第 28 页。

现实主义所典型的描绘生活的方式,但在其实质上乃是与19世纪大多数作家的创作宗旨和看取世界的态度相对立的。在20世纪30年代和稍后的那段时期,М.高尔基所提出的现实主义方法的两个阶段的对立被执著地重复和变奏。这就是,第一,为19世纪所典型的批判现实主义,这种现实主义,就像人们所认为的那样,对现存的带有其阶级对抗的社会存在是不接受的;第二,社会主义现实主义,它对重新产生于20世纪的现实是肯定的,并在其从社会主义到共产主义这一革命的发展中来理解来领悟生活。① "社会主义现实主义文学乃是世界文学的一个新阶段","社会主义现实主义乃是最高级的艺术方法"等等说法,在好几十年的文学评论文章里、在学术著作中、在教科书里,被执著地重复着。

现代主义,从自己时代的文化需求中有机地生长起来的现代主义,被推到了20世纪的文学和艺术的前沿。与经典现实主义不同的是,它不是在散文中,而是在诗歌中最为鲜明地大显身手。现代主义的特征——是作者最大限度的开放性的和自由的自我揭示,是他们那种要革新艺术语言,强化诗歌文本的印象,使之更具容量更为精致的执著追求,以及更多地聚焦于具有普适性的现象与文化—历史上遥远的过去,而不是作家身边的现实的那种定位。所有这一切使现代主义更接近浪漫主义,而不是经典现实主义。然而,执著地进入现代主义文学领域的,还有那些与19世纪经典作家的经验相近相通的因素。其鲜明的例子——就是Вл.霍达谢维奇的创作(特别是他的"后普希金时期的"五音步抑扬格的自由体诗:《猴子》、《11月2日》、《房子》、《音乐》等),与А.阿赫玛托娃及其《安魂曲》、《没有主人公的长诗》,在那部作品里,使她成为一个诗人的那种战前的文学—艺术环境,作为那些悲剧性迷误的聚集,以严厉的—批判性的笔调展示出来了。

现代主义绝不是铁板一块,而是极为驳杂的。它在一系列的思潮与流派,特别是世纪之初众多的流派中大显身手,在那些流派中有资格占据第一位的(不仅是在时间顺序上,而且就其在艺术和文化中

---

① 关于社会主义现实主义,请参阅:《社会主义现实主义的法典》,圣彼得堡,2000年。

所起过的作用而言)当推象征主义,首先是法国的和俄罗斯的。而来接替它的现代主义取向的文学被称之为后象征主义①,也就不足为怪了。

在现代主义——在许多方面决定了20世纪文学面貌的现代主义——的构成中,理应划分出两种趋向——它们彼此密切交错,但同时又有不同指向。在未来主义之中体验了其"巅峰性的"极致状态的先锋主义,与(借用 В. И. 秋帕的术语)新传统主义,就是这样的不同趋向。

"这些精神力量之间强有力的对抗,有时造成创作性反省的那种能产型的张力,有时则形成引力场,20世纪所有的多少有些意义的艺术现象都是以这样或那样的方式栖身于这个引力场。这种张力往往从那些作品内部显露出来,因此要在先锋主义和新传统主义之间划出一条涵义单一的分界线,就未必是可能的。种种迹象表明,我们这个世纪艺术范式的实质,就在于构成这一对抗的诸因素既不相融合又不可分割。"②该文作者将 Т. С. 艾略特、О. Э. 曼德尔施塔姆、А. А. 阿赫玛托娃、Б. Л. 帕斯捷尔纳克、И. А. 布罗茨基,列为新传统主义的杰出代表。

作为对 В. И. 秋帕的上述见解的补充,我们要指出的是,除了作为20世纪现代主义之变体的先锋主义和新传统主义之外,发生过相

---

① 《作为一种文化现象的后象征主义》,1—4辑,莫斯科,2001—2003年。
② В. И. 秋帕:《文学意识的极化》,*Literatura rosyjska XX wieku*,Nowe czasy. Nowe problemy. Seria《Literatura na pograniczach》. No 1. Warszawa,1992年,第89页;另请参阅 В. И. 秋帕:《后象征主义·20世纪俄罗斯诗歌理论概述》,萨马拉,1998年。还存在另外一种看待整个20世纪文学的观点,它认为先锋主义将这个世纪艺术的主要价值集于一身:"对20世纪加以总结,可以断定,先锋派乃是它的基本的风格取向"(Вяч. Вс. 伊万诺夫:《先锋派的实践与20世纪的理论性认识》,见《欧洲文化圈中的俄罗斯先锋派》,第3页,莫斯科,1993年)。也是在这一轨道上——对20世纪的艺术的判断,还见之于 О. А. 克里弗茨温:《美学》,莫斯科,1998年,在这里写道,在20世纪发生了"与在它之前的那些艺术倾向之全面断裂"(第410页),"艺术创作的这一阶段〈……〉使所有在它之前的有关艺术的潜能和艺术使命"的概念都受到修正(第415页);对于这一类将20世纪艺术与在它之前的艺术经验"断开"的做法,Д. В. 萨拉比扬诺夫在其《论"先锋派"这一概念边界的限定》一文中,做出了令人信服的反击。(Д. В. 萨拉比扬诺夫:《俄罗斯绘画·记忆的苏醒》,莫斯科,1998年。)

当大的影响的还有另一文学分支,它很少被现代主义潮流所触动,甚或完全与它们格格不入,而首先定位于19世纪的文化—艺术传统。它被命名为新现实主义①。在文学生活的这一地带(除了20世纪初由 И. А. 布宁、А. И. 库普林、А. Н. 托尔斯泰、С. Н. 谢尔盖-倩斯基创作的作品之外),有——М. А. 布尔加科夫的《白卫军》、М. А. 肖洛霍夫的《静静的顿河》、А. Т. 特瓦尔多夫斯基的关于瓦西里·焦尔金的两部曲长诗、А. А. 阿赫玛托娃的《安魂曲》、А. И. 索尔仁尼琴的《伊万·杰尼索维奇的一天》以及许多许多别的作品,还有20世纪70年代(尽管也不无例外,主要是还是在这个年代)的"农村题材小说",——被 С. Г. 鲍恰罗夫不无理由地称为伟大的"农村题材小说"。② 在新现实主义轨道上的——还有西欧的一些作家(Т. 曼,特别是作为长篇小说《浮士德博士》的作者;Г. 格拉斯、Г. 格林)和美国的一些作家(У. 福克纳、К. 伍尔芙、Р. 弗罗斯特、Д. Э. 斯坦贝克、Д. 加德纳、Р. П. 华伦)的创作。

可见,距我们最近的上一个世纪的作家们,——其创作获得了毋庸置疑的文化—艺术意义,——过去和现在都走着不同的道路,在革新语言艺术,而同时也总立足于其前辈的建树。

4. 文学的地区性特色与民族特色

从上文所述可以看出,不同时代(当代也不例外)的文学之历史—比较研究,以无可争辩的说服力揭示出不同国家和不同地区的文学之间的那些相似之点。基于这一类钻研可以得出一个结论,不同的民族和不同国家的那些文学现象"就其本性而言"乃是"具有共同性的"。③ 可是,文学进程的相同绝不标志着它的品质是同一的,更不意味着——不同地区和不同国家的文学是等同的。在世界文学中具有深刻的重要意义的,不只是诸种现象的重复性,而且还有那些

---

① В. А. 凯尔迪什:《现实主义与新现实主义》,见《世纪之交的俄罗斯文学(1890—1920年代初)》第1册,莫斯科,2000年。

② С. Г. 鲍恰罗夫:《俄罗斯文学的情节》,莫斯科,1999年,第570页。

③ Н. И. 康拉德:《论世界文学史的某些问题》,见 Н. И. 康拉德:《西方与东方》,第427页。

现象之地区性的、国别性的和民族性的不可重复性。我们现在就来看看人类文学生活的这个层面。

西方国家和东方国家,这两个"超级地区"的文化(而且,特别是文学)之间的那些深刻的、实质性的差异,乃是显而易见的。拉美国家、近东地区、远东的文化,以及西欧与东欧(主要是斯拉夫国家)的文化,都拥有独自原创的、独一无二的特点。属于西欧地区的诸民族文学,彼此之间也有明显的差异。这么说吧,很难想象某部类似于Ч.狄更斯的《匹克威克外传》的作品会产生在德国的土地上,而某部与Т.曼的《魔山》相类似的作品——会产生于法国。

人类的文化,包括其艺术的层面,并不是单一制的,并不具有单质的—世界主义的性质,并不是"齐唱的"。人类的文化具有交响乐的性质①:每一种带有其独一无二的特点的民族文化都在起着特定的乐器的作用,那乐器对于乐队完满地实现其演奏乃是不可或缺的。② 因而对现如今被应用在美国和西欧诸国身上的"世界文明"这一词组的涵义,应当谨慎地对待:人类的生活,诚如20世纪的一些历史学家(O.施本格勒、A.汤因比)所执著地谈论的那样,曾经是现在仍然是由一系列的文明来形成的③。

对于理解人类文化,尤其是理解全世界的文学进程,不可或缺的乃是非机械性的整体这一概念,这一整体的诸种构成,——用一位当代东方学家的话来说,——"彼此互不类似,它们一个个总是独一无二的,具有个性的,不可替代的、独立不羁的"。因而(不同国家、不同民族、不同地区的)文化总是作为互补性的文化而彼此关联着:"一种文化,一旦模仿另一种文化而与之相似,就会因为不需要而消失。"④

---

① 我借用的是艺术学家 Ю. Д. 科尔平斯基的说法。请参阅:《古希腊罗马世界文化史》,莫斯科,1977年,第82页。

② 关于人们生活中的创作性因素与其民族的血脉与根基的关联,请参阅 С. Н. 布尔加科夫:《民族与人类》(1934),见《С. Н. 布尔加科夫文集》,二卷本,第2卷,莫斯科,1993年。

③ 耐人寻味的是,有一份严肃刊物的刊名用的是这个词的复数:《文明与文化》第1—4辑,莫斯科,1992—1997年。

④ Т. П. 格里戈利耶娃:《道与逻各斯(文化相遇)》,莫斯科,1992年,第39、27页。

同样的见解,也曾由 Б.Г.列伊佐夫针对作家的创作而表达出来:"诸民族文学过着共同的生活,只是因为它们彼此互不相像。"①

所有这一切决定了不同民族、不同国家、不同地区的文学演变的特色。西欧在近五六个世纪里显示出人类历史上史无前例的那种文化—艺术生活的变动性;而另一些地区的演变则伴有更大的保守性——对那些超时代因素的保守性。然而,无论各别文学发展的道路和速度是怎样的多种多样,它们从一个时代到另一个时代的迁移都是行进在同一个方向上;都要经历我们所说的那些阶段。

5. 国际性文学交流

这里所说的交响乐式的统一,首先是世界文学在继承性上的统一资源,以及发展阶段上的共同性(从远古的神话诗学,硬性的传统主义到作者个性的自由表现)得到"保障"。不同国家和不同时代的文学之间那些实质性的相通相近的因素,叫做类型学上的契合,或者趋同。与这种类型学上的契合一道,在文学进程中起着聚合作用的还有国际性文学交流(接触:影响与借用)。②

通常是将那些先前的世界观、思想、艺术原则对文学创作的作用称之为影响(多半是指卢梭对于 Л.Н.托尔斯泰的那种思想上的影响;普希金的浪漫主义长诗中对于拜伦的长诗那些体裁—风格特点的折射)。借用——则是指作家对那些单个的情节、母题、文本断片、短语套话等等的采用(在一些情况下——是消极的与机械性的,在另一些情况下——则是创造性的—富有首创精神的)。通常,借用是体现于那些引起联想的相似物之中。

其他国家和民族的文学经验对作家的影响,诚如 А.Н.维谢洛夫斯基(在与传统的比较文学理论争论时)所指出的,"并不是要求在接受者那里占据一个空位子,而是那些响应性的潮流、相似的思维趋

---

① 《文学学方法问题》,莫斯科—列宁格勒,1966 年,第 183 页。
② В.М.日尔蒙斯基:《作为国际性现象的文学思潮》,见 В.М.日尔蒙斯基:《比较文学学·东方与西方》,列宁格勒,1979 年,第 137—138 页。

向、类似的幻想形象"①"外来的"富有良好作用的影响与借用,乃是各种不同的、在许多方面都互不相似的那些文学之间的建设性—创造性的接触。依照 Б. Г. 列伊佐夫的见解,国际性文学交流(在他的那些最为可观的表现中),"会刺激诸种文学〈……〉的发展〈……〉,并使它们的民族独特性得到发扬"②。

然而,在历史发展中那些急剧的转折关头,这种或那种文学对外族的、直到那时还是异己的艺术经验之强化性的熟悉,这本身就会隐藏着屈从异国影响支配的危险,隐藏着那种文化—艺术上被同化的威胁。不同国家和不同民族之间广泛而多方位的接触,乃是世界艺术文化不可或缺的(歌德曾谈论到这一点)③,然而,享有世界性重要意义之声誉的那些文学的"文化霸权主义",却是不良而有害的。民族文学之轻率的"跨越"——越过自身的文化经验走向他人的、被当作某种至高无上的和普遍共同的东西来接受的那种文化经验,会孕育出一些负面的后果。"在那些文化创作的高峰",——用哲学家、文化学家 Н. С. 阿尔谢尼耶夫的话来说,——会发生"精神上的开放包容与精神上的根深蒂固的联合"。④

近代国际性文学交流领域里一个几乎是最大规模的现象——乃是西欧的经验对另一些地区(东欧与那些非欧洲国家和民族)之日益强化的影响。这一具有全世界性重要意义的、被称之为欧化,或西化,或现代化的文化现象,得到种种不同的视角上的解释和评价,而成为辩论与论争的对象。

无论是欧化之危机性的甚至负面性的层面,还是欧化对于"非西欧的"文化和文学的正面性重要意义,当代学者都在予以仔细地关注。这方面相当具有代表性的,是 Г. С. 波梅兰茨的那篇文章《东方文学进程的某些特点》(1972)。用这位学者的话来说,西欧国家所习惯的那些概念,在"非欧洲土壤上"会发生变形;拷贝他人经验的结果

---

① А. Н. 维谢洛夫斯基:《俄国宗教诗歌研究》,第 5 辑,圣彼得堡,1889 年,第 115 页。
② Б. Г. 列伊佐夫:《文学史与文学理论》,列宁格勒,1986 年,第 284 页。
③ И. В. 歌德:《西东合集》,第 668—669 页。
④ Н. С. 阿尔谢尼耶夫:《俄罗斯文化传统与创作传统略论》,第 151 页。

会产生"精神混乱"。文化的"飞地状态"(国土完全被另一国领土包围的内陆国状态——译者注;策源地状态——原书作者注)便是现代化的后果:那些仿照他人的样板、而与大多数传统的和稳固的世界形成对比的、新世界的"岛屿"会得到巩固,这样一来民族和国家就可能有丧失完整性的危险。而由于这一状态则会发生社会思想领域里的分裂:出现西方派(西化派——启蒙主义者)同民族派(根基派——浪漫主义者)——祖国传统的守护者之间的对立,后者不得不防御"没有色彩的世界主义"对民族生活的侵蚀。Г. С. 波梅兰茨认为,克服这一类冲突的前景乃在于那些"中等水平的欧洲人"都能意识到东方文化的价值。① 不过在总体上他是将西化看作是世界文化的一个正面现象来评价的。

在许多方面与此相似的见解,早就由(而且带有对欧洲中心主义更高程度上的批判性)著名的语文学家和文化学家 H. C. 特鲁别茨科依在《欧洲与人类》(1920)一书中提出来了。在给予罗曼-日尔曼文化应有的尊重并指出其世界性的意义之同时,这位学者强调,罗曼-日尔曼文化远不能被等同于全人类的文化,一个民族整体要完全熟悉那种由别的民族所创造的文化——这在原则上乃是不可能的事情,定位于诸种文化之混合的立场是危险的。欧化,——H. C. 特鲁别茨科依不无忧虑地指出,——从上至下地推行,而且只涉及民族的一部分,所以其结果便是那些文化阶层互相分离开来,而阶级斗争得到加剧。这本书中写道,诸民族对于欧洲文化之仓促的了解乃是不良而有害的:跳跃性的演变"会耗费诸民族的力量"。于是得出一个结论:"欧化之最为沉重的后果之一就是对民族统一的毁灭,对一个民族的民族性躯体的肢解。"②

可是,我们要指出的是,一些地区对西欧文化的熟悉也还有另一种的、建设性的层面:自古已有的、本土根基性的因素与从外部吸纳而加以掌握的因素这两者之有机结合的前景。在非西欧的诸种文学史上,——Г. Д. 加切夫曾经指出,——曾经有过这样的时刻和阶段,

---

① 《中国文学与文化》,莫斯科,1972年,第296—299、302页。
② H. C. 特鲁别茨科依:《历史·文化·语言》,莫斯科,1995年,第93页。

那时得以实现的是它们"对现代欧洲的生活方式之果决的、有时则是强制性的追赶模仿,这在最初时期不可能不导致生活和文化上一定程度上的去民族化"。然而,随着时间的推移已然经受了异邦的强大影响的那种文化,通常就会"显示出本民族的内涵,本民族的强劲而有张力的雄风,自觉的、批判的态度与对异邦材料的挑选"①。

关于19世纪的俄罗斯所发生的这一类的文化综合,Н.С.阿尔谢尼耶夫曾经写道:对西欧经验的掌握在这里是以累进的方式进行的,"是与民族自我意识非同寻常的高涨,与那种从民族生活的深处升起的创造力的沸腾齐心协力地进行的〈……〉俄罗斯文化生活和精神生活中的最优秀的东西都是由此而孕生的"②。这位学者将普希金和丘特切夫的创作、Л.Н.托尔斯泰与А.К.托尔斯泰的创作视为文化综合的最高成果。17—19世纪某种类似的现象,也见之于另一些斯拉夫文学之中,在那里,——用А.В.利帕托夫的话来说,——曾有过来自西方的那些文学思潮的因素与"本土的文学传统和文化传统"的"相互交织"和"交融",这就标志着"民族自我意识的觉醒,民族文化的复兴,现代型的民族文学的创建"③。

国际性交流(文化—艺术的和文学本身的),显然,(与类型学的契合一起)是诸地区的与诸民族的文学之交响乐式的统一得以形成和巩固的一个最为重要的因素。

6. 文学进程理论的基本概念与术语

术语问题是对文学进行历史—比较研究时一个相当重要和难以解决的问题。对于传统上被划分出来的国际性文学共通性(巴洛克、古典主义、启蒙主义等等),人们有时称之为文学思潮,有时称之为文学流派,有时称之为艺术体系。况且"文学思潮"和"文学流派"这两个术语有时被赋予比较狭窄的、具体的涵义。例如,在Г.Н.波斯彼

---

① Г.Д.加契夫:《不可避免·文学的加速发展》,莫斯科,1989年,第113、158页。
② Н.С.阿尔谢尼耶夫:《俄罗斯文化传统与创作传统略论》,第152页。
③ А.В.利帕托夫:《从中世纪到19世纪斯拉夫文学通史问题(欧洲语境、类型学划分与民族特色、当代发展基础的形成)》,见《形成与发展进程中的斯拉夫文学·从古代至19世纪中叶》,莫斯科,1987年,第68、66页。

洛夫的著作中,文学思潮——这是作家和诗人的创作中一定的社会观点(世界观、意识形态)的折射,而流派——则是基于美学观点和一定的艺术活动纲领上的(在论文、宣言、口号中表达出来的)共同性而产生的作家团体。思潮和流派在这两个词的这一涵义上——乃是各别民族文学的事实,但不是国际性的共通性。

国际性的文学共通性(艺术体系,诚如 И. Ф. 沃尔科夫对它们所称的那样)是没有清晰的时序框架的:往往是在同一个时代里并存着各种不同的文学的与一般艺术的"流派",这就会严重地增加对它们进行系统的、逻辑上井然有序的考量的难度。Б. Г. 列伊佐夫写道:"浪漫主义时代的某个大作家可能是一个古典派(古典主义者——本书作者注)或批判现实主义者,现实主义时代的一个作家可能是浪漫主义者或自然主义者。"①更何况这一国家这一时代的文学进程并不能归结为不同的文学思潮和文学流派的并存与对立。М. М. 巴赫金很有理由地提醒学者们,不要把这一或那一时期的文学"归结为""诸文学流派表面的斗争"。一旦以狭隘的流派性的视角来看文学,——这位学者指出,——文学的一些最为重要的方面,"那些决定着作家创作的方面,就不能得到揭示"。②(我们要提醒的是,М. М. 巴赫金认为体裁是文学进程的"主要的主人公"。)

20世纪的文学生活证实了这些看法:许多大作家(М. А. 布尔加科夫、А. П. 普拉东诺夫等)是游离于他们那个时代的文学团体之外,而完成了自己的创作任务。Д. С. 利哈乔夫的一个假设值得予以仔细的关注,根据那个假设,我们这个世纪的文学中流派更替的速度在加快——这乃是"它们那正在日益临近的终结点的一个富有表现力的符号"③。国际文学思潮(艺术体系)的更替,显然,远非文学进程(无论是西欧,还是,——更不用说全世界的)实质所能穷尽。严格地说,并没有文艺复兴、巴洛克、启蒙主义,以及诸如此类的时代,但是艺术史和文学史上是有过那样一些阶段,以明显的并常常具有决

---

① Б. Г. 列伊佐夫:《文学史与文学理论》,第266页。
② М. М. 巴赫金:《话语创作美学》,第330页。
③ Д. С. 利哈乔夫:《过去——属于未来:论文与特写》,第200页。

定性重要意义的相应因素为标志的阶段。这一或那一时段上的文学与某一种世界观上—艺术倾向上之完全的吻合,即便是在该时代具有头等重要意义的倾向之完全的吻合,乃是不可想象的。因此,对"文学思潮"或"流派",或"艺术体系"这些术语,应当谨慎采用。关于思潮和流派更替的见解——并不是开启文学进程规律的"万能钥匙",而只是它的一种非常简约的模式化(甚至用于西欧文学也是,更不用说在谈论另一些国家和地区的文学了)。

学者们在研究文学进程时也依靠另一些理论概念,其中也包括——方法和风格。在好几十年里(从20世纪30年代起)被推到我们的文学学前沿的,是创作方法这一术语,是作为文学——被看成是社会生活的一种认识(把握)的文学——的本质特征之描述的创作方法这一术语,那些彼此更替的思潮和流派,被看作是现实主义中或多或少程度不同地可以被觉察出来的存在。例如,И. Ф. 沃尔科夫对诸艺术体系的分析主要是从作为它们的基础的创作方法这一方面来切入的。①

从风格——被理解得相当宽泛的,作为具有稳定性的、艺术形式上的诸种特性之合成的风格——层面来研究文学及其演变,是有丰富的传统的(艺术风格这一概念是由 И. 温克尔曼、歌德、黑格尔所建构的;它也引起20世纪的学者们的关注②)。Д. С. 利哈乔夫称国际文学共通性为"大风格",而在其构成中区分出第一性的(倾心于简约和逼真)和第二性的(更多的是装饰性的、形式化的、假定性的)。这位学者将千百年来的文学进程视为某种在第一性的风格(为时较长的)和第二性的(为时短暂的)风格之间的钟摆式移动。他把罗马式、文艺复兴、古典主义、现实主义归于前者;而把哥特式、巴洛克、浪漫主义——归于后者。③

近些年来,对全球规模上的文学进程的研究越来越清晰地显现

---

① И. Ф. 沃尔科夫:《创作方法与艺术体系》(第二版),莫斯科,1989年,第31—32、41—42、64—70页。
② П. А. 尼古拉耶夫主编:《文学学引论:文选》,莫斯科,1997年,第267—277页。
③ Д. С. 利哈乔夫:《10—17世纪俄罗斯文学的发展:时代与风格》,莫斯科,1973年,第172—183页。

出历史诗学的建构。作为历史—比较文学学的一个组成部分而存在的这一门富有学术性的学科的对象——乃是诸种语言—艺术形式（具有内容性的形式）的演变，以及作家的那些创作原则：他们的审美立场和艺术视界上的世界观的演变。

历史诗学的奠基人 А. Н. 维谢洛夫斯基曾以下面这句话对它的对象作出了界定："诗歌意识及其形式的演变。"①这位学者将自己一生的最后几十年都投入于这一门富有学术性的学科的建构（《历史诗学三章》，论修饰语、叙事性重复、心理描写上的对比法的一系列文章，未及完成的研究《情节诗学》）。这之后，文学形式演变的规律得到了形式论学派的代表们的探讨（Ю. Н. 蒂尼亚诺夫的《论文学演变》与另一些文章）。М. М. 巴赫金是在 А. Н. 维谢洛夫斯基这一传统的轨道上进行著述的。他关于拉伯雷和时空体（《长篇小说中的时间和时空体的形式》）的那些著作就是这样的；近些年来，历史诗学的建构越来越活跃。②

当代的学者们面临着在历史诗学上去创造出一批博大而精深的著作的任务：要建设性地（吸纳 20 世纪丰富的经验，不论是艺术上的，还是学术上的）继续 А. Н. 维谢洛夫斯基一百多年前开始的工作。历史诗学上总结性的著作理应以世界文学史的形式来展示，世界文学史将不应是按时间顺序描述性的（从一个时代到另一个时代，从一个作家到另一个作家，前不久完成的八卷本《世界文学史》就是这样的）。这一博大而精深的著作，想必乃是立足于理论诗学的那些概念而展开的、合乎逻辑的、而可形成一定结构的那种建构型研究，并且是对不同民族、不同国家、不同地区千百年来的文学—艺术经验加以汇总的那种集成型研究。

---

① А. Н. 维谢洛夫斯基：《历史诗学导论》(1893)，见 А. Н. 维谢洛夫斯基：《历史诗学》，第 42 页。

② 《历史诗学：总结与研究前景》，莫斯科，1988 年；《历史诗学·文学时代与艺术意识类型》，莫斯科，1994 年；我们还要列举：А. В. 米哈伊洛夫《德国文化史中的历史诗学问题：语文科学学术史概要》，莫斯科，1989 年；С. Н. 布罗伊特曼：《历史诗学》，莫斯科，2001 年；Ю. Б. 鲍列夫：《理论视野中的文学史》，见《文学理论，卷四：文学进程》，莫斯科，2001 年，第 130—468 页。

术语译名对照表

A

Абсурда театр 荒诞派戏剧
Авангардизм 先锋主义,先锋派
Автобиографизм 自传性
Автокоммуникация 自我沟通
Автор 作者
—безвестный 无名的作者
—забытый 被遗忘的作者
—индивидуальный 个人的作者
—коллективный 集体的作者
—первичный 第一性作者
—реальный 实有之人的作者
Автора личность 作者个性
—монолог 作者独白
—образ 作者形象
—позиция диалогическая 作者的对话立场
—творческая воля 作者的创作意志
—творческие принципы 作者的创作原则
—формы присутствия 作者的出场形式
Авторская активность 作者的积极性
—концепция 作者的观念
—концепция личности 作者的个性观
—позиция 作者的立场
—субъективность 作者主体性
—варианты 作者版本
Авторское сознание 作者意识
Концепция «смерти автора» "作者死亡说"
Авторской эмоциональности типы 作者情感类型
Авторство 作者创作活动
Агиография 使徒行传
Адресата концепция 接收者观念
Акафист 教会赞美歌
Акмеизм 阿克梅派
Аксиология 价值论
Аксиосфера 价值圈
Актант 行动者
Аллюзия 暗讽
Анализ литературного произведения 文学作品分析
—анализ структурный 结构分析
Анафора 句首重叠
Анимизм 万物有灵论
Анонимность 匿名
Антагонист 敌对者
Антитеза 对立,对照,对偶,对比
Антитрадиционализм 反传统主义
Антиутопия 反乌托邦

Античность 古希腊罗马时代
Антиэстетизм 反唯美主义
Антропогония 人类起源与发展学
Антропология 人类学
Апелляция 呼吁,诉求
Аполлоническое начало 阿波罗精神
Артефакт 人工制品
Археписьмо 太古文字
Архетип 原型
Архетипичность 原型性
Архивоведение 档案学
Архитектура 建筑,建筑物
Ассонанс 元音重复

Б

Баллада 抒情叙事诗
Барокко 巴罗克
Басня 寓言
Беллетристика 消遣文学
—канонизированная 典律化的消遣文学
—развлекательная 娱乐性的消遣文学
—серьезно-проблемная 严肃性—问题性消遣文学
Бессознательное 无意识
—коллективное 集体无意识
Библиография 图书目录学
Биографический метод 传记学方法
Былина 壮士歌
Благодарное приятие мира 对世界满怀感激的接受

В

Вариация 变异

Вдохновение 灵感
Верность прочтения 解读的忠实性
Вестернизация 西化
Вещь 物,东西,事物,物品
Видение мира 对世界的视象
Влияние 影响
Вненаходимость 外位性
Возвышенное 崇高
Воздействия потенциал 感化的潜力
Возрождение (Ренессанс) 文艺复兴
Воображение 想象
Восприятие литературы 文学接受
—художественного произведения 艺术作品之接受
—читательское 读者接受
—восприятия автоматизм 接受的自动化
—восприятия теория 接受理论
Время и пространство 时间与空间
Время художественное 艺术时间
—биографическое 生平时间
—большое историческое 长远的历史时段
—историческое 历史时间
—календарное 日历时间
—космическое 宇宙时间
—времени образ 时间形象
—сценическое 舞台时间
Вспомогательные дисциплины литературоведения 文学学的辅助性学科
Вульгаризм 粗俗词语
Вымысел 虚构

—коллективный 集体性虚构
—художественный 艺术虚构
Выражение 表现,表述,表达
Высказывание 表述,话语

Г

Газель 嘎泽拉诗体
Гекзаметр 六音步长短短格
Генезис литературного творчества 文学创作的发生学
—внехудожественный 艺术外的发生与生成
—произведения 作品的发生与生成
—текста 文本的发生与生成
Генетическое рассмотрение литературы 文学之发生学考量
Гений 天才
Герменевтика 阐释学
—нетрадиционная 非传统的阐释学
—телеологическая 目的论的阐释学
—традиционная 传统的阐释学
Героика 英雄精神
Героическое 英雄精神的,英勇的,英雄的
Герой 人物,英雄,主人公
—авантюрный 富有冒险精神的主人公
—антигерой 反英雄
—идеолог 思想家/主人公
—герой и автор 主人公与作者
—героя внутренний мир 主人公的内心世界
—героя образ 主人公形象
—лирический 抒情主人公
—массовой литературы 大众文学主人公
—народно-эпический 民间史诗中的主人公
—романный 长篇小说主人公
—сказочный 童话故事中的人物,童话中的主人公
—трагический 悲剧性主人公
Гимн 庄严赞歌
Гипербола 夸张,夸张手法
—идеализирующая 理想化的夸张
Гносеология 认识论
Горизонт ожиданий 期待视野
Градация 递增
Графика 线条画
Гротеск 怪诞
Гуманизм 人道主义

Д

Действие 行动,行为
—внешнее 外在的行动
—внутреннее 内在的行动
—коммуникативное 交往性行为
Действующее лицо 出场人物
—действующего лица функция 出场人物的功能
Деконструктивизм 解构主义
Деконструкция 解构
Детализация 细节化
Деталь 细节
Детектив 侦探小说,侦探作品
Деятельность познавательная 认识活动

Деятельность речевая 言语活动
Деятельность художественная 艺术活动
Диалог 对话
Диалогические отношения 对话关系
Диалогичность 对话性
Дидактизм 说教
Дионисийское 狄奥尼索斯精神，酒神说
Дискурс 话语
—дискурсов типология 话语的类型
Дистанция между автором и героем 作者同人物之间的距离
Дифирамб 酒神颂歌，酒神赞美歌
Дихотомический подход к произведению 作品的二分法的视界
Документалистика 文献纪实
Доминанта 主导
Драма 剧，戏剧，戏剧作品
—античная 古希腊戏剧
—для чтения 供阅读的戏剧
—лирическая 抒情剧
—литургическая 弥撒剧
—мещанская 市民剧
Драматизм 戏剧性，悲剧色彩
Драматургия 戏剧，戏剧文学
Возрождения 文艺复兴时期的戏剧作品
—историческая 历史剧
—классицизма 古典主义时期的戏剧作品

E

Европеизация 欧化

Европоцентризм 欧洲中心主义
Единство и теснота стихового ряда 诗行序列的统一性和密集性

Ж

Жанр 体裁
—жития 圣徒传记体裁
—канонизированный 被典范化的体裁
—канонический 典范的体裁
Жанра инерция 体裁的惯性
Жанра память 体裁的记忆
Жанров деканонизация 体裁的非典范化
—жанровая группа 体裁类群
—структура 体裁结构
—форма 体裁形式
Жанровое содержание 体裁内容
Жанровые конфронтации 体裁对抗
—признаки 体裁特征
—традиции 体裁传统
Жанровый канон 体裁典范
Жест 手势
Живопись 绘画
Жизнеподобие 逼真，逼真性，酷似生活的逼真
Житие 圣徒传

З

Завязка 开头
Заглавие 标题
Задание композиционное 结构的任务
—стилистическое 文体的任务，文体风格上的任务

Заимствование 借鉴,仿用
Замысел 构思
—авторский 作者构思
—творческий 创作构思
—художественный 艺术构思
Занимательность 引人入胜的趣味性
Зачин 开篇
Знак 符号
—иконический 象形符号
—индекс 指号符号
—конвенциональный（условный）规约性（假定性）符号
—символ 象征符号
—языковой 语言符号
Знаковость 符号性
Значение 意义

И

Игра 游戏
—языковая 语言游戏
Идеология формообразующая 能构形的思想
Идея 思想
—художественная 艺术思想
Идиллическое 田园诗
Идиллия 田园诗
Иерархии литературные 文学品级
Изображение 描写
—изображения предмет 描写对象
—изображения формы 描写形式
Изобразительность（предметность）形象（物象），形象性（物象性）
—изобразительности компоненты 形象性的成份
Изучение произведения имманентное 对作品的内在性研究
—контекстуальное 对作品的语境研究
Инверсия 倒装
Иносказание 寓意,隐晦曲折的话语表达
Интерпретация 诠释
Интерсубъективность 主体间性
Интертекстуальность 互文性
Интерьер 室内布置,室内陈设、装饰
Ирония 反讽
—романтическая 浪漫主义的反讽
—тотальная 总体性的反讽
—трагическая 悲剧性的反讽
Искусств дифференциация 艺术的分化
—синтез 艺术的综合
Искусства апология 为艺术辩护
Искусство 艺术
—высокое 高雅的艺术
—органическое 有机的艺术
—романтическое 浪漫主义艺术
—средневековья 中世纪艺术
—чистое 纯艺术
—элитарно-замкнутое 精英式-封闭的艺术
Искусствоведение 艺术学
—психоаналитическое 分析艺术学
Искусствоцентризм 艺术中心主义
—искусствоцентризма критика 对艺术中心主义的批判
Истолкование 解释
Историзм 历史主义

Историко-функциональное изучение
—литературы 文学的历史-功能研究
История литературы 文学史
Источниковедение 史料学

К

Канон 典律
—жанровый 体裁典范
Канонизация 典律化
Карнавал 狂欢节
Карнавальность 狂欢性
Картина мира 世界图景
—антиклассическая（релятивистская）反古典主义世界图景
—классическая 古典主义世界图景
—неклассическая 非古典主义世界图景
—неоклассическая 新古典主义世界图景
Катарсис 净化，情感陶冶
Категория метафизическая 形而上的范畴
Категория эстетическая 美学范畴
Киноискусство 电影艺术
Киноцентризм 电影中心论
Классика 经典，经典作品
—всемирная 世界性的经典
—национальная 民族性的经典
—художественная 艺术经典
Классики бытование 经典的流传
Классицизм 古典主义
—культурный 文化古典主义
—русский 俄罗斯的古典主义

—французский 法国的古典主义
Классовость литературы 文学的阶级性
Клише 套话，刻板的套路，陈词滥调
Клишированность 极端的程式化
Коллизия 矛盾，冲突
Комедия 喜剧
—античная 古希腊罗马的喜剧
—высокая 崇高的喜剧
Комическое 喜剧性
Коммуникация 交际
—межличностная 个体之间的交际
—коммуникации модель 交际模式
Композиция 结构，作品的结构
—анафорическая 句首重叠式的结构
—монтажная 剪辑式结构
—сюжета 情节的结构
—композиции содержательность 结构的内容性
—композиционные средства 结构手法
Конвергенция 趋同
Конструктивизм 构成主义
Конструкция художественная 艺术结构
Контекст 语境
—восприятия 接受语境
—диалогический 对话的语境
—социально-культурный 社会-文化语境
—стимулирующий 推动性语境
—творчества писателя 作家创作语境
Контекста многоплановость 语境的多层面性
Контркультура 反文化

Конфликт 冲突
—локальный 局部性的冲突
—субстанциальный 实体性的冲突
Концепция 学说, 观点, 观念
—литературоведческая культурологическая 文化学的文学学观念
—литературоведческая монистическая 一元论的文学学观念
—литературоведческая традиционалистская 传统主义的文学学观念
Красота 美
Креативность 创造
Критика литературная 文学批评
—нормативная 规范性的文学批评
—импрессионистическая 印象主义文学批评
—интерпретирующая 阐释性的文学批评
—органическая 有机批评
—эссеистика 文学批评随笔
Культура 文化, 修养
Культурная память 文化记忆
Культурология 文化学
—аксиологическая 价值论的文化学

Л

Ландшафт 景色, 景观
Легенда 传说
Лейтмотив 主旨, 主旋律, 主导主题
Лексико-фразеологические средства 词汇成语手段
Летопись 编年史
Лингвистика 语言学
—текста 话语语言学
Лиризм 抒情性
Лирика 抒情诗, 抒情类作品
—автопсихологическая 自传体心理描写的抒情诗
—песенная 抒情歌谣
—религиозно-философская 宗教哲理抒情诗
—ролевая 角色抒情诗
Лирическая полисубъектность 抒情的多主体性
—экспрессия 抒情表现力
Лирический субъект 抒情主体
Лирическое мы 抒情性的"我们"
—отступление 抒情插笔
—я 抒情性的"我"
Лиро-эпика 抒情—叙事类文学
Литература 文学
—античная 古希腊文学
—всемирная 世界文学
—высокая 高雅文学
—канонизированная 典律化的文学
—национальная 民族文学
Нового времени 近代文学
Литературные связи 文学交流关系
Литературный ряд 文学序列
Литературоведение 文学学
Литературоцентризм 文学中心说
Личностное начало 个性因素
Личность 个性
Логос 逻各斯

М

Массовая литература 大众文学

Материал 材料
Медиация 调解
Мемуаристика 回忆录
Мениппея 梅里普讽刺
Метафора 隐喻
Метод творческий 创作方法
Метонимия 换喻
Метрика 诗律学
Мир произведения 作品世界
—грани мира произведения 作品世界的各个层面
—единицы мира 作品世界的单位
—персонажа 人物世界
—писателя 作家的世界
—поэтический 诗意的世界
Миросозерцание 世界观
Мистерия 宗教神秘剧
Миф 神话
Мифологизация 神话化
Мифологизм 神话主义
Мифологический персонаж 神话人物
—сюжет 神话情节
—картина мира 世界的神话图景
—пространство 神话空间
—сознание 神话意识
Мифология 神话,神话学
Мифопоэтика 神话诗学
Мифотворчество 神话创作
Мифы древнегреческие 古希腊神话
—лунные 月亮的神话
—монотеистические 一神教神话
—нигилистические 虚无主义的神话
—облачные 云的神话

—солнечные 太阳的神话
—утопические 乌托邦神话
—этиологические 溯源型神话
Многоголосие 多声
Многоуровневый подход к произведению 对作品的多层级的视界
Модернизм 现代主义
Модус художественности 艺术性的样态
Монолог 独白
—внутренний 内心独白
—обращенный 有诉求指向的独白
—повествовательный 叙述性独白
—уединенный 孤独自涉的独白
Монологизм 独白主义
Монологическое отношение 独白式的态度
Монологичность 独白性
Монтаж 剪辑
—монтажная фраза 剪辑句
Мораль 道德
Мотив 母题,主题,情节
Музыка 音乐
Музыковедение 音乐学

Н

Направление 思潮,思潮流派
Народность 人民性
Нарратология 叙事学
Наррация 叙事
Наука 科学
Науки гуманитарные 人文科学
Науки естественные 自然科学

Национальное 民族的

Неомифологизм 新神话主义

Неомифология 新神话

Неореализм 新现实主义

Неотрадиционализм 新传统主义

Непреднамеренное в искусстве 艺术中的非意图性

Нигилизм 虚无主义

Новелла 故事，故事体小说

Новеллистика 小说

Новое время 近代

Нормативность 规范性

О

Образ 形象
— научно-иллюстративный 科学直观的形象
— невещественность образа 形象的非物质性
— словесный 词语的形象
— фактографический 罗列事实的形象
— художественный 艺术形象

Образность 形象性
— гротескная 怪诞形象
— материальный носитель образности 形象的物质载体

Образные представления 形象性表象

Обэриуты 现实派作家联盟成员

Ода 颂歌，颂诗
— классицистическая 古典主义的颂诗

Одноголосие 单声

Олицетворение 拟人

Опера 歌剧

Описание 描绘，描述
— научное 科学性的描述

Оригинальность 独创性，原创性

Ориентация поведенческая 行为取向

Ответственность 责任

Оценка этическая 伦理上的评价

Очерк 特写

П

Палеография 古文字学

Парадигматика 聚合体，聚合性

Паралитература 副文学

Параллелизм 对比法，对称结构
— двучленный 二项式对比法
— звуковой 语音对称结构
— образный 比兴
— психологический 心理描写上的对比法

Пародия 讽拟体

Паронимия 近音异义现象

Пассионарность 受难殉道

Пафос 情致，激情
— ложный 虚伪的激情
— пафоса виды 情致的类别

Пейзаж 风景，风景描写

Пентаметр 五音步抑抑格

Перипетии 波折

Персонаж 人物
— коллективный 集体人物
— рефлектирующий 会反省的人物
— центральный 中心人物
— сознание и самосознание 人物的意识和自我意识

—ценностная ориентация 人物的价值取向
Персонажей система 人物体系
—типология 人物类型
Персонажи традиционные 传统的人物
Персонажная сфера 人物范围
Персонификация 拟人化
Песня 歌曲,歌谣
—лиро-эпическая 抒情叙事歌曲
—эпическая 史诗性的歌谣
Пиррихий 抑抑格
Письменность 书面文字
Письмо 文字,写作
Поведение 行为
—групповое 群体性行为
—литературное 文学的行为
—ритуальное 仪式化的行为
Поведения искусственность и естественность 行为的人为性和自然性
—модель 行为模式
—поэтика 行为诗学
—формы 行为方式
Поведенческая характеристика 行为性特征
Повествование 叙述,叙事
—автобиографическое 自传式叙述
—объективное 客观叙事
—от первого лица 第一人称叙述
—субъективное 主观叙事
—эпическое 叙事类文学
Повествования способы 叙述方式
—субъект 叙述主体

—формы 叙事形式
Повествователь 叙述者
—повествователя образ 叙述者形象
Повесть 故事,小说,中篇小说
—сентиментальная 感伤主义小说
Повтор 反复,重复
—звуковой 语音重复
Подражание 摹仿
—предмет подражания 摹仿的对象
—средства подражания 摹仿手段,摹仿的方式
Подражания теория (мимесис) 摹仿论
Подсознание 潜意识
Подтекст 潜文本,潜台词
—мифопоэтический 神话诗性的潜文本
—трагический 悲剧性的潜台词
Позитивизм 实证主义
Познание художественное 艺术认识
—объект художественного познания 艺术认识的客体
—предмет художественного познания 艺术认识对象
Полилог 多声部对话
Политеизм 多神教
Полифоничность 复调性
Понимание 理解
Портрет 肖像
—гротескный 怪诞化肖像
—идеализирующий 理想化的肖像
—лейтмотивный 主题式的肖像
—психологический 心理肖像
—экспозиционный 交代式肖像

Пословица 谚语
Постмодернизм 后现代主义
— постмодернистская чувствительность 后现代主义者的感受性
Постсимволизм 后象征主义
Постструктурализм 后结构主义
Поэзия 诗歌,诗
— анакреонтическая 阿那克瑞翁体裁的诗歌
— и проза 诗歌和散文
лирическая 抒情诗
народная 民间诗歌
— описательная 描写诗
— эпическая 叙事史诗
Поэма 长诗
— лирическая 抒情长诗
— лиро-эпическая 抒情叙事长诗
— романтическая 浪漫主义长诗
Поэтика 诗学
— автора 作者诗学
— выразительности 表现力诗学
— динамическая 动态诗学
— жанра 体裁诗学
— историческая 历史诗学
— лингвистическая 语言学诗学
— нормативная 规范诗学
— общая 普通诗学
— семантическая 语义诗学
— стиля 风格诗学
— теоретическая 理论诗学
Правдоподобие 逼真
Прагматика 语用
Предание 传说

Предисловие 前言
Предметность 物象性,物象世界
— вымышленная 虚构的物象世界
Преднамеренное в искусстве 艺术中的意图性
Предромантизм 前浪漫派
Преемственность 继承性,继承
— преемственности фонд 继承性的资源
Прекрасное 美
Прием 手法,手段
— автоматизированный 被自动化了的手法
— выразительности 表现力手段
— композиционный 结构手法
Приема обнажение 对手法的暴露
— функции 手段的功能
Природа 大自然
Притча 寓言,故事,警句,箴言
Причастность автора и героя 作者和人物的参与性
Проблематика 问题
Проблемность 问题性
Проза 散文,小说,长篇小说
— беллетристическая 小说
— деловая 公文体散文
— деревенская 农村小说
— лирическая 抒情散文
— повествовательная 叙事性的散文
— социально-психологическая 社会—心理长篇小说
— художественная 艺术散文
Произведение литературное 文学作品

—в произведении 作品中的作品
—внешнее материальное 外在的物质的作品
—драматическое 戏剧作品
—лирическое 抒情作品
—художественное 艺术作品
—эпическое 叙事性作品
Произведения литературного состав 文学作品的构成
—строение 文学作品的结构
—функции 文学作品的功能
—членение 作品划分
—элементы 作品元素
Пролог 序言
Просвещение 启蒙主义,启蒙时期
Пространственно-временные отношения 时空关系
Пространство 空间
—воображаемое 想象中的空间
—замкнутое 封闭的空间
—открытое 开放的空间
—сценическое 舞台空间
Протагонист 主角
Противопоставление 对立,对抗关系
Прототип 原型
Процесс литературный 文学进程
—стадиальность литературного процесса 文学进程的阶段性
—теория литературного процесса 文学进程理论
Псалом 诗篇
Псевдоискусство 伪艺术
Псевдоним 笔名

Психоидеология 心理意识形态
Психологизм 心理描写
—«демонстративный», явный 演示般的、明显的心理描写
—и «апсихологизм» 心理描写与反心理描写
—подтекстовый 潜台词式的心理描写
Психологизма функции 心理描写的功能
Психология гуманистическая 人道主义心理学
Публицистика 政论,政论文

Р

Развязка 结局
Размеры стихотворные 诗格
—двусложные 两个音节的诗格
—трехсложные 三个音节的诗格
Размышление 思考
Разноречие 杂语
Рапсод 行吟诗人
Рассказ 故事,短篇小说
—вставной 插入的故事
Рассказчик 讲故事人,故事的讲述者
Рассуждение 议论
Рационализм 理性主义
Реализм 现实主义
—классический 经典现实主义
—критический 批判现实主义
—новый 新现实主义
—социалистический 社会主义现实主义
Реальность 现实

—внехудожественная 艺术之外的现实

—вымышленная 虚构的现实

Резонер 好发长篇议论的说教者

Ремарка 情景说明

Реминисценция 联想，借用

Реплика 对白

—в сторону 旁白

—церемониальная 礼节性的对白

Репутации литературные 文学声誉

—репутаций колебания 声誉的漂移

Референциальность 代表性

Рефрен 迭句

Речь 言语，话语，引语，交谈

—авторская 作者的言语

—внутренняя 内在话语

—несобственно-прямая 非直接性引语

—устная 口头交谈

—чужая 他人言语

Речевые единицы 言语单位

—конструкции 言语结构

—средства 言语的手段

—формы 言语形式

Ритм 节奏，韵律

Ритмика 节律体

Риторика 修辞术

—античная 古希腊罗马时代的演说术

Риторический вопрос 设问

Риторическое восклицание 感叹

—обращение 呼告

Ритуал 礼仪

Рифма 韵

Род литературный 文学类别

—деление литературы на роды 文学类别的划分

—происхождение литературных родов 文学类别的起源

—формы внеродовые 类别之外的样式

—формы двуродовые 双类别样式

—формы межродовые 类别之间的样式

Роман 长篇小说，小说

—авантюрный 冒险小说

—в стихах 诗体长篇小说

—научно-фантастический 科幻小说

—полифонический 复调小说

—семейно-бытовой 家庭日常生活长篇小说

Романизация литературы 文学的长篇小说化

Романс 浪漫曲，浪漫诗，情歌

Романтизм 浪漫主义，浪漫派

—американский 美国浪漫主义

—гейдельбергский 海德堡浪漫派

—иенский 耶拿浪漫派

—немецкий 德国浪漫派

Романтика 浪漫蒂克

С

Самопознание 自我意识

Самосознание（рефлексия）自我意识

Сатира 讽刺

Сверхтема 超级主题

Сверхтип 超典型，超级典型

—авантюрно-героический 探险英雄式的超典型

—житийно-идиллический 田园诗式圣徒传记性的超级典型
—отрицательный 反面超级典型
Сверхчеловек 超人
Свобода творческая 创作自由
Связи межтекстовые 跨文本关系
Семантика 语义
—речевая 言语语义
—художественная 艺术的语义
—языковая 纯语言的语义
Семантический ореол стиха 诗的语义晕
Семантическая двуплановость произведения 作品语义上的两层面性
Семиосфера 符号圈
Семиотика 符号学
Сентиментализм 感伤主义
Сентиментальность 感伤
Символ 象征
—вечные символы 永恒的象征
Символизации теория 象征论
—символизирование 象征化
Символизм 象征主义
Символика художественная 艺术的象征手法
Симулякр 伪装器
Синекдоха 提喻
Синергетика 协同学
Синкретизм 混合
Синтагматика 组合性
Синтактика 语形
Система знаковая 符号系统

Система художественная 艺术体系
Сказ 讲述体
Сказка 童话,故事,民间故事
—волшебная 魔幻故事
—детская 童话故事
Скриптор 书写者
Скульптура 雕塑
Словесная пластика 词语的塑像
Слово 话语,语
—авторское 作者的话语
—двуголосое 双声语
—неавторское 非作者话语
—чужое 他人的话语
Смех 笑
—индивидуально-инициативный 个体的—主动性的笑
—карнавальный 狂欢节的笑
Смысл 意义,涵义
—«смыслоутрата» "意义损失"
—мифопоэтический 神话诗学上的涵义
—художественный 艺术涵义
—эстетический 美学涵义
Смысловой ряд 意义序列
Событие 事件
Событийный ряд 事件序列
Содержание 内容
—непосредственное 直接内容
—оформленное 被赋形的内容
—произведения 作品的内容
—художественное 艺术内容
Созерцание 观照
—творческое 创作性的观照

Сознание «разорванное» "被撕裂的"意识

—историческое 历史意识

—массовое 大众意识

—мифологизированное 神话化意识

—национальное 民族意识

—традиционалистское 守成型的意识

Сонет 十四行诗

Сопоставление 对比，比照

Сравнение 比喻

Среда художественная 艺术界

Средства массовой информации 大众传媒

Средства художественные 艺术手段

—лексико-фразеологические 词汇成语手段

—морфологические 词法手段

—предметно-изобразительные 具体物象的描写手段

—система художественных средств 艺术手段的体系

Стилизация 仿格体

Стилистика 修辞，修辞学

Стиль 风格，语体

—готический 哥特式风格

—индивидуально-авторский 个体性作者风格

—классический 古典风格

—первичный и вторичный 第一性的和第二性的风格

—речи 语体

—романский 罗马式风格

Стих 诗，诗体

—акцентный 轻重音诗体

—говорной 口语诗

—декламационный 宣言诗

—книга стихов 诗集

—напевный 吟唱诗

—силлабо-тонический 音节重音诗体

—тонический 重音诗体

Стиховедение 诗韵学

Стиховые формы 诗体形式

Стихосложения системы 诗体体系

Стопа 音步

Строфа 诗节

Структура 结构

—поэтическая 诗歌结构

—художественная 艺术结构

—элемент поэтической структуры 诗歌结构的成份

Структурализм 结构主义

—французский 法国结构主义

Субъект художественной деятельности 艺术活动的主体

Субъективность непреднамеренная 非意图性的主体性

—художническая 艺术家的主体性

Субъектная организация текста 文本的主体组织

Суггестивность 暗示性

Суждения вкуса 对趣味的品评，趣味品评

Сцена 场

Сценарий 电影脚本

Сюжет 情节

—архетипический 原型性的情节

—канонический 典律性的情节

—многолинейный 多线情节

—традиционный 传统的情节

—хроникальный 编年史般的纪事型情节

Сюжета модель 情节模式

—функции 情节功能

Сюжетная конструкция 情节结构

—организация 情节组织

—структура 情节的结构

—схема 情节模式

Сюжетосложение 情节编构

T

Талант 才华

Танка 短歌

Творческая история произведения 作品创作史

Творчество художественное 艺术创作

—аспекты художественного творчества 艺术创作的层面

—реалистическое 现实主义的创作

—синкретическое 混合的创作

—теория творчества традиционная 传统的创作理论

Театр 戏剧,舞台表演,戏剧表演

Текст 文本

—апокрифический 伪经书的文本

—канонический 经教会审定的经文,合乎教规的文本

—несловесный 非语词的文本

—побочный 辅助文本

—текст-высказывание 话语文本

Текстология 文本学

Телецентризм 电视中心论

Тема 主题,题材

—антропологические 人类学的主题

—внутрилитературные 文学内部的主题

—культурно-исторические 文化—历史主题

—национальные 民族主题

Тематика 主题,主题学

—структурная 结构主题学

—художественная 艺术主题学

—экзистенциальная 存在性的主题

Тенденциозность 倾向性

Теория литературы 文学理论

Течение литературное 文学思潮

Тип 典型

Типизации теория 典型化理论

Типическое 典型

Типологические схождения 类型学上的契合

Топика 论题,话题,主题

Тотем 图腾

Точка зрения 视角

Трагедия 悲剧

—античная 古希腊悲剧

Трагизм 悲剧性

—пантрагизм 泛悲剧主义

Трагикомическое 悲—喜剧性

Трагифарсовое 悲—闹剧性

Трагическое 悲剧性

Традиционализм 传统主义

Традиция 传统

—культурная 文化传统

—литературная 文学传统

—мифопоэтическая 神话诗性传统

—народная 民间传统

—стилевая 风格上的传统

—фольклорная 民间文学的传统

—христианская 基督教传统

Троп 语义辞格

У

«Удовольствие от текста» "文本的快感"

Узнавание 发现

Умолчание 跳脱

Универсалии 共相

—бытийные 存在的共相

Условность 假定性

Утопия 乌托邦

—жанр утопии 乌托邦体裁

Ф

Фабула 本事,情节

—уголовная 刑事犯罪情节

—эпизодическая 由若干独立片段组成的本事

Факторы литературного успеха 文学成功的因素

Факторы писательской деятельности 作家活动的因素

Фантастика 幻想

—научная 科幻作品

Филология 语文学

Философия жизни 生命哲学

Фольклор 民间文学

Фонетика художественная 艺术语音

Фоносемантика 音韵语义学

Форма 形式

—внешняя 外在形式

—внутренняя 内在形式

—и материя 形式和材料

—словесно-художественная 语言艺术形式

—содержательная 有内容的形式

Формализм 形式主义

Формальный метод 形式论的方法,形式主义方法

Формульность 公式性

Формы 形式,样式

—жизнеподобные 逼真性的形式

—поведения персонажей 人物行为样式

—твердые 硬形式

—условные 假定性的形式

Фрагмент 断片

Функционирование литературы 文学功能

Функция художественная 艺术功能

Футуризм 未来主义

X

Характер 性格

Характерное 性格

Хокку 俳句

Хорей 扬抑格

Христианство 基督教

Хронологическая перестановка 对事件

发生的顺序重新加以排列

Хронотоп 时空体

—идиллический 田园时空体

—карнавальный 狂欢时空体

—мистериальный 神秘时空体

Художественное 艺术

Художественность 艺术性

Ц

Целостность художественная 艺术完整性

—произведения 作品整体

—органическая 有机的整体

Ценности 价值

—идиллические 田园诗价值

—познавательные 认知价值

—трагического сознания 悲剧意识的价值

—универсальные 普适性的价值

—эстетические 审美价值

Ценностная ориентация 价值取向

Ценность 价值

—внеситуативная 情景之外的价值

—культурная 文化价值

Центон 集句诗

Цикл 系列

—лирический 抒情诗系列

Цитата 引文

—подтекстовая 暗藏不露的引文

—точная 精确的引文

Цитатность 征引

Частушка 四句头

Читатель 读者

—адресат 接收者—读者

—и автор 读者与作者

—имплицитный 隐含的读者

—массовый 大众读者

—реальный 现实的读者

Читательское восприятие 读者接受

—ожидание 读者的期待

Читателя активность 读者的积极性

—инициатива 读者之主动性

—история 读者史

—образ 读者形象

—присутствие в произведении 读者在作品中的在场

Ш

Шаблон литературный 文学模式

Школа литературная 文学流派

—иенская 耶拿派

—натуральная 自然派

—озерная 湖畔派

Школа литературоведческая 文学学的学派

—культурно-историческая 文化—历史学派

—мифологическая 神话学派

—неомифологическая 新神话学派

—психологическая 心理学学派

—ритуально-мифологическая 仪式—神话学派

—формальная 形式论学派

Штамп литературный 文学模式

Э

Эволюция литературная 文学演变

Эвфония 音韵学
Эзопов язык 伊索的语言
Экзистенциализм 存在主义
—атеистический 无神论的存在主义
Эклектизм 折中主义
Экспозиция 交代，关于情节和人物的交代
Экспрессия лирическая 抒情表现力
Элегический дистих 挽诗体的二行诗
Элегия 哀诗
Элита 精英
Элитарность 精英性
—художественного творчества 艺术创作的精英性
Эллинизм 希腊化
Эллипсис 省略
Эмоции 情感
—мировоззренческие 世界观意义上的情感
—эстетические 审美情感
Эпигонство 模仿
Эпиграф 题记
Эпилог 尾声
Эпитет 修饰语
—постоянный 固定的修饰语
Эпифора 句尾重叠
Эпическое миросозерцание 史诗般的世界观
Эпичность (эпическое) 史诗性（叙事的）
Эпопея 史诗
—героическая 英雄史诗
Эпос 史诗，叙事类

—античный 古希腊罗马的史诗
—героический 英雄史诗
—дидактический 训诫式的史诗
—народный 民族史诗
—стихотворный 韵文体的叙事文学
Эссеистика 随笔创作，随笔体文学
Эстетизм 唯美主义
Эстетика 美学
—классицизма 古典主义美学
—рецептивная 接受美学
—романтизма 浪漫主义美学
—символизма 象征主义美学
—средневековая 中世纪的美学
Эстетическая оценка 审美评价
Эстетические теории 审美理论
Эстетический вкус 审美趣味
—объект 审美客体
Эстетическое 审美
—видение 审美视界
—воздействие 审美作用
—наслаждение 审美享受
—сознание 审美意识
Этикет 礼仪
Этическое 伦理
Этногенез 民族谱系起源

Ю

Юмор 幽默
—философский 富于哲理的幽默
Юмористика 幽默小品

Я

Явление 现象，场

Язык 语言, 语
— естественный 自然语言
— национальный 民族语言
— поэтический 诗语
— художественной литературы 文学作品的语言
Языка культ 语言崇拜
Ямб 抑扬格
Aufbau 结构
Content 内容
Contenu 内容
Disposition 安排配置, 建构
Elocution 修饰, 鲜明的语言表达
Erklärung 解释
Gehalt 内容
Gehalterfüllte Form 有内容的（被灌注内容的）形式
Handlung 行动
Inhalt 作品的物象层
Invention 想出话题
Künstlernovelle 艺术小说
Künstlerroman 艺术小说
Lesedrama 供阅读的戏剧
Pointe 尖锐性
Rezeptionsästhetik 接受美学
Tonart 调性类型
Verstehen 理解
Volktümlichkeit 人民性
Weltbild 世界图景
Wirkungspotenzial 感化的潜力
Zustand 状态

人名译名对照表

А

Августин Блаженный 圣奥古斯丁
Аверинцев С. С. 阿韦林采夫
Авертян Э. Г. 阿韦特扬
Айхенвальд Ю. И. 艾亨瓦尔德
Аксаков С. Т. 阿克萨科夫
Акунин Б. 阿库林
Анакреон 阿耶克瑞翁
Андреев Д. Л. 安德烈耶夫
Андреев Л. Н. 安德烈耶夫
Андреев М. Л. 安德烈耶夫
Аникст А. А. 阿尼克斯特
Аничков Е. В. 阿尼奇科夫
Анненский И. Ф. 安年斯基
Ан-ский С. А. (Раппопорт) 安-斯基
　(拉普波波尔特)
Апулей Л. 阿普列尤斯
Аретино П. 阿莱廷诺
Аристотель 亚里士多德
Аристофан 阿里斯托芬
Арсеньев Н. С. 阿尔谢尼耶夫
Аскольдов С. А. 阿斯柯利多夫
Асмус В. Ф. 阿斯穆思
Астафьев В. П. 阿斯塔菲耶夫
Афанасьев А. Н. 阿法纳西耶夫
Ахматова А. А. 阿赫玛托娃

Б

Багрицкий Э. Г. 巴格利茨基
Бажов П. П. 巴若夫
Байрон Дж. Г. 拜伦
Бальзак О. де 巴尔扎克
Бальмонт К. Д. 巴尔蒙特
Баратынский Е. А. 巴拉廷斯基
Барт Р. 巴特
Баткин Л. М. 巴特金
Батюшков К. Н. 巴丘什科夫
Баумгартен А. 鲍姆嘉登
Бахтин М. М. 巴赫金
Беккет С. 贝克特
Белецкий А. И. 别列茨基
Белинский В. Г. 别林斯基
Белль Г. 伯尔
Белов В. И. 别洛夫
Белоусов А. Ф. 别洛乌索夫
Белый А. 别雷
Бенвенист Э. 邦弗尼斯特
Бенедиктов В. Г. 别涅迪克托夫
Бенфей Т. 贝菲伊
Беранже П. Ж. 贝朗瑞
Берг М. 别尔格
Бергсон А. 柏格森
Бердсли М. М 比尔兹利

Бердяев Н. А. 别尔嘉耶夫
Берк К. 柏克
Берк Э. 柏克
Берне Р. 彭斯
Бернштейн С. И. 伯恩斯坦
Бетховен Л. В. 贝多芬
Бехер И. 贝希尔
Бицилли П. М. 比齐利
Блок А. А. 勃洛克
Богомолов Н. А. 博戈莫洛夫
Бодлер Ш. 波德莱尔
Боккаччо Дж. 薄伽丘
Большакова А. Ю. 博尔沙科娃
Бомарше П. О. К. де 博马舍
Бонди С. М. 邦季
Бонецкая Н. К. 博涅茨卡娅
Борев Ю. Б. 鲍列夫
Бочаров С. Г. 鲍恰罗夫
Бочкарева Н. С. 博奇卡廖娃
Бремон К. 布雷蒙
Брентано К. 布伦坦诺
Брехт Б. 布莱希特
Бродский И. А. 布罗茨基
Бройтман С. Н. 布罗伊特曼
Брюнетьер Ф. 布吕纳季耶
Брюсов В. Я. 勃留索夫
Буало Н. 布瓦洛
Бубеннов М. С. 布宾诺夫
Бубер М. 布贝尔
Булгаков М. А. 布尔加科夫
Булгаков С. Н. 布尔加科夫
Булгарин Ф. В. 布尔加林
Бунин И. А. 布宁
Бунина А. П. 布宁娜

Буркхардт Я. 布尔克哈特
Буслаев Ф. И. 布斯拉耶夫
Бычков В. В. 贝奇科夫
Бюлер К. 比勒
Бютор М. 布托

В

Вагнер Р. 瓦格纳
Вайнштейн О. Б. 魏因施泰因
Ваккенродер В. -Г. 瓦肯罗德尔
Валери П. 瓦雷里
Валла Л. 瓦拉
Вампилов А. В. 万比洛夫
Вейдле В. В. 维伊德勒
Венгеров С. А. 温格罗夫
Вергилий М. П. 维吉尔
Верлен П. 华伦
Берн Ж. 儒勒·凡尔纳
Вернадский В. И. 韦尔纳茨基
Вершинина Н. Л. 韦尔希宁娜
Веселовский А. Н. 维谢洛夫斯基
Веселовский Алексей Н. 维谢洛夫斯基
Вийон Ф. 维庸
Виланд К. М. 魏兰德
Винкельман Й. 温克尔曼
Виноградов В. В. 维诺格拉多夫
Виноградов И. И. 维诺格拉多夫
Винокур Г. О. 维诺库尔
Владимов Г. Н. 弗拉基姆夫
Вознесенский А. А. 沃兹涅先斯基
Волков И. Ф. 沃尔科夫
Волкова Е. В. 沃尔科娃
Волкова Ек. В. 沃尔科娃

Воробьев К. Д. 沃罗比耶夫
Вулф Т. К. 伍尔芙
Выготский Л. С. 维戈茨基
Вышеславцев Б. П. 维舍斯拉夫采夫
Вяземский П. А. 维亚泽姆斯基

Г

Гадамер Г.-Г. 伽达默尔
Гайденко П. П. 加依坚柯
Гальцева Р. А. 加莉采娃
Гарднер Д. 加德纳
Гартман Н. 哈特曼
Гаршин В. М. 迦尔洵
Гаспаров Б. М. 加斯帕罗夫
Гаспаров М. Л. 加斯帕罗夫
Гачев Г. Д. 加切夫
Геббель Ф. 黑贝尔
Гегель Г. В. Ф. 黑格尔
Гей Н. К. 盖伊
Гейне Г. 海涅
Гелиодор 赫利奥多罗斯
Гельдерлин И. Х. 荷尔德林
Гердер И. Г. 赫尔德
Герцен А. И. 赫尔岑
Гершензон М. О. 格尔申宗
Гесиод 赫西俄德
Гессе Г. 黑塞
Гете И. В. 歌德
Гиндин С. И. 金津
Гинзбург Л. Я. 金兹堡
Гнедич Н. И. 格涅季奇
Гоголь Н. В. 果戈理
Гойя Ф. 戈雅
Голдсмит О. 哥尔德斯密斯
Голсуорси Дж. 高尔斯华绥
Толубкова В. П. 戈卢布科娃
Гомер 荷马
Гончаров И. А. 冈察罗夫
Гораций Ф. К. 贺拉斯
Горнфельд А. Г. 戈尔恩菲利德
Горький А. М. 高尔基
Гофман Э. Т. А. 霍夫曼
Грабарь И. Э. 格拉巴里
Грасс Г. 格拉斯
Гревс И. М. 格列乌斯
Грей Т. 格雷
Греймас А. Ж. 格雷马斯
Грехнев В. А. 格列赫尼奥夫
Грибоедов А С. 格里鲍耶陀夫
Григорович Д. В. 格里戈里维奇
Григорьев А. А. 格里戈里耶夫
Григорьева Т. П. 格里戈里耶娃
Гримм Я. 格里姆
Грин Г. 格林
Гринцер П. А. 格林采尔
Гройс Б. 格罗伊斯
Гуковский Г. А. 古科夫斯基
Гуляев Н. А. 古里亚夫
Гумбольдт В. 洪堡
Гумилев Л. Н. 古米廖夫
Гумилев Н. С. 古米廖夫
Гурвич И. А. 古尔维奇
Гуревич А. М. 古列维奇
Гуревич А. Я. 古列维奇
Гурмон Р. де 德·古尔蒙
Гусев-Оренбургский С. И. 古谢夫-奥连布尔格斯基
Гюго В. 雨果

Д

Давыдов Ю. Н. 达维多夫
Дайкинк Э. О. 戴金克
Даль В. И. 达里
Данте А. 但丁
Дарвин М. Н. 达尔文
Декарт Р. 笛卡儿
Делез Ж. 德勒兹
Делиль Ж. 德利尔
Демосфен 德摩斯梯尼
Державин Г. Р. 杰尔查文
Деррида Ж. 德里达
Дефо Д. 笛福
Джойс Дж. 乔伊斯
Дидро Д. 狄德罗
Диккенс Ч. 狄更斯
Дильтей В. 狄尔泰
Дмитриева Н. А. 德米特利耶娃
Днепров В. Д. 德涅普罗夫
Добролюбов Н. А. 杜勃罗留波夫
Долинин К. А. 多利宁
Дос Пассос Дж. 多斯·帕索斯
Достоевский Ф. М. 陀思妥耶夫斯基
Дюбо Ж.-Б. 迪博
Дюбуа Ж. 杜布瓦
Дюма А. 大仲马
Дюрренматт Ф. 迪伦马特

Е

Евреинов Н. Н. 叶夫列伊诺夫
Еврипид 欧里庇德斯
Егоров Б. Ф. 叶戈罗夫
Екимов Б. П. 叶基莫夫

Ершов П. П. 叶尔绍夫
Есаулов И. А. 叶绍洛夫
Есенин С. А. 叶赛宁
Есин А. Б. 叶辛

Ж

Жан-Поль 让·保尔
Жаров А. А. 扎罗夫
Женегг Ж. 热奈特
Жигулин А. В. 日古林
Жирмунский В. М. 日尔蒙斯基
Жолковский А. К. 若尔科夫斯基
Жуковский В. А. 茹科夫斯基

З

Заболоцкий Н. А. 扎鲍洛茨基
Загоскин М. Н. 扎戈斯金
Зайцев Б. К. 扎依采夫
Замятин Е. И. 扎米亚金
Заратустра 查拉图斯
Затонский Д. В. 扎东斯基
Звегинцев В. А. 兹韦金采夫
Зедлмайр Х. 塞德迈尔
Зенкин С. Н. 金津
Золотарев А. А. 佐罗塔廖夫
Зольгер К.-В.-Ф. 佐尔格
Золя Э. 左拉
Зощенко М. М. 左琴科

И

Ибсен Г. 易卜生
Иван IV Грозный 伊万四世（伊万雷帝）
Иванов Вс. И. 伊万诺夫

Иванов Вяч. Вс. 伊万诺夫
Иванов Вяч. И. 伊诺夫
Изер В. 伊塞尔
Иисус Христос 耶稣
Ильин И. А. 伊里因
Ильин И. П. 伊里因
Ильинский И. В. 伊利因斯基
Ильф И. 伊里夫
Ингарден Р. 罗曼·英伽登
Ионеско Э. 尤内斯库

К

Кавелти Дж. 卡维尔蒂
Каверин В. А. 卡维林
Казаков Ю. П. 卡扎科夫
Кайзер В. 凯塞尔
Каллин 卡林
Камю А. 加缪
Кант И. 康德
Капица С. П. 卡皮察
Карамзин Н. М. 卡拉姆津
Каргашин И. А. 卡尔加申
Карельский А. В. 卡列里斯基
Касаткина Т. А. 卡萨特金娃
Кассирер Э. 卡西尔
Катаев В. Б. 卡达耶夫
Катулл Г. В. 卡图卢斯
Кафка Ф. 卡夫卡
Келдыш В. А. 凯尔迪什
Киплинг Р. Дж. 吉卜林
Кирай Д. 基拉依
Киркегор С. 基尔凯戈尔
Кирсанов С. И. 基尔萨诺夫
Клинг О. А. 克林格

Клычков С. А. 克雷奇科夫
Клюев Н. А. 克留耶夫
Ключевский В. О. 克柳切夫斯基
Ковач А. 科瓦奇
Кожевников В. М. 柯热夫尼科夫
Кожинов В. В. 科日诺夫
Козлов И. И. 科兹洛夫
Козлов С. Л. 科兹洛夫
Коллинз У. У. 柯林斯
Колобаева Л. А. 科洛巴耶娃
Колпинский Ю. Д. 科尔平斯基
Колридж С. Т. 柯勒律治
Кольцов А. В. 柯里佐夫
Комаров М. 科马罗夫
Компаньон А. 孔帕尼翁
Конан-Дойль А. 柯南道尔
Конрад Н. И. 康拉德
Констан Б. А. 贡斯当
Корман Б. О. 科尔曼
Кормилов С. И. 柯尔米洛夫
Корнель П. 高乃依
Короленко В. Г. 柯罗连科
Косиков Г. К. 柯西科夫
Кохановская Н. С. 科哈诺夫斯卡娅
Краснов Г. В. 克拉斯诺夫
Кривцун О. А. 克里弗茨温
Кристева Ю. 克丽斯蒂娃
Кристи А. 克里斯蒂
Кройчик Л. Е. 克罗依奇科
Кроче Б. 克罗齐
Крылов В. А. 克雷洛夫
Крылов И. А. 克雷洛夫
Ксенофонт 色诺夫
Кузмин М. А. 库兹明

Кукольник Н. В. 库科利尼克
Кулешов Л. В. 库列绍夫
Куприн А. И. 库普林
Кусков В. В. 库斯科夫
Кучиньская А. 库钦斯卡娅
Кущевский И. А. 库雪夫斯基
Кюхельбекер В. К. 丘赫尔别凯

Л

Лакло Ш. де 拉克洛
Лансон Г. 朗松
Ларин Б. А. 拉林
Левин Ю. И. 列文
Лейдерман Н. Л. 列伊杰尔曼
Лейтес Н. С. 列伊杰斯
Ленин В. И. 列宁
Лермонтов М. Ю. 莱蒙托夫
Лесаж А. Р. 勒萨日
Лесков Н. С. 列斯科夫
Лессинг Г. Э. 莱辛
Лессинг Т. 莱辛
Лесскис Г. А. 列斯基斯
Липатов А. В. 利帕托夫
Лихачев Д. С. 利哈乔夫
Локк Дж. 詹·洛克
Ломоносов М. В. 罗蒙诺索夫
Лонг 朗戈斯
Лорка Г. Ф. 洛尔卡
Лосев А. Ф. 洛谢夫
Лоский Н. О. 洛斯基
Лотман Ю. М. 洛特曼
Лотце Р. Г. 洛采
Лукач Д. 卢卡契
Луначарский А. В. 卢纳察尔斯基

М

Мазель Л. А. 马泽尔
Маклюэн М. 麦克卢汉
Максакова М. П. 玛克萨科娃
Максимов Д. Е. 马克西姆夫
Малинецкий Г. Г. 马利涅茨基
Малиновский Бр. К. 马林诺夫斯基
Малларме С. 马拉美
Мальчукова Т. Г. 玛里丘科娃
Мангейм К. 曼海姆
Мандельштам О. Э. 曼德尔施塔姆
Манн Т. 托马斯·曼
Манн Ю. В. 曼
Маргарита Наваррская 玛格丽特·纳瓦尔斯卡娅
Мариво П. К. де 马里沃
Маринетги Ф. Т. 马里内蒂
Маритен Ж. 马利坦
Маркевич Г. 马尔凯维奇
Маркес Г. Г. 马尔克斯
Маркович В. М. 马尔科维奇
Маркс К. 马克思
Маркузе Г. 马尔库塞
Марлинский А. А. 马尔林斯基
Марсель Г. 马塞尔
Мартен дю Гар Р. 马丁·杜·加尔
Мартьянова С. А. 玛尔季扬诺娃
Маслоу А. 马斯洛
Маяковский В. В. 马雅可夫斯基
Медведев П. Н. 梅德维捷夫
Мейер А. А. 梅耶尔
Мейерхольд В. Э. 梅耶霍德
Мелетинский Е. М. 梅列津斯基

Мельников Н. Г. 梅利尼科夫
Мельников-Печерский П. И. 梅利尼科夫-佩乔尔斯基
Мережковский Д. С. 梅列日科夫斯基
Метерлинк м. 梅特林克
Метьюрин У. Р. 梅丘林
Мильтон Дж. 弥尔顿
Минтурно А. С. 明托诺
Минц З. Г. 明茨
Миркина Р. М. 米尔金娜
Мирошниченко О. С. 米罗什尼钦科
Митчелл М. 米歇尔
Михайлов А. В. 米哈伊洛夫
Михайлова Н. И. 米哈伊洛娃
Михалков С. В. 米哈尔科夫
Мокульский С. С. 莫库尔斯基
Мольер Ж. Б. 莫里哀
Монтень М. 蒙田
Мопассан Г. де 莫泊桑
Моррис Ч. 莫里斯
Моруа А. 莫洛亚
Моцарт В. А. 莫扎特
Музиль Р. 穆齐尔
Мукаржовский Я. 穆卡若夫斯基
Мунье Э. 穆尼叶
Муратов П. П. 穆拉托夫
Мусатов В. В. 穆萨托夫
Мущенко Е. Г. 穆先科
Мюссе А-де 缪赛

Н

Набоков В. В. 纳博科夫
Надсон С. Я. 纳德松

Наполеон I 拿破仑一世
Науман М. 瑙曼
Недоброво Н. В. 涅多布罗沃
Некрасов Н. А. 涅克拉索夫
Немирович-Данченко Вас. И. 涅米罗维奇-丹钦柯
Нестеров И. В. 涅斯捷罗夫
Никитин Афанасий 阿法纳西·尼基金
Николаев П. А. 尼古拉耶夫
Николай Кузанский 尼古拉·库赞斯基
Николай I 尼古拉一世
Николюкин А. Н. 尼科留金
Ницше Ф. 尼采
Новалис 诺瓦利斯
Носов Е. И. 诺索夫

О

ОТенри 欧·亨利
Овидий П. Н. 奥维德
Одоевский В. Ф. 奥多耶夫斯基
Олеша Ю. К. 奥列沙
Ортега-и-Гассет Х. 奥尔特加-伊-加塞特
Оруэлл Дж. 奥威尔
Островский А. Н. 奥斯特洛夫斯基
Островский Н. А. 奥斯特洛夫斯基
Осьмакова Л. Н. 奥西马科娃

П

Павел апостол 使徒保罗
Павел Т. 帕维尔
Пави П. 巴维
Палиевский П. В. 帕利耶夫斯基
Данченко А. М. 潘琴科

Парни Э. Д. 帕尔尼
Пастернак Б. Л. 帕斯捷尔纳克
Переверзев В. Ф. 佩列韦尔泽夫
Петр I 彼得一世
Петров Е. П. 彼得罗夫
Петрова М. Г. 彼得罗娃
Петровский М. А. 彼得罗夫斯基
Петроний А. 佩特罗尼乌斯
Пиксанов Н. К. 皮克萨诺夫
Пильняк Б. А. 皮里尼亚克
Пинский Л. Е. 平斯基
Пиотровский А. И. 皮奥特罗夫斯基
Пирс Ч. 皮尔斯
Писарев Д. И. 皮萨列夫
Писахов С. Г. 皮萨霍夫
Платон 柏拉图
Платонов А. П. 普拉东诺夫
Плетнев П. А. 普列特尼奥夫
Плеханов Г. В. 普列汉诺夫
Плеханова И. И. 普列汉诺娃
Плотин 11 页 普罗提诺
Плутарх 普卢塔克
По Э. А. 爱·坡
Подгаецкая И. Ю. 波德加耶茨卡娅
Полтавцева Н. Г. 波尔塔夫采娃
Поляков А. Н. 波里亚科夫
Померанц Г. С. 波梅兰茨
Поппер К. Р. 波佩尔
Поспелов Г. Н. 波斯彼洛夫
Потапенко И. Н. 波塔宾科
Потебня А. А. 波捷布尼亚
Поуп А. 蒲柏
Прево А. Ф. 普里沃
Пригожий И. 普里戈津

Пришвин М. М. 普里什文
Прозоров В. В. 普罗佐罗夫
Проперций С. 普罗佩提乌斯
Пропп В. Я. 普洛普
Пруст М. 马赛尔·普鲁斯特
Псевдо-Дионисий Ареопагит 伪狄奥尼修
Псевдо-Лонгин 李尔王
Пульхритудова Е. М. 普里赫尼图多娃
Пумпянский Л. В. 蓬皮扬斯基
Путилов Б. Н. 普季洛夫
Пушкин А. С. 普希金

Р

Рабле Ф. 拉伯雷
Радищев А. Н. 拉季谢夫
Радлов Э. Л. 拉德洛夫
Раппопорт А. Г. 拉波波尔特
Расин Ж. 拉辛
Распутин В. Г. 拉斯普京
Рафаэль 拉菲尔
Ревич В. А. 列维奇
Реизов Б. Г. 列伊佐夫
Рейсер С. А. 赖泽尔
Ремизов А. М. 列米佐夫
Рерих Н. К. 列里赫
Рикер П. 利科
Риккерт Г. 李凯尔特
Рильке Р. М. 里尔克
Римский-Корсаков Н. А. 里姆斯基-科萨科夫
Риффатер М. 里法泰
Роб-Грийе А. 罗伯-格里耶

Роден О. 罗丹
Роднянская И. Б. 罗德尼扬斯卡娅
Розанов В. В. 罗赞诺夫
Розанов И. Н. 罗扎诺夫
Розин Н. П. 罗津
Рубакин Н. А. 鲁巴金
Рублев А. 鲁勃廖夫
Рубцов Н. М. 鲁勃佐夫
Руднева Е. Г. 鲁德廖娃
Руссо Ж.-Ж. 卢梭
Ручьевская Е. А. 鲁奇耶夫斯卡娅
Рылеев К. Ф. 雷列耶夫
Рымарь Н. Т. 雷马里

С

Сабанеев Л. Л. 萨巴涅耶夫
Сад Д. А. Ф. де 萨特
Салтыков-Щедрин М. Е. 萨尔蒂科夫-谢德林
Сапаров М. А. 萨帕罗夫
Сарабьянов Д. В. 萨拉比扬诺夫
Саррот Н. 萨洛特
Сартр Ж.-П. 萨特
Свифт Дж. 斯威夫特
Северянин И. 谢维里亚宁
Сегал Д. М. 谢加尔
Седакова О. А. 谢达科娃
Сельвинский И. Л. 谢利温斯基
Сен-Пьер Б. де 贝尔纳丹·德·圣皮埃尔
Сент-Бёв Ш. О. 圣-伯夫
Сервантес С. М. де 塞万提斯
Сергеев-Ценский С. Н. 谢尔盖-倩斯基
Сергеенко П. А. 谢尔盖延科

Серов В. А. 谢罗夫
Силантьев И. В. 西兰季耶夫
Сильман Т. И. 希里曼
Сименон Ж. 西梅农
Симеон Новый Богослов 谢苗·诺维
Скалигер Ю. Ц. 斯卡利格拉
Скафтымов А. П. 斯卡弗迪莫夫
Сквозников В. Д. 斯克沃兹尼科夫
Скобелев В. П. 斯科别列夫
Скрябин А. Н. 斯克里亚宾
Смирнов А. А. 斯米尔诺夫
Смирнов И. П. 斯米尔诺夫
Сократ 苏格拉底
Солженицын А. И. 索尔仁尼琴
Соллерс Ф. 索勒斯
Соллогуб Вл. А. 索洛古勃伯爵
Соловьев Вл. С. 弗拉基米尔·索洛维约夫
Сологуб Ф. К. 索罗古勃
Соломон. царь 所罗门王
Сомов О. М. 索莫夫
Сорокин П. А. 索罗金
Софокл 索福克勒斯
Сталин И. В. 斯大林
Станиславский К. С. 斯坦尼斯拉夫斯基
Станкевич Н. В. 斯坦凯维奇
Стейнбек Д. Э. 斯坦贝克
Стенгбос И 斯登格尔斯
Стендаль 斯丹达尔
Стенник Ю. В. 斯坚尼克
Стерн Л. 斯泰恩
Стивенсон Р. Л. 斯蒂文森
Сумароков А. П. 苏马罗科夫

Сытин И. Д. 瑟京

Т

Тагор Р. 泰戈尔
Тамарченко Н. Д. 塔马尔琴科
Тарановский К. Ф. 塔拉诺夫斯基
Тацит П. К. 塔西陀
Твардовский А. Т. 特瓦尔多夫斯基
Теккерей У. М. 萨克雷
Тернер В. 泰勒
Тибулл А. 蒂布拉
Тигем П. ван 梵·蒂盖
Тименчик Р. Д. 季缅奇克
Тимофеев Б. А. 季莫菲耶夫
Тимофеев Л. И. 季莫菲耶夫
Товстоногов Г. А. 托夫斯托诺戈夫
Тодоров Цв. 托多罗夫
Тойнби А. Д. 汤因比
Токарев С. А. 托卡廖夫
Толстой А. К. 托尔斯泰
Толстой А. Н. 托尔斯泰
Толстой Л. Н. 托尔斯泰
Томашевский Б. В. 托马舍夫斯基
Томсон Дж. 汤姆逊
Топоров В. Н. 托波罗夫
Трубецкой Е. Н. 特鲁别茨柯伊
Трубецкой Н. С. 特鲁别茨柯伊
Тряпкин Н. И. 特里亚普金
Тургенев И. С. 屠格涅夫
Тынянов Ю. Н. 蒂尼亚诺夫
Тэн И. А. 泰纳
Тэрнер В. 泰勒
Тюпа В. И. 秋帕
Тютчев Ф. И. 丘特切夫

У

Уайльд О. 王尔德
Уваров С. С. 乌瓦罗夫
Унамуно М. де 德·乌纳穆诺
Уоррен О. 沃伦
Уоррен Р. П. 沃伦
Успенский Б. А. 乌斯宾斯基
Успенский Г. И. 乌斯宾斯基
Ухтомский А. А. 乌赫托姆斯基
Уэллек Р. И. 韦勒克

Ф

Фадеев А. А. 法捷耶夫
Фарыно Е. 法雷诺
Федоров Ф. П. 费奥德罗夫
Федотов Г. П. 费多托夫
Федотов О. И. 费多托夫
Феофраст 塞俄弗拉斯忒
Фет А. А. 费特
Фиддинг Г. 菲尔丁
Фирдоуси А. 菲尔多乌西
Фичино М. 费契诺
Флобер Г. 福楼拜
Фолкнер У. 福克纳
Фома Аквинский 托马斯·阿奎那
Фоменко И. В. 福缅科
Фонвизин Д. И. 冯维辛
Фрадкин И. М. 弗拉德金
Фрай Н. Г. 弗莱
Фрайзе М. 弗莱泽
Франк С. Л. 弗兰克
Франс А. 法朗士
Франциск Ассизский 方济各

Фрейд 弗洛伊德
Фрейденберг О. М. 弗赖登堡
Фромм Э. 弗洛姆
Фрост Р. Л. 弗罗斯特
Фуко М. П. 福柯

X

Хабермас Ю. 哈贝马斯
Хайдеггер М. 海德格尔
Хаксли О. Л. 赫胥黎
Хализев В. Е. 哈利泽夫
Хейзинга Й. 赫伊津哈
Хемингуэй Э. М. 海明威
Хлебников В. В. 赫列布尼可夫
Хогарт В. 霍加特
Ходанен Л. А. 荷达年
Ходасевич В. Ф. 霍达谢维奇
Холшевников В. Е. 霍尔舍夫尼科夫
Хомяков А. С. 霍尔亚科夫
Храпченко М. Б. 赫拉普钦科
Хюбнер К. 休布勒

Ц

Цветаева М. И. 茨维塔耶娃
Цивьян Т. В. 齐维扬
Цицерон М. Т. 西塞罗
Цурганова Е. А. 祖尔甘诺娃

Ч

Чаадаев П. Я. 恰达耶夫
Чайковский П. И. 柴科夫斯基
Чернец Л. В. 切尔涅茨
Чернов И. А. 契尔诺夫
Чернышевский Н. Г. 车尔尼雪夫斯基

Чехов А. П. 契诃夫
Чубарова В. Н. 丘巴罗娃
Чудаков А. П. 丘达科夫
Чудакова М. О. 丘达科娃
Чуковская Л. К. 丘科夫斯卡娅
Чуковский К. И. 丘科夫斯基
Чумаков Ю. Н. 丘马科夫
Чюрленис М. К. 丘尔廖尼斯

Ш

Шаламов В. Т. 沙拉莫夫
Шаликов П. И. 沙里科夫
Шатина Л. П. 沙金娜
Шатобриан Ф. Р. де 夏多勃里昂
Шварц Е. Л. 施瓦尔茨
Швейцер А. 什维采
Шекспир У. 莎士比亚
Шелер М. 舍勒
Шеллинг Ф. В. Й. 谢林
Шергин Б. В. 舍尔金
Шестов Л. 舍斯托夫
Шешунова С. В. 舍舒诺娃
Шиллер И. К. Ф. 席勒
Шишмарев В. Ф. 希什马廖夫
Шкловский В. Б. 什克洛夫斯基
Шлегель А. В. 施莱格尔
Шлегель Ф. 施莱格尔
Шлейермахер Ф. Д. Е. 施莱尔马赫
Шмелев И. С. 什梅廖夫
Шмидт С. О. 施米特
Шолохов М. А. 肖洛霍夫
Шопен Ф. 肖邦
Шопенгауэр А. 叔本华

Шоу Б. Дж. 萧伯纳
Шпенглер О. 施本格勒
Шпет Г. Г. 什佩特
Штайгер Э. 施泰格尔
Шуберт Ф. 舒伯特
Шукшин В. М. 舒克申

Щ

Щеглов Ю. К. 谢格洛夫
Щерба Л. В. 谢尔巴

Э

Эзоп 伊索
Эйзенштейн С. М. 爱森斯坦
Эйнштейн А. 爱因斯坦
Эйхенбаум Б. М. 艾亨鲍姆
Эко У. 艾柯
Элиаде М. 伊利亚特
Элиот Т. С. 艾略特
Эльсберг Я. Е. 艾尔斯别尔格
Энгельс Ф. 恩格斯
Эпштейн М. Н. 艾普施泰因
Эразм Роттердамский
Эренбург И. Г. 爱伦堡
Эрн В. Ф. 艾伦
Эсалнек А. Я. 埃萨尔涅克
Эсхил 埃斯库罗斯

Эткинд Е. Г. 艾特金德

Ю

Юнг К. Г. 荣格

Я

Якимович А. К. 雅基莫维奇
Якобсон Р. О. 雅各布森
Якубинский Л. П. 雅库宾斯基
Ярхо Б. И. 亚尔霍
Яусс Х. Р. 尧斯
Burke K. 伯克
Cawelti J. G. 卡维尔蒂
Friedrich H. 弗里德里希·黑格尔
Frye N. H. 弗莱
Gadamer H. G. 伽达默尔
Holzhey H. 霍尔茨海
Ingarden R. 英伽登
Iser W. 伊塞尔
Kayser W. 凯塞尔
Loyvrat J. P. 鲁瓦弗拉
Lukacs G. 卢卡契
Petersen J. 彼得森
Schleiermacher F. D. E. 施莱尔马赫
Shirokauer A. 席洛考尔
Staiger E. 施泰格尔

译 后 记

瓦连京·叶甫根尼耶维奇·哈利泽夫,作为一位文学理论家进入我们的视野,可以说有些年头了。还是在20世纪80年代末,我们就注意到这位莫斯科大学语文系教授,最初是在阅读《文学学引论》(格·波斯彼洛夫主编,1988年,第3版)过程中,感觉到第一编"艺术与文学的特征"中"作为一门艺术的文学·文学类别"那一章,与第二编"作为艺术整体的文学作品"中有关诗学的那几章("与内容相关联的文学—艺术形式"、"史诗与戏剧的一般特征"、"叙事类作品的特性"、"戏剧类作品的特性"、"抒情类作品"),比较有意思。这些章节,在我们看来,是最贴近"文学理论"的,因而就有比较深刻的印象。这些章节正出之于哈利泽夫的手笔;后来,在苏联科学院世界文学研究所进修期间,理论部的资深学者尼·盖伊先生在一次谈话中认为莫斯科大学文学理论教研室最值得关注的是瓦连京·哈利泽夫教授。于是,便去拜访他,得到一本印上瓦·叶·哈利泽夫大名的《文学理论·教师用参考书》,这是一本总共只有70页(莫斯科大学出版社,1991年)的小册子;3年后,瓦·叶·哈利泽夫又有107页的《文学理论基础·第1分册·教师用参考书》面世(莫斯科大学出版社,1994年);1997年,我们再次赴俄访学时,得到了一共56页的莫斯科大学语文系《文学学引论》与《文学理论》这两门课程的《教学大纲》(莫斯科,1996年),其中《文学理论》的《教学大纲》的编写者是彼得·尼古拉耶夫与瓦连京·哈利泽夫。对比着几份"大纲",我们注意到:即便在相对保守的莫斯科大学语文系,"文学理论"这门课程的结构也在发生调整,也显出越来越开放的迹象。

2000年秋天,我们在海参崴访问,热情好客的远东大学语文系的教授们为我们安排了一个十分隆重的午宴座谈,并将其科研成果以及资料室的新书给我们作了展示。其中有一本书令专心于检阅的我们眼睛一亮:这便是瓦·哈利泽夫所著的《文学学导论》,这已不是小册子,而是很像样的一本专著,398页,2000年,莫斯科高校出版社,印数10000!而且面前的这本已是该书的第二版,初版于1999年。此情此景直让我们兴奋了一阵,便打算这座谈一结束,就去书店寻得一本。没料到就在我们与主人道别转身上车就要离去之际,人家将这本《文学学导论》赠送给了我们——送给了在座谈会上作了精彩发言的刘亚丁君,这也许是对他的一份奖励。亚丁君自然深知我的所好,毫不迟疑地将这份礼物馈赠给我。自此,刻有"俄联邦国立远东大学语文系"印章的这本《文学学导论》便堂而皇之地立在我的书架上——后来,有友人在莫斯科为我买来此书,我便将这本寄还给在成都的亚丁,借口那本已留有我不少的"批注"而将赠书留在手头。今天,每每回忆起这段往事,心中不由得生起一份对海参崴的友人、对亚丁君的一份谢忱!

2001年春,在一次全国性的高校文学理论教学研讨会上,应北京师范大学王一川教授之约请,我们向与会的教授们介绍俄罗斯文学理论的近况时,对瓦·哈利泽夫的《文学学导论》作了重点推介,当时就有不少教授很感兴趣,纷纷提议要我们将它移译过来。

2002年春,此时在我国驻俄罗斯使馆工作的王加兴君替我们向瓦·哈利泽夫本人转达了我们打算将他的《文学学导论》译成中文的意向。不久,加兴君托人转来瓦·哈利泽夫的一封信与一本书——《文学学导论》2002年又再版了一次!来信中称,他十分高兴他的教科书将有中文译本;馈赠的新书扉页上则有瓦·哈利译夫2002年6月5日的亲笔题词:向我们表示他真挚的敬意;《文学学导论》的第3版,已是修订与扩充版,全书已增至437页,印数还是10000册。

2003年春,我们与北京大学出版社联手启动《当代国外文论教材精品系列》。瓦·哈利泽夫这本一版再版的《文学学导论》教科书,自然被列入第一辑。于是,我们对译事作了分工:由周启超承译该书导言与第一章,由黄玫承译该书第二、第三章,由王加兴承译该书第四章,由夏忠宪承译该书第五、第六章。后来,加兴君由于行政事务缠身,不得不将第四章的前2节再分给黄玫承译。我们所用原书自然是这本教材的最新一版。

2004年春,黄玫君率先完成第二、第三章和第四章的前3节的翻译;不久,夏忠宪君完成第五、第六章。周启超也完成该书导言与第一章。这年夏天与秋天,我们在俄访学期间,去拜访瓦·哈利泽夫教授时,他又送给我们一本《文学学导论》。这可由2004年9月13日的赠书题词为证。原来这是刚刚面世的这本教科书的第4版,而且又是修订与扩充版。不过,全书已减至405页,印数3000册。这一次,作者当面向我们指出此书又有一些增删,并建议:如若我们的中译本尚未出版,最好改用这个新版本——2004年的新版。后来,我们在电话里、在他的教研室里,在那位于红场附近、"列图"对面的莫斯科大学的图书馆里,有过许多次相逢。每次见面,哈利译夫教授都会抽出时间,跟我们讲述他十年如一日一天天"缝制"这本《文学学导论》的心得,披露没有写进这本《文学学导论》的一些故事……

2005年春,我们访学回国。本着精品精译的宗旨,我们决定听取瓦·哈利泽夫的提议,而采用2004年版的《文学学导论》。原以为这不过是部分章节的增删,工程不大。于是,又请该书第三版相关章节的译者加译,譬如,请黄玫新译了这一版有所调整的"文学与神话"与新加的"文学—精英—人民"这两节。但是,当我们着手对据原书第3版而译出的全部书稿进行统稿时,发现作者在这第四版中所做出的改动实在是太多了。在这种情形下,要尊重作者,要恪守精品精译的原则,只有老老实实根据第4版原书对现有的译稿进行逐字逐句的校译,而别无选择。考虑到那几位译者都是在高校教学第一线耕耘的教授,她们的翻译工作大都是牺牲了宝贵的寒暑假而赶出来的。只好由周启超一人来承担这一大校译——根据最新版本对译稿进行逐字逐句的校译。由于工作量太大,这一校译工程又时断时续地进行了一年。《术语译名对照表》与《人名译名对照表》,由王加兴请南京大学的研究生冷雪峰、薛冉冉整理,王加兴审订。

书的原名是 Теория литературы,直译应该是"文学理论",但是考虑到本书的实际内容和目前国内以"文学理论"为名的著述甚多,所以意译为《文学学导论》。

现在,在盼望许久的这场瑞雪终于迎春飞来的好时节,我们这一旷日持久的校译终于竣工了。本当在2004年面世的这本《文学学导论》中译本,看来是姗姗来迟了!在这里,谨向那些还在企盼这本书的朋友,致以深深的歉意。然而,迟做总比不做好。慢工可能出细活。至于我们如此这般打磨出来的,是否就是一份细活,那就要由读者诸君来评定了。聊以自慰的是,我们的确是在追求精心的打磨。在这里,我们要对本书的翻译与校译过程中在希腊文、拉丁文、法文、德文、意大利文的移译上,给与指点的专家——陈中梅、郭宏安、史忠义、李永平诸君,尤其是在古稀之年特地为本书所引证的诗歌名篇提供新译的著名翻译家顾蕴璞先生——致以深切的谢忱!在这里,我们更要对在这市场竞争如火如荼的当下并不急功近利,而敢于慷慨地允许我们在精品的翻译上细细打磨的北京大学出版社,尤其是张文定副总编和张冰主任,致以诚挚的谢忱!

译者

2006年2月8日

最新推出

原版影印 中文导读

西方文学原版影印系列丛书

经典前沿的西方文学理论宝库　　科学权威的西方文学阅读写作教材

10813/I·0812　文学：阅读、反应、写作（戏剧和文学批评写作卷）(第5版)（附赠光盘）
　　　　　　　L. G. Kirszner & S. R. Mandell
　　　　　　　Literature: Reading, Reacting, Writing (Drama & Writing about Literature) (5th edition)
10812/I·0811　文学：阅读、反应、写作（诗歌卷）(第5版)（附赠光盘）
　　　　　　　L. G. Kirszner & S. R. Mandell
　　　　　　　Literature: Reading, Reacting, Writing (Poetry) (5th edition)
10811/I·0810　文学：阅读、反应、写作（小说卷）(第5版)（附赠光盘）
　　　　　　　L. G. Kirszner & S. R. Mandell
　　　　　　　Literature: Reading, Reacting, Writing (Fiction) (5th edition)
08266/H·1326　文学解读和论文写作：指南与范例（第7版）
　　　　　　　Kelley Griffith
　　　　　　　Writing Essays about Literature: A Guide and Style Sheet (7th edition)
06199/G·0827　观念的生成：主题写作读本　Quentin Miller
　　　　　　　The Generation of Ideas: A Thematic Reader
10858/I·0816　柏拉图以来的批评理论（第3版）
　　　　　　　Hazard Adams & Leroy Searle
　　　　　　　Critical Theory since Plato (3th edition)

北京大学 出版社
邮购部电话：010-62534449　　联系人：孙万娟
市场营销部电话：010-62750672
外语编辑部电话：010-62765014　62767347